山河无恙

杜卫东 ○ 著

新星出版社　NEW STAR PRESS

本书医学顾问：
芦　煜　北京中医药大学博士
杨运高　南方医科大学教授、主任中医师

序
都市小说的扛鼎之作

马相武

伴随着2021年的第一场春雨，《山河无恙》横空出世。

所以说它横空出世，首先是因为，这是第一部以大健康为题材的都市生活长篇小说。在全民健康已上升为国家战略，中国正加速进入老龄化社会，抗击新冠疫情已取得阶段性成果的当下，这部小说正逢其时。其次，我们知道，主题化写作常常会陷进先入为主的窠臼，作者功力不逮，很可能会使自己的文学书写概念化和标签化。没想到，杜卫东通过生动凝练的艺术笔墨，居然写得这样视野宏阔、风生水起、实在令人感叹。

小说贯穿青年中医师青桥与黑心保健品厂商史一兵的斗争主线，其间穿插了养老楼盘"霞光官殿"的起落、抗阿片类药物依赖中药组方的研制，青连山遗产的觊觎、韦斯林公司与康太集团的商业争夺等事件；通过错综复杂的情节展示和惊心动魄的人物命运走向，彰显了社会主义健康文化的核心价值，作品中所蕴含的人文情怀深厚而真诚，如一束强光，穿云破雾。

在小说艺术上，《山河无恙》也可圈可点。

首先，作品的人物塑造非常成功。主人公青桥，是令人信服的祖国医学宝库的守成人和创新者，他有继承辉煌历史的原动力，又兼具国际视野的国际性和现代性。其他正面人物，如罗小力、于雪菲、牧婧都塑造得性格各异、栩栩如生；即便是反面人物也鲜活可感，没有脸谱化书写，其行为轨迹和命运走向都具有坚实的内在逻辑支撑。还要提及一个人物，加拿大韦斯林公司驻京办首席代表小米勒。在爷爷的影响下，他对中医药从开始的排斥到逐渐信服的过程，从一个侧面折射了青桥身上体现出来的文化自信与时代担当；他与青桥的相识与交往，又可以视作中国将在更高水平上进行改革开放的象征性符号。在当下的文化语境中，小米勒的形象既延伸了作品的历史纵深感，又有效地拓展了小说的思想疆域。

再有，《山河无恙》的情节设计步步惊心，具有极强的戏剧冲突。作家在努力彰显社会主义健康文化的核心价值时，并不回避生活中的各种矛盾，以及这些矛盾的历史性、复杂性、尖锐性和激烈性；并通过对这些矛盾的揭示，形象地展现了时下健康环境的缺陷和社会文化压力。在对各种社会矛盾的深入描摹和解析中，艺术地诠释了健康中国、健康社会、健康发展、健康精神、健康心理、健康人际关系、健康法制精神、健康的爱情情操和伦理道德，以及博大精深的中医药健康非遗文化的继承弘扬和创新守正。小说提供给我们的艺术、思想和文化资源异常丰沛，这在时下的文学创作中十分难得。

毋庸讳言，语言杂芜、拖沓、寡淡、散乱已是时下长篇小说创作的通病，有些名家作品亦然。作为一部艺术内涵极其丰厚的现实主义力作，《山河无恙》在语言的运用上树立了一个标高，无论叙述语言还是人物语言都极具特色，凝练、丰盈，带着鲜明的时代印记和人间烟火。可以毫不夸张地说，语言技巧的炉火纯青，生活细节的逼真和生动；微妙的人物关系，幽深的心理活动，包括准确入微的爱情纠葛，使《山河无恙》即便面对优秀长篇小说佳作，也拥有足够的自信心和超越感。

杜卫东的长篇小说《山河无恙》是时下文学创作的一个重要收获。这部现实主义长篇力作的文化意义和思想价值十分重要，还需要思想文化维度的特别关照。《山河无恙》的艺术书写证明：健康文化、健康管理和健康产业本来是为了促进民族和人类健康事业的发展；现实中却不同程度被商业渠道和促销环节异化。在一部分从业者和运营商那里，变成了利益争夺甚至腥风血雨的商战。见利忘义、坑蒙拐骗，甚至将救死扶伤的健康事业变成利益陷阱，致使假医假药假健康文化肆意膨胀。难能可贵的是，《山河无恙》以犀利的笔锋，无情地揭露和批判了不良的健康文化；小说对健康文化核心价值的辩证思考有助于形成与时俱进的健康价值观，推动人和社会的健康环境不断净化。而这种健康文化核心价值观的时代转变和健康文化的良性循环，是我们每个人都需要参与其中的正义事业。青桥不畏商业外表包装的团伙性欺诈，不惧国内外宵小之徒的串通联手，在和他们斗争的过程中步步惊心、曲折惊险，其彰显的正义和勇敢，正是中华民族健康文化的硬核。至于小说中令人深省的人心嬗变和人性弱点，也从一个维度折射了世界上最大健康产业所面临的健康文化环境，它错综复杂、千姿百态，检测着人性的龌龊与高贵；看顾好自己的内心，对我们每一个人尤显重要。

《山河无恙》阐释的主题，是近年的智库显学和文化时尚，几乎所有的问题都紧紧缠绕着它，或反过来说它紧紧缠绕着所有一切问题。以人为本也好，以人民为中心也好，健康文化的核心价值仍然围绕人的健康和社会健康这个根本。或以它为目标，或以它为出发点。健康当然是人的健康，身体的健康，或者说，身体最主要的本源意义就是健康及其健康文化。在传统和历史中一向崇尚健康文化的中国，时下又有了全民抗疫的文化意义和健康需求。与此同时，跨文化跨洲的健康文化发展和抗疫斗争的人类命运共同体趋赴，也唤起了全人类的健康文化觉醒和兴盛；身体及其健康的本源意义和当下命运，不仅已经成为一种重要的社会现象，而且在文学艺术领域也将迅速成为重要的探索题材和主题。杜卫东的这部长篇小说将起到灌注新的巨大动力的推动作用，其引领风气的文化意义不言而喻。以此观之，这部小说的精气神立刻就集聚了，小说家也就有了极其广大的多维多元的用武之地。

这大概就是长篇小说《山河无恙》形而上文化思辨的背景板。

当然，这一主题的文化思辨空间也是极其深邃广大的。比如，后现代思想家们通过自柏拉图以来，扬心抑身的传统观念的批判与瓦解而展开的对身体及其健康问题的巨大关注，除了尼采的权力意志—身体哲学的影响之外，由胡塞尔所开创的20世纪的现象学传统显然也对此提供了重要的理论启示与思考线索。只是在这里，需要离开纯粹的理性和文化思辨，毕竟小说有小说的形象演绎路径和本质美学特征。《山河无恙》恰恰运用了以主人公为核心的多组人物群像，主副线多线缠绕演进的叙述模式，弘扬了中医药正宗健康文化母题和传统文化守正创新正脉。其中凸显的浩然正气，恰是中华文明五千年薪火相传的奥秘。

也许，这正是《山河无恙》所要向我们传递的重要思想启迪吧！

目 录

序 都市小说的扛鼎之作 …… 马相武

第一章
1 箭正离弦 …… 002
2 神秘是种流行色 …… 007
3 千真万确讹上你 …… 013
4 中　枪 …… 018
5 爱情撞了谁的腰 …… 020

第二章
1 冰挂不是真的花 …… 027
2 封口费 …… 033
3 诡异的短信 …… 036
4 不设防 …… 039
5 亮　剑 …… 044
6 初动杀机 …… 047
7 万里长城万里长 …… 051

第三章

1 踏　空 …… 057
2 一步大棋 …… 061
3 小心踩雷 …… 065
4 银行来了冒领客 …… 068
5 再加把火 …… 072
6 逆转在上午发生 …… 075

第四章

1 平地一声雷 …… 078
2 鸭舌帽 …… 082
3 纤手执缨为君狂 …… 086
4 拒　绝 …… 092
5 侯小霞 …… 095
6 不做绿茶婊 …… 098
7 巧　遇 …… 103
8 逼良为娼 …… 108
9 后湖风动秋草中 …… 112

第五章

1 文姬归汉 …… 120
2 第二张牌 …… 124
3 欲将心事付瑶琴 …… 127
4 锦　囊 …… 134

第六章

1 神秘来客 …… 138
2 领　命 …… 146
3 新闻发布会 …… 150
4 这个人是谁 …… 154
5 山中古寺青衣僧 …… 157

第七章

1 三个美女 …… 161

2 慈善酒会风波 …… 165

3 谁是你奶奶 …… 169

4 杀心再起 …… 172

5 鱼养肥了好收网 …… 177

6 你另请高明 …… 182

7 事出反常 …… 189

8 于雪菲布局 …… 194

第八章

1 过 招 …… 199

2 冷氏父子 …… 203

3 一山浅淡一山浓 …… 209

4 祝福你 …… 218

5 此后锦书休寄 …… 223

6 我拿性命担保 …… 226

7 少一分免谈 …… 229

8 也许父亲不冷血 …… 236

第九章

1 使 命 …… 241

2 远天翻滚火烧云 …… 244

3 第一次交锋 …… 252

4 家 宴 …… 256

5 杀 机 …… 262

6 老米勒入院 …… 265

7 再加一勺糖 …… 270

8 激 辩 …… 274

9 你的名字叫青桥 …… 279

第十章

1 世人心更险于山 …… 285
2 怎么会是他？ …… 288
3 何莲莲 …… 291
4 前锋从德国归来 …… 295
5 白往黑来 …… 298
6 崩　溃 …… 302

第十一章

1 加　量 …… 306
2 逼　婚 …… 310
3 暗恨不由心头生 …… 313
4 心的引领 …… 316
5 绝处逢生 …… 319
6 糊涂仙醉糊涂人 …… 323
7 伯爵牌腕表 …… 327

第十二章

1 磨难调成静音 …… 333
2 善良也有锋芒 …… 337
3 威尔斯预言 …… 343
4 逃　离 …… 349
5 赶快去自首 …… 354
6 报仇何须三尺剑 …… 357
7 罗凡之死 …… 361

尾　声：揭　底 …… 365

后　记 …… 369

山河无恙

黑暗所以不再嚣张，是因为有人撑起了一盏灯。

侯小霞端着一杯牛奶，走到门口又折回。

她从橱柜靠里拿出一个玻璃瓶，蓢了一小勺白色粉末放入，用汤勺搅拌均匀后来到书房，站在门口略一踌躇，伸手敲响了房门。

正在电脑前查阅资料的青桥，头也不回地应了一声：请进。然后，漫不经心地接过侯小霞的牛奶。温度正好，他一仰脖，一口喝下。

粉末是严婷婷提供的，说可以激发人的潜能，提高思维活跃度；而制作粉末的专家接到的秘密指令则是：服用一个月，令服用者完全失智。

保姆侯小霞就这样卷入了一场惊心动魄的人性博弈。

有如风暴之眼，表面水波不兴，实则险象环生。破解其中的迷局，我们需要把时针拨回一年——2016年6月15日。

第一章

1 箭正离弦

没有谁能够料到,"健康中国"高端论坛上会画风突变。

在热烈的掌声中,戴一副金丝眼镜的主持人目送青桥健步走下主席台时,上海滨江酒店会议厅的气氛还有如春风化雨。他轻轻敲击面前的麦克风,示意会场安静,然后点评:感谢青桥教授为我们做了一场精彩的演讲。他把"中医药怎样助力'健康中国'"这样一个枯燥的学术题目讲得摇曳生辉,证明了他具有扎实的中医功底和开阔的学术视野。下面,让我们请出本次论坛的赞助单位——康太保健品集团副总严婷婷小姐致辞。

身穿一身米黄色职业套装的严婷婷从听众席站起,款款登上主席台,在一片并不热烈的掌声中开始讲话。

应该说,这位叫严婷婷的美女将一个职场女性的风度与修养发挥得恰到好处,但她致辞的主要内容仍是以兜售和宣传本集团的中药保健产品为主,特别是随机播放的VCR,展示了一个叫草莓的小女孩儿吃了他们的秘制保健品,血癌得以痊愈的案例,更是把露骨的商业炒作推向极致。

这种宣传居然发生在"健康中国"高端论坛上,太奇葩了。

虚假宣传会误导消费者,延误治疗;特别是秘制神品治愈了血癌的说法更是令人难以置信。

青桥无法继续保持沉默,他举手质询:请问严副总,小草莓吃了你们什么保健品,血癌得以痊愈?能否展示一下该保健品的名称、成分构成和相关临床试验数据。

有人窃窃私语，画风在酝酿转换。

严婷婷略感诧异，很快镇静如初：青教授，首先要感谢你对本公司产品的关注。我们的方剂来源于民间秘方，具体的研发流程属于商业机密，相关资质报告也没有义务向论坛提供，如果你有兴趣，可以会后沟通。

青桥眉头微蹙：严副总，血癌目前仍是医学界难以攻克的顽症，作为临床医生，我从来没有听说过有保健品治愈血癌的病例。事关大众健康，你们的产品既然有相关的资质报告，那么，其研发过程和有关数据就可以公之于众，接受检验，这也是贵集团有担当的表现，并不涉及商业泄密。

严婷婷嫣然一笑，以攻为守：学院派与民间沟通渠道有限，你没有发现的治疗方法，在民间不一定不存在。如果秘方的成分和数据都可以公开，何来秘方一说？青教授也是中医中人，造诣深厚，想来不会不明白这样一个简单的道理吧？

青桥听出了严婷婷话语中的嘲讽，他不动声色：他听出了严婷婷话语中的嘲讽，不动声色：我只是询问你的资质，并没有要求你们公布秘方保健品的核心内容。如果连这些你们都要回避，仅凭一段无法验证的VCR和严副总自说自话的宣讲，让我们怎么确定事件的真实性？况且，宣传保健品的医疗作用，为国家监管部门严格禁止，这个道理想必严副总也不会不明白吧？

严婷婷面露不屑，瞟了一眼青桥，挑衅道：治愈小草莓血癌的并非一般保健品，而是在民间秘方基础上研制出的特殊保健品，这在VCR中已有说明。开个玩笑，青教授是不是一直沉浸在刚才演讲成功的愉悦中，而有意选择性失明呢？

场面已开始混乱。与会者交头接耳，仿佛有蜂群在会场上空掠过。

面对严婷婷的挑衅，青桥轻蔑地一笑：严副总，你听说过这样一则逸闻吗？有一次，在巴黎名流聚集的沙龙上，萧伯纳正在沉思，一名美国的亿万富翁过来说，先生，如果你告诉我你在想什么，我就付你一美元。萧伯纳看了他一眼，一耸肩：可是我思考的内容根本不值一美元。

会场安静了，大家的目光看向青桥。人们不知道，这位中医界的青年翘楚会怎样化解眼前的困局。

青桥转身面向会场，大声说：为什么不值一美元？萧伯纳的回答是，因为他脑中思考的正是这位富豪。

会场发出一阵善意的笑声。严婷婷的脸颊顿时涨红了。她没有想到，青桥居然以这种方式，加倍奉还了她传递给对方的羞辱。

请你不要介意，我也是开个玩笑。青桥神色从容：不过，客观地说，你今天致辞的内容和提供的案例，确实对实施"健康中国"国家战略毫无价值。他转向主持人，鉴于康太集团的致辞与本次论坛的主旨完全不在一个频道上，我建议，论坛应该终止以推销保健品为目的的商业炒作。

主持人有些懵逼，他似乎有难言之隐：这个……这个，严小姐，请你的致辞尽量契合大会主题。

这时，会场门口一个壮汉突然大叫：严副总，跟他废什么话。别人都是忽悠，就他牛掰，这里正好有一位颈椎全脱位患者，是骡子是马，他敢拉出来遛遛吗？

工作人员跑过来告诉主持人，那个壮汉是康太集团客服部的，按照约定，他们在论坛期间可以在会场外推介保健品。

主持人皱皱眉，不高兴地说：岂有此理，推介就推介呗，怎么可以干扰会场秩序。又扭头冲门口喊，我们这是论坛，不是医院，要是看病，可以到燕北大学附属医院中医科去挂青教授的专家号。

壮汉已经推着轮椅进了会场，轮椅上是一位中年妇女，脖子上套着钢箍，双眼直视，上身僵直，一动也不动。壮汉边走边喊：既然是健康论坛，又有名医在场，干吗要舍近求远？别是猪鼻子插大葱，他没有这个胆量吧。

听众席中《大众健康报》的驻会记者罗小力，目睹了眼前发生的一切。

不知为什么，她竟暗暗为青桥担心，虽然毕业于北师大中文系，但五年的记者生涯，耳濡目染，对一般的健康问题并不陌生。她知道颈椎全脱位属高危病症，弄不好会导致患者瘫痪，一般的中医大夫避之唯恐不及。

轮椅已经被壮汉推上主席台，跟随中年妇女的女孩儿向台下的青桥深鞠了一躬，神情充满渴望：大夫，我们从县城到省城，从省城到北京治了一路，现在都没有医院肯收了。刚才路过这里，他们说只有吃他们的保健品，才能从根本上提高身体免疫力，治好我妈妈的病。我不信，您是专家，求您救救我妈妈吧。

青桥一个箭步，又登上了主席台。

轮椅一推进会场，他就在关注中年妇女的状况，听了女孩儿的述说，又认真翻看了患者的病历与CT，心里有底了。爷爷青连山和正骨名医冯天有素有交往，小时候，他跟爷爷N次到冯府拜访，亲眼见过冯老先生的正骨绝技，从医后也多有研习。正骨借助的是巧力，而巧力又必须以深厚的功力为依托。如果今天在现场能够复位成功，对发扬光大中医国学，推动中医助力"健康中国"的战略实施，无疑是最好的诠释。

青教授，我们是学术论坛，没有诊病义务，您可以拒绝。

青桥感激地看了一眼主持人，笑笑说：您没看见吗，有人在忽悠患者靠什么保健品治疗颈椎全脱位呢，我愿意就今天这个病例做一下演示，来证明非药物治疗在中医实践中的巨大潜力。

壮汉见青桥话含机锋，也不示弱：试试，这是人命关天的事，你试试？试坏了，大姐要是高位截瘫你养她一辈子吗？说着掏出手机开始录像，你试吧，我全程录像给你发到网上，题目就是——《庸医草菅人命，患者高位截瘫》。

青桥瞟了他一眼：那估计你会失望了。说着走到轮椅旁，轻轻摘掉患者的钢箍，让女孩儿托住她的头，伸出右臂稳稳夹住患者脖颈，触感错位的颈椎，发现第三椎尽管脱位明显，但是并没有发生二次扭转，是一次受伤。于是抱住患者的头向上轻拔，右手托住错位的颈椎，发力一推，患者啊一声惊叫。

青桥松开手，盯着已有些呆滞的病人，小心翼翼问：感觉怎么样？

中年妇女下意识摸摸脖子，目光忐忑而茫然。她试着晃了晃头，突然站起身，张开双臂大喊了一声：哎呀，我的脖子有劲儿了！

女儿扑上去和妈妈相拥而泣。尔后母女双双跪下：大夫，您真是神医呀，谢谢您。

掌声如潮，有人喊：太神奇了，简直是华佗再现。

青桥扶起母女俩，拿过话筒：我不是华佗，也不是什么神医。这位患者颈椎全脱位，正骨复位是中医强项；如果今天推上来的是一位脑溢血病人，我就束手无策了。不过，说什么保健神品治愈了血癌，保健品可以治疗颈椎全脱位，纯属图财害命，大家千万不要相信。

午餐时，青桥走进自助餐厅。不时有与会者向他点头或微笑致意，看得出，大家对青桥的认可和赞赏。罗小力从青桥一进来就盯着他的一举一动。当青桥打好饭菜在一张空桌前坐下时，她恰到好处地出现了：青大教授，不介意我和你共进午餐吧？

青桥抬起头，含笑作答：哪里，美食加秀色，人生两大乐事联袂而来，我高兴还来不及呢。不过，美女，我要纠正你一个称谓上的错误，副教授。

沟通全无障碍，没多久，两个人已经熟络得像认识了八百年。

罗小力正值花蓓年华，肤如凝脂、梨花带雨，加上香奈儿裙装勾勒的完美身材，整个一女神范儿。作为记者，她参加过多次行业会议，听过许多空洞无物的报告和讲座，不能不承认，如果不是走上讲台的青桥英气逼人，她也许会溜号儿。对《中医怎样助力健康中国》的报告题目，她并无多大兴趣，实在是因为青桥和她想象中的中医名家反差太大，才怀着好奇心留在了座位上。

很少有人能够进入罗小力的法眼，而在报告结束的那一刻，她几乎对青桥有些崇拜了。当然，假如没有后面发生的事，罗小力的崇拜或许只是停留在欣赏层面，不会在午餐时舔着脸去找青桥搭讪，她没那么容易放下身段儿。是青桥后来的表现，让高傲的姑娘无法再保持矜持。她被青桥彻底征服了，她甚至暗暗责怪造物主偏心，竟然将智慧、颜值和担当完美地集中在一个人身上。

吃完饭，两人走出餐厅。

罗小力提议：青副大教授，"健康中国"很重要的一条就是提倡科学的生活方式，酒足饭饱，咱们随便走走吧。

这么叫你不嫌累吗？青桥打趣。

那叫你什么，直呼其名，是不是太不淑女了？

青桥双手抱拳，神态夸张地惊呼：拜托！你罗记者要是淑女，这世上就没女汉子了。

罗小力来了个借坡下驴：是吗？那就直呼其名吧，装淑女也确实怪累的。

正值午后，路边香樟树的叶子硕大而浓密，阳光透过树叶的缝隙把一块块光晕投射在他们身上，一闪一闪的，像是大自然馈赠的精美饰物。说实话，青桥并不是自来熟，他内心无论怎样风云变幻，外表也会用一支温度计调控。这和职业有关，医生情感过于外露，会给病人带来某种不必要的心理暗示。但不知为什么，面对罗小力，青桥的心窗像是拔去了插销，一下就吹开了。

罗小力瞟一眼青桥：我还以为，中医教授都是故纸堆里爬出的书虫呢。

青桥故作矜持地点点头：我可以理解为你这是在赞扬我吗？

罗小力喊了一声：美得你，是不是心里在偷着乐？

青桥弯起右臂一握拳，肱二头肌像小山一样隆起：不是吹啊，引体向上一口气能做一百个，卡拉OK获得过全区业余组比赛金奖，书法为中医杂志题写过篇名。

牛吧你就！罗小力奚落了青桥一句，语气中却是掩饰不住的欣赏。

的确，青桥身高一米八五，颜值不输靳东，是女孩儿心中的男神。

罗小力忽然问：青桥，你不觉得今天的事有点蹊跷吗？

青桥侧过头，不解地问：蹊跷？

罗小力若有所思地眨眨眼：会中我溜号去接了一个电话，看见那个病人是康太的业务员忽悠进来的，我觉得，他们是想出你洋相。

青桥不屑地哼了一声：是吗？这个康太虚假宣传保健品功效，误导消费者，他们的做法和"健康中国"的主旨完全不在一个频道上。

所以，我才要给你一个黄金赞。罗小力眉飞色舞：你今天的表现真是帅呆了。告诉你，我已经构思了参会以来最重要的一篇特写，题目就叫：《"健康中国"共谋良策　教授献艺技惊四座》。

青桥连连摆手：罢了，罢了，你这是要把我架在火上烤啊。

罗小力不以为然：我不是孙权，你也不是曹操，谁要烤你？

一位工作人员快步跑过来：青教授，你是不是没带手机？你父亲打电话到会务组，说你爷爷突发心梗，可能……可能，已经不行了。

2 神秘是种流行色

罗小力溜号去接的那个电话，是史一兵打来的。

史一兵是康太保健品集团总裁，四十出头，头顶已经有些稀疏，戴一副 K 金万邦眼镜。他旗下拥有保健品公司、制药厂、疗养院、国医馆一众企业，每年还出资上亿冠名了一家足球俱乐部，在业内可以说是大名鼎鼎。

在 2015 年度集团答谢晚宴上，史一兵见到了罗小力，眼前仿佛升起了一轮太阳。他很少有这种感觉，尤其是罗小力黑加仑一样的双眸，占据了眼球的三分之二，双眼位置比一般女孩儿的间距稍微大了一丢丢，使得她的美不同凡响。

史一兵被迷住了。

然而，各种献媚在罗小力面前一律失效，急得他抓耳挠腮。那天，史一兵找了一个极其诱人的理由，在十号会所订了包房。以他的经验，任何美女记者听到这样的邀约，都会颠颠儿赶来。不想，电话刚一接通就被罗小力拒绝：史总，做广告去找广告部，我是铁路警察管不着那一段儿。我正在上海开会，别来烦我。

史一兵还想说话，女神已不由分说挂断了手机。

史一兵很沮丧，他已经来到了"听雨阁"包房门口，正犹豫进还是不进，忽听到相邻的"观云轩"传出一阵争执：岂有此理，真是岂有此理！我订好的黄焖鱼翅凭什么让给了"听雨阁"？难道是怕我付不起账吗？原来，"观云轩"的客人订了四份黄焖鱼翅，因为这道菜要三天以前下料，会所头一天向客人落实订餐有无更改，没有收到回音，正巧史一兵要订，服务员就答应了。

客人不依不饶：平时我不看短信，你们为什么不直接打电话求证？

服务员连连鞠躬：是我们服务不到位，请您谅解。

"观云轩"的客人是一位五十来岁的壮年汉子，身着灰色西装，里面是浅蓝色衬衫，版型挺括，系一条酒红色领带，一副成功企业家的派头。他斜眼看了看站在门口的史一兵，又责问服务员：一句请你谅解就完了吗？我请了三位客人，你只有两份黄焖鱼翅，难道让我们分着吃？

史一兵听明白缘由，上前一步说：噢，小李，正巧我约的客人有事不来了，我预订的两份黄焖鱼翅就让给这位先生吧。

壮年汉子有些不好意思，掏出名片双手递给史一兵：在下青子翔，敢问老板尊姓大名？

噢，创融置业青老板，幸会，幸会。史一兵掏出名片回递。

青子翔接过名片一看，大惊失色：史一兵？怪不得看上去有些面熟，原来是康太集团史总呀。失敬，失敬。您在电视台经济频道的访谈我看过，受益匪浅，受益匪浅。

史一兵双手作揖，谦虚地说：青老板，见笑了。

青子翔热情地拉史一兵坐在沙发上：史先生，听说贵公司正在筹划与世界保健品巨头韦斯林公司的战略合作？阁下一出手就是大手笔，佩服，佩服。

史一兵心中诧异，他是房地产老板，怎么对本集团的商业动向这么清楚？看来此人水深莫测。心里这么想着，脸上却波澜不兴：谈判正在推进，实现国际化是集团的下一个战略目标，还希望能得到青老板关照呦。

哪里，哪里，我是秃子跟着月亮走，希望能沾上史老板的光呢。青子翔恭恭敬敬给史一兵斟上茶：史老板，我今天请了几位朋友小聚，只叙友情，不谈公事，如果你不嫌弃，就请一起坐坐可好？

史一兵正好心烦，又想到这个青总是房地产老板，与他交往的也绝非等闲之辈，认识了说不定什么时候能派上用场，略加推辞就应允了。

客人到齐，开始走菜，青子翔突然接到大哥电话，告知父亲病危。

青子翔来晚了，他赶到燕北大学附属医院时，父亲青连山已经进入弥留状态。一病不起的老人，刚刚在病榻上交代完后事。

本来精神还算矍铄的老人，被病魔一击，一下子像散了黄的鸡蛋，没有了一点精气神儿。他的目光迷离，像蒙上了一层雾霾，无论怎样睁大眼睛，也难以看清妻子和儿女的容颜了。往常，他们的音容笑貌像开在窗外的栀子花，近在眼前；如今被命运的迷雾隔开，正渐行渐远。

作为青连山的小儿子，青子翔此刻的心情是复杂的。

父亲油尽灯枯，青子翔的悲痛自然痛入骨髓，同时，焦虑又如涨潮的海水漫上心头。父亲是中国中医药大学著名教授，家私不菲；他一生酷爱玉石，二十世纪六七十年代常赴新疆和田讲学，应该有珍贵玉石收藏。这几十年，玉石价格像插入沸水中的温度计，老人随便收藏一块，也该价值连城了吧？青子翔衣着光鲜，出入社交场合一副成功企业家派头，那不过是硬撑。这几年房地产市场冷风频吹，他们公司做的几个楼盘收益不好，唯一一个开始运行的项目"霞光宫殿"前景虽然不错，但资金链也出现了断裂征兆。今天在十号会所设宴，他请的主客就是建设银行某支行尚行长，也是未雨绸缪，事先做点铺垫。

现在，青子翔最关心的是父亲怎样处置遗产。

商场风云诡谲，万一出现难以把控的突发情况，父亲分到自己名下的遗产或可救急，那绝不会是一个小数目。他瞅了一眼妻子，柳絮正瞪他，向昏迷中的老公公努了一下嘴。

青子翔觉得自己的想法确实和眼前的氛围不搭。

他来晚了，刚才一进急诊室，就被大哥青子飞也狠狠这么瞪了一眼。同样冷峻而尖利，但是青子翔还是感到了两个眼神明显的不同，妻子是幽怨，有点哀其不幸怒其不争；大哥则是赤裸裸的愤怒，就差冲他吼一嗓子：你怎么才来？

刚才他真是不想走。史一兵财大气粗，他很想抱上这条粗腿；如果不是大哥在电话中爆了粗口，他本打算吃完饭再来。

病床旁的检测仪上，青连山的心脏突然变成一条直线。

医生摘下听诊器，语调低沉地说：我们尽力了。

柳若兰一把抓住老伴的手，贴在自己面颊上痛哭失声：老青，你就这样走啦？你不守信用，你说过我们还要一起去海棠湾观海、玉龙雪山赏雪呢，答应了我的事，你为什么不兑现？

在母亲和大哥的哭声中，青子翔悄悄拉了一下妻子的衣袖，两人来到抢救室外，他泪眼模糊地问妻子：怎么回事，爸怎么说走就走了？

柳絮告诉他，平日滴酒不沾的爸，今天午餐非让妈打开了一瓶封存多年的西夫拉姆，说这样重要的日子应该有仪式感——2016年6月15日，他们的钻石婚纪念日。只不过，自父亲被确诊为缺血性心肌病后，每逢这天，相敬如宾的夫妻俩也只是通过互赠花束表达心中的情感，从不碰酒。那天母亲所以没有能够守住底线，是丈夫的另一条理由让她无法反驳：若兰，刚刚播出的《午间新闻》，桥儿作为中医界代表，在"健康中国高峰论坛"上作了很有学术价值的讲座，这是他事业上新的起点，难道不值得我们为之庆祝吗？

父亲端起斟了少许红酒的高脚杯，向母亲只说了两个字：干杯。酒刚喝下，身子一软就瘫坐在椅子上，杯子哐当一声落地，摔成了碎片。

青子翔听后抹了一把眼泪，问：爸留下了什么遗嘱？

柳絮看着丈夫，目光中尽是哀怨：临终时，爸把银行保险柜的钥匙交给妈了，说里面是他留给子孙的遗产，让我们尽到人子之孝，否则无权继承。还留给了大哥一份委托书。

委托书，什么意思？

还不明白吗？钥匙由妈保管，委托书是给大哥的。就是说，保险柜只有妈能打开，妈一旦出现特殊情况，大哥有授权。

青子翔顿时傻了：那我呢？

你？柳絮用手点着丈夫：在遗产的保管上，已经被出示红牌了。

青子翔转身要进抢救室，被柳絮一把抓住：你干吗去？

这不公平！青子翔红头涨脸：我要讨个说法。

柳絮生气地说：屁说法。爸和妈信不过你，你难道不该从自身找找原因吗？再说，现在是什么时候，老人刚刚咽气，你就为遗产和家里撕破脸，以后青家还有你立足的地方吗？我看你真是脑子进水了。

青子翔耷拉着脑袋，心有不甘地又问：爸还留下什么话了？

柳絮若有所思：爸说的最后一句话是：告诉青桥，靡不有初，鲜克有终，一定要把那个中药组方的研究坚持下去，造福大众。我看，较之遗产安排，他老人家对这个中药组方好像更念念于心。

青连山教授的遗体被送入太平间时，"观云轩"的饭局刚散。

世间就是这样，每一刻都有人死亡、有人新生，有人罹难、有人走运。超出了本人的生活半径，什么样的悲欢离合也只是个人的情感体验，没有人会为此停留。浓烈抑或寡淡，一如他独自品咂的杯中残酒。

史一兵回身冲后面几位客人招手：幸会，各位，有时间再聚。

尚行长已经有些微醺，他似乎很熟络地上前拍拍史一兵肩膀，舌头有点发硬地说：史、史先生，你所以把康太集团做得风生水起，今、今天，尚某算是领教了。

区民政局长何莲莲也上前和史一兵握手：让史先生破费了，不好意思。

史一兵豪爽地一笑：哪里，能有幸与各位相识是史某的荣幸。俗话说得好，一根线容易断，万根线能拉船嘛。以后康太集团还免不了要叨扰各位呢，对了，我往东走，哪位肯赏光搭车？

尚行长调侃：往东？那正好，何局长是青总的大学同学，当年北京经贸大学的校花，倒是需要重点保护一下。

何莲莲瞪了尚行长一眼：你喝高了吧，拿我开心？史总，多谢美意，我出门坐地铁，方便得很，谢谢你丰盛的午餐，再会。

史一兵走到路旁的奔驰前，拉开车门，一看司机很诧异：是你？

接他的人是吴迪，加拿大韦斯林保健品公司驻北京办事处副代表。

史一兵转行后，为了镀金，也为了开阔眼界，在加拿大多伦多大学营养学专业进修过一年，在那里认识了吴迪，并很快成了朋友。史一兵出手阔绰，行事豪爽，让远在异国他乡的吴迪很有一种安全感。有一次两人在宿舍聊天，吴迪随便夸了一句史一兵的皮带有品，他便硬和吴迪做了交换。事后吴迪上网一查，才知道史一兵的那条镶嵌了14克拉珍贵钻石的罗兰R822腰带，价值人民币50多万元，自己的不过是一条爱马仕仿品。几次想把腰带退还史一兵，都被拒绝了。这件小事，让吴迪感受到史一兵的侠义，也总觉得欠了他一份人情。史一兵呢，很欣赏这个小老弟的刻苦与能力，学业完成，本邀他加盟康太，吴迪却不愿意在朋友的羽翼下生活，要自己闯出一片天地。他没有接受史一兵的邀请，但是心存感恩；因为同在一个行业，不时会有一些公关接触和业务往来，康太集团计划与韦斯林公司的合作就是他牵的线。

吴迪一边发动车一边解释：我去康太，赶上司机要来接你，就代劳了。

吴迪是忙人，没有紧急的事不会直接去公司找他。史一兵忽然有一种不祥的预感，像暗夜的磷火倏地一闪。

他点燃雪茄，抽了一口问：有事吗？

吴迪将大奔驶出十号会所：刚接到汉伯电话，他被调岗了。

调岗？史一兵一时没有缓过神来：他不回北京办事处了？

对。吴迪回答：新的首席代表由韦斯林公司创始人，老米勒的孙子接任。我觉得……这不是一次普通的人事变动，有可能会影响到康太与韦斯林的合作。

有那么严重吗？老米勒的孙子，不过一枚乳臭未干的小鲜肉。

吴迪不以为然：事情真不像你想象得这么简单。这个小米勒虽然是个加拿大富二代，但从小接受的是严格的绅士教育。可不像咱们的富二代，养尊处优、比阔炫富。他十岁开始就自己打工挣零用钱；16岁被老米勒送进加拿大第一骑兵旅，在最基层当了两年兵；进入韦斯林后也是从店员干起，凭业绩升到了人力资源主管。现在，老米勒还规定他每个月必须在业余时间干满三十个小时义工。

史一兵叨咕了一句：这个洋老头，整的是什么幺蛾子。

吴迪微微一笑：老米勒就是想让他从小接受历练，将来能够真正担起韦斯林公司的担子。我觉得老米勒在这个节骨眼上临阵换将，并且让小米勒亲自出马，恐怕别有深意。总之，来者不善，康太要有应对方案。

史一兵面露不屑：他比汉伯还难摆平？

吴迪冷笑一声：史总，我劝你想都不要这样想。韦斯林是家族企业，小米勒将来顺理成章是公司掌门人，怎么可能为了一点蝇头小利放弃公司利益？

意向书都签了，小米勒能推倒重来？除非他抓住了我们的软肋，否则，1000万美元的违约金就够他喝一壶了。

吴迪点点头：这一点康太倒是占据主动。亏了你坚持汉伯回国前签下这个意向书，要不然小米勒一旦反悔，还真拿他没咒念。

云谲波诡的生活现场，神秘常常是一种流行色。

3 千真万确讹上你

我找米勒先生。米勒，人力资源部的米勒。

渥太华韦斯林总部的前台，来了一位二十五六岁的东方女孩。白色休闲装、白色阿迪达斯网球鞋和一个米黄色的双肩背，把她装扮得阳光灿烂、活力四射：他约我今天来公司接受面试。

金发碧眼的前台小姐耸耸肩：噢，是这样。米勒先生调岗了，已经不在人力资源部了。

女孩快人快语：这个家伙怎么不讲信用？他调岗了应该事先通知我。

前台小姐倒了一杯水递给于雪菲：小姐，你先喝杯水。

于雪菲怒气未消：我跑了两个小时的路程是要吃闭门羹吗？不行，我要投诉他，韦斯林是世界级保健品集团，这种低级错误不应该发生。

前台小姐不急不慌，态度温柔而得体：米勒先生这次调岗有些突然，不过他应该已经做了安排，我打电话问问人力资源部？

他调了什么岗？于雪菲随口问。

北京办事处首席代表。前台小姐微笑着回答。

北京？于雪菲一惊，忙伸手阻止小姐拨号：他去北京了？他不是韦斯林公司创办人的孙子吗，怎么调任北京了呢？

如果我没有猜错，小姐应该来自那个古老的东方国度。那是一片崛起的热土，健康养老事业前景广阔，我们派出最有能力的首席代表，不是顺理成章吗？

于雪菲愣了一下。她在渥太华攻读了三年营养学硕士，本打算学成以后回国发展，但是父母和男友坚决反对，希望她毕业以后留在加拿大。无奈之下，她才给韦斯林公司人力资源部发了E-mail，很快接到小米勒回复，约她面谈。现在，这个家伙都跑北京去发展了，自己为什么一定要留在这里呢？

一瞬间，被父母扼杀的那个想法满血复活——潜回国内，打出一片属于自己的天地，等事业有了眉目再现身。

至于男朋友陈伟，告不告诉他，那要看他的表现了。

小姐，我怎么才能帮到你？金发女郎问。

不需要了。于雪菲冲她招招手，说了一声：拜拜。

楼前的草坪上，一位老人正在调试灌水喷头。

于雪菲从他身旁走过，不巧老人操作失误，喷了她一身水。姑娘尖叫一声，忙俯身帮老人把喷头的角度调好。

身穿一身工装的老人站起身道歉：对不起，老了，反应迟钝了。

于雪菲抖抖身上的水珠，望着满头银丝的老人心有不忍：没关系，您老这么大岁数了还出来工作，真是不容易，需要我的帮助吗？

老人看着操一口流利英语的东方女孩儿，眼睛笑成一条缝：谢谢。韦斯林就像我的孩子，我愿意为它做事，哪怕很琐碎。

不知为什么，于雪菲对年迈的老园丁有一种天然的亲切感。他的眼睛和爷爷一样，笑成一道缝时，流淌出的目光就像冬日的阳光，在你的脸上轻轻淌过，让人觉得温暖：按中国的习惯，我应该叫你爷爷。爷爷，希望你健康快乐。

老人一下来了兴致，他的目光顿时变成了夏日的火焰，热烈而奔放：你来自中国？太好了。姑娘，你让我想起了一个人，和你一样，明澈得就像一道清泉，我们相识的时候，她比你现在还要年轻。

于雪菲也被老人的热情感染了：是吗？那一定是一段美好的回忆。

当然。老米勒拍拍手，收拾工具：如果我没有猜错，你是来应聘的。姑娘，你叫什么名字，能告诉我吗？

是的，我叫于雪菲。

于雪菲，我记住了。老人了解过情况，佯装生气地哼了一声：这个米勒太令人失望了，如果你愿意，我可以帮助他完成对你的面试。

你？于雪菲有些不相信：不过，我已经决定回北京了。

老人不无遗憾地摊摊手：回北京？嗯，回北京应该是一个正确的选择。然后对着已转身离去的于雪菲喊：年轻人，那个失约的米勒先生很快就会去北京。也许，你们会发生某种交集。

于雪菲回身招招手：谢谢你，园丁爷爷，一切顺其自然。

于雪菲边走边打开手机视频，她刚刚做出的决定太重大了。

她有一种大事将至、重任在肩的豪迈。孕育已久的梦想一下成了拧在心板上的发条，催赶着她赶紧漂洋过海，回到生她养她的那座古城。

她可以瞒着父母和男朋友，但是有一个人不能瞒，必须马上通知。

早晨5点钟，东方刚刚泛白，天空仍呈深灰色。只有西北角的天幕上忽闪着几颗星，光若微萤，城市在酣睡中还没有苏醒。

手机响了，青桥看到屏幕上显示的名字：雪菲。

今天是逝者头七。青桥睡不着，半夜就起身陪爷爷。

青连山出身于中医世家，由于十年动乱，儿子青子飞和青子翔没能子承父业，让青连山很是失落；孙子青桥从小对中医颇有兴趣，在爷爷的细心调教下学业精进，又让青连山很是欣慰，也期许甚殷。他向孙子传授了平生所学，也通过点点滴滴的生活琐事教导青桥如何做人。不为良相即为良医，青桥从小就对悬壶济世、治病救人的医生充满敬意；神农亲尝百草、华佗刮骨疗毒，古今名医的感人故事，又使这种敬意逐渐升华为信仰。考上中国中医药大学后，青桥硕博连读，硕士第二年考试通过医师资格证的那一天，爷爷破天荒在庆祝家宴上向孙子敬了一杯酒，说桥儿，我这杯酒不是敬给你，而是敬给医生这个职业的。病人找你看病，健康所系，性命相托，这是一份多么厚重的责任？你选择了这个职业，就意味着你将在黑暗中负重前行，只是为了给别人撑起一盏灯。

望着孙子，青连山目光中充满希望：今天是你人生中最重要的一个日子，我送给你两句话，希望你能牢记终身。记住希波克拉底誓言，对病人负责，对大众健康负责；抵御住所有的挫折和诱惑，做一名好的医者。

得知爷爷突然病危，青桥连夜赶回北京，还是没有在生前见上爷爷最后一面。奶奶说老人临终时最放不下的就是他，留下的最后一句话是：靡不有初，鲜克有终，让他把中药组方的研究坚持下去，青桥更是悲痛欲绝。

青桥研究的是一个对抗阿片类药物依赖的中药组方。

研究起源于《精要汇编》。这本书是青桥的曾祖在林则徐虎门销烟中，为了缓解鸦片成瘾者戒毒时产生的痛苦，收集到的民间药方。但由于年代久远、历经颠沛流离，已经残缺不全，有的只有药名没有剂量，或只有方法而未注明功效，看上去隐晦难懂。青连山曾认真梳理，依然有一些关键节点没有破译。青桥偶然看到这本汇编，即产生了强烈兴趣。

作为医学教授，青连山当然知道阿片类药物依赖实际上就是一种毒品依赖。在一些感冒药、止咳药、止疼药中都存在阿片类成分，一旦成瘾后停药，会浑身瘙痒难受、坐立不安，出现认知幻觉，甚至自残。为了缓解痛苦不得不长期服用，形成依赖，对人体健康危害极大，目前还是世界医学界未曾攻克的难题。

没有人能够解释青连山教授在生命最后时刻的激情与亢奋。

大医之愿在于普济苍生。也许是冥冥之中，一盏灯即将黯灭，却在奋力点燃另一盏灯时的激情燃烧吧？如同流星，在生命的瞬间迸射出了最耀眼的光。

爷爷走后，为了照顾好奶奶，青子飞让青桥搬过来与奶奶同住。

头七这天，青桥来到客厅，在爷爷的遗像前长久静坐，心中暗暗发誓：一定要做一名好的医者，一定要把那个中药组方研究出来，以告慰爷爷的在天之灵。

于雪菲的电话就是这时打进来的。渥太华与北京的时差是十二个小时，郁金香城的傍晚正是东方之都的拂晓。

青桥调整了一下角度才打开视频，他不想让对方看见爷爷的遗像。

喂，青大教授，别来无恙乎？于雪菲嬉皮笑脸调侃。

青桥打起精神，哭笑不得地回了一句：除了你，不会有第二个人这么早打电话骚扰我。

视频中的于雪菲做了一个鬼脸：那你应该感到荣幸。

青桥叹了一口气：都硕士了，怎么还像个长不大的小丫头？

于雪菲假装嗔怒：充大、充大，跟我充大是不是。谁是小丫头？知道你现在是副教授了，又在《The Lancet》上发了论文，了不起啊。

青桥不想和她废话，就站起身：别耍贫嘴了，什么事，说。

向你通报一个重大情报，我决定回国发展了。机票一订下来，我就通知你，你负责接机啊。另外，你赶快帮我租一套单身公寓，物美价廉的那种，我住。

什么，你要回国？还要租公寓单住，你这是唱的哪一出啊？

于雪菲故作神秘地说：我这次回去是 Undercover。

青桥重复了一遍：Undercover。

对！于雪菲点点头：潜伏，所以你不许走漏半点风声。

你回来干吗？青桥看着视频中一脸诡秘的于雪菲，不解地问：不是说好了，毕业后留在加拿大发展吗？

回去干吗？Startup。于雪菲的口气根本不容置疑。

青桥这回有点傻了：创业？大小姐，上下嘴唇一碰就能创业？你知道不，珠峰登顶的路上，每隔几十米就有一具尸体……

于雪菲打断青桥的话：什么意思你，吓我哪？

青桥撇撇嘴：我是想说，比起珠峰登顶，创业的路更难走，尸横遍野。你以为你是谁，董明珠？香奈儿？

那我不管，反正有你给我保驾护航呢。

我给你保驾护航，青桥反问：你怎么讹上我了？

对，千真万确，就是讹上你了。

4 中　枪

罗小力回到北京后，有点魂不守舍。

读大学时，罗小力不光是学霸，还是学生会文体部部长、春雷舞蹈社的领舞兼报幕。每年高校文艺会演，罗小力一袭长裙、两肩秀发，往舞台中央一站，圆形的追光灯照在她身上，不知迷倒了多少情窦初开的男生。追求者中不乏标准的高富帅，却始终没有一个人能打动罗小力的芳心。她的初吻，是一封查无此人的信，迟迟不能送出；以至于罗小力本人都有气无力地自黑，说本姑娘是爱情的绝缘体，已经百毒不侵。

没想到，在"健康中国高端论坛"上，她中枪了，而且是自伤。

那天，青桥飞回北京后，他的身影就一直在姑娘的心里转悠。这可是从来没有过的事，罗小力暗暗嘲讽自己，至于吗，你不是自诩为高傲的白天鹅吗，怎么刚见到一片不一样的风景就不想飞了？多大的出息。可是没用，思念像是悬河泄水的藤萝，一不留神已经爬满心底。

知女莫若父。罗凡已经感到了女儿情绪上的悄然变化。

自上海归来，女儿常常发呆，床头的《外国情诗选》还被折了页，折页的地方是勃朗宁夫人的《我是怎样的爱你》，其中有几句被画了红线——

无论是白昼还是夜晚

我爱你不息

就像供给的食粮每日都不能间断

罗小力的母亲原是燕北大学附属医院神内主任，后来到美国华盛顿医院进修，作为美国高端人才引进计划的受益者，已经办理了工作绿卡，移民申请也上报到了联邦移民局，不出意外，很可能在一两年内就在星条旗下宣誓了。父母为此颇为欣喜，罗小力却有一搭无一搭。喊，世界发展的引擎正在由西方向东方转移，只要不犯颠覆性错误，中国的复兴就绝不是纸上谈兵；与其削尖脑袋去西方享受人家积累的奋斗成果，不如和自己的祖国一同生长。

罗小力和父母有过争论，不分胜负。双方达成默契：尊重各自的生活态度，不用自己的世界规划对方。说是说，罗凡还是在妻子出国后长住女儿家；小力已经到了谈婚论嫁的年龄，至今还孑然一身，当爹的不放心，盘算着什么时候能把女儿的手交付给另一个可靠的男人。

早餐已经准备好了：油条、豆浆；面包、煎蛋、牛奶，中西合璧。

罗凡招呼女儿坐下，试探性地问：闺女，你从上海回来，老是假装不经意地和我打听青桥，坦白交代，是不是喜欢上他了？

唉，罗院长，注意一下用词哈。罗小力在面包片上涂抹果酱和黄油，她瞟了罗凡一眼，撒娇：有父亲这么跟女儿说话的吗？

罗凡疼爱地看着女儿，目光像一张撒出的网，瞬间就把女儿罩住了：罗记者，我既当爹又当妈，这么问你不过分吧？

罗小力咬了一口面包，笑嘻嘻回答：老罗反问成立，准奏。

你这丫头，什么时候能让我省省心？

爸，您要是不想操心了，容易啊，早点把我嫁出去不就得了嘛。

所以，我才问你对青桥印象如何？

还行，及格吧。

罗凡领教过女儿的择偶条件，一听她说青桥上了及格线，喜不自胜：那去年我想撮合你们认识，你还一百个不愿意？

罗小力也嗔怪自己因为清高而错失了一次机会。如果这次不是社长派自己参会，如果青桥万一没去，或者去了没做主题发言，自己岂不是又和他失之交臂？她心里后悔嘴却硬：老爸，当时你说清楚了吗？我还以为是一个从故纸堆里爬出来的老夫子呢，谁知道整个一个山寨版靳东呀。

先入为主了吧。罗凡一脸赞赏：青桥不仅颜值高，业务上也了不得。去年他在《柳叶刀》上发表了一篇关于中医辨证施治的论文，在整个医学界都引发了不小的地震。

罗小力夸张地扔掉筷子：什么，他在《柳叶刀》上还发过论文？

那还有假。罗凡对青桥的人品和医术很是认同，内心极希望促成这桩婚事，于是郑重其事地说：我告诉你，青桥在我们医院可是货真价实的钻石王老五，惦记他的小护士都排成了队，你要是能把他"收编"了，我也就踏实了。

罗小力一抹嘴：不吃了。

急什么？罗凡逗女儿。

您不是说，追他的女孩儿都排成队了嘛，我得加个塞儿。赶快去报社，今天写他的文章出报，正好以送报为借口去找他呀。

罗凡一脸苦笑：罗记者，你也太不矜持了，他爷爷刚过世，情绪不好，你过几天去不成吗？

罗小力冲父亲做个鬼脸：等不及了，正好可以安慰一下他。

罗小力拿了包，拉开房门往外走。

一出门，哎哟一声惊叫，向后倒退了一步。

罗凡见女儿面色苍白，神色惊恐，赶忙一脚跨出房门，也愣了。

对面墙上竖着一个一人多高的毛绒玩具——灰太狼，神态怪异，一手拿着一束红玫瑰，一手拿着一把电动冲锋枪，黑洞洞的枪口正好对着门。

搞什么搞？这是白天，要是晚上，还不把人吓死！

罗小力惊魂未定，站在父亲身后也很愤怒：太可恶了，这是谁呀，想干什么呀？

罗凡已经冷静下来，他拍拍女儿的肩膀：小力，这好办，咱们去物业查查录像，看看是谁，什么时候把这怪东西放在这儿的。搞什么搞，简直是岂有此理。

罗小力看了一眼手表，略一思索，对父亲说：来不及啦。爸，这事儿您甭瞎操心了，我知道了是谁在捣鬼。

5 爱情撞了谁的腰

首都国际机场出港口的接站人群中，站着西服革履的吴迪。

他左手抱着鲜花，右手举着纸牌，上面是英文：米勒先生，北京欢迎你。

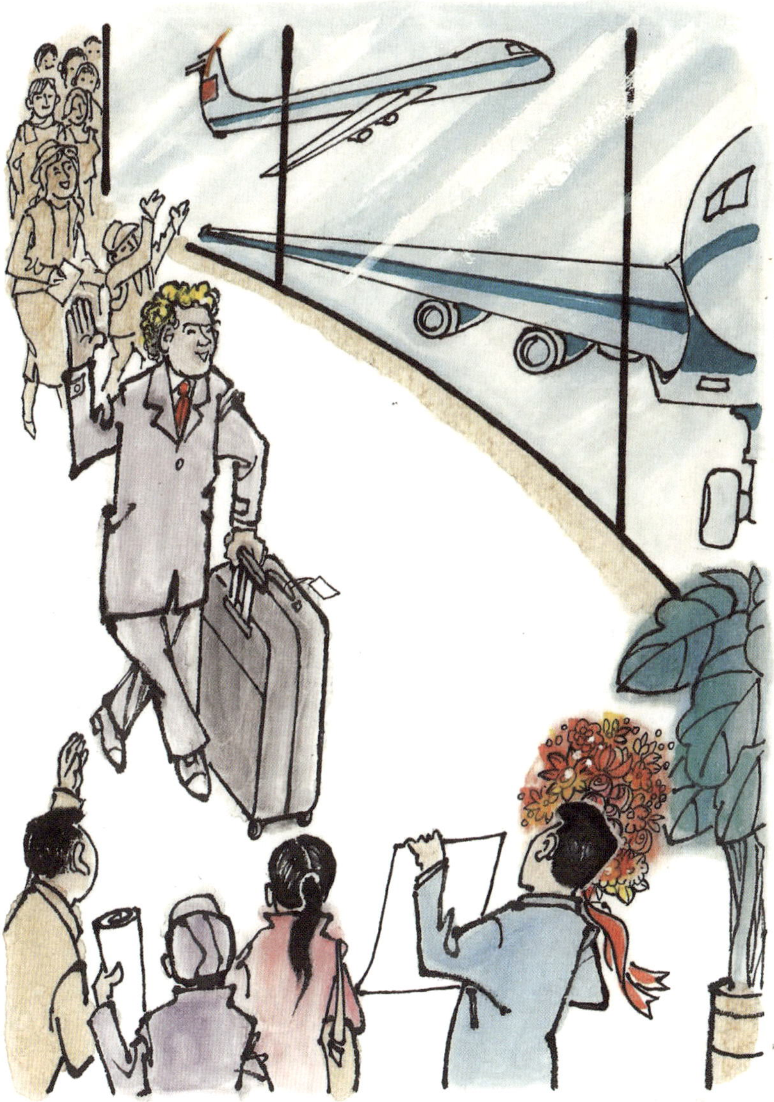

小米勒穿一身CK休闲装，拖着一个紫红色行李箱随出港的人流走出来。老远他就看见了举着纸牌的吴迪，招手向他示意。

吴迪也看见了小米勒，他把纸牌对折后塞进西服口袋，然后紧跑几步，把鲜花献给了新老板：米勒先生，我是吴迪，办事处副代表。

小米勒接过鲜花，贴近鼻子闻了闻，用略显生硬的中文打趣：郁金香，很加拿大。谢谢你的细心，让我有宾至如归的感觉。

吴迪谦恭地一笑，接过小米勒的行李箱，在前面引路。

吴迪，很好的名字，所向无敌。跟在后面的小米勒打趣：那么，你的英文名字叫什么？

吴迪没有英文名字，虽然他有海外留学的背景，又一直在外国商社工作，但是他不喜欢某些海归起英文名、说中文不时夹带几句英语单词的做派。个中缘由，不便向小米勒说明，就打了一个哈哈，笑答：英文名？嗯，密斯特吴吧。

小米勒点点头：吴迪，密斯特吴；小沈阳，小沈样儿。

吴迪对小米勒油然而生一股好感，看来这个小歪果仁很率性、随意、不装。根据经验，这样的性格一般比较好相处：米勒先生，你很幽默。而且你对中国文化也非常了解，居然知道《不差钱》的段子。

小米勒得意地耸耸肩：我的爷爷是标准的中国粉，他从小让我学习中文。我喜欢中医、相声、小品、中餐、茶道，还有书法，对中国文化可以说是……略通一二吧。

两个人来到车库。吴迪打开奥迪的后备厢，把行李箱放进去，回头见小米勒捂着肚子，眉头锁在一起，忙问：怎么了，米勒先生，不舒服吗？

小米勒直起腰，有点不好意思：我的腹部有些痛，可能是旅途有些劳累，没关系，回到办事处休息一下就好了。

吴迪拉开车门让进小米勒，自己也上车打着了火，他一边系安全带一边说：米勒先生，如果你不是特别疲惫，我建议去医院看一下。

去医院？小米勒把鲜花放在仪表盘旁：有这么严重吗？

燕北大学附属医院离办事处不远，它的中医科名声在外，治疗疼痛性疾病很棒。

中医科？小米勒来了精神：中医，神秘的中医。好，我们去。

吴迪操作了一下手机，惊喜地说：米勒先生，你的运气真好，居然还有一个青桥的专家号，你不知道，他的号很抢手呢。

是吗？小米勒好奇地耸了一下肩。

一小时后，小米勒走进诊室，傻了，问跟在身后的吴迪：怎么，他就是你说的那位教授？上帝，在我的认知里，教授总是和年龄成正比；特别是中医，名声更要靠经验积累呀，应该……秃顶、高龄，脸上挂着慈祥的微笑，怎么会……

青桥没搭理小米勒。

其实，中医最需要悟性。3个月内没有学会号脉，一辈子也就歇菜了。从业10年，大部分能见到的病临床上都能见到，成为名医正当其时。没有悟性，熬到80岁也是菜鸟一只。

他问过小米勒症状，示意他躺在理疗床上，让护士点燃一支香烟粗细的艾灸棒，贴着他的胃部不停地画圈儿。开始还有点愁眉苦脸的小米勒神色渐渐舒展，嘴里念叨着：啊，疼痛感减轻、很舒服，太神奇了，不痛了。青教授，你真棒，你是我在北京结识的第一位朋友。

门被推开了，进来一位年轻女子，光彩照人。

从理疗床蹦下的小米勒发出一声惊叫：啊，上帝，太阳升起了。

进门的是罗小力。她瞥了一眼这个表情有些夸张的歪果仁，并不领情地哼了一声，转而对青桥说：你好。

青桥同样意外：怎么是你？

罗小力很随意地坐在他对面的椅子上：怎么，我不能来吗？说着从挎包里掏出一叠报纸，我是来给你送样报的。今天的《大众健康报》二版，请批评指正。

青桥接过报纸，随手放在桌上一角：我在应诊，下班后再拜读。

小米勒过来拿起报纸，见到青桥的大幅照片和粗黑的大字标题，兴奋地叫起来：健、健康……中、国共谋良策，教授……献、献艺技惊四座。啊，我的朋友上报纸了，这真是一件值得庆祝的大事。怎么样，我来组织一个派对，表达一下热闹的心情？

罗小力问青桥：他是谁，你的朋友？

青桥一声苦笑：准确地说，是我的病人。

罗小力本来心情大好，想趁送样报的机会接近青桥，没想到碰到个自来熟的歪果仁，要把自己的计划搅黄，心里不爽，忍不住瞪了小米勒一眼：拜托，什么叫热闹？

小米勒已经被罗小力的美丽震撼了，他有很好的家教，不会轻易对一个女孩子表示亲近，如果他不打算娶她为妻的话。事情如果相反，作为一个西方人，他也不会吝啬自己的情感。

怎么，不贴切？高兴、兴奋，哪一个词更能准确地表达？

小米勒真心想促成一次聚会，他也觉得突兀。突兀又怎么样呢？所有的熟悉都是从陌生开始，所有的亲密都要穿过隔膜的樊篱。他已经看出来了，罗小力是青桥的朋友，但并非世俗意义上的恋人，这就给自己留下了机会。他相信，如果能够有一次聚会，这个美丽的东方女孩儿肯定会到场。

青桥觉得小米勒的提议很搞笑：行了，尊敬的先生和小姐，我正在上班，不适宜和你们讨论这个话题。

罗小力有些失落，小米勒却兴致盎然：青教授的意见是对的，我们不应该妨碍他工作。来，我们加个微信吧，我很乐观，不是一个严重的人。

罗小力只得拿起包，起身向外走：拜托，严肃，不是严重。

小米勒跟在后面：我又用错词了吗？那我岂不是更有理由拜你为师了。

罗小力回头奚落：你想拜我为师，我还不想收你这个学生呢。

小米勒掏出一张名片递给罗小力：美女，如果我没有猜错，你一定是《大众健康报》的记者；我是加拿大韦斯林公司驻北京办事处代表。

罗小力接过名片，审视地盯着对方：你是首席代表，米勒？

小米勒谦恭地点点头：是的，如假包换。

罗小力把名片放进包里，有些意外：哎哟，还真没看出来。

小米勒没有因为被轻视而不悦，伸过手机说：美女，加个微信吧。你是《大众健康报》，顾名思义，就是服务于大众健康；韦斯林公司也是以打造消费者的健康生活为企业宗旨，说不定我们以后会有合作。

吴迪目睹了小米勒向罗小力献出的所有殷勤。

他对小米勒的认知几乎被颠覆了，这就是那个上百亿美元资产的法定继承人吗？他的轻飘、随性甚至幼稚，怎么看，也与一个跨国集团的"王储"违和。真是百闻不如一见，当初对小米勒的定位也许并不靠谱。

此刻，坐在副驾驶位置的小米勒神采飞扬，似乎仍沉溺在意外的艳遇中还没有走出来：密斯特吴，你没有发现罗小姐是一位典型的东方美女吗？她的神韵、气质简直令人着迷。感谢上帝……

吴迪手握方向盘，在后视镜里看到小米勒喜形于色，已经完全不同于刚才，不禁打趣说：没想到一落地，米勒先生就坠入了爱河。

小米勒沉溺在自我陶醉中：爱情的神奇就在于此，也许你只是远远地看了她一眼，就会永远住在了你的心里。何况……密斯特吴，你看见的，我们在长椅上交谈了足足有 10 分钟。10 分钟啊，我觉得，她也爱上我了。

吴迪扑哧笑了：No、No、No，东方女孩儿一般都比较慢热。

小米勒根本听不进吴迪的话，依然在自己的逻辑中享受着快乐：这是一个例外，密斯特吴。她让我多喝水，注意两地温差的变化加减衣服，这是只有妻子或者女朋友才会说的话，难道不是吗？

吴迪没有想到小米勒这样天真，他的思维方式简直还停留在未成年期，以这样的视角去审视和解决商场中的诸多问题，怎么可能胜任北京办事处老大？他本来不想再说什么了，但是看到小米勒一副心驰神往的样子，还是忍不住又浇了一瓢冷水：米勒先生，你想多了，这不过是中国女孩儿表达客气的一种方式。

不，我不这样看。密斯特吴，你不会是嫉妒我吧？

嫉妒？不，不。我是想说，爱像香水，喷多了招人烦，抹少了又会被汗味儿稀释。吴迪摇晃着脑袋解释。

车子停在公寓门口，小米勒下车接过房间钥匙，拖着行李箱往楼里走：你是在嘲讽我吗，密斯特吴？

吴迪咧嘴一笑：哪有，我的意思是……要把握好度。又冲小米勒做了一个打电话的手势，有事电话我，明天上午 8 点，司机会准时来接你。

一小时后，吴迪已经坐在了"梦幻舞曲"的沙发上。

这是一家很有情调的咖啡厅。墙上挂着几幅西洋油画，钢琴弹奏着施特劳斯的曲子。阳光舒展而漫长，暖暖的、亮亮的，在装修讲究的房间里形成了规格不同的一块块光晕；光晕有时会晃动，像是被迷漫于空气中的咖啡香味熏醉了，伴随着钢琴里流出的优美旋律在翩翩起舞。

史一兵用小勺轻轻搅拌咖啡：怎么样，见到新老板有什么感觉？

吴迪喝了一口苏打水，不无失望地回答：怎么说呢？一枚还没有风干的小鲜肉。飞机刚落地，就对邂逅的一个中国女孩儿死缠烂打，也许我当初高看了他。

史一兵闻言很高兴，说这是好事呀。他身子往后一靠，跷起二郎腿：我就说嘛，不过一个加拿大富二代，签约的事不会受影响吧？

应该不会。吴迪沉吟了一下：我在车上试探过他，问什么时候与康太集团签约，他说不急，等熟悉一下情况再说。

刚才，集团的高级健康顾问还打来电话，问会不会因为办事处老大换人，影响到协议签订？叮嘱他千万不要掉以轻心，商场上的滑铁卢，往往是因为某一个细节没有处理好造成的。听吴迪介绍了小米勒的情况，他觉得顾问的担心基本是杞人忧天。至于说小米勒没有答应马上签署协议，也再正常不过了，离规定的期限还有两个多月，他再青涩也要装得老成点嘛。

吴迪见史一兵很是放松，便不无忧虑地说：我心里还是不托底，但愿这枚外国小鲜肉别整出什么事来。

史一兵夹了一块方糖放进咖啡里，用小勺搅拌了几下，端起杯抿了一口：用不着草木皆兵，他不是喜欢泡妞吗？没事多带他到娱乐城玩玩。

史一兵疏忽了。小米勒所以空降北京，是因为老米勒凭着敏锐的商业嗅觉，对汉伯失去了信任。来之前，小米勒认真研究了康太集团的有关资料，了解到吴迪与史一兵的关系，并和汉伯有过一次开诚布公的谈话。所有的蛛丝马迹都证明，平静的湖面下有暗流涌动，他要做的是拿到确凿的证据。从吴迪眼神中不经意流露出的轻蔑，小米勒知道自己已经被他划入了纨绔子弟行列，这正是他想达到的效果——让潜在的对手放松戒备。

小米勒没有读过《三国演义》，但是他懂得两将阵前交锋，如何卖个破绽给对方。

第二章

1 冰挂不是真的花

柳若兰被"绑架"了!

老伴离世后,柳若兰还是第一次走进街心公园。1948年,解放军包围北平,正在外语学校读书的共青团员柳若兰因为年龄小便于掩护,受党组织指派,动员学有专长的各类人才出城,以免在战火中玉石俱焚。那时,青连山在中医界已小有名气,也上了柳若兰的名单,俩人就此相识、牵手。几十年的夫妻情感,彼此已融入对方血液,突然有一方离开,那一片生命的空白岂是悲伤可以填补的?柳若兰的天塌了,仿佛世间的一切对她都失去了意义。如果没有孩子的抚慰,特别是青桥的悉心陪伴,她真的无力走出那一片生无可恋的阴影。

上班前,青桥一再叮嘱奶奶去街心公园散散心。

没想到,一进公园,柳若兰就被两个年轻人缠住了。

一个女孩儿,梳中分短发、自然黑,非常清新显美范儿。她像认识了八百年一样挎住柳若兰胳膊,嘴巴如同抹了蜜:奶奶,您来得真是巧,今天是我们康太公益宣传周第一天,免费为老年人义诊、咨询,您老人家来做个健康检查吧。

柳若兰一听,乐了。我老伴和孙子都是中医大咖,你们为我做健康咨询,可真是关公面前耍大刀了。心里这么想,嘴里可没说,短发女那一声奶奶,叫得她心里发热,姑娘紧紧挽着她的手臂,又让老人感到了一缕温暖和踏实。

这个短发女天生一副笑模样儿，看人的眼神也清灵得像一潭水，不知不觉，就流进了柳若兰因悲伤已经有些龟裂的心田。

见柳若兰没说话，另一个男孩儿挽住了她的另一只胳膊：奶奶，反正也是免费的，就让大夫量量血压，检查一下心脏，只有好处没有坏处。

柳若兰就这样，身不由己地被架到了一张桌子前。

她打量了一下周边的环境，变化不小：树荫下摆了一排长条桌，桌子后面坐着几个身穿白大褂的人，像是大夫。两棵树之间，扯着一条红色横幅，上书一行标宋：助力健康中国·免费健康大义诊。

一个医生模样的老年人招呼柳若兰：老姐姐，一看您气质就不一般，肯定是高级知识分子，您是哪个单位退休的？

噢，我是燕北大学的退休教师。

医生冲那两个年轻人笑了笑，得意地说：你们看，我的眼力不错吧？一看，老太太举手投足间就有一股高贵的书卷气。说着，为柳若兰测血压，老姐姐，您的血压有点高啊，180\100。

柳若兰点点头，敷衍道：嗯，这几天有点劳累，情绪也不太好。

来，我给您号号脉。医生搭上脉，眉头微微蹙起：您脉滑而弱，是不是常常觉得精神倦怠，睡眠也不好？

柳若兰欲起身：我的毛病我知道，吃点药就好了。

医生又把柳若兰摁在椅子上：老姐姐，是药三分毒啊，身体有问题了，不能光吃药，要提高自身免疫力。

柳若兰疑惑地看了一眼医生：你们不是推销药品、保健品的？

短发女上前挽起柳若兰：奶奶，我们是倡导一种健康的生活方式，激活人体的免疫系统，让人体的自身能量来抵御疾病。

男孩儿挽住柳若兰的另一只胳膊：奶奶，我们的健康讲座今天开课，您去听听吧，保证您脑洞大开，收获满满。

柳若兰本来不打算去，一看俩孩子很热情，心想这么早回家也没事，就任由他们一左一右架走了。过了一条马路，走不多远，来到了一间坐满老人的屋子里。

一个女孩儿正在演讲：叔叔阿姨们，刚才张医师已经对照视频和各位的脏腑情况，讲了"虫草口服液"的神奇功效，也介绍了康太保健品集团的企业宗旨和强大背景。现在为了活跃气氛，你看，有的叔叔阿姨已经打瞌睡了，我指挥大家唱首歌：《让我们荡起双桨》。分成两个音部，男声女声，大家看我指挥啊。来，——让我们荡起双桨，预备，唱！

让我们荡起双桨，
小船儿推开波浪，
海面倒映着美丽的白塔，
四周环绕着绿树红墙。

唱完第一段歌词，女孩儿做了一个很利索的停止手势，歌声戛然而止。老人们的心气儿也被歌声点燃了，一个个情绪饱满，倦意一扫而光。

女孩儿说话很有鼓动性，她打着手势：叔叔阿姨们唱起这首歌，一定又回到了激情燃烧的青年时代，那是多么令人难忘的岁月啊。满怀理想，青春焕发，每天都有使不完的劲。那么，叔叔阿姨们愿意不愿意回到那个热血沸腾的岁月？

愿意——！

那好，下面我们有请金阿姨和谢叔叔现身说法，讲一讲他们服用了"虫草口服液"以后的切身体会。首先有请金阿姨，大家鼓掌。

在众人的掌声中，一个老太太从椅子上站起来走到众人前面：各位兄弟姐妹们，我在这个小区住了几十年，想必不少人认识我，没人会说我是托儿吧？

一个老年妇女喊：老妹子，谁能不认识你啊，你儿子大宝吃手指头的时候我就抱过他，现在他不是都有闺女了吗？

房间里响起一片笑声。

既然大家都相信我，我也就不顾虑什么了。老太太激动地举起双手：我要说，"虫草口服液"不是灵丹妙药，真是胜似灵丹妙药。以前我睡眠不好，白天老打不起精神，可是自从喝了"虫草口服液"，我是晚上沾枕头就着，白天就跟打了鸡血一样，浑身有使不完的劲儿。

一个老头站起来，学着电影《列宁在1918》里瓦西里的腔调打趣：是的，列宁同志已经不咳嗽啦！

在一片笑声中，又站起一个老头：金阿姨言之不虚，我可以证明。我愿意把我喝了"虫草口服液"的效果也分享给各位……

女孩儿趁机回到里屋。里屋的办公桌前，坐着一个长发披肩的美女。

店长，我这样讲课行吗？

美女是店长郑嫣。她二十四五岁，举止明显比同龄的女孩儿沉稳，顾盼生辉的双眸时有冷风掠过，一看就经受过生活的磨砺：对，要注意调动和掌握顾客情绪，让顾客现身说法比你自吹自擂效果要好一百倍。接下来，你要把握好火候，先要引发顾客的消费期待，一定让他们觉得物有所值。

明白。女孩儿听到外面响起一片掌声，忙开门走了出去。

窗户半开着，郑嫣对女孩儿的现场指导，被站在窗外的一个中年男人尽收眼底。他衣着普通，已经在这家养生馆徘徊了半天。

在众人的掌声中，谢叔叔双手抱拳，一边向大家致意，一边回到自己的座位。女孩儿见状，不失时机地高举起双手：叔叔阿姨们，刚才金阿姨和谢叔叔的现身说法，相信大家听完以后会非常振奋。我们康太集团一直秉承"健康至上，顾客第一"的企业理念，真诚为广大中老年人群的健康保驾护航，国务院"健康中国2030规划"中有一条，2030年我们的人均寿命要提高到79岁。人均寿命，不是某个人啊！但是，只要早一天用上康太集团的保健品，这一目标的实现就是完全可能的。大家说，是不是啊？

众人齐声喊：是。

女孩又故作惊喜地说：再报告大家一个特大好消息。正巧店长来我们养生点指导工作，经她请示集团总部，为配合健康咨询周开启，凡在此期间购买"虫草口服液"的顾客买二送一。让我们热烈鼓掌，感谢集团送来的大礼包。

房间里又爆发一阵掌声。

女孩儿欲擒故纵：为了保证每一位新老顾客都能得到满意服务，我们今天的产品限量供应，每人至多4盒。凡购买"虫草口服液"的叔叔阿姨，请到这边排队交款，一盒3000元。在女孩儿的指挥下，几个业务员从门外搬进了几个大纸箱。女孩儿说，大家不要挤，可以微信、支付宝转账，也可以刷银行卡。

短发女搀起柳若兰：奶奶，您运气真好，刚来就赶上了这么大优惠。

柳若兰想说什么，可什么也没说出来，身不由己地排在了队伍后面。

柳若兰在努力走出痛苦的阴影时，青子翔却陷入了焦虑之中难以自拔。

父亲青连山的离世只是表层原因，深层的原因只有柳絮知道，那就是父亲临终对财产继承的安排。

晚上吃完饭，青子翔心里别扭，就和老婆念叨：爸留下的东西，那中药组方跟咱没关系，可保险柜中的遗产少一分也不成。

柳絮哼了一声：中药组方怎么和咱们没关系，你傻啊？中药组方老爷子那么看重，一旦研究成功，肯定会有极高的商业价值。可中药组方是青桥一个人研究成功的吗？当然不是。真搞成了，也是青桥站在老爷子肩上的结果。我听说最原始的方子还是先祖留下的，我们有理由继承一部分，你说对不对？

青子翔似有所悟：也是这么个理儿，不过那事八字还没一撇呢，还是先顾眼前要紧。我现在最担心"霞光宫殿"的资金链出问题，万一银行贷款不到位，老爷子留下的羊脂玉或许能救咱们一命。

柳絮有些紧张地问：老爷子走那天，你不就是因为请银行尚行长吃饭才晚到吗，怎么会出问题？再说，你怎么断定老爷子留下的就是羊脂玉？

青子翔胸有成竹：肯定是羊脂玉，老爷子喜欢玉，小时候我在被窝里，看见过他在灯下把玩玉件。你不知道，在灯下那些玉件晶莹剔透，那叫一个漂亮。青子翔嘬嘬牙花子，至于说贷款会不会出问题，但愿我的担忧是杞人忧天吧。

青子翔的担心还真不是杞人忧天。

第二天他刚一上班，咚一声，房门就被一脚踹开。

一个四十多岁的汉子闯进来：青子翔，你不是不在吗，看你还往哪儿躲。

青子翔站起身警惕地问：你是谁？怎么不敲门就进来了。

中年壮汉上前一把拽住青子翔脖领，骂道：敲啥敲，老子手下好几百号人等着吃饭呢，你工程款都拖欠两个月没给了，叫我们扎起脖子去喝西北风吗？敲门，老子没把你的蛋敲碎了喂狗，就是给你面子。

青子翔急了：你说话怎么这么粗俗？你出去，不出去我就报警了。

中年汉子一把将青子翔推倒在椅子上：报警，报呀！你以为到了局子里你是 VIP 呢，去掉前面两个字母，你就是一个 P（屁）。

"霞光宫殿"项目主管陈伟急火火推门进来，冲壮汉说：吕头儿，前台说你擅闯青总办公室，我还不信，你还有点规矩没有？

吕头儿一梗脖子：陈伟，你别站着说话不腰疼。让青子翔几个月不给你小子发工资，你试试？

青子翔惊魂未定，问陈伟：我不是交代过吗，银行的贷款下来，先把"霞光宫殿"的第一期工程款结清，这是怎么回事？

青总，正要向您汇报，银行紧收银根，根据国家调控政策，所有的房地产项目要进一步严格审核，咱们的那笔贷款短期内恐怕放不出来了。

青子翔蒙了：怎么会这样，上个礼拜我请尚行长吃饭，他还说没问题。

我也是才得到消息，您处理令尊的事心情不好，我就没让财务告诉您。

吕头儿不耐烦地挥挥手：打住，你们俩就别给我演双簧了。桥归桥，路归路，放贷不放贷跟我没关系，拖欠的工程款必须马上结清。

陈伟叫屈：天地良心，谁给你演双簧？不是家里出了事，谁会戴个黑箍？说着沏了一杯茶端给他，吕头儿，青总的令尊刚刚过世，中国文化讲究死者为大，你就不能过些天再来结？我们合作也不是一天两天了，这么大一个房地产公司，能拖欠你2000万工程款不给吗？

壮汉站起身，拍拍陈伟的肩膀：既然如此，那我就再信你们一次。过几天我还来，那时候你们还拿话忽悠我，就别怪我来浑的了。

呆坐片刻，青子翔拨通了桌上的电话：尚行长……

没等青子翔继续说话，对方已诉起苦：青总啊，我知道你要说什么，实在是太抱歉了。国家对房地产进行调控，所有相关的贷款都要由信贷委员会重新审核，从严审批。我也是没办法，所以还要请青总谅解了。

青子翔握着听筒还要争取，里面已传出嘟嘟的忙音。

他又拨通了一个电话。接电话的翟总一听是他，热情招呼道：呦，青总啊，令尊的事已经忙完了吧？这一段公司太忙，没有能亲自到府上吊唁，请谅解。我马上微信给你转2000块钱，算是表达兄弟的一点哀思吧。

青子翔心中涌出一股小温暖。他知道翟总经营着一家商贸公司，业务遍及全国，现金比较宽裕，便开口说：谢谢老弟。是这样，我想请老弟帮个忙……噢，公司的资金周转出了一点问题，想从你的账上调一笔资金应一下急。

翟总一听借钱，口风马上变了：青兄，你这个电话打得真是巧了。最近我要进一批货，还差 2000 万货款没有凑齐，本来还想向老兄张口呢。

冰挂不是真的花。看上去，它晶莹剔透，美得像白莲、像百合、像玉兰，可是只要轻轻一碰，就会碎裂一地。

世上的许多事，又何尝不是如此呢？

2 封口费

首都国际机场。出港口的人流中，又走出一位神秘人物。

见到接站的青桥，亭亭玉立的姑娘一溜儿小跑到他跟前，甩掉行李箱，张开双臂一蹿，脚不沾地地勾住了他的脖子：青桥，你好呀。

大庭广众之下，青桥有点尴尬：出国三年了，怎么还长不大？

女孩儿搂得更紧：怎么，又跟我充大是不是？

青桥推开女孩儿，弯腰拉起行李箱：别贫了，赶紧走吧。我就奇了怪了，干吗不让陈伟接你，还弄得跟卧底一样，任何人都不能说。

女孩儿是于雪菲。她表现出的亲密陈伟没有看到，却被另一个美女无意间看到了，只是躺枪的青桥却毫无察觉。

他接我？他跟我爸妈是一个战壕的，根本不同意我回国创业。于雪菲跟在青桥后面嘟囔：哼，我先晾着他，如果表现不好，没准儿还一纸休书废了他呢。

青桥嘴一撇，不以为然地说：人家小伙子条件不错，应该属于高富帅吧，你先别嘴硬，说不定到时候谁废了谁呢？

于雪菲瞟一眼青桥，一副睥睨众生的样子，好像脚踏祥云的美女观音：这你就不知道了吧，我刚一警告他不要妨碍我创业，为了讨好本尊，他立马就给我提供了两张王牌，说在关键时刻肯定能帮上我，你想知道是哪两张王牌吗？

已经到了停车场，青桥打开车门，回头一笑：我不想知道。

于雪菲被闹了个大窝脖。其实青桥只要问一句，于雪菲就会把这两张王牌亮出来，他是成心逗她。青桥没有想到的是，在今后的生命轨迹上，这两张"王牌"竟会和他发生千丝万缕的联系。

两张王牌，一张是小米勒。

于雪菲想涉足保健品行业，韦斯林公司无疑是一条可以借力的大船；如果于雪菲不愿意太辛苦，想在它的驻京办谋一个好职位，陈伟打包票说也是分分钟钟的事。陈伟和吴迪是中学同学，铁磁，于雪菲去韦斯林公司总部面试就是吴迪帮着垫了话。当然，西方人规则意识强，不善通融，于雪菲有渥太华大学营养学系漂亮的成绩单，犯不上求谁。

对这张牌，于雪菲其实并不是特别看重。

另一张王牌是郑嫣。

于雪菲没见过郑嫣，但是通过陈伟的介绍，她对这个和自己年龄相仿的女孩儿已经有些崇拜了。首先，郑嫣和陈伟的结识就令人肃然起敬——几年前一个夏日，陈伟的父亲猝然晕倒在火车站站台。正在张家口卫校读书的郑嫣见状，对陈父做了十几分钟口对口人工呼吸，才在阎王殿上把老人拉了回来。陈伟目睹了这一切，对郑嫣感激涕零，但姑娘只是微微一笑，坚持拒绝了陈伟的5000元报酬。后来，她中专毕业到北京闯荡，经陈伟介绍加盟了康太保健品集团，从一名普通的业务员一步步升到店长，管理着几个销售点。

于雪菲觉得如果创业，郑嫣的人生经历或可资借鉴。她对这张牌比较感兴趣，有一种想尽早见到郑嫣的冲动。

帕萨特平稳地停在一处公寓前。

青桥下车提起行李箱走在前面，上了电梯来到四楼，青桥用钥匙开门，于雪菲抢先跨进房间，四下一打量，啊地叫了一声，扑到床上，打了一个滚儿，四仰八叉躺下说：青桥，这房子不错，我喜欢。

押一付三，前3个月的租金我已经替你付了。青桥用电热水壶烧水：估计你的潜伏期应该不超过3个月吧？

那要看情况。于雪菲懒洋洋地回答：如果创业顺利，也许那时候我会现身，不过这之前，你千万不要泄露我回来的秘密。

作吧你就。电热水壶的水开了，青桥沏好茶放在茶几上：雪菲，说真话，国内保健品市场良莠不齐，我不建议你蹚这池浑水。

于雪菲噌一下坐起来：良莠不齐怎么啦？良莠不齐才需要真货进场呢。

你这丫头，太任性。

于雪菲得意地笑了：我就是任性，你不应该才知道啊？告诉你，我下决心回国创业，就是因为手里有你这张大王，别人充其量是 JQK。

青桥把送到嘴边的茶杯重新放回桌上，苦着脸说：小姑奶奶，你先别捧我，捧得太高了，一旦摔下来，我可不希望缺须短尾。说吧，你到底打的什么算盘？

于雪菲靠在沙发上：我是渥太华大学营养学硕士，你是中国中医药大学博士，咱俩携起手，搞几款中药保健品，应该不是天方夜谭吧？

打住，打住！国家中医药局多次发文，重点整治的就是打着中医旗号的养生保健乱象，可以毫不夸张地说，现在市场上那些所谓中药保健品，大都是忽悠人的。你以为开发一款真正有益于大众健康的保健品，那么容易吗？扯淡！那需要大笔的研发投入和科学试验。

是呀？于雪菲有点泄气，愁眉苦脸地呆坐了一会儿，突然灵光一闪：哎，青大教授，你不是在研制一款对抗阿片类药物依赖的中药组方吗？这可具有极其广泛的应用价值。在西方，阿片类药物依赖已经不是一个简单的健康问题，而是……

青桥忙把食指竖在嘴中间，做了一个嘘声动作：我研究的是中药组方，不是保健品。再说，我研究它是为了完成前人遗愿，可不是为了赚钱。

于雪菲做出一副生无可恋的样子，噘着嘴说：人家满怀热情回国创业，让你哗哗两瓢冷水，给浇了个透心儿凉。告诉你啊，如果我在北京生计无着，出了什么事，可都是你的错。

青桥不想和她废话，转身来到厨房打开冰箱门：东西都是现成的，够你吃一个礼拜，生活无着了就来找我。说，现在出去吃，还是在家里尝尝我的厨艺？

于雪菲跟过来，见到冰箱里的食品应有尽有，夸张地叫了一声：呦呵，你把我当吃货啦？如果我减肥失败，你也要负全责。见青桥眼瞪得溜圆，便啪一声关上冰箱门，说我在飞机上刚吃过，不饿。你走吧，宝宝生气啦，后果很严重。

青桥双手作揖，像得到特赦：这可是你让我走的，别哪天倒打一耙。

于雪菲向外推青桥：那可没准儿。走到门口，又哎一声，回身打开行李箱拿出一个大包装袋，这是给你的，名牌啊，适合重要场合穿。

青桥接过来，乐了：小丫头片子，还知道给我送礼了？

什么送礼？想得美。于雪菲伏在青桥耳边小声说：封——口——费！

3 诡异的短信

出了于雪菲的公寓，青桥接到一个奇怪的电话。

对方似乎和他很熟，说话却故意咬文嚼字。比如，你好的好字他说成四声，变成了你号；我们是老朋友了的老念成一声，捞，听上去怪怪的。

青桥应付几句后，有点不耐烦：你到底是谁？不报上名号，我挂了。

No，No，No，对方见青桥要挂电话，忙自报山门：我是小米勒啊。

小米勒？青桥稍一愣神儿，想起几天前在门诊遇见的那个歪果仁。不过，自打罗小力一出现，他的眼神就像铁屑遇到磁铁，完全被吸引过去了，这是哪根神经搭错了，想起给自己打电话？

小米勒像是猜透了青桥的心思：青桥，我已经把你当作朋友了。

青桥扑哧一笑：朋友？

对，朋友。你是中医，而我对中医学有着浓厚的兴趣，作为一家以大众健康为服务宗旨的保健品企业，难保我们以后不会有进一步的合作。你说，这作为一条交朋友的理由，可以成立吗？

青桥没想到小米勒这么会聊天，他从心底也不讨厌这枚外国帅哥，就说：米勒先生，如果你有兴趣了解中国的中医学，我倒是愿意提供帮助。

很好。听得出来，小米勒情绪不错：那么，作为朋友，我邀请你观看今天晚上康太对天健的足球半决赛，你不会拒绝吧？

不能不佩服小米勒的社交能力，他居然在短短几天了解到青桥是个超级球迷。今晚的比赛虽然是在乙级队间进行，但决定冠亚军名次，吸引了不少球迷。特别是康太俱乐部的前锋徐军，球艺精湛、风格凸显，在整个赛季表现得十分抢眼，青桥是他的粉丝。这个邀请对青桥很有杀伤力，他想不出拒绝的理由。

小米勒又发飙了：青桥，庆祝派对你不接受，再拒绝这个邀请就不合人情了。你是医生，不是官员，不存在受贿的潜在风险，对吗？

好吧。青桥想了想，爽快地答应了。

你可以带你的朋友来，我有富余票。

小米勒的话有"弦外之音"，可惜青桥没听出来，以至晚上一见面，小米勒就不时向他身后张望。确定罗小力没来后，还是贼心不死地叮问了一句：罗小姐呢？他先约了罗小力，被拒绝了；在小米勒的软磨硬泡下，罗小力告诉了他青桥的手机，说如果青桥来才可以考虑，他以为青桥会叫上罗小力。

望着一脸失望的小米勒，青桥打趣：你今天"醉翁之意不在酒"吧？

醉翁之意不在酒？小米勒翻翻白眼：不明白。票是密斯特吴给我的，我以为开朗的罗小姐会喜欢足球，没想到我又一次失窃了。

不是失窃，是失算。青桥笑着纠正他：我告诉你小米勒，在中国，女追男隔层纸，男追女隔座山。你要想追到罗小姐，不会像你想象的那么轻而易举。

小米勒闻言兴奋地拥抱青桥：太好了，你这样说，证明你是我的朋友，而不会成为我的情敌，对吗？我真的很高兴，我希望你以后能够帮到我。

青桥哈哈一笑：原来我还是你的假想敌呢。

如果不是小米勒的提醒，青桥真还没有审视过他和罗小力的关系。

坦率地说，他很欣赏罗小力的风格：干练、洒脱、阳光，和她短短几次接触，青桥觉得随意、放松，好像不是邂逅相识，而是认识了许多年。不过，这就是爱情吗？青桥更愿意把罗小力当作红颜知己。至于小米勒，在诊室就看到这个歪果仁不断向罗小力放电，只是姑娘似乎没有更多回应。

他能不能捕获罗小力的芳心，全看他的造化了，青桥懒得管。

球队入场，主裁在队长之间抛硬币决定开球方。一声哨响，比赛开始。

解说员：今天，我们见证的是2017年度全国乙级联赛康太对阵天健的冠军争夺赛，双方都派出了最强的主力阵容。我们都还记得去年的联赛上，康太那记令人难忘的远射。是的，他就出自4号徐军的神奇一脚。雕塑一般的面庞，顽强而坚韧的性格，加上精湛全面的球技，让他成了康太的一座丰碑，一面旗帜。他并不伟岸，甚至身形略显消瘦，但是这并不妨碍他成为一名叱咤江湖的剑客，在他豪放的气质下，弥漫的是漫天杀气。好，现在徐军已经成功控球，带球一路狂奔，与队长楚风打了一个漂亮的配合，像一阵旋风，连续冲过了天健由前锋、中场和后卫组成的三道防线。看来，他要上演一场单刀赴会了。

解说员情绪高涨，好像是一只一撒手就可以飞上天的气球：射门！进啦，进啦！开场不到5分钟，徐军凭借出色的个人技术，先下一城。

青桥和小米勒互相击掌叫好。

小米勒兴奋得眉飞色舞，用英语说：4号真的很厉害，让我不由自主想起了萨内蒂——对，那个有着大海一般深邃眼神的男人。他那明澈的眼神中，是对胜利更加炽热的渴求，就像斗牛士永远不会放下手中那条象征着勇气和信念的红绸，那是他用生命染成的——旗帜。

青桥也很兴奋，英文同样流利：是，他叫徐军，去年以2000万的身价从孟迪足球俱乐部转会过来的。我很喜欢他，喜欢他的坚韧、拼抢和永不言败的精神。他是康太的一大亮点。没有他，康太会黯然失色。

小米勒频频点头，改用中文：那个3号也不错，与徐军配合得很默契。

青桥一眨不眨地盯着球场：那是队长楚风，也是赛场的灵魂人物。

解说员尽量控制着情绪：观众朋友们，现在我们看到球又传到徐军脚下，他的双脚和足球之间仿佛被一根无形的带子系牢，左突右攻，足球始终不会脱离他的控制。一个假动作，在楚风的配合下，成功地摆脱了对方前锋的纠缠，下面的区域没有重兵把守，徐军如旋风一样已经带球冲进禁区。对方守门员位置前移，大门已成一座空城。徐军加速准备起脚射门。哎呀，不好，千钧一发之际，对方后卫突然发力，一个犯规的铲球动作正中徐军脚踝，徐军倒地不起。

看台上一片沸腾，观众们有节奏地呼喊：徐军，徐军！

楚风跑过去，冲对方犯规球员挥动拳头，被队友拉开了。

主裁飞奔而来，吹着哨向犯规的后卫亮出红牌。

场边医生跑步入场，用担架抬着徐军跑出球场。

青桥失望之极，长吁一口气。就在这时，手机嘟一声响，他收到于雪菲一条诡异的短信——

我失踪了，你不要找我。

4 不设防

昨天看完球，青桥在书房里又忙了很久，今天起得有点晚。

一有时间，青桥就忙着整理爷爷留下的医案和文章。老人像是一位神奇的渔夫，驾着用心血筑成的文字之舟，引导青桥去领略中医国学的浩瀚与斑斓。他的悲悯瘦如秋风，把一路的感悟堆积在青桥心里；他的思考又如夏日流萤，不时点亮两岸迷人的风景。

感谢爷爷的引领，对抗阿片类药物依赖的中药组方在艰难推进。

柳若兰已经吃完早餐，见孙子用毛巾擦着脸走出洗漱间，就说：早点买回来了，豆浆、油条，还有馄饨。你吃完了就去上班，碗筷等我听完讲座收拾。

青桥坐在餐桌前，拿起一根油条咬了一口：奶奶，您总到外面去听什么健康讲座呀，您孙子就是中医大夫，有时间我给您好好讲讲。

柳若兰穿上外衣，背上挎包：我倒是想听你讲，可你忙得连谈女朋友的时间都没有，哪还有工夫给我讲课。

青桥有点愧疚。说是搬过来照顾奶奶，其实在生活起居上倒是奶奶给了自己不少照顾。忙是事实，但真是忙得连坐下来陪奶奶聊聊天的时间都没有了吗？当然不是，便恳切地说：奶奶，您别信那些乱七八糟的保健品。按照中医的说法，药补不如食补，老祖宗留下话，五谷为养，一日三餐好好吃饭比什么都补。

那也不能一概而论，你看最近奶奶的精气神儿是不是好多了？再者说，也不光是听讲座，那些丫头小子的服务太贴心了，每天唱歌、赏花、猜谜语、讲笑话，变着法地让我们这群银发族高兴。

青桥警惕地问：奶奶，您是不是买了他们的保健品？

买啦，虫草口服液。白瓶的早上喝，黑瓶的晚上喝。

吃过早饭，青桥拿起包准备上班。走到门口又回身推开奶奶的房门，发现床头摆着几盒虫草口服液。一看生产厂家，是康太保健品集团。昨天晚上整理爷爷的资料，读到一篇讲中医功效的文章，特别提示假中医之名的养生乱象，在空白处还写了"康太"两个字，画了一个大大的问号，看得出，爷爷对康太并无好感。在上海的会议上，青桥对康太的宣传也不以为然，就多了个心眼，从中拿出两瓶放进包里。

检验科主任正在仪器前做检验，青桥进门一拍他肩膀。
主任回头见是青桥，调侃说：呦，青主任，我已经拜读了《大众健康报》上的文章，老兄厉害呀。
青桥敷衍道：那是记者为了完成报道任务拿我凑数，不值一提。
谦虚了，谦虚了不是？说，老兄无事不登三宝殿，有什么事尽管吩咐。
青桥掏出一白一黑两瓶"虫草口服液"，蹙着眉说：这两天我发现不少中老年人在喝这个东西，连我奶奶都买了好几盒。你帮我化验一下，看里面都是什么成分？
主任接过瓶子端详：你这是准备打假呀？
反正有点不放心，据说效果还立竿见影，怎么会。
主任放下瓶子：现在市场推销的大品牌保健品，敢公然添加药物的不多，它们的问题主要是虚假宣传，神话保健品作用，误导消费者把保健品当作药品使用，导致很多慢性病患者停药，对大众健康危害极大。
这个情况我知道，你还是受累吧。
主任拍拍青桥的肩膀：行，我亲自帮你化验，你前途无量，我得提前拍着点，不能现上轿现扎耳朵眼儿。
青桥笑笑说：行，只要有利于大众健康，随便你拍。
有化验员进门，见到青桥：呦，您在这儿呀，院长正满世界找您呢。

见到青桥，罗凡笑容满面：听说你在论坛上做完报告，还顺带露了一小手，不错嘛。
罗凡比青桥大了二十来岁，算是两代人，又是院长，全国范围内数得上的神内专家，按说两人会有代沟；可是罗凡很器重青桥，在他面前从来不摆架子；性格开朗的青桥也时不时会和院长开个玩笑，罗凡不但不介意，还很享受。

见罗凡冲自己眉开眼笑,青桥打趣:院长大人,您不是吊扇下面拉家常——说风凉话吧?我知道,我在论坛给患者治病是违规。

罗凡起身为青桥冲了一杯热茶,递给他时顺便拍拍他的手:好在有惊无险。青桥啊,自从你来到咱们医院以后,中医科从最不起眼的小科室,成了民心所向的一面旗帜,创利也逐月攀升。真心话,夸你还来不及呢,我哪有工夫说风凉话?

青桥放下茶杯,双手合十:多谢领导鼓励。

我急着找你,是有个事跟你说一下。罗凡很赏识地看着青桥:为落实"健康中国"国家战略,上级要求,凡有条件的医院都要承担起周边社区的居民健康保健,区卫生局让我们院负责燕北街道。我想了想,这个任务交给你们中医科吧。

青桥有些突然,推辞说:保健科正管啊。

罗凡咳了一声,坐回椅子上:不是我非交你中医科,怪就怪你名声太响,街道办事处几次找到院里,说社区的中老年人崇拜你,希望由中医科承担他们的健康保健,你让我怎么办?人家办事处主任马上就过来,我给你们接个头。

青桥不好再推托,就问罗凡:院长,据我了解,社区不少中老年人患有止痛药物依赖。听您说过,您去支边的时候,当地因为缺医少药,把去痛片当作包治百病的灵丹妙药,结果造成很多中老年人药物上瘾。我想问问,当年你们有没有什么办法对抗这种药物依赖?

没什么好办法,只能劝说。止痛药有阿片类成分,也不贵,老百姓经济上能够承受,控制起来很困难。

青桥神情变得严肃起来:止痛药物依赖表现得虽然不是那么明显,但是对机体的损害不亚于毒品。目前阿片类药物依赖,影响的已经不只是服药群体的身心健康,而且有成为社会问题的趋势了。

罗凡神情有些亢奋:青桥啊,你这么说肯定是有想法。

青桥很信任罗凡,对他从不设防:有想法,但还不成熟,我想尝试一下中药组方,看看能不能对抗这种阿片类药物依赖。

罗凡一拍大腿,喜形于色:如果别人这样想,我会说他异想天开。你青桥就不同了，你家学渊源，又是中医界的青年翘楚，如果肯下功夫，一定会有所作为。

青桥夸张地站起身向罗凡鞠了一躬：谢谢院长栽培。

罗凡探过身子，表情神秘地问：你是不是已经干起来了？你能主动向我汇报，就绝对不会是一张白纸。

青桥开诚布公：是。我爷爷生前鼓励我进行这项研究。

罗凡双眸一亮：青连山老先生？

青桥点点头：爷爷生前帮我理清了思路，留下了珍贵的老方子，并且提出了一些很有建设性的想法；在帮助奶奶整理爷爷遗作时，我发现他老人家对这个问题已经有了比较深入的思考。借鉴爷爷的研究，搞出对抗阿片类药物依赖的中药组方还是有希望的。

罗凡很兴奋：好，需要我提供哪些支持？时间、资金、设备、人力，你只管说。

青桥感激地看着院长：暂时不用，我用业余时间搞，您先替我保密。

罗凡略一沉吟，赞同道：对，保密。这应该是你的一项个人研究成果，我不会对任何人说。什么时候需要我提供方便，说话。

门突然被推开了，检验科主任急匆匆进来喊：青桥，化验结果出来了，触目惊心，这帮黑心厂家真是太可恶了，令人发指。原来"虫草口服液"所以有效，是因为白天喝的加了兴奋剂，晚上喝的加了安眠药，而真正的虫草成分微乎其微，完全可以忽略不计。

青桥很气愤，决心揭露，检验科主任也推波助澜。

罗凡却泼冷水，说告也没用，人家早把有关部门打点好了。当大夫的，治好病是天职，别犁了别人的地荒了自家田。一向对罗凡敬重有加的青桥这回没给他面子，直接开怼：见到损害大众健康的事不闻不问，那我的白大褂就不要穿了。

气氛有些尴尬。咚咚咚，正好这时有人敲门。

门外站着一位美女，30出头，身材高挑，挺拔俊朗。青桥一见，竟不由想起了杜甫的两句诗：绝代有佳人，幽居在空谷。他知道，这很不搭，子美先生的诗有咏叹佳人命运凄苦的含义，而眼前的女子目光中虽有风霜一闪，却掩饰不住一身的英姿勃发之气。

罗凡介绍：这位就是燕北街道办事处主任牧婧。

一向心静如水的青桥，心怦然一跳，像有一只小兔子在撞击心口，这可是他从来没有过的感觉。

听罗凡介绍了青桥，牧婧有些惊讶：我们街道很多中老年人都是你的粉丝，听说燕大附属医院负责我们社区的居民保健，高兴得不得了，纷纷向办事处请求，希望由中医科承担。我原来还以为你是一位老先生，没想到这么年轻。

青桥自嘲地一笑：年轻吗？要是四舍五入，我还算三张儿。

罗凡很贴心地对青桥说：据我了解，燕北街道一些中老年人有阿片类药物依赖的问题，青桥啊，这对于你收集数据，采集病历会有帮助。

牧婧附和：罗院长说的是，止痛药物依赖的情况确实挺普遍。

青桥略一沉吟：我已经注意到了。我琢磨，有这样几项工作要着手去做，健康体检、建立居民健康档案，特别是重点人群专项档案，比如阿片类药物依赖人群；还有，重点人群的随访及管理，家庭医生的签约和服务，成立慢性病患者自我管理小组，各类问卷调查评估，等等。条件具备的时候，在社区建立"中医非药物治疗中心"，全面为社区居民的健康保驾护航。

那太好了。牧婧的心思和青桥很投契，像是汇入同一条河流的小溪，互相融合、水花飞溅，她由衷地感叹：你说的非常重要，有些我们想到了，有些我们还真没想到。

两个人越聊越起劲儿，竟忘了罗凡的存在。

青桥无意中看了一眼院长，见他坐在椅子上愣神，心不在焉，觉得失礼，忙问：院长，您有什么具体指示？

罗凡仿佛才醒过闷儿来，若有所思地说：嗯，你们……谈得很好，具体怎么办，青桥，你放手去做吧，有需要院里配合的地方尽管说话。

牧婧感激地一笑：那就太谢谢罗院长了。

罗凡站起身：谢什么？分内之事嘛。这样，我看你们意犹未尽，时间还早，要不你们到中医科去进一步谈谈？社区居民的健康保健工作很重要，一定要做好。我给你们接上头了，下面的戏主要靠青桥唱喽。

他急着想抽身去见一个人，青桥无意中透露的情况太要命了。

5 亮 剑

送走牧婧，太阳已经把院子里那棵柿子树的影子推到了对面墙上。

时已入秋，柿子树的枝杈上坠满金黄的果实，在蓝天的衬映下令人遐想。一场秋雨一场寒，过不了太久，果实会逐渐熟透，像一只只小红灯笼，里面储满蜜一样的汁液。只是，其间还要经历一场霜冻。

本来青桥想留牧婧吃午饭。

青桥孑然一身，但不乏追求者，只是一直没有遇到让他心动的人。看到对方第一眼就印在了心里，这还是第一次。他感觉牧婧对自己也有好感，不然，她的目光中怎么会有火花？可不知为什么，对青桥共进午餐的邀请，牧婧稍事犹豫就婉拒了。她的内心，好像有一块秘密的领地不容外人窥视。那里生长着一种叫忧郁的情绪，像雾像雨又像风，时而氤氲在她的眼底，时而掠过她的表情。正是这一抹淡淡的忧郁，让这个英气逼人的女神多了几分高贵，也多了几分神秘。

今天下午没有青桥的门诊，回家后他整理了一下思绪，坐在电脑前，写出博文标题：虫草口服液：如何坑骗了消费者。打完文章的最后一个字，午休刚起的柳若兰走进来，把一杯牛奶放在孙子案头：桥儿，还在忙？

青桥端起杯子喝了一口：奶奶，刚才您午睡，我还没来得及告诉您，那个"虫草口服液"您千万不要喝了，有问题。

柳若兰一惊：怎么会？一盒 3000 元，如果不是老顾客还限量。咱们小区不少老年人喝，都反映效果不错，我喝了精神状态不是也一天比一天好吗，能有什么问题？

青桥摇摇头说：今天我请检验科主任亲自做了化验，根本没有多少虫草成分。您所以晚上喝了睡眠好，白天喝了有精神，是因为黑心厂家分别在里面添加了安眠药和兴奋剂。

柳若兰听了，目光错愕，像两只被惊飞的宿鸟，扑棱棱飞起来，在房间里撞来撞去，却没有落脚的地方：怎么会这样，不应该是这样啊。那些小姑娘、小伙子一口一个爷爷、一个奶奶，叫得多亲啊，他们怎么可能坑害我们？

青桥安慰奶奶：他们只是销售，不一定了解产品成分，黑心的是老板。

柳若兰木然离开书房，边走边叨咕：造孽，造孽，这简直是造孽呀。

青桥把文章存进U盘，穿上于雪菲送的那身行头，拿起车钥匙出门。

在车上给罗小力打电话，说马上去报社找她，问她在不在？凭直觉，他判断罗小力对他的造访肯定欢迎，没想到罗小力一句话就把他怼回来：别介啊，要是闲扯，本小姐公务在身，恕不奉陪。

青桥蒙了。上次在医院分手时还风轻云淡，怎么几天不见就电闪雷鸣了？也太魔幻了。

罗大记者，你该不是荣升记者部主任了吧？官升脾气涨啊。

罗小力仍然没好气：废什么话，你就是这么恭维美女的吗？都什么年代了，找个好老师，让他多教你几招泡妞攻略，省得露怯。

青桥被怼的彻底没脾气了，口气有些无奈：罗大记者，我怎么得罪你了？你给个明白话儿，就算死刑犯被押赴刑场，还有一纸判决书呢。

听青桥这么说，罗小力扑哧乐了。堂堂副教授、标准的现代新版型男，被挤对成这样，她的虚荣心在一定程度上得到了满足。是啊，人家罪在何处？不过是她去机场送人，偶然见到青桥和一个女孩儿亲热，于是心生妒忌。这个原因她能告诉青桥吗？她和青桥是什么关系？认识才两个多月的新朋友，她有什么权力阻止人家和另一个女孩儿接触？

想到这儿，罗小力换了一副口气：行了，说，你找我有什么事？

青桥如释重负，连忙回答：问题很重要，咱们得见面聊。

好吧。罗小力快人快语：不过，你不要到报社来了，我马上去健身，咱们在西三环的中体倍力见吧。

青桥走进健身房时，罗小力正在跑步机上跑步。见到青桥，她神色有些夸张地哇了一声。

青桥不明所以，自我打量了一番，疑惑地望望罗小力。

罗小力诡异地一笑：不瞒你说，我还以为是维秘男版秀的模特走过来了呢，真的，帅呆了。

有什么特殊吗？青桥有点不好意思。

罗小力走下跑步机，用毛巾擦了一把额头的汗水：你这一路，肯定惊呆了无数小伙伴。这件休闲式单西，意大利品牌，潮得很，华尔街金融小圣的穿衣首选；再看你脚下这双英伦风格的乐福鞋，一整块牛皮手工制作，与意大利单西搭配，天衣无缝，简直就是教科书般的搭配。

青桥这才知道于雪菲所送礼物价值不菲，也笑着调侃：承蒙罗大记者夸奖，你不说我倒还没注意。一路走来，倒是有不少小伙伴向我行注目礼。

臭美吧你就。罗小力在高拉训练机上做拉伸，她穿一身耐克健身服，曲线清晰，像春天萌发的草木，生命的活力根本包裹不住：什么事？说。

青桥从兜里掏出 U 盘，讨好地笑着：我写了一篇揭露伪劣保健品的文章，不知道贵报能不能提供版面？

罗小力接过 U 盘，在手上掂了掂：没问题，你青大教授能够屈尊为本报撰文，我们求之不得呢。况且，又事关大众健康，和本报宗旨高度契合。

青桥双手抱拳：那我先谢了。

罗小力喝了一口矿泉水：接受你的感谢。什么保健品，方便透露吗？

青桥愤愤地说：康太集团生产的"虫草口服液"，纯粹是挂羊头卖狗肉，不但虫草含量微乎其微，而且还添加了药物，太害人了！

罗小力吃了一惊，语气有些无奈：呦，这事还真有点麻烦。康太常年在我们报上做广告，算是半个衣食父母，发他们的负面文章，估计领导层面通不过。

青桥不免失望，揶揄罗小力：你们是社会公器，理应匡扶正义，怎么能为了钱丧失气节？

罗小力站起身，用搭在脖子上的毛巾擦了擦汗，叹一口气：话是这么说，不过全社 100 多号人要吃饭，现在纸媒本来就不景气，如果没有广告收入，大家都得扎起脖子去喝西北风。我们不是党报，财政没有拨款，完全自负盈亏呀。

青桥觉得罗小力说的不无道理，他有点郁闷：看来，我给你出难题了。

不，是我让你失望了吧？这样，我给社长打电话，争取一下。说着掏出手机拨通：头儿，我想组一篇揭露康太伪劣保健品的稿子。

电话里传出一个女人的高声大嗓：什么？你脑子没进水吧，康太每年在咱们报纸上有1000万的广告投放,你是想砸大家的饭碗呀。

罗小力还想争取:头儿,我们是社会公器,应该为正义发声吧?

你少来,大道理谁不会讲,我半年不发你工资你干吗?

罗小力正要争辩,对方不屑地喊了一声,挂断了手机。

眼见美女记者的请求被一口否决,青桥苦笑着摇摇头:小力,你尽力了,多谢。报纸不发我就在博客上发,现在是自媒体时代,谁也封锁不了正义的声音。

6 初动杀机

罗凡来到十号会所"听雨阁"的时候,史一兵和严婷婷已经在等他。

打发走了青桥,罗凡马上就打电话要见史一兵,无奈卫生局领导突然来医院检查工作,他是一把手不能不陪,一耽搁,就到了晚饭的点儿。

史一兵示意罗凡坐在沙发上,端起茶壶为他斟茶:真正武夷山的大红袍,就山顶上那几棵,只有这里能喝到,你品品,绝对正宗。

史一兵非常喜欢十号会所。这里的山水景致很有家乡味道:绿树掩映、花木扶疏,叠石为山,溪水成湖。尤其到了晚上,天上的明月与湖中的明月相互辉映、水月交融;湖心岛上彩灯闪烁,小舟穿行,很像是莆田名胜白塘秋月的微缩版。从莆田小巷走出的史一兵,一进十号会所就有了回家的感觉。会所的高档与豪华也时时提醒他,今天的成功来之不易,要好好珍惜,不可松懈。

罗凡顾不上和史一兵寒暄,直接切入主题,史总,搞什么搞?你怎么能犯这种小儿科的错误,现在哪个大企业还向保健品中违规添加药物?

原来,罗凡就是康太集团的高级健康顾问。

史一兵愣了一下:噢,你是说"虫草口服液"吧?按以前的配比,消费者反映效果不是很明显,所以加了一点料,怎么啦?

罗凡喝了一口茶,恨铁不成钢地说:怎么啦?你摊上事了。我们医院的中医科主任在"虫草口服液"中检测出了违禁药物,他要写文章揭露。唉,按原来的配比不是已经有很高的利润空间了吗?

史一兵一惊,辩解说:谁还嫌钱烫手,那赶紧灭火呀。

罗凡放下茶杯：这个青桥软硬不吃，你琢磨对策吧。

青桥？史一兵重复着这个名字，扭头问严婷婷：是那个在"健康中国高峰论坛"上踢场子的青桥吗？

罗凡不明就里，问：踢什么场子？

史一兵解释说：是这样，前些时候我们赞助了那个论坛50万，条件是给半小时的产品介绍和企业宣讲时间，没想到刚开了头儿，就被一个叫青桥的给搅了。公司的员工现场推了一位颈椎脱位患者上台，本来想出出他的洋相，没想到他不到五分钟就给复位了，这个青桥不可小觑。

罗凡噢了一声：原来是你们打的横炮呀，这事我听说了，搞什么搞？

不好。严婷婷忽然惊叫一声，她把手机递给史一兵。

史一兵接过一看，脸色顿时变得极为难看。

怎么了？罗凡问。

史一兵把手机还给严婷婷：青桥在微博上发了一篇博文，《虫草口服液：是怎样坑骗消费者的》，点击量很大，已经超过两万了。

严婷婷补充说：博文才发了不到一个小时，点击量就破了两万，照这个事态发展下去，还得了！而且，转发跟帖的也很多。

史一兵站起身，问站在他面前的严婷婷：严副总，你说怎么办？

严婷婷双脚并拢，上身略微前躬，完全是下属对待上司的神态：第一，迅速联系网站删帖，删不了的链接下面，雇请水军力挺康太；第二，马上采取有效公关手段，力争青桥转变态度，至少是闭口；第三，鉴于这个帖子已经在一定范围内产生了不良影响，启动紧急公关预案，对相关部门主动出击，做出合理解释；第四，"虫草口服液"停产，用其他产品和新开发的高电位治疗仪替代。

史一兵满意地点点头：很好。不过，第三条中如何做出合理解释？我告诉你，真正可怕的是消费者闹起来。他们如果成群结队找到公司，就乱套了。一旦产生群体事件，相关部门肯定强力介入，那可就捂不住了。

严婷婷问：史总，您的意思是？

史一兵回答：添加了药物的"虫草口服液"全部封存，库房里不是还有一些积压的老产品吗？正好可以提供给有关部门检测，自证清白。另外，马上通知所有销售网点的业务员远距离换岗。记住，从现在起我们也是受害者。凡是找上门的消费者一概告知，上一拨业务员全是骗子，打着我们集团的旗号销售伪劣保健品，我们已经向有关部门举报。只要消费者不闹起来，事情就好办。

严婷婷明白了：釜底抽薪？

罗凡很赞许：这个办法好，一下变被动为主动了。

严婷婷转身从壁橱里拿出挎包：好，我马上去逐条落实。

罗凡见严婷婷风风火火走了，心中暗暗担心青桥。他了解史一兵，是个为了达到个人目的不择手段的人，谁阻碍他赚钱，人挡杀人，佛挡杀佛，青桥公开跟他叫板，他岂能善罢甘休？

果然，史一兵夹着雪茄在包房里来回踱步，脸上罩着一层青灰色，像是子夜沉闷的天空，正憋着一场暴雨：这个青桥，我看他是老太太吃砒霜，活腻了么！

罗凡一看史一兵动了杀机，忙劝阻：史总，冲动是魔鬼，千万不要盲动。你想，青桥刚刚在网上揭露了康太，转天他就被车撞了，或是掉河里了，舆论把这样两件事联系到一起，岂不是引火烧身吗？

我会那么傻吗？想收拾他，有的是办法。

罗凡的心收紧了，史一兵这个想法不消除，就是一颗落进土里的种子，迟早会发芽。且不说自己很看好青桥的潜力，就冲女儿对青桥的痴迷，也不能让青桥有什么闪失，他要救青桥：史总，和韦斯林的合作进展如何？

这话一下戳到史一兵的敏感处。

前两天他专门找了一趟吴迪，问小米勒有什么动静？吴迪说小米勒嘻嘻哈哈，问了两次都没有明确表态。史一兵担心会不会有什么变故，吴迪倒还乐观，说小米勒每天上班不过是看看账目，找人了解一下情况，没见什么异常，估计这个进口的"富二代"玩不出什么新鲜花样。尽管吴迪给他吃了定心丸，史一兵还是不踏实，便回答：没到日子，在等。

恕我直言，罗凡向前倾了倾身子，压低了声音：康太现在已经是一家资产上百亿的知名企业，它是怎么发展起来的，你我心里都清楚。无非是利用了一些监管漏洞，以收买民间秘方为噱头，靠推销各种夸大其词的保健品做大。

老罗，你这么说话我可就不爱听了。史一兵沉下脸。

我是集团高级健康顾问，你一年给我500万顾问费，又有百分之六干股，如果我不说实话，那是昧良心，你希望看到我昧良心吗？

史一兵学着他的腔调说了一句：搞什么搞？伸手拍拍他的肩膀，开个玩笑，咱们是一荣俱荣，一损俱损，我当然知道你是为公司好。

罗凡以守为攻：从莆田走出来承包医院的人，有谁干得像你这样风生水起，有几个像你这样转型成功？18年前，你放弃上大学的机会承包妇产医院，8年前又及时把握商机转战保健品市场，这正是我佩服你的地方，视野超前，未雨绸缪。

史一兵笑了笑：转型保健品行业以来，还多亏了你罗院长鼎力相助。

罗凡开始围魏救赵：咱们现在不能满足于以前的低层次扩张，随着监管的完善，这种扩张的空间即将被封杀。

所以我听从了你的建议，要与韦斯林合作嘛。

是，这着棋你又先人一步了。罗凡赞许地望着史一兵：可是光走这一步还不行。毕竟我们与韦斯林公司合作的产品，不过是换了件马甲而已。我们缺乏有自主知识产权、技术含量高的拳头产品，即便合作成功了，也不能长期持续。

史一兵深有感触：老罗，我又何尝不想呢，只是研发这样一款产品，需要的巨额投入暂且不说，没有核心技术和尖子人才也是白扯。

罗凡像一位猎鸟人，见到鸟儿已经跑到筝筐下啄食了，便一拉支着筝筐的木棍：今天我急着找你，就是要告诉你，这样的拳头产品、核心技术和尖子人才，就在跟前，触手可及。

史一兵果然入套，猴急猴急问：谁？你说。

本来，是不是将青桥研制中药组方的事告诉史一兵，罗凡还没有想清楚。看到他对青桥起了杀心，罗凡没辙了，只有这一招才能使青桥转危为安。只不过他了解青桥，后面的计划能不能顺利实施并没有把握。出头的疖子先去脓吧，只能先顾眼前了：据我所知，青桥正在研究一个中药组方，以对抗中老年人中存在的阿片类药物依赖。这是一个世界性难题，一旦成功，商业空间不可限量。

史一兵有些失望：就凭青桥这个嘴巴没毛的中医大夫？

罗凡神情严肃：如果换个人，我会当成一个笑话听，青桥就不同了，他家学渊源、几代名医,是一个有能力创造奇迹的人。

史一兵忙问:那怎么办?

罗凡要的就是这个效果,他淡然一笑:所以,你对青桥千万不要轻动妄念。能把他挖过来为我所用,那才叫本事。

7 万里长城万里长

小米勒给青桥打了一个电话,邀请青桥去爬长城。

小米勒的理由很充分:人家说来北京三件事,吃烤鸭、逛故宫、登长城,我来北京两个月了,作为唯一的中国朋友,你不觉得应该履行这份义务吗?

同样的电话他还打给了罗小力。

第二天是周末,两个人都爽快地答应了,这让小米勒很兴奋。他开着那辆黑色的奔驰越野,如约在地铁站出口接上了他们。

金秋的北京,很抒情。如果把城市比喻成一个人,这个季节简直可以用"神采奕奕"来形容。天不再灰了吧唧的,看着让人心烦;澄澈得如同一片海,宽阔、高远、静谧而又深邃。路旁的银杏、枫叶也因为汲取了夏日的精华,黄的灿烂、红的热烈,好像要把北京的绚丽一股脑儿展现出来。如果你驰入郊区一条静谧的公路,两边街道还没来得及打扫,那金黄的落叶犹如一条长长的地毯,一直铺向天之尽头。恍惚间,你仿佛步入了一个童话世界,似乎一不小心,就会走进生长着快乐与幸福的仙境。

本来,青桥不想来,昨天下午门诊时遇到一件事令他很窝火、很生气。一来小米勒的要求不好意思拒绝,二来他听说韦斯林要和康太合作,想给他一些忠告。潜意识中还有一个原因:成全小米勒和罗小力。小米勒对罗小力的爱没有任何遮掩,就像海面上高高扬起的一面白帆。

罗小力的出现,使小米勒情绪亢奋。他摁了一下喇叭,吧唧吧唧嘴说:我的朋友,如果你们不反对,我要献唱一曲。说着,昂头唱起来——

万里长城万里长　长城外面是故乡

坐在副驾驶位置上的罗小力拍拍他的肩头：歇了吧你就。这水平，我们是要收费的。

小米勒没有从她的逻辑中走出来，谦虚地说：我唱歌不收费。

罗小力没搭理他，问坐在后排的青桥：你电话说遇见了什么奇葩事？

青桥简述了事情经过——

昨天下午青桥正在坐诊。进来一个把自己裹得很严的患者。摘下帽子和墨镜，原来是一个明眸皓齿、衣着时尚的年轻女子。青桥翻了翻没有任何就诊记录的病历本，问：哪儿不舒服？

患者笑而不语，含情脉脉地望着青桥。

青桥抬头一看，觉得面前这位患者眼熟：请问，你哪里不舒服？说着，示意患者伸出手，给她搭脉。

我患了"虫草口服液"后遗症，听说青大夫对此症颇有研究，特来求医，想必青大夫一定能够手到病除吧？

青桥警觉起来，他看了一眼患者姓名：严婷婷？原来是康太集团严副总。

严婷婷嫣然一笑：是，咱们在上海的"健康中国高峰论坛"上打过交道。

严副总，你不是来看病的，有什么话不妨直说。

青大夫的目光果然犀利，怪不得能看出"虫草口服液"中添加了违禁药品。只是您一篇博文，不知要断了多少人的财路。

青桥盯着她，毫不退让：作为医生，我不会看着消费者的健康被伤害一言不发。

严婷婷不以为然，轻蔑地一笑：此言差矣。其实您也明白，这点药物添加，对消费者根本造不成实质性伤害。

青桥愤怒了，啪一拍桌子：一箱成本不到100元的"虫草口服液"，售价卖到3000元，这样的昧心钱都敢赚，还说对消费者没造成伤害？这口服液是喝不死人，长期喝下去，对消费者有半点好处吗？我看你也是衣冠楚楚，怎么能说出这样丧尽良心的话？看来我在论坛上对你们的产品提出质疑并非杞人忧天。明说吧，你是来当说客的，

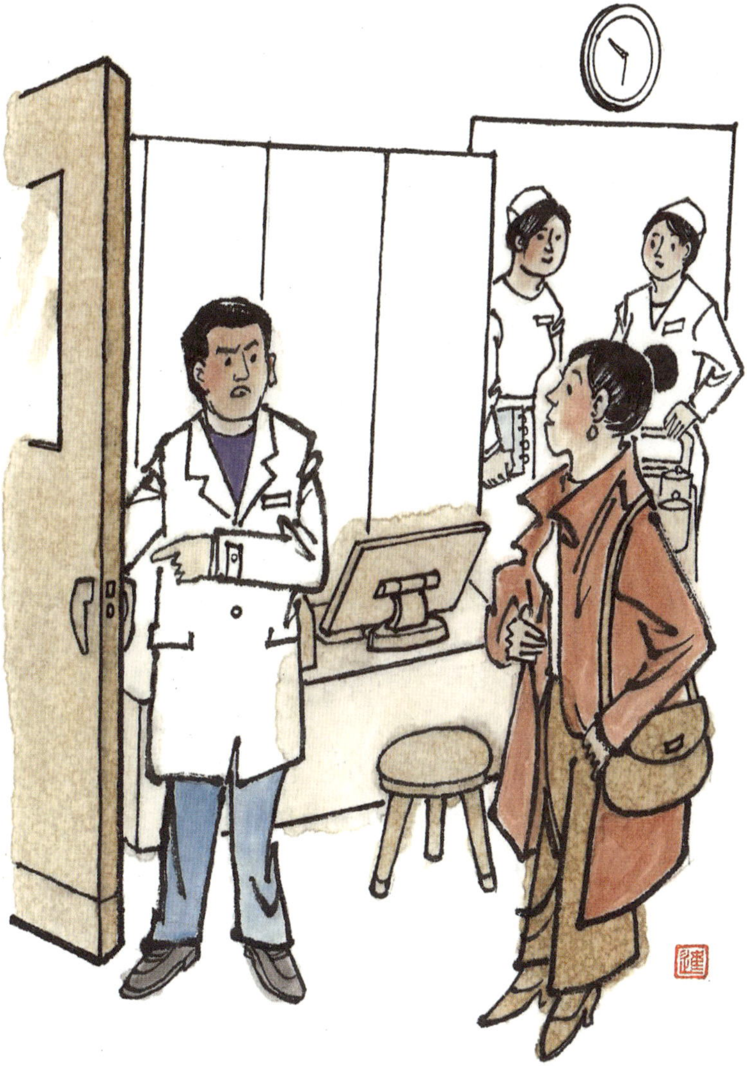

还是来下战书的？

严婷婷并不慌乱，她看着青桥，轻声细语：都不是，准确地说，是友谊的使者。说着拿出一个信封顺桌面推给青桥，这里面是一张20万的银行卡，密码是你身份证的后6位数。没有别的要求，不再看到类似文章就可以了。

青桥拿起信封，掏出银行卡看了看，扔到严婷婷面前：看你也像受过高等教育，如果不知道"可耻"这两个字怎么写，回去问问你的小学语文老师。

这样说，是没有商量的余地了？严婷婷问。

青桥起身开门：请你出去。你的病我看不了，要看得去监察局。

罗小力听完青桥的讲述，骂了一句：太无耻了！

小米勒没说话，只是微微一笑。表面青涩的他心思很缜密，他邀约青桥登长城，就是因为昨天在网上看到了青桥揭露"虫草口服液"的博文。这样真名实姓的文章不可能是捏造，他想约青桥出来再了解一些情况；来中国之前，他基本掌握了汉伯与史一兵交易的脉络，他已经悄悄布下了一张网。

小米勒点过吴迪，希望他不要陷得太深。

那是前天，吴迪找到他，说米勒先生，刚才康太集团的史一兵总裁又来电话，询问什么时候正式签署战略合作协议？

密斯特吴，你认为条件成熟了吗？

一切具备，只欠东风。你大笔一挥，就可以开启合作了。它将会助力我们打开中国大陆市场，像你所期待的那样，在明年提高10个点销售额。

小米勒微笑着摇摇头，意味深长地说：听上去很美。不过，密斯特吴，你知道吗？"二战"结束后，英国统计了在战争中失事的战斗机和牺牲的飞行员以及飞机失事的原因和地点，结果令人震惊。夺走生命最多的不是敌人猛烈的炮火，也不是大自然的疾风暴雨，而是飞行员的操作失误。事故发生最频繁的时段，不是在激烈的交火中，也不是在紧急撤退时，而是在完成任务归来着陆前的几分钟。

吴迪双手一摊：米勒先生，这太出乎预料了。

我和你一样，对这个结果感到惊讶，而心理学家却认为正常得很。因为，在返航途中飞行员精神越来越放松，当他终于看到熟悉的基地，自己的飞机离跑道越来越近时，顿时有了安全感。然而，恰恰是这一瞬间的放松酿成大祸。因此，人们管这种状态叫虚假安全。

米勒先生，我不明白你为什么给我讲这样一个故事。

生意场上也有很多虚假安全，好像成功近在咫尺，恰恰厄运即将降临。所以，我对你的回答是，不急。

吴迪有些诧异，反问：不急？离最后的签约时限不到两个月了，没有正当理由逾期，违约方是要支付巨额赔偿金的。

小米勒打开桌上的文件夹，暗示谈话已经结束：密斯特吴，谢谢你的提醒，1000万美元，我知道。

一脚踏上长城，小米勒高举双手，兴奋得像孩子一样跳了起来。

没有人面对这个伟大的建筑能心如止水。它修筑的历史最早可上溯到西周，著名的典故"烽火戏诸侯"就源于那时。后经春秋战国、秦始皇及明王朝多次修筑，才有了我们今天见到的万里长城。

八达岭长城是万里长城的重要组成部分，有"玉关天堑"之称。

一块青砖，就是一段物化的历史，见证了王朝更迭；

一个隘口，就是一条时空的隧道，上演着人世悲欢。

我听说中国有句俗话，叫不到长城非好汉，今天我成为好汉了吧？小米勒站在长城上，自豪地说。

你的自我感觉或许太好了。青桥从后面推了一把小米勒。

小米勒借力双腿一蹦，跳上一个台阶：青桥，我已经注意到你网上的博文，这篇文章产生了很大反响，网友都在质疑康太集团的商业信誉，而这也是我正在追寻的真相。

他们来到了一个垛口前。

青桥从背包里拿出矿泉水，分别递给小米勒和罗小力：你可以关注我新发的博文，它足以说明我对康太集团的揭露切中要害。

罗小力闻言拿出手机，点开微博：呀，《诊室奇遇》？这一篇的点击率更高呦。情况已经很清楚，康太是一个无良企业。我不明白，中国有那么多良心企业，韦斯林为什么偏偏选择了它？

小米勒一仰脖，咕咚咕咚喝去半瓶水，一抹嘴：农夫山泉有点甜。

青桥警告：少耍贫嘴，告诉你小米勒，如果你们韦斯林不守法经营，欺骗中国的消费者，我也绝不会放过你！

小米勒双肩一耸，自信满满地说：这一点我完全相信。但是我们会像珍惜生命一样，珍惜韦斯林的商业信誉。如果它真的损害了中国消费者的利益，我不会阻止你对它的揭露。不过，现在，请允许我由衷地感谢你们接受了我的邀请，并向我提出了这样充满善意的忠告。

青桥拍了拍小米勒的肩膀，示意他信守自己的承诺。然后，向更高处的一个箭楼跑去，步履轻盈、身姿矫健，像一只在低空盘旋的鹰。

青桥没有想到，同一时间，一场针对他的阴谋正在紧锣密鼓地筹划。

第三章

1 踏　空

柳若兰出事了。

青桥闻讯，风风火火赶到骨科病房时，她躺在床上，一条腿绑着夹板已经悬空吊起。见到孙子，老人有点尴尬，轻描淡写地说了事情经过——

得知"虫草口服液"添加了违禁药品，柳若兰闷在家里两天没出门。她不愿意相信那些比亲人还亲的丫头、小子是骗子，面对医院的化验单又不能不信。这让她的精神很受煎熬，因为虚假的骗局被戳穿后，她失去的不只是一份返老还童的期待，还有一种亲情逝去的惆怅。

周一早晨，柳若兰又出现在街心公园。

听小区的老姐妹讲，推销"虫草口服液"的摊位和业务员都不见了。柳若兰不信，她要找到他们好好理论一番，问问他们为什么昧着良心干这种缺德事？走进公园，柳若兰看到不远处人头攒动，一条横幅依然挂在两棵树之间，只不过上面的字由标宋体"免费健康大义诊"，变成了粗黑体"健康中国免费咨询"。

柳若兰一见，心中有气，加快了脚步。

一个留马尾辫的姑娘迎上来：您老做个体检吧，大夫都是专家。

柳若兰一看，不认识，就说：那个小李呢，我找他。还有，那个叫露露的丫头片子，怎么也没见她出来呀？

"马尾辫"一听，做出惊讶状，攥住柳若兰的手问：您是不是买了"虫草口服液"？

柳若兰没好气地回答：是呀，你们不是一伙儿的吗？

奶奶，他们是骗子！"马尾辫"露出一脸同情：他们打着我们公司的旗号兜售伪劣保健品，我们已经报案，他们的骨干被抓了，正在拘留所里吃窝头呢。

柳若兰半信半疑：是吗？怎么会这样。

奶奶，您不信可以打电话问呀。"马尾辫"信誓旦旦地说：我们是康太集团的正式员工，康太您知道吧？全国知名的保健品厂家，怎么能干那种小儿科的事。

柳若兰虽然买了"虫草口服液"，倒还真没注意是哪个厂家生产的，自语道：康太集团，我知道，电视上老做广告。

就是啊，像我们这样的大公司，从来是把信誉放在第一位的。

桌子后面的一个白大褂招手：小孙，别光顾说话了，请奶奶到这边来。

下面的情节千篇一律：在医生和业务员的游说下，柳若兰被"马尾辫"又搀回了体验馆，他们在推销一种高电位治疗仪。

柳若兰所以去了，是想看看会有什么新花样。

她抱定一条宗旨，说出大天我也不买你的东西。

体验馆里八个人一排，摆放着几十把椅子。每把椅子上有一个坐垫，坐垫下通着两根电线。柳若兰坐上去，一个业务员拿过一根管灯让她摸。坐在椅子上用手一摸，管灯就亮；离开椅子再摸就不亮，老人们纷纷感叹其神奇。

业务员见老人们的情绪被调动起来了，适时加温：高电位治疗是康太保健品集团最新推出的体验项目。大家已经感受到了，它不打针、不吃药，是通过物理疗法调理人的亚健康状态，对人体没有任何毒副作用。尤其对老年人的心脑血管疾病、糖尿病、高血压、肝肾功能不全等慢性疾病有特殊疗效，是现代高科技的最新研究成果。

台下的中老年人交头接耳、议论纷纷。

业务员示意大家安静：一会儿，我们请专家为在座的每一位进行检测。大家可以在电脑屏幕上，清晰地看到自己内脏和血液中的各种问题，据此出一张扫描图发到您手里，并为参与体验的爷爷、奶奶、叔叔、阿姨建立健康档案。每隔一周，由我们的专家定期为大家检测一次，让各位亲眼见证脏器细胞如何更新和修复。

老人甲来了兴致：这个仪器怎么用啊？

每天早晚各使用一次，每次在30分钟至1小时之间。301医院、协和医院和中日友好医院都有引进，有病治病，无病强身。

老人乙小心翼翼地问：多少钱一台？

业务员很贴心地回答：原价4万元。凡因为购买假冒康太集团产品而遭受损失的消费者，凭购买收据，一律给予五折特别优惠。

你们怎么那么好心呀？有人问。

柳若兰也不以为然地跟了一句：是啊，干吗要为前面的骗子背锅？

业务员笑着解释：爷爷奶奶问得对，不过我也想问你们一个问题：企业和顾客之间最重要的是什么？诚信，对吧？如果我们主动把消费者这部分损失承担下来，是不是就有效建立起了我们之间的诚信关系？而这种关系的建立，会不会极大带动高电位治疗仪在新客户中的销售？况且，我们公司还有其他各种保健品，大家在购买时是不是就放心了？

老人甲点点头：这个丫头说得也不无道理。

业务员又一反常态：不过，我不建议大家马上购买。现在的保健仪器鱼龙混杂，我希望大家先体验，根据体验结果再决定购买与否，做到科学消费、理性消费。

老人乙腿脚不太灵便，他有点惋惜：每天要来保健馆体验太麻烦了。

爷爷，权当锻炼嘛，每次高电位治疗后，能辅助一刻钟以上的散步效果更佳。两万不是小数目，一定看到了疗效再说。

嘿，还有这样的厂家，上赶着的买卖都不做？

业务员一笑：康太集团是全国知名的保健品企业。我们的服务理念是，最美不过夕阳红，让温暖陪伴每一分钟。

柳若兰有些狐疑，她眼看着几个老人要交钱购买治疗仪，都被业务员劝阻了。看来，他们与上一拨人是不一样。哪有这样的骗子，钱到手都不要？体验结束后，柳若兰觉得身体确实轻快了许多，下台阶时不小心踏空，一下崴了脚。

青桥不相信一个盯着消费者口袋的无良厂商，会讲诚信。

这个高电位治疗仪很可能是新的消费陷阱，只是他现在没精力弄清楚它的真伪，他要赶紧和家人商量，拿出一个奶奶的护理方案。

青子飞、青子翔和柳絮都来了。

前几天，青子翔夫妇曾叫上大哥去看望母亲，还亲自做了一桌好菜，柳若兰却说，不年不节，你们夫妻这么献殷勤，肯定有事，现在不说，酒杯只要一沾我的嘴唇就不许再说了。柳絮无奈，说为了贷款，青子翔想把父亲留下的遗产送到银行去作抵押物。柳若兰闻言大怒，直接让青子飞开门，把夫妻俩赶了出去。

此时，青子翔见到躺在病床上的柳若兰，有点尴尬，叫了一声妈，转头责备青桥：你是怎么照顾的奶奶？

柳若兰瞪了一眼小儿子，不高兴地说：你不用埋怨桥儿，桥儿照顾我比你尽心多了，是我自己不小心，下台阶的时候一脚踩空了。

柳絮摸了摸柳若兰的伤腿：妈伤得不轻，大哥，我们排个班吧。

柳若兰急忙摆手：不用，你们工作都很忙，请个护工得了。

青桥也赞同：对，请个护工。一会儿我去和护理中心打个招呼，找个有经验的来。

柳若兰挥手示意：你们该干什么就去干什么去，这有医生和护士呢。

几个人出了病房。在走廊拐角，柳絮停下脚步对青子飞说：大哥，刚才我找医生了解了一下情况，股骨头摔断了，要进行髋关节置换。

青桥回答：髋关节置换是非常成熟的手术，我们医院完全可以做。

柳絮深吸一口气，似乎有满腹心事：事情并不那么简单，主治大夫说，这个手术虽然不大，可是一旦发生风险也会危及生命，甚至连抢救的余地都没有。

主治大夫说得不错，不过这个风险概率太低了，可以忽略不计。

隔行如隔山，青桥，即使是万分之一的概率，也要有应对方案。

青子飞对弟弟的话不以为然：你又不是主刀大夫，拿什么应对？

青子翔看了一眼妻子，似乎是想从她那里得到一些鼓励：我……我的意思是，万一妈手术发生风险怎么办？不怕一万，就怕万一嘛。

青子飞有点不耐烦：有什么话你就直说吧，别吞吞吐吐的。

青子翔心一横：我的意思是，让妈手术前把保险柜的钥匙交给咱哥俩保管，趁老太太健在，把爸留下的遗产分了算了，正好我现在急用钱。

青子飞瞪着弟弟，额头的青筋都爆起了：青子翔，你还是人吗，妈刚住进医院，你又动起这歪心思，就此打住，再说我跟你急。

柳絮忙出来圆场：大哥，你别生气，子翔没有恶意。

2 一步大棋

青桥他们攀登长城时，罗凡被史一兵的电话叫走了。

见面没有安排在十号会所，而是定在办公室，这让罗凡隐隐感觉，史一兵要谈的话题不会愉快。果然，一见面史一兵就恶狠狠地骂，这个青桥真是不识抬举！

一旁的严婷婷让他看了青桥早晨新发的博文：《诊室奇遇》，说为了化解这次公关危机，公司将花大本钱。

罗凡吃了一惊，同时也责怪史一兵用钱封堵青桥嘴的做法太过拙劣，如果事先跟他商量，他肯定不会同意，因为青桥不是用钱可以收买的人。

史一兵不以为然，说你别把青桥说的那么清高，他所以不肯就范，是因为出的价码他还不够满意。罗凡不想跟史一兵争辩，只是关心他下一步怎么出牌。上次他谈了自己的想法，史一兵没有表态，不知道他葫芦里到底装的是什么药。

史一兵是商人，每笔生意的投入和产出都要精确计算。

那天回去后，他上网查询了青桥的多篇论文，找到了所有可以找到的有关青桥的背景资料，认真做了评估，确定罗凡言之不虚；又从吴迪处了解到小米勒对康太的产品质量与商业信誉不无担心，他讲的那个飞机降落的故事即可作为佐证。心想，如果能把青桥挖过来，对康太未来的发展意义重大，也许真的能形成康太的核心资产。不过，青桥连发的两篇博文让史一兵明白，拿下他靠一般套路不行，要另辟蹊径。于是设了一个局，找来罗凡，就是让他配合演好这出戏。

罗凡听了史一兵的计划，觉得有点下三路，但史一兵心意已决。

走时史一兵又叮嘱：你不是说青桥的奶奶摔伤了吗，出院后肯定要找保姆，记住，我给她安排，这事你先做好铺垫。

安排保姆？罗凡疑惑地望着史一兵：有这个必要吗？

未雨绸缪嘛，当然有。史一兵诡异地一笑：这是预案，现在用不上。可是一旦用上，就会是一颗威力无比的炸弹。

罗凡走后，严婷婷报告：郑嫣到了。

靠在真皮转椅上的史一兵直起腰，挥了一下手：让她进来。

一身职业套装的郑嫣有点忐忑地走进来，她打量了一下这间足有一百多平方米的豪华套间，有些局促地站在宽大的老板台前。

康太的等级制度非常严格，越级面见上司是违反规则的职场小白行为；许多人从入职到离开，甚至没有机会和老板说上一句话。郑嫣作为一个基层门店的店长，能被老板知道并被特殊召见，实在没有过先例。

不光郑嫣，连严婷婷也对史一兵的做法异常惊讶。

早晨上班，史一兵让她通知郑嫣立即来公司总部，她就觉得奇怪。史一兵怎么会认识郑嫣？什么重要的工作需要总裁直接向一个店长交代？

她没问。一来这是职场规矩，上司的隐秘不可以打听；二来她知道史一兵的任何做法都有他的道理，如果超常规，很可能是他布的一步大棋。

作为商人，史一兵的精明和应变能力毋庸置疑。

"虫草口服液"添加违禁药物，一次多么大的企业危机？换家小企业就是灭顶之灾，史一兵巧施换岗之策，居然就瞒天过海了。当然，平时维护的众多社会资源也起了作用，但那不也是他未雨绸缪的结果吗？高电位治疗仪早已是欧美过时的淘汰产品，不过是换了一个名字而已，组装一台也就几百元，现在两万元一台竟供不应求。开始公司高层不理解，这么大的利润空间为什么压货不卖？消费者一旦体验了觉得效果不好不买了，流水线日夜组装出的几千台机器，岂不是就成了废铜烂铁？史一兵听了，不但明确销售策略不变，还让工厂日夜加班。

严婷婷曾问史一兵：您就这么有把握？

史一兵没有直接回答，而是讲了一个故事：

达尔文医院曾接收了一位奇怪的病人，他的症状是无法吞咽，不能进食、喝水。很奇怪，医生检查不出任何病因，而他本人也拒绝治疗，因为自己"已被指过，肯定活不成了"。病人名叫吴鲁穆，是澳大利亚美利族人，因为触犯族规被实施了"骨指术"——施术者借助一种庄严的仪式，用人骨和头发制成的杀人骨，只要向对方一指，受害人便犹如长矛刺心，不留任何痕迹地死去。

果然，吴鲁穆在进入医院的第五天衰竭而亡。

史一兵问严婷婷，这种杀人方法屡试不爽，你说是为什么？

严婷婷倒吸一口冷气：难道是因为心理暗示？

对，史一兵哼了一声说：一根骨头当然不能置人于死地，他所以死了，前提是绝对相信施以巫术者的法力。这样，就会在心理上因为极端恐惧而产生了一系列不良反应：如肾上腺激素增加、血流量减少、血压降低，从而造成喉咙失声、口吐白沫、全身发抖、肌肉抽搐、无法进食等症状，最后导致死亡。

严婷婷听得毛骨悚然：这和高电位治疗仪的销售有关系吗？

当然有。史一兵得意地回答：不过是殊途同归，让消费者迷信它的功效。一旦这种迷信产生，他们就会感觉身轻体健，就不会对治疗效果有任何怀疑，你不卖给他们，他们才会跟你急呢。

严婷婷有点心不在焉，她忽然想起了员工培训中的"鱼汤"课程。她始终不明白，精明的史一兵为什么要设计这样一个愚蠢的情节，来检测员工的忠诚度。现在她似乎懂了，看上去，"鱼汤"和"骨指术"完全风马牛不相及，实际上却有一条若有若无的脉络把它们串联到了一起。

史一兵是从公司每月的销售报表上知道郑嫣的。

一个门店偶然拿个销冠不难，连续三次销冠就不是偶然的了，一定有她的独到之处。他假扮成一个消费者，专门在郑嫣管辖的一个销售点观察了半天，认可了郑嫣的能力。人的命运走向有多种可能，就像一条鱼，从杂草丛生的河岔游向哪一片水域，往往受到许多不确定因素制约。郑嫣的命运，就是在那天发生转折的。

史一兵一伸手，示意郑嫣坐在自己对面的沙发上。

姑娘坐下后看了一眼史一兵。这是她第一次近距离观察自己的老板，她觉得史一兵看上去挺随和，但随和的后面似乎有一股阴冷之气，比如那双眼睛，在一双茂盛的眉毛下，很像暗堡露出的枪口，不怒而威：郑嫣，你知道吗？你创造了本集团的两个第一。

我知道。

严婷婷有些疑惑：你知道？那你说来听听。

总裁直接召见一个基层店长，自集团创建以来，我应该是第一个；面对总裁审视甚至是有些挑剔的目光仍可以从容作答的，估计除了我，在集团也找不到第二个最底层的业务员了。

哼哼，你很自信。你的自信可以成就你也可能断送你。

郑嫣并不回避史一兵挑剔的目光：集团要求员工做到的六字方针就是：自信、主动、拼搏。

史一兵起身离开老板桌，围着郑嫣转了一圈儿：果然是伶牙俐齿，难怪你们门店在全B区蝉联销冠。

郑嫣有点明白被大老板突然召见的缘由了：您过奖，我们还在努力。

史一兵难得地笑了：如果让你担任B区销售总监你会怎么做？

郑嫣惊诧地反问：我？

史一兵不动声色：我说的是如果。

郑嫣略一沉吟：引入竞争机制，对店长采取末位淘汰，空出的位置可以由业务员竞争替补。门店业务员的薪酬采取阶梯式管理，即在一定的时间内完成规定的销售额，薪金上浮一级；反之亦然。

史一兵坐回到老板桌后：好，我今天叫你来，就是要在你身上创造本集团的第三个第一：从店长直接晋升为B区销售主管。

郑嫣蒙圈了，刚才说是如果，转瞬变成现实，这个落差有点大。

而且，我希望这只是你进入公司高层的一个台阶。

郑嫣给史一兵深鞠一躬：谢谢史总信任。

史一兵摆手示意郑嫣退出。他所以决定破格提拔郑嫣，是在为一步大棋做准备。他不能确定后面针对青桥的计划能否顺利实施，为了保险必须有预案。而郑嫣无疑是这个预案的最佳执行者，他必须施恩于前。

郑嫣走了，史一兵叫进严婷婷，吩咐：听说郑嫣以前对公司的销售策略和产品有过质疑，最近却玩命提升业绩，我估计是遇到了什么坎儿。你去了解一下，这个女孩儿很能干，不过，为我所用的前提是能够控制她。

3 小心踩雷

子夜。繁星点点，一轮弯月在云雾中潜行，像一个光头小子在草丛中穿过；有风在吹，与偶尔响起的汽车喇叭交织在一起，那是大地沉睡时发出的鼾声。远处，不灭的灯光和霓虹灯在弥漫的夜色中闪烁，不知疲倦地装点着城市的梦。

青桥坐在电脑桌前，久久凝视着《精要汇编》中的一个方子：

火麻仁■，九蒸九晒；炮附子⊙，沙炒一时辰后备用；黄柏▼，砂仁⬟，生地黄，等量。焦神曲⬣，辅助，当归▲，体重相应。桂枝▲，变量，大黄▼，微微泄下量。

炮制法：杨柳木为薪材✹，铁锅一鼎，先煎药一昼夜，取其水汽，蒸馏液冷却后再次回锅，纳入桂枝、大黄煮沸。同药汁一并纳入竹筒之中，密闭，置之于百人粪中百日，取出后静置，得上清液，日一服，每服方寸。

有□□者，先□量，后□半□之；如□□，□□□用。

这个方子缺少药量和火候的精确描述，有些药材的旁边标记着三角形、四边形符号，还有横道和圆圈儿、上下箭头，有如天书。青桥根据中医经典的描述和自己的反复推演，已经破译了一些符号，在对这个方子反复推敲加减后，形成了中药组方的雏形。不过，还有一些关键的数据和问题没有解决。

明天出专家门诊，青桥站起身伸了一个懒腰。

关机前，他习惯性地浏览了一下未读的邮件，突然被一封邮件的内容惊到了，邮件只有四个字：小心踩雷。后边是大写的英文字母 V1，警示危险的信号。

青桥重新坐下，看着那几个字琢磨，这封邮件是什么意思？

如果判断不错，应该和康太有关。《诊室奇遇》发出后，对方的反应出奇的冷静。除了迅速删帖和水军正面留言外，几乎没有还击。青桥观察了两天，以为对方要冷处理。也是，现在的热点两天一个，没有交锋，很快就会被淹。

青桥去了一趟监管部门，督促他们对康太集团的商业欺诈行为亮剑。可是接待他的一位科长说，人家还在喊冤，说根本没有添加违禁药物，是不良厂家冒充，他们也是受害者，已经发了澄清公告。至于诊室行贿事件，康太集团坚决否认，青桥也拿不出确凿证据。

对手太狡猾了。联系到今天的邮件，青桥想会不会是康太的变相警告？不对，凭着财大气粗，康太做事一贯颐指气使；是善意提醒？也不像，如果是熟人或朋友，会开门见山；那就是恶作剧或者错发的邮件？

青桥不想了。从揭露康太不法行为开始，青桥就做好了各种准备。南方的一位医生捅了一下鸿茅药酒造假，不是还被跨省抓捕了吗？他的出手比那个医生重得多，面临的危险也会大很多，但是作为医生，他不能有愧于从医时的誓言。

青桥只睡了四个多小时，来到医院时已活力四射。

候诊区坐满了人。青桥知道肯定要忙一天，午饭也得打到诊室吃了。

护士叫进一个病人，坐在了青桥对面。

哪儿不舒服？青桥问。她约莫30岁，面容姣好、衣着时尚。望着青桥，神色略显尴尬：我……我的左乳房很痛。

青桥为病人诊脉，正常，就问：除了痛，还有哪些症状？

女病人用手揉揉乳房：除了痛，还发胀。

青桥望着病人：张嘴，伸出舌头。

女病人张开嘴，这时诊室的电话机响了，护士接听：喂，是我，现在吗？挂上电话，说罗院长让她马上过去一趟，就急匆匆走了。

青桥略一迟疑，女病人已主动解开扣子，欲掀内衣：大夫，您好好给我看看吧。

青桥摆了一下手：稍等一下检查。又问了患者一些基本情况，站起身准备去洗手，女病人突然从背后一把抱住他，情难自己地说：青大夫，你太帅了，我真的特别喜欢你，我关注你很长时间了。

青桥大惊，回头斥责：请你放尊重些，看病坐回椅子上，不看就出去。

女病人不松手，嗲声嗲气说：干吗那么凶，人家喜欢你嘛，喜欢你也犯法？

青桥一时有点发蒙，他使劲挣开女病人。正巧，护士推门走进诊室，见女病人站在诊室当中，衣服凌乱，一下愣住了，惊叫：怎么回事？

女病人上去一把抓住护士，躲在她身后：这个大夫是流氓，他猥亵我。

青桥觉得很可笑，鄙夷地说：什么，我猥亵你？

女病人并不理会青桥，她跑出诊室，捂着脸哭着在楼道里一边跑一边喊：什么白衣天使，分明是衣冠禽兽，我要告你！

正好，罗小力到医院来找青桥，两人撞了个满怀。

罗小力不知出了什么事儿，问：你怎么不看人，跑什么呀你？

女病人一副很委屈的样子：大夫看病耍流氓，我要去告他。

罗小力很惊讶：耍流氓，哪个大夫？

女病人边走边说：哪个大夫？青桥，那个所谓的中医专家，狗屁。

罗小力一听扑哧乐了，鄙视地对女病人说：青桥跟你耍流氓？你是不是吃错药了，胡说吧你就。

女病人瞪了罗小力一眼：你才胡说呢。你跟他是什么关系，凭什么向着他说话？我懒得理你，我去找院长。

罗小力轻蔑地摇摇头，紧走几步进了青桥诊室。

青桥还在发蒙，见到罗小力有些吃惊：哎，你怎么来啦？

特写见报之后反响热烈，报社收到不少读者反馈，有些是需要回复的，有些建议估计对你会有些帮助，我整理了一下给你送来看看。

青桥点点头：噢，放在桌子上吧。

罗小力又问：刚才是怎么回事？

青桥苦笑：躺枪呗，搞不清楚是怎么回事。忽然，他想起早晨的那封邮件，一股冷风嗖地顺着后脖颈冒出来，也许，是有人设局陷害我。

罗小力马上反应过来：对，会不会和你发的那两篇博文有关？

青桥还没说话，桌上的电话铃响了，护士接听电话，里面传出罗凡的声音：搞什么搞？让青桥立即来我办公室一趟。

院长是了解自己的，去办公室的路上青桥想，这事明摆着是诬陷，罗凡从医多年，是明白人，不难看出其中的蹊跷。不想一进门，等着他的竟是劈头盖脸一顿训。罗凡根本不听他解释：青桥啊，青桥，你又给咱们医院刷新了一项纪录，在诊室猥亵女病人，建院以来这还是第一次呢。

青桥情绪激动，他瞪着罗凡，像一只斗架的公鸡：罗院长，你是相信她，还是相信我？

罗凡一拍桌子：谁我也不相信，我相信事实。

事实是她无中生有，对我进行人格侮辱！青桥真急了：你调查了吗？你知道都发生了什么，你凭什么断言是我的问题？

罗凡还没来得及说话，办公室的门被一脚踹开。

那个女人和几个满脸怒气的男人站在门口，其中一个留着平头的精壮汉子高声吼道：谁是青桥啊，吱一声，敢猥亵我老婆，你是找死呢，还是不想活了？

青桥起身迎上去，鄙夷地一笑：呦呵，我还是第一次听见，一个无赖可以把一个牛皮吹的这么恬不知耻。

平头也不搭话，抢上一步揪住青桥就打；青桥也不示弱，出手反抗，双方瞬间撕扯起来。

罗凡见状大喊：搞什么搞，住手，再不住手我报警啦。说着拨打电话，110、110吗，我是燕北大学附属医院……

4 银行来了冒领客

罗凡拨打110报警时，北京西城的一栋公寓里，也有一个人掏出手机准备报警。只不过，在闯入者的逼视下，他只拨了一个号，就无奈地放弃了抗争。

闯入者是工头老吕。10分钟以前，他以快递小哥的名义敲响了房门。

开门的一瞬间，他和手下四五个兄弟蜂拥而入。

正是午饭时间，餐厅的长形饭桌上摆着两瓶啤酒和几样小菜，厨房的不锈钢汤锅里煮着旺仔码头水饺。来人也不客气，坐在桌前大快朵颐，还毫不见外地打开冰箱，拿出了所有的冰镇啤酒和没有开封的午餐肉、火腿肠，一通暴撮。

当女主人对此表示强烈不满并企图反抗时，两个壮汉掏出尖刀，像老鹰捉小鸡一样，把女主人挟持到客厅一角，并把利刃横在了她的脖子上。

男主人急了，掏出手机：你们私闯民宅，我要报警！

吕工头从腰间抽出一把刀，手一甩，利刃出手，成一条直线，啪一声钉在客厅的实木门上：你报。

我们看清了，面对颤巍巍的刀柄，瘫坐在地上的男主人是青子翔。

为了躲避吕工头追债，青子翔这几天一直没上班，交代陈伟说去筹钱。他也确实找了所有可以找的关系，拆借到的现金不过三四百万，距离两千万工程款不是差一点半点。今天没出去，是因为出去也将空手而归。柳絮说，实在无路可走，只能打保险柜的主意。

这时，房门被敲响了，说有快递。

吕工头坐在餐桌前，喝了一杯酒，吃了一块肉：欠老子工钱不给，你们这对狗男女猫在家里，又吃又喝，日子过得还蛮滋润。

青子翔神情沮丧：吕总，这件事跟我老婆无关，你能不能把她放开？

吕工头瞟了一眼青子翔：呦，你还知道怜香惜玉啊，放开她？说着走过去，用刀尖在柳絮的额头上轻轻一划，割了一道小口儿，柳絮惊叫一声，血从她的额头缓缓流下。吕工头吼，光脚的不怕穿鞋的，你们的命总归比我们的金贵，今天要是再不给句痛快话，明年的今天就是你们的周年。

青子翔吓着了，从地上爬起来：吕，吕大哥，吕大帅，吕大爷，就是砸锅卖铁，工程款这个月之内我一定付清。我上有老母，下有妻儿，你吕总和各位兄弟也都拖家带口，千万，千万别做出不理智的事来。

壮汉甲一把揪住青子翔的脖领子，发着狠说：大哥，跟这种人废什么话，一刀抹了他，大不了赔他一条命。

青子翔双手抱头：兄弟，别，千万别。这样，我马上给你们写个字据。如果月底之前不付清工程款，不劳各位兄弟动手，我们夫妻自行了断。

吕工头已经酒足饭饱，他打了个嗝儿，喷出的气带着浓郁的韭菜味：成，让他写。

青子翔被松开后，忙跑向柳絮查看她的伤口，找出创可贴为她贴上。

柳絮是谁？家里一言九鼎，在单位也是说一不二的老大，现在被人家这么拿刀指着，心中的悲愤、羞辱真是难以言说。她有气无力地摆摆手：子翔，快把字据写了，让他们赶紧——走！

第二天早晨，银行还没开门，青子翔的奥迪已经停在了门口。

出此下策，青子翔也是情非得已。那天被老太太赶出门，柳絮就提出智取，青子翔一直犹豫。昨天，吕工头钉在门上的飞刀，才算是彻底斩断了他的幻想。柳若兰摔伤住院，使智取变得简单了许多。他有家里的钥匙，趁青桥上班，他打开门，没费劲就在母亲的床头柜里找到了要找的东西。他想，如果母亲和大哥知道了，还不把自己生吞了。他发誓，一旦渡过难关，要尽快把爸爸留下的宝贝赎回来放回保险柜；也暗自祈祷"霞光宫殿"项目能起死回生，母亲这一段时间千万别来查询。

青子翔走进银行大厅，一个业务员迎上来：先生，您办理什么业务？

青子翔心里有鬼，却尽量装得神态平和：我来取保险柜的物品。

业务员一伸手，做了个请的手势：好，您跟我来。

俩人来到一个窗口，里面的业务员问：先生，您要开多少号保险柜？

青子翔已经反复记住了这个号码：300068。

请出示您的证件。

青子翔递过委托书。业务员看后抬起头问：您叫青子飞？

青子翔有点心虚：对，我是青子飞。

业务员查看了一下电脑：请出示您的身份证。

青子翔一愣，他忽略了这个细节，他没有哥哥的身份证，他脑袋轰一下，打开皮包假装翻了翻，掩饰道：不好意思，走急了，没带身份证，我有钥匙。

业务员盯着青子翔看：你有钥匙？不好意思，您是青子飞吗？

青子翔色厉内荏地回答：当然，这还有假吗？

业务员诡异地一笑，讥讽说：真让你说对了，您和电脑里留存的青子飞先生的照片比对，确实不是一个人。

青子翔有些蒙圈儿：怎么，电脑里还有照片？

业务员望着青子翔，目光中有一缕幸灾乐祸，像是猎人在看已经入套的猎物：当然，作为柳若兰女士的委托人，我们肯定会留有他的照片。

是这样啊，那我回去取身份证，今天就不麻烦你们了。

青子翔说着起身就走，业务员冲保安喊：拦住他，别让他跑了。

两名保安一听，精神抖擞，上前揪住青子翔，三下五除二，按倒在地。

业务员拿起电话报警：110吗，我是建设银行北三街支行，有人企图冒领保险柜物品，已经被保安控制住了，请你们赶快过来。

青子翔被两名保安摁在地上，他玩命挣扎：放开我，你们放开我！

接下来的情节很尴尬：哥哥来到派出所，领出了蔫头耷脑的弟弟。临走时，警察很厌恶地对青子飞说，看你们整的这是什么事呀，咱们的警力本来就紧张，这是浪费公共资源，懂吗？请吧两位，就不留你们吃午饭了。

兄弟俩臊不搭地出了派出所。青子翔走向自己的车，青子飞紧追两步，冷不丁，抬腿狠狠地踹了他屁股一脚。

青子翔猝不及防，扑通倒地，回头喊：你踹我干吗？

青子飞气得满脸通红：我踹你，我恨不得一脚踹死你。你简直就是一头猪，一头带加号的猪；光是猪，已经形容不出你的愚蠢和贪婪了。

青子翔爬起来，掸掸身上的土。即便贝多芬再世，此时此刻也弹不出他心中的郁闷了：青子飞，那姓吕的工头到我们家都动刀了，你知道吗？

青子飞恨铁不成钢：这能成为你偷开保险柜的理由吗？你自私，我忍了；但是你能不能自私得有点限度啊？

青子翔来到自己的奥迪前，打开车门上了车：少跟我扯淡。我倒是想跟你们商量着来，可是你们干吗？我好心好意上门给老妈做饭，一顿骂把我卷出来；我在医院提出把爸留下的遗产分了，你鼻子不是鼻子脸不是脸，就差跟我动手了。现在说这些没油少盐的话，有意思吗？

青子飞追过来，扬起手做出欲打状：嘿，你干完坏事还有理了，妈要是知道了非气死不可，老青家怎么出了你这么个白眼儿狼。

青子翔关上车门，摇下车窗，探出头：我是白眼儿狼，你们也好不到哪儿去，无情无义、见死不救。今后我青子翔就是挂根棍儿去讨饭，也不会讨到你们上。

说着，点火、挂挡、启动。无意间一瞥，见副驾座上有一张银行卡。

青子翔拿起来看，有点莫名其妙。手机吧嗒一响，收到一条微信，是青子飞刚发的：卡里有200万，供你应急，密码是你生日。

5 再加把火

"唐之韵"洗浴城是一座城堡式建筑，位于北京西四环，占地有上百亩。

它的建筑风格从古，力图打造出东方的古典之美。身着唐装的门童把你领入大门，便有一股脱尘出俗的感觉扑面而来；古色古香的韵味，带你穿越千百年时光，重回梦幻的大唐岁月。洗浴城分三层，一层是温泉、游泳池和各种特色的小型浴池。二层是规格各异的高档客房以及茶道、游艺和各种娱乐设施，琴棋书画、诗酒花茶，应有尽有。三层是装潢考究的休息大厅和几个不同特色的高档仿古餐厅，全部五星级酒店的配置和服务。

史一兵和严婷婷在更衣室换完衣服，来到一楼大堂。

史一兵披了一件长浴衣，边向里走边问严婷婷：青桥的事怎么样了？

严婷婷只穿了一件三点式泳装，长发披肩、体型凹凸有致，引得不少客人回头，严婷婷自知身材傲人，走起路来也格外拉风：派出所做了个笔录就放了。

史一兵略显惊愕：做个笔录就放了？

对，严婷婷点点头：听说警察好像挺维护青桥的。说你告人家猥亵你老婆，人家还告你造谣诬陷呢，既没有人证也没有物证，我们凭什么拘留他？后来被缠得不耐烦了，抹稀泥说，现在你们双方各执一词，我们已经如实记录在案，下一步会调查取证。如果是他猥亵了你老婆，我们不会姑息；如果是你们诬陷了人家，法律也不会轻饶。

史一兵听完蹦出三个字：加把火。

严婷婷垂手而立：明白。

在史一兵面前，她永远恭顺有礼，恪守着一名下属对上司的谦卑与分寸，这反倒让史一兵产生了距离感。渐渐的，他也认同了这个现实，有清晰的情感边界更有利于工作。先前那个女秘书，不就是因为关系过于亲密，时常会向他提出一些过分要求，甚至试图染指公司的管理和决策吗？

至于青桥，史一兵做了全方位调研，越发认可罗凡的评价，如果能为己所用，肯定会为康太的发展注入潜力。特别是他研制的中药组方，针对的是世界性医学难题，一旦研制成功转化为产品，无疑会为公司的发展开拓出新的空间。

"虫草口服液"事件他已经释然了。一来这个产品已经完成了历史使命，本该退场，什么样的保健品也不可能一领风骚几十年，青桥的出手不过是加快了它退出的进程，算不了什么；二来相对青桥加盟可能带来的巨大商业利益，这一点点损失实在不值一提。他甚至有点感谢青桥出手，他不出手就不可能进入自己的视野，这也可以叫作因祸得福吧。至于青桥拒绝了20万封口费，史一兵一直认为那是因为分量轻了，他信奉一句话：女人无所谓正派，正派是因为受到的诱惑不够；男人无所谓忠诚，忠诚是因为背叛的筹码太低。在一个物欲横流的社会，谁跟钱有仇？当初他与罗凡联手时，这位院长大人不是也很清高吗？可是他开出足够的价码后，全国一流的神经内科专家照样束手就擒。"古来芳饵下，谁是不吞钩？"谁呀？这样的人还没有出生。

如果万一青桥不肯就范，史一兵早有预案。

真要走到那一步，你青桥就是自寻死路，别怪我史某心狠手辣。

郑嫣的情况了解清楚了吗？史一兵又问。

郑嫣家里出事了，确实急需用钱，一切都如您所预料。

在大理石雕花柱子后面，史一兵停下脚步，听了严婷婷的详细汇报，一击掌：太好了，这是上天佑我。又低声吩咐了一番，严婷婷略显惊诧。

史一兵语气坚决：为了控制她，这件事你要亲自安排。

严婷婷点头称是。

吴迪已经在灵芝池等候。老远看见史一兵和严婷婷，站起身使劲招手。

来到灵芝池旁，史一兵脱下长浴衣，露出一身松软的白肉，严婷婷接过浴衣，伸出一只胳膊，让穿着泳裤的老板扶着下到水里。史一兵完全泡在池子里了，他舒服地伸了一个懒腰，对严婷婷说：你也泡泡吧。

严婷婷微微一笑，说了声就来，转身向休息区走去。

望着严婷婷婀娜的身姿，吴迪开玩笑：这小妞对你蛮有意思啊。

噢，是吗？男人有钱了，什么样的女人不上赶着。

吴迪摇摇头：严婷婷不一样，她不光漂亮、能干、有气质，对你还一往情深，这不容易。我观察她，好像并不是图你的钱才鞍前马后追随你。

史一兵抹了一把脸：是呀，她很有事业心。五年前我在一百多个应聘者中一眼看中了她，就是觉得她与众不同。

严婷婷回来了，捧着一个托盘，放着三杯红酒：哪里与众不同了，我们史总才是商业奇才，跟着他这几年，我学到不少东西。不要说每年给我100多万年薪，就是分文不给，我也会珍惜这样难得的学习机会。

史一兵很受用地取过一杯红酒，往一边挪了挪身体：你也来泡。

严婷婷下水，弯腰时露出半个雪白的乳房，像两个山东饸面馍馍，饱满而坚挺，对面的吴迪无意中看到了，心不由一颤，脸如同被炭火烘烤。

他喜欢严婷婷，但是他秉持"朋友妻不可欺"的原则，一直不曾表露。

史一兵问：离签约的最后期限不到一个月了，小米勒还没有动静？

吴迪忙挽回脱轨的思绪：事情有些复杂。小米勒要是打算如期签约，现在应该着手准备了，可他没有任何动静。我也不好老是催问。

史一兵把红酒杯放在托盘上，用手一推，托盘像一艘小舢板，顺着水面飘走：这也正常。青桥的两篇博文肯定对小米勒有影响，据说小米勒和青桥、罗小力往来挺密切，他们两个人也不会说我们什么好话。不过，小米勒没有正当理由毁约，要赔偿1000万美元，他轻易不会这么做。

我也这么看，反正还有一个月呢，静观其变吧。

老弟，那太被动了。青桥的事一出，我就准备了两张牌，估计打出去，小米勒就得乖乖就范。

吴迪一惊：原来史总未雨绸缪，早有打算？

严婷婷跟了一句：我告诉过你嘛，史总是商业奇才。

史一兵说了他的想法，两人都连连点头。

史一兵起身抖抖身上的水，披上浴衣：严副总，具体的事你安排。又对吴迪说，你及时把小米勒的情况反馈给我，必要时加把火就行。

说着，三个人一起向中药火龙浴室走去。

吴迪突然想起一件事，对史一兵说：我有个中学同学叫陈伟，和我铁磁，在"霞光宫殿"做项目主管，他说因为资金链断裂，那个楼盘撑不下去了。老板急得要跳楼，他想让我问问你，康太能不能拆借他们一笔款子，利息好说。

史一兵似乎没听见，走了两步忽然回过头，问：霞光宫殿？位置是在六环边上吗？

吴迪点点头。

他的老板姓青，叫……

青子翔。

史一兵若有所思地噢了一声，没有再发声。目光却倏地一黯，仿佛被一片乌云遮住。

6 逆转在上午发生

青桥被暂停行医资格了。

对这个结果，青桥颇感愤怒。那天被带到派出所，警察听了双方对事件的描述，只是意味深长地撇了撇嘴，虽然没有明说，但"潜台词"很明显：他——阳光、帅气，颜值几乎"爆表"的副主任医师，趁检查之机猥亵女病人，可能吗？所以面对原告的凌厉攻势，只是敷衍了事，并没有如他们所期望的那样，将青桥关到小黑屋里去吃窝头。单位也表现出了足够的宽容与善意，罗凡一直在派出所接待室等候处理结果，并信誓旦旦对青桥以往的表现打了保票。青桥出现在面前时，罗凡非但没有一丝嫌弃，反而亲热地上前握住了青桥的双手——好像他奉命领走的不是待决的嫌犯，而是凯旋的英雄。

路上罗凡解释，他在现场声色俱厉，是为了做做样子。他不能偏离"剧本"，但是他清楚戏里戏外的真相。良知和贪欲像一枚硬币的两面，被人高高抛起时，不知道落地后哪面朝上；他能做的是，当适宜展示良知的时候，不放弃机会。青桥被派出所放了，意味着规定的情节已经完成，剩下的是即兴发挥。

同事们对这一事件的舆论几乎一边倒：青桥不可能非礼女病人，一定是那个"花痴"被青桥的男神风采所倾倒，主动投怀送抱，被拒绝后恼羞成怒，才泼出一盆脏水。这种观点受到了未婚女医生和年轻小护士的一致追捧，青桥第二天上班后，几乎成了备受她们关爱的熊猫盼盼。不乏勇敢者以各种方式表达对青桥的关切：帮他买饭，请他喝茶，或者发来各种态度暧昧的短信。

阴霾散去，青桥依然美若男神。

逆转是昨天上午发生的。

青桥正在坐诊，听到医院门口众声喧哗，他没在意，直到小护士跑进来，一副欲言又止的样子，才觉出异样。他推开了临街的窗户，原来有一群人在医院门口扯出了一条横幅，白布上写了八个黑字：惩治青桥，还我公道！那个女患者在声泪俱下地控诉，她的男友向过往行人散发传单。

青桥脑袋轰一下，蒙了。

他想起罗凡接他时说的话：这种事就像癞蛤蟆上脚面，不咬人膈应人。对方居然这样无耻，看这架势，完全是要把他置于死地的节奏。青桥想到了那封邮件，他们下这么大力量对付一个医生，真实目的到底是什么？

桌上的电话铃响了，像驶过闹市的救火车，令人心惊肉跳。

青桥拿起听筒，是罗凡，告诉了他一个匪夷所思的消息——杏儿跑了。

杏儿是刚收治的一名渐冻症患者，才16岁，某市艺校的舞蹈尖子，青春马上就要在聚光灯下绽放，不幸得了绝症，慕名找到罗凡。小姑娘太可怜了，罗凡犹豫再三，找青桥商量后收她住了院，想从中西医结合的角度做些努力。前几天青桥带杏儿刚办了住院手续，又花几个晚上拿出了一个治疗方案，早上交给了罗凡，还说下班后再探讨一下治疗细节，怎么病人就突然跑了呢？

青桥觉得蹊跷，正蒙圈，罗凡让他赶快来一趟。

一上楼，就听见罗凡的办公室传出一片吵闹声：你们一天不处理青桥，我们就一天不停止维权。是那个男人的声音。这样的医生给病人看病，病人的安全怎么保证？是那个女人的声音。罗凡的声音：好，好，你们二位先请回，请相信院领导一定会秉公处理。

门开了，罗凡满脸堆笑送二人出来，见到青桥，他们狠狠瞪着他，那目光像是利刃，要一片片地把青桥的肉割掉。

青桥也怒目而视，罗凡一把拽他进了办公室。

罗凡知道，以青桥的性格，再对视几眼说不定就会拔拳相向。毕竟是年轻人，血气方刚，眼里揉不进沙子，何况还是这么硌硬人的污名指控。

青桥气哼哼坐在椅子上：你怕他们，我不怕！

罗凡倒了一杯水：这不是谁怕谁的问题。我是一院之长，要从全局考虑问题，如果他们天天在医院门口扯横幅，影响多恶劣呀。

青桥接过水杯：他们干扰正常的医疗秩序，我们完全可以报警。

罗凡苦笑一声：搞什么搞，警察来了，我们怎么证明他们是诬陷？矛盾一旦激化，负面影响岂不是更大了吗？

青桥不解地问：那您什么意思？

罗凡想了想，说：你在家休息几天，先避避风头。

青桥不服气：你这是要停止我的行医资格吗？我不会向邪恶势力低头的。谁也无权不让我给病人看病，除非院里正式下文。

罗凡拍拍青桥的肩膀：你也要换位思考一下。刚才住院部报告，说杏儿的家属刚把住院费结清了，人家可明确表示，所以不辞而别，就是因为把一个十六岁的女孩儿交给你不放心。咳，我也生气，但你不能不让人家这么想啊。不说了，我看，你就利用这段时间，去把燕北社区的居民保健工作抓一抓，可好？

青桥听了心里这个熬恼，有苦说不出。如同被缚起的困兽，无法去舔舐流血的伤口。少顷，他愤愤地问：这算是院里给我安排的工作吗？

罗凡爽快地回答：当然算了。边说边搂着青桥走到门口，语气神秘地说，你还可以利用这段时间，把那个中药组方好好搞一下，算是我额外发你的福利。

第四章

1 平地一声雷

柳絮端着托盘取菜。

这家职工食堂办得不错，自助餐。中午有荤素十几个品种，主食馒头、烙饼、面条、蒸红薯、煮玉米应有尽有，一个人象征性交5元钱。

以前不行。以前饭菜质量差，还贵得要死。柳絮上任后大刀阔斧进行改革，实行全员聘任制，经济效益有了很大提高，柳絮让总务科每年拨一笔款子补贴食堂，饭菜质量有了明显改善。所以尽管姑奶奶脾气不好，但还是人气爆棚。

柳絮取完菜，四下张望，找座位就餐。

一个中年汉子急匆匆走来，神色慌张地说：我的社长姐姐，您的心可真够大的，还有心思吃饭呢？

柳絮瞪了他一眼：废话，天塌下来，也得吃饱了才能接着。

原来，柳絮是《大众健康报》的社长。青桥揭露"虫草口服液"的文章本来可以找她，为了避嫌才找的罗小力，不想立马被毙，连个"斩监候"都没判。

中年人叫强子，柳絮的得力干将，早先是编辑，柳絮上任后调到广告部挂帅。他不但文笔好，还心眼活，能力强，颇有经营头脑，上任后干得确实风生水起。

柳絮找了一张桌子开始吃饭，强子坐在她对面，一脸焦虑：牛、真是牛，如果我说了下边的话，您还能牛气冲天，今儿我就算彻底服了。

柳絮依然没给他好脸：有话就说，有什么就放，别卖关子，烦。

柳絮的心情确实不好。智取失败，丈夫险一险被群殴。吕工头一天八个电话要钱，并放下狠话，届时再不兑现诺言，别怪白刀子进红刀子出，柳絮相信他能干出来，压力山大。工地上的草都长一尺高了，再搁置下去快成荒地了，加上青子飞给的200万，青子翔好歹凑了800万给了吕工头，央告他差额的工程款再宽限一个月，先把工地的机器转起来。

吕工头早上打来电话，说那就再信青子翔一次，算是仁至义尽。

青子翔夫妇松了一口气，可是更大的一块石头又压了上来：差额款加上工地启动需要投入的费用，至少得8000万，到哪儿去找？

强子恰巧是在这个节骨眼上来找柳絮的，肯定被扁。

强子抽出一支烟，想抽，扫了一眼墙上的禁烟标志又无奈地放回去，从兜里摸出一颗糖，剥了纸扔进嘴里，一边嘎嘣嘎嘣嚼，一边沮丧地说：社长姐姐，康太通知，2018年度的广告合同不签了。

平地一声雷，柳絮闻言一惊：什么？你再说一遍。

强子哭丧着脸，有点痛不欲生：康太说2018年的广告吹灯了，1000万的广告收入泡汤了。

柳絮真急了，她把筷子一把拍在桌子上：强子，你可别逗我。这个大单要是飞了，我先撤了你的职。

不用您撤，我都写好辞职报告了。这个单签不成，广告部的奖金没了不说，连基本工资都要下浮。这样，您叫我回去编稿吧，我还干回老本行。

柳絮一指强子的脑袋，怒斥：你这里头装的一半是水，一半是面粉吧？这个单子飞了，能不能正常出报都成了问题，你还编个屁稿呀！

强子一听直嘬牙花子：理儿是这么个理儿。

柳絮又一拍桌子：那你还跟我磨什么牙，麻利儿去磕康太啊。

强子双手作揖，一脸苦涩地说：社长姐姐，该说的话我都说了，该作的揖我也作了，我是实在没招儿了，就是您亲自出马，咸鱼也翻不了身啦。

家里刚刚走麦城，单位又遇滑铁卢，怎么倒霉事都让自己摊上了？柳絮觉得忒丧气。这个单子绝不能飞，1000万呀，关系到全报社100多号人的福利待遇；一旦黄了，报社的日子就难过了，她怎么向全社员工交代？

她站起来，冲强子吼：走，待在这儿干吗，你想中500万大奖呀！

两个人开车赶到康太集团。

强子轻轻叩击史一兵办公室的门，严婷婷一闪身走出来，神情有些意外：呦，强子主任，这位是……

强子马上堆出一脸灿烂的笑容：这是我们社长柳絮。

柳絮伸出手：严副总吧，常听强子提起你，请多多关照。

严婷婷很敷衍地握了一下：不好意思，史总有客人，你们要等一会儿。

柳絮和强子在门外站着等候。时间一分一秒流逝，史一兵居然把他们晾在了这儿。空荡荡的走廊里，连个坐的地方都没有，当年北师大的高才生，如今京城记者圈里赫赫有名的柳社，出门不说前呼后拥，到任何一个单位也是座上宾。如此的冷漠与轻蔑，她在职场还从未经历过，本是挂在枝头的红苹果，现在成了丢在地上的蔫茄子，真是闹心。要不是为了那个大单，她真想拂袖而去。

史一兵知道柳絮的江湖地位，他就是想先杀杀这位大姐大的锐气。

过了一个多小时，门才打开，严婷婷送吴迪出来，对等候在门口的柳絮和强子说了一声：不好意思，让你们久等了，请。

走进办公室，老板桌后的史一兵居高临下地欠了一下屁股，指了指面前的两张转椅，努努嘴：坐吧。

柳絮一屁股坐下，她确实站得腰有些酸痛了，但还是堆出满脸微笑：史总，不好意思，听强子说2018年的广告合同您不打算签了，咱们是多年的合作伙伴了。

强子神态谦恭，一边帮衬：我们柳社说了，史总多年行走江湖，讲的就是一个义字。

史一兵一摆手，冷冷地说：别捧我，我可不是江湖剑客，行侠仗义，到处大把撒银子，我就是一生意人。做生意就要赚钱，讲究的是投入产出比。既然柳社长直奔主题，那我也直言不讳了，我问你，《大众健康报》发行量是多少？

强子有些底气不足：60万份啊。

打住，你忽悠谁呢？我找邮局的朋友问了，你们2017年发行量不足17万。现在稍大一点的公众号就有几十万粉丝，我在那上面投放广告，一年百八十万轻松搞定。我是钱多了烧的，还是吃饱了撑的，一年给你们扔1000万，啊？

面对史一兵的傲慢，柳絮不动声色：史总此言差矣！自媒体有自媒体的短板，纸媒体有纸媒体的优势。中国老百姓，特别是中老年人，要屏幕见影儿，报纸见字儿才觉得是真的。

强子附和：就是，我们创刊40多年了，影响力绝非那些自媒体可比。

柳絮自信满满：岂止是比不了，有几个中老年人整天上网看公众号？

史一兵一副不屑的表情：我们公关部做过市场调研，在你们报纸上做的广告投入也就将将保本。

史总，你说的也对。但是换一个角度，在我们报纸上投放广告，为贵公司企业形象和产品公信力所带来的好处，您估算过吗？

史一兵明白柳絮言之有理，但不能顺杆爬，就用不耐烦的语调回怼：柳社长，你是来给我上课的吗？北大CEO培训班的教授都不会跟我这样说话。如果你是想教训开导我，史某还有很多事要做，恕不奉陪。

说着站起身，用手一指房门，做了一个送客的手势。

柳絮坐着没动，她莞尔一笑，以退为进：史总误会了，我哪有那么不自量力。我是说，史总在我们报纸上投放广告，经济上不亏本，政治上有收益，还救活了一家报社，养活了100多号人，善莫大焉。

史一兵的虚荣心得到了满足：柳社长，我能理解为你这是在求助于我吗？

强子一听史一兵的口风转向了，忙打圆场：当然，柳社亲自出面了，她可是从来没有被人晾在门外一个多钟头过。

柳絮摆摆手，看似自嘲，实则卖了个面子给对方：能见到史总，是我的荣幸，多等会儿不算什么。

史一兵嘿嘿一笑，重新坐下：既然柳社长这么说了，2018年的广告合同续签。不过我有个条件，半个月以内，发一版宣传康太企业文化的文章。

柳絮心里一块石头落了地，1000万大单，附加一点额外条件也在情理之中：没问题，我马上安排记者采访。

本人只接受罗小力采访，别人一概免谈。

柳絮站起身：请史总放心，这事包在我身上了。

史一兵本来就不打算撕毁和《大众健康报》的广告合同，他是这么盘算的：罗小力文笔好，在新闻圈儿里口碑不错，小米勒对她也印象颇佳，由她完成这篇专访，肯定会在一定程度上打消小米勒的顾虑，有助于韦斯林与康太签约，这是他计划中的第一张牌。还有一个潜在原因：借机接近罗小力。终日浸泡在尔虞我诈的商场，史一兵早已习惯了逢场作戏，罗小力是少有的、让他心动的女孩儿。尽管他抛出去的试探气球都被罗小力无情碾压，但是他不打算放弃。

见柳絮要走，史一兵起身道：那好，今天没准备，就不留柳社长吃饭了，改天我做东，还请柳社长赏光。

2 鸭舌帽

青桥觉得牧婧有意在回避自己。

就像是含羞草，风轻云淡时，它舒展身躯；一旦你想去触碰，叶片就会自动闭合。与含羞草不同的是，牧婧的闭合不是因为娇羞，而是在固守某种秘密。

比如，青桥到社区落实居民健康工作，牧婧是高兴的，这从不时闪烁在她双眸的火星中便可感受，但是她绝不和青桥开一句越界的玩笑，即便青桥主动表示亲近，中午吃完工作餐后洗一个苹果给她，她也会很礼貌地拒绝：谢谢，我不喜欢吃水果。话语中虽然不乏女性的柔媚，却也透着一股拒人门外的冰冷。当然不是因为受到"猥亵门"的影响，知道这件事后，牧婧的反应是，那天应该是愚人节。周围的朋友中，也只有她明确提示青桥要小心，因为坏人的坏有时会超出想象。这也是几天来，牧婧超出工作范围对青桥说的几句话。

青桥有点茫然，他不知道怎样才能走进牧婧的内心。

也有收获，在大家的闲谈中，青桥获取了牧婧如下信息：单身，调来不久，作风严谨，工作能力超强。其中单身最为重要。只要是单身，两朵云絮就可以连成一幅美丽的图案；两条小溪就可能融入一条清澈的河流。

此刻，在燕北社区办公室，青桥在电脑桌前操作，旁边坐着牧婧。

青桥指着屏幕交代：社区60岁以上老人的健康档案，就按这个模式建立，患有各种慢性病的居民，要进一步细分。除了基本的健康状况外，还要有病史、现状、服药和就诊的记载。备注这一栏主要是考虑家属对病人的日常照顾和护理是否到位，需要社区提供哪种形式的支持与协助。

牧婧由衷地称赞：青主任，你提供的样本非常好。我们先在燕北社区搞起来，积累经验后就在全街道推广。

青桥关上电脑，伸了个懒腰：保障社区居民健康，不仅是老年人，按照"健康中国"纲要要求，要立足全人群和全生命周期两个着力点。除了老年人，还要逐渐把妇女、儿童、残疾人、低收入人群纳入关注视野。家庭医生的签约和服务、志愿者队伍的建立，找个时间再好好谈谈。

牧婧起身拿包：好，快到点了，我们走吧。

上午10点有健康讲座，三天前就贴出告示了，由青桥主讲。

差10分钟10点，社区服务站的会议室已经人满为患，能坐六七十人的房间里竟挤进了上百人，见青桥和牧婧进来，大家自发鼓掌。

牧婧和青桥就座后，人们安静下来。

牧婧敲敲话筒，喂了两声，先来了一段开场白，大意是，为落实"健康中国"的国家战略，区卫健委正式决定，由燕北大学附属医院负责燕北街道八个社区的居民医疗保健。根据大家要求，医院也同意由中医科主持。这几天，中医科青主任一直在具体指导建立社区居民健康档案、摸排重点人群，今天上午又抽出时间做健康讲座，并现场回答大家的健康问题。要知道，很多时候我们不是死于疾病，而是死于无知。请大家再一次用掌声表示欢迎和感谢。

青桥的讲座深入浅出，很受居民欢迎，不时被笑声和掌声打断。

讲座结束，牧婧双手下压，示意掌声暂停：各位居民，现在离12点还有半个小时，我们进入下一个环节，现场提问。

一个老人问：青大夫，吃了止痛片，我浑身的疼痛感就减轻了，我有心脏病，止痛片吃多了，会一阵一阵心慌，但不吃又不成，你说怎么好？

老人姓冷，是一位止痛药物依赖患者。这段时间，青桥利用大数据和云计算做了统计与筛查，对中药组方又做了推敲和配置，他准备在自己试吃确定安全性后用于病人，就说：冷大爷，过些日子，我看看能不能给您开个中药方。

冷大爷高兴了，说：那敢情好，青大夫。

接下来，又有几位老年人提出了一些健康问题，青桥一一作答。

一个秃顶的中年人举手，牧婧示意他发言。

秃顶起身环视一下会场：据我所知，今儿应该是青教授的专家出诊时间。青教授声名远播，已经一号难求，怎么有时间来这儿扯闲篇？

牧婧一愣，反问道：哎，你的问题跑偏了啊。国家颁布"健康中国"实施纲要，医学专家走进社区普及健康防病知识，怎么成了扯闲篇儿？

别说的这么漂亮，行吗？美女主任，如果你装睡，那我可以提醒你一句，这个青教授是因为坐诊时猥亵女病人，被医院停职反省了。

牧婧怒斥秃顶：你这样说话很不负责，事情完全没有定论。

秃顶继续挑衅：你急什么急，捅你肺叶子啦？什么讲座，屁讲座，我看你们俩是醉翁之意不在酒吧？

青桥起身一指秃顶：你可以对讲座提出意见，但是不许侮辱我们的人格。

秃顶似乎是要激怒青桥：人格，嘁，你也配。劝你们别在这现眼了！

一个戴鸭舌帽的中年人冲过来，揪住秃顶的脖领子往外推：我看你不是来听讲座的，是来捣乱的，不想听你可以滚出去。

两个人纠缠在一起。众人一起喊：出去，出去，让他出去！

讲座出了这样的插曲，牧婧有点过意不去。

青桥并不在意。他打趣，你有一只心爱的紫砂壶，它温润、古朴，只要用它沏出的茶是清香的，何必理会偶尔落进的一只蚊子呢？下午他想参阅有关文献再完善一下中药组方，讲座一结束就告辞了。穿行街心花园时，路椅上突然站起了"鸭舌帽"：青教授，请留步。

呦，是你呀，谢谢你刚才见义勇为。

路见不平一声吼，该出手时就出手嘛。

你在这儿等我，该不是有什么事吧？

青教授，让你说对了，我还真有事找你。

青桥急着回家，忙说：请讲。

鸭舌帽友善地一笑，谦恭地说：为了表示诚意，我在旁边的饭店订了

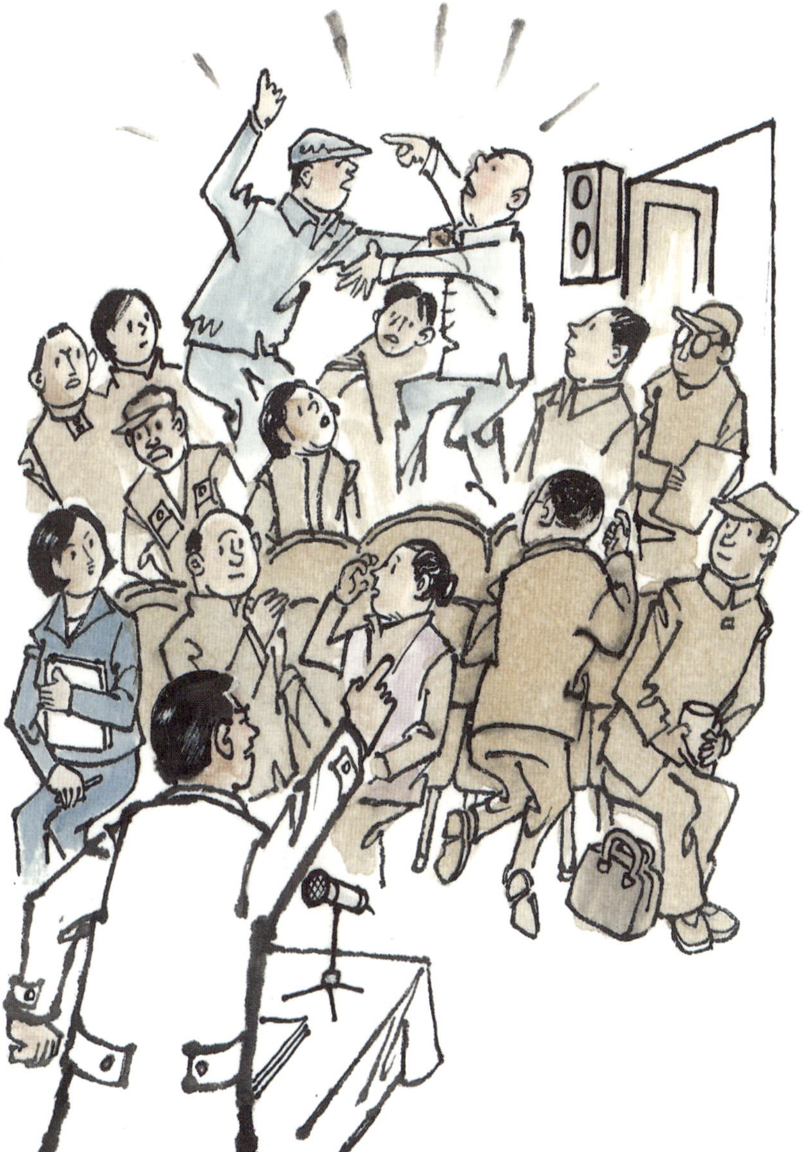

包间，青教授可否移步一叙？

青桥拉鸭舌帽坐在路椅上：先生，不用客气，有什么话就在这儿说吧。

也好，青教授是爽快人，我也就不绕圈子了。我是猎头，受一家公司的委托，想请青教授另谋高就。

青桥噢了一声，意外地问：能告诉我是哪家公司吗？

这个还不方便透露。不过，对方开出的条件倒是不菲，年薪200万，另外还有百分之二的公司股份。

青桥听完哈哈一笑：200万，是我现在工资的10倍呀。

鸭舌帽忙说：200万是小头，这家企业有上百亿资产，百分之二的股权才是天文数字。

青桥沉吟了一下，客气地婉拒：是挺诱人的。只是，我的志向是成为一名好中医，恐怕要让你失望了，抱歉。

鸭舌帽见青桥要走，忙拽住他的胳膊：青教授，今天那个浑蛋的话应该不是空穴来风吧？现在的医生不好干，吃苦受累不说，动不动还被人冤枉，何苦？筷子还想当旗杆呢，你是大才，既然能当擎天柱，干吗要去做摇船的橹？

青桥哈哈大笑：先生，你这比喻倒是蛮有意思。不过，咱俩对柱和橹的理解可能不一样。再说，我只是一名中医大夫，哪有能力为企业创造那么高的商业价值？

鸭舌帽摇摇头，语气极为诚恳：青教授，此言差矣。这家企业求贤若渴，您的价值高不可估。

青桥站起身：过了，过了哈！以后看病可以找我，这事就免谈了。

3 纤手执缨为君狂

繁忙的工作之余，小米勒没有放松对罗小力的爱情攻势。

罗小力对他似乎并不上心。高兴时，会和他在微信上神侃，话题涉及特朗普、金正恩、转基因、大数据；总之，天上一脚地下一腿，全无规律，聊得水深火热；只是一旦涉及个人情感，立马就被罗小力屏蔽：米勒，咱能不能聊点高大上的？你爷爷没告诉过你吗，当初尼克松访华，深夜被毛爷爷召见，尼克松想和毛爷爷谈谈中美关系的具体问题，毛爷爷大手一挥，潇洒地说，那些问题叫基辛格和周恩来去谈，咱们只谈哲学，多牛掰。弄得小米勒一点脾气没有。

如果小米勒不知趣，就会被罗小力直接雪藏。一旦女神不高兴，那就更惨了，微信不回、电话不接，偶尔回一句话也是：别理我，烦着呢！

小米勒从小被老米勒摔打，养成了一种知难而上的性格。

罗小力越拒绝，小米勒的斗志就越旺盛。他见现代通信手段根本无法缩短两人的心理距离，索性采取了最原始的"泡妞"套路，一有空儿就到《大众健康报》门口蹲守，他给自己订立了一个爱情小目标，一个月以内，单独约出罗小力。

没想到小目标很快实现。罗小力答应今天晚上赴约，7点整到三里屯酒吧一条街的"隐舍THESECRET"，正式会见小米勒。

这真是让他大喜过望，早早刮了胡子、洗了澡，穿上平时很少穿的杰尼亚西装，还特意在袖口和衣领处喷了香水。来到隐舍，衣冠楚楚的他看了一下手表，才6点多一点，不禁在心里自黑：米勒，用中国人的话说，你太没出息了吧。

他在一张桌子前独自饮酒，一位穿着暴露的年轻女郎走过来用英文搭讪：帅哥，不想请我喝一杯吗？

小米勒礼貌地回答：对不起，小姐。我已经约了朋友。

时髦女郎粗通英文，她一屁股坐在小米勒对面纠缠：在你的朋友没来之前，我可以陪帅哥聊聊天呀。人生如梦，不要辜负了这美好的时光嘛。

小米勒正想说什么，一抬头，忽见罗小力走进来，她身后跟着强子等几个青年男女。小米勒用手一指：喏，不好意思，他们已经来了。

罗小力向小米勒招招手：米勒先生，感谢你的盛情邀请。我带了几位朋友，你不会介意吧？

小米勒有些失望，他双手一摊，用英文说：当然不介意，我还很佩服罗小姐的创意，把一次两人幽会变成了多人派对。

罗小力也用英文回答：幽会这个词用得不准确，准确地说应该是约会。

她是故意这样安排的。明里暗里，罗小力多次击退了小米勒的爱情攻势，但是这枚歪果仁太执拗，如同打不死的小强。罗小力没辙，搜肠刮肚想出了这么个法子，想以此提示小米勒，不要再为一粒不肯发芽的种子浇水了，白瞎。

强子反客为主，招呼大家坐下，然后对罗小力说：嗨，你们别说鸟语了，欺负我们听不懂是不是？

小米勒改用中文：这位先生的提议很好。他把菜单递给强子，招手叫过服务员，大家请随意。然后又对罗小力说，我知道你是什么意思，但是，我依然会坚持"三不"原则，不言败、不放弃、不退缩。

米勒，这三个词用在一起，说明你中文水平渐长。

是吗？那我提议，为了我中文水平的进步，干杯。

罗小力喝了杯中酒，无意中一扭头，看到门口走进一位穿着暴露的年轻女子，和两个黑人搭讪。她啊地叫了一声，双眸倏地一闪，像两只被惊飞的宿鸟。

小米勒见罗小力神情异样，奇怪地问：罗小姐，你怎么了？

罗小力用英文低声向他简述了青桥前几天身陷"猥亵门"的经过，告诉他青桥至今还在停职。

小米勒听闻大惊：怎么可能，青桥怎么会干出那种事？

罗小力示意他不要叫喊，说没有人相信。现在，揭露这个阴谋的机会出现了，那个和黑人搭讪的女子正是"猥亵门"主角儿，直觉告诉我，这个女人不一般，我要去跟踪她，争取找到真相，还青桥一个清白。

小米勒伸出大拇指，双眸放光：罗大侠，我为你的行侠仗义点赞。需要我做什么？

罗小力一脸神秘：交给你两个任务，一是把我的这些同事招呼好；二是保持电话畅通，随时准备增援本大侠。

小米勒鸡啄米一样点头：好，罗大侠，小的随时听候调遣。

罗小力扑哧一乐：有长进啊，小的都会用啦。

小米勒很忐忑地反问：这个词用得好吗？小的，对，小的。在你面前我愿意永远做一个小的，只是不知道你给不给我这个机会？

罗小力拍拍小米勒，给了他一个灿烂的微笑。然后拿起包对正在白话的强子说：你们先聊哈，我去趟洗手间。说完，悄悄坐在另一张桌子前。

她的身后不远，是那个年轻的女子和两个黑人。

罗小力戴上一副宽边眼镜，从包里掏出录音笔放在桌子上。隐隐约约听到一些英语单词：睡觉……美子……

在他们的交易接近完成时，罗小力走出酒吧，开了车等在路边。

过了一会儿，年轻女子和两个黑人也走出酒吧，站在路边打了一辆出租车，罗小力一打转向灯跟上了。出租车大约行驶了40分钟，在一栋公寓前停下，年轻女子和两个黑人下车，勾肩搭背向院子里走去。

出租车重新亮起顶灯，掉头向来路返回。

罗小力伸手拦车：师傅，我是记者，能耽误您一点时间吗？

你不是要打车啊？我还要拉活儿呢。

罗小力递过一张百元大钞：不白占用您的时间，这是补偿。

司机接过钱，熄火儿、开门：那好，上车聊。

罗小力上车坐在副驾驶位置上，问：师傅，您刚才拉的两男一女是干什么的？

司机斜楞了罗小力一眼，见怪不怪地说：干什么的？约炮儿呗。怎么，你对这事感兴趣？

罗小力也斜楞了司机一眼，心里不高兴，又没法发作，便满脸厌恶地说：去，去，说什么呢？我才不感兴趣呢。冒昧问一句，你怎么就断定他们是干那事的？

那还用说吗？长着眼就能看明白。

罗小力又问了一些情况，下出租车时接到小米勒电话：罗大侠，你的朋友我送走了，他们很高兴。你那边情况怎么样，是否需要我救援？

罗小力坐回自己的车，得意扬扬地说：米勒啊，告诉你，本大侠已经取得了突破性进展，下面的事我一个人可以搞定。不过，鉴于你今天所表现出来的大局观，改天我请你吃老北京炸酱面哈。

真的？那你必须提前告诉我，以便我把胃腾出足够空间。

瞧你那点出息。罗小力奚落了小米勒一句，吧嗒一声，挂断手机。

罗小力盯着公寓大门，又忐忑又刺激。她觉得这一次不同于以往的暗访，有一点女福尔摩斯的味道，既是探寻迷踪，又是匡扶正义。

为排遣寂寞，罗小力打开音响，听小哥费玉清的歌。她喜欢费玉清，她觉得费玉清的声音太干净了,就像一潭清澈见底的水。

一剪寒梅 傲立雪中
只为 伊人 飘香
爱我所爱 无怨无悔
此情 长留 心间

在蒙蒙的夜色中,万籁无声。听着费玉清深情地演唱,罗小力别有一番滋味涌上心头。

时过子夜,城市进入了梦乡。秋月在淡墨一般的云絮中潜行,偶尔露出半张脸向大地眺望,转瞬又躲进云层,好像娇羞的新娘;只有梧桐和秋虫不管不顾,一个在夜风中吟唱,一个在草丛里低鸣。夜深了、越来越深;深到极处便是大地分娩的开始,远天渐渐显出一抹鱼肚白,发出白天将要诞生的信号。

忽然,她见到那个年轻女子匆匆走出公寓大门,站在路边打车。

罗小力精神一振,戴上宽边眼镜,把车开过去摇下车窗:用车吗?

年轻女子伸了个懒腰:黑车吧?

罗小力装作很老道的嘿嘿一笑:顺道拉点活儿,挣个油儿钱。

到天通苑多少钱?

罗小力大方地说:随意,你看着给。

爽快!年轻女子拉门上车。

拂晓的北京,还没有完全睁开惺忪的睡眼;沿大地兜过的晨风,卷着落叶,不时会发出一两声尖利的呼哨,像是要唤醒城市的残梦。人行道上,有行人把头缩在风衣领子里匆匆走过,不知是执着的寻梦者,还是迟归的失意人。

罗小力像是无意搭讪:美女,你这是挣 dollar 去了吧?

年轻女子斜了她一眼:什么意思,警察呀?

你看我像警察吗?

你要是羡慕,我可以帮你介绍。就你这模样儿,正是老外爱吃的菜。

罗小力踩了一脚刹车,让过一辆强行并线的轿车:姐姐别拿我开心了。

年轻女子很认真地说：不开玩笑。不过，我可不白忙活，得抽头。

罗小力听了直恶心，证据已足，她不打算再兜圈子了，于是一打方向盘，把车停在路边，摘下宽边眼镜问：你还认识我吗？

年轻女子看看罗小力，摇摇头：想不起来了，妹妹在那儿混？

罗小力沉下脸，目光也变得犀利：你真健忘，前几天我们不是在燕大附属医院中医科门口，撞个满怀吗？

年轻女子一拍脑门：噢，想起来了。真巧，看来咱俩还挺有缘。

罗小力拿出录音笔打开，里面传出刚才的对话；又拿过手机打开录像，是年轻女子从昨天晚上到刚才的部分视频。

年轻女子急了，推门欲下车。门已锁死，她大喊：你要干什么？

罗小力不慌不忙：别喊，喊来了警察，看谁收不了场。

姐姐，我叫你一声姐姐，放过我吧，有什么事好商量。女子说着从钱包里捏出一沓美元，这点钱你买支口红，够吗？

罗小力啪一巴掌把钱打落，眼一瞪，厉声喝道：好商量？我问你，青大夫猥亵你了吗？

年轻女子有些发蒙：这……

摆在你面前两个选择：一是说清楚你为什么要诬陷青大夫；一是我把视频和录音交给公安局，二选一，不难吧？

我，我……

罗小力假装要发动车：我什么？告诉你，我的时间可不是卫生间里的卷纸，你随便扯。再不说，咱们马上去公安局。

年轻女子带着哭腔：姐姐，你别急呀。

罗小力又补一刀：听清楚了，除了录音和视频，拉你的出租车司机也答应做证，赖你是赖不掉的。

我要是说了实话，你能放过我吗？

罗小力拍拍她的肩膀：当然，你说了实话我不会再为难你。你知道吗，因为你的诬陷，人家差点丢了饭碗，你干的事缺德不缺德呀。

年轻女子一咬牙，仿佛下了决心：好，我说。

罗小力打开手机视频，对准年轻女子：想好了，如实说。

年轻女子定定神：我向公安部门坦白。我在燕大附属医院中医科就医时，说青大夫猥亵了我，纯属是由爱生恨的诬陷。因为我见过青桥后，对他一直念念不忘，那天趁没人向他表白，却遭到无情拒绝，恼羞成怒，才对青大夫进行了诬陷。对此我深感内疚，并向青大夫表示深深的忏悔。

录完了，年轻女子问：行吗？

罗小力检查了一遍录像，满意地说：可以。我送你到公安局，你把它交给警察。

还去公安局，他们会不会抓我呀？

不会，你是主动自首，又没有造成太严重后果，批评教育一顿是免不掉的，可是总比我把你卖淫的录像交给公安局，发配你到沙河筛半年沙子好得多吧？

罗小力开车来到派出所。值班民警听青年女子说了情况，又找出案宗翻看，问：你怎么突然想起来自首了？

年轻女子低头垂手，一副很有诚意的样子：听说青大夫被停职了，有点于心不忍。闺密知道了这事儿，劝我不能昧良心，所以我一大早就来了。

罗小力连忙证实：是，是我把她臭骂了一顿，她一个人没勇气来。请警官念她是自首，给她一次改过自新的机会吧。

警察啪一下合上案宗，训斥道：你们这种女孩儿，太不知道自爱。你报假案，既浪费了警力又构成犯罪，你懂不懂？

年轻女子一脸沮丧：是，我错了，不瞒您说，我肠子都悔青了。

警察站起身：行，你的情况和你提供的证明材料我们都存档了。鉴于你能够及时悔罪、主动自首，这次就不追究你的刑事责任了。回去以后要加强法律知识的学习，别再干以身试法的蠢事。明白不？

4 拒　绝

房间里的气氛有些压抑，显然，谈话并不愉快。

史一兵抽出一支雪茄，点火打着，然后狠狠地把打火机摔在老板桌上：怎么会是这个结果？

"鸭舌帽"坐在他对面，无可奈何地咂咂嘴，摇摇脑袋：我也没想到。史总，我做这行也七八年了，您给出的条件是他原有薪酬的10倍，换个人，早屁颠屁颠儿上赶着了，没想到，真是没想到。

史一兵目露凶光：年薪再翻一番他也不干？

"鸭舌帽"点点头：还说呢，我到他家门口堵他，明确表示年薪从200万可以上涨到400万，还说不满意可以再商量。

他就没有一点松口？

松什么口儿呀？"鸭舌帽"神情沮丧：他说挣大钱的方法，有，不过你没听人说吗？都在《刑法》里写着呢，让我不要和康太同流合污。

我不是告诉过你吗，不要提康太。

我哪里提了康太，他说你背后的公司是康太吧？我只是没有否认而已。

而已，而已个屁！史一兵转了转脖子，骨节发出"嘎嘣嘎嘣"的声响，他挥了一下手：行了，你到财务部去结账吧。

为了猎获青桥，史一兵很是花了一些心思，先是制造"猥亵门"事件，假罗凡之手停了青桥的职；又许以猎头公司丰厚的佣金，在燕北社区举办健康讲座时，安排公司员工与"鸭舌帽"上演了一出双簧，本以为身处逆境、又被当众奚落的青桥，能够顺理成章接过橄榄枝。没想到，这厮不但不识抬举，还口出狂言变本加厉诋毁康太，真是太狂妄了。灯芯草也想撬石板，屁！

"鸭舌帽"出去后，严婷婷走进来：史总，曲静的事处理好了。

曲静便是"猥亵门"女主，某艺校毕业，学表演的，一心做着明星梦。可是演艺圈儿也不那么好混，托关系、走门路，在几部反响平平的影视剧中饰演了Ｎ个没台词的小角色，所得片酬还不够买一套高档化妆品。对金钱的欲望，让她不甘于"北漂"身份，干脆请不入流的小报记者写了两篇吹捧文章，花几百元在百度做了一个介绍，打着三线艺人的招牌，开始招摇过市，俗称"外围女"。其实她所罗列的出演角色都是瞎扯，只是如今上网门槛太低，没人去深究。平时不接戏，就是以三线女演员的名义招嫖，一次一万到三万元不等。

"猥亵门"需要演技，史一兵就让严婷婷花10万元找了这个"外围女"。

昨天，罗凡打电话告诉他曲静已经到派出所自首了，史一兵吃了一惊，忙让严婷婷去摸清情况，处理好善后事宜。青桥没挖来，再被曲静供出来，岂不是狐狸没抓住反惹了一身骚？史一兵想不明白，既然猎头没有挑明是康太，而青桥又指名道姓地诅咒康太，唯一的可能就是曲静透了底。可曲静并不知道设局是为了把青桥逼上梁山啊，青桥是怎么产生的怀疑呢？

严婷婷叙述了一遍事情经过。

史一兵问：她就那么老实，听凭一个女孩儿摆布？

严婷婷回答：哪啊，曲静也想反抗。不过她说那女人行事果断，极有气场，太硬核了。加上她有短儿被对方抓在手里，所以没敢乱来。

你确信，她没有露出底牌？

我确信。她只是说所以诬陷青桥，是由爱生恨，所有的事她都一个人担了，没有说一句对我们不利的话。

史一兵点点头，眼中掠过一股杀气，他要实施预案了：青桥的奶奶要出院了，需要保姆照顾日常生活，你去吧，让郑媽这一两天就去报到。

一个小时后，严婷婷和郑媽出现在"唐之韵"。

史一兵特意让严婷婷来这里，一来表示对郑媽的礼遇，二来也是谨慎。他是一个心思极其缜密的人，且生性诡诈，青桥不肯就范，郑媽"卧底"就是他应变的一步大棋，事关康太集团的生存与发展，他不想留下任何破绽和隐患。在洗浴城，身着泳装，便不会被窃听录音，留下任何把柄。

这样排场的洗浴城，郑媽还是第一次见识。

一进一层大厅，她的眼睛几乎不够使了，休息区、洗浴区、游戏区，无一不高端大气；服务员都是百里挑一的俊男靓女，一手托着托盘，一手背在身后，走起路来身板笔直。贫穷真的限制了想象力，她觉得能住上亮堂的高楼，吃上有鱼有肉的三餐就已经很不错了，来到北京才发现，有钱人的生活可以如此奢侈。

她们来到牛奶池，褪去浴巾，穿着泳装走进撒满玫瑰花瓣的池中。

一位白衣黑裤、系红领结的男服务员端着托盘送来红酒，严婷婷拿起一杯，又将另一杯递给郑媽。

郑媽不习惯这样周到的服务，为了掩饰不安，叫了一句：严副总。

严婷婷粲然一笑，纠正：叫严姐。

郑媽顺从地叫了一声严姐，说有什么事，您直接吩咐就是了。

郑嫚，你说史总对你怎么样？

严姐，你都看见了，那还用说。

是啊，我跟了史总好几年，这么快就提升为区销售总监的，你是第一个。严婷婷很有感触地附和。

我很感恩。郑嫚说。

严婷婷把酒杯放在池边，往身上随意撩着水：感恩不能停留在口头呀，现在史总有一个重要任务需要你去完成。

郑嫚眼睛一亮：没问题，只要史总信得过我。

严婷婷凑近郑嫚低声说了几句。郑嫚一惊，失手将酒杯落入池中：这，这不是让我去卧底当特务吗？

严婷婷捞出酒杯：又不是叫你去放火、投毒，干吗这么紧张？

郑嫚仍然紧张：严姐，能不能考虑另外的人选？

严婷婷把酒杯放在身后，望着郑嫚轻声细语说：你应变能力强，又是卫校毕业的，对公司也忠诚，思来想去，史总认为你是最佳人选。当代商战本来就很残酷，你不过是为了公司的利益去尽一份心力，别把它想象的那么不堪，好吗？史总让我告诉你，事后不但奖励你100万，北京分公司总经理的位置也非你莫属了。

郑嫚犹豫了一下，还是摇摇头：我不去，严姐，请老板找别人吧！

5 侯小霞

一大早儿，青桥接到罗凡电话：青桥，你好日子到头了，今天上班。

握着手机，青桥一时没转过弯儿：上班？上什么班？

搞什么搞？罗凡在电话中急了：你这话问得奇怪，你是大夫，不上班为病人治病，整天在家猫着干吗？

这回轮到青桥急了：院长大人，这话说得太亏心了，是我不上班吗？是你停了我的职；再说，这几天我在家闲着了吗？

罗凡乐了：哼，这医院里也就你敢跟我大喊大叫，告诉你，警报解除。那个女人去公安局自首了，承认是诬告你，警方来了通知，彻底为你平反昭雪，那件事翻篇了。

青桥觉得事情有点蹊跷，想再问点什么，罗凡已经不耐烦：你别啰唆了，我就知道这么多情况，有什么话见了面再说吧。

青桥还是别扭：我奶奶昨天下午刚出院，我要照顾她。

罗凡噢了一声：看我这脑子！对了，我帮你找的那个保姆今天9点去上班，人家可是卫校的高才生，专门学过护理的，你对人家好点啊。

挂断手机，青桥回想起这些天发生的事儿，总觉得像是做了一场梦：开始是发文揭露康太，紧接着被高价封口，又身陷"猥亵门"，再被猎头公司看中，诬陷一方主动自首。这些事儿看上去风马牛不相及，隐隐约约又好像有一条线贯穿其中。是什么线，青桥也理不清。

青桥开始没有这么想，他觉得博客文章与"封口费""猥亵门"有关，猎头公司的接连出手应该完全是孤立事件。可牧婧不这么看，还风轻云淡地说了一句，猎你的公司说不定是康太。青桥觉得绝无可能，康太对自己恨之入骨，必欲除之而后快，怎么肯出这么大价钱来猎自己？牧婧问青桥，你是不是在搞什么重要研究？青桥没说话，他研究中药组方，除了院长罗凡和于雪菲，没和任何人提及，康太绝无可能知道。再说，从研究到转化成商品，这中间还有很长的路要走，康太怎么会未雨绸缪到如此地步？

反正你加点小心吧，康太不会做赔本的买卖。

青桥开始不信，可是后来"鸭舌帽"再次找来，他脱口而出，雇佣你的公司是康太吧？"鸭舌帽"虽然没有承认，但是神色为之一惊，观察他的微表情，牧婧的话并非空穴来风。

青桥正胡思乱想，听见奶奶在喊自己，忙跑过去把她扶上轮椅。

老人的手术很成功，骨头已基本愈合了，还需要一个时期恢复。

柳若兰把轮椅摇进客厅，吸了吸鼻子：桥儿，昨天晚上我回来，就闻见很重的煎中药味，你是不是又替病人试药了？

这些天，青桥几次微调了中药组方，为确保其安全性还亲自煎服，他准备在有把握时给病人服用，观察一下疗效。

见孙子不出声，柳若兰明白了，疼爱地说：你为病人试药我不反对，悬壶济世，医者就该有一颗仁爱之心，不过，也一定要注意身体呀。

您放心，您孙子可不是初出茅庐的小白。青桥和奶奶撒娇：燕北大学附属医院中医科主任，中国中医药大学特聘副教授，中国中医药协会药理委员会副主任委员，行业翘楚、青年专家，您可别小瞧呀。

柳若兰笑了：就你能，我孙子最能了。

传来几声敲门声，青桥一看手表才7点过一点儿，就嘟囔了一句，谁来这么早？打开门，一个女孩儿提着旅行箱站在门口，20多岁，俊眉秀眼、顾盼神飞，身穿一身灰底白条的运动衣，显得阳光又干练。

你是……

你是青桥哥吧，我叫侯小霞，罗院长介绍我来的。

噢，小霞，请进、请进。青桥热情地接过侯小霞的旅行箱，把她让进屋：奶奶，这是小霞，专门来照顾您的。

柳若兰看到小霞长得白白净净，很是喜欢：小霞，以后要辛苦你了。

看您说的。小霞来到阳台上，把脏衣筐里的衣服一件件放进洗衣机里：青桥哥，这些衣服都要洗吧？

青桥忙摆手：不急，不急，小霞，我先带你熟悉一下环境。

青桥带小霞在整个房间转了一圈儿，又来到厨房——交代完毕，说正好，你还没吃早饭吧，吃什么，你和奶奶商量着做，我去上班了。

本来，他可以吃完早饭走，但是这些天没去医院，他牵肠挂肚地想。一听说可以上班了，如同漂泊中的游子听到母亲的呼唤，已经迫不及待。

小霞把青桥送到门口，贴心地甜甜一笑：青桥哥，奶奶交给我，你就放一百个心吧。

青桥提着一个大纸包进了电梯。第一次见面，他对小霞印象很好。看得出来，奶奶也喜欢这个姑娘，这下好了，他可以踏踏实实地去工作。

不断有人要求加号，青桥忙得连一口水都顾不上喝。

他舍不得上厕所的时间。刚才上班，看到他的同事就像欢迎凯旋的英雄，微笑着行注目礼。在诊室看了半天病人，还有一些外科室的医生、护士推门向他招手。青桥知道，医院里没人相信"猥亵门"的真实性。大家对青桥的变相停职很不以为然，今天青桥回来了，都想用自己的方式表达关心。包括很多老病号也说一直在等着他，这让青桥很温暖，因为温暖就更不敢懈怠。

又有病人进来。青桥抬头一看，是牧婧搀着冷大爷。

路上，青桥给牧婧打了电话，告知已经上班了，如方便，今天可通知冷大爷过来就诊，他已经为冷大爷准备了药。

冷大爷坐下后，青桥认真为老人做了检查，随后开了一个方子。

牧婧看了看方子，问：就三味药？

青桥冲牧婧笑了笑，说当然不是。他弯腰从桌下拿出一个大纸包递给牧婧：这是我特意为冷大爷配的一号方。如何煎制，里面有详细说明，再加上这三味药，分成十副煎服。

牧婧拿过纸包，扶起冷大爷，说让你费心了，青大夫。

望着牧婧的背影，青桥有一点失落。他想，牧婧本可以叫冷大爷的儿子来，可是她没有，说明她不仅工作接地气，也希望有机会见到自己。从她刚才的眼神中，青桥也捕捉到了一缕令人心动的温馨。

可是，她为什么总是对自己那么客气呢？

6 不做绿茶婊

罗小力一宿没合眼。

从派出所出来后，她给柳絮打了一个电话，想请半天假回去补一觉。没想到柳絮不批，还大呼小叫：你快过来，有紧急报道任务。

罗小力心想，《大众健康报》又不是时政报纸，什么报道任务这么急？

来到社长办公室，柳絮一指沙发：坐下说。

罗小力更觉得奇怪，平时的柳絮大大咧咧，和下属有事说事，很少这么郑重和客气，今天的神色和语气都有些异常。

柳絮沏了一杯茶端给罗小力：派你一个急活儿，立马去采写一篇正面宣传康太集团企业文化的报道，不少于七千字，下周见报。

罗小力手一抖，杯中的茶水几乎溅出来：采访谁？

柳絮一字一顿：康太集团，史一兵，听清楚了吗？

罗小力放下茶杯，吃惊地问：柳社长，你没有搞错吧？

柳絮脸一沉，反问：你什么意思？

罗小力实在有些哭笑不得：头儿，你让我去采访康太，采访史一兵？

前些日子，我还要组一篇揭露他们的文章呢。我是记者，可不是绿茶婊。

废什么话，此一时彼一时。

我不去，您另请高明吧。

柳絮眼一瞪：你必须去，人家点名非你莫属。

罗小力的倔劲也上来了，她一摔门走出社长室，扔下一句话：爱谁谁，我就是不去，没商量。

站住！柳絮也急了：你给我回来，还反了你呢。

罗小力在门口站住：怎么着，是杀是剐，我候着。

强子走过来，从饮水机接了一杯冰水递给罗小力：姑奶奶，姑奶奶，您先喝口凉水去去火，知道您是报社第一支笔，也不能这么耍大牌嘛。

滚一边去吧你就。

强子连推带拉，又把罗小力请回社长室：怼我随意，可不能怼社长，要不是社长舍着脸去求史一兵，明年咱们的工资就没着落了。

柳絮压着火：别跟她扯那些没用的。

强子一副仗义执言的样子：我得说，姑奶奶，你知道吗，昨天下午咱们社长去康太，愣是被史一兵晾在门口一个多小时；进去不到5分钟，还差点被人家撵出来。她为了谁呀，还不是为了咱们大伙儿。

罗小力瞥了强子一眼：说什么呢你，天上一腿，地上一脚的。

强子连忙解释：噢，是这样，康太说2018年广告合同不签了，是社长亲自出面找了史一兵。咱们头儿是谁？记者圈儿里的大姐大呀，我还没见过她这么低三下四求过人。

罗小力有点不耐烦：捞干的说。

强子一拍大腿：简言之，合同有缓儿。不过，人家有个先决条件，要由你执笔写一篇宣传康太企业文化的稿子，10天内必须见报。

罗小力很生气：有钱就了不起吗？有钱就可以为所欲为吗？

强子双手作揖：姑奶奶，这话你能说，社长不能说，100多号人向她要吃要喝呢。我也是刚知道，社长老公的生意也遇到难处了，她现在一脑门子官司，为了大家伙儿还屈尊求人，做下属的应该多体谅她一些才是。

柳絮摆摆手：强子，你少说两句。罗小力，我希望你能写。

本来，智斗猥亵女，罗小力很有一些成就感。

来报社的路上，她的心情如同一座春天的花园，芬芳四溢；没承想一下吃了只死苍蝇，情绪顿时糟糕透顶。她能体谅社领导的难处，可是谁又能体谅她？史一兵在追求她，罗小力心知肚明。这家伙不过是一个利用了时代机遇的暴发户，三观不合、眼缘不对，就是坐拥金山，她也不可能去为一个心里厌烦的渣男去当"吹鼓手"，太奇葩了。

一上午，罗小力都在摔摔打打，吓得记者部的姑娘、小伙儿，路过她的办公隔断时一个个踮起脚尖。大姐大，罗小力在报社可不是浪得虚名。

午餐时，罗小力取完菜，找了一张空桌坐下。

强子和报社几名员工纷纷坐在罗小力身旁。

强子打开一瓶啤酒，问：昨天晚上，你怎么一个人溜了？

罗小力敷衍道：有点急事。哎，你们是头儿动员来的后援团吧？

一个女员工探过身子：小力姐，你胆儿够肥的，敢跟头儿叫板。

强子明贬暗褒，讨好说：是啊，咱报社上下100多号人，也就小力敢和头儿拍桌子。

女员工恭维：那是，北师大中文系的学霸兼校花，咱们报社的第一支笔，一出道就是C位，小力姐要是不牛，谁还有资格牛？

罗小力喝了一口汤，说：行了，行了，你们也别给我灌迷魂药了，到目前为止，我还好好活着，有什么话你们就直说吧。

女员工赔着笑脸讨好：小力姐，在您老人家面前，我们说话哪敢不悠着点儿？您的喜怒关系到大家的饭碗呢。

太夸张了吧，我可承受不起。

强子一伸手，做出一副感同身受的模样：哎，这话可绝对不夸张啊，儿子明年上补习班，岳母治病，全指着我的工资奖金。明年如果报社揭不开锅，我家首先断炊。

哎，一个闷头吃饭的男员工抬起头，一副可怜巴巴的神态：强子，我比你惨，我用全部积蓄做了一个理财产品，三年了分文未回，报社要是发不出工资，我就彻底蔫了。

你们也别在我这儿念秧儿了，我不是救世主。

强子满脸堆笑：小力，你就是刀子嘴豆腐心，肯定不会让大家失望。

罗小力知道这些人来做说客，是柳絮的意思。也够难为她了，作为一社之长，柳絮向来说一不二、雷厉风行，这么迂回示软的方式还真不多见。说起来，她也是为报社，强子说的情况她信，为报社受了这么大委屈也的确令人同情。这么一想，罗小力觉得那样怼柳絮有点不近情理，多少有了点歉疚。

正在这时，史一兵打来电话，说柳絮通知中午可以采访，他已经在十号会所恭候。罗小力没办法，只好硬着头皮去了。

坐落在北京近郊的十号会所，灰砖围墙、红漆大门。

罗小力轻叩门环，等候多时的严婷婷打开一条门缝让进罗小力。

罗小力打量了一下奢华幽深的庭院，有些不屑地调侃：气派啊，包子有馅真不在褶儿上。

严婷婷一笑：罗小姐，史总已经恭候了。

罗小力随严婷婷向庭院深处走去，遇到的服务员一律躬身侧立礼让。

罗小力开了一句玩笑：这环境适合情侣幽会，不适合记者采访。

严婷婷轻声解释：罗小姐说笑了。史总工作小聚、私人宴请都在这儿。

来到"听雨阁"包房，罗小力敲门进屋，史一兵从沙发上站起身：罗小姐，总算赏光了，上次我也是定了这个包房恭候，被罗小姐放了鸽子。

罗小力打量着包房，心不在焉地说：史总记仇了？格局有点小了哈。

史一兵赔着笑脸，亢奋的两眼放着绿光：哪敢记仇，被罗小姐放鸽子也是史某的荣幸，不是所有的人都有这个资格呢。说着，招手叫进服务员：鱼翅、澳鲍、龙虾，走起。

罗小力立马翻车：史总，我吃过了。再说，你是要砸我饭碗吗？

哪儿能？我只是想表达一下对罗小姐的敬慕。

免啦，中央有八项规定，禁止公职人员接受私人高档宴请。我们今天是采访，一杯清茶足矣。如果史总执意要整这一出儿，我马上告退。

史一兵忙拦住罗小力，扭头对服务员说：好，就依罗小姐，上一壶武夷山大红袍吧，今天的单我照买。

罗小力把录音笔放在茶几上。

史一兵坐在沙发上，含情脉脉地看着对面的罗小力，语气暧昧地说：

罗小姐，还记得咱们第一次见面的情景吗？

见他一脸情欲，罗小力鸡皮疙瘩立马掉了一地：抱歉，当记者的，每天接触的人太多。这和今天的采访有关系吗？

史一兵不知收敛，觍着脸说：有关系呀。去年本集团年会，罗小姐一袭白色长裙出场，亮瞎了多少人的眼？史某当时就想，能接受罗小姐采访实乃人生之幸啊。

罗小力脸一绷：史总，客套的话省省。我知道，这次采访的机会是我们社长舍着脸求来的，咱们还是抓紧时间，直奔主题吧。

放出的试探气球接连起爆，史一兵自觉无趣。

他找了一个台阶，说罗小姐快人快语，我喜欢。见罗小力依然反应冷漠，只好言归正传：我先谈一下企业家的责任感。现在随便鼓捣个小作坊、干点贸易就被称为企业家，大谬不然。这些人上中下可以分出三档，最低一档的应该叫生意人，什么是生意人呢，就是只要能赚钱什么都干；中间一档的可以称之为商人，商人也是为了赚钱，他不同于生意人的地方在于，有所取有所不取，经营理念当中已经有了义的成分；最高一档才能称之为企业家。企业家应该是以振兴民族经济为己任，他做生意当然也会追求利润，但首先考虑的是，是否有利于人民福祉、国家兴衰。

罗小力轻蔑地问：史总自然是把自己归于企业家行列喽。

史一兵听出罗小力话含讥讽，自我圆场道：成为一个有良知、有责任感的企业家，史某一直心向往之。比如，实施"健康中国"战略的根本目的是提高全体人民的健康水平，因为人民健康是社会主义现代化强国的重要指标。党的十九大报告将"健康中国"作为国家战略提出，进一步确立了人民健康在党和政府工作中的重要地位。我们康太集团就正在努力以高品质的服务，为"健康中国"的实施做出应有贡献。

罗小力本不想再让他难堪，毕竟要顾忌柳絮面子，但见史一兵大言不惭，实在没忍住：哼哼，听上去很美，只是不知道史总怎么看网上对康太的负面评价？

史一兵早有思想准备，不慌不忙地回答：那是不法厂商盗用康太名义欺骗消费者，我们也是受害方。

罗小力又补一刀：如此说来，《诊室奇遇》该如何解释？

子虚乌有的事。正好，网文中提到的严小姐也在。说着史一兵拨通手机，严副总，请你过来一趟。见严婷婷推门走进包房，他冲罗小力一抬下巴：网上那篇文章，你向罗记者解释一下。

严婷婷点点头，轻描淡写说：无凭无据，纯粹是为了蹭流量讲故事呢。我本来要控告作者诬陷，是史总息事宁人，让我不要跟这种人一般见识。

罗小力面露不屑，哼了一声：史总的解释，真是让人长见识。

严婷婷见两人话不投机，担心擦枪走火，就恰到好处地递过一个文件袋：史总，这是集团建设企业文化的材料，我特意给罗记者准备了一份。

罗小力接过文件袋打开翻了翻，起身告辞：史总，今天的采访就到这儿吧，我回去先熟悉一下材料，这一大摞，够我看一阵子的。

史一兵一看罗小力要走，知道挽留也是徒劳，便不无惋惜地说：怎么？罗记者真的是吃斋向佛，一点油腥儿不沾，就这样走了？

罗小力语气决绝：告辞，稿子催的急。走到门口，忽然像想起了什么，回过身盯住史一兵，目光一凛：冒昧问一句，前些日子，我家门口的毛绒玩具，该不会是史总搞的恶作剧吧？

知道罗记者喜欢毛绒玩具，不过是送上几个聊博一笑罢了。

罗小力不以为然：聊博一笑？一人多高的灰太狼杵在那儿，还举着电动冲锋枪，胆小的见了能吓出病，我不喜欢史总这样的幽默。

史一兵有些意外：什么，灰太狼？严副总，这是怎么回事？

严婷婷歉意地冲罗小力一笑：罗小姐，不好意思，史总本来让买几只乖乖兔，我觉得没特色，特意选了一个灰太狼，惊着你了，对不起。

7 巧 遇

像逃难一样，罗小力逃离了十号会所。

另一个我们故事中的人物就不那么幸运了，在他浑然不觉的情况下，灾难像路边啄食的麻雀，悄悄落在了他的眼前。

离十号会所不远的过街天桥上，杏儿的父亲在地上铺了一块塑料布，摆在了大红门批发市场进的日用品，有袜子、牙刷、鞋垫、手套等。忽然，一只脚踩在塑料布上，杏父抬头一看，是一个年轻的城管队员。杏父这才发现，相邻的几个小贩早已无影无踪，自己因为低头摆放商品没有发现悄然而至的危险。

城管员微笑地看着他，笑容中有几分讽刺、几分戏弄：有照吗？无照摆摊违法，东西全部没收了。

同志，我刚干，一分钱还没挣。我女儿得了绝症，需要一大笔治疗费用，实在没办法，求你们放过我吧。

杏父说的是实话。

前些天早晨，杏父搀着女儿在燕北大学附属医院附近的草坪上散步。对面走过一对青年，见杏儿穿着病号服，步履蹒跚，就上前问：大叔，小妹得的是什么病呀？

杏父叹了一口气：唉，渐冻症。

男青年一惊：渐冻症？我知道，这是比癌症还厉害的绝症啊！目前世界医学界都拿它束手无策，活不了几年的。

女青年用拳头杵了他一下：怎么说话呢你。霍金也是渐冻症，人家也活到七十多岁呢。

男青年自觉失言，忙说：对，对对，现在医学发展日新月异，奇迹随时都会发生。

女青年关心地说：大叔，康太集团为了回馈社会，它旗下的自然医学治疗中心正在全国范围内挑选十名疑难杂症患者，免费接受治疗。您知道吗，这个中心拥有最先进的治疗器械，最新的治疗手段，大夫也都是专家。

杏父惊喜地问：真的，你说什么，还免费？

女青年笑了笑：当然是真的，我告诉您一个地址，您赶快去咨询一下，看看小妹妹能不能成为十个幸运者之一。

杏父接过纸条，高兴得都结巴了：今、今天真是遇见贵人了。

杏父把女儿送回病房，立马按地址赶到了位于市郊的自然医学治疗中心，在接待处，一位戴眼镜的女医生听杏父介绍完情况，看了看杏儿的病历，遗憾地说：你女儿得的确实是疑难杂症，不过，十个名额已经满了，再等机会吧。

杏父心急火燎，恨不得跪下：大夫，孩子的病都转好几家医院了，没有一家说能治好。她才 16 岁，能不能活下去全指望这儿了，求求您了。

医生合上病历推给杏父：机会确实难得，我们这里也确实治好了许多疑难杂症。患者住院后主要是用民间秘方对症治疗，伙食费、床位费、治疗费和一般的用药都不要钱。说句老实话，谁能得到这个机会，就等于天上掉下个大馅饼。

杏父焦虑地搓着双手：是呀，是呀，所以请你帮帮忙吧。

女医生站起身：真是抱歉，我能力有限，爱莫能助。

这时，严婷婷从里间走出来，说：刘大夫，这个病人收下吧，她才 16 岁，太可怜了。又转身对杏父说，先生，明天上午 10 点你们还在那里散步，我们准时派车去接。为了避免误会，燕北的出院手续你不用管了，我们给你去结账。

女医生对杏父说：这是我们集团严副总，你今天还真是遇到贵人了。

杏父大喜过望，他万万没有想到，好运气像一朵五彩祥云，突然就罩在了自己头上。

可是，杏儿住进中心以后，除做了一次例行的检查外，并没有其他特殊治疗，每天只是服一粒大药片，一个礼拜的费用却要好几万，医生说杏儿吃的是秘方药，这个秘方的收购费用几千万，他们付的这点钱实在微不足道。为了给杏儿治病，杏父想摆地摊挣几个救命钱。

编，继续编，这样的故事我听多了。

杏父从包里拿出女儿的病历，双手递过去：我真没编，这是丫头的病历。你把东西都没收了，别说治病，我们父女的生活都没着落了。

另一个城管像是个小头目，他接过病历看了看，确认了其真实性后对同伴说：把东西还给他吧，渐冻症真是一个特别麻烦的病。又扭头对杏父摆摆手，念你是初犯，这回就不处理你了，不过你以后要找个正经营生，违法的事不能干。

杏父连连作揖：谢谢，谢谢啦。

大叔，你这些东西我全包了，多少钱？

这可使不得，你要这么多东西怎么用得完？

说话的年轻女子挤出围观的人群：您别客气，这是 500，够不够？人家城管同志不是说了嘛，违法的事不能干，你不摆摊了要这些东西干吗？

杏父犹犹豫豫地接过钱：够了，够了，可是，可是……

女子蹲下身，打开旁边的编织袋往里装小百货：大叔，您别客气，这点东西回单位给同事们一分，兴许还不够呢。

女子是牧婧。她去找冷大爷的儿子冷小山。

冷大爷中年丧妻，为了儿子一生没有续弦，或许是从小溺爱的缘故吧，长大成人后的儿子却不孝，同在一个城市，仨月半年也不去看望一次父亲。偶尔去了，就是一站一立，伸手要钱。前几年还好，冷大爷身体不错，尚能自理；这两年老人药物依赖日益严重，身体状况大不如前，冷小山还是我行我素，不管不顾。

由青桥指导完成的燕北社区居民健康状况调查中，牧婧了解到这个情况，就请社区的志愿者去照顾冷大爷。可老人毕竟有儿子，放弃赡养责任总是说不过去。社区出面做过几次工作，效果一般，牧婧才亲自出马找到他的单位，与领导一起和冷小山谈了一次。迫于无奈，冷小山答应一个礼拜至少去看望父亲一次，老爸一旦有什么情况，随叫随到。

从冷小山单位出来，牧婧想去对面超市买日用品，上了天桥正好遇到万般无奈的杏父。

真是巧，她挑选完商品在超市结账口排队交钱时，又见到这个一脸愁容的中年大叔也在等着结账。轮到他，从购物篮中拿出了米、面粉、卫生纸、肥皂、酱油、醋、可乐和一袋鸡翅。

收银员逐一计价：238 元。

杏父犹豫了一下，往外挑出了肥皂、手纸和面粉。

收银员重新计价：197 元。

杏父又拿出一瓶醋和一袋辣椒酱。

收银员计价后，杏父仍然纠结，他权衡了一下，最终只留了可乐、鸡翅和一些调料，把其他的物品全放回去了。

收银员再次计价：106 块 8 毛。

杏父付账，提着食品袋走出结账口。收银员准备把捡出的物品放在退物区，排在后面的牧婧上前一步：这些东西我要，请单装个袋子。

牧婧提着两个食品袋走出结账口，快步追上杏父：先生，这些都是生活必需品，你肯定需要，账已经付过了。

杏父神态惊讶：这，这是……

牧婧笑着说：我估计，鸡翅和可乐对你肯定有特殊意义吧？

杏父激动莫名，一边鞠躬一边说：好心人，姑娘，你真是个好心人啊！不瞒你说，我女儿患了绝症，来京求医，今天是她16岁的生日，我想做她最爱吃的可乐鸡翅，我亏欠女儿太多了。

牧婧听了，同情心立马爆棚，她略一沉吟：摆摊也不是常事，如果你愿意，到我们小区当保安吧。

杏父第一天上班，就差点打了一架。

事情是这样的：一辆汽车停在挡车杆前，杏父上前收费。司机找零耽误了一点时间，后面车的司机就摇下车窗探出头喊：这么磨叽，你他妈没吃饱啊。

杏父息事宁人：前面的车没零钱，耽误你时间了，对不起。

司机不依不饶：你是干什么吃的？你干吗不事先准备好零钱。

杏父赔着笑脸：你批评的对，我没经验。6元，交费吧。

司机眼一瞪：怎么会是6块呀？我不到两小时，应该4块。

杏父指着电脑显示：已经两小时零四十分钟了。

胡说，我在这儿耽误的时间也要算在内吗？

杏父也有点急了：你一大老爷们儿，我看你才真是磨叽呢。

司机推门下车：你说谁磨叽？还反了你呢，新来的吧，我们家老头儿就住在这个小区，我来过N次了，怎么没见过你？

我第一天上班。杏父打量了一下司机，见他三十多岁，圆头大脸，扇风耳、蒜头鼻，扔到人堆儿里辨识度倒是不低。

司机点燃一支烟：怪不得呢，傻不拉叽的。

这时，后面又来了两辆车，鸣笛让前面的车让道儿。杏父焦急地催促司机快走，司机不慌不忙地抽着烟：你现在知道着急啦，早干吗去啦？

后面的司机推门下车，怒气冲冲：干什么呢，走不走！

小区出入口吵成一团，后面的车主责怪那个司机挡道儿，司机狡辩说责任在杏父。杏父有些慌张，连连向众人作揖致歉。

围观的人越来越多。这时，下班路过的牧婧从人群中走出来，说：大叔，你没错，用不着道歉。应该道歉的是你，冷小山。

那司机一听牧婧指名道姓批评自己，翻了翻白眼，辩白说：牧主任，我有什么错？

牧婧注视着冷小山，厉声呵斥：前因后果我都听明白了，就是你在这儿捣乱。冷小山，前两天刚和你谈完，你就能主动来看你爹，我要表扬你；但是你在这儿无理取闹，我就得批评你。

面对美女主任，冷小山像被踩瘪的鱼泡：行，是我的错，我去挪车，还不成吗。说着，狠狠地瞪了杏父一眼，像是要把他一口吃了。

杏父记住了这个一对扇风耳的青年人。

8 逼良为娼

罗小力一离开十号会所，就接到了柳絮的电话，好像什么事都没发生，亲热地和她套瓷：小力，谢谢你帮了学姐一个忙，这两天你别上班了，赶紧在家把稿子完成，等文章刊出了，我代表全社员工为你庆功。

柳絮叫罗小力学妹是有缘由的，两人同是北师大中文系高才生，不过，柳絮高出十几届，算得上学姨了。以前柳絮基本不以此和罗小力套近乎，也是，在报社罗小力号称第一支笔，那是柳絮自愿让出的结果。当年她在记者部，风头一点也不逊色于罗小力，大的专题报道无一不是由她担纲。后来，她升任了记者部主任、副社长直至社长，才把主要精力用在报社的管理上，很少动笔。不过雄风犹在，报社一版每期一篇的"柳絮杂谈"就颇见功力，也为报社赢得不少好评。罗小力清高自傲，内心深处对柳絮还是蛮敬重的。

因为这层原因，她没好意思再怼柳絮。

可是回家打开电脑，却一个字也敲不出来。十号会所，小桥流水、香风吹拂，对罗小力来说，却不亚于《西游记》里妖气弥漫的黄风洞，让她心生恐惧与厌恶。史一兵无异于洞中那黄毛貂鼠变成的黄风怪，她怎么能给他写颂扬文章？

枯坐两天，罗小力没打出一个字。心事层层叠叠，不由自主拨通了青桥的电话。她也不知道为什么，就是想找一个人说说。

谁惹着你了？青桥听她唉声叹气，便好奇地问。

罗小力又叹了一口气：说了也是给你添堵。

青桥越发好奇：什么事，怎么还扯上我了？

罗小力心里郁闷，憋不住说了实话：头儿给我派了一个活儿，让我给史一兵写一整版的专访，还腾出版面马上要见报。

什么，写史一兵，你答应啦？

开始没答应，可头儿动员了一帮同事央求我，就差给我跪下了，我要是不写，真是无法面对他们。

为什么？

罗小力无奈地说：我不写，史一兵给我们的1000万广告费就泡汤了。

青桥愤怒之极：这和卖身有什么两样！

什么卖身？你别说得这么难听好不好。

是我话说的难听，还是这事办得难看？史一兵是什么人，康太集团是怎么回事，你难道不清楚吗？

我当然清楚，所以心里才搓火。

这种狗屁文章不能写，我去找你们社长。

罗小力急忙阻止：我们社长认识你是谁呀？报社的事你别瞎掺和了。

青桥语气决绝：不行，别的事我可以装傻充愣，这事我不能不管！

青子翔夫妇正准备晚餐，忽然听到门口传来一阵剧烈的敲门声，青子翔一惊：谁呀这是，跟砸夯似的。又小声对妻子说，该不会是姓吕的包工头又来要账了吧？

柳絮摇摇头：不能够，咱们已经给了他800万，离最后限定的日子还有半个月呢。盗亦有道，他们这种人虽然刁蛮，但还是守信用的。

门外又传来一阵急促的敲门声。

俩人来到门口透过门镜张望，见是神色有些焦虑的青桥，忙开门：呦，怎么是你呀？不瞒你说青桥，现在一听有人敲门，我们就肝颤儿，怕要债的又把我们堵家里。

柳絮白了丈夫一眼：扯这个干吗，吃饭了吗，找你二叔什么事？

青桥没好气地说：我不找二叔，我找你，二婶。

找我？柳絮有些奇怪。

青桥尽量用平和的语气说：二婶，听说您让罗小力去采写史一兵，史一兵是什么人，您不知道吗？

柳絮一听是为这事，心里很不高兴，话就横着出来了：史一兵是什么人，我知道啊，著名的民营企业家，2016年度财经封面人物，电视台经济频道特邀嘉宾，还有……

青桥打断柳絮的话：您别给我兜圈子了，您明白我的意思。

柳絮语气十分不屑：你是什么意思？我还真不明白你的意思。莫非《大众健康报》发什么稿子、采访什么人，还要先通报你青桥？

青桥因为激动，脸已涨得通红，但他压抑着心中的不满：史一兵的康太集团兜售伪劣保健品，危害大众健康；作为以服务大众健康为宗旨的《大众健康报》怎么能助纣为虐，误导消费者？

柳絮放下准备拿给青桥的苹果，语气中透露出明显的不快：我就纳闷儿了，康太集团有国家工商局发放的营业执照，有国家税务部门的纳税证明，合规经营、依法纳税，我怎么就成了助纣为虐？

我在博客上写的文章您没看到吗？

看到了，康太集团不是发了澄清公告吗？他们也是受害者。

青桥呵呵一笑：受害者？那他们为什么到诊室去封我的嘴？

柳絮也呵呵一笑：封你的嘴？青桥，咱们是家里人，我信你，人家可是矢口否认。请问，你拿什么证明这件事是真的，又怎么证明去的人是康太集团派的？

青桥愤然道：太无耻了，我就应该收了那张银行卡向监察部门举报。

可是你没有。空口无凭，康太没去告你，你就偷着乐吧。

说来归去，文章你们是一定要写了？

你说对了，一定要写。柳絮又换成长辈的口吻：青桥，罗小力是我们报社的笔杆子，你和她好我乐观其成，不过报社的事你就别瞎往里掺和了。

二婶，如果你们一定要发，别怪我到有关部门去举报！

柳絮生气了，脸呱嗒一沉，摆出送客的神态：行吧，那随你便。

第二天上班，柳絮让强子把罗小力叫到办公室。

她闭口不提青桥找她的事，只是例行公事地问：小力，都三天了，康太的文章写好了吗？明天的版面可都空出来了。

罗小力敷衍道：这周见报恐怕有困难，我还没有找好角度。

这不像你罗小力的风格呀。柳絮语气中有明显的不满：按惯例，一篇六七千字的专访，对你而言，不过是一个晚上的事嘛，这篇东西怎么这么难产？不应该呀。

罗小力实话实说：开了几次头都难以成文。柳社，你还是另请高明吧。

罗小力以为柳絮会急，兵临城下，阵前大将突然挂出了"免战牌"，换了谁也会生气，于是做好了迎接暴风骤雨的准备，她了解柳絮，无论如何一顿痛骂是免不了的。当然，如果能挨一顿骂，把这差事甩了，也值。没想到柳絮非但没急，脸上还露出了难得一见的微笑：我知道接这活儿你心不甘情不愿，我让强子代笔写了一篇，就以你的名义明天见报吧。

罗小力没想到柳絮会有这一手，惊叫道：这怎么可以？

没什么不可以，为了大局，为了报社的整体利益。强子是编辑部出来的，他这篇访问记写的文采飞扬，不会辱没你，史一兵已经看过了，很满意。柳絮的口气不容置疑。

强子在一旁谦逊表态：小力，我文字没你好，多包涵啊。

罗小力觉得这太不可思议了，事发突然，她竟想不出好的应对之策，只是坚持：怎么能这样呢？柳社长，我不同意。

柳絮口气决绝：明天必须见报，这是合同当中规定的。如果你现在能拿出稿子，我自然不会让强子代笔。你不是没拿出来吗？我能等，报社这100多号人能等吗？喊！

那可以用强子的名义发，为什么非要用我的名义？

柳絮不以为然地反问：这也是合同规定的，我就纳闷儿了，一篇正面报道能丢你什么人？

强子双手抱拳：小力妹妹，你的名字是咱报社的名片，我要代表全社的同胞，向你表示真诚的敬意。

罗小力急得快哭了，恨恨道：逼良为娼吧，你们就。

9 后湖风动秋草中

小米勒要找青桥决斗。

接电话的时候，青桥刚刚起床。小霞正把她精心烹制的早点端上桌。

青桥以为小米勒是在开玩笑，他坐在餐桌前，一手举着手机，一手拿起筷子说：有事快说，我可没工夫陪你逗闷子。

小米勒很严肃，完全不是开玩笑：我不知道什么叫"逗闷子"，无论它是一道菜，还是一处风景。现在我正式向你发出邀约，我要和你决斗。

青桥觉得简直是不可思议，平白无故，这个小歪果仁发什么神经，他有点茫然不知所措：决斗，你找我决斗？

对，决斗！小米勒语气越发郑重：我希望你像一个男人，接受挑战。

为什么？青桥下意识追问：用枪还是用剑？在我们国家，持械斗殴是犯法的，现在已经不是中世纪的欧洲，有什么问题我们可以坐下来沟通。

你胆怯了？小米勒开始用激将法：除了枪和剑，我们还有拳头。如果你不想成为懦夫，上午9点我们在颐和园的后湖见吧。我刚刚看完了贵国的电影《老炮儿》，我觉得那里很适合男人之间用另一种方式沟通。

颐和园后湖？青桥重复了一句，他接下来想说，亏你想得出，那里是中华民族的耻辱之地，记录着西方列强的强盗行径，你这个小洋鬼子居然选择了这么一块地儿，不怕我打得你满地找牙吗？可是，后面的话他一句也没能说出，因为对方已经挂断了电话。

今天是周六，青桥想了想，决定走一趟，看看小米勒整的是哪出。

其实，如果一个小时前小米勒打来电话，备不住会穿过长长的线路，亲热地把青桥抱起来。所以翻了车，要从他和老米勒的视频说起。

今天天还没亮，远在渥太华的老米勒就加了孙子的视频要和他聊聊。

正值傍晚，处理完公司事务的老米勒，或者变身成一个老园丁修剪一下花木，或许悠闲地找朋友、下属聊聊天，已经成了他业余生活的一部分。今天他把目标锁定了小米勒：米勒先生，如果我要求你汇报一下工作，应该不过分吧？

小米勒揉揉惺忪的眼睛，看看表：总裁先生，现在是北京时间5点01分，您不觉得要求我视频通话，时间太早了些吗？

老米勒俏皮地摆摆手：No，No，你在骑兵旅服役的时候，每天早晨5点15分起床，与之相比，这个时间并不算早。

小米勒无奈地摇摇头：用中国人的话说，我属于临危受命。上任三个月以来，我主要完成了以下工作：一是核对了办事处自成立以来的所有账目；二是通过各种渠道，了解了公司在中国大陆的销售情况和所遇到的问题，并初步拟定了应对方案；三是审核了康太保健品集团的商业信誉，发现的问题超出你的预判。

老米勒精神一振：哦，是吗？这正是我重点要关注的事情。

小米勒已经起床，他把iPad支在桌子上：是，我还在深入调查，事情还没有清晰的结果，允许我暂时向你保密。见爷爷眉峰微蹙，忙换了话题：总裁先生，还有两件私事，其中一件你最为关心，也可能是你这么早找我聊天的动力。

臭小子，既然你明白，为什么不早说？

小米勒赴任之前，老米勒对他有过一个重要的私人请托：寻找在朝鲜战场上给了他第二次生命的东方女神。他郑重地向孙子讲述了自己和这位叫牛诺南的志愿军女翻译之间的世纪传奇。

听完他的讲述，成年之后的小米勒第一次泪流满面。

很抱歉，东方女神还没有找到，我已经委托了公安局，他们说，相似经历的牛诺南至今没有出现。他们承诺会积极寻找，不让您失望。

老米勒情绪点一路走低：你要用心，米勒先生。

会的。同时我要告诉您的另一件私事是，我交了一个女朋友。

老米勒的情绪重新升温：噢，是吗？她叫什么名字，她一定很美丽吧？臭小子，我不反对你找一位中国姑娘，恰恰相反，我以为你娶一位中国妻子，将是你人生中一个非常不错的决定。

小米勒的情绪也被点燃了，他高兴地做了一个拥抱爷爷的姿势，又像想起了什么，说：对了，爷爷，我有她的视频，我马上给您播放。

iPad上出现了小米勒和青桥、罗小力登长城的画面。

老米勒看得兴趣盎然，不断地夸奖罗小力阳光、美丽，称赞孙子眼光不错。突然他问，那个帅气的小伙子是谁？小米勒说他是我最好的中国朋友，青桥，一位很有名气的中医。青桥？老米勒惊讶地尖叫一声：世界上居然有这么巧的事情，我说为什么看上去眼熟呢。说完发给小米勒一个视频，是一个隆重的聚会场面，里面的男主人公正是青桥。

老米勒向孙子介绍了这个视频的由来与背景，小米勒不禁惊愕连连。

结束了和爷爷的视频通话，小米勒迫不及待地打通了罗小力的手机。

他想在第一时间把有关青桥的最新发现与她分享。万万没有想到，听到小米勒刚刚亢奋地说出了"青桥"两个字后，罗小力就立马打断，怨气幽幽地说：别跟我提这个名字，我讨厌，我不想听！尔后，声音哽咽，无论小米勒再怎样追问，一个字都不肯多说了。

凭自己的人生阅历，小米勒判断罗小力是受了委屈，很大的委屈，而给她委屈的人无疑是青桥。当然，青桥有资格去委屈一个姑娘，在专业上他已经成了一个标杆，刚才爷爷发来的视频，也从另一个角度再次证明了这一点。但是他即便再出色，也不能成为委屈一个姑娘的理由，特别是这个姑娘正被自己深爱。

于是，小米勒放下电话后马上向青桥下了战书。

罗小力的确很委屈。昨天从健身房回家后，她把自己关在房间里流了很多泪，回想起白天发生的事情，犹如梦幻，一切都是那么不真实。

先是新出的报纸摆在她的办公桌上：《史一兵：康太企业文化的缔造者》，粗黑标题下，罗小力的署名赫然在目。她如鲠在喉，又没法发作，报社几乎所有的人投向她的目光都是友好的、感激的。她如果发飙，无异于与全社员工为敌。

强子忙活了一天一宿，累得罩上了一双黑眼圈儿，文章写出来没有资格署名，还得对罗小力赔着笑脸。

他知道这位姑奶奶爱吃糖炒栗子，特意倒了两次车，买了一大包，送给罗小力时还一再声明，是朝内小街的，非常有名。柳絮也一改往日的冷傲，几次路过她的隔断都绽放出灿烂的笑容，像是正漫山遍野开放的秋菊。中午吃饭时，她叫强子在大董烤鸭店订了一个单间，连哄带劝地把罗小力拉去坐在身边，觥筹交错间，大家一片赞扬与感谢之词，让罗小力真正享受了一把女王的待遇。

罗小力却不领情，她不说话，脸色阴沉，密布着一层乌云。吃了两口，就借口不舒服要退席。柳絮也不强求，还宽宏大量地说，这几天小力也确实累了，今天是周五，早点回家休息吧。

出了大董，接到史一兵电话：罗记者，大作拜读了，谢谢你的表扬与肯定，史某愧领。希望能给我一个机会，当面向你表示感谢。

再说吧。罗小力敷衍了一句就挂断了电话，她懒得理他。

手机又响，罗小力以为是史一兵纠缠，不看。但铃声很执着，罗小力伸手从副驾驶座上拿起手机，想发火，一看显示屏，是青桥。这是她最怕接的电话，她不知道怎么解释。铃声持续不停，像是鸣笛驶过的救护车，听得人心惊肉跳。

罗小力一咬牙，摁下接听键：喂！

青桥的声音：你在哪儿，我要马上见你。

罗小力想了想：健身房。她太憋闷了，她需要发泄。

身穿健身服的罗小力面对沙袋猛击。她的出拳没按要领，急促而凶狠。

青桥拿着报纸走进健身房，四下寻找，发现了角落里的罗小力。他怒气冲冲地走过去，叫了一声：罗小力！

罗小力看都不看青桥，继续胡乱出拳。

青桥站在罗小力身边，抖动着手中的报纸：罗大记者，不欣赏一下你的杰作？动作真快呀，我还想周一去卫健委反映呢。

罗小力仍不答话，继续出拳猛击沙袋。

青桥从兜里找出两个创可贴，把报纸贴在了沙袋上。

罗小力停下来：青桥，你听我解释。

青桥脸色铁青，双眉倒竖，神情有些狰狞：解释，解释个屁！白纸黑字，你罗小力但凡良知未泯，敢面对它吗？说完一转身走了。

罗小力冲他的背影喊：青桥……

青桥停下脚步，鄙夷地喊：我为有你这样的朋友感到羞耻。

罗小力欲言又止，因为痛苦，她的眼里已经噙满了泪水。

她重新对准沙袋，对准史一兵的照片猛击起来。片刻，报纸被击打成大小不一的碎片，像深秋的败叶一样纷纷飘落。

回家时已近傍晚，罗凡刚刚下班，正坐在客厅看《大众健康报》。

罗小力进门，放包、换鞋，然后直眉瞪眼走进自己房间。罗凡放下报纸，追上去问，罗记者，吃饭了吗？女儿没搭理父亲，啪一声关上门。

罗凡感到她情绪不对。他放下报纸，敲女儿房门：小力，你怎么了？爸爸想跟你聊聊。

罗小力打开门：聊什么，罗院长，你不是想为我点赞吧？

罗凡就猜到女儿的情绪和报纸上的文章有关，他也觉得蹊跷，略一沉吟，问：我看了两遍，感觉和你以往的写作风格不符。文章对史一兵有过多的溢美之词，有些结论也下得过于武断，缺乏严谨的逻辑支撑。小力，这到底是怎么回事？

罗小力情绪几近崩溃：怎么回事？假如良知被金钱绑架了，它无力辩白也无力反抗，你问良知是怎么回事，有意义吗？

说完，罗小力强行关门：别理我，烦着呢。

罗凡和史一兵有利益上的交集，在私人感情上却刻意与他保持距离，家里的情况从不向史一兵提及，所以史一兵并不知道他和罗小力之间的关系。他眼瞅着史一兵一步步做大，可谓知之甚深。他虽然还不知道文章后面发生了什么，但是知道女儿和史一兵之间已经有了某种交集，这不免让他的心中产生了隐忧。

罗凡用肩膀抵住门：小力，你不想和爸爸说，爸爸可以不问，爸爸只想告诉你一句话，史一兵这个人靠不住，你还是离他远点儿。

很少失眠的罗小力，一夜无眠，天将放亮才迷迷糊糊睡去。

梦中，罗小力和青桥又发生了争执，那是在一条幽深的山谷中，虎啸狼嚎、电闪雷鸣，青桥用手指着她大声吼叫，她想分辩，却怎么也说不出话。就在这时她被枕边的手机铃声唤醒，小米勒向她眉飞色舞讲起青桥。

她绝对没有想到，N小时后，这两个男人因为她展开了一场决斗。

小米勒比青桥早到了半个小时。

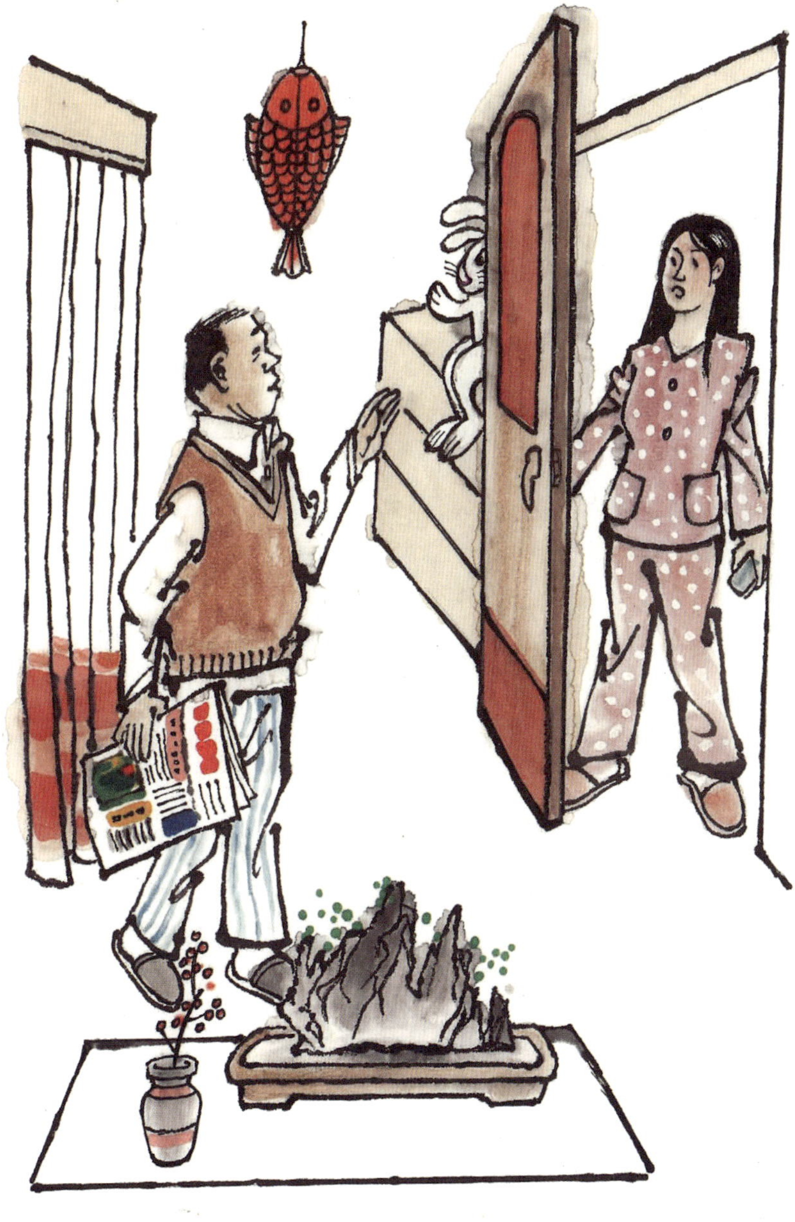

青桥身穿米黄色风衣来到后湖一片没膝的草甸时，小米勒已经在瑟瑟的秋风中等候了。看到小米勒，青桥还是觉得这场所谓的决斗有点梦幻，把它当成了小米勒临时起意的恶作剧，所以伸出双手，想给他一个拥抱。没想到小米勒后退两步，喝令他站住，并说为了体现绅士风度，允许青桥优先出拳。

真的要打吗？

当然，你以为我是请你来观赏风景？

你总得给我一个理由。

打完了，我再告诉你为什么。

你就那么有把握？青桥不屑地一笑：虽然你曾在加拿大骑兵旅服役，但是信不信，你不见得能赢我。

那好，我们各自用实力证明吧！小米勒摆出格斗式：来，出拳。

青桥站着没动：小米勒，你也忒狂了，是不是不扫一下二维码，你都不知道自己多少钱一斤了？

少废话。小米勒原地踢腿、出拳，活动着身体：既然你不动手，我就先出拳了。话音未落，一记直拳照青桥打来。青桥一闪身，躲过。小米勒挺身向右转体，快速带动左拳出击，一记斜上勾拳直奔青桥腹肋。

青桥一个腾挪，步伐矫健，又躲过了：我只让你三招。

小米勒嘿嘿一笑，挑衅道：你吹牛，是我没下狠手。否则，你已经倒在地上向我求饶了。

这话拱火儿。平白无故要来决斗，不分青红皂白见面就打，这小歪果仁，不给他点厉害看看，还真以为天老大他老二了呢。青桥身手矫健、步伐灵活，与小米勒倒是棋逢对手，两个人在草坪上你来我往，打得难解难分，互有赢亏。

十几个回合过后，小米勒有点体力不支了。

两人虽然身手不分伯仲，但青桥毕竟在身高上占有一定优势，泰山压顶之下，小米勒已无法组织有效的进攻。

住手！正当小米勒败象渐显的时候，罗小力出现在两人面前。

她挂断小米勒的电话后，觉得他的情绪似乎有些激动。她知道西方人做事喜欢胡同里赶猪——直来直去，担心小米勒去找青桥的麻烦，就回拨过去，问小米勒在什么地方。小米勒说在路上，随即不由分说就把电话挂了。这与他平时的画风反差太大，罗小力越发起疑，马上给青桥家打电话。小霞告诉她，青桥接了个电话就去颐和园后湖了。

罗小力觉得情况不妙，急忙驱车赶来。

你们要干什么呀？罗小力忙着把两人拉开。

小米勒喘着粗气，掸了掸身上的土：青桥，现在我可以告诉你，为什么要教训你。你以为幸运之神特别眷顾你吗？不是。你所以重新回到诊室，是因为罗小姐帮了你。在那样一个夜黑风高的晚上，她竟然敢只身跟踪"猥亵门"的女主角，利用手中掌握的证据，迫使她向公安局坦白了罪行。上帝呀，事后我都替她感到恐惧。她的对手并不是一个正经的女人，而且可能会有同伙儿，如果没有正义和友谊支撑着她，一个纤瘦的女孩儿怎么能有这样的侠义之举？

青桥有点明白了，他望着罗小力：小力，到底是怎么回事？

小米勒用手指着青桥，愤怒地说：她勇敢地帮助了你，而你却让她受了那么大委屈。我断定，这个委屈不是一般女孩儿可以承受的。否则，像罗小姐这样开朗的性格，怎么会那么痛苦？你恩将仇报，难道不应该受到惩罚吗？

青桥抬手狠狠拍了一下自己的脑袋：小力，是我误会了你？

罗小力长长呼出一口气，幽幽地说：你应该给我一个解释的机会。告诉你，史一兵的那篇文章不是我写的，他们盗用了我的名义，我也很气愤、很无奈。

青桥一下愣住了，喃喃道：怎么会是这样？

第五章

1 文姬归汉

于雪菲终于现身了。她像一个会隐身的仙女，魔咒一念，消失得无影无踪；等你快要把她忘记时，又踩着阿拉伯传说中那条飞毯，突然降落在你的面前。

两个多月前，和小米勒一起看球时，青桥接到了于雪菲莫名其妙的短信，就再也找不到她了；电话关机，微信不回，租住的公寓也是铁将军把门。青桥无奈，只得宽慰自己，这丫头如同猫头鹰，睡觉也会睁一只眼睛，精得很，没人能伤害得了她，索性随她去吧，潜水久了总会出来冒泡。

果然，就在青桥因为事繁无心旁顾时，手机里收到了她的短信：

文姬归汉了，你下班过来做几个菜犒劳犒劳。

青桥下班来到于雪菲的公寓，倒不是要急切地展示厨艺，而是想知道这个鬼丫头两个多月的时间到底干什么去了。他和她约定，不把她回京的事泄露给任何人；信守这个约定的同时，也给自己增添了一份无形的责任。

见到青桥，于雪菲高兴地抱住他又蹦又跳。青桥训斥道：你什么时候才能长大？然后说，老实交代吧，否则我立马走人。

于雪菲冲青桥撒娇：别呀，你没看到人家都瘦了吗？要好好补一补。

这丫头不记仇，早忘了刚回来就被青桥浇了两瓢冷水的事。

青桥这才注意端详了一下于雪菲，她还是那样光彩照人、鬼灵精怪，只不过与两个月前相比确实瘦了一圈儿，皮肤也黑了，好像去服了一趟劳役。与平素养尊处优的生活相比，于雪菲这段时间不亚于苏武被流放；不过，毕竟是一个纤纤女子，所以她把自己的现身形容为文姬归汉。

烹饪一桌拿手饭菜不是难事儿，何况于雪菲已经准备好上等食材。

为了庆祝小别重逢，于雪菲特意打开了一瓶拉菲，并告诉他，这是2008年的陈酿，市场价已经上万；青桥惊叹之余，说起罗小力对那件单西和全牛皮鞋的评价，笑得于雪菲直不起腰，说我一猜你穿上那身行头，肯定回头率爆表。亏你还是有国际视野的人，居然连最一般的奢侈品名牌都不清楚。你呀，事业虽然有成，但在生活品质的追求上已经太 Out 了。

青桥一撇嘴，听于雪菲讲述了她这两个多月的奇遇。

给青桥发出那条"失踪"短信前，于雪菲特意去会了郑嫣。

康太集团 B 区总部是一座银灰色的五层办公楼。前台接待小姐告诉于雪菲，郑主管正在开会，隔着玻璃隔断望过去，见大厅里并排站着十几名门店店长，会议似乎已接近尾声。

郑嫣很干练地在做总结：前一段，各组的"换防"很成功，公司高层感谢大家化解了一场公关危机，这次对"虫草口服液"的善后处理工作，将纳入每一位员工、每一个门店的绩效考核，工作突出的员工和门店将得到奖励。下一步，高电位治疗仪的销售正在铺开，销售策略已经反复向大家强调，如欲取之，必先予之，我们给予的是什么呢？就是各种细致、周到的贴心服务。公司下发的服务指南上有非常明确的规定，各门店在执行的过程中也积累了很多经验和心得，会后各店长可以交流。

接待小姐进来附在郑嫣的耳边说：郑主管，有一位小姐要见你。

郑嫣点点头：好，大家跟着我喊几句口号来结束今天的会议——积极向上、开拓进取，努力拼搏、永不言败！

众人喊过口号，整齐地拍了一下手，散了。

于雪菲走进来，郑嫣微笑着迎上前问：是你找我吗，什么事？

于雪菲突然有了一个想法，她不想亮出陈伟的旗号，不光是怕泄露回京的秘密，还希望凭借自己的实力去闯一闯。这个郑嫣，前些天还是店长，现在已经升任 B 区销售主管了，她既然可以干得风生水起，自己凭实力也能鹤立鸡群。于是说：我是来求职的。

郑嫣把她领到自己的办公室，一指沙发，很有气场地说：坐下谈，你什么学历，要求什么职位？

于雪菲想起了自己的一个同学，便随口说：我是联大工商管理学院毕业的，叫刘红梅，想从最底层的销售干起。

郑嫣饶有兴趣地问：你为什么要应聘我们公司呢？

我这人性格外向，适合干Sale（销售）。刚才我看到你们开会的情景，感受到了公司文化中积极向上的一种理念，这种气氛我喜欢，它对我的成长和发展肯定会大有助力。

郑嫣很高兴：你能有这样的认识很好，欢迎你加入我们团队。新入职员工要接受一个月封闭培训，这期刚好三天后开课，你填个表格去参加吧。

康太集团培训中心在郊区的一座废弃军营里，墙上"加强战备，保卫祖国"的标语还依稀可见，虽然兵没了，但管理仍是严格的军事化。

第二天6点就吹号起床了。出操结束，吃过早饭，开始上课。

老师是一位年近40的秃顶，美其名曰主讲销售策略，说白了，就是怎样把消费者口袋里的钱掏出来。他先讲了一个黄段子：一个少妇报案，说我把钱放在胸衣内，在拥挤的地铁里被一个帅哥偷走了。警察非常纳闷儿，这么敏感的地方你就没有察觉到？少妇红着脸答，谁想到他是摸钱呢。

教室里发出一片笑声。

老师摸摸寸草不生的头顶：什么是销售？一言以蔽之，让客户的钱在愉快地体验中，不知不觉被摸走，就是销售的最高境界。接下来一通煽惑，怎样忽悠客户，怎么兜售保健品。不得不承认，秃顶极有演讲天赋，内容虽然有些粗俗，但是讲得声情并茂，潜移默化中就给学员洗了脑。

下午讨论。

宿舍里，十几个人围坐在长条桌四周，消化老师的讲课内容。

组长归结为16个字——锁定目标、情感投入、贴身服务、全程陪伴。然后启发大家：说了归齐就是一句话，如何收割老年人的信任，让他把兜里的钱心甘情愿掏出来。

于雪菲越听越觉得奇葩，便忍不住评论：我听着，这不像是营销授课，倒有点像 Agent Training。

组长重复了一遍英文单词，问：这是什么意思？

组员甲：Agent Training，就是培训的意思，特工培训。

组员乙：这有点用词不当吧，怎么能说是特工培训呢？老师不是说了嘛，我们这么做是为了更好地服务于消费者，为中老年人送去健康与陪伴。

组长：就是啊，同样是听课，为什么人家小李理解的就非常到位，你的思想总是跑偏？去，对着墙站15分钟，面壁思过。

青桥不无惊讶地问：你被面壁思过了？

于雪菲剥了一只虾，边往嘴里塞边说：喊，还有比这更奇葩的呢。

第一个培训单元结束，中午说要加菜以示犒劳。平常豆腐白菜、清水萝卜，吃得够够了，一听说中午有鲜鱼汤，大家都很期待。鱼汤端上来了，组长是公司老员工，他先喝了一口，神情夸张地赞道：真鲜！其他人依次下传，都煞有介事地品评，或说略有点咸，或说不小心被刺卡了一下，或争论是鲫鱼还是黄鱼，轮到了雪菲，她喝了一口，天呀，哪里是什么鲜鱼汤，明明是白开水，但看到众人一本正经的神态，也只好口不对心地说，很幸运，吃到了一块鱼肉。

培训班就是用这种方式，不断给学员洗脑，灌输他们对公司的无条件认同和服从。

青桥闻言大愕，他倒抽着冷气说：乖乖，就这样指鹿为马？我早就跟你说过，国内保健品市场鱼龙混杂，你不要往里瞎掺和。

什么叫瞎掺和？于雪菲不服气地说：你没听说过这样一句话吗？走点弯路也正常，生活就像心电图，如果成了一条直线，人就该挂了。告诉你，我可以接受失败，但是绝不能接受没有奋斗过的自己。

那你打算怎么办？青桥关切地问。

我当然不屑与他们同流合污，但做健康行业是注定的，还是那句老话，我是营养学硕士，你是中医博士，咱俩联手，还愁成就不了一番事业？

青桥连连摆手：你不要打我的谱儿，我有我的事要做。

于雪菲嘿嘿一笑：我掐指算过，你早在我的谱儿里了，这是天意，没辙。你听着，从"集中营"出来这一个来月，我做了大量市场调研，正在形成一个新的想法。我呀，要做一件到了80岁回想起来，还要笑出声的事。见青桥神情愕然，立马换了频道，哎，你认识的那个牧婧和罗小力，找机会引荐一下呗。

青桥眉头一蹙：你又打什么鬼主意？

于雪菲伸出手，把食指竖在嘴唇中间：Keep secret。告诉你了，还问。

2 第二张牌

史一兵这两天很高兴。

他没有想到，看上去高冷的罗小力会用那么多优美的词汇赞美康太，赞美自己。那篇专访把自己描绘成了一个审时度势、运筹帷幄的成功企业家，既有远见与胸襟，又有担当与责任，他已经收到不少短信和电话，对他表示祝贺。

当然，史一兵最期待的是小米勒的反应，因为这张牌是专门针对他出的。没有他的称赞，就如同一盘精心烹制的菜肴没有放盐。

严婷婷推开门，轻声说：史总，吴迪先生来了。

不等史一兵站起身，吴迪已经走进办公室。史一兵忙绕过老板桌，把吴迪让到沙发上，又张罗给他倒茶。

吴迪接过严婷婷递过的香茗，轻抿一口：报纸今天早晨才拿给小米勒。他的中文水平读长文困难，我利用周末给他翻译成了英文。

想得周到。快说说，小米勒什么反应。

吴迪回答：或许是爱屋及乌，他对文章极为称赞。说罗小力写的这篇文章把史先生描写成神一样的存在，作为企业家，理念、实践和远见结合得如此完美，令人叹服。

史一兵听了，脸笑成了一朵罂粟花，他兴奋地连连拍手：看来，我们的第一张牌打出去效果不错。

吴迪表示认同：选择罗小力完成这篇文章绝对正确，换任何一个记者，都不可能产生这种效果。

史一兵转向严婷婷：现在要出手第二张牌了。准备得怎么样？

严婷婷打开文件夹：已经和保健品协会协调好了，由他们出面组织专家。地点定在钓鱼台国宾馆的芳菲苑，会后餐饮标准每人1000，记者车马费一人3000，参会专家的劳务费是每人2万。

史一兵点点头：好。

严婷婷略一停顿：不过，协会钮主任讲，张博安院士说这次会和他的另一个学术活动冲突，如果错不开时间可能告假；他要不来，有两位专家也可能缺席。

你专门去请，张博安必须参加，他是健康养生权威，有公信力。

严婷婷迟疑了一下：如果他执意不来呢？

史一兵眼一瞪，冒出一串粗话：他敢！老子喂养了他这些年，关键时刻需要他摇摇尾巴了，他敢不来，就让他把吃进去的都吐出来。

严婷婷答应一声走了。吴迪由衷称赞：这姑娘真是不错，不仅颜值高，对你还忠心耿耿，将来会不会成为我嫂子呀？

史一兵暧昧地一笑：嫂子？有些人只适合做下属。

吴迪试探道：你这么想，人家可未必。我看妹子看你的眼神都带钩儿。

史一兵若有所思：你说到这儿，我倒想起个事来，前些日子，我听说罗小力喜欢毛绒玩具，就让严婷婷买几个送去，谁知她买了一个一人多高的灰太狼杵在了罗小力家门口。你说，挺精明的一个人，怎么办出这么不着调的事？

吴迪神情有些失望：我的哥哥，这你还不明白吗？她这是吃醋了。

吴迪对严婷婷心存好感，只是碍于史一兵的关系，一直不敢越界。听史一兵讲了"灰太狼"的事，他彻底死心了。造化弄人，俩人原本不是一根藤上的瓜，瓜熟蒂落，人家落进墙外的繁华也是无可奈何。

吃醋？史一兵自言自语了一句，未置可否。眼珠一转换了一个话题：哎，前几天，你不是说你的同学陈伟在一家房地产公司，他主持的"霞光宫殿"项目资金链断了吗？这些天我认真想了一下，可以借给他们钱，你的面子我总要给的嘛。

吴迪听了精神一振，强作欢笑道：噢，谢谢史总，那太好了，前几天他还来电话问呢。

史一兵点点头，从抽屉里拿出两张大红精致请柬：这是康太产品论证会的请柬，到会的都是国内一流专家，你和小米勒各一张。我估计，有那篇文章垫底，再有这个论证会添一把火，签约的事应该一马平川了。

吴迪接过请柬：张博安不是不愿来吗，会不会临时掉链子？

不会。史一兵信心满满：严婷婷会把这件事摆平。

吴迪拿起请柬起身要走，史一兵哎一声叫住他，从兜里掏出一张银行卡：总给你添麻烦了，这卡里有50万，你买点好茶叶喝。

吴迪接过银行卡，用手颠了颠，半是调侃半是认真地问：这是你撒的狗粮？怎么，把我和张博安归到一类啦？

史一兵脸一沉，佯装恼怒：你这是什么话？咱们是兄弟，海参鱿鱼我还分不清吗。其实，他是心生愧疚，想用钱做一点弥补。

吴迪把银行卡扔在沙发桌上：既然如此，就用不着来这个。

同一时间，严婷婷已经来到了张院士的客厅。

张博安伸手示意，请客人用茶，又略一踌躇，说：严小姐，我看了一下日程安排，两个会确实撞车了，恕我不能到会，还请你代向史一兵总裁转致歉意。

没关系，张院士时间不凑巧，我们可以改期。

不必了。这一段时间我的日程安排比较紧，你们不必因为我而更改会期。缺了张屠夫，难道还要吃带毛猪？

严婷婷步步紧逼：还真是让张院士说中了。史总特别强调，这个论证会您是主讲嘉宾，谁不去都无妨，唯独您老不能缺席。

张博安面露愠色，他捋了一下已然花白的头发，不屑地说：听严小姐的意思，你今天好像不是来送请柬，倒像是来送传票的。

严婷婷笑了，风情万种：这是您老说的，我可不敢。史总要是知道了，说不定会炒了我的鱿鱼。

张博安沉下脸：既然你知道后果，那就请回吧。

严婷婷微微一笑，站起身说：好。打扰您了，不好意思。

走到门口，她回过身，掏出一个信封放在鞋柜上，像是很不经意地说：噢，忘了件事，史总给您在墨尔本读书的千金买了一辆最新款的法拉利跑车，让我把发票的复印件交给您，请您收好。

3 欲将心事付瑶琴

酣睡中的大都市，每天不会自然醒。

它不同于江南小镇、水乡古宅，先是晨曦微露、天光渐显，接着莺鸣雀和、婉转悠扬，小镇或古宅便醒了；炊烟袅袅，是它醒后的第一抹表情；桨声哗哗，是它醒后的第一声喘息。大都市不一样，它没有小镇的舒缓，也没有古宅那么充满诗意的过渡，天一泛白，马达声和喇叭声很快就会灌满一条条街市——那才是唤醒城市的"闹钟"。

像往常一样，青桥在红色跑车剧烈的轰鸣中睁开眼。

每天早晨6点，楼下肯定会有一辆红色跑车经过，像一只从蒸锅里逃出的螃蟹，张牙舞爪，横冲直撞。

小霞起得还早。青桥洗漱完毕，每天都不重样儿的早餐已经摆在桌上。

青桥哥，早。小霞端上一碟西芹拌花生米，又将柳若兰的轮椅推过来。

青桥坐下来夹起一个包子放进嘴里咬了一口，啧啧称赞，小霞，你这手艺真不错，这包子太好吃了。柳若兰笑着说，好吃你就多吃。要说呀，真得好好谢谢你们罗院长，把这么好的一个姑娘介绍给咱们。

小霞来了快一个月，干活勤快，说话乖巧，饭也做得好吃。她每天上下午准时推柳若兰去街心公园遛弯儿，没事就和老太太聊天，还时不时用自己的钱给柳若兰买小吃，柳若兰给钱，她也不要，说工资本来就比一般保姆高，哪能花点小钱还计较？遇到柳若兰坚持，姑娘会说，她从小离开奶奶，没有尽过孝，现在奶奶不在了，她已经把柳若兰当成了奶奶，孙女要尽一点孝心，奶奶还不成全？说得柳若兰搂过小霞直掉眼泪。

本来，当初雇用小霞时讲得很清楚，就是照顾老太太的饮食起居。可是这姑娘手脚麻利，把青桥的生活也一起打理了，说洗件衣服，擦擦桌子不过是顺带手的事。青桥无奈，只好随她去。但有一样：书房免入，有关工作的事不让她沾手。一方面，他是怕给小霞增加负担；同时，正在试验的中药组方毕竟是一项科研成果，需要严格保密。

今天是周一，按照医院安排，青桥要到社区检查和落实居民保健工作，他正想着是不是给牧婧打个电话，手机响了，屏幕上显示：牧婧。

周六"决斗"后，青桥听小米勒详细讲述了那天晚上发生的经过，很是感动。他真的没有想到，罗小力为了洗白自己，竟敢只身探险，这促使他不得不认真审视自己对罗小力的感情。

罗小力喜欢自己是确定的，那么自己呢？

他回想起初次见到罗小力与牧婧的情景。应该说，两个女孩儿都光彩照人，都亭亭玉立，不同的是，罗小力像一团火，让你感到亲切和温暖；牧婧呢，是那种女孩儿，眼睛里写满了故事，脸上却不见风霜。和罗小力聚会，随意；和牧婧见面，青桥就多了一份难以言说的期待。总之，罗小力让他踏实，牧婧令他心动。他问过自己，到底牧婧是什么打动了他，端庄、干练、沉稳，还是从骨子里透出的那一股高贵？他说不清。或许，是笼罩在她眼中的那一抹忧郁？

青桥暗示过罗小力，姑娘佯装不知。

女方没有明确提出，他当然不能明确回绝，尤其是像罗小力这样的女神范儿，最好的办法是让她知道自己有了女朋友。而牧婧呢？直觉告诉他，牧婧喜欢自己，青桥不明白的是，为什么她要刻意与自己保持距离。

青主任吗？社区居民的健康档案和重点人群的监护资料，已经按你的要求整理好了。手机里传出牧婧的声音，一如既往，不高不低、不紧不慢，像一条缓缓流淌的小溪，没有落差，也没有激流：你什么时候方便，欢迎你过来看一下。

我上午就过去，刚想给你打电话，你就打过来了，真是心有灵犀哈。

青桥开了一个玩笑，照例，他的玩笑像射中盾牌的箭，吧嗒一声悄然落地。对方只回答了四个字，好，一会儿见。水波不兴。

青桥匆匆来到街道办事处，发现牧婧已经把社区居民健康档案整理得井然有序，重点人群的救护方案也都措施到位。下一步在社区推行居家养老模式，这些都是非常重要的参考数据。别看"居家养老"与"家庭养老"只一字之差，内涵却大相径庭，居家养老以社区为依托，要把社会化的为老服务全面引入家庭，医疗服务无疑是其中最重要的一环。

青桥由衷地称赞：不错。关于建立非药物治疗中心的事，我也正在琢磨。

牧婧附和道：前一段时间，社区关闭了一家打着中医养生旗号，销售伪劣保健品的门店，场地没有问题。关键是，你们要提供技术和人才支持。

青桥笑着说：那是自然，艾灸、针灸、推拿、拔罐，我们中医科可以先派医生轮流过来，然后在社区找一些有一定医疗基础的志愿者培训，争取用个三年两年，建立起一支医疗志愿者队伍。

那敢情好，牧婧乐不可支：现在老百姓有个头疼脑热就往医院跑，既加重了患者和医院的负担，也引发了过度治疗问题。如果我们社区的非药物治疗中心能够发挥作用，无疑会大大推进"居家养老"的实施进程。

青桥开玩笑：还是牧主任水平高，一说话就能从战略层面考虑问题。

牧婧脸一红，目光中闪过一缕妩媚：青主任说笑了。你不是说要到社区走访一下老病号，看看他们用了你的一号、二号方后的情况吗，正好我现在有时间，陪你去走走？

青桥当然求之不得。

两个人走访了几户，患者反映吃了青桥的药后，药物依赖的情况确实得到了一定缓解。不过，也有一些副作用，比如口干、小便赤黄，等等。

青桥听后一一记下，临近中午的时候，两人来到老冷头家。

老冷头住一套二居室，客厅不大，有十几平方米。退休前，他在燕北大学后勤处，木工，房子是学校分配的。房改时，花五万元买在自己名下。

老冷头正准备午饭，一缕挂面，几片青菜。

牧婧走进厨房，拉开冰箱门，见里面空荡荡的，只有两根胡萝卜，半块豆腐和三四个鸡蛋，就问：大爷，你就吃这么简单？

老冷头无奈地摇摇头：咳，饿不死就得了呗。

牧婧又问：小山没回来？

老冷头气不打一处来：除了伸手要钱，他什么时候能想起还有我这个爹。

牧婧有些生气：这冷小山，30多岁的人了，还啃老，太不像话。我上回找他谈了，他答应一个礼拜回来看您一到两次的。

老冷头冲牧婧作揖：真是让你费心了，牧主任。上次你带我去医院，吃了青大夫的药，我这身上轻松了不少，止痛片也不那么吃了。青大夫，你的医术高呀，只是我这心脏？

青桥搭住老人的手号脉。然后，吁出一口气说：从脉象上看，您的心脏确实有些问题，建议您尽早到心内科做一个心脏彩超，必要时再做个核磁共振。大爷，中医治疗慢性病经验很丰富，但是在检查手段上不如西医。

好，好，冷大爷拍着青桥的手：我听你的，青大夫。

这时，牧婧已经为冷大爷做好了一碗香喷喷的面条，放在桌子上：冷大爷，您去医院检查的时候，如果冷小山没时间，我陪您去。

老冷头拿起筷子，颤颤巍巍地挑起一撮面条，眼中已噙满泪水：牧主任，大爷谢谢你了。

应该的，您别拿我当外人，就当是自己的女儿。牧婧说着，从沙发上拿起挎包要往外走，突然手机响起来，她掏出手机摁下接听键，青桥隐约听到，里面传出一个老妇人急切的声音：小宝不见了，你赶快回来吧！

牧婧脸色一下变得煞白，听着手机里传出的忙音，傻了。

在青桥印象中，牧婧是一个沉稳、干练、做事一板一眼的职业女性，还从来没有见过她这样慌乱、紧张和茫然无措。不知为什么，青桥忽然想起几句宋词：欲将心事付瑶琴。知音少，弦断有谁听。他似乎有所预感，问了一句：小宝是谁？

青桥开车，牧婧坐在副驾驶位置上，她嘴唇紧闭，喘气略显急促，可以感觉出她内心的焦急与不安。

牧婧没有拒绝青桥送她的请求，她的车今天限号，上车后让青桥做了定位，路上一言不发。除了马达的轰鸣和俩人的喘息外，车厢里静得出奇。也许，每个人都会有一个人生死角，自己无法走出，别人也休想闯入。那是防守森严的私人领地，安放的是精心呵护的隐私与秘密。

汽车驶进小区，停在牧婧家楼下。

下车前，牧婧才说了上车后的第一句话：你不是问小宝是谁吗？告诉你，小宝是我的儿子。

你儿子——？尽管已经有了心理准备，但是当预感真的被牧婧亲口证实时，青桥还是一下被生活撞了个趔趄。他无论如何也没有想到，靓丽、高傲的牧婧竟然有一个儿子。弦已断,谁在听?

牧婧急匆匆进了单元门,青桥仿佛从梦中惊醒,赶紧下车追了上去。

牧婧的母亲年逾六旬,干净、利落,一头短发,黑白相间,梳理得整整齐齐,一看就是一位行事干练的知识女性。门被推开,她上前一把抓住女儿的手,神情慌乱地说:婧婧,小宝不见了,我在街心公园找了好几圈儿,也不见人影。刚才我到派出所去报案,值班民警说24小时后才能立案,这可怎么办呀?

牧婧拉母亲坐在沙发上,说:妈,您先别急,怎么回事?您详细说说。

母亲边向女儿叙说,边向青桥解释,青桥基本搞清了事情原委:因为早产,小宝身体先天孱弱,快5岁了身体发育得像是3岁。牧婧担心儿子的成长,就从老家请来母亲照看,老人退休前是小学教师,照料孩子的饮食起居没问题,还可以对孩子进行早期智力开发。可是这两年小宝的身体一直很弱,找医生调理也不见起色,成了牧婧一块心病。

幼儿园放寒假,牧母每天上午9点至10点,会带外孙去街心公园。

今天早饭后,小宝踏着滑板车在前面走,迎面碰到几位邻居,牧母就停下来说了几句话,再找外孙已不见踪迹。开始没太当回事,因为按以往惯例,即便走散了,小宝也会在前边停下,最坏的情况是回家在楼道门口等姥姥,这次却彻底没了影儿。

妈,您觉出有什么可疑的地方吗?

牧母搜肠刮肚想了半天,摇摇头说:没有呀。婧婧,现在该怎么办?

青桥果断地说:牧主任,别耽搁了,你和伯母,我,咱们以孩子走失地点为半径,赶紧分头再去找。

现在,青桥明白了,为什么牧婧一直刻意与自己保持距离。

青桥甚至隐隐觉得,事情的真相也许比表面看到的要更复杂。他能接受牧婧并不完美的过去吗?他能刚结婚,就有一个没有任何血缘关系的儿子吗?青桥不敢想了,也顾不得去想。现在,充斥在他脑海的想法只有一个,找到小宝,他不愿意看见牧婧眼中噙满泪水。

迎面走来一个人,五十来岁,穿一身保安制服。

青桥觉得有些眼熟,一时却想不起来在哪儿见过,就走过去问:师傅,麻烦您,见到一个走失了的小男孩儿吗?三四岁。

来人是杏父，他下了夜班，吃过早饭，正准备赶到医院去照顾杏儿，见到青桥一眼就认出来了，有些不好意思地上前打招呼：青大夫，你好。

青桥定睛一看，不免惊愕：你是……杏儿的父亲？

杏父点点头：是我。青大夫，不好意思啊，走的时候太匆忙，没来得及和你打招呼。

青桥摆摆手，他不想听杏父解释，不辞而别就不辞而别吧，临了还把那么一盆脏水泼在自己身上，令人齿冷，就有点不耐烦地说：打不打招呼不重要，关键是你们不要听信谣言，一定要在正规医院就诊。

杏父连连点头：是呢，是呢，青大夫，我明白。

青桥本来想问一下杏儿的情况，觉得有点自讨无趣，加上找小宝心切，转身要走。

杏父拦住他问明情况也非常着急，说刚见有两个男人领着一个三四岁的小孩儿向北走了，会不会是牧主任的儿子？

青桥闻言，顺着杏父手指的方向就追。

杏父也跟上来：青大夫，我也去。他们刚过去一会儿，估计能追上。

追出一条街，到了十字路口。正不知往哪个方向走，青桥猛然看见几百米处一栋居民楼前，一高一矮两个男人正拥着一个小男孩儿要进去，小男孩儿在使劲挣脱。

青桥拉了一把杏父，说：在那边。

两人急匆匆追进居民楼，见地下室门框的上方挂着一块招牌：便民旅社。下去拐个弯儿，是一溜房间。一个50多岁的黑胖妇女从把头的窗口探出脑袋，问：住宿吗？一张床50。

青桥双手合十向黑胖妇女作了一个揖：我们先看一下。

黑胖妇女翻了个白眼，重新靠在椅子上闭目养神。青桥和杏父装作看房，透过窗户一间间往里张望，走了没几步，青桥突然站住，小声对杏父说：前边的房间里有三个男人和一个小孩儿。

杏父点点头，探身向里张望，对青桥说：没错，就是他们。

青桥拉着杏父往外走，低声说：我在这里盯着，你赶快去打110。

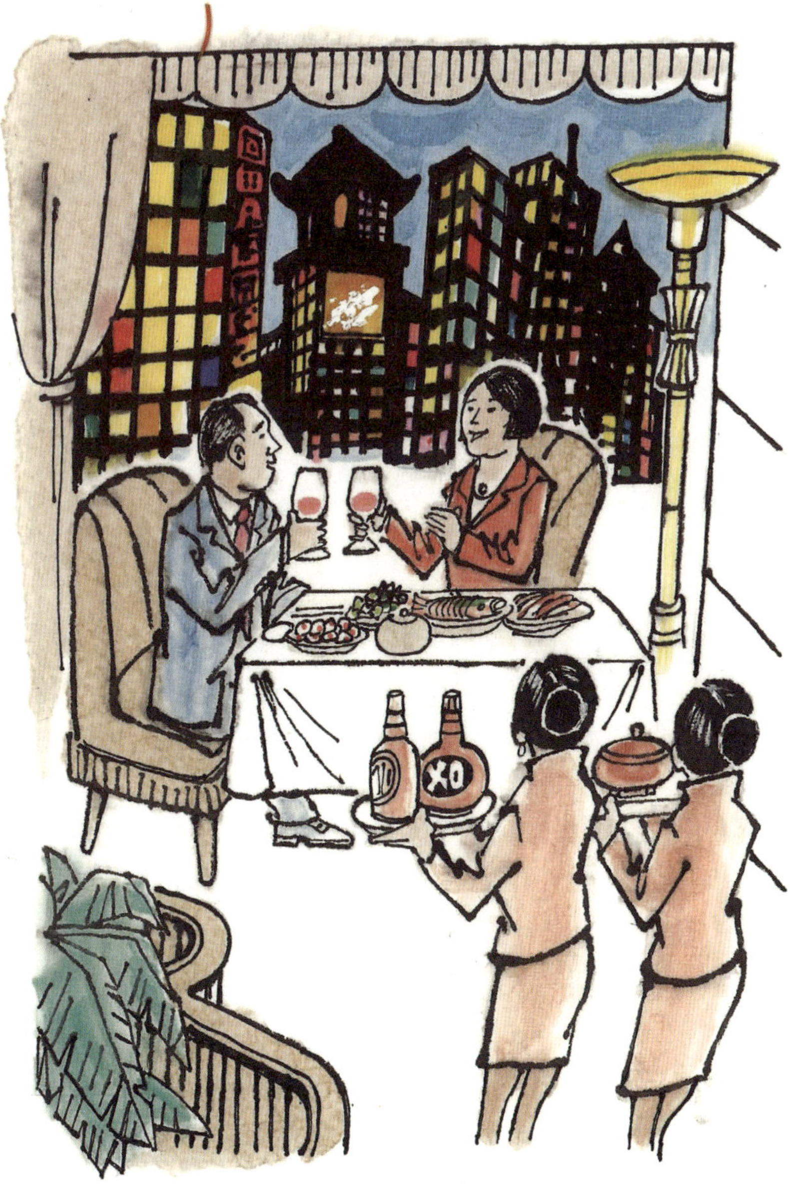
XO

4 锦　囊

小宝走失的时候，陈伟兴冲冲敲开了青子翔的门。

青子翔正坐在老板桌前，回味着昨天那个烛光晚宴的每一个细节。

所谓晚宴，不过两个人。其实，众人的狂欢往往是集体的孤独，两个人的聚会也许倒是一场精神盛宴。青子翔对此就深有感触，这一段时间，他的孤寂和焦虑像一匹失去控制的野马，而那一刻，缰绳却被对面的女人轻挽在手，让他的心有了可以安置的理由。

对面坐着的女士，是燕北区民政局局长何莲莲。

虽然已过中年，但是她精致的眉眼轮廓和保养姣好的皮肤，证明倒退十年，肯定是个回头率很高的美女。何莲莲低青子翔两届，在话剧社排演的《雷雨》中相识。青子翔饰演大少爷，何莲莲出演繁漪，他们在舞台上擦出火花，本来可以在生活中结出果实，不想独生女的何家一定要女婿"倒插门"。何莲莲是一个乖乖女，又遇上了性情泼辣的柳絮；于是，两个人的爱情无疾而终。毕业后，作为对方的初恋，他们时有联系，但鉴于柳絮的强势作风，也只是止于吃吃饭、喝喝茶，从未逾界。不过，青子翔遇到烦心事，愿意向她倾诉，而何莲莲在官场浸润多年，比读书时持重了许多，可以成为一个很好的倾听者。

前天早晨，一筹莫展的青子翔收听新闻节目，一条国务院正积极推进"健康中国2030规划"的消息触动了他。青子翔想，如果将"霞光宫殿"和养老项目挂起钩来，估计会获得政策上的扶植，而中国正在加速进入老龄化社会，养老已经成为一个巨大产业，"霞光宫殿"以此为依托，也许会起死回生。

于是，青子翔约了何莲莲见面。

青子翔特意选在了位于紫竹院路的保利，这是北京一家高档法式餐厅，环境幽雅、装潢华贵。夜幕低垂时，落地窗外面就汇成了一片灯的海洋，仿佛银河倒泻，是一处观赏北京夜景的好去处。

何莲莲进来后坐在长背座椅上，铺好餐巾打趣：呦，这么浪漫？

青子翔苦笑了一声，叫过服务员斟酒：不浪漫不行啊，不浪漫怎么能让你动恻隐之心？

何莲莲看了一眼灯光下的初恋情人，目光焦灼，双眼罩着黑眼圈儿，比起前几个月，确实显得苍老了不少，不由问：怎么了，青老板？

青子翔哭丧着脸，把这一段的境遇一五一十说了。

何莲莲听罢吃了一惊：怎么会是这样，那你找我来能帮什么忙？

青子翔夹了一只虾球放到何莲莲盘里，望着老同学说：想来想去，现在只有你能救我了。

何莲莲轻轻抿了一口红酒，朱唇轻启，含笑作答：我倒是想帮你，可我不是大款呀。

青子翔说：不需要你出钱，你只管给我政策就行。我想把"霞光宫殿"转型成养老项目，这个楼盘正好属于你的管辖范围。你只要出纸证明，证明"霞光宫殿"是国家支持的养老社区项目，政府会为它提供一系列优惠政策，剩下的事你就不用管了，我去银行就可以想办法贷出钱来。

何莲莲扑哧一声乐了：哥哥，你以为民政局是你们公司下面的业务部吗？说着，为自己和青子翔又斟了少许红酒，莞尔一笑，哪有你说的那么简单，现在打着养老社区旗号的楼盘比比皆是，什么医养通、候鸟群、一站式，名目众多，都来找我要政策，岂不是乱了套？

青子翔以守为攻：反正我就赖上你何局长了，你不能见死不救。

何莲莲严肃起来：青老板，养老社区的标签可不是乱贴的，硬件和软件要全部凸显养老特色，并且经过权威部门评定和验收才成，如果我按你说的那么办，就成了公器私用。我这局长的位子还没坐热呢，你总不希望我丢了饭碗吧？

青子翔耍赖：我当然不希望你丢饭碗，但你也不忍心看着我淹死吧？

何莲莲晃晃酒杯示意对方，青子翔有气无力地举起杯子，何莲莲故作神秘：你干了这杯，干了我给你一个锦囊。

什么锦囊？青子翔一下来了精神，他举起酒杯跟何莲莲轻轻碰了一下，一饮而尽，然后睁大眼睛看着似乎胸有成竹的初恋情人：快说啊。

何莲莲微微抿了一口，用餐巾布擦了擦嘴唇：我看你呀，是揣着金饭碗要饭吃。见青子翔张大嘴，一副痴茶呆傻的样子，就笑着说，你大哥青子飞不是安平寿险的投资部老总吗？据我了解，他们正在建设"大养老"平台，你为什么不去找他谈谈？他们有充裕资金，依托安平寿险"大养老"平台，共建养老社区多方共赢，这样实事求是、依规合法，我才好给你政策支持嘛。

青子翔听了如醍醐灌顶，心头的火苗腾地着起来，像是恢复了功能的燃气灶，他使劲拍了一下脑门：真是，我怎么就没想到这一层呢？

今天早晨一上班，青子翔就给大哥打了电话，说马上去见他。

见陈伟兴冲冲进来，他有些诧异，这一段时间陈伟的情绪也不好，他是"霞光宫殿"项目主管，工程刚启动，因为资金链断裂就难以为继，对他的打击不小。这是得了什么喜帖子，笑得像一尊刚开过光的大仙儿？

青总，报告您一个好消息，咱们的资金缺口有着落了。

你说什么？青子翔吃了一惊。

我一个同学在韦斯林驻京办当副代表，他和康太集团的史一兵很熟，我跟他说能不能拆借一部分资金，他说史一兵答应了。

史一兵？青子翔知道韦斯林和康太正在洽谈合作，陈伟的说法应该可靠。不过，审时度势，如果能和安平寿险合作才是最佳选择。于是迟疑了一下，说：这是好事。但你不要答应也不要回绝，就说我没在北京，等过几天我回来定。

陈伟以为青子翔听到这个消息会乐得蹦高，不想他态度模棱两可，不知道发生了什么变异，望着青子翔一时没有说话。

青子翔起身拿包，一拍陈伟肩膀，精神抖擞地说：愣什么神儿，走。

车上，他向陈伟讲述了自己的设想。陈伟听了也很高兴，如果能和安平寿险合作转型养老楼盘，资金不成问题，还会得到很多政策优惠，当然是最好不过。

事先已经打了电话，青子飞正在办公室等他。

自从上次保险柜事件之后，哥儿俩这还是第一次见面。那次冷不丁被端了一脚，青子翔认为兄弟情分已尽；没想到哥哥会甩出一张 200 万的银行卡，又让他觉得毕竟血浓于水。不过，想起那一脚偷袭，他还是觉得浑身不自在。

青子飞沏了茶递给两人：子翔，公司的情况有起色吗？

青子翔接过茶，隆重地向哥哥介绍陈伟，说他是燕北大学建筑学院高才生，去美国深造回国后，进入创融置业成为公司设计总监、"霞光宫殿"项目主管，既有本土经验又有国际视野，聪明能干，将来必是房地产行业的后起之秀。

铺垫完了，对陈伟说：你把"霞光宫殿"的设想向青总汇报一下。

陈伟确实聪明，在车上听了青子翔的大致介绍，一路消化，再表述时，从项目的宏观背景、合作的基本方式、产品的销售展望到预期的社会与经济效益，说得有模有样。青子飞听了有些心动，说，这样吧，你们回去形成正式文档，拿出详细的产品设计方案。如果可以，我会提交给公司进行论证。如果真像你们说的那样，产品既安全又可以助力"健康中国"，我们当然可以考虑投资。

青子翔听了，兴奋地抱住大哥要亲，被青子飞一把推开：啃谁呢你！

第六章

1 神秘来客

十七号楼,别名叫芳菲苑。

钓鱼台国宾馆一共有十几栋楼房,从中心湖南侧起始,沿逆时针方向依次编号。为体现国家不论大小一律平等的原则,不设一号楼。每栋楼除编号外,一般会有一个充满诗意的代称。

在芳菲苑的巨大草坪前,小米勒和青桥见面了。

自颐和园后湖"决斗"后,青桥就没有再搭理小米勒。这小子出手没轻没重,到今天那一记上勾拳,还让青桥的肋部隐隐作痛;当然,小米勒被青桥也收拾得够呛,青桥注意到小米勒脸上的瘀青还没有完全消退,那是青桥出拳的印迹。用小米勒的话说,是青桥在他脸上盖的一枚邮戳,想把他"邮"回加拿大,门儿也没有。这倒挺让青桥佩服,被打成紫茄子样儿了,还没忘了幽上一默。

青桥是昨天上午接到小米勒电话的。

像没有发生过"决斗"一样,小米勒开门见山发出邀请:明天上午,钓鱼台国宾馆有一个产品论证会,我希望你能参加。没等青桥表态,又欲擒故纵地补充,我知道,一般吃吃喝喝的会议你不会有兴趣,如果我告诉你,会议由保健品协会召集,康太的几款新品要通过评估和论证,你还会表现出无所谓吗?

这个洋鬼子,精得很。懂得打蛇要打七寸。

青桥想,韦斯林信任中医药,正好可以借船出海;为了使中医文化在海外得到彰显，绝不能容忍康太玷污它，就说：你是不是希望我能帮到你，对康太的商业信誉和产品质量做一次审视，好为你们的合作提供有价值的参考依据？

是，小米勒爽快地承认，又说：也不完全是。

那天和青桥"决斗"，小米勒确实是被英雄救美的情结驱使，弄清了真相，对青桥的印象更好了：青桥的决绝是基于对正义的坚守，尽管错伤无辜，可大节不亏。他挨了揍，但是，值。所以，当吴迪邀请他参加这个论证会时，小米勒马上想到了青桥。他相信了解到会议的主旨后，对大众健康念念于心的青桥会来。他希望青桥的到会，能让他对与康太的合作有更准确的判断，毕竟是上亿美元的生意，他必须慎重。也想借机弥合与青桥的关系，他不想失去这个朋友。

青桥很爽快：行，你的鬼心思我明白，我答应去。

那好，我马上把请柬闪送你。小米勒心里的石头落了地。

两人见面，没有预想中的尴尬。路见不平一声吼，吼完依然手拉手。

小米勒亲热地说：青桥，一会儿就可以见到史一兵了，对这个云里雾里的人，我倒是充满了好奇。

米勒，中国有一位著名的诗人，他写过一首诗：你站在桥上看风景，看风景的人在楼上看你；明月装饰了你的窗子，你装饰了别人的梦。

小米勒双手一摊：好美的诗句，什么意思？

很简单，那位史先生对你更加好奇，只有你才能圆他的梦。

小米勒无可奈何地耸耸肩：果真如此，那真是可怜了这么美的诗句。

一个声音插进来：可惜，注意，不是可怜，真是朽木不可雕也。

原来是罗小力，穿一件深驼色羊绒大衣，背一个褐色挎包，玉步款款。

见到心中的女神，小米勒情绪点一路拔高：知道你来，我们正在恭候。

罗小力扑哧一笑，风情万种：哈哈，你这个小洋鬼子，真是入乡随俗，连中国式泡妞套路都学会了，不简单呀。

哪里，哪里，小米勒听出话里的讥讽，自嘲道：我正在努力。

青桥略显局促，他知道作为《大众健康报》头牌花旦，罗小力必是论证会邀请的采访记者，只是一见面，他马上想起了牧婧。那天杏父报案后，警察迅速赶到，三个人贩子无一漏网。原来两个想拐卖小宝的人，就是燕北社区内那家售卖伪劣保健品的店主。牧婧下令收回了门面房，断了他们财路，所以怀恨在心。

青桥把小宝送回家，见到牧婧，两人竟一时无语。

牧婧已经从电话中知道小宝安然无恙，她把儿子紧紧搂进怀里，好像担心再度走失。小宝姥姥喜极而泣，不住给青桥作揖。

青桥倒一时不知说什么好了，就像一个谜语，不知道谜底时绞尽脑汁；一旦揭晓了谜底，悬念没了，心却如坠枯井。他真的没有做好准备，一步上婚姻的红地毯就同时承担起两个人生角色：丈夫和继父。小宝身体很弱，弱到超乎他的想象，这无疑也为他们今后的情感之路预留了坎坷。

还是牧婧首先打破沉默：青主任，谢谢了。

青桥的脑子很乱，转折来得太快，他一时还适应不了。

牧婧看他的眼神由最初的哀怨，渐渐变得透亮，像一池水放进明矾，由浑浊变得清澈——那是驱散慌乱后的淡定。不知为什么，面对这样的眼神，青桥有些羞愧。走出牧婧家门，这种羞愧感更加沉重，觉得自己就像战场上的逃兵。

此时此刻，他看了一眼罗小力，罗小力也正在看他。两道目光一对接，电光火石；罗小力立马一扭脸，说：史一兵来了。

青桥顺着她的目光望过去，见前面一个身材微胖，穿一身杰尼亚西服的中年男人，正笑逐颜开地从芳菲苑走出来，冲罗小力招手。

青桥见过史一兵的照片，直接面对面还是第一次。

接下来会发生什么，青桥不知道。史一兵选择钓鱼台国宾馆这个超五星级酒店作为产品论证会地点，请来的人和所要发布的信息肯定都是重量级的。一旦过招儿，必是飞沙走石。

史一兵回到会谈厅。

会谈厅，宽敞气派。中间是一张椭圆形会议桌，正中成凹形，摆放着几盆青翠欲滴的君子兰。君子兰已经开花了，红色的花束朝天怒放，像燃烧的火炬。史一兵坐在主位，身后是一幅薛大庸的《春风一路山水秀》。在气势磅礴的山水衬映下，史一兵显得有点猥琐。

史一兵确实魂不守舍。他没见过小米勒，但一眼确定谁是小米勒并不难。

问题是，刚才被小米勒称作朋友的那个年轻人是谁？邀请名单是他和协会通过气的，没有谁可以对上号。围绕《大众健康报》那篇文章所发生的事情，史一兵并不知晓，他觉得这个会只要不出纰漏，签约的事就指日可待了，这个陌生来客的出现让他有了某种不祥的预感。他的冷傲让敏感的史一兵很受伤，尤其是他看人的眼神，分明如利剑出鞘，极有杀伤力，让人不敢正视。

保健品协会的钮主任和嘉宾、媒体已经全到了。

张博安院士来得很早，在贵宾室喝茶，和陪他的严婷婷有说有笑，好像在他家里根本就没有发生过那不愉快的一幕。

开会的时间到了，严婷婷起身做了一个请的手势。

张博安院士在人们的簇拥下走进会谈厅，坐在主宾席上。他的右边是笑容可掬的小米勒，经过史一兵介绍，两个人礼节性地握了一下手。

史一兵招手叫过严婷婷，用目光示意了一下，问那个年轻人是谁？

严婷婷望过去，不由一愣，脱口而出：青——桥！

青桥？他怎么得到的请柬。上次论证会就遭遇过一位老专家炮轰，如果不是张院士现场力挽危局，公关部事后积极灭火，损失就大了。

那次老专家还是应邀与会，这次青桥可是不请自到。

严婷婷不知什么时候出去了一趟，史一兵发愣的当口，她又走回史一兵身旁，俯身小声说：我问了签到处，他有请柬，签的名字就是青桥。不过，每人两万元的专家费，他和小米勒都没有领。

史一兵听了，不祥的预感更为强烈，三年前的论证会，突发横炮的老专家也分文未领。这预示着什么？史一兵正胡思乱想，会场突然响起掌声。

原来，钮主任已经宣布论证会开始，下面，该由他致辞了。

史一兵弹弹面前的麦克风，掩饰着内心的不安。青桥有请柬，拒之无理；强行让他出去，以青桥的性格肯定会翻车。现在只能就汤下面，走到哪步说哪步了。

他清了清喉咙，开始致辞：各位尊贵的来宾、各位媒体的朋友，首先感谢大家能够在百忙之中光临今天的论证会。大家知道，康太集团是一家以促进大众健康为宗旨的大型民办企业，自创办以来为推进全民健康殚精竭虑。现在，国务院发布了《健康中国2030实施规划纲要》，这就为企业的发展进一步打开了想象空间……史一兵脑子发蒙，一时不知再说什么。他开会不用讲稿，但事先会打一个腹稿，本来腹稿打得滴水不漏，从研发的资金投入和企业精神等不同角度，对今天推出的几款新品做了充分论证，而这几款新品就是要与韦斯林合作的产品。青桥的突然出现，让他乱了方寸，脑子一下断了片，于是把麦克风推向张院士，对钮主任说，下面，我们是不是请张院士发表高见？

严婷婷接过麦克风，歉意地冲钮主任一笑：在张院士做主题发言之前，还有一个环节，播放介绍我们项目的VCR，以利于更加全面地了解康太的企业文化。

钮主任点点头：好，那就播放吧。

康太的工作人员开始播放：有年会盛况、史一兵视察门店、工厂、国医馆的短片、史一兵接受罗小力采访的画面和《大众健康报》的整版文章；依然还有那个小草莓的视频，配音是"康太治好了我的癌症"。

小米勒看到这些画面，朝罗小力投去会心的一笑。

媒体席上的罗小力脸涨得通红，她注意到人们正纷纷把目光投向她，那一道道目光织成了一张无形的网，自己如同一条被网住的鱼，无路可逃。

青桥在翻看人手一份的会议材料，偶尔看一眼播放的VCR，表情平静。只有罗小力看出，他的平静是一种伪装，如同冲出掩体前穿的迷彩服。

张院士不知道蛰伏着危险。

他本来想"闪"，以他的专业水准，当然不难看清康太葫芦里装的是什么药，还是保持一定距离为好。但严婷婷临走时补的那一刀着实厉害，他发现自己已经是被套上了嚼子的马。思来想去，也许重要的是兜里装了多少票子。现如今，连寺院都成了敛财之地，哪里还有一块完全没有被铜臭熏染的净土呢？由不习惯到习惯，是一条蜕变之路，化蛹成蝶还是作茧自缚，谁说得清？

张院士扶了扶严婷婷递过来的麦克风，又用手习惯性地捋了捋修剪整齐的一头银发，开口说：康太集团这样的产品论证会，我参加了……他略一停顿，把目光投向与会的几位专家。

一个圆脸、微胖，长相像如来佛似的中年人，拿出小梳子，四下一看，又放回兜里，适时接过话头，满脸堆笑说：张院士这是第二次光临。

另一位戴眼镜的妇女恭维：张院士是大神，一般的小庙哪里请的动哟。

一听她就是"老司机"，一根甘蔗甜了两头。

张院士很有风度地一笑：对，这是第二次参加，虽然只参加过两次，但是从康太集团新品的研发中也可以感受到，他们求真务实的科学态度，锐意进取的企业精神。我记得上次推出的是六款新品，基本上是在民间秘方和中医药典的基础上研发提炼出来的。这一次就有了很大发展嘛，我说的发展，不仅是指品种的增加；新品研发的理论依据、提取过程，既汲取了中医药这一国粹的精华，又借鉴了现代医学在研发、萃取上的技术。我看了，像什么抗氧宝、威男宝、护眼宝、关节宝、益肠宝、护颜宝等新品，就很不错嘛。现在，国家提出"健康中国"战略，相信这几款新品的研发和投入市场，会有力促进大健康事业的发展，特别是在老龄化社会加速到来的背景下。

张院士抬起手，有力地做了一个下切动作，以强化收尾的力度。

接下来，在钮主任的主持下，发言的专家无非是顺着张院士的调子，从中医养生、保健功能、社会需求等不同侧面，论证康太集团新研发产品的完美与科学；不乏对史一兵的赞美和褒扬。

整个会场气氛和谐，充溢着一片欢声笑语。

史一兵抬起手腕看了一下手表，10点一刻。他盼着时间过快一点，一到11点，他就请钮主任宣布散会进餐，即便青桥想放横炮也来不及了。

严婷婷真是聪明，她似乎也不愿意时间拖得过长，毕竟有一颗定时炸弹，谁知道什么时候会引爆？发言刚刚出现间隙，她就对不苟言笑的钮主任说：刚才，几位专家对集团推出的宝字系列作了系统性论证，如果大家没有其他不同意见，是不是即视为论证通过，专家委员会可以对产品出具统一的论证报告，与会媒体就可以向公众公布了？

钮主任抬眼扫视了一下会场：各位专家，还有什么意见？

我请求发言。青桥伸手接过邻座的话筒：今天是产品论证会，但是最重要的一个程序——质询，似乎被有意忽略了。

钮主任用鼓励的目光望着青桥：当然，有质询意见可以发表嘛。

史一兵的心一下子又提到了嗓子眼儿。

青桥从容不迫放马阵前：我和康太的严副总不是初次打交道了，前两次见面是在什么地点、什么时间，相信严副总不会忘记。有兴趣的朋友可以在网上查一查，虽然有关部门以我没有确凿证据证明事件的真实性而让我删帖，但其他公众号的转载还有保留，不难搜到。我的两篇文章，一篇是《虫草口服液：是怎样坑害消费者的》，另一篇是《诊室奇遇》。

史一兵急了，沉着脸说：你先搞清楚今天论证会的主题，请不要偏离。

青桥注视着史一兵，目光如剑，寒光一闪：正是因为有了上次的经历，我才对今天的产品鉴定结论有所疑惑。史先生，你不会不让我说话吧？

笑话。康太是负责任的保健品企业，这已经被以往的经历所证明；它还必将为以后的大健康产业做出应有贡献。

青桥嘲讽地一笑：很好。我看了今天的产品介绍，基本是以中草药为主要成分的中药保健品，而且整个产品都是调理五脏，补心强脑、强肝益肾，作用于全身，产品功能被说得神乎其神。我想先请问张院士——

张院士本来优哉游哉地在座位上，接受各种示好与问候，突然听到青桥点名，不由一愣，忙坐直身子，脸上却是一副不以为然的神色。

青桥继续说：目前中药的制作技术较西药的研发过程差异性很大，西药的成分多为提纯单体，相关的机理研究可以做得十分明确细致，并精确用药剂量。而中药的补益作用却是一种概括性说法，某些机理尚不明确。你们的保健产品打着中医秘方的旗号，宣传它的治疗功能，真如你们所说，至少要有相关研究做基础，比如说细胞实验、毒理实验、机理分析，以及临床对照试验研究，完成干预效果的系统化临床评价，等等，仅仅列出几个结果是不具有说服力的。

张院士的脸涨红了：这是中医，几千年的人体试验论证还不够吗？

青桥从容应答：中医向来是辨证论治，因人施治；可是一旦开发成产品，在方法上就脱离了中医理论，那就必须按照现代药物的研发标准进行实验分析。

史一兵辩解：我们可没有宣传任何治疗效果，只是作为保健品，允许大家拿出使用效果作为原始资料进行比较与宣传。再者，我们的产品相关实验，通过校企联合课题合作模式，正在张院士带领的课题组进行。

青桥步步紧逼：那么，请问张院士，你们的实验结果如何？

张院士纵马一鞭，再次出战：相关机理分析我们正在进行，前期临床观察试验表明，其中的关键成分存在积极干预效果。

请问，试验成果是在哪家杂志上发表的？期待拜读。

张院士有些色厉内荏，转而以守为攻：你应该知道，国际上发表这些中医相关文章难度很大嘛。关于产品的论证，我们已经在实验方法上做了初步的设计优化，科学严谨性的论证也在进行。

青桥抓住张院士的破绽，一击直中要害：那就是说，在实验成果尚未成熟的情况下，就要开始投产了？

史一兵有些发慌，心想照这个路数后果难以预料，忙不迭出来助阵：我们会在证明保健品无毒无害、符合国家应用规范的前提下生产；张院士的研究是进一步证明产品的保健效果，有利于继续提高完善。你是中医，你应该明白，中药在开始应用的时候，也没有做过毒理学实验嘛。

青桥穷追不舍：每一副中药，都应该是中医师对患者进行个体化辨证诊断后设计的独一无二的处方。哪些药该用，哪些不该用，要依据药典说明与中医师的经验双重把关。你的保健品强调治疗功效，却不能提供产品的研发过程和相关的实验数据，就涉嫌虚假宣传了。

史一兵气急败坏，愤怒地用手一指青桥：你……

青桥毫不退缩，他逼视着史一兵：还需要我列举贵集团有损商业信誉的种种劣迹吗？见史一兵一时语塞，又转向会场说，一些无良保健品厂家把产品吹得神乎其神，蛊惑老百姓代替药物，结果耽误了许多患者的病情，今天保健品协会的官员在场，可以证明国家有关部门正对这种行为严查。我看到刚才的VCR里，还有一个女孩儿用秘方治好了癌症的宣传片，对此，我曾经提出过严重质疑，并没有得到康太负责任的回复。今天我再次提出，可否把这一病案的信息透明化、公开化？即公布治愈血癌的保健品名称、成分构成和相关的临床试验数据。

钮主任点头认同。他凑过身，问史一兵这个年轻人是谁？史一兵不知怎么回答，他给了吴迪两张请柬，吴迪没有与会，明摆着是小米勒捣的鬼。

张院士知道史一兵一定让他到会的目的是什么，该说的话还得说，于是截断青桥的话，语气不屑地说：民间秘方是中医药的宝贵财富，国家大力提倡收集筛选验方、秘方，这是功在当代、利在千秋的善举。据我所知，康太集团在这方面不惜巨资、不遗余力；既然青先生是中医大夫，理当为此鸣锣开道，可是听青先生的语气，似乎心有存疑呀？

青桥正色道：张院士说得不错，挖掘和收集民间秘方、验方，是保存和发展中医宝库的重要措施。但前提是以弘扬和光大中医文化为宗旨。

张院士用调侃的语气说：小伙子，你是中医大夫，应该了解医学的发展。我们对人的理解依然有限，哪里有彻底搞明白的疾病？作为一家民营企业，康太集团能够在未知领域大胆探索，十分难得嘛。

青桥笑了笑：张院士位居要津，学贯中西，想来不会不知道中医药能够传承下来的原因，我们要敬畏的是中医药的精华。也是在这种场合，我爷爷青连山教授三年前就揭露过假中医药之名，夸大疗效、销售伪劣保健品的行为。

青连山？张院士一愣，觉得此地不宜久留了。

青桥的质询就像魔术师手中的鸽子，你以为没有了，可是扑棱一下飞出一只，扑棱一下又飞出一只，让人猝不及防，原来他是青连山的孙子。谁知道这毛头小子手里还有几只鸽子，弄不好，被啄了眼睛也未可知，就起身打着哈哈说：年轻人说得不无道理，后生可畏，姑妄听之。然后向钮主任拱拱手，说我还有一个活动，就先告辞了。

钮主任目送张院士离场，说：鉴于质询环节存在严重争议，而康太又不能给出令人信服的实验数据，今天的新品论证未获通过。

史一兵非常沮丧，没想到两次鉴定会都被青家搅了局，是天意，还是孽缘？本来还有两张牌史一兵没打算出，现在看来，是非出不可了。

2 领　命

刚一上班，柳絮把罗小力叫到办公室，抬手一指沙发：请坐。

罗小力坐下，点点头：谢谢柳社。

看得出，两个人都很客气。客气有时是隔阂的别名。

罗小力在大董烤鸭店中途退席后，和柳絮的相处模式就改变了。以前虽然是上下级，但性格都开朗外向，加上柳絮没什么架子，又是校友，相处起来很是随意。罗小力总是没大没小地叫柳絮，头儿；柳絮也时不时回敬一句，小师妹。现在不同了，现在罗小力管柳絮叫柳社，柳絮则称她罗记者。彼此的关系像一枚即将破壳的蛋，表面光滑圆润，仔细观察，已经有了细微的裂痕。

这几天柳絮心情不错，一是与康太的广告合同已签，第一笔款子500万顺利到账。在这个大单子的刺激下，广告部士气大振，顺势攻城拔寨，又签了几个百万级合同，报社的日子眼瞧着要红火。二是青子翔的脸上终于有了笑模样儿，不光是因为"霞光宫殿"重新开工，工地上有了人气；更重要的是后续资金有了着落，安平寿险已有意向投资。圣诞将至，两夫妻像是坐上了白胡子老头儿的麋鹿雪橇，一路听到的都是美如天籁的歌声。

小师妹，柳絮重新启用了这个称呼：有个任务需要你去完成。

罗小力闻言一惊，不知道柳絮的笑容后面隐藏着什么？上次的事取得了青桥谅解，史一兵却因此发起了新一轮攻势。他以为那些肉麻的赞颂出自女神的手笔，纠缠时底气十足。罗小力几次想说出实情，想一想都克制了，一旦挑明，她和柳絮就不好相处了。这真是叫罗小力厌烦，厌烦又不能明说，窝心。前天的论证会，史一兵被青桥搞得灰头土脸，散会之后居然还觍着脸挽留罗小力一起共进午餐，这主儿的脸皮也真够厚的。

柳絮看出罗小力的担心，笑着说：强人所难的事不会再让你干。是这样，为了配合"健康中国"国家战略的推进，社委会研究决定，开一个栏目：《健康大家谈》，准备由你来主持。

罗小力提到嗓子眼儿的心吧嗒放回肚子里，随口问：采访对象呢？

柳絮说：这就是你的事了，你老爹是燕北大学附属医院院长，资源丰富、人脉广泛，让他帮你推荐几个采访对象还难吗？

罗小力踏实了，起身道：柳社，放心吧，没问题。

晚饭时，罗凡一听报社交给女儿的新任务，很高兴，说现成就有两个人选，青桥和柳若兰。罗小力一愣，作为名医，青桥自然不必说了，柳若兰是谁？当她得知柳若兰是青桥的奶奶后更为惊讶，一个退休老太太有什么可采访的？

罗凡用筷子给女儿夹了一块清蒸鲈鱼：你可不要小看这个老太太，你们虽然是专业报纸，但是也要讲究趣味性吧？这个柳若兰15岁参加志愿军，和美国鬼子真刀真枪干过，还和一个加拿大战俘有过一段战场奇缘，十年动乱时因此被批斗，1986年落实政策平的反，这老太太可不简单呦。

罗小力的采访冲动被引发了，她放下筷子：好，开栏第一篇就写她。

确定了选题，罗小力又有些纠结。那天论证会结束，小米勒提议请青桥和罗小力吃饭。罗小力没有拒绝，青桥却说了一句，你们去吃吧，我就不当电灯泡了。罗小力看出青桥是在撮合她和小米勒，这让她有一种被出卖的感觉，当时就给了青桥一个下马威，一转身头也不回就走。害得小米勒一时手足无措，陪着青桥也不是，去追罗小力也不是，像一只热带丛林里的金丝猴，急得左右抓挠。

罗小力心高气傲，生活中争相向她献媚的男士如过江之鲫，如果她愿意，可以收获N多下跪的膝盖，没想到一次次被青桥冷落。她暗暗发誓，在与青桥的关系上绝不再主动，可这家伙已经走进了她的心里，赶也赶不走。罗凡提议采访柳若兰，罗小力潜意识中既抗拒又企盼；抗拒的是这样会和青桥产生交集，企盼的同样是和青桥的交集。

罗凡呢，是别有用心。

女儿大了，早已到了谈婚论嫁的年龄，27岁就在30岁的借比儿，门都不用敲，一伸腿就迈进去了。知道女儿和史一兵有了接触，他的心就悬到嗓子眼儿，尽快把女儿托付给一个可靠的男人，青桥无疑是最佳人选。时下物欲横流、世风日下，作为个人你能改变吗？改变不了只能适应，有些话作为领导不便出口，岳父就不一样了。于是，他尽可能多创造一些机会，让女儿和青桥接触，和青桥家人接触，以女儿的聪明和伶俐，肯定会博得老太太欢心。

第一次见面，柳若兰就喜欢上了这个阳光灿烂的姑娘，对罗小力提出的问题知无不言，还主动讲起服用"虫草口服液"而走的弯路。呼吁广大老年朋友不要轻易迷信保健品，一定要擦亮眼睛，鉴别真伪，避免上当。

罗小力问起老人年轻时的经历。

记忆早已折叠，一旦轻轻打开，藏匿在时间深处的往事仿佛带着真空包装，依然鲜活如初。采访很顺利，得到的素材已经足够完成一篇文情并茂的专访了，快结束时，罗小力又问了一句：奶奶，听说您在抗美援朝期

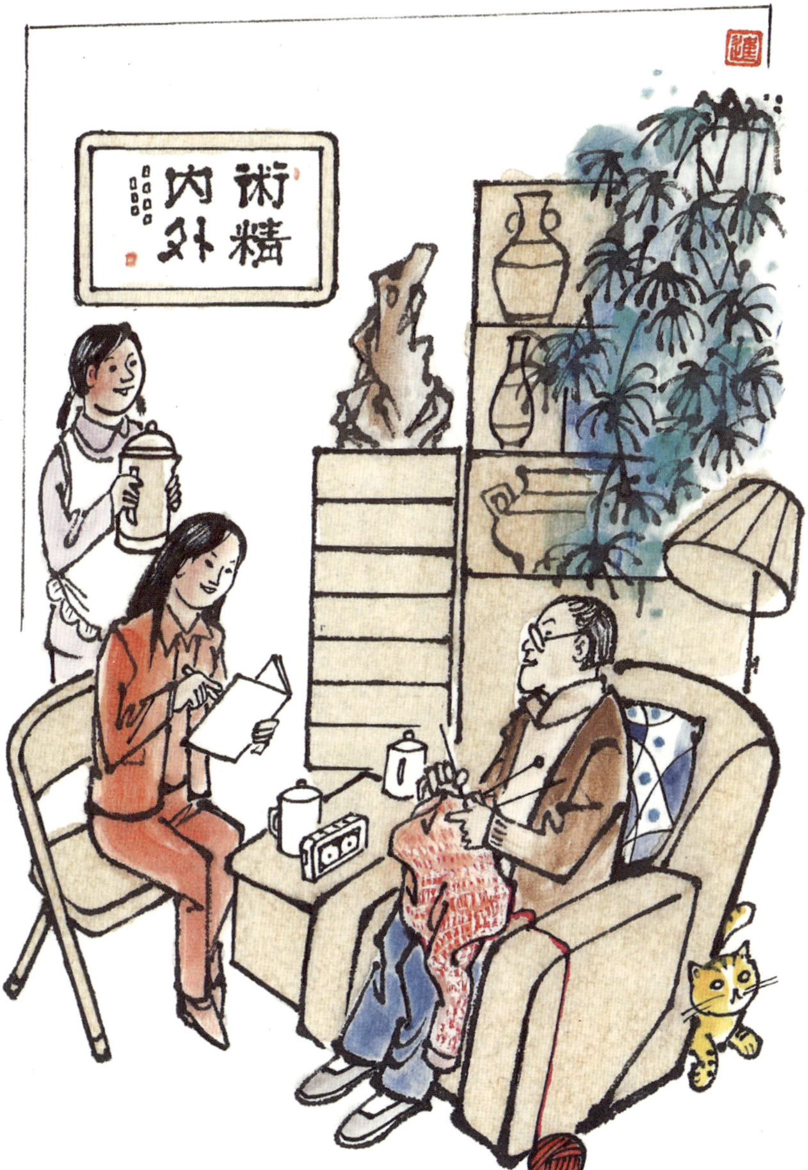
術精
內外

间，曾经和一名加拿大战俘有过一段奇缘，是这样吗？

柳若兰听了，神色瞬间变得惆怅，她摇摇头，长出一口气，说了一句大雁已经飞过，就不再深谈了。这让罗小力更加好奇，凭记者的直觉，她知道被采访者出现这种神态，一定是内心有一段柔软的情愫不愿被轻易触碰，其中肯定包含着刻骨铭心的人生经历。只是被采访者不愿意说，采访者就不好强求。

在电梯口，执意送她的小霞突然神秘兮兮地说：小力姐，你们记者一定人脉广泛、神通广大，我给你提供一个重要的采访线索，要不要？

罗小力一听，有些意外：要啊，你说。

3 新闻发布会

青子飞出差了。

青子翔大为光火，在电话中吼，你出差为什么不跟我打个招呼？青子飞笑了，说什么呢你，青子翔，我出差为什么要向你报告呀？

青子翔这才觉出自己冲大哥吼确实没有道理。

上次从青子飞办公室离开后，他敦促陈伟加班加点完成了"霞光宫殿"的图纸修订和楼盘模拟制作。然后把文件发给了大哥，等了两天不见动静，打电话一问，才知道他去了外地。

一个做金融，一个做地产，海参鱿鱼、楚河汉界，他火上房的事，人家那里也许就是一个稀松平常的投资项目，凭什么要求大哥跟自己一起着急？不现实。青子飞接下来的话果然不出所料，说别急，什么事等他回来后再进一步商定。

能不急吗？他和青子飞是兄弟，自然知道他的行事风格。上次在办公室，一向谨慎的大哥让他们回去形成正式文档，拿出详细的产品设计方案，说会提交部里论证，就说明他在心里已经认可了这个项目，不出纰漏，就是走个程序。而陈伟的方案亮点多多，通过论证应该没有难度。所以青子翔在将方案发给青子飞的同时，也发出了楼盘新闻发布会的请柬，想为日后的销售先做些铺垫。发布会筹备工作已然就绪，箭在弦上焉能不发？

青子飞听了连连扼腕：请柬都发了才跟我说，你这不是先斩后奏吗？

青子翔央告大哥：青总，安平寿险参股是新闻发布会的重要亮点。我们这个养老项目的设计，与"健康中国"的发展战略并行不悖，你不相信别人还不相信我吗？参股这个项目肯定会成为你年终述职的亮点。

青子飞苦笑，隔着电话也能感受到他的无奈与愤怒：老二，让我说你什么好呢，亮点？只要不跟你一块掉河里淹死就烧高香了。有一句话我必须和你说在前头，一切从实际出发，我可不会公器私用。

那是当然，谁不知道你青总一向铁面无私。行，算是和你沟通过了，下面的戏我唱，你就擎等着收获满堂彩吧。

和青子飞通话的第二天，新闻发布会在国贸多功能大厅举行。

青桥接到青子飞电话，青子飞知道儿子对健康养老领域非常关注，让他务必抽出时间参会，结合自己的研究，对二叔的项目转型做出尽可能客观的评价。

"霞光宫殿"主打健康养老，《大众健康报》自然在应邀之列，社长柳絮带着报社的当家花旦亲自与会，小米勒受青桥之约也到会了，韦斯林公司做的是健康保健产品，自然不会对一个主打养老的项目没有兴趣。

发布会由陈伟主持。他穿一身灰色西装，系一条深灰条纹领带，显得玉树临风，虽然没有讲稿，但逻辑清晰。他先介绍了与会的重要媒体和嘉宾，充满激情地描述了"霞光宫殿"项目概况。末了扫视一眼与会者，颇有煽动性地结束了开场白："霞光宫殿"新型养老社区将依托安平寿险"大健康"平台，从设计规划入手，关注健康管理、医疗配套，以"智慧健康、智慧生活"为理念，全面呵护每一位入住者的生活品质，开启全新复合型养老社区模式。它是地产业与保险业的完美结合，是为老龄社会提供的一款健康养老经典产品。

罗小力第一次见到陈伟，觉得这个项目总监沉稳、干练。

不过，他对"霞光宫殿"的描述还是失之空泛，就对身边的柳絮说：无论是商业化的养老社区，还是民政系统的养老院，都很难解决好医疗配套问题。"霞光宫殿"主打健康管理，怎么解决的医疗配套？如果真解决了，倒是一个亮点，就怕是为博眼球，停留在纸面上的东西。

柳絮点点头。罗小力确实非同一般，社会之于她，就像一个透明的玻璃鱼缸，无论是游动的鱼、静卧的龟，还是点缀其间的山石小景、水菊睡莲，都逃不过她的眼睛。就问：你是不是想就这个话题采访陈伟？

罗小力一笑：你看呢？

两个人正说着，陈伟已把话筒递给了何莲莲。

柳絮一听陈伟介绍完她的身份，顿时神经绷紧。呀，这个风韵犹存的民政局长不就是当年青子翔的初恋情人吗？早有耳闻，一直未曾谋面，不想今天邂逅。看何莲莲仪态万方的做派，柳絮竟有一股局促感扑面而来。

何莲莲代表区民政局给予"霞光宫殿"养老社区很高期待，说这个项目是对民政局系统所属福利院、养老院的有力补充。中国正在加速进入老龄化社会，民政部门旗下的福利院、养老院，已经远远不能满足时代的发展，传统意义上的居家养老模式，也无法适应现代社会人们精神和物质生活多层次的需求。地产业、保险业进入养老领域，是未来养老机构发展的重要趋势。社会化养老能够让老年人得到专业性服务，创融置业联合安平寿险走在前面开了个好头。

何莲莲说，根据国家统计局数据，目前我国60周岁以上人口已接近2.5亿，占总人口的17%多，其中65周岁及以上人口1.6亿，占总人口的11%多，毫无疑问，我国已经跨入老龄化社会。如何让老年人晚年幸福，我们提出的口号是：体面养老。体面养老需要有相应的养老体系、养老产品，而"霞光宫殿"的"智慧健康，智慧生活"，就在基本面上解决了老年人体面养老的问题。

何莲莲最后强调，目前我国养老产业规模仅占GDP的10%左右，与西方国家对比，美国养老服务消费占GDP比例在25%左右，欧洲养老产业占30%左右。到了2020年，我国GDP总量将超过90万亿元，如果养老产业按20%规模计算，届时养老产业规模将达到18万亿元，这已经不仅仅是中国养老产业的红利期，也是全球养老产业的大发展期。所以不仅仅是地产业、保险业，各行各业都应该快速进入这个领域，共同发展、完善我国的养老服务业。

何莲莲的发言有数据、有观点、有前瞻，博得了一阵掌声。

发布会结束，创融置业为来宾举办了冷餐会。

中央有八项规定，冷餐会的菜品并不奢侈，还算丰盛。

青子翔带着陈伟过来与柳絮认识。罗小力才知晓青子翔原来是社长柳絮的丈夫，开玩笑说，怪不得"霞光宫殿"要在《大众健康报》上投放那么多广告，原来是暗中支持太太的工作啊！青子翔笑答，向《大众健康报》授权广告，我们也是经过认真研究的，报纸的读者群和楼盘的客户目标群高度契合，不能解读为"以身饲虎"哟。

青子翔今天精神抖擞，他端着一杯红酒，不时和与会的嘉宾、记者寒暄、客套。他发现青桥坐在靠边的一张桌子旁，独自品酒、翻看会议资料，不由一愣，对陈伟说：你去把那位先生请过来。

柳絮和罗小力也看到青桥，罗小力拍着后脑勺说：老天爷，青桥也来了。青桥、青总，你们不会也有什么关系吧？

柳絮一笑：让你说着了，他们是叔侄。

这时青桥已经和陈伟走过来，罗小力夸张地叫了一声：天呀，幸亏我在你面前没有说过柳社坏话，要不然，这饭碗八成就砸了。

柳絮笑着插话：你虽然没在背后黑我，当面顶撞我的次数还少啊。谁不知道你是咱们报社的当家花旦，砸你的饭碗，我胆儿太肥了吧。

罗小力谦恭地和柳絮碰杯：承蒙社长错爱，惭愧、惭愧。

青子翔哈哈一笑，转过脸问青桥：你怎么也来了？

青桥解释：我爸不是出差了吗，他让我过来听听，看看能不能给二叔一些好的建议。

青子翔噢了一声，问：那你有什么想法？

青桥略一迟疑，很认真地说：对健康养老这一块我倒是一直很关注，也有些想法。不过没有成型，还要再沉淀沉淀。

罗小力拍拍陈伟的肩膀：你的老板和我的老板都是青家人，人家在开家庭会议，咱俩就回避一下吧，正巧我有几个问题想问你。

罗小力的问题都很切合实际，比如，医疗配套的问题怎么解决？两个智慧如何体现？等等。而"霞光宫殿"养老社区其实还停留在炒作概念阶段，具体问题尚未量化，陈伟宏观论述没问题，但是一深入进去就回答得比较模糊了。

罗小力刚知道柳絮和青子翔的关系，本无意让他难堪，一笑而过。

陈伟给罗小力的感觉不错，举止得当，担得起玉树临风；罗小力给陈伟的印象更佳，他见过漂亮的女孩儿，也见过聪慧的女孩儿，但是把漂亮和聪慧融合得这样天衣无缝的女孩儿，他还是第一次见到。面对罗小力犀利的提问，陈伟觉得自己的脸快变成正加热的电饭煲了，一摸上去也许会起泡。好在罗小力点到为止，她的善解人意让陈伟有一阵小感动。

青子翔和青桥说话时，柳絮不时望望不远处的何莲莲。她觉得，如果丈夫心怀坦荡，应该主动介绍她们认识。可是青子翔似乎没有这个意思，还刻意与何莲莲保持距离，作为主办方负责人，在与何莲莲几次有限的接触中，都是客客气气、循规蹈矩，这倒让柳絮的心里隐隐有些不安。

突然，柳絮的手机响了，她拿出手机摁下接听键，喂了一声，里面传出一个中年男人的声音：你是机主吗，你要找一个什么样的对象？

柳絮一愣，赶紧捂住手机，匆匆走到会场边上。

4 这个人是谁

小米勒一上班，就在办公室兴奋地大叫：噢，我的上帝！

吴迪听到老板办公室中声音异样，不知道发生了什么事，忙跑过来推开门，见小米勒因为激动，脸涨得通红，站在老板桌后正不停地用右手在胸前画着十字，看见探进半个脑袋的吴迪，连连招手：密斯特吴，亲爱的密斯特吴，你赶快过来。

吴迪看到，令小米勒得意忘形的是《大众健康报》头版文章：《让健康在夕阳中飞翔——记燕北大学退休英语教授柳若兰》，署名罗小力。吴迪有点发蒙，心说看见罗小力的名字，老板怎么就像猪八戒偷吃了镇元大仙的人参果，得意忘形，至于吗？

小米勒举着双手，不停地重复：牛诺南，柳若兰，太奇妙了。

吴迪这才明白，令老板抓狂的原来不是罗小力。

小米勒的汉语长进很快，日常对话已经不成问题，中文的辨识度也大大提高，一般的文章可以囫囵吞枣读下来。看了文章他想，难怪公安部门查询无果，肯定是读音搞混了。从文章透露的信息看，牛诺南应该就是柳若兰。

小米勒太兴奋了，真是踏破铁鞋无觅处，得来全不费工夫。

见吴迪一脸蒙逼，小米勒得意地说：密斯特吴，你不知道，这个名字对我意味着什么。她不仅是我爷爷心中的东方女神，而且将成为一枚火箭，助推韦斯林公司在中国的业务拓展。

吴迪摊开双手，做了一个匪夷所思的手势。

小米勒并不急于向吴迪解释。爷爷向他讲述了那一段战场奇缘后，商业意识很强的小米勒在感动之余，就想到这是一篇绝好的软文。现在，只有一个人能和他分享快乐，那就是爷爷。于是摆摆手说，密斯特吴，你先去忙吧。

吴迪点点头，却没有要走的意思，他甚至扫了一眼小米勒对面的转椅，试图坐下来：有一件事儿，我正要向你汇报。

小米勒摸摸下巴上已经变硬的胡茬儿，眨眨眼说：如果我没有猜错，是和康太签约的事？

见小米勒对这个话题似乎没有热情，吴迪放弃了坐下的打算：是，离签约的最后期限还有10天，如果我方没有正当理由，单方毁约要赔偿1000万美元违约金。

小米勒伸出双手，抓狂似的在空中舞动：噢，1000万，真不是一个小数目。汉伯明明有更好的中国企业可供选择，可是他却偏偏选择了康太；明明是康太主动要与我方合作，汉伯却把违约金定得这么高？他愤怒地敲击着桌面，像一只好斗的棕熊，明摆着，康太集团是不会毁约的。上帝呀，天知道他要干什么？

吴迪准备解释：米勒先生……

小米勒举起右手制止了吴迪：好吧，通知康太，按时举行签约谈判。

吴迪走了，小米勒打开手机视频，和老米勒通话。

呼叫铃响了好一阵，屏幕上才出现了老米勒有些倦怠的脸庞：小子，你不知道我的生活习惯吗？晚上10点钟我准时就寝，现在应该是我进入梦乡的时刻，你吵到我了。

小米勒吐了一下舌头：米勒先生，因为激动，我忘记了两个半球的时差，不过，如果我告诉您下面的消息，即使您进入了梦乡也会笑醒。

老米勒胡噜一把脸，来了精神：莫非你找到了牛诺南？

正是。小米勒并不掩饰自己的兴奋，不过她不叫牛诺南，而是叫柳若兰，而且，更加令人吃惊的是，她居然是青桥的奶奶。

老米勒极为惊讶：啊，上帝，你说得对，或许是读音搞错了，中国字，太深奥了。只是，你断定柳若兰就是牛诺南吗？

小米勒急切地挥挥拳：当然，我有充分的理由。米勒先生，参加过韩战、英语教授、幼时就接触过中医药，这些特定的要素，难道还不能锁定她就是我们要找的牛诺南吗？

老米勒长长吐出一口气，那是久闭的心窗被突然撬开后的由衷叹息：小子，你的理由无可争辩。说着，老人郑重地向孙子敬了一个礼。

小米勒见到爷爷情绪激动，忙转移话题，描绘了康太集团产品论证会的一幕，以及签约日期临近，康太集团要求签约的情况。他已经成竹在胸，刚才在吴迪面前的抓狂不过是演戏。他知道吴迪和史一兵私交不错，他不想在收网之前惊动对手。

老米勒听后沉吟片刻：小子，你是一只鹰，翅膀快长成了。只是，你要把我和牛诺南，不，柳若兰的经历写成一篇商业性软文，我持保留态度，估计……柳若兰女士也不会赞同。一只洁白的鸽子，它传递的应该是和平与友谊，怎么能贴上标签去出售呢？

小米勒有些不以为然：米勒先生，我的身份首先是韦斯林公司驻北京办事处首席代表，而不仅仅是您寻找东方女神的私人使者。

老米勒双眉微蹙，意味深长地说：小米勒先生，你的自我定位当然不错，但是生活也许会告诉你，有些东西是不能单纯用钱衡量的。

小米勒俏皮地反问：比如呢？

比如我和柳若兰的人生传奇，以及中医药的深奥。好啦，老米勒又耸耸肩：我不和你讨论这个问题了。人生中的有些经验要靠自己在生活中去获取，我要告诉你的是，也许我会在近期给你一个惊奇。

惊奇？小米勒试探地问：难道你要飞来北京吗？

老米勒笑了：难道不可以吗？

小米勒调侃爷爷：就为了见到心中的东方女神？

当然。不过这只是目的之一。老米勒右肘支在桌面上，五指张开，托着下巴，一副很享受的样子：我知道你已经长出了翅膀，韦斯林和康太的决定性谈判不需要我坐镇了，你有足够的能力应对。可是，下一步的市场拓展计划，难道不需要我通过实地考察，为你提供一些参考性意见吗？

老米勒所以动了飞一趟北京的念头，除了以上说的原因之外，还有一个更重要的原因他没有讲。为了适应全球老龄化浪潮的来临，进一步把韦斯林公司做大做强，他筹划成立韦斯林公司东方医学部。经过认真研究和考量，老米勒已经物色到了一个最为理想的人选，来统领这个充满希望的部门。谁呢？老米勒秘而不宣。

5 山中古寺青衣僧

平地一声雷，"霞光宫殿"项目在安平寿险投资部的论证会上被否。

这消息掀起的巨大气浪，把兴头上的青子翔一下抛入了深不见底的峡谷。坐在老板桌后，他像是一尊眉眼皆无的木雕，了无生气。

陈伟看出老板的失态，倒了一杯水端给他。

青子翔神态木然地接过水杯，手一抖，杯中的水洒在桌子上。

陈伟忙从抽纸盒中抽出几张纸擦拭。

青子翔嘴唇一动，说出两个字：真的？放下水杯去抓桌上的电话。

陈伟心疼地说：青总，您不要再打电话问了，消息我已经核实了两遍，千真万确。青总说，是他在会上力主下马这个项目，因为我们的转型方案还停留在概念炒作上，没有从软件和硬件上切实凸显养老特色。

这是青子翔最为伤心的信息，一个娘肚子里爬出来的亲兄弟，怎么能够在创融置业生死攸关的时刻背后捅刀呢？不行，我得问问他，就是一头猪被绑起来宰杀之前也有权利叫唤。可是打通电话又能怎么样？咒骂、哀求、央告，以他对青子飞的了解都将无济于事，破裂的兄弟之情能够弥补？不能。只能让自己坠入更深的绝望。他让陈伟转告，也许就是心底还残存着一点点手足之情吧。

也不是一点转圜的余地都没有了。陈伟见青子翔的神态如此落魄，心中不免掠过一缕凄凉：青总说了，如果我们的"霞光宫殿"真正转型为一个实打实的养老项目，他们可以重新论证。

放屁！青子翔似乎从混沌中清醒过来，他使劲一拍桌子：都下刀子了，还画了张大饼让我们吃，有意思吗？

陈伟双手交叉在胸前，不停地揉搓：关键是我们下一步怎么办？如果没有新的资金注入，材料物资供应不上，工程款旧洞未补新洞再开，老吕那边又该闹事了。

青子翔长叹一声，仰身靠在椅背上，两只眼睛望着天花板一动也不动。从陈伟这个角度望过去，就像一条已经干死在岸上的胖头鱼。

少顷，青子翔抬起头有气无力地对陈伟说：这一段时间，我尽走霉运了，你不是说潭柘寺香火很灵吗？你陪我去上一炷香，去去晦气吧。

转天上午，陈伟和青子翔出现在潭柘寺的山道上。

北京人有"先有潭柘寺，后有北京城"一说，它始建于唐代，为华严禅师所创，原名嘉福寺。因寺后有龙潭，山上有柘树，故民间一直称为"潭柘寺"。康熙大帝曾三次驾幸，并多次颁赐珍贵经卷、金银法器；喜欢游山玩水的乾隆帝更是多次巡幸。青山幽静，日日鸣晨钟暮鼓；古刹庄严，夜夜伴青灯黄卷；是僧人香客向往的清修之地。

陈伟留过学，受现代西方教育熏陶，本不信抽签占卜，觉得那无非是人在自我迷失时的心理按摩罢了。但是看到老板郁郁寡欢，茶饭不思，也怕他的焦虑积郁于心，弄不好再整出什么病来，就向吴迪询问了潭柘寺的情况。吴迪说过，潭柘寺的香火很灵，史一兵遇到困惑难解的事常到那里去烧香许愿，每每时来运转。陈伟不大信奉东方神秘文化，带青子翔出来与其说是求签拜佛，不如说是游山散心。也许到山光水色中走一走，能化解青子翔心中的焦虑。

正是初冬时节，暖阳高照，夹着草木香气的晨风吹到脸上并不觉寒冷。

群山之间，虽然秋装已褪，但是漫山遍野的松柏还是绿意葱茏，间或有火红和金黄色的叶片点缀其间，似乎是在努力挽留着秋日的绚烂。

他们踏着小径零星的落叶，攀缘而上。

刚进山门，一个一身青衣，手捻佛珠的和尚与他们擦肩而过，各自走出几步，那和尚突然转过身，望住青子翔，右手放在胸前，躬身道：两位施主可否留步一叙？

青子翔和陈伟停下脚步。

青子翔双手合十，态度虔诚地问：师父可有见教？

阿弥陀佛。青衣和尚迎上几步，一脸的诡异：恕贫僧直言，刚才与施主擦肩而过，有寒气入骨、业力现前，出家人慈悲为怀，普度众生，有一句话不知当讲不当讲？

青子翔见这个和尚面色圆润、气宇轩昂，已先生了几分敬意，忙说：师父但讲无妨，在下洗耳恭听。

和尚手握佛珠，附耳说道：一个月内，施主会有无妄之灾。

青子翔闻言大惊，脸立马变了颜色，如一张 A4 卡白纸：灾从何来？

和尚弯腰拾起一截树枝，递给青子翔：施主可随意在地上写一字。

青子翔接过树枝，不知道为什么在地上写了个"驴"字。

和尚端详了半天，掐指闭目，口中念念有词。片刻，睁眼望着已三魂出窍的青子翔说：施主有巨债未偿。驴、吕，债主中有一位吕姓蛮人，生性粗鲁，好勇斗狠，或可有极端之事发生。

青子翔闻言，剩下的七魄也惊飞了，连陈伟也有点头皮发麻。一个月头上，正是最后结清工程款期限，驴、吕同音，岂不是正暗含了吕工头？

青子翔像被雨水打湿的泥人，如果不是陈伟上前扶住，几乎要瘫倒。

他抓住和尚的胳膊，语音发颤，已带了些许哭腔：大师肯定是得道高僧，红尘俗世一眼洞穿，一定有办法救我，还望不吝赐教，指点迷津。

和尚轻轻拨开他的手，径自向山下走去，边走边吟诵出四句偈语：

山高峰陡虎栖身，
一路坎坷一路云。
险处尽头始出手，
凡尘十里有贵人。

望着和尚远去的背影，青子翔口中重复着那四句偈语。突然，如同顿悟了一般，拍了一下大腿对陈伟说：上次，你说史一兵答应借款，因为信了我大哥，我们错失良机；现在看来，"霞光宫殿"要想走出困局，只有求助史一兵了。

陈伟还是有些不解，问：何以见得？

你想啊，山高峰陡虎栖身，暗喻是谁？青子翔自问自答：应该是吕工头；一路坎坷一路云，是说我们创融置业走到今天不容易。险处尽头始出手，始，史也，意思是说，我们已经走投无路了，山穷水尽也就意味着柳暗花明，会有一个姓史的贵人来帮咱们。凡尘十里有贵人，我算了一下，我们公司距离康太集团确实不超过十里地。你说，这四句偈语的意思不是很明确吗，这是高人在点拨呀。

青总，这些和尚道士的话，你也信？我看不过是误打误撞。

青子翔连连摆手制止：千万别瞎说，如此不敬，轻则亵渎神灵，重则引火烧身。你赶快再打电话，问问你的同学，史一兵的承诺还算数吗？

陈伟有些犹豫：我上次已经回绝他了。

青子翔急切地说：此一时，彼一时。如果史一兵兑现承诺，就证明刚才大师的话言之不虚。有高人指点迷津，咱的苦日子也许真的到头了。

陈伟只好硬着头皮又给吴迪打电话。

他没抱太大奢望，因为上次回绝史一兵时，吴迪就警告过他，说史一兵家财万贯，颐指气使惯了，如果叫他觉得热脸贴了冷屁股，以后就很难再打交道。没想到，吴迪十分钟后竟回话，说史一兵答应借款，并说如果青总夫妇方便，他会设宴请大家一聚。

青子翔闻言大吃一惊，心中暗暗折服，留下偈语的和尚真是世外高人。

第七章

1 三个美女

于雪菲突然打来电话,让青桥履行承诺。

青桥直蒙圈儿:什么承诺,我什么时候对你有过承诺?

电话另一端的于雪菲咯咯笑了:拜托,你真是贵人多忘事啊,你不是答应攒一个局,让我和你的那两个红颜知己认识一下吗?

这个于雪菲,神龙见首不见尾。自从上次见过面以后,又一猛子潜了水,平时连个泡儿也不冒,打电话关机,发短信不回,也不知道她在忙些什么。原以为上次她不过是随口一说,没想到今天来找后账了。

哎,青主任,于雪菲调侃他:怎么?钱都拴在肋条上啦?

青桥无奈地摇摇头,苦笑道:钱没拴在肋条上,我的心被你提到嗓子眼儿了。你出牌不按常规,非要见那两位美女,打的什么鬼主意?

你没听过这样一句话吗?生活就像一间大房子,它有可能空虚无物,也可能被布置得丰富多彩。告诉你哈,我正在打造属于我的样板间。

青桥哈哈一笑:拜托,我胆小。

行,你准备目瞪口呆吧。于雪菲越俎代庖,一锤定音:明天星期六,就安排在中午,本姑娘减肥,晚上不吃饭;地点吗,就定在正院大宅门。

青桥佯装恼怒:哎,我买单还是你买单呀,怎么你倒摆出一副主人架势?再说了,时间、地点我可以迁就你,人家那两位美女凭什么也随时等你提溜?

于雪菲嘻嘻一笑:她们能不能来,就看你的个人魅力了。青大主任,千万要维护住你在我心中"东方不败"的高大形象呦。

没等青桥回话，于雪菲已经挂断了手机。

于雪菲挽着青桥的胳膊走进大堂时，罗小力和牧婧已经在包间等候了。

自从青桥把走失的小宝送回以后，牧婧仿佛一下轻松了。

以前听王菲的《传奇》，她还暗自笑话人世间哪有那么浪漫的爱情，浪漫的不接一点儿人间烟火，只是因为在人群中多看了你一眼，就再也无法忘掉你的容颜？相遇青桥，她才真的感同身受。真的是，想你时你在天边，想你时你在眼前；想你时你在脑海，想你时你在心田。夜深人静，想到自己的情况，她又觉得和青桥的情感注定风过无痕。内心的纠结与彷徨常常把她分裂成两个人，一个热切地想对青桥吐露真情；一个却拼命要远离。现在好了，青桥已经了解了自己的秘密，他那天的慌乱和游离，折射的就是他心中的态度。开的是一朵爱情的谎花，能结出友谊的果实也不错。想明白了，心就放回了原处。

提前10分钟，牧婧来到包间，刚坐下，罗小力也脚跟脚进来。

美女相见，目光中有欣赏，也有一缕难以言说的敌意。

两人还未及寒暄，门外响起一串银铃般的笑声：挽着你啦，就挽着你了。告诉你青桥，我这是在挽救你，要不，你的人生该提前立秋了。

牧婧和罗小力听到门外的喧闹，同时站起身。

门一开，亭亭玉立的于雪菲挽着青桥的胳膊，一蹿一跳走进来。

罗小力和牧婧在女人中已算上品，但是面前的于雪菲还是让人眼前一亮。她皮肤白皙，眉眼精致，身穿一件米色风衣，里面是奶白色高领羊绒衫，一头深棕色的头发，被一个镶钻的发卡束成马尾辫。看上去，像是蓝天上的一朵白云、空灵、飘逸、超凡脱俗。

真美。两个美女心中发出同样的感叹，只不过感叹过后，牧婧是诧异，罗小力是油然而起的醋意。这是她第二次见到于雪菲了，两次见面，这个女孩对青桥的亲昵有增无减，看来两个人的关系绝非一般。

青桥脱下风衣搭在椅背上，冲牧婧和罗小力一拱手：感谢二位美女光临，小生这厢有礼了。

四人落座，罗小力白了于雪菲一眼，说：刚接到报社电话，有一个重要采访，我可能要先走一步。

青桥笑笑：罗大记者，哪有那么急，什么采访也得先吃了饭吧？

说着指了指身边的于雪菲，刚要介绍，被于雪菲一下拦住：不用你介绍，我自己来。如果我没有猜错，这位有采访任务的是罗小力姐姐，这位气质高雅的美女是牧婧姐姐；我吗，于雪菲。说着又搂住青桥的胳膊，把脸靠在他的肩膀上，至于他呀，就不用介绍啦。哎，你是哪辈子修来的福分，三个美女陪你用餐？

青桥无可奈何地抽出胳膊，嗔怪：小姑奶奶，你消停会儿。

话音未落，包间的门砰一声被踹开了。

房间里的人大吃一惊，门外站着陈伟和吴迪。

陈伟的脸涨得通红，由于愤怒，鼻翼一张一合，像是斗牛场的公牛；他瞪着眼，眼白处有几道血丝，样子显得很可怕：果然是你，于雪菲。你偷偷回国，不跟我联系，原来是傍上了他！说着一指青桥，你这个道貌岸然的伪君子，敢抢我女朋友，胆子不小。

青桥在新闻发布会上见过陈伟，忙站起身：兄弟，你别冲动。

吴迪一把没拉住，陈伟已冲到青桥面前，揪住了青桥的脖领子。

罗小力上前制止，眼前的陈伟和在新闻发布会上的陈伟简直判若两人，看来最能把人打回原形的，就是爱情。因为罗小力，陈伟举起的拳头没有落下：谁是你兄弟，不是看在青总的面子上，我今天会打得你满地找牙！

于雪菲也站起来，上去推陈伟：你要干什么？你是我什么人，你要敢动手打他，咱俩就彻底拜拜了。

陈伟松开手，轻蔑地看着于雪菲：你说我是你什么人？刚才看见你一路搂着青桥进来，我还怀疑自己看花了眼。陈伟抓起桌上的茶杯，啪一下泼在于雪菲脸上，又抬手将茶杯摔在地上，吼一声：算我瞎了眼。

于雪菲被泼了一脸茶水，顿时蒙了，望着陈伟转身离去的背影，才忽然醒过闷儿来，大喊一声：陈伟，你敢拿水泼我？你胆儿也忒肥了！然后不顾罗小力和牧婧的阻拦，追了出去。

罗小力和牧婧对视了一眼，也追出去了，房间里只剩下了青桥和吴迪。

吴迪摊开双手，不解地问青桥：这都是什么情况？

青桥一脸苦笑，坐下，伸手示意吴迪也坐下：你们怎么在这儿？

吴迪解释：创融置业的资金链不是断裂了吗，陈伟托我帮忙，找康太的史一兵借一笔款子。史总很给面子，答应了。陈伟一高兴，非要请我吃顿饭。刚才见到你和那个美女有说有笑从大厅经过，这小子一下就炸了，弄得我一头雾水。

青桥叫进服务员打扫了一下房间，又添加了两副碗筷，说：这陈伟还真有点血性，我喜欢。又问吴迪，创融置业向康太借钱啦？

是，8000万，这两天就签合同。

青桥重重把茶杯往桌子上一蹾：史一兵的钱他也敢借？

吴迪笑了：这笔款子年息5%，比银行贷款还低呢，史总就是想帮一下创融，青大夫，你别反应过度。

这时候门开了，陈伟和罗小力、于雪菲、牧婧一起走进来。

转瞬之间，画风大转，除了于雪菲依然噘着嘴外，其他人已是笑逐颜开。尤其是陈伟，赔着笑脸，还多了几分谦卑和羞愧：让大家受惊了，我给大家赔不是，今天的单我买。

于雪菲噘着嘴瞪他：我回来的事，你必须给我保密。跟谁都不能说，一旦走漏了风声，我肯定休了你。

陈伟赔着笑脸连连点头：放心，放心。说着把菜单递给青桥：青桥，你点菜吧，别给我省钱，拣最好的招呼。

青桥接过菜单，一边翻看，一边对站在身边的服务员报了几个菜名。

酒菜上桌，大家觥筹交错，气氛十分热烈，陈伟尤其亢奋。只有青桥略显沉闷，似乎有心事。

于雪菲站起来，斟满了一杯啤酒，冲青桥喊：想什么呢你？见青桥注意力集中在她身上后，说：谢谢你让我认识了两位美女姐姐，小女子毕业于渥太华大学营养学系，为投身"健康中国"的时代大潮回国创业，还望在座的哥哥姐姐们帮助和扶植，我先干为敬。说着一仰脖，酒杯见底。

罗小力已经完全解除了戒备，她和于雪菲性格相投，交往了没几个回合，就有了惺惺相惜的感觉。她也斟满一杯啤酒，一口气喝干：你这个妹妹我认了，以后有什么事，尽管来找姐姐。

牧婧看一眼青桥，斟满一杯茶，微微一笑：我开车了，以茶代酒敬大家一杯。雪菲妹妹回国创业，志向远大，能够为祖国的大健康事业做出贡献，我理应支持。

于雪菲双手鼓掌：牧婧姐，就等你这句话了，市场调研我已经做完了，企划也正在进行中。关键是要与"健康中国2030规划"相契合，有亮点，有新意。好啦，以后我就甩开青桥和你单线联系了。

青桥不解：人说过河拆桥，你还没过河呢就要拆桥，什么事要绕过我？

于雪菲俏皮地冲青桥眨眨眼：跟你说过 N 遍了，保密。

2 慈善酒会风波

以低于银行利息放贷，史一兵真是钱多烧的吗？吴迪的面子也忒大了吧？就在青桥无限质疑史一兵动机时，康太集团又做出了一件令青桥诧异的事。小米勒告诉他，康太集团向他发出邀请，说要举行一个慈善酒会，但是印发的请柬带人脸识别，明确堵死了青桥参会的任何一种可能性。

这是论证会后史一兵打出的又一张牌。

这之前，街心公园曾发生过一起车祸——

一个穿黄制服、戴红头盔的外卖小哥，想横穿公园。他驾着摩托车从花坛旁的小路斜着杀出，车速极快，为躲避前方的婴儿车，车头猛一拐，竟向路旁的柳若兰冲了过来。小霞已来不及将轮椅推开，她啊一声惊叫，一跃身扑到了柳若兰身上，死死护住。就在摩托车马上要撞到小霞身上的瞬间，外卖小哥一个急刹车，连人带车摔倒在地。

人们一片惊呼。

外卖小哥幸亏防护齐备，虽然摔到了几米开外的马路牙子上，并无大碍，他摘下头盔，龇牙咧嘴站起来，活动活动身子，惊恐地看着眼前发生的一幕。小霞被失去控制的摩托车车把兜倒在地，脸上有几处刮伤；柳若兰则安然无恙。摩托车上的一箱外卖已被摔得稀烂，鱼、豆腐、茄子、米饭和一只烧鸡撒了一地。

人们跑过来扶起小霞。外卖小哥站在那里又紧张、又忐忑，大家在责备他的鲁莽时，无不称赞小霞的敏捷、勇敢和担当。

这一起惊悚事件暗流涌动，特录之于此以备查考。

星巴克咖啡店。靠窗的一张桌子前，青桥和小米勒相对而坐。

音响里播放着蓓荷的专辑。她的声音极富感染力，像一支深情的洞箫，演绎着命运的无常。其实，星巴克的逼格之道不是咖啡而是音乐，某一个清晨或者黄昏，坐在充溢着咖啡香气的星巴克店堂里，听一曲具有灵魂撞击力的爵士乐，真让人有时空穿越之感。

小米勒喝了一口咖啡，用调侃的语调说：青桥，我知道你对康太的一切都感兴趣，因为他们的经营理念完全有悖于你的价值观。作为一名医生，你以一己之力与一家庞大的集团作战，这让我对你充满了敬意。不过，这次我实在没有能力把你带入酒会了，即便你化装成一个服务生。

青桥望向窗外：我所做的用一句话就可以概括，不希望生活藏污纳垢。他收回目光，这不应该是我一个人的战争，一切有良知的人都会施以援手。

小米勒俏皮地问：你为什么盯着我？

青桥一字一顿说：也包括你。小米勒，韦斯林对中医药的热情令我感动，我希望你们祭拜的是一尊真佛，而不是一具泥塑，明白吗？

小米勒一摊双手，笑了：我能帮你什么？

青桥盯住小米勒：还有七天就是韦斯林与康太签约的最后日期，单方面拒签，要支付1000万美元的赔偿金，这似乎不是什么商业秘密了吧？

小米勒哼了一声，眨眨眼：那又能怎么样呢？

青桥放下勺子，双肘支在桌面上，紧盯着小米勒：据我所知，出于对康太商业信誉的考量，你似乎没有签约意向；但对于1000万美元的巨额罚金，你却优哉游哉，并不着急。那么你只有两个选项，或者是钱太多了，你不在乎这笔赔偿金，这似乎和攒一个饭局还想AA制的小米勒不太吻合；另一个选项就是，你已经掌握了康太集团的违法证据。

小米勒瞪大双眼，目光中有惊讶，但更多的是赞叹：青桥，你确实很厉害，中国有一个成语形容你很合适，叫，叫……

目光如炬！青桥微微一笑：除了吹捧，你应该向我提供一两记实锤。

No,No,小米勒连连摇头：青桥，你的要求怎么像蓓荷的演唱一样，让我有些伤感？我了解到的情况，止于我和康太集团的商业谈判，我没有义务为康太集团的欺诈行为提供案例，这是世界通行的商业规则。

少扯淡。青桥生气了，目光如剑出鞘，直指小米勒：我没有听错吧，音响里播放的应该是蓓荷的《坦白之心》。听着，如果你想与康太同流合污，我警告过你；如果你想助纣为虐，也别拿什么商业规则当遮羞布。现在是信息时代，地球早已成为一个村落，公平、正义、诚信、善良，这些基本的价值观，应该已经跨越了种族、宗教和你所谓的什么商业规则吧？

小米勒笑了，说：青桥，你愤怒了，你愤怒的样子很有趣，我喜欢。

青桥看了一眼神色诡异的小米勒，知道他是在寻开心，就向小米勒挥了一下拳头：你是不是还想像上次一样，再被我胖揍一顿？

小米勒拿起咖啡和青桥碰杯：领教了，有机会愿意和你切磋。不过，我同意向你提供一些证据，不是因为你的威胁，而是因为我们是——小米勒歪着头想了一下措辞，蹦出两个字：世交。

世交？青桥疑惑地看了一眼小米勒：你懂什么叫世交吗？

当然。你们青家和我们韦斯林家族的交往，可以追溯到60多年以前。不过，这个话题我现在不想展开，因为谈及这样一个重要而颇具传奇色彩的话题，必须要有一定的仪式感。我准备近期去拜访你的奶奶柳若兰女士，在为她献上美好的祝福时，揭晓这个谜底。

慈善酒会，在康太集团总部大楼旋转餐厅举行。

这是一个可以同时容纳上百人就餐的西式餐厅。一水儿的落地玻璃窗，在夜幕降临的时刻，可以看见窗外深邃无垠的夜景。地上的华灯与车灯汇成一条条灿烂的光河，与天上的星月交相辉映，让人有一种置身天国，恍若隔世的感觉。酒吧台上摆着各种高档红酒、啤酒，以及各种罐装饮料。

身着紫红色旗袍的服务员，正将一盘盘精美的菜肴、西点、水果摆在餐台上。来宾们三五成群，或手持酒杯互相寒暄，或坐在桌旁轻声低语。

身穿白色晚礼服的严婷婷，走到大厅前方半圆形的地台上，拿起话筒宣布：各位来宾，各位朋友，先生们、女士们，大家晚上好！康太集团慈善酒会现在正式开始。首先，请集团董事局主席史一兵先生致欢迎词。

史一兵接过话筒，神采飞扬：各位来宾，各位朋友，本来这个酒会应该在三个月以前举办，那时候我们集团下属的自然医学治疗中心，收治了

10名已经被现代医学判了死刑的患者，中心的特效医术和名医将赋予他们新的生命，这无疑是推动自然医学领域发展的一件大事，是康太集团为人类健康事业做出的深入探索。当时为什么秘而不宣呢？因为这既是对现代医学的一次巨大挑战，也是对康太集团科技实力的全面检验。我们不愿意在还没有做出成绩的时候，就大张旗鼓地宣传。今天，我可以骄傲地告诉大家，经过3个月的医疗实践，已经取得了骄人成绩，收治的绝症患者都有了不同程度好转。过一会儿，有患者将现身说法，证明康太集团保健产品的神奇魅力。下面，大家可以就关心的问题向我提问。然后，一边观看介绍公司的VCR，一边分享这几位绝症病人获得救治后的喜悦心情。

有记者举手：请问史总，您刚才提到的特效医术指的是什么？

史一兵回答：是在我们公司花巨资收购的民间秘方、验方基础上，针对绝症患者的不同情况研制的特殊保健品。特效医术既体现了康太集团独特的诊疗技术，也彰显了民间医术和中医药的博大与精深。

又有记者发问：听说贵公司收购的民间秘方、验方价格不菲？

为了造福人类，推动大众健康，我们公司在收购民间秘方、验方时向来不吝重金。借此机会，我可以透露一个信息，最贵的一个秘方，是治疗胰腺癌的，我们出资了3000万。

大厅里一片哗然，人们面面相觑，惊诧不已。

小米勒看了一眼罗小力，露出了一个意味深长的微笑。

罗小力掩饰不住内心的轻蔑，瞟了一眼眉飞色舞的史一兵，对小米勒低声道：说给你听呢。

有记者问：听说贵公司收治的十名绝症患者，都是免费治疗？

像无意中踩到了狗尾巴，史一兵的情绪顿时亢奋起来，他一指身后大屏幕，上面正播放着公司各种VCR，屏幕上方还滚动着一行红色楷体大字：康太集团2017慈善酒会。史一兵说：各位朋友注意到了，今天晚上举办的是慈善酒会，自然医学治疗中心收治的10名绝症患者完全免费，食宿、检查、治疗分文不取。这是我们众多善举中的一项，随着集团的发展壮大，我们还将对慈善事业给予更多投入。

台下发出一阵热烈的掌声。史一兵拱手作揖，把话筒递给严婷婷。

下面是两个病人现身说法，一个是晚期肝硬化患者，一个是风湿病患者，各自讲述了入住自然医学治疗中心之后，在医护人员的精心诊治下病情大有好转的过程，一致衷心感谢康太集团的人间大爱。

杏父搀扶女儿出场，这一老一小把会场气氛推向高潮。

杏父接过严婷婷递过的话筒，像是握着一颗手榴弹，胳膊有些颤抖：我的女儿杏儿是一名艺校学生，从小喜欢芭蕾舞。前几个月孩子确诊得了渐冻症，大家可能不太了解这个病，它被医学界列为世界五大绝症之一，死亡率和医治难度高于一般癌症。去年秋天，我们有幸成为10名幸运患者之一，经过几个月的治疗，我姑娘的病已经有了很大缓解。在这里我要感谢史总，感谢康太集团。

上午，康太集团来人让杏父到慈善酒会现身说法。杏父本不愿意来，因为杏儿的病非但没有好转，还有恶化的趋势；可是他又不能不来，一是欠了几十万秘方药的费用，小辫子攥在人家手里；再有就是心存侥幸，寄希望于以后女儿会出现奇迹。

人们纷纷上前给这对父女拍照。有记者拿出录音笔要进行现场采访。渐冻症、花季少女、芭蕾舞、一动不动，这一切的落差实在太大了。

史一兵看了一眼身旁的小米勒，目光中有掩饰不住的得意，而小米勒却神态平和，正在低头品尝盘中美食。

这时候，令人意想不到的一幕发生了。

大屏幕上出现了青桥的影像，他坐在沙发上，背后是一株绿萝，对着现场侃侃而谈：各位朋友，我叫青桥，是燕北大学附属医院中医科主任，今天的慈善酒会所以在康太集团总部举行，并且增加了人脸识别程序，就是怕我到会。因为他们假中医药名义兜售伪劣保健品，危害大众健康，有见不得人的内幕。

史一兵傻了，他看着大屏幕里的青桥，惊愕地大叫：停，停，快停！

3 谁是你奶奶

今天是周六，没等那辆红色跑车发出刺耳的轰鸣，青桥就起床了。

根据个体不同情况，他已经给社区几十位有阿片类药物依赖的患者服用了一号、二号中药组方，取得了一些重要数据，他想对配方做些改变。

小霞早晨起床，轻轻推开青桥半掩的房门，见他正专心致志地翻阅着纸页已经泛黄的古籍医书，桌上分成若干小堆儿摆了十几种药材，由于太过专注，青桥竟没有发现小霞端着一杯热水站在身后。

青桥一侧头，看到小霞忙问了一句：起这么早，吵到你了吧？

小霞递过水杯：青桥哥，你年轻也不要太拼，先喝杯水，我去做早餐。

小霞救了柳若兰，青桥本来执意要发一笔奖金作为酬谢，可是她坚决不收。还说，你要是真想感谢我，就让我帮你多干些活儿吧，我的工资比一般保姆高，钱多活少我心里不踏实。青桥听了很感动，以前自己的房间不让小霞打扫，后来也就随她去了。他发现小霞干活儿很有章法，不但把他的衣服洗得干干净净，摆放得整整齐齐，连他案头的一些专业书籍和资料也会按顺序和类别整理得井然有序。青桥随手写下的一些草稿纸，小霞也从来不随便丢弃，而是叠好了放在他的案头，然后用茶杯压上。

小霞还特别有情趣。秋天时，她在一个好看的空酒瓶中放进水，插上了几支秋菊；冬至那天又买了几头水仙泡在盘子里，盘底摆放了一层各种颜色的雨花石，白的、红的、黄的、绿的，在水的浸润下像一颗颗玛瑙，晶莹剔透。现在水仙已经拱出了鲜嫩的绿芽儿，高的有一指，矮的也有半寸，生机勃勃。

小霞转身要走，青桥哎一声叫住她，说上午麻烦你帮我熬一剂汤药，这次我加大了两味药的剂量，喝了以后，我会在这个小本上随时记录下我的感受，万一身体不支，你要帮我接着记录。

那次公园历险后，青桥已经在内心把小霞当成了家人。前两天在医院，罗凡突然找到青桥，让他提供居民保健的相关数据，说卫健委和民政局马上要来院里听取汇报。这些数据都保存在家里的电脑中，青桥毫无顾忌地打电话给小霞，告诉了她电脑密码，让她找出相关资料发到了罗凡的邮箱里。查找这些资料时，小霞发现了青桥正在研制的中药组方相关数据。而且，青桥再没有改换电脑密码，这是一份多么沉重的信任。

小霞对青桥心存感激，所以听他这样一说，马上脱口道：什么叫身体不支，青桥哥，你别吓我呀。

青桥乐了：没事，我心里有数，用不着紧张。

吃过早饭，小霞收拾完餐桌，准备先推奶奶去遛弯，回来再帮青桥煎药。忽然，门铃响了。打开门，小米勒捧着一束鲜花，笑容灿烂地站在门口，他的身后是罗小力。青桥看到这两个人，不由一愣。

　　昨天慈善酒会以后，小米勒就给青桥发来了一个视频，是青桥讲话的录像和慈善酒会杂乱的场景。视频中史一兵跑到地台上，冲大家连连摆手，喊道：怎么还放？赶快停下！视频下面是小米勒的一段语音：青，你真是一位无所不能的蜘蛛侠，能告诉我是怎么回事吗？

　　青桥回了他一条微信：正义的声音是封锁不住的。

　　其实事情并不复杂：青桥拿到小米勒的 U 盘后，知晓了两个重要骗局。他很愤怒，中医药是国之瑰宝，几千年的行医实践，蕴含着丰富的哲学思想和人生智慧，就是被这帮中医骗子泼了污水，在声誉上受到影响。弘扬中医文化，就要毫不留情地揭露他们。

　　青桥找到罗小力，让她看了小米勒的 U 盘。

　　罗小力也怒不可遏，说：你想让我怎么帮你？

　　青桥呼出一口长气，愤愤地说：这次慈善酒会我是进不去了，你肯定在受邀之列。很简单，你录制一个我的发言，他们现场肯定要播放公司的宣传短片，你把我的发言交给工作人员，就说是史总让插播的。史一兵追求你，这在他们公司已经不是什么秘密了，估计不会遇阻。说着把小米勒的 U 盘递给罗小力，这个 U 盘你备着，有可能用不上，不过，作为举报证据我们先保留。

　　酒会上，罗小力"依计而行"，就有了青桥在视频上揭露骗术的一幕。

　　小米勒见青桥一脸惊诧，就说：我今天不找你，我来看我的奶奶。

　　青桥更惊诧了：你奶奶，谁是你奶奶？

　　柳——若——兰呀，小米勒提高音调说完这三个字，便四下打量，忽然看到书房的桌子上，电脑开着，一旁还摆着几堆中药材，疑惑地问：青桥，你这是在做什么？好像是在搞研究。

　　罗小力插言：听说你在研究一个对抗阿片类药物依赖的中药组方？

　　青桥警觉地反问：你听谁说的？

　　罗小力昂起头，故作神秘地说：这我就不能告诉你了，反正我的消息来源绝对可靠，你说是不是吧？

小米勒很惊讶：阿片类药物依赖是世界医疗难题，你在研究这个？

青桥忙掩饰说：别听她的，八字还没一撇呢。

这时，小霞推着柳若兰从房间里出来，小米勒看见了，迎上几步，半跪在老人面前递上鲜花：奶奶，您好！我来看您了。

听这个蓝眼睛的小歪果仁一口一个奶奶叫得亲热无比，柳若兰很惊诧：孩子，你是谁呀？

我是谁？小米勒起身推着柳若兰来到客厅：奶奶，我给您放一段录像，您就知道我是谁了。

众人跟到客厅。不用说青桥，就连罗小力也猜不出小米勒玩的是什么把戏。早晨她接到小米勒电话，只说要向她提供一个重要的采访线索。上了他的奔驰，不由分说开到青桥家楼下，下车时还神秘地说，激动人心的时刻已经进入倒计时。

小米勒已经把U盘插好，一摁播放键，60寸超薄彩色电视屏幕上，出现了老米勒的影像。满头银发的老米勒对着摄像头，一脸虔诚和肃穆，因为激动，他的嘴唇微微有些颤抖，两道雪白的眉峰也上下跳动：小柳翻译，我心中的东方女神，在冰天雪地的朝鲜分手，我们已经有近70年没有见面了。一个多甲子啊，沧海桑田，世事变迁，你还好吗？你还记得那个被你救治的青涩、爱哭，动不动就吵着要回家过圣诞节的加拿大战俘，十七岁的列兵米勒吗？我几次寻访你，因为读音错误，今天才如愿以偿。

老米勒出现在屏幕上的时候，柳若兰的目光是茫然的，接着就是惊诧，那是记忆之门被人突然撬开时的本能反应。渐渐地，她的目光由惊诧变得激动，由激动变得深情，到后来便噙满了泪水。

被岁月尘封了60多年的一桩人生传奇，渐渐凸显，惊心动魄……

4 杀心再起

青子翔终于等到了史一兵的消息。

自从在潭柘寺得到青衣和尚的四句偈语，青子翔就盼着早点见到这位财神。可是陈伟打了两个电话，吴迪都说少安毋躁，等史总抽出时间。

青子翔这个急呀，简直是庙里长草——慌了神。能不急吗，新闻发布会开了，影响造出去了，如果后续资金跟不上，"霞光宫殿"再次停摆，即使吕工头不动刀子，他自己也得找一棵歪脖树吊死。

正在青子翔百爪挠心的时候，陈伟告诉他吴迪来了电话，今晚6点史一兵在十号会所的"听雨阁"洗杯以候。这实在让青子翔大喜过望，高兴之余也有一丝尴尬，这年头，哪有放贷的摆席，借钱的吃酒这种道理？但是吴迪说，十号会所是史一兵的地盘儿，只管带着嘴去吃就是，并且一再嘱咐，史总邀柳絮同往，他刚知道你们的关系，说正好，还欠着柳社长一次饭局，索性就借机还了。

青子翔感激莫名，让陈伟到同仁堂买了两盒上好的冬虫夏草，准备作为礼物送给史一兵。

青子翔犹豫是不是打电话给柳絮。

这些天夫妻正在冷战，原因非常奇葩：先是柳絮怀疑丈夫与何莲莲旧情未了，依据是，为什么在"霞光宫殿"的新闻发布会上两人刻意保持距离？不是心中有鬼，完全可以坦然面对。青子翔有苦说不出，说他与何莲莲旧情无存那是瞎话，但因为柳絮的强势，青子翔一直止乎于礼。那次新闻发布会完全暴露在太太的有效射程之内，当然更需谨言慎行。不想，反被妻子拿来说事，真是豆腐掉进煤堆里——吹也吹不得，打也打不得。后来呢，还是柳絮露出破绽，给了青子翔一个反败为胜的机会。什么破绽？这两天柳絮的电话骤然增多，有时甚至深更半夜还有人打来。接电话时柳絮鬼鬼祟祟，似乎干了什么见不得人的事。昨天晚上，柳絮又偷着到卫生间去接电话，青子翔趴在门口，听柳絮正低声对着电话吼：我要找什么样的？我要找刘德华、周润发，你配吗？听得青子翔一头雾水，回到客厅，青子翔问谁的电话，柳絮只说了一句骚扰电话就不再解释，让青子翔很是疑窦丛生。

他不想叫柳絮，但史一兵发出邀约，只好硬着头皮打通妻子的电话。

柳絮知道这顿饭的重要性，况且，她对丈夫只是推测，丈夫抓住她的却是实锤。这一阵子接了那么多莫名其妙的电话，让她烦不胜烦，可纵然浑身是嘴，也确实说不清楚，多少有点愧对青子翔，略一犹豫便答应了。

她也想趁这个机会，弥合一下与丈夫的关系。

差10分6点，夫妻俩走进"听雨阁"。

史一兵已经先到了，他急切地要设这个饭局，是被心里的一股火拱着。

前天的慈善酒会本来顺风顺水，没想到临近结束出了那么大纰漏。当他从播放VCR的工作人员口中得知，青桥那个录像的提供者是罗小力时，就明白自己被这个美女算计了。她的颂扬带给史一兵的快乐，如同夜空迷幻的礼花，刚一绽放就凋零了。事实上，她和青桥早就进入同一战壕，一个机枪手，一个弹药手，配合默契，枪口始终没有偏离过他的面门。

对签约的前景，他感到了黯淡。

开始，他认为小米勒面对1000万的巨额罚金不慌不忙，是体现了签约诚意，毕竟补肾宝、益肠宝、护眼宝、威男宝等产品，只需要韦斯林公司认可是共同开发，就可以得到不菲的商业回报。现在他不那么看了，他觉得与韦斯林签约的可能性如同月亮潜入云层，看不见光亮了。小米勒所以到现在还是一副不卑不亢的样子，说明他手中掌握了可以制约康太集团追讨违约金的利器。否则，青桥怎么敢在录像中公开叫号：史一兵，如果康太真的如你所说是诚信经营、没有欺诈，那么，你敢播放我手中的短片吗？他估计，那个短片八成和小米勒有关。

青子翔急切地约了这个饭局，是想找一个宣泄的出口，宣泄仇恨，宣泄愤怒，宣泄积郁在心中的幽怨与失落。特别是当他从吴迪口中得知了青桥与青子翔、青连山的关系，得知了罗小力竟是青桥的铁粉后，这种宣泄的欲望就更强烈了。这一段时间以来，他的挫折与不幸都来自青桥。行，让你先嘚瑟几天，你不过是一条鱼，即便现在能够呼吸自如，也不过是在我撒下的网里。

史一兵既然主动送上门，那么就先拿他来祭刀。

最早吴迪说青子翔想借钱，他没有贸然答应。商人的敏感让他意识到或许有机可乘，在对"霞光宫殿"的地理位置和资金状况进行了详细考察后，他捕捉到了一闪即逝的商机。他像一只在天空觅食的秃鹫，盯准了羽翼下已筋疲力尽的肥羊，准备扑上去狠狠啄上一口。后来对方没了音信，史一兵还很失落。现在，走投无路的青子翔要吃回头草，顿时让他的杀心再起。青家欠下的账，由青家的人来偿还，天经地义。青子翔已经山穷水尽，卷入急流的溺水者智商往往清零，况且他还下了两个诱饵：吴迪的面子和补充的条款。他和吴迪的关系尽人皆知，补充条款又故意露出破绽，不担心青子翔不上钩。

严婷婷路上问：史总，这种民间借贷，年息百分之二十都正常，咱们为什么只要五个点，比银行贷款还低呢？

多几个点能多赚几个钱？是吴迪开口求我，我们可是多少年的交情。

严婷婷看着史一兵，觉得今天的老板有点陌生，他的笑虽然像以往一样有所节制，但却掩饰不住隐隐的杀机，又问了一句：创融置业说借款最多一年，我看你填写的是13个月，这是为什么？

车已经到了会所，史一兵含笑未答。

见到青子翔夫妇走进包房，史一兵拱手道：青总、柳社，幸会、幸会。

青子翔忙迎上几步，握住史一兵的手连连晃动：史总啊，上次家父病危，我留下钱让何局长帮我付账，可是史总执意不肯。我做东，让你破费，真是不好意思。那次匆匆一面，史总就给我留下了极深的印象：豪爽、大度，有格局、有魄力，我和柳絮在家常常提起你。

史一兵谦虚地摆摆手：青总谬赞，惭愧。

又上前和柳絮握手，说上次柳社屈尊本集团，因为准备不周没留柳社进餐，这个事我一直想着。今天这顿饭，一是表达对青总的敬意，二是对柳社的赔礼。你们夫妻双双驾临，史某荣幸之至。

柳絮矜持地笑了笑，一欠身说：是我们夫妻一再叨扰史总，却总让史总破费，实在惭愧。说着，将手中的两盒冬虫夏草递给史一兵，这是西藏那曲的特级虫草，一点心意，请史总收下。

史一兵接过礼盒看了一眼，笑道：二十几年前我用虫草炖鸡，一斤虫草不过万把元，现在这种品相的虫草该上百万一斤了吧？他把礼盒递给身旁的严婷婷，说人都齐了，各位就座吧。

史一兵和青子翔相互谦让了一下，史一兵坐了主位。

青子翔、柳絮分别坐在他两边，严婷婷和吴迪挨着柳絮，陈伟坐在了圆桌下手。菜已经事先点好了，六冷八热，服务员按程序开始走菜。四位男士的面前摆着分酒杯，服务员逐一往分酒杯里斟酒，15年的茅台酒液略显橙黄、香气扑鼻。严婷婷起身为柳絮面前的杯中斟满了苏打水，也给自己的杯子里斟了半杯。

史一兵举起酒杯，提议道：今天是一个高兴的日子，让我们大家举杯，为康太集团与创融置业的友谊干杯。

众人干了第一杯酒。

陈伟趁机发挥道：我注意到刚才史总的祝酒词是为友谊，而不是为合作干杯。确实，如果是合作并不对等，因为康太集团利息低于银行的同期贷款，这在追逐利润最大化的商界，称得上是空谷足音。特别是在我和严副总的工作沟通中，对于借款数额和还款日期，史总又给予了足够的信任和便利，令人感慨，它确实闪耀着友谊的光芒，我代表"霞光宫殿"项目敬史总一杯。

史一兵举起酒杯：也不纯粹是友谊，吴迪开口了，我焉能不从？

吴迪很知趣地起身道谢：不胜荣幸，史总给了我一个天大的面子。

史一兵又对身旁的青子翔说：青总啊，听吴迪说，前一段贵公司资金链断裂，员工的工资都不能按时发放，吴迪许以高薪挖这位小兄弟到韦斯林驻京办，他坚辞不就，危难时刻见人心呀。有这样的员工，既是你青总的福分，也体现了创融置业的向心力，具有这种企业文化的公司，怎么可能被一些小小的挫折打倒？我把钱借给你，有什么不放心的呢。好，这位小兄弟的敬酒我喝了。

青子翔才知道有这么一段花絮，心里有些小感动，他举起酒杯向史一兵示意：好，这杯酒我赞助。

酒至半酣，严婷婷起身拿出两份合同，递一份给青子翔，说：青总急着用钱，这份合同是我和陈伟先生共同商议起草的，史总已经看过了，青总再看一下，如果没意见，现在就可以签署了。

青子翔看了一遍，就是陈伟让他看过的那份合同，没有一字变更，忙掏出签字笔，说：真是及时雨呀，谢谢史总，真的太谢谢史总了。没问题，我签了。

史一兵也掏出笔，含笑签上字，接过青子翔的那一份也签了名。

严婷婷为两人斟满酒：为了庆祝合同正式签署，两位老大干一杯。

史一兵举起酒杯说：大家一起吧。众人起立，纷纷干了杯中酒。

柳絮举起高脚杯，透过杯中的苏打水，看到史一兵的脸是变形的。随着酒杯的移动，那张脸忽而拉长，像是一具马面；忽而变宽，如一只狰狞的螃蟹。

她的心头涌上了一种不祥的预感。

昨天青桥打来电话，让她阻止向史一兵借款，说二叔现在鬼迷心窍，根本听不进他的话；柳絮还奚落青桥管得太宽。也许，青桥并非杞人忧天。

5 鱼养肥了好收网

罗凡最近有点烦。

前两天女儿罗小力从慈善酒会回来，绘声绘色地描述了她和青桥联手，当众揭露史一兵的情景后，罗凡就知道，青桥摊上事了。

以他对史一兵的了解，肯定不会容忍青桥三番五次对着干。现在虽然是法制社会，但以史一兵强大的背景和财力，找一个杀手做掉青桥并不是天方夜谭。当年承包妇产医院时，他就轻而易举地用钱摆平了一桩惊天大案：一位高龄产妇，上手术台以后难产，主刀医生不赶快实施抢救，而是乘人之危，坐地起价，将手术费提高了三倍。等候在手术室外的家属自然不乐意，双方争执之间，手术竟停了，眼瞅着产妇因为大出血死在了手术台上。一尸两命，孕妇家属悲愤交加，将医院的承包者史一兵告上法庭。经调查、取证、开庭、辩论，几个月后，法庭竟宣判史一兵无罪，只是作为一起普通的医疗事故赔了点钱。苦主呼天天不应，喊地地不灵，只能忍痛接受了现实。史一兵是趁着三分酒意在酒桌上和罗凡说的这件事，与其说是炫耀，不如说是震慑，让罗凡死心塌地听命于自己。

那天女儿讲完后，罗凡半晌没有说话。

他知道，青桥所以到目前为止还全须全尾地活着，没有被溺水、被跳楼、被车祸，是因为史一兵想要的东西还没有到手。史一兵不傻，他应该明白，在小米勒眼皮子底下连出纰漏，与韦斯林公司签约的事八成儿要泡汤。作为一家世界知名保健品企业，韦斯林的目标是打开中国市场，获取利润最大化，不会因为眼前的利益和中国一家商业信誉烂底儿的公司合作。为了留下合作空间，史一兵会更关注青桥正在研制的中药组方。一旦拿到了,既可以为公司重整旗鼓提供科技支撑,也可以作为重要筹码,用于未来和韦斯林公司的商业谈判。

罗凡真的有点恨自己了,干吗要把这么重要的信息透露给史一兵,并且纵容他收编青桥呢?直接的起因是为了阻止史一兵对青桥下手;潜意识中也有小九九,他每年拿史一兵500万顾问费,还占有康太集团6%的干股,自然要尽心竭力;况且,康太的许多重要经营决策他都是参与者,甚至是策划者,"虫草口服液"就是他的创意。他已经上了史一兵的船,无论愿意或者不愿意,只能尽力划桨。因为船一旦翻了,他即便淹不死,也会被灌一肚子水。

真是怕什么来什么,就在罗凡胡思乱想的当口,史一兵打来了电话:罗院长,小日子过得蛮舒心吧?

史一兵的话明显带有不满,也难怪,产品论证会、慈善酒会,罗凡作为公司的高级健康顾问理应出席,可是都被他找借口推了。史一兵当时没有太在意,反正主角不是他,去不去两可。乱子出了之后,史一兵来气了,罗凡有先见之明吗,为什么水浑的地方他都不蹚?

哪里,哪里。不是到年底了嘛,这一段医院的工作千头万绪,哪一项工作都要我这个当院长的牵头,分身无术啊。怎么,史总有事找我?

史一兵有点不耐烦,他不知道罗凡已经知道了两次会上发生的事,所以压着火气说:今天晚上我请你蒸桑拿。6点,老地方见。

正是晚餐时间,泡温泉的人不多,枸杞池里只有史一兵和罗凡两人。

史一兵问:论证会和慈善酒会都被青桥给搅了,这情况你知道了吧?

罗凡答:我也是下午给严副总打了电话才知道,青桥太不叫人省心了。

史一兵问:你是能掐会算吗?两个会你都躲了个清静。

罗凡略显尴尬地摆摆手:史总说笑了,不过幸亏我因为忙没去,要是去了见到青桥,还真是被动。

罗凡的话一半真一半假。

假的是,凭直觉他预感到青桥很有可能在康太的会上有所动作,自从"虫草口服液"事件发生后,青桥已经盯上了康太,既然盯上了他就不会善罢甘休,所以罗凡是有意回避。真的是,一旦和青桥在这两个会上相遇,确实会给他造成很大被动，对于康太也绝不是什么好事。

史一兵明白其中的厉害，没有深究，他转移了一个话题：你知道吗，小米勒去了青桥家，认了青桥的奶奶，还看到他正在研制中药组方。

这让罗凡很是意外，小米勒和柳若兰本来是两条并行的铁轨，他们怎么可能发生交集？

史一兵告诉罗凡，小米勒不但认了柳若兰做奶奶，还扯出一段让人匪夷所思的传奇。他把柳若兰与老米勒在朝鲜战场的故事大体讲了一遍，哼一声道：以前是小米勒和青桥走得比较近，现在又扯出了柳若兰和老米勒，他们成了世交。

罗凡故作轻松地说：听说柳若兰因为这个事，"文革"中还挨过批斗，只是没有想到是老米勒，他们世交不世交的和咱们有什么关系？

怎么没关系？你也知道，阿片类药物依赖在西方已经成了一个社会问题，据说小米勒一听青桥正在研究中药组方，俩眼嗖嗖冒光。以他们祖孙两代的关系，韦斯林对青桥的研究成果捷足先登，也完全顺理成章。

罗凡听了心念一动，觉得史一兵的担心不无道理。但是他没有顺着史一兵的话锋去说，而是装作不经意地摇摇头：那不可能，青桥是个民族主义者，他不可能把自己的研究成果卖给一家外国公司。

史一兵捞起一枚枸杞，用右手的拇指和食指碾碎，凝视着血一样的汁液，幽幽地说：不可不防，我请你来就是两件事，一是利用你的便利条件，及时掌握青桥的研究进度，一旦八九不离十了，赶快下手。同时你准备一种药，可以致人彻底失智。当然，要逐渐起效的那种，免得露出马脚。

罗凡闻言一惊，一下挺直了身子：你要干什么？

史一兵有些意外地看了一眼罗凡：罗院长，你激动什么？

罗凡自觉失态，忙把头重新靠在池边，舒展着身躯说：我激动了吗？我是听你要的这种药有点吓人。

史一兵语气有些鄙夷：罗院长，你是体制内的党员干部，你应该知道马克思有一句名言，资本的每个毛孔里，都渗透着鲜血与污垢。商场犹如战场，要想取胜，就不可以有妇人之仁。

罗凡点点头，心中却一阵发凉，他知道史一兵终于要对青桥下手了，这是他最不愿意看到的事，要想法阻止，但是他不能明说，因为明说的结果很可能事与愿违。为了掩饰心中的不安，他装作不经意地问：还有一件事呢？

后天是和韦斯林公司签约的最后期限，我已经在集团总部安排好了，成功与否在此一举。我怕局面失控，届时你务必要来。

我？罗凡有些疑惑地问了一声。

对。史一兵的语气不由分说：这个合作是你策划的，具体的项目也是你确定的，这次你不来怎么行？罗院长，请你放心，除了两家公司的核心人员，外人一律不准到会。我只介绍你是公司的健康顾问，小米勒他们不认识你，不会有什么问题。

史一兵既然这么定了，罗凡自然无话可说：好，我准时到会。

罗凡的手机在池边的浴衣中响起来，罗凡站起身，抖抖身上的水，弯腰掏出手机摁下接听键，喂了两声，脸色逐渐凝重，又由凝重变得焦虑和紧张，说了一句：好，我知道啦。

史一兵仰起脸，问：怎么了？

罗凡大惊失色：青桥试药中毒了。

原来，小米勒和罗小力走后，青桥要试药，要求小霞按他说的方法煎药，并密切关注他服药后的反应，万一不测，及时记录下他的症状。小霞不愿意，青桥安慰她不用紧张。参照中药经典和行医经验，他基本破译了老方子中那些标示符号的含义。比如，药名旁画了一个方块，意思是，这味药需放置于药锅四周，不要与中间的药物混在一起；药名下面画了俩横道，表明炮制过程中需置于药锅下部；炮制药所用的薪材为杨柳木，旁边画的是圆圈儿，青桥曾百思未得其解，偶然从一本药典中看到，用杨柳木煎药以向阳面为佳，才明白圆圈儿指的是太阳。

他汲取了老方子的精华，对剂量、功能反复进行了推敲和测试，其中有两味药具有一定毒性，且剂量也有所增加。青桥判断，至多会引发肠胃不适，不该出现呕吐、恶心，甚至晕厥的状况。试喝后也未见不良反应，他每半小时分为一个时段，及时记下身体的感受，没想到两小时后双眼发花，神志渐渐昏厥。

小霞吓坏了。药是她熬的，万一青桥出了事，她有一百张嘴也说不清呀。连忙拨打 120，把青桥送到燕北大学附属医院。

内科主任向赶来的罗凡进一步汇报：青大夫送来时呼吸急促，神志模糊，经过检查是药物中毒，已提取他的呕吐物和中药残渣去化验了，结果很快出来。

罗凡急忙走进病房，病床上的青桥精神怠倦，见到罗凡他点了点头，不好意思地笑了笑。罗凡一伸手，示意青桥不要说话，他看着床头的监测仪器，问内科主任：没大碍吧？

内科主任回答：没有。化验结果出来后对症给药，估计很快就会康复。

罗凡松了一口气，嗔怪地对站在一旁的小霞说：搞什么搞？作为家政服务员，你不称职嘛，怎么把主人服务到医院来啦？

说小霞对青桥不尽心，真是比窦娥还冤。

到青桥家做保姆，她感触颇深。青桥像一支暗室中的蜡烛，为她点燃了一束温暖的光，让她的生命变得亮丽。这几个月，是她人生中最快乐的时光。柳若兰的宠爱，青桥的信任，让她有回家的感觉。现在她已经可以随便出入青桥的书房了，并且可以随时打开青桥的电脑。

前几天，整理青桥的房间她还有了一个重大发现，就是在每个季度同一天的台历上写着同一行字，而那行字，似乎冥冥之中和她的命运发生着某种关联。她当然不相信世界上会有这么巧的事，但还是被好奇心驱使，装作不经意地问青桥，这行字为什么会出现在每个季度的同一天，背后会不会有什么故事？

青桥一笑说：能有什么故事，不过是随手记的一些提示。你没有注意嘛，我的台历上经常随手记些什么。

青桥的解释无懈可击，可是小霞总觉得不够真实。也许青桥说的是真的，也许是在撒谎，可是青桥为什么要撒谎呢？小霞想不出说服自己的理由。一个打工妹，人脉资源有限，她把自己要追查的问题，作为新闻线索提供给了罗小力；她决定尽快把自己新的发现告诉罗小力，也许对破解疑团会有帮助。

内科主任解释说：这个姑娘处理得很妥当。我刚才问了一下，她曾经读过中专，懂得一些基本的医疗保健知识，如果不是她送医及时，青大夫也许就不会这么幸运了。

罗凡听了，歉意地望了一眼小霞。

回到办公室，史一兵打来电话，得知青桥并无大碍，他放下心来：乖乖，青桥现阶段就是国宝大熊猫，千万不能出任何差错。

这个青桥真是医者仁心，为了患者冒险试药，这样的大夫已经不多了。

罗凡这样说，潜意识当中是想唤起史一兵内心的良知，他知道史一兵不会轻易放过青桥。刚才，在强烈担心青桥的安危时，史一兵特别强调了"现阶段"，这让罗凡心里很不踏实。

史一兵没接罗凡的话头，而是换了一个角度：青桥冒险试药，就说明进入攻坚阶段了，这是好事，鱼养肥了才好收网。

罗凡的眼皮一跳，不知道怎样回答史一兵，正好检验科主任推门进来，说：青主任的化验单出来了，有个别药材为了防腐和卖相，用甲醛喷洒过。

罗凡接过化验单看了一眼，狠狠一拳击在桌上：这些黑心药商！你把这个化验单拿给中药房看一下，让他们以后严格把住进药关。然后对着听筒说，史总，你应该听到了，情况就是这样。现在青桥的症状应该缓解了，我去急诊室看一下，有什么情况再电话沟通。

好！史一兵应了一声，又叮嘱：别忘了后天上午签约。

6 你另请高明

青桥被救护车紧急拉往燕北大学附属医院的时候，于雪菲接到了罗小力打的电话，问她有时间吗？能不能一起喝杯咖啡。

上次饭局后，于雪菲和罗小力已经成了闺密。

要说与之交往的次数，牧婧要多于罗小力，但是两人有一点例行公事的味道；在牧婧面前，于雪菲与生俱来的野性被贴上了封条，不能由着性儿生长，理智多于感情，顺从多于争辩。也许，是牧婧高冷中的不怒自威让她有点发怵。

和罗小力的交往就不同了，就性格而言，两个人基本同类，都率真、奔放，都热烈和阳光。只不过，于雪菲的奔放中带着一股野性，像草原上奔驰的烈马；罗小力的热烈中透着几分冷峻，如同刚刚淬过火的一块好钢。与牧婧的交往，基本是工作的需要；和罗小力的往来，更多的是情感需求。

于雪菲从罗小力的语气中捕捉到一缕忧愁，她的心情也被同样的情绪所萦绕。咳，要不说是闺密呢，就连心情也像排成队的雁行，可以通过翅膀的煽动相互传递。

于雪菲是因为郑嫣心烦，她已经规划好了创业的基本轮廓，但是她需要一个得力的助手，将来她还要有一个精致的团队。她想到了郑嫣，不仅仅是由于陈伟的推荐，短短一次见面，她同样感受到了这个女孩儿的干练与敬业，而这正是创业者所必备的素质。康太集团金玉其外、败絮其中，以郑嫣的善良，肯定难以长久地融合其中，她与陈伟的结识足以证明。

可是，郑嫣的同事告诉她，郑主管被总部派到美国去学习了，已经走了好几个月。这让于雪菲有些失落。打电话问陈伟，陈伟也觉得突兀，说郑嫣出国这么长时间本该和他打个招呼，他也挺纳闷儿。

这时接到罗小力的邀约，正中下怀。

一个小时后，两个闺密在星巴克，一人捧着一杯咖啡开始促膝谈心了。

于雪菲问罗小力，是不是特别喜欢青桥，性格豪爽的罗小力对这种直接射门的问话方式，还是有点不太适应。自从情窦初开，都是男士在她的面前俯首称臣，没有一次是她主动。现在让她对于雪菲的问话说是，对以往的高傲无异于蹂躏；不承认又实在有悖于内心，特别是以于雪菲和青桥的特殊关系，她必须让这个和自己脾气相投的姑娘，成为她爱情竞技场的助攻。于是红着脸，点点头。

这不就好办了吗。于雪菲喝了口咖啡，神态轻松地说：以你的颜值、气质，稍加暗示，青桥还不得高兴得不要不要的？

瞎说吧你就。罗小力不无失望：青桥在情感上太木讷，根本不懂女孩儿。见面的话题，不是大侃当下世界正处于百年未有之大变局，就是念叨中医药怎么去传承，真是撞鬼了。

于雪菲歪头想了想，问：我听说好像有一个西洋小鬼子一直在追求你。青桥可是个心高气傲的人，以他的条件，怎么会在情场上去争风吃醋？

罗小力叹了口气，说起小米勒如何死缠烂打，搞得她不胜其烦。因为这个歪果仁还不坏，又是一片真心，她怕伤害了他的自尊心。前些时候，小米勒死乞白赖约她喝咖啡，罗小力推辞不掉，索性带了强子一帮人去搅局，想让他就此断了念想。没想到偶遇"猥亵门"女主，小米勒由于表现抢眼，罗小力还不得不信守诺言，请他吃了一顿老北京炸酱面。这下坏了，这个歪果仁对面码齐全的炸酱面赞不绝口，对搭配的芥末堆、炒红果、驴打滚和豌豆黄也流连忘返，并由此对罗小力展开了新一轮攻势，弄得姑娘哭笑不得不知道怎样拿捏才好。

于雪菲一拍胸脯：这事问我，我是度娘呀。

罗小力不信任地瞟了一眼闺密：问你？这不，刚打来电话，叫我下午一定要去他们公司一趟，说有重要的事面谈。什么重要的事，哼，还不是公权私用，借机献媚。

于雪菲乐了：蚊子来例假，多大点儿个事呀？我在国外遇见的洋鬼子多了去啦，对付他们我有秘笈。

什么秘笈？罗小力很认真地问。

以其人之道，还治其人之身。于雪菲一口喝干杯中的咖啡，站起身说：他不是让你下午过去一趟吗？我跟你一块儿去会会这个西洋小鬼子。他怎么骚扰你的，我今天就去怎么骚扰他。

罗小力起身背上包，调侃说：这是骚扰？我怎么听着像是以身相许呀。

于雪菲回头瞪了一眼罗小力：什么以身相许，两肋插刀好不好？

两人开车来到韦斯林驻北京办事处，一到前台，于雪菲就喊：叫你们老板出来，本小姐要会会他。

接待小姐见状，吓了一大跳，她在这个位置已经站了两年，从来没有一位客户一进门就大呼小叫，何况还是一位衣着时尚，相貌姣好的美女。忙上前招呼：小姐，您有预约吗？

有。于雪菲说：《大众健康报》当家花旦造访，让他快点倒履相迎。

没等接待小姐说话，一个声音从楼梯上传来：罗小姐来了吗？欢迎，欢迎，热烈欢迎。是小米勒从二楼跑下来，见到罗小力他笑逐颜开，伸出双手做出拥抱状。突然，背对着他的于雪菲猛一下扯起大衣下摆，一个漂亮转身，做了一个杨子荣"打虎上山"中的开场亮相，大叫一声：呔！

小米勒吓得一激灵，罗小力忙介绍说：这位是加拿大韦斯林公司驻北京办事处首席代表米勒；这位是我的闺密，于雪菲小姐。

于雪菲这才注意到墙上中英文对照的公司名称：噢，你就是小米勒？

小米勒挺一挺胸脯，回怼道：正是，你原来就是于——雪——菲。

于雪菲瞪了他一眼：什么叫原来就是？本小姐原来是，现在是，将来也是。

小米勒高兴地解释：我的祖父每次来电话都会问我，有没有一个叫于雪菲的女孩来公司求职？说一旦你来求职，让我安排一个好的职位给你。

你祖父？于雪菲一头雾水：等等。你祖父不是韦斯林公司的创始人吗，他怎么会知道我？

当然知道。就是你在公司门口遇见的那个老园丁呀，他还浇了你一身水呢。小米勒兴奋地伸出双手，要和于雪菲来一个拥抱。

啊，那个老园丁原来是你的爷爷，怪不得说要代替你完成对我的面试呢。于雪菲向后退了一步：让我捋一下哈，你是老米勒先生的孙子，在受派前往北京任职前约了我面谈，因为得意忘形，放了我的鸽子，对吧？如此说来，我并不欠你一个拥抱，你倒是欠我一个道歉。

是，我向你道歉。小米勒双手合十：如果你肯屈就，本处虚席以待。

那就不必了，既然回北京了，我要自己创业，不会再给你打工。

小米勒没想到于雪菲会断然拒绝，他耸耸肩，做出一副遗憾的神态。

于雪菲大大咧咧说：既然是老熟人，咱们说话更不用拐弯抹角儿，本小姐今天来，就是想和你挑明一件事，以后不要再骚扰罗小力，她已经名花有主了。

名花有主？怎么可能。小米勒做出一副打死也不相信的表情。

于雪菲拍了一下小米勒的肩头：有什么不可能。中国女孩儿含蓄，人家不好意思让你死得太难看，你就别蹬鼻子上脸了。

正在兴头上的小米勒，像泄了气的皮球，顿时沮丧的不行：小姑奶奶，你说的是什么呀，我听不懂。

于雪菲哈哈大笑：小姑奶奶？这个词儿我喜欢。孺子可教，行，以后再想骚扰冲我来，看小姑奶奶怎么调教你。

小米勒在下楼前，本来还沉浸在一片喜悦和兴奋中。

兴奋当然是有理由的，那天他约了罗小力去看望柳若兰，现场开通视频，两位跨越半个多世纪的老人，喜极而泣——把记忆展开抚平，原来有那么多感人的细节在历史的皱褶里休眠。特别是最后的生死守望更是令听者动容，连小霞都蹲在柳若兰面前，激动地说：奶奶，您真了不起。

从柳若兰家出来，小米勒望着眼圈儿发红的罗小力说：你不觉得这是一个很有卖点的新闻题材吗？

罗小力瞥了他一眼：我首先把它当作一个令人感动的友谊传奇。

小米勒双手一摊：不过是视角不同而已。总之，你觉得不虚此行就好。

罗小力脸一昂：卖关子吧你就。又盘算什么鬼点子，不妨直说。

噢，No，No，小米勒连连摇头，这是一个十分重要的话题，必须要有庄严的仪式感，你等我电话吧。

上午打电话邀约罗小力见面后，小米勒和吴迪谈了他拓展业务的设想。

吴迪说，大陆的保健品公司一般是依托一个庞大的直销团队，在各个居民小区建立所谓的养生馆，以免费听课、免费领取鸡蛋、食用油、大米的方式，诱惑中老年人走进去洗脑，进行情感贿赂，进而用保健品挖空他们的钱袋。这不符合韦斯林公司的经营理念，作为外来公司也很难快速建立庞大的销售网络。

但是一段时间以来，小米勒注意到一个事实，在有近二十万居民的燕北街道，唯一一家保健品销售点，也在青桥的建议下被牧婧强行关闭了。而燕北社区居民文化层次普遍偏高，很多是高校退休教师和职工，他们的消费理念，对周边社区乃至整个消费群体都有强大的引领作用。韦斯林公司的产品设计和商业理念，和他们的消费需要和价值取向契合。如果韦斯林能够进入燕北社区，并站稳脚跟，无疑将极大地推动销售业绩的提升。

这个问题他以前和吴迪谈过，吴迪认为很难做到。因为汉伯主政时代他就找过牧婧，但是被拒绝了。牧婧的观点是，保健品直接关系到社区居民的身体健康，必须要有懂行的人把关，对产品质量进行评估和鉴定后才可以考虑进入；仅凭他们公司单方面拿出的鉴定和介绍，不足以放行。

小米勒说，现在不同了，现在我们有了青桥，有了罗小力，还有了柳若兰和我爷爷感人肺腑的人生传奇，只要尽早把那一段故事写出来，就可以为韦斯林公司的业务拓展提供强大的情感支撑。

吴迪认同小米勒的说法，只是觉得罗小力未必会俯首听命，因为像她这样心高气傲的记者很顾及自己的羽毛，文章沾染过多的商业气息会被同行诟病，而老米勒和柳若兰，也未必会同意把他们的这一段经历用于商业性炒作，让小米勒不要太乐观。

小米勒却信心满满。就在他和吴迪讨论得正热烈时，听见了楼下的喧哗。他知道是罗小力驾到，这让他非常亢奋。

小米勒没有想到，罗小力带来的这个白衣女孩儿如此厉害。

这个典型的中国美女与众不同，美丽中张扬着一股野性，像是刺玫，看上去艳丽，伸手去摸就可能会被它锋利的尖刺扎伤。

罗小力也觉得于雪菲的攻势过于凌厉，她怕小米勒下不来台，忙在一边打起圆场：米勒，我的这个闺密心直口快，你别介意啊。

她低估了小米勒的抗击打能力，对于雪菲的狂轰滥炸，小米勒只有十几秒的尴尬，很快就平和如初了，开始以守为攻：于小姐，我可以把你的话当作——小米勒双手朝上，做出一副冥思苦想的神态，然后蹦出几个字，一种鼓励吗？

于雪菲向小米勒挥了挥白嫩的小拳头：作，还作？信不信，我一脚把你踢到北冰洋，让你去陪北极熊跳伦巴。

小米勒摆出舞蹈范儿，原地转了两个圈儿：太好了，这真是一个非常美妙的创意。不过，现在我已经准备好了上等的咖啡，虽然追求罗小姐成了一种罪过，但不妨碍我们洽谈进一步的合作。

小米勒领路，三个人来到装潢考究的会议室。吴迪已经在那里等候，见到于雪菲有点诧异，他为众人斟上咖啡。

小米勒一指吴迪：这是我们办事处的副代表，密斯特吴。

于雪菲一摆手：不用介绍了，我们认识。又调侃说，在旧中国这就是二鬼子，也叫买办。现在呢，叫外国商社的中国雇员，正宗的高级白领。

吴迪有些尴尬，小米勒忙缓解气氛：她很厉害，她是小姑奶奶，她还要打我呢。在众人一片笑声中，小米勒用手正了正领结，神态认真地说，罗小姐，我想请你执笔写一篇文章，发表在《大众健康报》上，我会支付高额的稿费。

罗小力淡淡地说：写稿是我的工作，另付稿酬就不必了。不过，我要听一听是什么文章，我愿不愿意写。

小米勒注视着罗小力，目光中依然有掩饰不住的欣赏。

于雪菲瞪着小米勒，叫道：嘿，嘿，看什么看，小心点啊，别看在眼里拔不出来了。

小米勒有点无奈，他讨好地冲于雪菲笑了笑：罗小姐肯定愿意写，就是那个感人的世纪传奇，我正式向罗小姐提出邀约。

罗小力点点头：如果当事人同意的话，我可以写。

小米勒马上说：那太好了，不过，文章中有一条线索要贯穿始终，就是我爷爷与柳若兰女士的友谊。他看了一下众人，有些故作神秘地强调，必须由此生发出韦斯林公司对中国人民的友好感情，以及韦斯林公司的商业理念、产品设计和博爱的情怀。作为答谢，我可以在《大众健康报》连续做十个版的广告，价钱你们定，我不还价。

罗小力不屑地哼了一声：按你的思路，这篇文章完全变味了，成了一次典型的商业操作，这种文章我写不来，你另请高明吧。

吴迪看了一眼罗小力，有点幸灾乐祸的意思。

小米勒却不气馁，他轻轻敲击了几下桌面：罗小姐，你先不要着急拒绝，你对高昂的稿费不介意，你们报社对高额的广告费难道也不介意吗？

罗小力有些不悦，她盯着小米勒，一字一顿地说：介意。但是，这和我接受不接受写这篇文章没有半根辣条的关系。

于雪菲觉得罗小力说这句话的时候特别帅，简直就像一位英气爆棚的女侠，于是竖起大拇指：厉害了，我的姐，我挺你。

这时候，罗小力的手机响了，她摁下接听键，喂了一声，神色突然变得焦虑：什么，什么，他现在有危险吗？

大家望着罗小力，不知道出了什么大事。

7 事出反常

青桥因为送医及时，经过救治已无大碍。依罗凡的意思，可以留观两天，青桥不干，只住了一天就回家了。

经过认真检查，青桥找出了这次试药失败的两个原因：一是无良药商为了卖相好看，其中的黄柏曾被甲醛浸泡；最为关键的是，老方子明确提示，有毒瘾者先倍量，后减半服之；如无瘾不可服用。可惜，这几个字被黑墨遮盖住了，青桥还是查阅药典才发现了类似提示。

这次试药，他的反应比较强烈，先是全身变得麻木，不管是碰到手脚，还是身体其他部位，都少有知觉，后来就慢慢沉睡过去。醒来之后，浑身软弱无力，走起路来有如腾云驾雾，两天后才逐渐回归正常。青桥记下了服药后的身体变化和细微感受，为中药组方提供了重要参照。如果排除药材污染，这个方子对于阿片类药物依赖的患者应该有疗效，他打算在确保药材无污染的情况下再一次试药。

青桥急着出院，是有两件事必须抓紧时间办。

睡了一觉起来，他神清气爽，就急匆匆来到二叔办公室。

青子翔坐在老板桌后，抬头看见青桥，绷着脸问：你为什么不敲门？

青桥见二叔这副神态，知道他心中有气，就一咧嘴：我还用敲门？

青子翔合上文件夹，揶揄道：你是谁？这里只有创融置业的老板青子翔，他不认识什么青桥，也不想攀高枝儿。

这几句话是压着火说的。刚才一见青桥，青子翔就怒火中烧，因为后来他知道"霞光宫殿"的转型方案所以被否，青桥起了很大作用，这让他很受伤。青子翔虽然自私、啃老，但是客观地说，从小对青桥疼爱有加。没有单独立户时，有了好吃的他总是和侄子分享，青子飞舍不得给儿子买的玩具，只要青桥说了，他也会慷慨解囊。成家立业后，依然对青桥关爱有加、视如己出，叔侄俩的关系一向不错。没想到，性命攸关的时候被亲侄子背后捅刀，青子翔焉能不气？如果不是强压心头的怒火，恨不得冲过去抽他几个嘴巴。

青桥在父亲征求意见时明确投了否决票。

他是真心担心二叔：听说您和史一兵已经签了借款协议？

青子翔不屑地反问：《大众健康报》发什么文章要向你请示，创融置业有什么经营决策也要向你请示，你以为你是谁呀？

青桥心里起急：我是谁？反正我不是摆摊算命的，唠不出您喜欢听的嗑。不过我还是要说，二叔，史一兵是什么人，您难道不知道吗，他的钱怎么您也敢用？

青子翔一拍桌子：笑话，我倒是想让青家帮我渡过难关，只是你奶奶把我骂了一顿，你们父子又背后捅了我一刀。怎么，你们还不解恨吗？

青桥心里委屈，反问道：青总，史一兵是慈善家吗，他凭什么要以低于银行贷款的利息借你钱？是因为我揭露过"虫草口服液"的骗局，他要感谢你？还是我在康太论证会和慈善酒会上的发言，他听了高兴？您怎么也不动动脑子。

青子翔愣了，"虫草口服液"事件他是清楚的，以为史一兵不会知道他和青桥的关系就没太当回事。前两天青桥打电话阻止向史一兵借钱，他听了没两句就把电话挂断了，怎么又扯出论证会、慈善酒会来？

听青桥大体讲了一下情况，青子翔问：他知道我和你的关系吗？

吴迪和史一兵走得很近，他和陈伟是中学同学。青桥解释说：您前些时候，要用爷爷的遗产到银行去抵押贷款，公司上层不是也知道吗？我估计咱俩的关系已经不是什么秘密了。

青子翔一听，又气又急又无奈，他叫进陈伟问：我和青桥的关系，史一兵知道吗？

陈伟莫名其妙地看了一眼叔侄二人，略一沉吟，说：应该知道吧。我和吴迪说过，怎么啦？

青子翔听罢，焦躁地站起身又坐下，冲青桥吼：反正借款合同已经签了，钱也到公司账上了，说这些还有屁用？再者说，借款数额、利息、还款时间都白纸黑字写在那里，我严格按照合同执行，能出什么问题？

青桥并没有理会青子翔的态度，追问：这笔款子可以用多长时间？

陈伟在一旁答：13个月呀，有了这段时间，公司的资金周转就盘活了。按期还款应该不成问题。

13个月，为什么不是一年呢？

陈伟解释：开始定的是一年，后来史总又宽限了一个月，让我们从容点。他也不是学雷锋做好事，这里有吴迪很大的面子；合同里还有一条，"霞光宫殿"建成后要免费为康太提供一家专营店。我和青总计算过，算上房租，借款利率早就远远超过银行贷款了，康太根本就没吃亏。

青桥犹豫了一下，问：我可以看一下合同吗？

青子翔余怒未消：又不是中药处方，你看什么？免了吧。

青桥苦笑：二叔，我知道您心里还在生我的气。不过，我反对安平寿险马上投资这个项目，真的是为了您好。正好陈伟也在，咱们不妨有话直说。"霞光宫殿"的养老项目，除拼凑了几个时髦概念，从硬件到软件有什么实在的东西，你们能具体论证一下吗？

青子翔看了一眼陈伟。

陈伟回答："霞光宫殿"是一款复合型养老社区，注重健康管理、医疗配套，以智慧健康、智慧生活，呵护每一位入住者的生活品质。

打住。青桥一挥手，神色中流露出明显的不快：陈伟，你是学建筑的，作为一个职业地产项目经理，你张口就是这些空洞的概念，不觉得害臊吗？什么智慧健康、智慧生活？单说硬件，你们提供给安平寿险的楼盘方案与一般的房地产项目有多大区别？不过是在浴室里铺了防滑砖，在客厅、卧室、卫生间里加了呼救拉绳，一旦业主需要可以及时通知物业和医疗站。我请问，如果老人摔倒了怎么办？七八十岁的老人不同于年轻人，一个跟头也许就会造成粉碎性骨折。

青子翔说：出现这种情况我们可以及时救助，后期由专业人员护理。

青桥摇摇头：老人摔倒能不能拉到救命绳暂且不说，即便你们救护及时，伤害已经造成了。中医有治未病一说，硬件设施中也要尽量防患于未然。比如老年人腿脚不便，可否配置自动床？老人腰肌劳损，可否配置升降坐便器？老人容易摔倒，可否加配腰部气垫？是的，这些设施传统房地产项目是不会考虑的，这才为健康养老打开了想象空间。

这些不是不可以考虑，健康养老是我们楼盘主打的特色。

青桥摇头一笑：二叔，就凭你们目前对健康养老的理解，恕我直言，非但彰显不了这个特色，弄不好反而会酿成大祸。

青桥觉察到了二叔目光中掠过的不屑，并没介意：我看到设计方案中，为了采光，在向阳面要做成落地反光玻璃幕墙，对吧？这会对周边环境造成光污染，被减弱的阳光缺少热度，照进室内的光线就会不足，对入住者的情绪产生负面影响。而且有色玻璃也阻挡不了紫外线射入，时间长了会增加入住者视网膜出问题的概率，这些你们想过没有？其次是风洞效应。

你们的楼间距比一般楼盘要大，但是数座连排，中间有消防车道，整整齐齐，像是士兵列队，外面四级风，这里就得达到七级。这种设计布局面对老年表虚人群，感冒患病率会大量增加，从健康角度是不合理的。

青子翔有所触动，嘟囔了一句：原来还有这个讲究呀？

还有，青桥接着说：为了突出养生特色，你们在中间要圈出一块绿地，一条人工溪渠。可是四面高楼，空地没有阳光，人在中间就会无所适从。从中医的角度也是一种不合理的环境结构，对老年入住者的健康伤害会形成累积效应。

陈伟问：你的意思是要注重健康细节？

青桥看了一眼陈伟：怎么说呢？要注重的健康细节还有很多。比如，一日三餐是老年人最需要动手的事情，厨房的设计就要不同于一般的商业楼盘，厨房的台面，要考虑到坐在轮椅上能不能轻松料理；洗碗池的水龙头最好采用传感器操控的，不用触碰，只要对着传感器挥手就可以控制水流；插座的高度也要考虑老年人的方便性，应该设置为45cm和90cm两种高度，坐在轮椅上或是直立都可以轻松够到；灯光的设计往往会被忽略，但是它影响着人们对于居住空间的体验，要做到白天晚上可以自动调节，依据不同的自然光环境照明。

青桥停顿了一下：二叔，如果你不反对，我愿意依据中医的五行原理为你们的方案提供一些参考。比如，哪里竖立雕塑、哪里彰显色彩，会缓解住户的抑郁，激发起内心的宁静与喜悦感。总之一句话，好的养老楼盘设计，不是把养老空间设计成整齐划一的护理中心，而是要更加彰显家的舒适、安详，即便是坐了轮椅，也能拥有自己的理想生存状态。

陈伟被青桥征服了，他的思维确实开阔，如果说之前只是被征服了三分，现在眼瞅要突破十分了：我明白了，细节设计其实是为完成一种观念的改变——老年人是需要"被照顾的"人，但老年人也是对"生活有所追求的"人。

青桥伸出大拇指：对，观念最重要，观念改变了，好的细节就像水要烧开时的气泡，会不断冒出来。

青子翔看了青桥一眼，不无担忧：这样入住费用可能要提高。

青桥耐心解释：本来养老需求就是多层次的，既然"霞光宫殿"打出的旗号是高端养老社区，就要在硬件上名实相副。而且，账要看怎么算。必要的养老硬件批量定制、批量安装，肯定比单独定制和安装成本要低很多；一旦身体受到伤害请人护理，不但生活质量大幅下降，养老成本也要成倍上升。所以，只要服务到位，适当提高一下入住成本是合理的。当然，你们只能获取合理的利润，老年人的昧心钱一分也不能赚。

见两人无语，青桥又说：说到智慧养老，二位，你们了解现在智慧养老的趋势吗？告诉你，小区要实现全方位 Wi-Fi 覆盖，打开房间配备的智能移动终端，便可实现一键呼叫控制中心、护士站、中心食堂点餐服务、社区娱乐活动场所、老年大学课程，甚至模拟场景式治疗体验。智能服务终端同时和子女手机相连，老人随时可与子女进行视频通话、聊天；随身携带的智能门禁卡具有 GPS 定位功能，不但可以充值购物、刷卡开门、吃饭，还有突发情况求救、电子围栏等功能。患有阿尔兹海默症的老人，一旦走出社区可以立即发现。

陈伟真没想到，一个中医大夫居然有这么超前完善的养老理念。

他哪里知道，自从中医科负责燕北社区居民保健后，青桥在养老问题上没少花心思，他不但研究了大量国外的养老模式，也对国内的各种养老模式做了考察，无非居家、社区和机构三种。"霞光宫殿"属于机构养老，居家和社区养老的一些成功做法，他打算在燕北街道的八个社区借鉴。

见青子翔已经不再剑拔弩张，青桥又恳切地说：二叔、陈伟，如果"霞光宫殿"所谓的智慧养老、健康养老，连你们都不能自我论证，在房地产遭遇寒流的当下，即便安平寿险投资共建，谁能担保验收通过，后继的操作不受到政策性打压？一旦验收不能通过，或出现系统性风险，不光我爸的安平寿险要承担投资失误的责任，二叔作为总经理的创融置业不也要陷入灭顶之灾吗？我所以力阻安平不要马上投资，真心是对二叔你负责。

青子翔不得不承认青桥说得有道理，对照"霞光宫殿"的转型方案，在硬件和软件上确实还有一定差距。其实，青子飞打回他们的论证方案，是希望进一步完善，而青子翔觉得是找碴，故意刁难他，脑子根本就没往怎么完善上去想。正好史一兵伸出橄榄枝，就慌不择路地扑上去了。

事出反常必有妖。这个"妖"会是什么呢？

8 于雪菲布局

"苏泰辣椒"是一家泰国风情的餐厅。

门口，左右各站一只半人高的暗红色木象，刻工精细、造型朴拙；迎面是一幅大型的木雕佛祖，眼睑下垂、神态安详，似乎是参禅入定后，在祝福滚滚红尘中的芸芸众生。餐厅里，吊顶和墙壁全是木质结构，造型和挂饰很有异域色彩；潺潺流水绕过曲径回廊，壁灯、吊灯洒下片片光晕，使人仿佛置身于云雾缥缈的上天仙界，清幽深邃的世外桃源。

青桥走进包房时，小米勒、于雪菲和罗小力已经在等他。

见到青桥推门进来，小米勒站起身走到青桥面前，双手握着他的肩膀晃了晃：嗯，还是那个青桥，可以和我大战五百回合的青桥。

青桥拨开他的手：小米勒，你这是整的哪一出？在我们中国可是有规矩，谁提议谁买单，你不怕我们今天宰你？

从创融置业出来，于雪菲通知他，小米勒已经在"苏泰辣椒"订了包间，敬等他光临。

前天，小霞打电话告诉罗小力青桥住院了，罗小力他们本想马上去医院看望，被青桥坚决阻止，答应出院后接受他们的慰问。

于雪菲走过去，拉着青桥坐在自己身旁，说：你没事吧，以后再别制造这种惊悚事件了，你吓到我们啦，宝宝的小心脏可受不了。

青桥自嘲道：我是纸糊的吗，你们也太低估我的抗击打能力了。

罗小力望了青桥一眼，目光中除了关切，便是款款柔情：牛吧你就，胃都被洗干净了，今天正好补一补。说着招呼服务员上菜。

小米勒为大家斟上啤酒和饮料，举杯提议：来，为青桥的健康干杯。

酒过三巡，于雪菲故意绷着脸说：我不太懂酒桌上的规矩哈，我是应该排队笑，还是可以直接笑。

青桥看着于雪菲：你又憋什么坏呢？

于雪菲已扑哧笑出了声：前些天我偶然听到一个段子，非虚构啊，堂堂的青大教授，颜值爆表、医术超群，是无数白富美心中的男神，却趁看病之际，猥亵一个半老徐娘，为此还被派出所叫去训诫了一番。如果不是

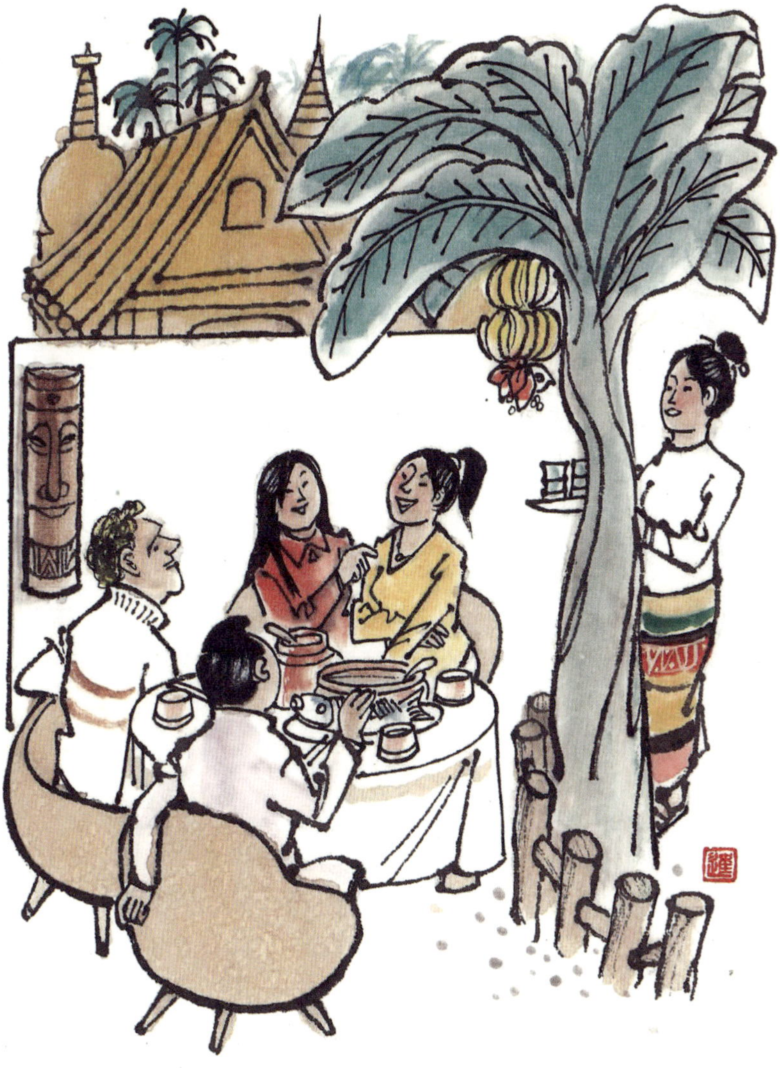

小力姐，她抬手又指了一下小米勒，还有这个小歪果仁拔刀相助，也许现在还停职反省呢。

说完，自顾自大笑起来。

众人见于雪菲一个人笑得前仰后合，觉得她笑的样子本身就十分可乐，后来被她的笑所感染，也纷纷大笑起来。

于雪菲笑得上气不接下气，断断续续说：这个桥段太……太没创意了，要，要找人下套儿，怎，怎，怎么也要找一个像我这样或者小力姐这样的，要不然可信度太值得商榷了。

小米勒捂着肚子笑：你太有趣了，小姑奶奶，在你嘴里一出闹剧变成了一幕喜剧。

于雪菲止住笑，一本正经说：青桥，你不觉得这事有点蹊跷吗？你"猥亵"女病人的时候，护士正好被叫走，而且也没有什么大不了的事，无非是托那个护士在香港的亲戚买一套SK-II牌子的化妆品，这话什么时候说不行呀，所以，我严重怀疑，你们这个院长是猥亵女的同谋。

罗小力吃了一惊，前几天她过27岁生日，父亲是送给了她一套SK-II牌化妆品，说是托同事特意从香港买的。于雪菲居然把这两件事联系到一起，太奇葩、太有想象力了。好在大家并不知道她和罗凡的关系，她也没有必要去为罗凡辩解，自寻尴尬。

青桥替罗凡洗白：亏你想的出，世界上无巧不成书的事多了，一垄茄子一垄葱，这两件事怎么能扯到一起？院长一直对我不错，我们亦师亦友。

于雪菲不以为然地咂了一下嘴：话可不是这么说的。

得了，得了。青桥打断她：换个话题吧，你不是说在加拿大时曾经向韦斯林投过简历吗？他就是韦斯林驻京办事处首席代表米勒。估计他不会拒绝一个精通东西方文化，具有国际视野的渥太华大学营养科学硕士吧？

于雪菲摆摆手：不劳你介绍了，我早就认识这个洋鬼子了。而且，我已经正式向他发出警告，不许再骚扰小力姐。否则，小姑奶奶我大刑伺候。

小米勒装出一副苦逼相，神色沮丧地说：太憋屈了，青桥，我就像一只落在玻璃窗上的蜻蜓，前途一片光明，而我却找不到任何出路。

青桥打趣：你这个小歪果仁，网上刚出炉的热词都学会了？

于雪菲一脸得意：明白什么意思吗？趴着别动，可确保没有性命之忧。

小米勒端起啤酒，高兴地说：你的意思是会手下留情？那我就安息啦。

安息？于雪菲惊讶地望着小米勒发出一阵大笑。

青桥和罗小力也很配合地笑起来。小米勒被笑毛了：怎么，我不该安息，你们为什么笑？

于雪菲笑得直拍桌子：该，该，你不但应该安息，还可以永垂不朽。

望着一脸无辜的小米勒，青桥有点于心不忍，他认真解释道：安息，Parthia，是死亡的意思；正确的单词是relieved——安心。又对于雪菲说，别笑了，再笑就不厚道了。说说吧，小力和牧婧你也都认识了，你的秘密可以揭晓了吧？

于雪菲故作矜持地点点头：好，我可以把我的秘密发给你。说着拿起手机操作了一下，然后抬起头问：你这次中毒，我听小力姐说是因为试药，肯定和你正在研制的中药组方有关，牧主任也说了，你已经开始给他们社区的老年患者用药，这说明进展还是不错的嘛。

罗小力搭话：还多亏了小霞，这个女孩儿我接触过几次，很聪明、很能干，还是卫校毕业的中专生，我看顶的上你半个秘书了吧？

青桥正在专心致志地阅览于雪菲发过来的邮件，漫不经心地点点头。

于雪菲问罗小力：小霞？哪路大仙儿。

青桥抬起头搭话：奶奶的保姆。还真得感谢我们院长，是他介绍来的。说实话，这样贴心、能干又聪明的小保姆，真是打着灯笼也难找。

于雪菲有些吃惊：你们院长真够热心呀，还管介绍保姆？越界了哈。

青桥奚落于雪菲：不该操的心别操，不怕老得快嫁不出去？见于雪菲涨红脸要反击，忙双手下压，得，得得，听不听我对你这个设想的意见？

于雪菲乐了：当然，你的意见对我至关重要，不过要拍砖悠着点。

干吗拍砖，我要给你点赞。青桥诚恳地说：你的这个创业方案很接地气，有调研、有数据、有前瞻、有亮点；不像你刚回来时的想法，异想天开、不着边际。作为一名中医传人，推动大众健康事业的发展，本身就是我的职业要求，我愿意为你完成设想提供助力，而且分文不取。

于雪菲转过身抱住青桥亲了一口：你这样说，我有底了。回国创业，我就是为了助力"健康中国"，在推动全民大健康中实现自身价值。

小米勒被诱发了好奇心，他双手合十，对于雪菲说：小姑奶奶，你的创业设想可以给我看看吗？也许我们会以某种方式合作。

于雪菲歪着头想了想，递过手机，调皮地说：看可以，不能复制拿走。

青桥问罗小力：罗大记者，这个方案你肯定看过了，你觉得可行吗？

罗小力点点头：我也是在来的路上看的，应该说是一个很有前景的项目。用我们业内的话说，就是社会效益和经济效益都有保障。不过，这个设想的启动要有一笔不菲的资金，不知道哪个风投能有眼光？

我跟几个风投接触了，他们都说可以考虑加一磅。我正选择有社会责任感的风投合作，只想赚钱的找上门来也不要。

小米勒已经看完了创业设想，他把手机还给于雪菲：你的设想很符合我们韦斯林的理念与定位，如果你需要，我们可以考虑投资。

打住。于雪菲喝住小米勒：别以为有钱就是爷。现在，不是你愿意不愿意投资的问题，而是本姑奶奶接受不接受你投资的问题。

小米勒谦卑地一笑。他今天算是彻底明白了，于雪菲为什么不肯加盟韦斯林。一般美女的梦想是做王妃，她的目标是当女王。

酒足饭饱，小米勒坚持买单，并一本正经地陈述了三条理由，饭局是他提议的；本来他还欠于雪菲一个郑重其事的道歉，入乡随俗，这个道歉不只是口头上的，而且要付之于行动；他获得了新的合作商机。

青桥见小米勒一片诚意，就不再坚持。

出门时于雪菲的手机响了，她看了一眼立马摁断。

青桥注意到她在席间已经 N 次摁断手机，奇怪地问：谁的电话，你怎么总不接？

于雪菲一脸苦大仇深：还能是谁，我老妈呗，烦死人了。又神秘地冲青桥一笑，不过，我给她布了一个局，估计她现在正蒙圈呢！

青桥被吓到了，问于雪菲：布局，你布了什么局？

第八章

1 过　招

对决的时刻终于来到了。

像武林高手过招，表面上气定神闲，其实都暗中运气发力。这不是一场公平的较量，韦斯林得手至多毫发无损，全身而退；可是一旦失手，轻则支付巨额赔偿金，重则搭进几十年集腋成裘、聚沙成塔构建的商业信誉。所以坐在来宾主位上的小米勒看似轻松，而桌子下不断抖动的右腿，说明他心里并不踏实。

小米勒右手坐着副代表吴迪，左边是一中一外两名雇员。

史一兵准时走进会议室，他的身后跟着罗凡、严婷婷和两名公司高管。

一进门，史一兵就双手抱拳：贵客光临，蓬荜生辉，这一天我期待很久了。坐上主位后他伸手介绍，这位是我们集团的健康顾问，另外几位大家都见过，老熟人了。又扭头对严婷婷说，怎么样，严副总，签约开始吧。中午不是还在西苑饭店旋转餐厅准备了丰盛的庆祝酒宴嘛。签完字，我们不妨移步西苑饭店，那里的气氛可比这里要轻松呦。

严婷婷矜持地一笑，打开文件夹说：那好，康太集团与韦斯林公司的战略合作筹划已久，今天是最后的签约时限。两家的合作具有跨时代意义，它不仅会提升康太集团和韦斯林公司的社会影响力，拓展我们两家的商业空间，更重要的是可以为中加两国人民，乃至人类带来健康福祉。好事多磨，今天总算可以顺利签约了。下面，请吴迪先生介绍一下合作的背景和基本情况。

吴迪打开笔记本电脑，点出合同文本：这个项目是汉伯先生任首席代表时，双方经过多次洽谈达成的共识，合作方式在协议中有明确界定。本来汉伯先生离京述职前有意正式签署，但他一向办事谨慎，说还是向总部做进一步汇报后再回京履约。

史一兵插话：米勒先生已就任三个多月，签署这份协议可以说是瓜熟蒂落、水到渠成。

吴迪点点头：为此，我们双方还签署了一个备忘录，对彼此的权利和义务做了进一步的明确和限定。说着打开公文包，抽出一份打印好的合同，挥了挥，米勒先生上任以后，我就此事已经多次汇报，并明确表达了韦斯林驻京办事处的态度，就规模、实力、企业文化和商业信誉而言，康太集团是值得信任的。

密斯特吴，你说的驻京办态度，应该是汉伯的态度，而不是我，对吗？小米勒用手轻轻敲击着桌面。

严婷婷不动声色地接过话茬：据我了解，米勒先生就职以来一直没有明确反对过这个项目，所以我认为，前后两位首席代表的立场是一致的。况且，备忘录上加盖了双方公章，不会因为人事变更改变它的法律效力。同样的合同我和吴迪先生人手一份，两位老大也都分别审阅过了，没有新的意见可以签署了。

史一兵接过合同，唰唰几笔签上名字递给小米勒，又接过吴迪递过的合同大体审视了一遍，也签了名递给小米勒。

小米勒接过合同，看也没看就放在桌子上，他一扫平时的青涩，神态变得异常凝重：如果我没有记错，合同的第二款第一条规定，在所有的商业经营活动中，双方必须遵守诚信理念，维护各自的商业信誉。如一方发现另一方有违反上述原则的问题发生，有权单方面终止合作。

史一兵料到会有这手儿，故作镇静地说：我知道，米勒先生指的是什么。确实，前一段时间在互联网上，围绕康太集团曾经有过一些负面评价，但那不过是我们的竞争对手，为了打击康太所采取的不正当竞争手段，说明不了什么。

小米勒再度发力：据我所知，揭露康太集团商业欺诈行为的发帖人叫青桥，他是一家国有医院的中医大夫，而不是其他保健品企业的代言人。

史一兵轻蔑地摇摇头：米勒先生，你对中国太不了解了，职业能说明什么？他可以是一名医生，也可以同时是某个保健品品牌的利益相关者，这并不能为他洗地。你换一个视角，就会无视网络上的那些流言蜚语，而更加相信康太的清白了——如果康太真的违法乱纪了，为什么国家的职能部门在看到那些负面消息后，没有追究和制裁康太集团呢？

小米勒本以为，经历了网上风波、论证会和慈善酒会事件后，心理承受能力一般的人会偃旗息鼓；史一兵即便无耻，也会像被网住的鱼，随便扑腾几下而已。没想到他能如此大言不惭，巧舌如簧，看来不拿出点实锤他不会就范：贵公司要与韦斯林合作的"宝字系列"，缺乏严谨的数据支持和科学论证，这在钓鱼台国宾馆的论证会上已经被青桥先生严重质询。在康太对它没有实质性的改变前，贴上韦斯林的标签，作为一项合作成果向消费者推荐，我们是不会同意的。

史一兵点上一支雪茄：米勒先生，你不觉得你的说法有些轻率吗？

轻率吗？小米勒一指墙上的禁烟标志：遵守规则体现在所有的细节上。

又一努嘴儿，一名雇员打开随身携带的电脑连接投影仪，对着门的墙上出现了青桥的录像和画外音——今天的慈善酒会所以在康太集团总部举行，并且增加了人脸识别程序，就是怕我到会。因为他们假中医药名义兜售伪劣保健品，危害大众健康，有见不得人的内幕。

青桥的录像刚出现时，史一兵嘴一撇，摁灭了手中的雪茄。

投影定格，随着青桥的话，史一兵的脸变得僵硬起来：上回的慈善酒会没有来得及播放下面的录像，现在，各位有机会把它看完。当然，看完之后史先生依然有可能强词狡辩，我希望就此提起诉讼，它就可以作为证据提交法庭。

小米勒打了一个响指，员工一点头，开始播放录像。

这是小米勒秘密取证的收获。还是在温哥华，他就在汉伯提供的资料中，发现了康太的某些重大疑点。比如，神秘保健品治好了小草莓的癌症；一个秘方的收购价高达几千万元。一到北京，小米勒就秘密委托了一家调查公司，该公司侦探伪装成康太的工作人员，想方设法找到了小草莓的父母和秘方的出让者，套取了事情的全部真相。事实差点惊掉小米勒的下巴：小草莓早已不治身亡，康太花50万元摆平了此事；对外宣称上千万收买的秘方，实际花费不过 20 万元。

史一兵看到这两段视频后，一下子愣了。

好久，他才缓过神来，脸阴得像是要下雨：看来，米勒先生这段时间没少做功课。我也有一盘录像，看看韦斯林公司驻北京办事处的首席代表，除了雇用私人侦探窥测别人的隐私外，还做了什么。

史一兵说着一抬手，示意员工播放。

墙面上出现了小米勒在洗浴城和高档 KTV 包间的录像。

有歌厅小姐陪他唱歌的场景；也有他进入高档客房后，一个身着暴露的女孩儿尾随跟进的画面。

史一兵知道，像小米勒这样的名门望族，对子女的道德约束极严，嫖娼、外遇是很没面子的事。可惜上任以后小米勒行事严谨，几次婉拒了吴迪约他到娱乐城消遣的盛情；他本人一共才有两次休闲娱乐的经历，而且在 KTV 包房，他只让小姐点歌，并没有对她们动手动脚。那一次他洗完温泉进入包房休息后，不到 3 分钟就把尾随而入提供特殊服务的小姐赶了出来。没想到，这个一见美女就两眼发光的歪果仁还挺爱惜羽毛。

小米勒笑了：谢谢你，史先生，我的祖父总是来电话让我学会放松，他如果看到这段录像会很开心。说着，摆出一个很遗憾的手势，应该告诉你聘请的私人侦探，必须要把妓女进入和出来的时间拉开距离。三分钟，哼哼，你也是一个成熟的男人，你认为会完成什么交易吗？

没想到青涩的小米勒如此狡猾，一下子就发现了漏洞。

史一兵恼羞成怒：你不要得意得太早，仅凭以上经不起推敲的证据你就要单方面违约，必须支付 1000 万美元的违约金，否则我们法庭上见。一家刚刚登陆中国的保健品公司，还没站稳脚跟，就官司缠身，总不是一件很风光的事吧？

小米勒嘲讽地摇摇头：我很认同一句话，像你这种商人，在生活这部连续剧中应该活不过 5 集。你能出演到现在，已经非常努力了。我很佩服你的演技，真的，史一兵先生。

史一兵一下被激怒了，他腾地站起身，一指小米勒：你——

各位，少安毋躁。一直沉默的罗凡说话了，他扯了一下史一兵的衣角：史总，你不是一直强调，康太要想成为一家国际化企业，就要不断完善自我吗？我以为，尽管米勒先生说到的问题与事实有些出入，但是在经营理念和市场运作方面，我们也确实有进一步提升的空间，只有不断加强内功修炼，才能持续发展。从这个角度看，米勒先生今天的批评是应该引起我们重视的，这也反映了作为一家国际化企业，韦斯林公司的企业文化和经营理念确实值得我们学习。我想既然这样，双方的合作就先按下暂停键，等条件成熟了再重新启动也不迟嘛。

在场的人听了罗凡的这一席话，大都有点蒙圈，只有严婷婷一声冷笑，心里说：姜，到底是老的辣！

2 冷氏父子

那天青桥从"苏泰辣椒"出来后，总觉得少了点什么。

少了点什么他也说不清，初冬的北风一吹，青桥明白了，少了牧婧。

如果把秋天比喻成一位深闺中的美女，那么，初冬就是高贵的公主了。路边的树叶已经变成了金黄色，那是公主身上昂贵的饰物；习习的北风略带寒意，那是公主沉稳的脚步。青桥突发奇想，如果用季节比喻女人，于雪菲应该是热烈的盛夏，而罗小力和牧婧则无疑是秋日与初冬。

青桥没有开车，罗小力要送他，青桥说：我想一个人走一走。

朋友们都开车走了，青桥才知道，自己哪里是想独自走一走，分明是想去看一个人。没有她在身边，即便座无虚席，他也觉得孤单。

这个人是牧婧。

知道牧婧有婚史，还独自带着一个5岁男孩后，青桥心里就不断有两个小人儿打架。一个说，你是标准的钻石王老五，什么样的女孩儿找不到，干吗要找一个单身母亲呢？她哪里打动了你，高冷、孤傲，甚至还有些自闭；另一个说，都什么年代了，你一个有海外学习背景的医学博士，怎么还有这样陈腐的婚姻观念？爱是两颗心的靠近，不是两种身份的叠加，没有两情相悦，再精致的琴弦也弹奏不出动人的乐章啊。两个小人儿就这样打呀打，搅得青桥心神不宁。这些天他全身心投入中药组方研制，想划起事业的小船避开情感的浪头，好像成功了，工作中他不再想牧婧；殊不知，他的思念是秋千，荡出去了，又身不由己地荡回来。闲暇时，牧婧的一颦一笑如同皎洁的月光，会穿过他记忆的缝隙占据整个脑海。那天在"正院大宅门"聚会，牧婧爽快赴约，倒让青桥很不习惯。他知道牧婧是想放下，牧婧放下没放下他不确定，确定的是自己没有放下。

青桥决定，去燕北社区找她。

见青桥推门进来，牧婧很惊讶。

她看出罗小力对青桥情有独钟，一个中医才子，一个媒体精英，郎才女貌，门当户对，没有谁会否认这两个人是天作之合。牧婧在内心也做了一番比对，无论从哪个方面，罗小力都比自己更适合青桥。她观察两个人的关系，像是咖啡中调入牛奶，圆润、融合。既然如此，自己就应该回避，放手不也是一种爱吗？所以"正院大宅门"的聚会她很爽快地答应了，她把它想象成了纯粹的朋友交往。不过，理智可以让她选择退出，感情却无法令思念终止，她还会时不时想起青桥。手机响了，她会下意识以为是青桥打来的；门口传来脚步声，她暗暗期盼是青桥来了。可是当青桥真的站在面前时，她却有些张皇失措。

你怎么来啦？

我不能来吗？青桥故作轻松地一笑，想以此掩饰心中的尴尬：牧主任，社区居民的健康档案都建立起来了吧？我想抽查一下。

牧婧这才缓过神儿来，忙掩饰：欢迎，欢迎青主任指导检查工作。这项工作很繁杂，但牧婧动手能力强，建档联网、资料上传、网络管理都很娴熟。她在电脑上点出社区居民的健康档案，站起身说，你检查吧。

青桥坐在牧婧让出的椅子上，他感受到了椅子上还留有牧婧的体温，这竟让他的心跳有点加速。以牧婧的严谨和干练，健康档案肯定无可挑剔，他移动鼠标，浏览了一下说：不错，很规范。

牧婧看出青桥的局促，换了个话题：你介绍的那个小妹妹真是能干。

青桥疑惑地问：于雪菲，能干吗？

当然。牧婧由衷感叹：别看雪菲妹妹平时有点大条，可是干起事业来绝对不让须眉。没听人说吗，每个人都有眼睛，可不见得都有眼光；每个人都有脑袋，却不一定都有智慧。这个小妹妹两者兼具，厉害呀。

青桥的精神松弛下来，好奇地说：我今天才知道她有一个野心很大的创业设想，你和罗小力都参与了密谋，就是一直瞒着我。

牧婧笑了：雪菲是想尽量出手一个完美的计划，让你没机会拍砖。

青桥接过牧婧递过的水杯，喝了一口调侃：牧主任真抠门，连点茶叶末都不肯放。

牧婧辩白：白开水养人，我看你不是一直喝白开水吗？

青桥心头一热，连自己这样的生活细节她都观察到了，不免有些感动。他把水杯放在茶几上，问：看来你对于雪菲的设想很认可？

是。真没想到雪菲的想法那么具有前瞻性，在街道党委一讨论就博得了满堂彩。特别是YBL生活馆中的第二部分，饮食干预和健身干预，很实用，很有可操作性。

青桥认同。一谈到居民健康，他就像回归水中的鱼，思维立马活跃起来：我有一个朋友，是北京安贞医院心内一把刀。他的专家门诊一上午要看30个病人，说出来你可能不信，其中因为动脉狭窄，真正需要做心脏搭桥手术的也就5个人。剩下的25个人有一半是没有达到血管堵塞75%的，也就是说没有达到搭桥标准，你知道，对这部分病人医生的诊断结论是什么？

牧婧歪着脑袋，好奇地问：是什么？

定期到医院复诊，什么时候达到75%了，搭桥。

牧婧摇摇头，叹一口气，神情有些无奈：你是不是想说，这部分人如果有了正确的饮食和健康干预，就可能不用做手术？

不是可能，是可以。青桥感慨地说：如果预防到位，他们的血管堵塞终身可以控制在75%以下。美国的圣路斯医院得克萨斯心脏研究所，对286名心脏病患者做过测试，采取正确的预防和保健措施后，心功能四级的完全可以恢复到二级，个别还可以恢复到一级。看牧婧神色有些不解，又说，美国对心血管疾病的患者是分级制，什么叫四级？只能平卧，一下床就喘。二级可以正常运动、上班、出差、旅游，一级还可以生孩子。

这样说来，健康咨询和预防指导大有可为呀。

那当然，你不要小看预防两个字，这在国外是一个专项课题。中医历来主张治未病，雪菲的YBL方案彰显了这个特色，从治已病向治未病转变，既科学又具有可操作性。比方说，散步是最好的运动，那是不是走的越多越好？完全不是，心率达不到 90 没有健身效果，超过了 110 就成了无氧运动，这就需要量身定做饮食和健身方案。康复就更重要了，我刚才说到剩下的 25 个人当中，还有另外一半搭桥 3 年至 5 年后，血管又堵塞了。

牧婧有些惶惑：是大夫手术不成功，还是病情又发展了？

青桥摇摇头：很难扯清楚。不过有一点是明确的，这些人如果进行正确的康复锻炼，完全可以不出现这种情况。一个完整的医学链条应该包含五部分：预防、保健、诊断、治疗、康复。我国医疗资源紧张，预防和康复可以下沉到社区。美国一年通过 31 万名医务社工的工作，节省了 1000 多亿美元的医疗费用呢。

牧婧感慨道：这算的还是经济账，因为健康权是人民最基本的生存权。健康水平提高了，社会的文明程度才能提高。

青桥起身做了一个标准的扩胸动作：我为什么对 YBL 创业计划点赞，就是因为它的落地会加快健康事业发展。我注意到，这个方案对特定人群都有规划。

牧婧双眸一亮，像两颗被点燃的火星：我们也要培养一支医务社工队伍，尽快建立起一套包括医疗、康复、教育、心理、社会融入、政策、法律在内的社会支持系统。不过，方案的亮点离不开你，你可不要推辞呀。

我算是被这个小姑奶奶拉上贼船了。青桥苦笑一声：再加上你们几个人为她摇旗呐喊，借我两个胆儿也不敢推托呀。

那就好。牧婧得意地眨眨眼，又突然像想起了什么：昨天，雪菲找了我，说她专门为 YBL 生活馆配制了一套音乐，不同的区域放不同的曲子，以轻缓、抒情为主。并且要根据会员的不同情况，把这套音乐下沉到家庭。

青桥双眸火星一闪：这个鬼丫头，真是动脑筋了。

牧婧不好意思地说：我还笑话她心血来潮呢。

这可不是心血来潮，青桥郑重其事地说：你看乐字的来历哈——史载，黄帝和蚩尤打仗，蚩尤的士兵被战鼓震昏了。黄帝非常仁慈，做了一个金属钟形的东西，中间是铜，两边是丝弦，架在木头架子上演奏，以此来为蚩尤的士兵招魂，居然把他们救活了。仓颉就是依据这个金属钟形的东西，造出了"樂"字。

青桥拿出笔，在一张纸上边写边说：古代"樂"字的上中部为"白"

字，五行中，"白"字为"金"；左右两侧合成"丝"字，下面是"木"，架在木架上演奏，这就是"樂"字的由来。古字的"樂"加个草字头，成了"藥"字，本意就是快乐的神草，即解除病痛、使人舒服的草木材料。你看，药的祖先不就是音乐吗？告诉你，音乐可以治病舒心，这在中医经典中既有理论也有实证。

牧婧由衷感叹：青桥呀，跟你在一起真是长学问。她看看表说，你好不容易来一次，估计不只是为了检查我的工作吧？那么多老病号吃了一号和二号组方，按照特定人群的管理措施，你是不是要回访一次啊？

知我者，牧婧也。

这确实是青桥来的一个潜在因素。中医讲究辨证施治，即根据个体的不同情况一人一方，某一种药可能对某个人有效，不一定对同一类人有效。如同买彩票，有人中了500万，你不能说买彩票能中500万，因为这是个例。要确认其普遍性，就需要大量的病人个案研究和各种数据的支持。

来的路上青桥就想，应该抓紧时间去走访一趟，获取更多的第一手资料。没想到，这个想法被牧婧准确捕捉到了，真是心有灵犀。他故意没有称呼牧主任，而是直呼其名，这是表露情感的一种方式。他发现牧婧很自然地接受了，自然中还流露出了一种难以言说的愉悦，这让青桥很开心。

两个人骑了共享单车，在社区一家一家串。

今天的天气特别好，虽已入冬，但少有的蓝天白云，太阳也很温润、明快，和下午的微风一起拂过脸颊，像是温暖的吹风机。

天气好，人的心情自然就开阔。两个人一边骑车一边聊天，牧婧告诉青桥，没准罗小力一会儿还会来呢，她要采写一篇社区开展大健康活动的报道，已经采访过几次了。青桥嗯了一声，没有回话。

牧婧有意撮合两人：青主任，小力是百里挑一的好姑娘，听说她为了洗白你还孤身深入虎穴，你们俩真是金童玉女，天生的一对呀。

青桥没想到牧婧会这样直截了当，一时不知怎么回答才好，迟疑了一下，哼起了那首响遍大街小巷的歌：不要说你错，不要说我对，恩恩怨怨没有是与非，人生这个谜，几人能猜对，爱情这杯酒，谁喝都得醉。青桥是男中音，在大学的音乐节上斩获过名次。音色醇厚，声情并茂，唱得牧婧感慨万端。

两个人来到老冷头住的单元，一上二楼就听见一阵吵闹声。到了老冷头家门口，对门的胖大嫂正站在门口偷听，见到牧婧，气愤地一指老冷头的门，压低声音说：浑蛋儿子又来了，一天到晚就知道啃老。

牧婧冲她点点头，上前敲门。

房间里吵闹声停了，冷小山喊：敲屁呀敲，我家的事用不着你们操心。

牧婧应声回敬：让你说着了，你们家的事正归我管，我还管定了。

听出是牧婧，冷小山打开门嬉皮笑脸地说：原来是美女主任呀，失迎，失迎。没什么事，我和老爷子拌了两句嘴。

牧婧和青桥走进房间。冷大爷坐在沙发上直喘粗气，茶几上摆着半碗汤药。见到牧婧和青桥，老人混沌的眸子里噙着眼泪，长叹一口气说：唉，让两位见笑了。这小子，来了就知道手心朝上——要钱，让他帮我熬熬这个中药，还一百个不耐烦。我这是养了个儿子，还是养了个孽障？

冷小山一脸不屑：嘿，嘿，怎么说话呢，我要是孽障，您是什么？

住嘴！牧婧厉声呵斥冷小山：你不是承诺过要好好孝顺老父亲吗？你就是这么孝顺的？我告诉你冷小山，你再这么对待你爸，我们可以到法院起诉你。

冷小山连连作揖：得，得，上回你到单位奏了我一本，害得我差点没被头儿给掐死。爷俩儿拌几句嘴，怎么就能到法院去呢，过了，过了哈。

牧婧鄙夷地望着冷小山：你别跟我嬉皮笑脸的，我可不是吓唬你。

冷小山穿上外衣，拿起桌上的一沓钞票塞进兜里，边往外走边说：拜托你们多照顾点儿老冷头，我还要上班，就不奉陪啦。

青桥厌恶地看一眼冷小山的背影，坐在老人身旁询问他的近况。老冷头说：服用一号组方后效果不错，就是每天熬药有点麻烦。刚才，他们走访的几个老患者也有同样反映。青桥随之产生了一个想法，把药制成胶囊。

老冷头听了很高兴，牧婧也表示认同。

我想这两天去一趟药材批发市场，青桥出门后对牧婧说：目前，中药制假污染的情况很严重，要保证治疗效果，一定得把好进药关。这回试药发生意外，也是因为其中有一味药材被甲醛喷洒过。

牧婧这才知道青桥刚刚经历的事，心一下揪起来：你哪天去，我陪你。

青桥一笑：那怎么好意思。

牧婧诚心诚意说：没什么不好意思的，你是为了我们社区工作。

俩人推着共享单车边走边聊，忽然一辆白色的MINI在他们身后停下。

车里是罗小力。她有些愕然，吃完饭，青桥坚持说要一个人走走，原来是来找牧婧。一下子，失落如洪水溃堤，瞬息而至，无以抵挡。罗小力心中异常纠结，还是摇下车窗：呦，你们俩在这儿呀？

牧婧看出罗小力神色不对，赶紧解释：青主任来检查社区居民健康档案的建立情况，我陪他顺便走访了几家老病号。你的采访顺利吗？

罗小力回答：采访完了，一切顺利。又望一眼青桥，那眼神像冬天的浓雾，恨不得把青桥严严实实地包裹起来，你回家吗？我送你。

牧婧忙说：正好，青主任，你就搭小力的车走吧，有什么需要我们做的再电话沟通。说着，转身骑车要走。

哎，等一下，青桥叫住牧婧，又对罗小力说：大记者，你先走吧，就不麻烦你了，我还要去牧主任家，给小宝看看病。

罗小力神情愕然，她没有想到，青桥会在一天中接连两次做出暗示，何止是暗示，简直是公开昭告他已心有所属了。姑娘嗯了一声，迅速摇上车窗。反光镜里的她，眼中一下噙满泪水。

缘分啊，真如人们说的那样是一本书吗？翻的不经意会错过；读的太认真会流泪。

3 一山浅淡一山浓

那天和韦斯林签约失败，史一兵摔门而去。

罗凡知道，这是在做给他看。估计这还是压着性子，不然劈头盖脸一顿训斥也未可知。也是，人家花重金聘用你，危急关头你没有能力力挽狂澜也就罢了，还胳膊肘往外拐，向着韦斯林公司说话，这不是家里吃食外边下蛋吗？

望着史一兵略有些发福的背影，罗凡摇摇头，笑了。

在办公室，史一兵绷着脸坐在老板桌后，紧抿的嘴角和拧起的双眉流露出心中的不快。他知道这是一场胜算几无的谈判，头上被扣了那么多屎盆子，洗吧洗吧，换身衣服就能当新郎官吗？不过，昨天吴迪打来电话告诉他小米勒在抓狂，史一兵心中就多了一份侥幸，抓狂说明他也没底。毕竟小米勒才28岁，严格地说还是个青瓜蛋子，防守不严，被破门而入不是不可能。即便输了，也应当体面一点，怎么能让人家连下几城，末了还点头哈腰地说人家好话？叫你罗凡务必到会，指望的是你救场，不是赔礼。

严婷婷推门进来，把一个文件夹放在他面前，转身要走。

你等一下，史一兵从桌上的铁桶中抽出一支雪茄，打火点燃吸了一口，又慢慢吐出，说：今天罗院长的表现太让人失望。

严婷婷回眸一笑：我倒是觉得罗院长今天的表现可圈可点，既为康太集团排除了一颗定时炸弹，又为它的未来发展预留了空间，高明啊。

史一兵不免惊愕，他一指对面的转椅：你是这样看？坐下来说。

严婷婷坐下，双手放在腿上，一副训练有素的样子：我们这场谈判本来胜算就不大，小米勒一播放那两段当事人的视频，就是死局了。只是青桥的指控，我们还可以做出多种解释，一时也难以分清是非对错；今天是签约的最后时限，小米勒如果拒不签约，没多有少总会出点血。可是那两段视频是实锤，我们坚决否认，就一定会诉诸法律。在生意场上，谈判对手亮出这些证据，是为了捍卫自身的商业利益，而不是为了把我们送上绞架；可是一旦进入法律程序，法院通过调查、取证，认定事实无误，我们就不是输掉一场谈判的问题了。

史一兵的神色有所缓和，若有所思。

严婷婷继续说：在这种情况下，罗院长的高调表态，既彻底打消了韦斯林公司求助法律的念头，又在一定程度上挽回了我们集团的企业形象，留了一道和韦斯林公司再度合作的口子，尽管很窄。同时，也消除了青桥使用这些证据告我们的可能性，因为那样做，他就会背负韦斯林在道义上的谴责，毕竟，这是用于商业竞争的证据。说句老实话，罗院长真是老谋深算，人才难得啊。

听完严婷婷的话，史一兵如同被浇了一盆凉水，脑袋一下子清醒了。

他起身握住严婷婷的手：谢谢你呀，严副总，一语惊醒梦中人。一个企业要想做大做强，最核心的竞争力就体现在人才上。康太集团所以有今天的发展，多亏了你们几位的帮助，我心里都有数。

严婷婷微微一笑：言重了，史总。

史一兵当时就打电话约了罗凡打高尔夫。他要以这种方式向罗凡表示内心的感谢，更重要的是和他商量下一步计划。

高尔夫球场坐落在市郊一个幽静的去处，揽西山美景、与枫林对唱，一大片湖水，仿佛游龙蜿蜒于球道之中。正值初冬，层林尽染、碧水蓝天，远处的山峦像是一群妖娆的女子，联袂而行。一山绿、一山青、一山淡、一山浓，人在其间，仿佛置身于一幅巨大的山水画卷中。

两位身穿白色运动衣、黑红格子裤的球童伺立于侧。

罗凡穿一身灰色球衣，戴一顶高尔夫帽，看上去比平时穿白大褂要富有活力。相比之下，微胖界的史一兵倒显得臃肿，他比罗凡小十几岁，但是腹部的赘肉已经隆起，蓝色的球衣拉上拉链，像鼓起了一个小山包。

罗凡见史一兵脸上阴霾已散，知道他应该理解了自己，也就不想再做任何解释。他虽然并不认同史一兵的某些做法，甚至在内心深处还有些许轻蔑，但毕竟已经上了同一辆战车。康太集团的辉煌有他付出的心血，辉煌掩盖下的龌龊也有他参与编织的骗局，他希望集团日进斗金。

罗院长，史一兵叫了一声，挥杆一击，球成半弧形飞出，落入洞中。

他收起球杆，说：这篇就算翻过去了。不过，你提出的集团国际化战略不能放弃，咱们集团的研发团队在人才和资金的投入上都有限，所以一定要弯道超车，我的意思你明白吧？怎么个超法，我们得好好谋划一下。

罗凡点点头，他听得出史一兵的弦外之音，无非是想尽快得到青桥的中药组方，担心小米勒抢占先机。如果那样，再度与国外公司合作时既无牌可打，目前的运作方式也难以为继。没有真正的核心产品，仅靠所谓民间秘方，钻市场监管和政策的空子，表面的繁华终将落幕。

罗凡当然不希望这种情况发生。

昨天，青桥找到他说了一个想法，要把一号、二号组方分别制成胶囊，方便患者服用。他未置可否，因为按照药品管理法规，制成胶囊算是新药研制，得有批号，违规操作要被停止行医资格。

现在，罗凡突然有了一个想法，何不趁此机会把青桥转移到国医馆？

青桥和他说过，研制中药组方并不像行外人想象的那样，只是几味中药的组合；单以炮制而论，每一味药都要通过配伍效果观察测试，然后进行加减使其副作用更低、疗效更好，并对其中的主要成分加以量化标注。这需要规范严格的生化实验，紫外光度测试，液质联用分析，需要借助很多昂贵的现代科学仪器。让青桥去国医馆，可以借助馆内的先进设备加快研制速度，并可以在设备中留下他的研究轨迹。犹豫了一下，罗凡把自己的想法详细告诉了史一兵。

史一兵听完，用双腿夹住球杆，啪啪鼓了几下掌：非常好，严副总称赞你是个难得的人才，真是言之不虚。

罗凡勉强挤出几丝笑容，他知道，这样做无异于又捅了青桥一刀，也更紧地把自己拴在了史一兵的战车上。但是，他有得选吗？一只猫变成了一位美女，可是当老鼠在脚下出现的时候，它重新又变回了猫。人最难遏制的是心中的欲望，它是本能的一部分。

史一兵并不介意罗凡时而表现出来的高傲，高傲往往是才能的影子。他现在的事业比当初开办民营医院时要红火多少倍，他所以转型，转型后所以做得风生水起，和眼前这个人有着直接关系。只要能给自己带来滚滚财源，倚老卖老就倚老卖老吧。况且，人家确实也比自己大10多岁，放宽一点标准算是两代人了。于是又挥杆击球，说：老罗啊，上次我说的药，你也要抓紧弄呦。

罗凡不动声色地问：怎么，你真想除掉青桥？

史一兵瞅一眼罗凡，压低声音说：除掉？那多没意思呀，我要让他生不如死。

罗凡试探性地规劝了一句：其实没必要做的这么绝。康太也有自己的研发团队，把药方搞到手，就说是我们自己研发的，他也百口莫辩。

那不行，商场如战场，我可不想看到事后会有一串官司等着。史一兵注视着远方说。此时，残阳如血、冷风乍起，天边的群山像是丹青妙手随便涂抹的几笔淡墨；近处的球场如同时间老人没有下完的半局残棋。史一兵摘下帽子，稀疏的头发被风吹起，像一蓬杂乱的野草，他咬住下嘴唇，目光中流露出一股阴冷的杀气。稍停，转过脸又问罗凡：逐渐起效，不留任何痕迹，一个月后完全失智，对于你这样的神经内科专家，应该不是什么难事吧？

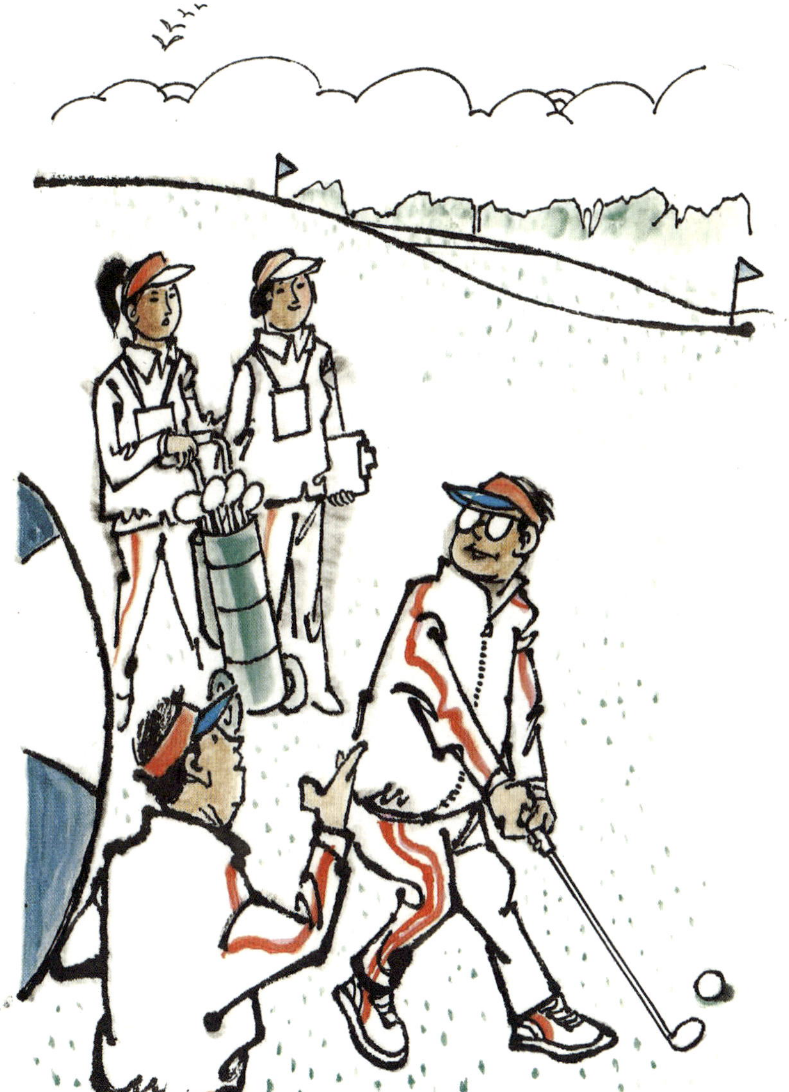

罗凡没有回答，他猛一挥杆，球被打出很远。

罗凡挥杆击球的一刹那，青桥一脚踏空，险些从台阶上摔下来，幸亏身旁的牧婧眼疾手快，一把拉住了他。

牧婧问：想什么呢，怎么也不看脚下？

青桥若有所思：我刚才见一个摊位卖的药材大都是伪劣产品，吃了那种药治不好病；贻误了病情，说不定会要了患者的命。

这是离北京不远的一家中药材批发市场，今天是周六，牧婧一大早就和青桥驱车赶往这里，不到二百里路程，一个多小时就到了。

现在牧婧和青桥的关系已经有了微妙的变化。

变化由两次看到小宝引发。第一次，孩子眼神中流露出来的惊恐、怅然，还有一缕难以言说的忧伤，深深地触动了青桥心中最柔软的部分。那目光一直在青桥的脑海中闪来闪去，像一条鞭子抽打着青桥敏感的神经，仿佛拱破土层的春芽，他的父爱萌发了。他觉得小宝的童年不能缺失父爱，春天没有了鸟语和花香，那还叫春天吗？虽然只见过一次，可是当那天青桥拒绝了罗小力送他回家的情谊，再次来到牧婧家时，小宝见到青桥居然没有一丝陌生感。他很配合地让青桥抱，搂住他的脖子不肯松开。尽管牧婧说，快下来，别缠着叔叔。一向听话的孩子却摇着头喊：不嘛，不嘛，我就让叔叔抱。一时，青桥竟眼眶一热。他用手抚摸着孩子的脸蛋，问：想叔叔了吗？小宝看着青桥，大眼睛一眨一眨的，像一对闪光的黑宝石：想啦。叔叔，春节幼儿园要开联欢会，我们芒果班表演诗朗诵，你也来看吧？别的小朋友都有爸爸、妈妈陪着，就我只有妈妈和姥姥，没有爸爸。

牧婧神情有点尴尬，在一旁制止小宝：别瞎说，叔叔很忙的。

青桥看着小宝失落的表情，说：小宝，叔叔答应你，给你去当啦啦队。

牧婧一下子脸红了，心里毛茸茸、暖烘烘的，像有一只雏鸟要破壳而出。从那以后，她看青桥的眼神中就多了些妩媚，恋人之间独有的那种。

他们来到药材市场时，这里已经人来人往。

药材市场分东西交易大厅，占地近二十亩。一块块隔板，隔出一个个摊位，每个摊位，分门别类摆满了各种药材，药贩子不时招呼南来北往的顾客：看一看啊，大兴安岭的黄芪，终南山灶心土，云南文山的三七，武夷山的葛根。

青桥时不时停在摊位前，拿起药材放在鼻子下闻闻，有些还掰开放在嘴里品品。

中草药本来是治病救人的宝库，由于一些人利欲熏心，在种植、收购、炮制、烘焙各个环节，不惜弄虚作假。他开过一个方子，开始用了3克吴茱萸，患者服用后没有效果，最后增加了三倍剂量还是无效。这种情况从来没有遇到过，患者把药拿来一看，原来是假药。从那以后，青桥常常到药房检查中草药的质量和成色。有些药商实在可恶，比如，龙骨是不可再生的资源，价格一路飙涨，黑心的药材供应商就用石灰和矿物粉制成骨头模型，煅烧成型后打碎，冒充龙骨卖。如果直接打成粉末，不用说患者，就是一般的中医大夫也难以鉴别真伪。

青桥购买了几种货真价实的药材，还把一些良心药贩的名字和联系方式记下来，说是回去推荐给药房主任，供他在进药时参考。

两个人一路走一路看，时间已近中午。青桥说这地方马蹄烧饼很有名。

牧婧笑笑：行啊，我早晨没吃饭，中午要让你破费了。

青桥掏出手机，百度完饭店位置，两人刚要往外走，青桥一分神，才差点踏空。他抓住牧婧的手，说：得回去一趟，不介我心里别扭。

俩人按原路返回，又来到了青桥质疑过的那个摊位前。

摊主是一个中年壮汉，头顶没有几根头发，下巴和两腮的胡子却长势葳蕤，眉毛又黑又粗，像剑一样倒立。一双眼睛白眼球大黑眼珠小，看上去有点瘆人。见青桥拎着大包小包走过来，他不屑地翻了一下眼白，刚才青桥在他的摊位前东挑西拣看了半天，却没花一分钱，这让他很不爽。

老板。青桥叫了一声。

络腮胡站起身，问：怎么着，进点什么？

青桥正色说：药我就不进了，我想进一句忠言：炮制虽繁，必不敢省人工；品味虽贵，必不敢减物力。这是当年北京同仁堂药店挂的一副对联，你是做药材生意的，应该知道。干咱们这一行事关人命，绝不能缺德亏心。

络腮胡急了，双眉倒竖：你是什么意思？

青桥拉着牧婧转身要走：我是什么意思，你心里应该清楚。

络腮胡上前两步，拦住青桥去路：我不清楚，你今天不跟老子说清楚，就别想走出这个大厅。

青桥腾出一只手，从他的摊位上拿起一块枯木，问：你这是陈香吗？不过是普通的木头喷上了陈香油，这和黑心饭店用一滴香制作高汤是一个路数。他扔回那块枯木，又拿起切成小方块的制首乌举到络腮胡面前，你这是制首乌吗？说着用手使劲一捻，方形的制首乌变了形状，他放到鼻子下闻了闻，气愤地说，这分明是红薯，难道你的鼻子闻不出来吗？

呦呵，遇见行家啦。络腮胡一脸不屑：我和你往日无怨，近日无仇，你这是要来砸我饭碗啊？

青桥往后退了一步：我不想砸你饭碗，只是想给你指条正路，诚信经营，照样可以发家致富，干吗要干这种图财害命的勾当？

操！络腮胡开始动粗：我看你是瞳孔里挑刺——故意找碴儿。

说着，一拳直照青桥面门打过来。青桥一侧身躲过。络腮胡欺负青桥手里拿着东西，又连出几拳，拳拳凶狠，看得出是个"练家子"。旁边摊上的两个年轻人也凑上来，把青桥凹字形围住，一个个亮出架势，青桥左闪右躲，双拳难敌四脚，看来是在劫难逃。

危急关头，意想不到的事发生了。

一直在旁边没有说话的牧婧腾身一跃，把青桥护在了身后。

青桥想上前去保护她，只见牧婧飞起一脚，把扑上来的络腮胡踹倒在地，又向后一撤身，伸出双手，牢牢抓住两个蹿上来的年轻人脖颈顺势一碰，只听嗷一声惨叫，俩人抱着脑袋疼得在原地转圈儿。整套动作在一分钟之内完成，干净利落，毫不拖泥带水。围观的人群发出阵阵惊叹，青桥也看得目瞪口呆。他只在电视上看到过身怀绝技的女侠，没想到一向高冷的牧婧竟有这般身手。

牧婧神清气定，若无其事地掸了掸上衣，冲青桥一甩头，那样子简直是帅呆了：走吧，说好了你请客的。

那三个人呈龇牙咧嘴状，他们偷眼看一看英姿飒爽的牧婧，躺在那里装怂，动也不敢动一下。

到了饭店，俩人找了一张靠窗户的桌子坐下。

青桥点了几样特色小吃，望着谜一样的牧婧，由衷感叹：真没想到，你深藏不露呀。

确实，在青桥的印象中牧婧性格温雅，如暗夜里的花朵，开的丰饶却静默。没想到，她也有如此霸气的一面，看来善良并非没有牙齿。

牧婧一笑：我当了十四年兵，有十年是在女子特战队服役。后来到师政治部群工科，手脚再生疏，收拾这几个小毛贼也不在话下。

青桥对牧婧简直有点崇拜了：从第一次见到你，我就觉得你不同凡响。

牧婧笑一笑：当年，部队到我们学校征兵，全市两千多女孩儿应征，最后经过各种考核和层层筛选，只录取了我一个。

饭菜上桌，两个人边吃边聊，距离又拉近了很多。

青桥知道了高中毕业后牧婧应征入伍，一年入党，三年提干，第四年头上就担任了分队长，二十八岁时晋升为中校，调任师群工科副科长。前年她因为母亲身体不好，孩子需要照顾，部队首长虽有不舍，无奈中还是接受了她的转业申请，被安置在燕北社区街道办事处任副主任。去年老主任退休，得以扶正。

末了，牧婧调侃说：汇报完毕。哎，我一直好奇你的名字，挺特别的，能给我解释解释吗？

青桥给牧婧倒上饮料：是吗？我的名字是爷爷起的。黄帝本姓公孙，因为长期居住在姬水改姓为姬，他有个儿子叫青阳氏，青姓应该是姬姓黄帝的后裔。

牧婧打趣：这么说，你可是如假包换的炎黄子孙。

青桥端起杯子和牧婧碰了一下：那是，爷爷生前一直以此为荣。我们家世代为医，只是到了我爸爸这一代，因为十年动乱断了档，我爷爷给我取名青桥，就是希望我能成为一座桥，把中医的薪火传承下去。

牧婧感慨地附和：老人家期望甚殷呀。

青桥点点头：人们说，死去的人会变成天上的星星，仰望星空的时候我总在想，哪一颗星星是爷爷呢？虽然不能确定它的具体位置，但是我相信，他老人家一直会在天上注视着我。

见气氛略显伤感，青桥换了个话题：能说说你的情感经历吗？

牧婧沉吟片刻，脸色不再明快，她下意识呼出一口气，说：女大当嫁，我二十四岁的时候回家探亲，邻居给介绍一个对象，听上去条件不错，见了面没什么感觉。回部队后母亲突然患了急症，我当时正执行一项特殊任务，无法分身，是他跑前跑后、日夜陪护，使我母亲转危为安。我妈很喜欢他，我也很感激他，就这么稀里糊涂地嫁了。

青桥惋惜地叹了口气：现在呢？和小宝的爸爸有联系吗？

牧婧冷冷地回答：他不知道有这个儿子。

青桥大惊：怎么会？

牧婧的目光中掠过一缕轻蔑：他不配！

青桥张着嘴，望着牧婧一时无语。他知道一个女人说出这样决绝的话，心中该埋藏了多少幽怨，特别是牧婧这样冰清玉洁，从坎坷中走来的女人。

在青桥心里，牧婧是一个等待他破译的迷。

4 祝福你

于雪菲兴冲冲拨通了罗小力的电话：小力姐，送你一个浪漫的周末，明晚八点西单小剧场，请你看冯小刚的贺岁片：《芳华》。

罗小力有些诧异：咱俩？

于雪菲扑哧一声乐了：咱俩？错。是给你和青桥的。谁让咱俩是闺密呢，好事自然先紧着你喽。

罗小力半晌无语。于雪菲觉出异样，再三追问，罗小力才道出实情。

啊，青桥和牧婧好了？于雪菲情绪激动：壶嘴焊在壶把上——这是哪挨着哪儿呀？好你个青桥啊，见异思迁、得陇望蜀，看我怎么收拾你。

罗小力忙阻止：雪菲，这事你千万别往里掺和，不是青桥的错。

于雪菲打断她的话：不是青桥的错，那就是牧婧的错。行了，我去把这事给你摆平。不等罗小力答话，她已经挂断了手机。

半小时后，于雪菲推开了牧婧的办公室。

见到于雪菲，牧婧很高兴，站起身打招呼，然后去拿杯子沏茶。

于雪菲摆摆手，秀眉一挑：免啦，牧主任，我今天不是来找你谈工作，是和你谈一个私人话题，关于感情的话题。

牧婧见她一本正经的样子，不知是什么来头，只是觉得活泼奔放的于雪菲一旦端起架子，装出老成的样子有点可笑，就调侃道：呦，这可是一个很严肃的话题，不知道雪菲妹妹有何见教？

牧婧的心情不错，上周末她陪青桥去了药材市场，两人的感情进一步升温。她不会主动出击，可是如果真正的爱情光顾，她也不再拒绝开门。

请严肃一点，于雪菲坐在沙发上，接过牧婧递过的茶杯：牧主任，我们认识的时间不长，但是这一段接触不少，我相信我的眼力。你应该是一位聪明、干练，而且，她特别强化了语气，是一位正直善良的职场女性。但是，你最近的一些做法，让我对自己的眼力产生了严重质疑。

噢？牧婧略感诧异：雪菲妹妹，你这是什么意思？

很简单，于雪菲喝了一口茶，调整了一下情绪：一个正直善良的女性不应该横刀夺爱，更不应该让自己的闺密陷入感情的痛苦之中。

牧婧有点明白了，她看着于雪菲，认真地说：雪菲妹妹，我很欣赏你的坦诚，但是坦诚应该以对事实的洞察为前提，否则就变成了指责。如果你经商，它会使你丧失商机；如果你从政，它还有可能导致冤假错案呢。

因为牧婧对创业计划的支持，也考虑到青桥的关系，于雪菲一直克制着，牧婧的镇定与高冷刺激了她，她蹭一下站起身，恼怒地注视着牧婧：牧主任，我不是你的下属，用不着你来开导、教训。而且，我的创业计划是否落地，也不会影响到我对这件事的是非判断。

雪菲妹妹，你想多了，公和私的界限我还分得清。

于雪菲一昂头，摆出一副爱谁谁的样子：那好，我问你，青桥和罗小力的关系你知道不知道，你干吗要往里插一杠子？

门砰一声推开了，罗小力风风火火跑进来，拉起于雪菲的胳膊就往外拖：哎呀，作吧你就！牧婧姐别生气，这小姑奶奶不了解情况，净添乱。

于雪菲停住脚，挣脱开罗小力：我怎么添乱了，路见不平一声吼，该出手时就出手。你拦我干吗？

罗小力往外推她：牧主任在工作，事情不像你想的，听我和你解释。

牧婧追出门招呼：快到饭点了，一起吃饭吧？

罗小力搂着于雪菲边走边说：牧婧姐，改天吧，你快去忙。

出了办事处，于雪菲很不情愿，噘着嘴说：小力姐，你干吗拉我出来，我要好好给她上一课。

罗小力哭笑不得，说我送你回家吧。

在车上，她详细讲述了自己和青桥相识以后的种种。然后，长叹一口气说：有些事只有经历过才会懂得，两个人不是因为合适走到一起，而是因为……投契、欣赏、认同、声音，甚至气味，反正我也说不清楚。总之，是你的他会一直在路上等你，不是你的强求也没用。这也许就是人们常说的缘分吧。

于雪菲若有所思地点点头：小力姐，你这样一说，我好像有点明白了。青桥没错，牧婧没错，你更没有错，错的是造化弄人。

回到家后，于雪菲靠在沙发上陷入了沉思。

她和陈伟已经冷战很长时间了，现在处于僵持期。

以前的冷战，总是陈伟先举起白旗，这次不是——我就不惯你这公主脾气。她本以为陈伟发来的这条微信是虚张声势，没想到，这家伙真的从此潜水了。

冷战的起因很简单，那天在"正院大宅门"吃完饭，陈伟开车送她回家，一言不合，路上两个人又吵了起来。误会消除了，心结却没有解开。陈伟问，回国创业这么大的事，为什么没有征得他的同意？潜回国内这么长时间，为什么不跟他联系？两个问号拉直了就是一个惊叹号：你心里面根本就没有我！

于雪菲一时无言以对，到了楼下她一摔车门，都没有招呼陈伟上楼。

也是巧了，几天后于雪菲和小米勒在基辅罗斯餐厅吃饭，又被陈伟撞个正着。本来，他这段时间挺忙的，史一兵的借款到位，"霞光宫殿"项目重新启动，他需要完善设计、监督质量，对接工程的每一个环节。可巧，那天要招待一位客户吃饭，可巧，那位客户爱吃西餐，直接点了基辅罗斯餐厅；可巧，他们走进餐厅，就看见了不远处坐着的小米勒和于雪菲。

陈伟举着手机，气鼓鼓给推杯换盏的两人录像，战争一触即发。

于雪菲拉着陈伟到了休息厅，做了半天解释。陈伟根本不信，还是拨通了罗小力的电话，让罗小力证明是小米勒约她吃饭，她万般无奈，才请罗小力出面挡驾的。罗小力说雪菲是在帮她，她和小米勒可以成为朋友，但是不会发展为恋人,因为两个人的情感节奏不在一个旋律上。

听了罗小力的解释,陈伟才悻悻走了。走的时候,下了最后通牒:以后,必须第一时间接听他的电话,并且随时满足他的视频要求。

于雪菲差点没气晕过去,她冲陈伟吼:你是谁呀?你竟敢这样干涉我的自由。回到餐厅,一脸蒙圈的小米勒不知道发生了什么事,于雪菲也没法向他解释,就提出要喝伏特加酒,小米勒倒也豪爽,深一杯,浅一杯,陪她喝了个够。

喝着喝着,湿柴般的情绪被酒精烘干、点燃,两人都莫名地亢奋起来。

于雪菲的脸已经涨红,她指着小米勒:听说你爷爷让你每个月做不少于三十个小时的义工?

小米勒拍拍胸脯,得意地说:是啊,我就在玛利亚养老院陪老人聊天,那是我一天当中最幸福的时光。

于雪菲兴奋地一拍桌子:我每个礼拜也到玛利亚养老院做两个小时义工,怎么没有碰见你呀?

小米耸耸肩,摊开双手,一副很遗憾的样子:是呀,为什么呢?

于雪菲头已经有些发飘,她知道不能再喝了,就招手让服务员埋单:幸亏没有碰见,要是碰见,你当时就领教到本姑奶奶的厉害了。

结完账走出餐厅,两个人的脚下都有些无根。

一个小伙子上来问:先生,是您约的代驾吗?

小米勒点点头,手机忽然响了,催他去参加一个商业洽谈。小米勒挂断手机,拉开车门很绅士地做了一个请的手势:小姑奶奶,我先送你回家。

于雪菲正要上车,一扭头看到不远处一个环卫工人坐在路边,脸上显出痛苦的神情,就摆摆手说:等会儿。然后有点儿头重脚轻地走过去问,大叔,你不舒服?

环卫工人仰起脸,额头上有一层冷汗浸出:姑娘,我没事,就是胃有点痛,今天出来得有点急,忘了带吗丁啉。

吗丁啉?于雪菲重复了一遍,见环卫工人点点头,就对跟在身后的小米勒说:你去忙你的,我要去给大叔买药。

环卫工人听了,很过意不去:姑娘,我忍忍就过去了,不麻烦你了。

于雪菲不由分说:大叔,你别动,我去去就来。又对小米勒一摆手,你不是有重要谈判吗？忙去吧，不用像跟屁虫一样跟着我。

No，No，小米勒很虔诚地在胸前画了一个十字：现在最重要的事情是给病人买药，没有什么事比人的健康更重要。

于雪菲眼眸中闪过一丝欣赏的目光：你这个歪果仁，这话我喜欢。

就在那一刻，小米勒忽然觉得于雪菲的眼睛很亮，仿佛一条条银鱼，朝自己的心里游动，一时竟有点心神不宁。这种奇妙的感觉真好，有点像腾云驾雾。他提醒自己不要再轻易流露了，罗小力已经是前车之鉴。

爱是一罐喷香的酒，发酵的时间越长，也许味道才会越发醇厚。

回到家，于雪菲把自己安放在床上，想拼接被陈伟打碎一地的自尊。

她先是恨陈伟，后来不恨了；不恨了，心却凉了。不知为什么，她想起了刚才小米勒的表现。如果是陈伟，他会放下急办的事陪自己到药房买药，又主动买一份午餐送给那个环卫工人吗？生活像一只转动的轮盘，停下的那一刻，箭头指向的结果令她黯然：自己并不爱陈伟。是，陈伟不抽烟、不喝酒，不打麻将，不泡夜店，可这就是自己心中白马王子的标准吗？和他在一起时心跳加速，脸颊烧红过吗？和他分开，牵肠挂肚，日思夜想过吗？渴望拥他入梦，长吻一生吗？她知道，如果想继续这段感情，就必须变成一只陀螺，按照陈伟的意思转，她能接受吗？不能。那么，一切就还来得及。毕竟，鞭子还在自己手里。

于雪菲不淡定了。她拨通陈伟的电话，约他在工地旁的麦当劳吃饭。

陈伟穿着一身工装就来了，于雪菲为他拉开椅子，为他端来炸鸡翅、薯条和汉堡，还温柔地递给他一块湿纸巾。

陈伟有些意外，问她想说什么？于雪菲讲述了罗小力和青桥。

陈伟问这关我们的事吗？于雪菲笑了，说怎么不关？它让我想了很多。合适，不是一盘事先规划好的棋局，得走着瞧。陈伟似乎明白了，看着对面的女孩儿，目光中有一半哀怨，还有一半留恋：我知道你想说什么。于雪菲的神色也有些忧伤：谢谢你在北京等了我三年。三年的分别，我们的心是走近了还是走远了？

陈伟的神色变得凝重：这个话题太沉重了，我还没有想好怎么回答。

于雪菲举起可乐，伤感犹如晨雾在心头弥漫：来，碰个杯吧，为了我们的相识和守候，也为了各自的诗和远方。

陈伟听懂了，他眼神一黯，还是举起可乐一饮而尽：是，故事如果注定没有结局，倒不如及早给它画一个句号。

望着男友忧伤的神情，于雪菲心里一时五味杂陈。

手机响了，于雪菲犹豫了一下，起身到一旁去接听。是母亲打来的，问她为什么总不在服务区，问她在加拿大的生活近况，问她毕业后找到工作没有？总之，一连串的问题就像排炮，几乎把她炸了个人仰马翻。她有气无力，烦不胜烦。本来一见屏幕上显示出"老妈"，她就会转到不在服务区。因为刚才面对陈伟，涉及的话题毕竟伤感，尽管她一再调整心态，还是觉得气氛压抑，就想借接电话的机会放松一下。她随便敷衍了几句，不等母亲再问就挂断了手机。

重新回到餐桌，陈伟在收银台旁身影一闪，走出了店门。

低头一看，是陈伟用薯条拼出的三个英文单词：祝福你。

一向特立独行的于雪菲，顿时泪湿眼底。

5 此后锦书休寄

压垮罗小力的最后一根稻草，是那天摇上车窗前，映入她眼帘的青桥与牧婧渐渐远去的背影。

冰雪聪明的罗小力，当然觉察到青桥一直在和她刻意保持距离，他们可以是心心相印的同道，可以是坦诚相见的挚友，可以像哥们儿一样，今天拔拳相向，明天又和好如初。但是，一旦友谊的小船摇向爱情的航道时，青桥的桨就不再用力了，岂止是不用力，他还会顺势一拨，让小船回归原来的节奏。之前，她总把这些解释为青桥的清高与矜持。那天，青桥坦然说出——你先走吧，我想去看看小宝，罗小力才一下子明白了，自己内心所有为青桥做出的辩解，都是一个被情感裹挟的女孩儿，智商由正常降为零的旁白。

摇上车窗，罗小力的泪水顺着脸颊流进嘴里，有苦涩也有酸楚。

问世间情为何物？直叫人生死相许。罗小力本来以为她和青桥会成就一段爱情童话，就像林徽因和梁思成。为什么是我？——林徽因一生中遇到的男人无一不风生水起，所以梁思成有此一问。林徽因的回答真是感天动地：我会用一生来回答，你准备好了吗？万万没有想到，自己第一次打开心扉要安放憧憬已久的爱情时，却被男神一个决绝的转身闭合了。她尝试着对不远处的背影给出祝福，可是话未出口心已流血。那天回到家，她径直走进自己的房间，关上门趴在床上，任凭泪水像断了线的珠子打湿半个枕头。如同一只正在蓝天飞翔的燕子，突然被一颗铅弹打中，扑棱棱落在地上，挣扎了两下，想重新起飞，不过它明白，那一片美丽的蓝天已经不再属于自己了。

罗凡不知什么时候，悄悄站在女儿床前，叫了一声：小力。

罗小力猛地翻身坐起，双手抱住罗凡哽咽：爸，我失去青桥了。

罗凡很惊讶，他对女儿向来非常自信，又听说柳若兰也很喜欢她，所以认为爱情的主动权掌握在女儿手里，怎么突然就被青桥甩了呢？他抱住女儿，轻轻拍打着她的后背，柔声说：女儿，不哭，怎么回事？和爸爸说。

罗小力太需要倾诉了。痛苦憋在心里，像浓度越来越强的一氧化碳，发泄不出来就会爆炸。说完了，她内心轻松了些。

罗凡的脸却渐渐阴下来，像孕育着一场雷雨的天。

对于青桥，他一直很赏识，不但支持青桥的工作，也尽可能为青桥创造发展的机遇。他是"健康中国高峰论坛"组委会顾问，听说要请一名中医代表在会上发表主题演讲，第一个想到了青桥，并力排众议否决了几位名老中医人选。当然，他的理由也极有说服力：中医是国粹，这些年来由于种种原因后继无人，青桥既有家学渊源，又有现代医学背景，在中医的理论和实践上更是可圈可点，让他做主题讲演，对传承中医更有意义。

所以强力推荐青桥做主题演讲，罗凡也包藏一点小小的私心，女儿是驻会记者，肯定会见到青桥，两人见了面，以青桥的才华和女儿的气质，很可能对上眼。

从来都昂首挺胸的女儿，竟然对青桥相见恨晚，这让罗凡很高兴，以女儿各方面条件，青桥不可能不同意。他一直没有向青桥挑明自己和罗小力的关系，不是怕青桥拒绝，而是担心女儿多变蹬了青桥，让他难以处理和青桥的工作关系。这下倒好，青桥根本就没看上女儿。

罗凡知道自己没有理由恨青桥，可是他无法阻止心中的怒气聚集。

本来，这两天他正为史一兵下达的命令烦躁不已，以他的专业背景搞出一种药，让服用者不留任何痕迹完全失智轻而易举。在尔虞我诈的商场，为了获取更多的利益，这种把戏也不断上演。但是对青桥下手，在今天之前罗凡是决不允许的。现在他的心里竟悄悄起了变化，觉得自己是不是有点自作多情了？

他忽然想起一件事，问：你刚才说什么？青桥喜欢的女人叫……

得到确切答复后，罗凡吃了一惊，她应该比青桥大呀，青桥居然选择了她？罗凡的脸彻底阴下来，心中的怨恨更重了。

罗小力有点奇怪，她觉出罗凡对这个名字很敏感，就问：爸，您认识牧婧姐？

罗凡掩饰说：认识，她不是燕北街道办事处主任吗？

罗凡对牧婧的了解并不止于此，区委组织部一位副部长和他很熟，一次饭局无意中聊到牧婧，罗凡知道牧婧的身世并不单纯，他所以没有把了解的情况全盘告诉女儿，是希望她能远离这摊浑水。

父亲走了，罗小力打开电脑。她有博客，因为不经常更新，粉丝不多。

以她的社会影响力和洞察入微的文笔，本来可以成为大V。现在，她坐在电脑前，思绪繁乱，忧愁如斯。想到了晏几道的那首《清平乐》，正好和自己时下的情绪契合，于是敲击键盘，在博客中打入了这样几句词：

留人不住，醉解兰舟去。
一棹碧涛春水路，过尽晓莺啼处。
渡头杨柳青青，枝枝叶叶离情。
此后锦书休寄，画楼云雨无凭。

罗小力把屏幕当成了一块农田。一个个方块字，是她播撒的一颗颗种子，种子种下了，也许会长出沉甸甸的苞谷和金黄的麦穗。

只是，会有人拿着镰刀来收割吗？

帖子刚发出，竟有几个跟帖。其中一个叫"好大一棵树"的是新粉丝，罗小力从来没有见过他发言，今天的跟帖一下子触动了她的痛点——

爱情如同旅行攻略，最初预订的房间，常常不是最终入住的那间。但是不必苦恼，也许，后来入住的房间会带给我们别样的风景。

6 我拿性命担保

老冷头死了。

青桥接到牧婧电话时，正出专家门诊。他心忽悠一沉，这个消息来得太突兀了，一个生活尚可自理的老人，怎么说走就走了？

牧婧说话躲躲闪闪，似乎有难言之隐，青桥觉得很奇怪。

牧婧，到底发生了什么？私下里，青桥对牧婧已经直呼其名，两个人的关系虽然没有挑明，但各自心里都是明镜儿一样。

牧婧迟疑了一下，低声说：你还是抽空来一趟吧。

青桥心里咯噔一下。按说，有家属处理后事，至多街道出面协调，自己作为医生根本无须到场，而牧婧让他去的唯一理由只能是此事与他有关。青桥一下想到了一号、二号中药组方。为方便患者，经向罗凡汇报，他利用医院的设备制作成了胶囊，分别给一些老患者服用。莫非，老冷头是服用一号胶囊出了问题？青桥定定神，绝无可能。首先，药方的配伍经过反复斟酌和测试，制成胶囊前他又一次试药，好几味药的剂量是试药得来的第一手数据，所用药材质量也亲自把关，有两味药因为品质不好，还是他亲自到药材批发市场精挑细选自费采购的，而且全程参与了胶囊制作，审视了所有环节的安全性，不可能出问题。

下了班，青桥匆匆赶到燕北社区街道办事处。

牧婧正在办公室等他，见到青桥，她站起身，神色有些焦虑：老爷子中午突然离世了。我去他家里看了看，那个冷小山一口咬定，他爸的死是因为吃了一号胶囊，一号胶囊没有正式的药监局药品批号，是假药，你要负完全责任。

哦？青桥坐在沙发上，接过牧婧递过的水杯，问：他要我怎么负责？

牧婧神色鄙夷地回答：这个人做事没底线，就是狼人一枚，比狠人还要多一点，想趁机敲竹杠呗。

青桥喝了一口水，问：具体情况你了解吗？

牧婧见青桥神态从容，心中有底了：冷小山说他今天倒班，特意来看父亲，眼瞅着老人吃了四粒一号胶囊，不到十分钟就口吐白沫，眼斜嘴歪。他一看情况不好赶紧背父亲下楼，开车送到医院，人已经没救了。

医院给的死亡鉴定是什么？

人在急诊室没多久就拉到了太平间，医生说要想查明死亡原因，需要解剖，冷小山哭着喊着不同意。

青桥点点头，一号胶囊肯定不会致人猝死，制成胶囊前他在药的配伍和剂量上，特别考虑到对有基础病的中老年患者可能产生的副作用，提高了安全系数。于是站起身说：走，我们去看看。从人道主义出发，也应该去吊唁一下。

牧婧开玩笑：冷小山正在找碴儿，你不怕他情绪失控？

青桥淡然一笑，也调侃说：我担心什么，有特种兵当保镖，冷小山敢动我一手指？

两个人来到老冷头家门口，正好遇见胖大嫂开门放垃圾，见到牧婧和青桥，她点点头，又鄙夷地斜了一眼对门，砰一声关上了房门。

牧婧上前敲门。

冷小山在屋里喊：谁？

我。牧婧答应一声：青大夫来吊唁冷大爷，你开一下门。

他还敢来？冷小山打开门，凶神恶煞般蹿出来：我老爹就是吃了他制的假药死的，正好，让他来给我爸披麻戴孝！

牧婧在他和青桥之间一横：冷小山，你别满嘴跑火车。冷大爷怎么死的，要看医院的权威鉴定。青大夫和你爸是老熟人，出于人道主义考虑来吊唁，你连喊带叫的有没有礼貌？

冷小山闻言侧开身。说来也怪，这个青皮对谁都像炸刺的刺猬，唯独一见牧婧，就变成拔了钥匙的汽车，立马熄火。

两人走进房间，屋里很凌乱，客厅的桌上摆了熟肉、花生米和几个空啤酒瓶。房间里没有香炉、黑纱，连老冷头的遗像也没有。看沙发上有一条被子，估计是冷小山吃饱喝足后在睡觉。老冷头的猝然离世，并没有让冷小山多么悲伤。

牧婧四处打量了一下，问：怎么，连个灵堂也没布置？

冷小山嗫了一下牙花子：布置啥灵堂啊，又不是什么大人物。

牧婧瞟了他一眼：如果单位、街道和左邻右舍来吊唁，连个插香的地方都没有，遗像也没挂一张，你觉得合适吗？

冷小山冷笑连连：人都死了，搞这些花样儿还有什么意义？姓青的既然来了，咱们还是说说善后的事吧。

青桥把桌上两盒没吃完的胶囊装在了一个牛皮纸信封里，然后拿给冷小山：冷先生，请你把这个信封封死。既然你说冷大爷是因为吃了一号胶囊发生的不幸，那么作为证据请你保存。不过，为了公平起见，这个证据你封好后，你我要盖印画押，以证明没有调包儿。

冷小山斜楞了青桥一眼，挑衅地说：你是什么意思？

青桥冷冷地说：没什么意思，无论你是不是对你父亲的去世悲伤难过，但是作为他的儿子，我都要对老人的去世向你表示哀悼。来的路上，牧主任告诉我，考虑到我的名声和职业前途，你提出了一个私了方案，赔偿你100万。现在，我明确告诉你，我拒绝。因为，我的职业经历告诉我，冷大爷之死和服用我的一号胶囊没有因果关系，你可以向有关部门举报；甚至，可以向法院提起诉讼，我准备接受对我所有的质询和检验。为了在你起诉时，我不质疑你证据的真实性，请你按我的要求做。

冷小山摇摇脑袋，颈椎发出嘎巴嘎巴的声音：如果我不呢？

牧婧插话：冷小山，我劝你还是按照青大夫的话去做，她掏出手机摁下播放键，传出刚才两个人的对话。我已经录音了，如果你继续胡搅蛮缠，录音也可以证明你提供的物证无效。

什么？你们怀疑我在胶囊上做手脚？冷小山急了：这简直是猪八戒耍把式——倒打一耙。

青桥盯住冷小山：不做手脚最好，只是你把冷大爷的死，蛮横地归咎于是服用了我研制的一号胶囊，这让我不得不对你今后的做法产生戒备。100万的赔偿款我不是凑不齐，我所以拒绝你，是在捍卫一名医生的尊严、捍卫中医药的尊严。

冷小山无奈找出胶水，把信封封严，见青桥在上下封口处按了手印、签了名，就说：既然你先撕破了脸皮，就别怪我不客气了，你回去等着法院的传票吧!

青桥坦然一笑：这是你的权利，请节哀顺变。

俩人出门下楼，牧婧觉得身后似乎有人尾随，回头一看，原来是胖大嫂。见牧婧回头，胖大嫂做了个嘘声的手势，随他们又走下十几级楼梯后，才低声向他们披露了一个惊天的秘密。

牧婧听罢柳眉倒竖，追问了一句：确实?

胖大嫂伸手在脖子上一划：我拿性命担保!

7 少一分免谈

小米勒这几天总是处于跃跃欲试的状态。

那天他慰问青桥，于雪菲在饭桌上公布了创业计划。虽然于雪菲对他防备有加，只许游览不许保存，却不知道小米勒有过目不忘的本领，没用几分钟，已经牢记了这个创业计划的基本要点。

于雪菲的创业计划叠加了青桥和她的优势，一个营养学硕士，一个中医学博士，两个人的知识背景、专业能力、视野格局，无疑使这个创业计划具有很大想象空间。于雪菲为它的命名是"YBL生活馆"连锁开发计划，取养生、保健、连锁三个拼音的大写开头，简称YBL计划。

概括起来，它有两个亮点：一是设立非药物治疗中心，利用针灸、火罐疗法、穴位电疗三项核心技术，面向慢性病高发人群，开展健康辨识筛查，并据此提供日常的康复调理方案；二是设立健康生活服务中心，依据个体的性格特性、生活习惯，私人定制包括饮食和锻炼的配套方案；对有需求的居民进行健康登记、中医诊断建档、信息记录并建立个人动态数据库，以三个月为期，检测指标评价康复效果。在APP终端每日一键打卡，观察每个人的康复计划完成情况，发现问题及时调整。同时，一个季度举办一次药膳节，邀请会员和有兴趣的居民共聚，青桥作为健康指导边制作边讲解药膳的配比、针对症状和烹制要点，以促进社区形成健康的中医文化氛围。

YBL计划实行会员制。

于雪菲的教育背景，使她有能力对方案的实施制定详细的发展策略；

而药膳所用的药材，YBL公司与国家认可的中药材生产基地签订了供货合同，确保农药残留、重金属含量不超标，做到来源可查、去向可追、责任可究，确保无安全隐患。

本来，小米勒对中医用花花草草治病并不认同。他在大学主攻的是企业管理，但家族企业是保健品集团，对健康知识耳濡目染也不陌生。他认为中医缺少实证，脉象、经络看不见摸不着，与其说是一门科学，不如说是一门玄学，不靠谱。老米勒和他的观点正好相反，亲身的经历使他对中医药崇尚有加，对孙子轻视中医的态度也很不以为然。只是他不想压服小米勒，他知道在一个多元社会，压服往往适得其反，也许自身的经历更能纠正偏激和傲慢。

派小米勒到北京办事处任职，一个潜在因素，就是让孙子到东方亲自去感受中医药的博大。那时候，他已经在酝酿一个宏伟计划并为之陶醉，只向老朋友威尔斯教授有所流露，得到了他的高度认同，还向他推荐了最佳的领军人选。

也许是上帝的安排，还没有到办事处小米勒就结识了青桥，领略了青桥的医术，并渐渐走进了一个中医传人丰富的精神世界。

潜移默化中，小米勒对中医药的认识逐渐发生了变化。

看到于雪菲的创业计划，他的眼前为之一亮。他觉得这个设想充满了东方智慧，如果能够移植到加拿大，既可以为韦斯林增加一个富有亮点的实体项目，也可以惠及加拿大民众。他表态愿意投资绝非一时心血来潮，而是敏锐地嗅到了商机，这是一个优秀商人必备的职业素质，足以证明老米勒眼光不错。

当然，小米勒现在的自信源于老米勒的鼓励。

就在刚才，爷孙刚刚进行了视频通话。老米勒听了于雪菲的设想和孙子对这件事的判断，笑着鼓励说：米勒先生，你成长了。如果说，在与康太集团的签约问题上体现了你的果断与缜密；那么，你对YBL计划的反映，证明了你具有一个成功商人所必备的敏感与判断力，我祝贺你。

小米勒还从来没有得到过爷爷这么郑重其事的赞扬。因为激动，不免有点语无伦次：是的，总裁先生，问题是我的投资建议被于小姐否决了，这让我有点沮丧，但是不过，总裁先生，我想……

老米勒看着地球另一端的孙子，目光中充满了慈爱：米勒先生，YBL计划值得关注。于小姐是一个善良的东方女孩，青桥我虽然没有见过面，但是他的所作所为，让我完全认可他的正直和才华，由他们提出并完成这个计划，值得期待。至于说到你的投资意向没有被接受，恰恰说明了他们对这个项目的前景充满了自信。你可以变换一种方式，比如说，捐助。韦斯林公司不在意YBL计划落地后第一个实体店的收益，而是在意它向我们提供的成功经验和运作模式，以及在运营过程当中总结摸索出来的质量标准，它才是最重要的。

接下来，老米勒向孙子阐述了他那个新的宏伟构想。

小米勒听了，眉心舒展，脸上绽放出灿烂的笑容：总裁先生，我明白了，祝你今天有好梦相伴。

结束视频。小米勒第一次拨通于雪菲手机。

没等小米勒开口，于雪菲就像机关枪一样开始扫射：小米勒，你这个小洋鬼子，怎么想起给我打电话了？你是不是想通过我助攻小力姐呀？我警告你，小力姐和你不来电，你就别剃头挑子一头热啦。

小米勒被这一梭子打得遍体鳞伤，哭丧着脸问：小姑奶奶，剃头挑子是个什么东西？

于雪菲咯咯笑起来：不跟你解释了，太复杂，小姑奶奶没这工夫。

小米勒定定神，语调变得谦恭：于小姐，我不是找罗小姐，今天我找你。我想和你共进午餐，不知道你能不能把这个……光赏给我。

于雪菲止住笑，拿腔拿调说：哟呵，小米勒，你忒花心了吧，想变换主攻目标了？行，本姑奶奶今天心情不错，就把这个光赏给你，看看你还能玩出什么花样。

中午十一点半。阜成路附近的尚空间俄式厨房。

这家餐厅环境温馨优雅，桌椅宽大舒适，黄色的色调也格外温馨，听着曲调优美的俄罗斯音乐，让人心情格外宁静。俄罗斯大串是店内的招牌，有鸡肉的、羊肉的和牛肉的，色泽红润，块很大，并佐以俄式特制蘸料，微辣微酸，香而不腻，很受食客青睐。

小米勒和于雪菲坐在一张餐桌旁。

今天，小米勒穿了一身深灰条纹西装，蓝色衬衫，系一条浅色领带，显得很绅士。于雪菲穿的比较随意，脱去驼黄色羊绒大衣，里面是一身白色的针织休闲装，袖口和领口绣有精致的图案装饰，一条马尾巴被一个棕色发圈儿束起。

身着俄罗斯民族服装的服务生走过来，右手背在身后，前身略微前躬：请问先生、小姐，需要什么？

小米勒翻阅菜单，问：于小姐，你想吃点什么？

于雪菲一摆手：随便，先给我来一杯世罕泉苏打水，加柠檬。

服务生点点头，又转向小米勒。

小米勒点了菜肴和饮料，合上菜单问于雪菲：可以吗？

于雪菲很放松地把头靠在椅背上，大咧咧说：行啊，上次宰你一顿了，今天我这把刀就不磨太快了。

我很期待被宰的感觉。小米勒夸张地用手在脖子上比画了一下，哈哈笑了。他喜欢于雪菲的性格，这个东方女孩儿有时像一团火，有时像一块冰，无论火还是冰，都让人觉得惬意、舒服。

于雪菲注意到小米勒的行头，笑着调侃：呦呵，杜嘉班纳西装，金利来领带，郎丹泽皮鞋，宝珀手表，你这身打扮，不像是泡妞儿，倒像是参加重要的商务谈判呀？

小米勒略显拘谨地正正领结，他也不明白出门前为什么要对着装反复斟酌，本来他对穿着一向随意。潜意识中小米勒对这次见面充满期待，除了商业利益的考量，内心还被一股神奇的情感牵引：当然，见于小姐是一件很郑重的事。

于雪菲侧耳细听播放的音乐：噢，老柴的《罗密欧与朱丽叶》，小米勒，咱俩的会面和这音乐是不是有点违和呀。

违和？小米勒好奇地问：违和是什么？菜品的名字？加份违和吗？

于雪菲哭笑不得：你这个小歪果仁，真傻还是假傻？行啦，不和你废话啦，找我有什么事？快说。

小米勒斟酌着措辞：你知道我对你的YBL计划很有兴趣。而我的投资意向，被你不客气地……怼回了。

于雪菲喝了一口苏打水，竖起大拇指：呦呵，入乡随俗，连怼这个词都知道怎么用啦，不简单。

谢谢于小姐夸奖。小米勒很受用地微微一笑，继续说：根据我祖父建议，投资不成，可以考虑捐助给YBL项目一笔款子。

于雪菲吃了一惊：捐助？你懂得捐助在中文里是什么意思吗？

当然。小米勒耸了一下肩，双手摊开：就是无偿提供给你们使用。但是，这并不意味着没有附加条件。

于雪菲打个响指：我就说呢，韦斯林怎么突然变身慈善机构了。说，神马条件？

如果我说了，估计于小姐会争着为这顿午餐买单。小米勒充满信心地解释：我和我的祖父一致认为，YBL计划体现了中医的深奥和伟大的东方智慧，我们希望第一个实体店运作成功，并由此总结出完整的质量标准转让给韦斯林。如果可能，我们以后也可以签署合作协议，让它成为韦斯林公司新的业务亮点。

于雪菲噌一下从椅子上蹦起来，隔着桌子拍拍小米勒肩膀：这个想法好，双赢，既彰显了中国文化的独特魅力，也反映了你们敏锐的商业嗅觉。好吧，今天的单我买啦。

于雪菲刚举起酒杯，手机响了，她摁下接听键，里面传出一个急切的声音：雪菲，不好了，青桥又摊上官司啦！

电话是罗小力打来的。

罗小力刚接到牧婧电话，得知青桥因为中药组方摊上了官司。

牧婧听说青桥接到了法院的传票，也是慌不择路，凡是和青桥走动较密的朋友都通知了，希望借助到有用的人脉资源，帮上青桥。她相信，罗小力绝不是一个心胸狭隘、非爱即恨的人，不会因为青桥和自己的关系而袖手旁观。

罗小力本以为对青桥的情感已经被理智封存，只要心静如水，就可以波澜不兴。接到牧婧的电话，她才发现根本不是那么回事，原来随便什么东西一碰，那一潭思念的水就会汩汩流出来，泛滥成灾。

她把情况向正在和小米勒吃饭的于雪菲做了通报，立即驱车汇入滚滚车流。她急切地要去找一个人，就像上次偷偷跟踪"猥亵女"一样，她只想默默去做，并不想让青桥知道。

小米勒见于雪菲关上手机后，一个人发愣，就问：发生了什么？

于雪菲醒过神，把大致情况说了一遍。小米勒伪装的绅士风度一下被八级大风刮跑，他惊诧地用手敲击着桌面，嘴张成了O字形：上帝呀！他用手在胸前一边画着十字一边说，怎么可能，完全不可能，青桥是我的第一位中国朋友，他的医术和医德令人折服，他研制的药怎么可能医死患者，这太邪门儿啦，阿门。

于雪菲觉得这个歪果仁很有同情心和正义感，心里感动，就由衷地说了一句：谢谢你对青桥的信任。

不，我不要感谢，我要为青桥作证。小米勒摊开双手，做出一副很决绝的神态。他说，到北京一下飞机，他就领略到了青桥的神奇医术，后来还有过两次腹痛，都是用那种艾灸调理好的。前不久因为过度劳累，他晚上突然昏厥，不能站、不能坐，只能躺着，吴迪慌了手脚向青桥求救。青桥赶来诊断后说不过是耳石脱落，用专业手法很快使小米勒恢复如初。对青桥这不过是一次简单的操作，但在小米勒眼里简直就了不得了，那一刻，青桥成了他心中的神。

小米勒说：作为一个见证者，我本来是一个并不相信中医药的老外，是他用事实正在改变我的看法，以我的身份和角度作证是有说服力的。

于雪菲已经有了想法，她打了一个响指叫过服务生：买单。

小米勒连忙阻拦：不，我来结账，刚才是开玩笑。

于雪菲冲服务生一摆手：刷我的卡。又对小米勒说，我要马上去办点事，后续的事咱们电话联系。

一小时后，于雪菲敲响了冷小山的家门。

她只知道冷小山住在这个小区，并不知道门牌号码。问了小区居委会，打听一个姓冷的老头，一发即中。本来可以问牧婧，但是她想悄悄把这件事摆平，给他们来一个出其不意。

门开了，冷小山见是一个时髦女郎，有些云里雾里：你找谁？

于雪菲晃着肩膀走进门，大大咧咧坐在沙发上。她四下打量了一下房间，见家具和电器都很简陋，冷小山扇风耳、蒜头鼻，目光也有些猥琐，心里大体有了谱，就冷笑两声说：呦呵，你是冷小山吧？

冷小山的朋友圈儿基本是社会混混，很少与这样靓丽脱俗的白富美打交道，气势上先就折损了三分。他站在于雪菲面前，像是一个接受问询的嫌犯，点点头说：我是呀，你是谁？

我是谁不重要。于雪菲架起二郎腿，蔑视地看了一眼冷小山：你不是告了青桥吗？说你老爹的死是因为吃了青桥的胶囊，你自己也知道，这说法根本不值一驳，到法庭败诉无疑，你不过是想讹几个钱。这样吧，我给你一笔钱，你撤诉。告诉你啊，这可不是青大夫怕你，他有很多正事要忙，没工夫跟你扯淡。

冷小山双眼冒出贪婪的光：多少钱？

10万。于雪菲以不容置疑的口气说：10万也是你白捡的。生出你这个不孝的儿子，你老爹在棺材里都得气得打滚儿。

10万？不行，让我撤诉，最少50万，少一分免谈。

50万？于雪菲站起身，围着冷小山转了一圈儿，像看怪物似的说：你脑袋没进水吧？我看你的智商余额严重不足，充值后想明白了打电话给我。记住，过时不候哈。

说着扔下一张名片，砰一声，摔上门，走了。

冷小山觉得这小妞的气场太强了，整个过程，好像不是来求和，而是来宣战。我智商余额不足？骂人不带脏字，说话忒损了。10万，没门儿。想着，便拨通了牧婧的电话：美女主任，青桥要想私了，也得拿出点诚意来吧？

牧婧正在开会，她拿着手机走出会议室：你胡咧咧什么呢？冷小山。

冷小山嘿嘿冷笑了两声：装，装，你还和我装。

牧婧生气了，厉声说：我在开会，没工夫和你废话，你先别嘚瑟，告诉你，真到了法庭上，你的死相会很难看。

冷小山装着倒抽了一口凉气：呦，美女主任，你别吓唬我，我胆儿小。青桥要是不心虚，干吗派个小姑娘来求和？10万，10万就想打发我，当我是叫花子呢？

牧婧本来想挂断手机，听冷小山这么一说，忙问：小姑娘？

冷小山得意了：是啊，20多岁，长得跟刘涛她妹妹似的，顺溜。不是你们派来的，难道是天上掉下来的，地缝里钻出来的？喊！

她说什么？

她说给我10万，让我撤诉。没门，最低50万，少一分免谈。

牧婧猜到是谁了，心说这个小姑奶奶这么一闹，岂不是陷青桥于被动？忙对着手机说：没有的事。理在青桥一边，甭说10万，他一分也不会给你，你别做梦了。

牧婧挂断手机，马上拨通了于雪菲的号码。

8 也许父亲不冷血

罗小力来到第二医院的时候，正赶上午休。

离上班还有30分钟，罗小力拨通了林大夫手机。两人算是老朋友了，一年多以前，《大众健康报》开辟过一个专栏：急诊室见闻。林大夫是罗小力的主要采访对象，她在北京医科大学读的博士，毕业后一直在二医急诊室接诊，为人严谨，临床经验十分丰富。牧婧告诉她，老冷头被冷小山送到第二医院急诊室，接诊的正是林大夫。罗小力马上意识到林大夫将是一个非常重要的证人，她出具的死亡证明会直接影响到对青桥的判决。

正在午休的林大夫被手机铃声吵醒。

在候诊区见到罗小力，她亲热地张开双臂：罗记者，是什么风把你吹来了，又要报道急诊室的工作吗？

罗小力和她拥抱了一下，拉她坐在椅子上，单刀直入：林大夫，前几天你是不是接诊了一个姓冷的老人？

冷大海吗？林大夫略一思索，快人快语：是啊，送来就没有生命体征了。怎么啦？

罗小力急着又问：他的死因是什么？

林大夫做回忆状：从临床症状上看，应该是心脏病突发。

患者的死，和服用一种抗阿片类药物依赖的中药胶囊有因果关系吗？

林大夫略作沉吟：应该不会，不过要得到准确的结论就要做尸检了。

快上班了，罗小力起身重复了一下两人谈话的要点：一，临床症状判断患者死于心脏病突发；二，患者的死亡和服用抗阿片类药物依赖中药胶囊应该没有因果关系；三，如果要彻底排除必须进行尸检。是这样三点吧，林大夫？

林大夫也站起身，有些诧异地问：是啊，罗记者，出什么事了？

罗小力握住林大夫的手，晃了晃说：也没什么大不了的，就是患者的儿子为敲诈一笔钱，想诬陷另一个大夫。如果有必要，你本着医生的职业道德和实事求是的精神，出庭作一下证，可以吗？

那没问题，我肯定会实事求是。

从医院出来，罗小力心里踏实了一点。

她突然觉得，还有一件事更重要，就拨通了罗凡的手机，问他方便不方便马上"接见"自己。

罗凡隐约猜到了女儿的意图，敷衍说：什么事，下班后再说。

罗小力撒娇：不嘛，我要马上说。

罗凡正在唐之韵洗浴城的足疗室，一个身穿米黄色工服，略显丰润的女服务员在给他揉脚，另一个清瘦些的女孩儿等着去洗手间的史一兵。今天中午，史一兵叫来罗凡，两个人一起在西餐厅用过午餐就来泡脚。罗凡知道，按摩足底后，史一兵肯定有话要和他说。

足疗室很气派，足有40平。中间是按摩床，两边各一张卧式沙发，沙发后的木质墙板上是一幅巨型山水。山水画的用墨之妙，在于浓处须精彩而不滞，淡处要灵秀而不晦。此画尽得其妙，用墨亦如用色，高山流水，草木丛生，远近高低，浓淡相宜，给人一种墨分五彩的幻觉。

罗凡很喜欢这间按摩室，这幅画让房间里有了清幽之气。

他听见门外有脚步声，知道史一兵回来了，就对罗小力说：现在真的不行，我在开会，有什么事回家再说吧。

微胖女笑话挂断手机的罗凡：是太太查岗吧？你们这些成功男士真的很有趣，会都开到洗浴城了。

史一兵进来，甩掉拖鞋，把脚放入木盆，拿起遥控器打开对面的电视机，正好是电视商场频道。两个主持人一唱一和，在推销康太集团的多功能电子治疗仪和其他几款产品，不时穿插一些消费者现身说法的画面。镜头切换，屏幕上出现了一个满头银发的养生专家，从养生学、中医学等不同视角论证着康太集团保健品的科学性，下方打出的字幕是三代中医世家、健康养生专家、中国中医药大学著名教授苟强胜。史一兵脸上浮现出一丝不易察觉的微笑，他心里清楚，现身说法的患者和所谓著名的养生专家都是花钱雇的托儿。

史一兵换了个台，正在重播全国企业足球联赛争夺前八的实况，康太PK星海。康太是史一兵出钱冠名的队，自从徐军负伤后就元气受损，这场比赛中居然被星海灌进三个球，以一比三的败绩无缘进入八强，让史一兵很是恼火。

史一兵看了几眼，扫兴地关上电视，闭目养神。

两个女孩儿按摩完，问加不加钟，史一兵摆摆手。

女孩出去了，史一兵点燃一支雪茄问：那东西差不多了吧？

罗凡知道史一兵指的是什么，直起身回了一句：青桥摊上人命官司了。

史一兵一惊：什么？

罗凡不紧不慢地说：今天早晨上班，青桥和我打招呼，一个病人家属到法院告了他，说他用一号中药组方胶囊治死了他爹，让我有个思想准备。

史一兵更加诧异：是他研制的那个中药组方吗？

罗凡点点头：是。不过说这个中药组方吃死了人，绝对是天方夜谭。我看了起诉状，病人家属无非想敲诈一笔赔偿金。

那就好，这个中药组方是咱们的撒手锏，别还没出手，就卷了刀刃。

罗凡沉吟一下：那倒不会。不过，任何事情都要想到最坏的一面，万一青桥败诉，就不止是赔几个钱的问题了，毕竟他试制的胶囊没有药监局正式批号，一旦和刑事沾上边，说不定会有牢狱之灾。

罗凡故意把事情往严重了说，是想争取到一些时间。

按照史一兵的计划，中药组方弄到手就要对青桥下手。他还没有想好怎样应对，一旦提供了毒药，自己将万劫不复，可是不提供又怎么能过得了史一兵的关？他很烦。

史一兵加重了语气：现在青桥的研究已经接近完成，据小霞说，还有几个关键数据要核实，青桥千万不能进去，要找最好的律师替他辩护。

我也是这样想。罗凡说的是实话，他最理想的结局是，青桥胜诉，但是因为违反医药管理规定被停职。这两者有点矛盾，怎样才能平衡好呢？他沉吟片刻，对史一兵说：我回去再进一步了解了解情况，做些安排。

史一兵嗯了一声，摸出一张卡递给罗凡：这里有二十万，请律师用。

走出洗浴城，罗凡叫的网约车已经在守候了。他本想回医院，上车的瞬间改了主意。他料到罗小力肯定在家等他了，他也确实有些话要和女儿好好说一说了。

罗小力一见罗凡，马上从沙发上站起来：青桥的事您知道了吗？

罗凡脱去外衣、摘下围巾，故意不紧不慢地问：青桥什么事？

装吧您就。罗小力接过罗凡的大衣和围巾挂在衣架上，白了一眼父亲：你们医院差点成了第二被告，您能什么都不知道吗？爸，我觉得您有责任为青桥出庭作证。

罗凡坐在沙发上，接过罗小力递过的茶杯喝了一口，有些不忿地说：青桥对你那样无情无义，你还这样关心他？

罗小力噘起嘴，白了他一眼：老罗同志，你这是什么逻辑呀，青桥拒绝我，和青桥受冤枉是一回事吗？

好，罗大记者，我没你政治站位高，你说，让我出庭作什么证？

哎，这还用问，事情明摆着，青桥的胶囊是用医院的设备做成的，他为患者制作胶囊是您批准的。这是职务行为，有问题也应该医院承担，关青桥什么事？

罗凡的目光倏地一黯，他真不高兴了：搞什么搞，你这话真是让老爸寒心，明明是青桥惹出的乱子，你就忍心让老爸去背锅吗？现在你们连恋人都算不上，如果你将来结了婚，为了丈夫是不是可以把我扫地出门？

罗小力自觉失言，摇着罗凡的胳膊说：罗院长，我不是那个意思，我是说，如果医院出面承担责任，青桥不就可以没事了吗？

大错！罗凡用手点着女儿，厉声斥责：一号胶囊有没有正式批号不归法院管，对这个案子的判决没有实质性影响。所以，我是不是出庭作证并不重要。你知不知道，冷小山在向法院起诉的同时，也到药监局和医药协会奏了一本。如果上级领导追究下来，我为青桥背这个锅，一旦被撤职查办了，没人在上面替青桥说话，他就能自我保全？笑话。

罗小力觉得罗凡说得并非没有道理，就松开手无奈地问：那怎么办？

罗凡回答：冷小山走的是民事程序，他无非是想讹一笔钱，只要能证明，老冷头之死和服用一号胶囊没有直接关系，青桥就可以解脱了。该怎么办，还用我教你吗？

罗小力还是有些茫然地望着父亲，有点不知所措。

罗凡站起身，从皮包里拿出那张银行卡递给女儿：这张卡里有二十万，是我去年的奖金，你拿去为青桥请个好律师，作为同事和朋友，我但求问心无愧。注意，千万不要说是我出的钱，他不知道咱俩的关系。

罗小力被感动了，看来父亲并不冷血。

第九章

1 使 命

老米勒从天而降。他特意选择了这个时机。

满头银发的这个外国老头儿,穿着一身普通的深蓝色西装,拉着一个简单的行李箱,突然在北京初春的一个早晨,笑容可掬地出现在韦斯林公司驻京办那座红色的四层小楼里。

小米勒惊讶地张大嘴:上帝,你是在穿越吗?米勒先生。

老米勒松开行李箱拉手,张开双臂,像老鸡召唤雏儿:我的孙子,基辛格博士九十岁高龄还挑战高空跳伞,我才八十多岁,为什么不可以有一次浪漫的旅行?当小米勒像归巢的小鸟一样扑进他宽大的怀里时,老米勒拍着孙子的后背骄傲地自嗨,小子,如果宇航员没有年龄限制,我还想报名登上火星呢。

在首席代表宽大明亮的办公室里,老米勒接过孙子递过的咖啡。

小米勒坐在爷爷对面,用双手托着一张还有些许稚气的脸:我想不明白,你为什么突然空降北京?用一句很流行的中国话说,是要查岗吗?

老米勒一边用勺子轻轻搅动咖啡,一边笑眯眯地注视着孙子:错了,米勒先生,"查岗"在时下中国的语境中应该用于夫妻,并不适合你我之间的关系。不过作为总裁,我当然有资格在你没有准备的情况下检查你的工作。从这个角度说,查岗也是准确的。

Yes,Yes!小米勒站起来,又犹豫了一下,问:老米勒先生,您一路鞍马劳顿,是否先到公寓休息一下?

老米勒放下咖啡，摆摆手：No，No，一上飞机，我就吃了一片倒时差的药，睡得很好。说着他伸出拳头比画了几下，扬扬得意地说，以我现在的状态，马上去参加一场70公斤级老年拳击比赛，说不定会夺冠。

小米勒开心地笑了，他叫来财务主管，把一摞文件放到办公桌上，说：这是办事处的财务报表和重要文件，它可以准确反映出办事处的运作状况和工作疏漏，我已经分别作了梳理与补救，请总裁先生检查。

老米勒站起身走到老板桌前坐下，从最上边拿了一个文件夹打开翻阅：好，我抽查一下，大约需要一个半小时。这期间你可以去忙你的事，如果你中午准备给我接风洗尘，我建议品尝正宗的北京烤鸭。

小米勒心领神会地点点头：我已经让人去安排了，大董，北京最正宗的烤鸭品牌。同时我还想通知一下柳若兰女士，因为我猜想，总裁此行的真正目的，是期待一次跨越半个世纪的相会。

老米勒并不避嫌，当孙子提到"柳若兰"的名字时，眼睛还为之一亮：与牛诺南，噢，不——柳、若、兰相见，当然是我此行的重要目的之一，因为重要所以不能草率。你不要告诉她，我会找一个时间去专门拜会。

小米勒诡异地一笑：您是要给她一个惊喜?

你可以这样理解，其实……老米勒摊摊手，换了一个话题：终止与康太的合作，你干得很漂亮。这次是于雪菲小姐的YBL计划，促使我下了飞一趟北京的决心。他站起身走到小米勒面前，语气郑重地说，你也许还没有完全领悟到这个计划对韦斯林的意义，它是一个体现着中医精华的设想，会成为推动韦斯林发展的新引擎。孩子，你来到中国以后，开始改变对中医的看法，这让我很欣慰。你知道，日本的汉方医药非常发达，随着《健康保险法》的修改，已经有59种中药正式列入了日本临床应用药品目录。我来之前还读到了一条重要新闻，中国与捷克签署了《卫生合作备忘录》，其中就有与中医合作的专项内容，赫克大学的中医中心已经正式挂牌开业，成了中国推进"一带一路"的首个医学交流项目。

小米勒惊叹：爷爷，您对中国中医在海外的发展这么关注?

那当然。老米勒拍拍孙子的肩膀：我还知道，赫克大学的中医中心开业以来，不但受到了捷克政府的支持，关键是取得了患者的普遍认可，这很不容易。因为抵制中医，他们最早的病人是学校征集的。三个月，仅仅三个月后，他们把 100 多个就医的病人严格进行评估，结论是有效率在 50% 以上，疼痛性疾病的有效率甚至达到 80%。请注意，这些病人都是经西医医治无效的，这个数据具有统计学上的意义，令人吃惊。

小米勒诚恳地说：因为认识了青桥和罗小力，我对中国中医药的认识才由浅入深；否则于雪菲的 YBL 计划很可能会被我忽略。

漂亮。老米勒伸出大拇指：这是一个重要商机，我要帮你把握住它。

吴迪敲门进来，说：大董的包间已经订好了，预留到中午十二点。

老米勒看了一下手表改了主意，对小米勒说：还有一个小时，文件下午再看，你陪我坐一坐。

小米勒为爷爷加满咖啡，祖孙俩并排坐在了长沙发上。

老米勒问：我刚才翻到一个文件，是汉伯与康太串通的调查，汉伯为了 50 万美元，居然出卖公司利益，太让人失望了。

是，我也很震惊。他的行为已经构成了犯罪，我正在犹豫是不是向您汇报。毕竟他为韦斯林工作了三十年，我不忍心他的晚年在监狱度过。

妇人之仁在商战中是不可以有的。老米勒注视着孙子，目光一时显得很凌厉：汉伯我已经安排他退休了。公司可以不起诉他，但是这件事必须告知他，让他去真心忏悔，乞求上帝的原谅。

小米勒点点头，他觉得爷爷处置得当、情理兼备。或许他早就知道汉伯的劣迹了，只是引而不发，临战换将避免了公司更大的损失。毕竟多年在商场拼搏，自己在危机处置、识人用将方面，还得向爷爷学习。

门外突然一个清亮的女声喊：小米勒——！

小米勒闻声站起，顿时眉开眼笑：爷爷，于雪菲来了。

于雪菲这两天有点郁闷。那天，她找到冷小山，没想到一转脸这小子就打电话给牧婧，要涨价。放下冷小山的电话，牧婧把于雪菲结结实实数落了一番，说她的做法简直就是一和三之间那个数，不但帮不上青桥，还会陷青桥于被动。于雪菲也觉出自己的做法确实有点二。这两天心里郁闷，就出来闲逛。她住的公寓离韦斯林驻京办不远，走着走着就来到那幢红色的小楼下。昨天晚上小米勒打电话，希望她抽个时间就后续的合作谈谈细节，就信马由缰走进来。

推开办公室房门，一个白胡子洋老头友好地向她张开双臂。

于雪菲定睛一看，竟是那个浇了她一身水的老园丁——韦斯林公司创始人。每天下班后，找下属聊聊天，修剪一下公司的花木，已经成了老米勒业余生活的一部分。他很喜欢眼前这个中国女孩儿，一老一少在中国再见，亲热地拥抱在一起，竟有一种期盼已久的重逢感。

于雪菲高兴地说：呦呵，园丁爷爷，您终于来啦。

老米勒松开手：园丁爷爷，真好。我就说，以后我们还会发生交集。

于雪菲笑着调侃：园丁爷爷，您是来寻找那位心中的东方女神吧？

是，爷爷很期待见到她。老米勒一伸手示意于雪菲坐下：同时，爷爷也很希望见到你。你的YBL创业计划蕴含着神秘的东方智慧，它也是让我打飞的来北京的重要原因。我就知道，你是一枝柳条，插到哪里都会发芽。

于雪菲不好意思：谢谢。我今天来，就是和您的宝贝孙子谈这个事的。

小米勒接话：中国有句俗话，来得早不如来得巧。我刚在大董订了包间，为我的爷爷接风洗尘，我们一起去吧，有什么话吃饭的时候谈。我听说，在中国很多生意上的合作都是在酒桌上敲定的。

于雪菲本想揶揄小米勒几句，见老米勒正望着她眉开眼笑，就咽了回去：恭敬不如从命。不过中午的单我买，爷爷不远万里来到北京，我要尽地主之谊。

老米勒欣赏于雪菲的性格，开朗、明快、热情似火。他整理了一下西装，微笑道：我们走吧，有你这么一个中国孙女，我很高兴。你知道吗，姑娘，这次北京之行，与你相见是我最重要的目的。

老米勒撒了谎。其实，他特意选择这样一个时间点来到北京，最直接的原因是知道青桥摊上了官司。他另有一项重要使命，只是秘而不宣。

2 远天翻滚火烧云

青主任和患者打起来了！

罗凡在办公室接到中医科护士站的报警，只说了三个字：知道了。

这个青桥真不是一盏省油的灯。按说遇到人命官司，一般的人即使不萎靡不振，也很难再提起工作的劲头儿。可是青桥不，每天他还是第一个

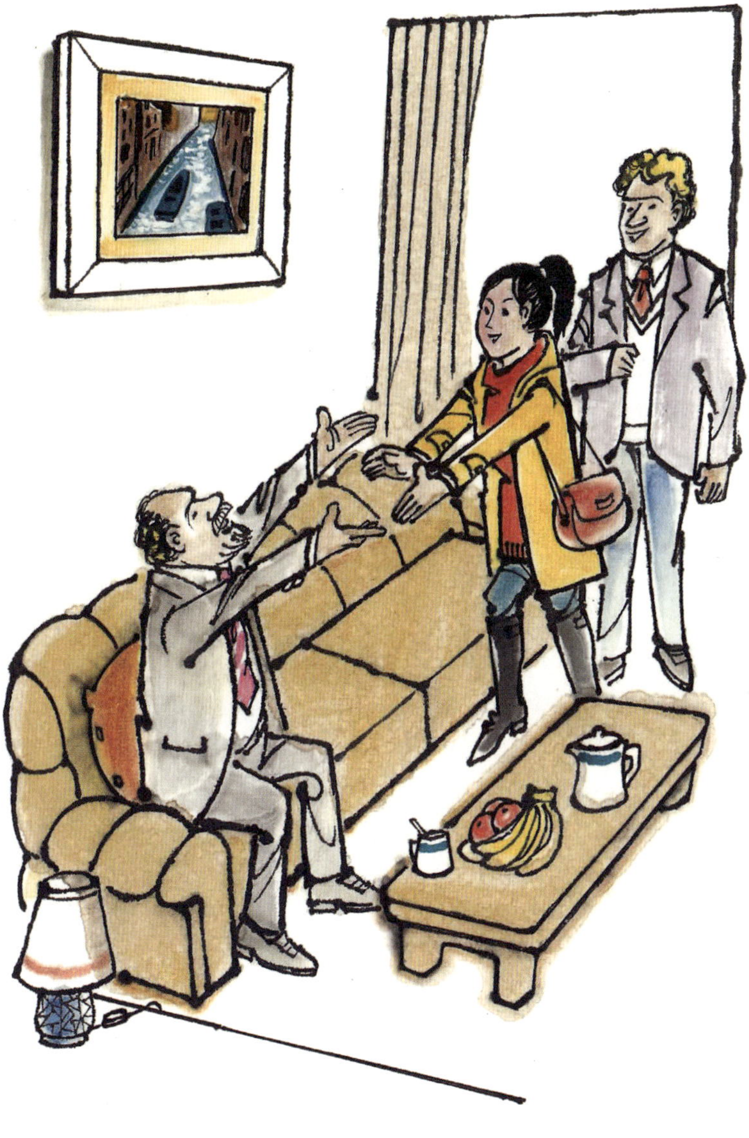

到达医院，第一个坐进诊室，好像冷小山告的不是他，他跟致患者死亡案毫不相干。

这一点令罗凡佩服。泰山崩于前面色不变，良好的心理素质是一个优秀医生必备的职业要求。不过别一根筋，心理素质好再加上一根筋就麻烦了。青桥恰恰是这么一个人，你是医生，看好自己的病人就得了，他不，偏偏跟伪劣保健品较上了劲。你以为你是谁？黑脸包公，哪吒三太子？单枪匹马一介草民，惹恼了利益集团能有你什么好果子吃？罗凡几次暗示、点拨，青桥根本不为所动。

作为旁观者和知情人，罗凡对青桥和史一兵的明争暗斗担心、焦躁，也有若隐若现的恐惧。不光是为青桥，也为自己，怕青桥踩了雷自己成了殉葬品。史一兵要加害青桥，自己有诸多把柄攥在史一兵手里，两人已经结成了利益共同体，到时候不是自己想不想出手，而是不得不出手。

这两天他心里有些别扭。

青桥无情地拒绝了女儿，让他的犯罪感略有减轻，看到青桥出事后女儿忙里忙外，知道她的心里还有青桥，又多了一份纠结。可巧，昨天国家卫健委一位司长通过罗凡慕名来找青桥看病，这位司长是位实权派，据说各省主管卫生的副省长见他都要预约排队，是一尊真佛。罗凡自然不会放弃攀附的机会，官场险恶，说不定什么时候就会有事求到人家。

罗凡亲自领司长来到青桥诊室。

青桥听院长说明情况，吩咐护士加一个号，又按顺序给病人看起病来。

司机求情说，司长下午还有一个重要的会，能否先看？没想到青桥听后毫不通融，说号已经挂满了，加号已属照顾。司机赔着笑脸央告，这不是情况特殊嘛。青桥竟站起身请他们到门外等候，说这里只有患者没有司长。那位司长倒是很大度，笑着摆摆手，说青大夫说得对，任何人都不应该搞特殊化。

罗凡当时尴尬得满脸通红，还是司长拍着他的肩膀解围：罗院长，你可不要难为青大夫哦，他这样坚持原则对病人一视同仁，要表扬。

这是前天发生的事，罗凡的气还没消，青桥怎么又捅娄子了？

他急匆匆下楼，快步来到中医科诊室。

一个农村打扮的老汉在青桥的诊室外抹眼泪，听说他是院长，双腿一弯跪下了：院长，您，您要给俺……

罗凡见状，忙走上两步扶起他：有什么委屈，您和我说。

老汉60多岁，头发已然全白了，有半寸来长，直愣愣地覆盖着头顶；一张黑黝黝的脸，风吹日晒，像大水冲过的坡地，尽是深浅不一的皱纹。他身旁是一个年龄与他相仿的农村老妇人，坐在椅子上也在抹眼泪。

罗凡不由得颇感诧异，在他的印象中，青桥很少和病人争执，对身处底层的老百姓更是爱心泛滥。他曾用自己的钱给病人开过药，也曾给没有路费的患者买过回家的车票。像这样把一对农村老夫妇气哭了的情况，真是闻所未闻，怎么了这是。

他把老人扶到椅子上，安慰道：这是你老伴儿吧，不急，慢慢说。

老汉抹去眼泪：院长啊，我老伴儿10多年前就得了类风湿，为治她这个病，我卖了过年的猪，卖了耕地的牛，欠了一屁股饥荒，背着她跑了陕西好多家大医院都治不好。他撩起老伴儿的裤口，露出骨关节已极度变形的腿，你看咱婆姨的病越来越厉害了，疼起来拿头撞墙。西安的大夫说，你也不用满世界跑了，这病叫不死的癌症，治到最后很可能人财两空，不如把治病的钱给她买点好吃好喝的实惠。咱也这么做了，可是俺婆姨疼起来汗能把夹袄都湿透了，俺揪心。一位好心的病友告诉俺，北京燕北大学附属医院的青大夫是治疗疑难杂症的专家，你不妨找他去碰碰运气。这不，俺上个月来北京，吃了青大夫开的药，俺婆姨的病情有了好转，疼还是疼，但疼的不是那么哭天喊地的。我们又有了盼头，可是盘缠没了，在北京待不下去了，准备回老家。

罗凡明白了，他知道下面的剧情要反转。

这不，今天我们挂了青大夫的号，又开了两个疗程的药。青大夫给了俺500块盘缠，送了俺一部手机，还教俺怎么用，这么贵重的东西，俺怎么敢收呀。青大夫说俺来北京一趟太不容易，以后可以通过手机给俺婆姨诊病，后面的药他每月会给俺们寄。院长啊，俺没什么文化，就是一个地地道道的农民，俺要是这么悄么声地走啦，心里过不去呀。

这时，护士出来叫号，一开门见到老汉：呦，你们老两口还没走呀？

罗凡站起身对老汉说：老哥哥，你反映的情况我都听明白了，你们两位先回吧，记住，一定要按时服药。

老汉站起身，冲罗凡鞠了一个躬：好人，都是好人啊，谢谢啦。

目送老汉背起老伴儿去了，罗凡走进诊室瞪护士：搞什么搞？谎报军情。

女护士望一眼正看病历的青桥，不服气地说：我就是要谎报军情，青大夫开的药吃死了患者？太奇葩了吧。咱们院里有哪个大夫能比青大夫对病人更尽心尽力？挑出一个来让我瞧瞧。

罗凡没理女护士，他坐在青桥对面问：老人的病西医束手无策，激素治疗可以延缓病情，但是副作用太大，你有谱吗？

青桥嗯了一声：中医在治疗类风湿上是有先天优势的，通过强肾养肝、柔肝止痛的方法就能够缓解病人的疼痛感。如果病人大量使用止痛药，一旦产生药物依赖，就雪上加霜了。

罗凡点点头，还是不放心：问题是，中医讲究望闻问切，你是要通过手机远程治疗啊。

青桥自信地说：治疗肯定需要一个动态过程。首先，面对特别明显的痛症，需要用疏导清热的方法清理体内，清理完成后会暴露出虚相，这就需要进行新一轮调补。调补完成之后会有新的症状出现，然后再继续针对性调整，往复数次就有可能刨出病根。我已经对患者进行了两个疗程的治疗，今天开的药是新一轮调补。手机可以面诊、舌诊、问诊，唯独没有办法脉诊。不过我已经掌握了患者的脉象，根据她的声音、气色、症状，可以推导出她的脉象特征。肿大发热变形是有热象，迟缓无力苍白就是寒，可以根据不同情况调整用药。

罗凡摆摆手：你说的这些太玄妙，基本上是对牛弹琴。

青桥补充道：这对老夫妻就一个儿子，在深圳打工，挣的钱全给母亲看病用了。老两口出门看病指望不上儿子，往返北京一趟光路上就要折腾四五天，换乘车时全靠老汉背，太不容易了，你看老汉今年多大岁数了？

罗凡想了一下：有六十四五了吧？

青桥苦涩地一笑：哪儿呀，刚满50。我认真研究了他老伴儿的病情，先在家吃半年汤药，明年七一后再来北京面诊，做一次全面检查，应该问题不大。好在有手机，可以随时保持联系。

罗凡调侃了一句：七一来北京的路费又是你出？

青桥笑着回敬：院长大人，如果你想赞助，我也非常欢迎啊。

罗凡一拍桌子，认真地说：那好，这笔费用我出了。

青桥举起右手：一言为定？

罗凡和他击了一下掌：一言为定。

这时，罗凡的手机响了，他掏出来一看显示屏，脸吧嗒一下沉下了来。

电话是史一兵打来的。罗凡向青桥点点头，举着手机走出诊室。

青桥年轻气盛，也有点恃才傲物。但是他对医生这份职业的热爱，对病人的感情是真挚的。向这样一位医生下毒手，让他生不如死，真是太残酷了。罗凡虽然已经贱卖了职业良心，但真让他去做这样伤天害理的事还是有些不忍，刚才他看到青桥为那一对老年夫妻所做的一切，觉得有些羞愧。按照史一兵的计划，不用到五一，青桥就已经成了一个呆傻的废人了。

罗院长吗？今天我们要见个面。

罗凡以为他是催问药的事，就问：我去你办公室？

不，还是老地方。

罗凡心里咯噔一下，把见面地点选在桑拿间、温泉池，说明史一兵要说的事非常隐秘和龌龊，只是他没有理由不去。

正是中午的饭点儿，桑拿间里只有他们两个人。

史一兵从桶里舀出一勺水啪地泼在炭炉上，刺啦一声腾起一股白烟。史一兵把裹在腰间的浴巾铺在长条休息椅上，四仰八叉躺下，闭着双眼养神，半晌没有说话。

罗凡忍不住问：史总，你把我叫到这儿要谈什么事？

史一兵坐起来靠在墙上，目光阴鸷。半晌，像黑夜里飞出的蝙蝠，很突兀地冒出一句冷涩的话：老米勒来北京了。

罗凡一惊：哟，他一大把年纪了，跑到北京来干什么？

史一兵抹了抹脸上的汗水，说：老米勒八十多了，他来北京应该不是为了登长城、逛故宫吧？小米勒一上任，他就在为"后老米勒时代"布局。

罗凡附和：是，流水的岁月饶过谁，毕竟是米寿之年了。

吴迪告诉我，老米勒这回来北京要见柳若兰。

柳若兰，哪个柳若兰，青桥的奶奶？

对。你不是说过当年柳若兰在战俘营中救过一个加拿大战俘吗？现在看，很可能就是这个老米勒。

罗凡倒吸一口气：乖乖，世间真有这么巧的事？

史一兵起身又往炭炉中加了一勺水：吴迪还告诉我，老米勒对青桥和一个叫于雪菲的女孩儿提出的YBL计划很感兴趣。YBL是养生、保健、连锁三个中文拼音的第一个大写字母，涵盖的主要是传统中医和由此派生出来的养生保健。这个项目搞成了，对康太的业务拓展也会形成威胁。

你的意思是……

史一兵若有所思：我觉得这个洋老头还另有目的，只是以上两条，构不成他来北京的动力。

还能有什么目的，了解中国市场？检查小米勒工作？

那不过是搂草打兔子。他选择这个当口来北京，真正目的——史一兵停顿了一下，深吸一口气，见罗凡疑惑的目光已经聚焦成一束强光，才一字一顿地说：挖青桥。

罗凡不以为然：挖青桥？他了解青桥多少，至于专程为一个中医大夫跑一趟北京吗？不可能，再说青桥也不会动心。

史一兵冷笑：青桥研发中药组方的事，小米勒肯定会告诉他爷爷。这老头儿是从商战中摸爬滚打出来的，一定能嗅出这个中药组方的商业价值。至于说到青桥会不会动心，那也要看谁去挖他。青桥正好摊上了官司，老米勒这个时候来，居心叵测啊。他一旦被韦斯林公司抢到手，我们的损失可就大了。除了中药组方，你知道青桥后续还会有多大能量？我们必须阻止老米勒的计划得逞，既不能让他和YBL计划联手，也不能让青桥成为他们手中的牌。

怎么阻止？罗凡脱口问道。

听吴迪说，柳若兰要设家宴款待老米勒，老米勒特别提出想品尝药膳，这就给我们提供了一个很好的机会。在药膳中下药，釜底抽薪，摧毁老米勒对青桥的信任，这样就可以不战而屈人之兵。

罗凡心忽悠一沉：下药？

史一兵微微一笑：罗院长，你别紧张。不要老头儿的命，让他在医院躺个十天八天就行了。那个冷什么小山的目的性太扎眼，胶囊事件好像没动摇小米勒对青桥的信任，这次咱们加一磅，结果就会改写。明天晚上十二点以前，你把药用胶布贴在燕北社区街心公园左数第一张路椅下面，位置已经发截图在你手机上了。

罗凡强装镇静：好，我想一想。

史一兵又补一刀：剩下的就是老米勒住院后，你要拖延他的住院时间，最少也要住够一个星期。而且，病因是中药中毒。

同一时间，在史一兵说的那张路椅上，坐着严婷婷和侯小霞。

侯小霞原来就是郑嫣，杏儿是她的胞妹。这之前，杏儿父女在街心公园的巧遇，严婷婷破例批准收治杏儿，派车去接并代为结清住院费的各种戏码，都是"唐之韵"雕花圆柱后的预谋。那天，史一兵知道郑嫣是因为杏儿的病拼命赚钱，于是指令严婷婷完成这些规定动作，控制了杏儿就等于控制了郑嫣。听说郑嫣不愿去青桥家做保姆，立马让中心加大了催款力度；并让严婷婷告诉郑嫣，只要她肯去，先预支30万奖金。万般无奈，郑嫣同意化名侯小霞来到了青桥家。

平时，严婷婷和郑嫣联络都是通过微信使用暗语，烤鸭即指中药组方。今天事关重大，史一兵让严婷婷当面向郑嫣交代。

郑嫣刚刚吃过午饭，就被严婷婷叫到这里见面，她听了严婷婷布置的任务，连连摆手：不，不，我不做。当初讲好了，我只是把中药组方弄到手，并没说让我去投毒，我不做，坚决不做！

严婷婷笑了笑：小霞，你别说得那么难听，什么投毒，这只是商业竞争的需要，根本死不了人。你想想，老米勒是韦斯林公司创始人，一个有分量的外国佬，他如果死在中国，公安局必然介入，说不定会引发外交事件。史总再傻，也不会引火烧身啊。没你说的那么恐怖，这种手段在商战中不过是小儿科。

小霞还是惊魂未定，头摇得像拨浪鼓：不，严姐，这事我真的做不了，你回复史总，让他另找他人吧。

严婷婷挽住小霞的胳膊，目光像红外线扫描仪似的，将她从外到里看了个遍：哪去找人？他一个月给你开那么高工资，还承诺你北京销售公司总经理的位置，不就是指望你给集团立功吗？这件事对于你轻而易举，明天这张椅子下会有一个小纸包，只要在做饭时放进药膳里就可以了。再说一遍，不会死人，真要是会死人，我也会躲得八丈远。

小霞还是犹豫，严婷婷拿出一张账单：你看看，史总给你垫付多少钱了？现在公司用了最好的方子，你妹妹的病已经得到有效控制。不为自己，为你妹妹你能拒绝吗？再说对公司要绝对服从，入职培训时你就应该懂。

小霞抬头望一眼远天。远天，有一片火烧云正在翻滚聚集。

3 第一次交锋

咣！法官敲响法槌，神态肃穆地宣布：现在开庭。

冷小山起诉青桥赔偿一案现场。法官首先核实了原被告身份，双方诉讼代理人的基本情况，宣读了法庭纪律。在告知原被告权利义务、法官和书记员的基本情况后，问：如果你们认为有影响到案件公正审理的因素，可以申请相关人员回避。

双方代理人摇头表示没有。

那好，现在开始进入法庭调查。法官问：原告，你手里的起诉书和上交法庭的起诉书，内容上有无变更？

原告律师是一个50多岁的瘦小老头，他向法官略一躬身，道：没有。

既然没有，请直接提出你们的诉讼请求。

小老头扶一扶话筒，咳嗽了一声：我的委托人冷小山先生之父，在今年1月25日下午服用了被告青桥开出的一号胶囊后，送医院不治身亡。青桥的行为已经构成过失致人死亡罪。考虑到被告系医院正规医师，享有较高专业声誉，冷小山之父的死亡可归结为意外事件，即客观上造成了危害社会的结果，但不是出于行为人的主观故意，我们不追究被告的刑事责任，但是要求被告给予原告赔偿100万元人民币，并承担本案的诉讼费用。

100万的赔偿金是怎样得出的？法官问。

小老头回答：赔偿金分两部分，物质和精神。第一部分计算方式如下：冷大海每月退休金7500元，他享年65岁，按人均寿命80计算，尚有15年存活期，并享有公费医疗。冷大海日常生活俭朴，每月个人消费不过千元，往宽了打，一个月个人消费 2500 元，尚有 5000 余额；一年 6 万，只计算本金，不加复利，15 年就是 90 万，我们只计算了 80 万。精神补偿这一部分就更少了，其父意外身亡，给我的委托人带来的精神伤害，远非 20 万可以弥补。

旁听席上出现一片窃窃私语。

戴一副白色眼镜的中年法官一敲法槌：肃静。又问被告方律师：如果你们的应诉书和提交法庭的文本没有出入，也不必宣读了，可以简明扼要对原告方的诉讼请求进行答辩。

被告方律师 30 多岁，远航律所头牌，代理民事诉讼颇有经验，据说侯耀华的遗产纠纷案就曾请他代理过。青桥不打算请律师，事情是秃子头上的虱子，自己就可以说清楚。罗小力和牧婧、于雪菲商量后执意要请。隔行如隔山，青桥在中医领域享有盛誉，对法律毕竟是门外汉。

年轻律师一副成竹在胸的神态：一句话，请求法庭驳回原告的所有诉讼请求，并自行承担本案的诉讼费用。因为他所陈述的我方侵权事实完全不能成立，他是唐吉诃德，在跟一个假想敌作战，而我方根本没兴趣做那架无辜的风车。

旁听席响起一片笑声。

法官没敲法槌，他似乎也被青年律师的答辩所吸引，等笑声止息才正襟危坐道：下面，进入举证、质证阶段。开庭前，双方律师已到本庭查阅了对方提交的证据和诉讼文件，现在先由被告对原告提交法庭的证据进行质证，说着伸手示意。

青年律师打开平板电脑，调出原告的证据图片：其实，原告提供的有效证据极为有限，他控告我的委托人用药医死了他的父亲，可是最关键的证据却没有提供，即医院的死亡证明和权威部门出具的所服药物有毒证据。是被告疏忽？不是。从立案到开庭，法庭给控辩双方留出了充裕的取证时间，原告是没有能力获得这两份关键证据。

旁听席一片窃窃私语。

青年律师环视一圈法庭，语气更显自信：很奇葩，接诊医生的证明，原被告双方各提交了一份，内容竟基本相同，都是说就目前的情况看，不能认定患者的死亡是服用了一号胶囊所致。只不过，我方提供的证据上写的是，"不能认定"，而原告方提供的证据是"不能排除"。接诊医生明确告之，一定要证明两者之间有无因果关系，最有效的办法就是进行尸检，而在开庭前，原告方竟私下火化了患者遗体。如果我说原告是因为心虚急于毁灭证据，应该算是合理推测吧？

冷小山气急败坏，大叫：死者为大，入土为安！

法官一敲法槌：不要打断被告律师陈述，请注意法庭纪律。

青年律师继续说：遗体火化了，我们依然可以通过其他证据，查证服用一号胶囊与冷大海先生之死有无因果关系。在冷大海先生去世当天，我的当事人去家中吊唁时就把患者服用的一号胶囊封存后交给了原告，上面有原告与我方当事人的手印和签字。可是为什么原告不找有关部门鉴定，并把鉴定结果作为证据提交呢？因为他很清楚，鉴定不出他想要的结果。

小老头请求发言，得到法官允许后说：被告律师的陈述全都是建立在推测的基础上，法律重的是证据。

青年律师借势发力：对，证据最重要，请法庭注意，我方严重质询原告方证据的可信度。

法官示意小老头：原告方也可以质询被告方提供给法庭的证据。

小老头打开文件夹一边翻阅，一边不慌不忙地说：由燕北大学附属医院出示的一号证据，列举了被告在学术上取得的种种成果、患者对他的积极评价，这并不能说明他不会导致重大的医疗失误。两者之间没有因果关系，应视为无效证据。

法官赞同：质询成立。

二号证据是被告方保姆出具的。小老头伸手捋了一下稀疏的头发，显得中气十足：这份证据，其实和一号证据属于同一类，这个叫小霞的保姆证明，被告为了确保患者服药的安全性，曾在家中自行试药，因为药材被污染还曾被送到医院救治，并由此严格把关进药程序，亲赴药材市场考察。她想说明什么呢？无非是想说明被告医者仁心，正因为我们排除了主观故意，才没有追究被告方的刑事责任，而以过失致人死亡罪提出赔偿，所以二号证据也是无效的。

法官一敲法槌：同意原告律师的质询意见。

连下两城，小老头兴奋点一路拔高：三号证据是其他服用一号胶囊的患者证言，有几十个人联名，说他们吃了这个胶囊以后病情不同程度得到缓解。这能说明什么？中医的奥妙就在于一人一方，同样的药用在不同的患者身上，由于体质差异完全可能出现不同的反应。其他患者服用这个胶囊的结果，不能推导出冷大海先生服药后就不会产生意外。所以，这份证据也应属无效。

青桥和律师耳语了两句，举手示意法官有话要说。

法官同意后，青桥发言：刚才原告律师说到中药妙在一人一方，并以此推导出我用药失误的结论。因为涉及专业，我做一个简单说明。中医讲究辨证施治，同样的病由于寒热不同，在药的配伍上也会有所差异，但这并不能排除一种配方也可以治疗同一类病人，否则怎么还能有上千种中成药呢？特别是云计算和大数据引入中医实践以后，更有利于我们找到某一种疾病的规律性和特殊性。为什么抗阿片类药物依赖的组方有一号和二号，就是在大数据和云计算对上千个个案的各种数据进行统计后，针对寒热不同的症状形成的，用药剂量有配方可查，完全控制在药典的安全范围之内。而且在毒理学上也不存在某味药对张三有毒，对李四就无毒的情况，所以提交法庭的三号证据应予采信。

法官点点头：法庭会充分考虑被告陈述。

青年律师接过话筒：尸体已经火化，原告方至少应该出具所服胶囊有致命物质的证据，难道要求法庭仅凭一纸诉状，就判定我的委托人过失致人死亡吗？

小老头脸上浮出几缕冷笑：我想请问，作为给患者服用的胶囊，它有药监部门的正式批号吗？没有批号就是假药，被告对此做何解释？

青年律师刚要说话，小老头把手一摆：且慢，我还没有说完。如果被告真的没有过错，为什么要找到我的当事人提出用10万元私了？这不是心虚是什么？

我有话要说。旁听席上的于雪菲急了。

法官狐疑地看了一眼她，目光投向被告席，青年律师举手请求：她是所谓私了的当事人，请法庭允许她澄清事实。

法官问：证人姓名？——于雪菲。

你是青桥的亲友？——是。

法官说：请陈述事实。

于雪菲涨红着脸，分辩：不错，我是找过冷小山，也说过给他 10 万元钱让他撤诉，他不同意，说少于 50 万免谈。我听了很生气，就没有再理他。我找他是觉得青桥有很多正事要做，不愿意看到他为这种无聊的事跟一个小混混扯皮。

冷小山急了，喊道：你说谁是小混混？

法官一敲法槌：肃静。又对于雪菲说，注意，不要使用侮辱性语言。

于雪菲吐了一下舌头，坐下了。

青年律师接着说：原告律师的第二个质询，于小姐已经解释清楚了。关于第一个质询，我再做如下说明：一号胶囊的研制，正是应冷大海等患者的要求，为了方便服用。制作前我的委托人向院领导汇报过，而且也是用医院的设备制作的。没有批号固然不符合国家相关规定，但这属于行业管理问题，也就是说可以按行规处理，与原告方的诉讼请求无关。

小老头还要说话，法官一槌定音：被告律师的陈述成立，这个问题由相关医药管理部门解决，不宜与本案合并审理。

这时，青年律师的手机上接到一条微信，是牧婧发来的，他看到后喜形于色，举起手激动地对法官说：冷大海先生的死亡真相到底是什么？我方有了最新的权威证据，请法庭允许证人出庭作证。

法庭一阵骚动。冷小山和他的律师面面相觑，青桥和法官也很愕然。

法官稍事思索，一敲法槌：允许证人出庭作证。

可是，出去传唤证人的法警过了一会儿回来报告：证人已经不辞而别。

众人皆惊。

4 家　宴

早晨 8 点钟，离预约登门拜访柳若兰的时间还有三小时，老米勒已经西装革履地坐在沙发上等候。

墙上的挂钟嘀嗒嘀嗒响着，那是时间流逝的节奏，是历史走过的足音。

时空仿佛错置，恍惚之中，老米勒被这嘀嗒嘀嗒的声音带回了秋风瑟瑟的朝鲜战场，带回了步步惊心的志愿军战俘营——

1951年秋，米勒在志愿军发动的第五次战役中被俘，他不了解志愿军的俘虏政策，很害怕。正在战俘营作调研的军部敌工科翻译柳若兰化解了他的顾虑。后来米勒病了，因为没药，命悬一线。又是柳若兰在附近的山上采来草药医好了他。十岁时她也得过一场病，症状和米勒一模一样，村里的郎中就是用这几味草药救了她一命。米勒感激之余，把联军下层官兵中普遍存在的厌战情绪告诉了柳若兰。柳若兰如实上报，为志愿军高层决策提供了重要参照。

从那时起，米勒开始迷恋古老的东方文化，喝茶、学汉语、练习中国书法，并对中医药有了浓厚兴趣。后来他创办韦斯林公司，缔造了一家横跨欧亚大陆的保健品帝国，也是从那一次经历中得到的灵感。他坚信，真正的中医药神奇而博大，肯定会造福人类。

柳若兰救了米勒，也引起了战俘营中三名韩国战俘的关注。

这三名韩国战俘总想找机会逃跑。柳若兰每天给米勒采药、煎药，他们计划挟持这个漂亮的志愿军小女兵，夺枪越狱。经过观察，韩国战俘发现每天晚饭后警卫换岗，戒备相对较松，那时候柳若兰会给米勒送药，路过他们监舍。于是决定第二天就在那个时刻动手。只要能把柳若兰挟持出战俘营，往北翻过一个小山包，就是一片树林。

第二天，他们正要按计划实施时，被化装成战俘的我军战士一举擒获。原来是放风时，粗通韩语的米勒无意中在半堵墙后听到了三名韩国战俘的完整对话。他不希望战争持续下去，更不愿意看见心中的东方女神受到伤害，于是把这个重要情报告诉了柳若兰。

没想到时隔60多年，当年稚气未脱的两个年轻人将再次在北京聚首。

小米勒推门走进办公室，见爷爷庄重地坐在那里闭目冥想，知道要见到柳若兰了，他的心情肯定不会平静，为了分散老人的注意力，就把手中的文件夹摊开在沙发桌上：总裁先生，离您期待了60多年的会面还差两个多小时，利用这段时间我向您汇报一下办事处近期的工作打算吧。

老米勒睁开眼，仿佛刚从时空隧道穿越出来，他点点头：好。

小米勒开始汇报：韦斯林的产品要在中国大陆市场扩大销售份额，除了整合原有的销售渠道，进一步完善更符合市场运作规划的相关制度以外，我还考虑了一个两步走战略。

老米勒完全回过了神儿，他看了一眼孙子：请具体些，米勒先生。

小米勒点点头：北京的燕北地区高校林立，精英密集，是中国最具代表性的大学文化商圈之一。韦斯林产品如果能成功进入这个商圈，可以带动周边地区的消费热情，形成新的消费时尚。我曾派吴迪和燕北街道的基层政府洽谈，没有成功；而如果能加入 YBL 计划，也是进入燕北文化圈的一种路径。您知道，这件事已经有了明显进展，我和您很欣赏的于雪菲小姐刚刚签署了合作草案。

干得漂亮，请继续。

得到爷爷的首肯，小米勒很高兴，起身为老米勒冲咖啡。

老米勒摆摆手：No，No，绿茶吧，在中国不喝绿茶，就如同是……老米勒敲了一下脑门：噢，到麦当劳不点汉堡。

小米勒连忙沏了一杯明前龙井端给老米勒，老米勒接过来用鼻子嗅了嗅，赞叹道：非常清香迷人，闻一下如同在班夫的小径上漫步。

小米勒乐了，班夫是加拿大历史最悠久的国家公园，因其优雅、恬静和怡人，被誉为落基山脉的灵魂。有人甚至说，一个班夫可以抵二十个瑞士，是永远不会让人失望的地方。爷爷闻一下绿茶便联想到班夫，可见他对中国文化的痴迷。

小米勒继续汇报：再有就是您和柳若兰女士的战场奇缘。正如你所说，韦斯林的创建，最初的源头可以追溯到那几记汤药。尽管我们后来使用的是西方技术、材料与工艺，但这不妨碍用它做足文章。穿插上您和柳若兰女士的过去与今天，它可以写成一篇催人泪下的传奇，把它发表在中国的报刊和网络上，无疑为韦斯林做了一个直戳中国人泪点的广告，肯定会推动韦斯林销售业绩节节上升。

老米勒放下茶杯，不温不火地问：你开始了吗？

小米勒叹了一口气：我找罗小力小姐谈过，她说柳若兰女士和您，也许不会同意把这一段个人传奇用于商业目的。

老米勒问了一句：你的意见呢？

小米勒略显尴尬：我？我是商人，以追求利润最大化为目的。

老米勒轻轻呼出一口气,说:小子,罗小姐是对的。我说过,不是什么东西都可以贴上商标的,比如我和柳若兰的经历。

小米勒摊开双手,想再说些什么,吴迪敲门:总裁先生,可以走了。

老米勒站起身,整理了一下领带和头发:上帝,60多年后的重聚。

小米勒看着爷爷,打趣地说:我才发现,今天的总裁先生打扮得像一位新郎。

老米勒得意地笑了,他让孙子带上了为柳若兰精心准备的礼物。

手捧鲜花的小米勒,小心翼翼敲响了柳若兰的家门。

开门的是小霞,小霞的身后站着青桥、青子飞、青子翔夫妇。

老米勒和小米勒被大家簇拥着走进门时,老米勒见到了站在客厅里的柳若兰。一瞬间,日月倒转、电光火石,两位白发苍苍的老人一下子被吸进时间的黑洞,回到了他们初次见面的场景:老米勒在监舍的一角瑟瑟发抖,扎着小辫的柳若兰走进监舍,Hello,friend,一声纯正的英语问候,瞬间缩短了两个同龄人之间的距离。柳若兰真诚的微笑,像金达莱花一样在米勒眼前绽放。

时间是一个沙漏,漏掉了成千上万的日子,留下的是沙金般的回忆。

当年一脸稚气的米勒,如今已经变成了连眉毛都已雪白的耄耋长者,他上前一步,激动地叫了一声:小……柳翻译。

柳若兰也仿佛被岁月的重锤击晕了,一时无语,半晌才喃喃地说:列兵米勒,是你吗,你来啦?

四只布满青筋的手紧紧握在一起,泪水也顺着脸颊流下来。

不见生公四十秋,中间多少别离愁。
重逢宁用伤头白,难得相看尽白头。

接下来,免不了重新去触摸那段难忘的历史,其中的每道皱褶、每条纹理,他们都记得清清楚楚。老米勒甚至说得出他吃了多少个饺子——为了提高他的抵抗力,柳若兰用自己没舍得吃的一瓶猪肉罐头包的,米勒说那是他一生中最难忘的美食。当时,柳若兰在一旁给他数数,咬开第三个饺子时，米勒吃出一枚铜钱儿，他很奇怪，不知道是怎么回事。柳若兰告诉他，说在自己的老家有这样的风俗，谁在前五个饺子中吃出铜钱，谁就会交到好运，你吃到了说明你会和父母一起点亮圣诞树。米勒听完以后笑了，笑完之后又哭了。他说他哭是因为想起了妈妈，是因为感受到了柳若兰的善良。

听的人无不动容，只有青子翔心里有点不安。

他不明白，老米勒都这把年纪了，居然还有心情飞北京重叙60多年前的一段友情。听说母亲为老米勒准备的礼物是一只玉蝉，让他更加坚信父亲的遗产肯定与玉有关。青桥与小米勒来往密切，很可能知道青家这一秘密。对中国文化情有独钟的老米勒突然造访柳若兰，会不会觊觎青家的保险箱呢？他觉得有必要和母亲打一个招呼。偷着征询柳絮意见，老婆只怼了他一句，你又想找骂。

小霞和青桥已经把精心准备的酒菜摆上了桌。

青桥走进客厅说：请大家入席吧，米勒爷爷，为了您的到来，我奶奶特意让我们准备了精致的中医药膳。

老米勒微笑着点头：我喜欢中国文化，对神奇的药膳充满期待。

餐桌上大家向两位老人敬酒，柳若兰准备的是加饭酒，配的姜丝和乌梅，用酒壶温到30多度非常可口。老米勒喝得红光满面，一再称赞这加饭酒入口柔软，回味甘甜。

看着青桥和小米勒，两位老人又不免感叹岁月流逝。

老米勒对特意为他准备的长寿益元汤药膳情有独钟。一边品尝，一边感叹中国文化源远流长，喝到尽兴时问青桥：孩子，如果用一句话来概括，你认为中医和西医有什么不同？

青桥略一沉吟，回答：西医和中医最大的不同就是叫法。

老米勒闻言吃了一惊：你这么看？我听过这样一句话，西医看的是人得的病，中医看的是得病的人，当时有耳目一新的感觉。

青桥想了想，略一沉吟：说得不无道理，但不全面。西医专门开辟出的整体医学、整合医学，乃至后面发展的人文医学、叙事医学、精神分析医学都是对人整体的关注。

老米勒竖起大拇指：青桥，不厚此薄彼，我在你身上看到了一种格局。

青桥微微一笑：自古到今，医学只有一个目标，就是祛除人的病痛。中医和西医不过是用各自擅长的视角，去观察了解这个世界，只有在外行人嘴里才相互争夺霸主地位。真正的智者已然发现了其中的融通之处，只是他们的话语如空谷足音，不为人们所了解，倒是某些偏激的观点容易激发大众共鸣。

老米勒神色庄重，深以为然：没有对中西医两个治疗体系的深入了解，没有开阔的视野，就不会有这样的认知。

青桥谦虚地摇摇头：米勒爷爷过奖了。

老米勒拍了拍青桥肩膀：西医有完整的理论体系，中医则蕴含深奥的人生哲理。我和小米勒说过，如果懂一点儿中医，就会感到它像天使一样守佑着你。生命将不再粗糙、潦草，甚至会因为一朵花的绽放而欢喜，一缕风的吹过而叹息。因为你知道，天人合一、适者生存，这是大自然在向你做出某种提示。

青桥举起酒杯：米勒爷爷，没想到您对中医能有诗一样的解读。与西医的实证技术相比，中医更讲究阴阳和合，五行生克；它也是一种世界观，教我们怎样在各种事物之中体察深刻的道理。术为道行，谋为仁献，中医理论对商业活动也可以提供参照。其实，诸事运行，不能完全靠法律的约束，更需要道德的衡量；而衡量之器没有文字，全凭一颗心。

老米勒和青桥碰杯：你说的对，孩子，和中国人接触，我常常能够感受到中华文明的精神力量，这也许就是它历经五千年而薪火不断的奥秘。中医呈现给西方的不仅是医术，也是中华民族博大的文化世界；它已经超越了医学的范畴，成了灵魂汲取营养的一块绿洲。小柳翻译，你培养了一个非常了不起的孙子。

柳若兰指指小米勒：你不是也一样吗？来，让我们为年轻人干杯。

家宴上的气氛始终融洽，没有谁试图把话题引向玉石。

青子翔开始怀疑自己的担心多余，叫停了那个来路不明的揣测。看了一眼身旁的妻子，柳絮诡异地眨眨眼，小声说，青总，我给你讲一件事哈：有一天，女秘书神色凝重地说，领导，我怀孕了。领导淡淡一笑，我早结扎了。女秘书一听，愣了。过了一会儿媚笑道，和您开个玩笑。领导喝了一口茶，我也是。

青子翔脸色由红变白：你是在奚落我吗？

柳絮讥讽地一笑：遇事不要急，让子弹飞一会儿。

家宴临近尾声时，老米勒送上了为柳若兰准备的礼物：油画《游廊上的人》。作者科尔维尔是20世纪加拿大著名的油画家，他的作品充满了超现实主义和象征主义元素。这幅《游廊上的人》构图并不复杂：一位老人坐在椅子上，凝望着广阔无垠的大海，他的目光专注而深邃，仿佛是在追寻着逝去的生命时光。画面上的老者像极了老米勒，浅灰色的上衣和斑白的头发几乎成了一个颜色，有一种悠远沧桑的历史感。

柳若兰从一个精美的锦盒当中取出一枚玉蝉，送给老米勒留作纪念。

青子翔一见，目光顿时聚焦。玉蝉颜色清透、光泽柔和，虽然没有叩击玉件闻得其声，但打眼一扫，就知道是上好的和田白玉，没有十万二十万绝对拿不下来。

老米勒接过玉蝉仔细端详后惊叹：这是和田玉，很珍贵。更珍贵的是，在中国文化中，蝉蕴意着高洁，这应该是小柳翻译对我的嘱托和希望。

柳若兰笑笑说：是对你的希望，也是对我的勉励。列兵米勒，让我们共勉。

临别出门的时候，老米勒有一个深情地回眸，既有对以往岁月的追恋，也有对今日离别的不舍，他发现柳若兰的目光同样饱含着这两层意思。

黑色大奔已经开出了很远，老米勒打开车窗，看见柳若兰仍然站在阳台上向他们招手。风把她的满头银发吹起，像是一只美丽的白鸽。

5 杀　机

罗小力仿佛换了一个人。

她每天还是那样风风火火，采访、写稿、马不停蹄。但是感觉得出来，她的忙碌是一种隐藏，因为，风扇只有转动时才看不清伤痕的纹路。回到家，罗小力不再是和爸爸没大没小的乖乖女，她常常独自靠在沙发上发呆，或是坐在电脑前流泪。她的目光变得空洞、木讷，甚至有些不知所措。只有走进闺房打开电脑，她的焦虑才得以暂时安放。

昨天罗小力心情郁闷，在博客留言：鱼对水说，我看不到我的眼泪，因为我在水里。

今天"好大一棵树"的跟帖让她感慨万千：水说，我能感觉到你的眼泪，因为你在我心里。

她不知道现实版的"好大一棵树"是什么样子，虚拟世界里的它真的枝繁叶茂、绿荫连连。在你烦躁的时候，他会撑起一把遮阳的伞；在你消沉的时候，他会吹来一阵清凉的风。

小小的电脑屏幕，成了罗小力疗伤的地方。

女儿失恋，罗凡心如刀绞。

他真想大哭一场，为女儿的痴情。好几次，他试着要和女儿谈谈，罗小力都凄美地一笑，说老爸，我都28岁了，还让您为我的感情操心，真不好意思。然后装作很开朗的样子，拍拍父亲的肩膀：罗院长，你放心，女儿会走出来的。

越是这样罗凡就越难受，他能看到女儿的心在滴血。

那天被告方的重要证人突然缺席，法官当庭宣布，让双方继续举证，择日再审。女儿仿佛比青桥还揪心，又在为他奔走了。罗小力不说，罗凡也能感觉到，为了青桥的事去奔走，女儿回来后会直接进入自己的房间；假如是因为报社的正常工作，女儿回来后会和他在客厅里聊几句天儿。

接下来的两件事，让一直纠结的罗凡真的不能再做看客。

第一件事，他不忍心女儿备受感情的煎熬，以了解社区居民健康工作为由去找了牧婧，非常婉转地暗示牧婧和青桥不合适，向牧婧明确了自己和罗小力的关系，内中含意不言自明。牧婧很客气地接待了他，并说为一个父亲对女儿无私的爱而感动，她愿意成人之美，因为罗小力比自己确实更适合青桥。之后，青桥两次约牧婧，都被她委婉地拒绝了。这让青桥一头雾水，趁牧婧上班时来到她家，从小宝姥姥的口中才得知了牧婧又一次疏远自己的真相。

青桥很受伤，也很不爽。他当即找到罗凡，说：我一直很尊重您，视您亦师亦友。知道罗小力是您的女儿，我在惊讶之余也很高兴，她是一个难得的好女孩儿，她一定会有自己的幸福归宿。至于我和牧婧之间的情感，请您尊重。

罗凡有点恼羞成怒。青桥竟丝毫不顾及他的内心感受，话说得虽然委婉，其中的冷峻足以伤害到罗凡的自尊。如果仅仅是这一件事，罗凡还可以忍受，不论出于什么动机，毕竟他干预了别人的私生活。

接下来发生的一件事，才彻底击穿了罗凡容忍的底线。

事情很简单。他到市里开会，卫健委一位领导患了肾结石，罗凡向他推荐本院的外科主任，说是个小手术，他做起来轻车熟路，术后效果会很好。这个领导前几天来找罗凡，商量手术的事。正巧罗凡被史一兵叫走不在，领导路过中医科，见一个年轻大夫正在诊室吃饭就进去咨询，中医对肾结石有无办法？

正是午休时分。吃饭的青年医生就是青桥。

青桥见来人从气色上看下焦湿热，瘀湿较重，就多问了几句，你是不是平常交际应酬较多？壮年人说饭局太密，喝酒或吃海鲜的时候会出现强烈的疼痛感，尿液也很黄，还有间歇性便秘。青桥的判断被证实了，随手开了一个方子：你按方抓药吃吧。壮年人将信将疑，没想到吃到第7副时，石头竟然下来了，不但尿疼尿黄的问题解决了，精神状态也焕然一新。领导后来揶揄罗凡，说老罗啊，你手下有这么牛的医生不推荐，反倒让我去挨一刀？不厚道。

罗凡是西医，习惯从西医的角度考虑；他也确实没想到，肾结石这种在传统认知中中医没有治疗优势的病，青桥用几副中药就妥妥治好了。他没法去向领导洗白，那样会更尴尬；想到在领导那里失去的印象分，升职、晋升也别想指望他帮忙了，对青桥就很生气。你青桥不是不攀附权贵吗，干吗要背着我去巴结领导？你青桥不是反对搞特殊化吗，干吗给领导看病既不挂号又不排队？

这是巧合。罗凡只要一问青桥不难弄清实相，但是罗凡不会去问，一问就显得他在意，显得他小肚鸡肠，他不想给下属留下这样的印象。况且，这之前青桥已经几次绵里藏针怼过他。

他对青桥不错，青桥恩将仇报，难道还要再去自取其辱？不，绝不！

今天史一兵又打手机叮问，所托之事是否办妥？

见面谈吧。经过痛苦地纠结与权衡，罗凡决心在天平的一头加重砝码。即便砝码是贱卖的良知又能怎么样？弱肉强食，丛林法则，几千年都是这样延续下来的。今天，强弱的标高就是财富的多少，别的都是扯淡。

一个小时后，两个人在史一兵的办公室见面了。

史一兵问：药配好了？

配好了。罗凡拿出一个小瓶，他有些紧张，嘴角不由抽搐了一下：每天一小勺。一个月以后服用者会完全失智。

太好了。史一兵问一旁的严婷婷：一个月应该够了吧？

严婷婷回答：郑嫣说中药组方已接近尾声。即便留个尾巴也没关系，我们的研发团队单起炉灶不行，修修补补还是没问题的。

史一兵点点头，脸上显出一层阴笑：这就好，不能再等了。老米勒今天去柳若兰家吃饭，回来后肯定会住院，他们和于雪菲的合作计划就会告吹。青桥的官司很快也会结案，他一旦停职，老罗，你抓紧时间让他研制组方，我们双管齐下，一是让他们的合作不能如愿；二是尽快拿到中药组方，拖也不能拖过一个月。

罗凡点点头：青桥的官司我左右不了，停他的职我还说得上话。

史一兵狠狠地说：本来咱们抓了一把王炸的牌，干吗非一张一张出？与韦斯林公司的合作生生让青桥搅黄了，这个人留着终究是个祸害，不能瞻前顾后了，出手！罗院长，你盯紧青桥，有什么情况及时沟通；严副总，你把这瓶药马上交给小霞，从今天开始就给青桥吃。

严婷婷答应一声，接过史一兵递过的小瓶：不会留下蛛丝马迹吧？

罗凡一声冷笑：我干了二十多年神经内科，这点把握还是有的。

6 老米勒入院

老米勒是晚饭后发病的。

从柳若兰家出来后，他就觉得腹部隐隐作痛，以为是吃的过量，那一道专门为他特制的药膳长寿益元汤，因为有一种独特的诱人气味，他几乎一扫而光。没想到疼痛感越来越强烈，到了晚上九点，一向坚强的老米勒实在撑不住了，捂着肚子、冷汗淋淋，打电话叫过了孙子。

小米勒回来后也有些身体不适，头晕，胃也隐隐作痛，但是睡了一觉就好了。他知道爷爷一向对自己的身体非常自信，主动提出去看医生，说明病的确实不轻。他真有点急了，马上发动黑色大奔，以最快的速度拉爷爷来到了燕北大学附属医院。

接诊的消化内科主任，通过病人症状和初步检查，诊断为食物中毒。

老先生今天都吃了些什么？

小米勒回忆了一下：早餐是面包、牛奶、荷包蛋，晚上是一小碗麦片粥，如果有问题应该是中午的家宴。

主任问：什么家宴？

小米勒简单复述了一下情况，并特别强调爷爷吃了不少药膳。

主任知道是青桥的家宴，心里咯噔了一下。他给病人洗了胃，又挂上水，把病人的呕吐物拿去做了化验。老米勒心率、血压等各项指标已基本正常，只是年龄大了，这么一番折腾心力实在疲惫，便昏昏沉沉睡着了。

老米勒是西方富商，发病又与青桥有关，主任不敢怠慢，打电话把情况报告给了罗凡。

罗凡正在等这个电话。药是他提供的，他自然明白药物作用会达到什么程度。听了主任采取的治疗手段，心中暗暗叫苦，他处治得十分得体，估计老米勒只需要两天就可以痊愈出院了。而史一兵要求老米勒至少滞留一周，否则这一记出拳就力度不够，伤及不到对方筋骨。

罗凡沉吟片刻，说小靳呀，主任姓靳。你们处置得非常规范。不过，这个米勒先生是一家世界知名企业的董事局主席，中毒又发生在我院医生家里，所以后续的治疗一定要慎重。既要避免引起不必要的外交事件，也要确保青桥的清白。如果呕吐物的化验得不出明确结论，是否可以提取胃液做进一步化验呢？

提取胃液化验当然会更准确，不过会延误患者出院时间。

罗凡哈哈一笑：你这个小靳呀，就是太实在。患者有的是钱，你把他安排到特需病房恢复几天，你们科这个月的创利指标不是就有保障了吗？

青桥一上班，听说老米勒因食物中毒住了院，非常惊讶，他急忙跑到病房看望。

这是医院为数不多的豪华病房，有沙发、冰箱、彩电、微波炉和独立卫生间，靠窗户一侧还有几株适合室内摆放的绿植。

正在打点滴的老米勒见青桥进来，微笑着说：孩子，你来啦。

青桥走过去，拉把椅子坐在老人床边：米勒爷爷，您怎么啦？

老米勒用欣赏的目光望着青桥，语气轻松地回答：我没什么，老了，肠胃的消化功能不好啦。你不用为我担心，孩子。

小米勒捧着一束鲜花走进来，见到青桥不客气地说：青桥，昨天我爷爷吃了你的药膳，晚上就住进医院。你这个中医大咖，能给我一个合理的解释吗？

闭嘴。老米勒瞪一眼孙子：现在我的感觉很好。

小米勒赶紧举着花束来到爷爷面前，调侃说：列兵米勒，这是孙子送给你的鲜花。你有任何饮食和治疗上的要求，尽可以提出并会得到充分满足，因为这里不是缺医少药的战俘营。

老米勒故作严肃地说：小子，别嬉皮笑脸，事业有成才会让我快乐。

小米勒把鲜花放在老米勒床头：是的，我永远不会忘记你在我10岁时讲过的一句格言——如果吃饭只是为了活着，那么他吃的不是饭而是饲料。

老米勒终于被孙子逗笑了：嗯，你还记得？我很高兴。

青桥站起身：米勒爷爷，您好好休息，有什么需要可以随时告诉我。

老米勒抬起右手冲他挥了挥：孩子，我没有问题，我住院的事情千万不要告诉你奶奶，这是一次偶然事件，不要让她担心。

走出病房，青桥心里有些七上八下。

老米勒身体素质很好，来自己家吃了一顿饭就发病住院，事情怎么透着那么邪性呢？那个长寿益元汤老米勒很喜欢，青桥印象中，除了小米勒尝了几勺，其他人基本没动，结果老米勒中招。

他来到消化内科办公室，找到靳主任想进一步了解情况。

见到青桥，靳主任说：你来得正好，我刚要去找你。化验结果出来了，初步判断是食物中毒，但也不能排除其他可能性，我怀疑是制作药膳的药材发生了霉变。现在病人各项指标还算稳定，下一步我想提取病人胃液进行化验，以保证后续治疗更有针对性。

提取胃液化验？青桥吃了一惊：有必要吗？制作药膳的药材是我亲自

检查过的，不可能有霉变。病人中毒症状明显，又有呕吐物，有必要再提取胃液吗？

青主任，话不是这么说的，病人不是一般患者，稍有不慎，有可能造成不可估量的涉外影响，进一步确定病因是必要的。

青桥有点哭笑不得：靳大主任，一起普通的食物中毒，有必要搞得这么兴师动众吗？抽取胃液是用来检查胃幽门螺旋杆菌或胃内潜血的，我们干吗要节外生枝？病人那么大年纪了，水土不服，本来身体状况要加以恢复，这时候抽取胃液，既加重老人病痛，又会人为造成留观时间过长。

靳主任不高兴了：那依着你怎么办？

青桥真以为对方是征询自己意见，就直截了当说：根据血液、尿液和呕吐物检验结果，对症治疗，解除中毒症状就可以了。

靳主任抄起电话：院长，你来一趟吧！青主任在给我下医嘱，你把病人转到中医科去救治吧，这病人我看不了了。

片刻，罗凡推门而入，脸色很难看：青主任，你手伸得太长了吧，这是靳主任接诊的病人，你有什么权力发号施令？

青桥委屈地辩解：院长，我没有那个意思，我只是说，没有必要把简单的问题复杂化，我也是好心，给他提点建议。

罗凡不以为然地哼了一声：青桥，搞什么搞？我早就提醒过你，别种了人家的地，荒了自己的田。如果我没有记错，法院你还有一起医患官司没有结案吧？告诉你，市卫健委也找我了，人家是双管齐下，两头都告了，你有时间还是想想怎么先把自己的屁股擦干净吧。

青桥一看，院长是不会支持自己的想法了。牵扯到两个科室，又分属中医和西医，自己确实不宜多言，只有找小米勒出面了。小米勒是病人家属，完全有权利对医院的治疗方案提出意见。

来到病房，老米勒告诉他，小米勒接了一个电话就急匆匆走了。老人开玩笑说：比我在他心中重要的，应该是一个女孩儿。

此时，小米勒正和于雪菲站在街头吵架。

于雪菲依然是那身装束，驼色羊绒大衣，白色高领羊绒衫，一个棕色的发卡束起一簇充满朝气的马尾巴。她双手叉腰站在小米勒面前，昂着头，像一只斗架的小公鸡：呦呵，小米勒，你说什么呢？是你哭着喊着要参与，谈好的风投我才推了，现在你说暂缓就暂缓了，你脑子没进水吧？

小米勒搔搔头，自知理亏：可是，事件已经发生了，我的爷爷确实因为吃了药膳就中毒了。事实上我也中毒了，因为吃得少，加上我的抵抗力强，状况缓解而已。

于雪菲挥舞着小拳头：你越说越不着调了，青桥的医术和在中医界的影响力你难道不清楚吗？你说他亲手配制的药膳吃坏了你爷爷，你太有想象力了，你改行去写小说吧，保管畅销。

小米勒摊开双手，脸上露出无辜地神色：这是事实，我尊重事实。

事实？于雪菲不屑地哼了一声：事实是，青桥几次医好了你的病，这是你亲口告诉我的。你的脑袋是风车呀，转得也忒快了吧？

小米勒不服，仍然强词夺理：你没听说过这样一句话吗？即使一只停摆的表，一天也有两次准时。

你给我闭嘴！于雪菲真的生气了，她红头涨脸地反驳：你几次患病几次被青桥治好，概率是百分之百；而停摆的表一天两次准时，概率是十二分之一。这在统计学上意义能一样吗？岂有此理。

小米勒继续负隅顽抗：可是，中医的经典中也有很多奇葩，比如，将腊月的捆猪绳烧成灰，说用水搅拌喝了可以治小孩儿惊啼；上元节时，盗取富人家的灯笼置于床下能够令人产子。这哪里是医学，分明是巫术。

于雪菲一下给气乐了，她用手指点着小米勒：你这个歪果仁，为了毁约还真做了不少功课。听着，囿于时代的局限，中医经典中有一些糟粕并不奇怪，随着实践的检验会被自然淘汰。现在谁那样做，就是食古不化的巨婴。我问你，如果上帝送给了你一件礼物，你能够因为包装简陋，就把它一扔了之吗？

小米勒还挣吧，他伸出双手在胸前摆动：亲爱的小姐，总之，我的爷爷正躺在燕北大学附属医院的病床上输液，而不是坐在密西西比河的游艇上喝咖啡，这是事实吧？

于雪菲叹出一口气，不耐烦地说：我没工夫跟你废话了，夏虫不可语冰。我只问你一句，你是不是要退出YBL计划，痛快点，别磨磨叽叽的。

于雪菲的话如同炮弹，有点射，有齐轰。而小米勒呢，就像罩着坚固防弹设施的城堡，始终防守并不反击：我没有这样说，我只是说暂缓，暂缓有两种可能，一种是我错了我向你道歉；一种是——你错了你向我道歉。

于雪菲挑剔地看着小米勒：你向我道歉，意味着你兑现承诺；我向你道歉，意味着合作终止。对吗？

小米勒略一踌躇：基本正确，不过，如果真的是你错了，你就不能修改一下你的计划吗？比如药膳，小米勒抬手做了一个下切的动作，砍掉。

于雪菲瞪着小米勒很自信地说：砍掉？告诉你，按照你制定的游戏规则，最后道歉的人肯定是你，我保证。

小米勒伸出手，说：那好，我们打个赌吧。

这时，小米勒的手机响了，他听到青桥急切的声音：你在哪儿？

小米勒看了一眼趾高气扬的于雪菲：我在和小姑奶奶打赌。

7 再加一勺糖

在公园的那张长椅上，小霞和严婷婷正在进行交接。

长椅已经成了小霞梦魇一般的存在。前两天，就是在这张长椅下，她拿到了一包白色药粉，放入了长寿益元汤的药膳中。她不想这样做，但是没办法，拒绝执行公司的指令，妹妹的治疗就会中断。好在严婷婷一再向她表示，那包药对身体并无大碍，只是为公司的运作争取几天时间而已。

今天她又接到了严婷婷的电话，不是让她取药，而是约她见面。

小霞不知道下面等待着她的会是什么，她已经很怕那张长椅了。

她和严婷婷保持了一尺的距离。在她心里，身旁这位衣着光鲜的美女已经不是体恤下属的严副总，而是令人畏惧的女妖。

严婷婷看出了小霞的抗拒，笑了笑：史总已经和美国洛约拉大学联系好了，一个月后送你去进修一年，回来后到北京分公司上任。

小霞有些意外：真的？

严婷婷善解人意地拍拍她的肩膀：史总说的哪句话没有兑现？不过，这一个月你要为公司办件事。说着从包中拿出一个玻璃瓶，每天给青桥的水里或是牛奶中加点这个。这是一个月的量，用完了你就可以走了。

小霞下意识把手藏在身后，仿佛一伸手就会被烈焰灼伤一样：不，不，我不干。我已经干了一次缺德的事，不能再干第二次。

严婷婷不动声色：看你，这东西是一种对人体无害的营养剂，可以激发人的潜能，提高思维活跃度。你不是说烤鸭已经快出炉了吗？史总就是为了给青桥加把油，不会造成什么后果。你给青桥出具证词，帮了青桥，史总不是很高兴吗？

小霞狐疑地看着严婷婷，不解地问：按目前状况，烤鸭出炉也不会遇到什么问题，有必要揠苗助长吗？

怎么是揠苗助长呢？严婷婷伸手拍了拍小霞的肩膀：史总这样做，就像给高考的孩子服用脑白金一样，是为了成绩更好。告诉你，老米勒在医院里活得好好的，再过两天就出院了，照样是一头生龙活虎的西班牙公牛。

见小霞还是有些犹豫，严婷婷在手机上调出一段录像：你看看。公司为你妹妹下了多大工夫？她的病现在已经得到有效控制了。主治医生告诉我，再治疗一段时间会向更好的方向发展。

小霞看着录像忐忑地问：我能跟她通个电话吗？

严婷婷拿回手机：不可以，我们有约定，你现在是执行特殊任务，不能和以前的社会关系联络。再等一个月吧，去美国进修前我亲自带你去看她。说着又递过小瓶，相信严姐，好吗？

小霞犹豫着接过瓶子：严姐，我相信你。

严婷婷站起身，亲热地用手在她的脸上抚摸了一下：这才是我的好妹妹呢，行，我走了，你也赶快回去吧。见小霞转身要走，又叫住她，哎，记着，为了避免节外生枝，千万不要让青桥知道。

奶奶在房间里休息，青桥在书房的电脑前工作。

从公园回来，小霞一个人坐在厨房想心事。这两天发生的事有点密集，她要捋捋清楚：洛约拉大学、北京分公司老总、营养剂、中药组方、老米勒住院，包括青桥的官司、妹妹的病，这一切在她的脑海里转来转去，转得她有点眼花缭乱。她来北京四年了，起初只是个小角色，推销保健品的业务员。后来她知道了，她们推销的保健品功能并没有说的那样夸张，目的就是把老年人兜里的钱忽悠出来。开始，还有点亏心、有点纠结；时间长了，加上妹妹得了病急需钱，就麻木了。虽说那些保健品不是包治百病的神药，但也吃不死人。她们无法改变什么，只能让残酷的生存法则改变自己。后来当了店长，当了区销售总监，听到看到了更多商场黑幕，有了步步惊心的感觉。不过，小霞给自己规定了一条底线：无论如何，杀人越货的事不做。她知道，这底线太低了，不低又能怎么样？那些光鲜亮丽的商界成功人士，有几个人的财富积累不带有原罪？

青桥也在电脑前想事。

刚才他说服小米勒，让他以家属的身份出面，没有让靳主任抽取胃液，又一起去病房看望了老米勒。见到于雪菲，老人格外高兴，用他的话说，一见到这个姑娘就想起了当年的柳若兰。

依老米勒目前的状态，再观察一两天可以出院了。

在医院门口，小米勒向青桥告状，说于雪菲欺负他。

青桥调侃道：怎么，你受委屈啦？

小米勒说明了情况，然后一耸肩，表情极为夸张地引用了一句网络语：何止是受委屈？我这心碎得，捧出来一定跟饺子馅似的。

青桥被小米勒逗乐了，拍拍他的肩膀：够惨，这回我站在你一边。

于雪菲举起小拳头喊：嘿，你怎么胳膊肘往外拐？

青桥伸出手指，冷不丁弹了于雪菲脑门一下：我哪里往外拐了？米勒爷爷对中医文化情有独钟，小米勒要参与YBL公司的合作与开发，正好是一个中医药扬帆出海的契机，有家有顾虑正常。亏你还喜欢音乐呢，这事干得真是不着调。

小米勒得意了，偷偷冲于雪菲做了一个怪样，情绪点一路拔高，有点腾云驾雾的感觉，像是赶赴王母娘娘蟠桃盛会的大仙丙。

青桥发现了，正色说：你也别得意，我知道你对中医药并不由衷认同，觉得用花花草草治病缺乏科学依据，不靠谱。

于雪菲趁机补刀：刚才他还说了一堆对中医的偏见，让我给怼回去了。

小米勒微笑逢迎：是，于小姐的话对我有启发，我认为她的话有道理。

你少来。我告诉你，米勒爷爷中毒和药膳无关，事实最终会证明这一点。青桥瞪了一眼小米勒。

小米勒很配合地在胸前画了个十字：但愿。

青桥又说：不管你爱听不爱听，我还是要向你普及一下，药膳的概念是药食同源，说白了，就是能当食物吃进去的东西。除了吃撑，不会有问题。剩下几种可能，比如酒、海鲜等，我都做了排查，没有相克的食材。我也困惑，但困惑的不是食物，而是为什么米勒爷爷会出现这种状况。

小米勒说：是的。在西方，任何药物的研发都有完备的标准，不像你们这么粗糙，只是通过一些花花草草就进行健康干预，我还是有点不放心。你确定，这些方法都是经过严密论证的吗？

青桥耐心说服小米勒：听好了，湖南长沙马王堆汉墓出土文物中就有帛书《五十二病方》《养生方》，还有杜衡、高良姜、香茅草、花椒、桂皮等多种中药材。这说明，从先秦到西汉乃至更久远的年代，中国人已经有了养生保健、诊疗医治的系统方法。YBL生活馆的药膳传承了未病防治、健康养生方面的中医特色，实验论证基础并不逊色于现代的西药研发。

小米勒点头称是：你的话有一定道理，我从没有否定过中医药的有效性，也没有怀疑过你的能力。也许，我会把刚刚冒头的那个想法"斩首"。

青桥挥挥手：斩不斩首是你的事，没人拿枪逼着你。

回家的路上青桥接到了法院电话，告知明天开庭。

怎么打赢这场官司，青桥开始非常自信，觉得不请律师也有把握胜诉，因为对方不可能拿出任何证据，证明老冷头之死与服用一号胶囊有关。上次开庭后青桥有些嘀咕了，特别是牧婧说的关键证人临出庭前跑了，更让青桥心里不踏实。冷小山确实没有实锤证据，可是自己也没有足够的证据证明冷小山是无理取闹啊。这两天太忙，青桥抽不出时间为自己的事奔走，牧婧大包大揽，说你就忙你的吧，剩下的事有我和小力呢。

明天又开庭了，青桥想打电话问问牧婧，有什么事需要自己准备。

小霞敲门进来：青桥哥，刚才法院来电话，通知明天上午10点开庭。

青桥点点头：我知道了。想到小霞主动为自己出具证言，尽管没被法庭采信，这一份情谊青桥还是很感激的，就说，小霞，谢谢你为我作证。

小霞笑了笑：这是应该的，我说的全是事实嘛。犹豫了一下又问，青桥哥，听小力姐说米勒爷爷住院啦，是因为吃了我做的饭吗？

青桥做了一个禁言手势，一指柳若兰的卧室小声说：这事儿不能让奶奶知道。米勒爷爷现在情况挺好的，长途跋涉、水土不服，又加上老年人肠胃功能差，可能是吃的东西不对付了，没什么大事。

小霞噢了一声：是我做的饭，我担心着呢。青桥哥，你不会怪我吧？

青桥安抚小霞：没人怪你。你看，你又照顾奶奶，又料理家务，还把屋里收拾得一尘不染，都赶上五星级饭店的标准了，谢你还来不及呢，怎么会怪你。

小霞听了，知道严婷婷没有骗她，心里踏实了许多。转身要走时，被青桥叫住：小霞，麻烦你帮我热杯牛奶，再加一块方糖。

回到厨房，出现了故事开篇的一幕——十里暗流声不断。可惜，我们听到的不是天籁之音，而是人性搏杀的隐隐嘶鸣。

看到青桥喝下加了粉末的牛奶，小霞转身走出书房。

8 激　辩

冷小山诉青桥医疗事故赔偿案再次重启。

书记员重申法庭纪律后，中年法官一敲法槌：开庭。

除了上次的熟面孔，旁听席上多了几位新人，是罗小力邀请来的媒体同行。一位一心为病人着想的好医生无端被人诬陷，她觉得这个案件有社会意义。青桥胜诉，代表正义得到伸张，报道出去会有助于公序良俗的建立。下意识中，罗小力还有一层想法，就是对主审法官施加一点压力，以防审理不公。

法官宣布直接进入质询阶段，问：双方有无新的证据向本庭提交？

小老头举手请求发言：在质证辩论开始之前，我有两点意见提醒法官注意：第一，上次休庭前，被告方所谓的重要证人以走脱的方式拒绝出庭作证，这说明了什么，是否曾经受到被告方胁迫？第二点，汤药制成胶囊需要正式批号，这是国家相关法规明确规定的。被告方的中药胶囊没有，即应确定为假药。患者因服用假药而导致死亡，严重的要追究其刑事责任，即便确定被告并非出于主观故意，民事赔偿责任也是必须要承担的。

法官说：法庭注意到原告律师观点，被告方有无新的辩护意见？

青年律师举手示意：有。然后，他看一眼电脑，神态从容地说，在正式陈述我的辩护意见之前，我想先请问原告一个问题，冷小山，你是不是一再强调父亲服用一号胶囊后立即倒地不醒，送到医院就已经不治了？

是啊。

换一句话表述，你是不是在父亲病亡之后，就认定父亲之死与服用一号胶囊存在因果关系？

冷小山昂起头：那是，秃子头上的虱子。

好，既然如此——青年律师合上电脑：那么当时你首先要做的事，是要保护死者遗体以供解剖之用，以便确定因果关系的合理性。但是恰恰相反，在遗体进入太平间后的第二天，你就委托一条龙殡葬公司对遗体进行火化处理，最重要的证据已经被你销毁了，你依据什么判定死者的死亡原因是服用了一号胶囊呢？就靠你的上下嘴唇一碰吗？

冷小山急得大喊：死者为大，入土为安，有错吗？退一万步说，即便我爸的遗体没有火化，我也不允许你们在他老人家身上动刀子。

青年轻蔑地一笑：听上去原告是一位大孝子呀。那好，下面我方将出示一个完整的证据链，来揭开原告的真实面目。

小老头举手：我抗议，被告方律师用词带有明显的人身攻击。

抗议成立，被告代理律师，请注意你的用词。

谢谢法官。青年律师胸有成竹地说：请法官允许我方一号证人出庭。

牧婧来到证人席：我是燕北街道办事处主任牧婧，冷大海先生是本社区居民，许多志愿者都照顾过老人的日常饮食起居，原因是其子冷小山长期不尽赡养义务，社区曾和冷小山多次沟通，无果。后来，我亲自找到冷小山所在单位，请领导出面对冷小山的做法进行批评教育，并明确提出冷小山如再不改进，将以遗弃老人罪，由街道和单位出面起诉。在这种情况下，冷小山才答应一个礼拜去看望父亲一次。这份证言，有我和冷小山单位领导的签字。

冷小山喊：头儿和我谈过以后，我每礼拜都去看我爹，我有记录。

青年律师瞥了一眼冷小山：请法庭允许我的第二位证人出庭。

第二位证人是杏父。他证明，老冷头病逝的当天他在小区西门值班。傍晚下班时间，因前边一辆车临时发生故障，西门进出车辆发生拥堵。作为值班保安，杏父曾离开保安室进行疏导，亲耳听到等待进入小区的冷小山，站在路边和人通话时骂骂咧咧，说这个老不死的，今儿我必须让他立下遗嘱，他死后这套房子由我继承。捐给社区？门儿也没有！

法官追问：你确定是冷小山吗？

没错，是他。就他那对扇风耳，扔人堆儿里，挑出来也不费什么事儿。他几次来小区都赶上我值班，老不死的是指冷大哥，我从冷小山嘴里，已经不止一次听到他这么叫他爹了。

冷小山在原告席上吼：说什么呢？你属黄瓜的，欠拍呀？

青年律师愤怒抗议：请法庭注意，原告正在用污秽语言威胁我的证人。

冷小山不服：这土老帽说我是扇风耳，你怎么不管？

中年法官一拍法槌，神色严峻地警告：原告，注意你的说话方式，再咆哮法庭，把你轰出去！

冷小山仍要挣吧，小老头示意他不要和法官对抗。

青年律师继续说：冷小山刚才的表现与用语各位都看到了。上次庭审，我们最重要的证人没有出庭，原因就是在出庭前受到原告一方威胁。现在由我宣读她的证言，看一看冷大海的死亡真相到底是什么，冷小山是不是一个孝子？

法庭上一片肃静，连冷小山也支棱起了耳朵。

上次开庭后，牧婧找到了本来答应出庭作证的胖大嫂，原来等待出庭时，冷小山的两个兄弟出来上厕所，见到坐在楼道椅子上的她，其中一个和冷小山一起来过，认识，就上前恶狠狠地威胁说，别上赶着蹚浑水，小心出门让车撞死。

看两个人一身痞气，胖大嫂一害怕就跑了。

牧婧休庭后找到她，说冷小山色厉内荏，不用怕。万一他敢动粗，就让胖大嫂电话她。胖大嫂一听乐了，你一个漂亮姑娘，他一手指头就会把你推个跟头，告诉你有什么用？牧婧莞尔一笑，她见阳台的一个花盆下垫着两块青砖，就走过去抽出一块，大嫂，我一掌能把这块青砖劈成两半，您信不信？胖大嫂连连摆手，牧主任，千万别逞能，骨折了还要到医院去接。牧婧也不答话，把青砖摆在一个凳子上，露出半截，稍一运力，抬起右手掌竖着劈下去，啪一声，青砖断成两半。胖大嫂被惊呆了，揉揉眼睛，不相信这是真的。牧婧轻轻拍去手上的灰尘，笑道，大嫂，不瞒你说，我当过十年特种兵，对付这些小混混，三个五个不在话下。再说，咱们街道

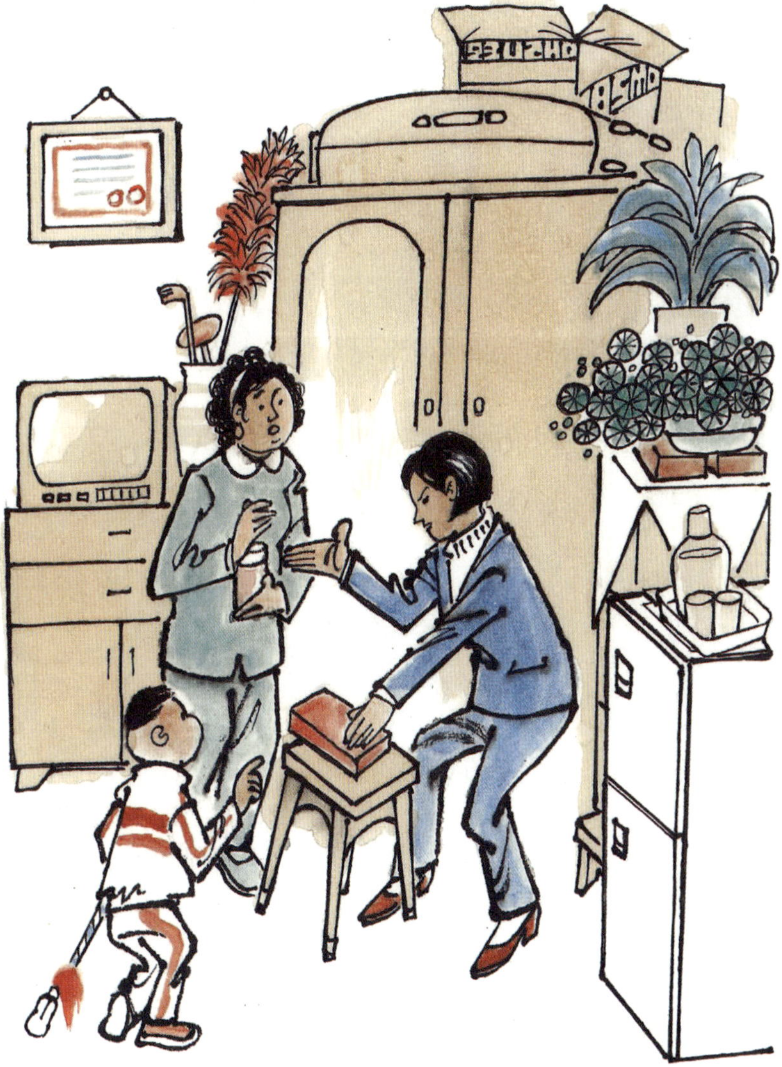

也是一级政府，下面还有派出所，扶正祛邪就是咱们的分内工作嘛，您有什么可怕的。

胖大嫂在惊叹敬佩之余，写下了证言。

证言证明：冷小山那天回家后，即与冷大海发生激烈争执。起因是，冷小山让父亲马上写一份遗嘱，承诺百年后现住房由他继承。冷大海不写，并骂儿子浑蛋，大逆不道，声称就是捐给社区也不会给他。两人越吵越凶，伴随冷小山的叫骂有肢体冲撞。胖大嫂一直在门外偷听，见状不妙，打算敲门劝阻，正犹豫，忽听老冷头一声惨叫，随即有人扑通倒地。冷小山开始还骂，老不死的，你装什么装？后来叫了两声冷大海就不再骂了。过了一会儿他背着老冷头下楼，开车走了。

胖大嫂承诺，她愿意就证言的真实性承担法律责任。

法庭上一片寂静，人们都被老冷头的悲惨离世震惊了，连小老头也斜楞了冷小山两眼，目光中流露出鄙夷。

冷小山张了张嘴：不是那么回事，我没和我爸动手。

青年律师一指冷小山：原告真是此地无银三百两，谁说你和你爸动手了？请允许我的下一位证人出庭，她的证言至关重要，将为这条证据链画上一个完整的句号，确定冷大海先生的死亡真相。

出庭作证的是冷大海的接诊医生林大夫。

她证明，冷大海送到医院时已经没了生命体征，其子要求将遗体送入太平间，第二天即由殡葬公司拉走火化了。经调阅病历，逝者除患有止痛药物依赖外，还患有较严重的心脏病。最近一次就诊，自述服用一号胶囊后，药物依赖有所缓解，心脏状况仍不乐观。林医生给他开了治疗心脏病的药物，并嘱其注意情绪波动，千万不要生气。仅从那天接诊的临床症状观察，患者符合心脏病突发的死亡特征。

牧婧找胖大嫂的同时，罗小力又找了林医生，请她出庭作了关键证言。

被告席上的青桥一阵感动，证言无缝对接，看似一桩茫无头绪的案件竟被梳理得这么清晰顺畅，这一切都亏了牧婧和罗小力。

青年律师再一次举手请求发言：还有一份证据，原告方始终没有提供。在法庭的监督下，我们对冷大海服用的一号胶囊做了毒性检测，检测报告书已提交法庭。结论是其中药材成分安全可靠，按剂量服用不会致人死亡。

而且，冷大海在求医自述中也明确表示，中药胶囊已经服用了一段时间，身体并未出现不适，怎么可能当着冷小山面服用后就倒地身亡？这既违背常理，也不符合逻辑。

法官问小老头：你还有什么要质询的吗？

小老头自知败局已定，他用尽最后力气补了一刀：一号胶囊无国家正式批准文号，请法庭在结案时予以考虑。

法官说：这个问题不属于索赔案诉讼范围。原告如继续坚持，可另案起诉，或向国家管理部门反映，依照国家卫生法规对被告做出行政处罚。

随后休庭。复庭后，法官宣布了本案审理结果：因原告方无法证明其父之死系服用了一号胶囊，而被告的证据则表明，冷大海之死，冷小山负有不可推卸的责任，故驳回原告的索赔要求，本案诉讼费由原告负担。如不服本判决，可在收到正式判决书十日内，向上级法院提起申诉。

中年法官一敲法槌：退庭！

9 你的名字叫青桥

青桥早晨一上班，觉得气氛有点不对劲。

往常，小护士会把沏好的茶水放在他面前，接过他脱下的羽绒服挂在衣架上，再把白大褂递给他。今天，小护士只是用抹布心不在焉地擦拭着桌子，看他的眼神也躲躲闪闪，就问：你今天的情绪怎么怪怪的？

小护士抬起头，气鼓鼓地说：罗院长让你来了以后去他办公室。什么事呀，这年头干得好的人，怎么总受打击？

青桥一听明白了。

见到推门而入的青桥，罗凡神色略显尴尬，但很快就调整过来。他平静地笑了笑，客气地一指沙发：请坐。

青桥没坐，他看着罗凡，目光中夹带一缕难以言说的失望。

他预感到等待他的将是什么，他希望罗凡能改变这个结果。即便木已成舟，还是想从罗凡口中得到证实，他要看看，罗凡作为一院之长，怎样向他宣布这个不公正的决定。

罗凡见青桥不肯坐，也不再让，拿出一份市卫健委的文件递给他，是处分通知：鉴于青桥同志未经允许，擅自制作中药胶囊给患者服用，违反了国家相关医药管理规定，经研究，决定停止青桥的行医资格。

青桥虽然有思想准备，但是当担心真的变成现实时，还是感到突然，犹如被一记闷棍击中面门，脑袋轰的一响，像是断了片的电影，一片空白。少顷，他的情绪才略有平复，他想问罗凡什么叫"擅自"？有了成绩院长沾光，出了问题下属背锅，合适吗？可是他没有说，他知道说也无益。一个医生被取消了行医资格，就像一名教师再不能授课解惑，一名演员再不能舞台献艺，那是对生命的打压与蛀空啊！罗凡也是医生，他难道不懂吗？他想不通，他痛苦、心灰意懒，怨恨像冬天的迷雾一样升腾，渐渐遮蔽了心中的山水。他甚至想，自己坚守初衷，对康太的高薪聘请不屑一顾，是不是有点迂腐，有点不食人间烟火，有点自作多情？怨恨云集，如潮水奔涌，难以抵挡。他想骂人，他知道这很粗俗，但唯有这粗俗，才能使他心中的怨愤得以宣泄。

罗凡料到这个决定会让青桥痛苦，却没有想到力度这么大，他还从来没有见过青桥如此失魂落魄，目光不再阳光、自信，充满活力，似乎灯油将尽。失去医生的职业，有的人会换一种活法，青桥却一下被抽走了魂。

这一切都是你自找的，罗凡心想，如果你不是一根筋，不是那么自视清高、固执己见，早就日进斗金了。怪谁？不是没有开导过你，也几次暗中施以援手。去替你背锅，那是万万不能的，一是违背了史一兵的指令，二是有碍自己的仕途。本来罗凡想把下一步的安排告诉青桥，现在他改主意了，等青桥的情绪跌入谷底再说。他要见证青桥怎样走向毁灭，他会让青桥在毁灭前有一次回光返照。

青大夫，这个结果也是我不愿看到的。罗凡叹了一口气，说：好在是停止，不是吊销，事情也许还有转机，你也不要过于悲观。

青桥鄙夷地白了他一眼，目光中净是冰碴。

回到家，柳若兰见到青桥很惊讶：哎，桥儿，你怎么回来啦，今天不是有专家门诊吗？

青桥强装笑颜：我有点不舒服，想躺一会儿。

柳若兰紧张了，经过一段时间恢复，她已经摆脱了轮椅，由小霞搀扶可以走很长一段路了。她走上前，摸摸孙子的额头，不烫，不禁警觉：孩子，你该不是有什么不顺心的事吧？

青桥不希望奶奶为自己操心，就打了一个马虎眼：哪能呢，您的孙子是天生的乐天派，即便遇到不顺心的事，风一吹就没影了。

见孙子回到自己的房间，柳若兰不放心，对小霞说：你抽空打电话问问青桥的朋友，这孩子该不是出了什么事？

小霞悄悄打电话问了罗小力，才知道青桥的行医资格被停止了。

柳若兰闻言大惊，推开孙子的房门，却不见了青桥的踪影。

柳若兰急了，有一种不祥的预兆，忙打电话通知了两个儿子。

青子飞、青子翔匆匆赶来，不停打电话，都是一个职业女声：您拨打的电话不在服务区，显然青桥是有意设置的。全家人很着急，怕青桥想不开，有什么闪失。

柳若兰神色一下释然了，淡淡一笑：不用急，我知道桥儿去哪儿了。

柳若兰猜得不错，此刻，青桥正在九龙山陵园青连山的墓碑前。

上午青桥回到房间，心里空荡荡的，没有着落，他一下子想起了爷爷，他有太多的话要向爷爷倾诉，有太多的委屈要由爷爷排解了。

正值午时。陵园里空无一人，只有一排排整齐的墓碑排列有序，像是一队队肃立的武士迎候他。天边有云，像奔涌的海浪；耳畔有风，如大地弹奏的竖琴。墓碑之间，是列列松墙；陵园四周，种满了青松和翠柏。

青桥来到爷爷的墓碑前，安放下一束鲜花：爷爷，我来看您了。

群山环绕的陵园里，伴着山风林语，祖孙二人开始了心灵的对话。

爷爷：我知道你的来意。还记得吗？你小时候，看着一个个面色青黑、气若游丝的人经过我的调治死而复生。你睁大眼睛，好奇地问东问西，在我给你创造的这个环境中，少却了多少人间繁杂、机巧心思；你专注于中医，一开始我是欣喜的。青家世代为医，后续有了传人。

孙子：是的，童年时光，为什么想起来那么美好？

爷爷：那是因为你现在开始面对人世间的挫折了。你在中医的世界里陶醉的太久了，没有留心看一看世间的风景，太过完美的人生会让灵魂缥缈无根。别以为救了几个人就了不起了；别以为正存于心、邪不能侵，就可以洋洋自得了。小时候我给你讲《三国演义》，你听得兴致盎然，讲到孙刘结盟、刘备东吴娶亲，还记得孔明对刘备说了什么话吗？他说，我担心的不是张飞的鲁莽；傲而不自知的恰恰是关羽，关云长啊！

孙子似有所悟：爷爷，我……

爷爷：你知道，金木水火土对应人的肝心脾肺肾。《黄帝内经》据此将整个华夏民族分成五个种类，每一个种类都有特定的性格特征、身体状态、情绪表达方式，外在的体现和内在的精神相互关联。五行人的善恶你没有体味过，就不懂得怎样处方用药；人生的艰难你没有经历过，就不懂得医人心病。下医，拔出人苦，拨乱反正；中医，调气行神，安神达志；上医，是要平天下的。你可知道，天下苍生有多少吗？你能开一剂药方，解除天下苍生之苦吗？

孙子：我执着于中药组方，就是想为天下苍生解除痛苦。您不是常说，利众者，即执天意吗？

爷爷：你说的是，可是你做到了吗？如果知行合一，你就不会遇到一点挫折便嗒焉自丧。

孙子若有所悟：小时候，您带我去河边，让我用沙子堆出一座城堡来，我挖了半天也没堆成，很泄气。结果您从下面挖出粘沙土，不一会儿就堆出一座城堡。那时您说了一句话，所有我之前的失败，都是在为您找到黏土排除障碍，前面吃的亏到后面都会有回报。

爷爷：对。行百里者半九十，这个道理我和你讲过。你少年得志，春风一路，可是你能看出脏腑五行的坚脆吗？

孙子：爷爷，这是您生前最得意的技术，脏腑辨神术。打眼一望就知道对方的五行性格，内脏的组织韧性。我老是央求您教我，可您就是不肯，总说时机未到，如今我哪里能够通晓？

爷爷：我不教你，不是不愿，确是时机未到。行医是看别人的病；做人是看自己的病。做人不是做给别人看，而是做给自己看。你呢，既做给自己看，却也盯着别人的目光，怎么能做到心如止水？没有人能替你看顾你的内心，王阳明诗曰：人人自有定盘针，万化根源总在心。却笑从前颠倒见，枝枝叶叶外头寻。记住，桥儿，什么是最好的救赎之道，就是安妥自己的内心啊。

爷爷话带禅意，青桥似有所悟。

爷爷：做人做到了自己的内心，脏腑辨神术的精髓才能得到。这是一道心法，没有文字，没有路径，全靠个人领悟。知道你太爷爷当年是怎么传授我的吗？他给了我一支土枪、一把甘草，让我在长白山待了七七四十九天。那一段时光，白天我到处寻找吃的果腹；一入夜就提心吊胆，怕极了，看到黑影，觉得都是野兽鬼怪。不慎吃过一次毒蘑菇，还是你太爷爷准备的甘草把我从阎王殿拉回来。那些日子，我听着鸟鸣兽语，看着日出日落，全身心与这片土地、山林沟通、交融。到了第49天我决定离开的那一刻，突然感受到了这片土地对我的眷恋之情，就像游子要离开父母一般的感情。一路下山，每一棵树的摇曳，每一只鸟的鸣叫，我似乎都能够理解了。我突然明白了你太爷爷的用意，我的目光从此变得犀利，能够感受到每一个人的脏腑气机偏性，体悟到他的内心情感。

孙子：您从来都没有提到这一段经历。

爷爷：这是我的"长白山之炼"，是我最珍贵的记忆。后来那片山林被砍伐殆尽，我曾深感痛惜。不过，每一代人都会有属于他自己的长白山。你的长白山之炼，不在大山深处，在世俗人间。

爷爷的话像一把熨斗，熨平了青桥心中的皱褶。

走出陵园，他满脑子的雾霾已经被阳光穿越，射出的光柱，筑着灵魂可以随时栖息的绿巢。

推开家门，见父亲和二叔都在，青桥有些惊讶：今天什么日子，怎么都来啦？

青子飞说：都在等你，你奶奶在饭店订了一桌家宴。家宴后，我们一起去量贩式嗨歌。

家宴，还要嗨歌？青桥有点蒙圈：这是为什么呀？

青子飞说：你的情况我们都知道了，我们想看到一个迎风而立的青桥。

在量贩式的包间里，柳若兰唱了好几首抗美援朝歌曲，讲了好几个她当兵时的战斗故事。青桥知道，这是奶奶在给自己鼓劲儿。一向温柔贤淑的奶奶居然经历过那样残酷的战争洗礼，几次命悬一线。

与奶奶的过去相比，自己经历的这点坎坷又算得了什么？

二叔、二婶和父亲、小霞都各展歌喉，唱得全是励志的歌儿。

青连山在世的时候，他们一家常常在逢年过节时举办类似的家庭派对。这是一种家风的传承，也是一种亲情的凝聚。自老人走后这还是第一次，青连山好像又回来了，微笑着坐在那里，看着子孙们放声歌唱。

快结束的时候，青子飞拿了一个水杯走在儿子面前，问：如果我松手把这个杯子掉在地上，会是什么结果？

青桥脱口而出：碎了。

青子飞闻言一松手，杯子啪地掉在地上，颠荡了两下竟完好无损。他弯腰捡起杯子，问：为什么它没有摔碎？

青桥接过杯子，仔细端详了一下，原来是一只用玻璃钢制作的杯子。

青子飞说：青桥，你既然选择了做一名好的医者，那么爷爷、奶奶和我们都希望你是一个用特殊材料制成的杯子，能够经受住各种摔打和挫折。如果你的前面有阴影，别怕，那是因为你的背后有阳光。

青子飞加重了语气：记住，你的名字叫青桥。

第十章

1 世人心更险于山

　　昨天嗨了一晚上歌，青子翔和妻子柳絮回到家，一直处于兴奋状态。

　　自从父亲过世后，这样的家庭场景就再也没有过。起因当然是因为父亲留下的那个保险箱。其实，能怪儿子惦记吗？如果不是因为银行断贷，"霞光宫殿"的工程停摆，自己怎么会打保险箱的主意？

　　说起来，老太太还是偏疼孙子。昨天，他一个电话被召去，眼见母亲急得已经六神无主。喊，青桥也是三十好几的人了，能为了这点事想不开？心里这么想，嘴上可没敢说，怕老太太情急之下给他一巴掌。后来老太太突然乐了，说青桥一定是去看他爷爷了，立马下令：今天有什么事都推掉，晚上大家一起吃顿饭，饭后搞个家庭派对，目的只有一个，舒缓青桥的情绪，为他加油鼓劲。

　　青子翔心里喊了一声，有一股酸溜溜的感觉，但还是把要说的话咽回肚子里，麻利儿打电话去安排了。

　　在KTV，青子飞问起他"霞光宫殿"的情况，知道陈伟根据青桥的意见已经做了不少改进，突出了养老特色，有望成为一个中高档养老楼盘时很高兴，说：老二，你别记恨我，你提供给我的那个方案，就是一个打着养老旗号的普通楼盘，我们怎么好投资呢？我是投资部总监，必须要对每一笔投资负责。

　　青子翔心中不屑，脸上挤出的笑容就有些勉强：大哥，理解。幸亏危急关头史一兵伸出援手，要不然，我和柳絮八成要挂着棍子到你家要饭了。

青子飞听出弟弟话里有话：老二，有些话咱们还是要说清楚。第一，那个方案我并没有一棍子打死，而是让你们要突出养老特色，事实上你们不是也这样做了吗？至于你向史一兵借钱，不过是想把利润做到最大化，我没有冤枉你吧。

青子翔尴尬了，他求助史一兵，潜意识中确实希望独家完成这个项目。

青子飞又说：史一兵我不认识，但是听青桥说这个人劣迹斑斑，唯利是图，我还是要叮嘱你一句，多加小心。

青子翔点头称是：大哥，合同我仔细看过，不会出什么问题，用不了一年我资金就周转开了。不过，你那200万，我可能要多用些日子。

青子飞微微一笑：我那钱是无息无期贷款，你只管用。

青子翔万万没有想到，第二天早晨他刚在办公室坐定，陈伟就一头闯进来，十万火急地叫：不好了，青总，史一兵催我们还钱。

青子翔先是一愣，马上就神闲气定了：今天是什么日子，愚人节吗？

陈伟无奈地摇摇头，一脸焦虑：青总，我们可能被人算计了。刚才严婷婷让我看了合同，还钱日期确实是今天。

青子翔不淡定了，怎么可能？他从保险柜里取出合同，还款日期果然是三个月，从合同签订那天算起，今天正好到期。青子翔揉揉眼睛，再看，千真万确：不是13个月吗，怎么变成了3个月？

陈伟真是慌了，一把抢过合同，翻来覆去看了半天，突然惊叫一声：青总，我们被耍了，他们用了消字笔。那个1是用消字笔写的，过一段时间会自动消失。

青子翔一听，立马魂飞魄散，他又夺过合同，左看右看：这是明显的商业欺诈。

陈伟哭丧着脸说：怎么告？合同上写的就是3个月，我们告他去掉了一个1，法庭会采信吗？您看，他故意把1和3贴得很近，现在1消失以后，间距正合适，根本看不出来一点痕迹。而且，以史一兵的狡诈，他用的肯定是最新的高科技产品，估计法院现有的技术手段很难检测出来。

青子翔知道陈伟说的有道理，史一兵既然敢耍这种花招，肯定是有了足够的准备，闹到法庭上，万难胜诉。可是8000万今天就还，他就是孙猴子也变不出来啊。不还，按合同规定，就要把整个楼盘作为抵押物。"霞光宫殿"的地皮加上先期投入，价值至少5个亿，8000万被人家收了去，创融置业就玩完了。先期的银行贷款还不上，他青子翔不光要倾家荡产，铁定还得吃官司。

像一只困兽，青子翔在办公室来回走溜儿。

突然，他停下脚步盯住陈伟：这么重要的法律文件，13为什么不写成大写？我早就交代过，一年为期足矣，为什么同意对方把还款日期改成13个月？我提醒过你，史一兵的条件如此优厚，利息竟低于银行贷款，会不会有诈？你笑话我过虑，说什么史一兵和吴迪关系非同一般，他的面子至少就值4000万；还说算上附加条款的优惠，史一兵的贷款利率早高过银行了，今天你怎么解释？

陈伟被青子翔排枪一样的问题问蒙了。

和严婷婷推敲借款合同时，他提出过是不是把13写成汉字，严婷婷说史一兵习惯用阿拉伯数字，他怕一意坚持会把合同搅黄，就妥协了。一年改成13个月，是史一兵当着他和严婷婷的面提出的：干吗一年，再宽限一个月。当时他只是觉得史一兵豪爽，根本没有往深里想。说到条件优厚，表面上看，借款利息是比银行低，但合同中有一项附加条款，"霞光宫殿"建成后要为康太集团销售产品免费提供不少于200平方米的店铺，使用期为20年。租金一平方米每天按5元计算，200平方米一个月就是3万元，早就大大超过了史一兵让的那点利息。当时陈伟向青子翔汇报了，青子翔说无利不起早，史一兵这么算计他反而放心；怎么一出了问题，全不认账呢？

青子翔觉出自己失态了，无力地瘫坐在沙发上。

昨天晚上大哥还提醒自己，不想一语成谶。

现在看来，史一兵就是一只乌贼，他卖了吴迪一个面子，又弄出一个附加合同，其实是为了掩护自己吐出的墨汁。他的贪婪远远不止实际高出银行的利息，他的猎物是"霞光宫殿"，以8000万博取5个亿，才是他真正的用心。多么严密的一个陷阱，自己尚且乖乖入套，怎么能责备陈伟思虑不周呢？陈伟跟着自己鞍前马后、努力做事，这一段时间又长在了工地上，从未有过懈怠。史一兵说的话全都不可信，但有一句话是真的，就是陈伟对企业的忠诚度。

青子翔对陈伟摆摆手：刚才我口不择言，你别怪我。

陈伟本来很委屈，听青子翔这么一说，眼泪下来了。

"霞光宫殿"真是命运多舛，自立项开工以来，基本就没有消停过。想到老板对自己一直很器重，项目部有那么多资历比他老的人，唯独让他担任了楼盘的项目总监。资金链断裂，他比老板还着急，想方设法牵上史一兵这条线，不想竟掉进了对方设置的陷阱。他知道这个项目对创融置业意味着什么，对青子翔意味着什么。线是他牵的，合同是他和严婷婷拟定的，所有的事都是他主持、打理的，如果青子翔把自己当作史一兵的同谋，也百口莫辩啊。情急之下，说出几句过火的话，可以理解。

他忽然想到了潭柘寺之行，心仿佛一下被人用手攥住了。

青子翔是从潭柘寺回来后，才决定向史一兵伸手的，那个青衣和尚莫非是托儿？如果这样，那么知道他和青子翔去潭柘寺的只有吴迪。

吴迪？穿一条裤子都嫌肥的兄弟当真也是这个阴谋中的重要一环？陈伟打了一个寒战，他不敢再往下想了。

青子翔见陈伟流泪了，知道他心里委屈，就起身抽出餐巾纸递给他。

陈伟接过餐巾纸：青总，我对不住你，我辜负了你。

青子翔一拍他肩膀，拖着哭腔说：不说这些了，还是想想怎么办吧。

陈伟说：借款合同规定，到期后5天以内，如不连本带利付清欠款，就要办理楼盘交接手续，也就是说我们有五天的转圜时间。

5天，青子翔长长吐出一口气：5天我们到哪儿找到8000万呢？

陈伟沉吟片刻，一字一顿地说：现在，只有一个办法可以救我们。

青子翔忙问：什么办法，快说。

陈伟说出了一个名字：青总，破局只能从她开始。

2 怎么会是他？

小区楼下红色跑车引擎一响，青桥照例睁开眼。

他坐起身才意识到，今天已经无班可上了。尽管昨天晚上的家庭聚会让他的心不再孤独，但是一想到将要告别患者，心里还是一阵惆怅。

手机吧嗒一声，收到一条微信，是尼采的名言，罗小力发来的：每一个不曾起舞的日子，都是对生命的辜负。

青桥心里一热，立马回了一条微信，也是尼采的话：一个人知道自己为什么而活着，就可以忍受任何一种生活。

拉开窗帘，一缕晨光像刚刚挣脱云雾束缚的小鸟，扑棱棱破窗而入。随着窗外树影晃动，在房间里高兴地腾挪跳跃。

接下来要做些什么呢？

燕北社区的居民保健工作不能停，他不能坐诊了，依然可以配合社区把这项工作进一步完善。比如，培训志愿者、走访重点人群，这也是一个医者的分内之事，谁也没有权力阻止。另外，古籍医学文献要精读，现代医学知识也要恶补。互联网时代，一旦终止学习的脚步就会跟不上社会发展，他不相信会永远告别钟爱的白大褂。当然，他也不会放弃对伪劣保健品的追踪和揭露，他热爱中医药，所以他会捍卫中医药的尊严。

还有一项最最重要的工作：中药组方的研制。

停职是坏事，但却获得了相对充裕的时间。这个组方的研制已经曙光初现，也许最后的胜利就在再坚持一下的努力之中。遗憾的是，他没有机会再使用医院的数据和设备，这会对他的研制造成一定影响。

青桥洗漱完来到餐桌前。

柳若兰看了一眼青桥，目光像吐丝的蚕，把心爱的孙子缠了一圈儿又一圈儿：吃饭，我孙子是最棒的。

小霞也讨好地说：青桥哥，昨天你那首郑智化的《水手》唱得太棒了。要调有调，要嗓子有嗓子，绝对专业范儿，我建议你去参加《中国好声音》，估计刘欢和那英都得争着要你。

青桥微微一笑，调侃道：是吗？不当医生了，当个歌手也不错。

哪里是歌手，用不了多久，肯定是艺术家呀。

柳若兰看青桥开心，心里高兴，就对小霞说：我告诉你，别说歌手，就是拿个市长换，你青桥哥也舍不得那件白大褂。咱们去遛弯儿，别干扰你青桥哥，他闲不住。

一老一小刚出门，青桥的手机响了，是罗凡。他本不想接，略一犹豫，还是摁了接听键。

青桥啊，你是不是很记恨我？

哪敢呀，青桥回怼他，语气中满是不屑：我一个被取消行医资格的中医大夫，哪有资格记恨院长大人呀，那不是太不自量力了吗？

还说不恨，话都是横着出来的，幸亏我沏了一壶茶，不然还不被你噎死。罗凡自嘲。

青桥揶揄道：还是院长有先见之明，不像我，一意孤行、咎由自取。

罗凡换了语气，流露出明显的关注与同情：青桥，你有情绪我理解，你是怨我没有替你说话，没有在胶囊的问题上承担责任，我也有我的苦衷。青桥啊，你想过没想过，如果这回我们俩都中招了，那还会有转圜的机会吗？只要我继续当院长，你的事我能撒手不管吗？

见青桥没有搭话，罗凡继续说：不说别的，你一停职，中医科的门诊量立即下降，这个月医院的创利指标都悬了。作为院长，我愿意这种情况发生吗？医院给你出具的法庭证言，你知道我顶了多大压力？

青桥听说在单位出具证言的问题上，院领导意见并不统一，是罗凡力排众议，一手拍板的。罗凡对自己一直很器重，研制中药组方也得到他的暗中支持。毕竟这是个人研究项目，不是医院或学校交付的科研攻关任务，罗凡如果没有肚量，不珍惜人才，怎么会处处提供方便？这么一想，气消了些：院长找我有事吗？

罗凡见青桥的语气缓和了，也长出一口气，说：有，好事。

一个小时后，青桥开车和罗凡一起来到了西山脚下。

这里有一家名为"老郎中"的国医馆，罗凡说他的一位老朋友是馆长，虽然很少对外宣传过，但由于名医荟萃、疗效显著，在北京的高端人士中很有口碑。

罗凡和青桥打趣：我知道不让你看病人，你会很难受。所以我找了朋友，你的问题不会久拖不决，这段时间先来这里上班。你接触的病例会有很多疑难杂症，不致让你荒废了业务；更重要的是，这个国医馆有现代化中医药实验室，有非常完善的检测、萃取和制剂设备，比咱们医院的还先进，可以继续你的研究。

青桥有点小感动，没想到院长为他考虑得这么周到。

庭院里草木扶疏，曲廊回旋，叠石为山，流水成溪，环境非常优雅，宛如置身于一座花园式宾馆。走到里面，装修风格简洁明快，清雅端庄，是非常宜人的日式风格。青桥一下喜欢上这里的环境。医者以医心为上，进了这里，杂乱与喧嚣被阻隔在墙外，心境自然会放松。

罗凡带他去见馆长，路上不好意思地说：这是一家很正规的中医机构，你在恢复行医资格之前，开的处方要署另外医师的名字。

青桥淡然一笑：无所谓。

来到馆长办公室，青桥一下认出，他就是在芳菲苑的产品论证会上，和张博安院士挺熟络的那位中年人。见到青桥，馆长笑眯眯地说：青大夫，别来无恙乎？一回生、二回熟，你的情况罗院长说了，欢迎。以后生活上、工作上有什么问题尽管和我说，只是有些地方委屈了你，还请多多包涵。

青桥知道馆长所说的"委屈"是什么，忙说：没关系。败军之将，前辈肯收留我，已经感激不尽了。

馆长如来佛一样笑了笑。他从上衣口袋里掏出一把小梳子，习惯性地梳了梳头发：自古英雄出少年。青大夫刚过而立，就已经在中医上有了这么深的造诣，令人佩服。上次的论证会，青大夫仗义执言；你在《柳叶刀》上发的论文我也拜读过了，见解独特，确是后生可畏。

从国医馆出来，青桥心情不错。

来到停车场，青桥发动着车一抬头，见一个人从国医馆出来也走向停车场。他觉得这个人有点眼熟，一时又记不起在哪儿见过，那人渐渐走近了，青桥凝神一想，啧，怎么会是他？

3 何莲莲

何莲莲走进昆仑饭店一层的天庭咖啡厅，四下张望。

靠里的一张方桌前，青子翔站起身举手向她示意。

说是咖啡厅，其实除了咖啡和各种饮料外，还有几十种精致的中西菜肴供客人选用。青子翔来过几次，环境幽雅，价格适中，既有品位又符合健康饮食原则。

青子翔知道何莲莲不喜欢咖啡，已经吩咐服务员泡了一壶红茶。

何莲莲走过来脱去外衣，露出一身宝石蓝职业套装。

青子翔接过衣服搭在另一张椅子背上，微笑着与何莲莲套瓷：美女局长，屈尊光临，青某荣幸之至。

何莲莲坐下，看一眼陈伟：今天风不大，你们老板怎么闪了舌头？

陈伟起身为何莲莲斟上茶、倒入牛奶，又放了一块方糖：青总知道何局长不喝咖啡，特意要了红茶，还叮嘱我，方糖只能加一块儿。

何莲莲端起茶杯，用小勺轻轻搅动，打趣说：挺好的小伙子，快被你们青总带坏了。青子翔假装做出无辜惊恐状，何莲莲瞟了他一眼，又问陈伟，有女朋友吗？

陈伟笑了笑：匈奴未灭，何以家为？

他说的是实话，和于雪菲分手后，他的情感非常失落，还没有走出失恋的阴影；再加上这一段"霞光宫殿"头绪众多，也没有精力再谈一场轰轰烈烈的恋爱。

青子翔端来煎牛排、烤黄鱼和海鲜刺身，他拿起刀叉提议：我们边吃边说，想吃什么可以自取，二位随意。

何莲莲知道陈伟在场，青子翔肯定要和她谈公事，所以心态也很放松：青总，有什么事直奔主题吧，我下午还有会，不能待很长时间。

青子翔也不客气，坦言了"霞光宫殿"面临的绝境，并说想进一步凸显养老特色，重新和安平寿险合作，打造一款中高档养老楼盘，满足社会较高层次的养老需求。

这就是陈伟提出的办法，说是唯一走出危局的路径。但在方案递交之前，要先接触一下何莲莲，争取到更多的政策支持；再找青桥沟通，他在养老建设上思维超前，会有许多想法彰显"霞光宫殿"的养老特色。

青子翔热切地望着何莲莲，直截了当地说出意图：找你就是想要点政策支持。吃完饭，我们还要去找青桥。然后让陈伟加班，明早拿出一个切实可行的完整方案。上次陈伟对方案有很多改进，养老特色已经比较明显了，现在是进一步完善的问题。

何莲莲听了青子翔的话点点头，沉吟片刻说：国家现在大力支持民间资本参与养老事业，如果"霞光宫殿"成功转型，在建设用地和使用基础设施、公用设施方面会享受到很多优惠政策。只要你们的规划真实、可行、特色明显，可以联合安平寿险打报告给建设部门。当然，我们民政局也可以从中协调，看看能不能多争取到一些政策红利。

陈伟急忙说：那就太好了，何局长，青总就等你这句话呢。

青子翔举起酒杯：莲莲，你以茶代酒，我们干一杯。

何莲莲举起茶杯，轻轻抿了一口，又说：只要符合民间养老项目要求，税收肯定是要减免的；后续的养老项目日常运营方面也会提供一定补助，比如家政服务、康复护理、安全援助，等等。

青子翔大喜过望，说这块儿属于软件，其实入住者的幸福指数主要体现在日常的服务和管理上，如果政府对这一块儿也有政策倾斜，我们就更有信心了。

何莲莲微微一笑，又发了一项福利："霞光宫殿"作为一个养老项目，肯定要有配套的医疗设施，你们可以提出申请，只要你们的医疗机构有执业证，审查合格后就可以纳入医疗保险定点范围。青总，推动社会养老是民政部门的工作职责，"霞光宫殿"真的转型成功，对我们的工作也是很大支持呦。

接下来，青子翔和陈伟就一些细节问题又进行了咨询。

果然是久经官场浸润，何莲莲回答问题时条分缕析，思维清楚，显得沉着而干练。青子翔不由心生感慨，眼前这位沉着稳重的民政局长，早已不是大学校园里那个向他暗送秋波的青涩班花了。不知为什么，他不由想起了陆游《钗头凤·红酥手》中的几句词：桃花落，闲池阁。山盟虽在，锦书难托。莫、莫、莫！

何莲莲走后，青子翔打电话给青桥，火急火燎约他在某茶馆见面。

青桥正在停车场，本想去会一会那位神秘的大神。他有太多的想法要与之交流，不想青子翔紧跟了一句：二叔是等你救命！

青桥闻言，只好马不停蹄赶来。

叔侄俩见了面，青子翔有些尴尬：青桥，后悔当初没听你劝告。

青桥一笑：翻篇儿了。佛说，当你知道悔恨时并不可怜，当你不知道悔恨时才是最可怜的。现在想想以后怎么办吧。

青子翔一阵苦笑：还能怎么办？转了一圈儿，回归原点，还得找你爸。

陈伟说了刚刚和何莲莲沟通的结果：青总找你来就是想听听你的想法，让我在这个基础上进一步完善方案，争取尽早提交安平寿险投资部评估。

青桥从包里拿出平板电脑支在桌上，瞭了一眼青子翔说：养老和大健康本来就紧密相关，所以我很早就留意这方面的信息。上次，我爸让我对你们的方案提出意见也是基于这一点。可是一听安平寿险暂缓投资，二叔你就急得火上房一样，上赶着去抱史一兵的粗腿，还几次挂断我电话，八头牛都拉不回来。

青子翔咂咂嘴：不是说翻篇儿了吗，别哪壶不开提哪壶了。

青桥调出"霞光宫殿"的相关文件，一边看一边说：硬件这一块我已经说过了，健身房、阅览室、门诊所、超市、老年大学、业主餐厅、娱乐中心，这些在楼盘设计中都要考虑到，毕竟有十几栋楼，住满了会有几千人，封闭起来就是一个小社会，要让老年人的饮食起居、玩乐学养得到全方位呵护。

陈伟点点头：是的，楼盘模型中已经充分考虑到老年人的这些要求。

青桥握着鼠标，不断在屏幕上点开一个个页面，对陈伟说：智慧养老这一块我上回说了不少，这里有一些视频，更形象、更直观，我发给你，你可以认真看一下，用作参考。其实，除了健康养老、智慧养老、科技养老这些理念之外，还有日本的兴趣养老也很有亮点，有些做法可能超前，我们一时难以效仿，但是它的核心理念是可以借鉴的，就是让老年人重新找回人生的价值感。

青子翔一看时间不早了，提议说：青桥，你到我们公司去一趟吧，看一看"霞光宫殿"模型，再把后续的细节逐一审核推敲一遍。我给你们叫两个外卖，今儿就辛苦一下，和陈伟一起加个班吧。

青桥自然不好意思推托，就和陈伟还有陈伟的几个小伙伴忙了一宿，核实了工程预算，对楼盘建成后的运营模式、团队组建、双方的责任与义务逐条做了论证。在养老特色彰显、医疗服务的跟进上又做了进一步完善。

青子翔也一宿没睡。睁着布满血丝的眼睛，凝视着屏幕上的方案定稿，竟有两行泪水不由自主涌出。

希望，和早晨的太阳一同升起了。

4 前锋从德国归来

由德国飞往北京的 7675 号航班，在首都国际机场平稳着陆。

出港口迎候的人群中，我们看到了楚风。

昨天，他去国医馆看望俱乐部经理，与青桥邂逅。青桥有意过去攀谈几句，他觉得没有了徐军，康太队简直就没有了魂，战术转而防守，是大错特错。《亮剑》中李云龙说得好，最好的防守就是进攻。如果一支以进攻见长的球队改为防守，不仅是战术上的错误，也是指导思想上的重大失误。徐军不在了，楚风应该接替他的位置，让原来的右边锋接替自己。虽然其锋利度会有所减弱，但总不至于屡战屡败，为全国二级联赛垫底。

不巧青子翔打来电话，而且刻不容缓；青桥才打消了念头。

楚风向出港的人流张望，看见了拉着行李箱的徐军，上前抱住。

徐军的眼圈儿红了：队长，你知道我在德国最想念的是什么吗？就是嫂子擀的炸酱面。

楚风使劲拍拍徐军后背，亲热地说：我就知道你小子馋这口儿，你嫂子今天请假了，特意在家给你准备呢。瘦了哈，兄弟。德国治疗运动外伤世界一流，我看你恢复得不错，走路都看不出来了。

徐军一脸苦笑：哥，驴粪蛋子表面光，走路还可以，就是奔跑、射门使不上劲儿。在德国多方检查也没查出原因，主治大夫说，像我这种伤，能恢复成这样就相当不错啦。可这样下去就踢不了球了，我着急着呢。

楚风略显吃惊：怎么会这样？到德国去治伤，在咱们队里你是头一份，老板可是不惜本钱。你要是踢不了了，他花的钱不是就打水漂了吗？

徐军叹一口气：我也知道，所以心里起急。

俩人来到停车场，楚风打开后备厢放行李：你走后，一共踢了六场，四负一平一胜，窝囊。老板把咱们老大叫去，臭撸了一顿，兄弟们都盼着你回来重振雄风呢。

徐军开门坐在副驾驶位置上，系上安全带，一脸失落。

楚风发动汽车：别着急，兄弟，容哥想想辙。

君威轿车驶上机场路，徐军点燃一支烟塞进楚风嘴里，又抽出一支叼上点燃：哥，听说史老板用重金收购了许多民间秘方，集团旗下的什么中心，年前不是收治了十名被宣布为绝症的患者，用这些秘方为他们治病吗？你能不能让咱们老大和史老板沟通一下，让我去试试那些秘方？

楚风深吸一口烟，顺着嘴角徐徐吐出：兄弟，你太天真了。收购民间秘方，哼，那不过是老板赚钱的一个噱头。据我所知，最高的出价不过几十万，对外面吹成花了几百万、上千万。甭管什么病，跌打损伤、头疼脑热、五脏六腑，去了先给一包秘方药，名曰基础用药，先算你一万元，然后再去分科看病。

徐军愕然：是假药？

楚风摇摇头：也不能那么说，反正医不好病也吃不死人，成本估计10块都不到。说白了，就是一个敛黑钱的地方。

徐军听了五味杂陈：那太黑了。哥，你怎么知道的？

楚风把抽剩的烟蒂摁灭，咳嗽一声说：咱老大告诉我的，可别到外面瞎嘚嘚去。康太的水深了，咱不惹事。不过——楚风给油，君威加速，有一家国医馆，叫、叫、噢，"老郎中"，集团是第一大股东，专为高层人士，包括集团高层和董事长的那些权贵朋友服务。老大正在那儿治关节炎，前天我去看他，听他说那里的中医全是白胡子老头，一个个牛得不行，还说这两天又来了一位高人，疑难杂症手到病除。如果老板开恩能让你去那儿，你这脚伤后遗症应该有指望。

徐军兴奋地一拍楚风肩膀：哥，你给我说说去。这脚不吃劲儿，我的足球生涯就断送了，我才26岁，还想再踢几年呢。

别急，我正琢磨着怎么和老大开口呢？要不吃完炸酱面，咱一块去国医馆看看他？

楚风的话一下点燃了徐军的希望，他冲楚风双手作揖：那就谢谢哥了。

君威绕上东三环，楚风掏出手机想给老婆打电话，告诉她已经出了机场高速，让她准备摆桌，不想有电话先打进来了，是严婷婷：接上徐军了吗？你们直接来十号会所吧，老板在"听雨阁"为徐军接风。

楚风惊讶地啊了一声：啥规格啊？

严婷婷一笑：你们俱乐部老大也来，算是请你们喝鼓劲儿酒呗。

谢谢史总了，我们马上就过去。楚风扭头对徐军说：兄弟，你面子够大，老板要亲自为你接风，炸酱面咱们改天吧。

来到"听雨阁"，史一兵、严婷婷和俱乐部经理已经在等了。

史一兵这两天情绪有所好转。

与韦斯林的谈判虽然失利，收购"霞光宫殿"的事却有了八成把握。8000万不是小数目，青子翔几天之内根本筹措不到。不过，这个操作毕竟龌龊，他瞒了所有的人，昨天才向严婷婷兜底。

严婷婷听了倒吸一口冷气：我明白了，老板为什么要把借款日期定为13个月，为什么非让我追加了一个补充条款，为什么一定要亲自过目、填写，原来这一切都是陷阱啊！又心存不忍地说，创融置业对这件事所以没起疑心，和吴迪是牵线人有很大关系。这样一来，不是把他装里了吗？

史一兵瞟一眼严婷婷，目光像腊月飞雪：你觉得我利用了吴迪？哼哼，一个人不怕被人利用，怕的是没有利用价值。

严婷婷一时无语。

史一兵目光阴鸷：你是不是觉得我做事太不择手段了。

严婷婷忙虔诚地否定：不，不，兵者，诡道也。商场就是战场，只要能取胜，手段并不重要，吴迪这也算是物尽其用吧。

史一兵本来也不想告诉严婷婷，但她是具体操作者，瞒也瞒不住，索性向她交底，看似信任，其实是一种威慑：你能这么想很好。丛林法则，是商业社会通行的游戏规则，哪有那么多婆婆妈妈？不过，你是我最倚重信任的人，对你我可是期望甚殷呦。

严婷婷点头称是，忙虔诚地汇报了猎取中药组方的进展情况。

郑嫣已经每天给青桥服药，电脑她可以随时打开，中药组方的所有数据一览无余。青桥被停职之后，没事就在家里核实数据，斟酌配伍。据他自己讲，再有十天半月，一号、二号中药组方就基本成型了。他现在正利用国医馆的先进设备检测几个关键数据，对药方配伍和剂量做最后筛查。

严婷婷还告诉史一兵，郑嫣开始对给青桥用药十分排斥，如果不是让她看了那段录像，真有可能不干。感叹史总未雨绸缪，事先对可能出现的问题都有应对预案。言毕还开了一个玩笑，所以您能当总裁，我这一辈子只能做助手。

见到楚风和徐军走进来,史一兵起身招招手:我们的球星一路辛苦啦。然后坐在主位上,掏出几盒软中华往桌上一扔,各位,自便。

冷菜上齐,史一兵举起酒杯,看一眼俱乐部经理说:离下个赛季还有两个月吧?经理点下头,史一兵又对已落座的众人说,徐军回来的正逢其时,希望你们通力合作,打入前三,我代表集团先敬你们一杯。

史一兵一饮而尽。严婷婷、俱乐部经理也随着史一兵干了杯,楚风和徐军的酒干得却有些迟疑。

史一兵发现了,放下酒杯问:怎么,没有信心吗?

徐军刚要张嘴,楚风抢过话头:史老板,是这样,徐军在德国治疗了3个多月,伤是好啦,可是腿一直用不上劲,德国专家说只能恢复到这种程度,这不,徐军正为这个事犯愁呢。

不会呀,德国治疗运动创伤是一流的,怎么会留下后遗症?

徐军无奈地叹了一口气,苦着脸说:所有的康复治疗都试过了,就是没有效果,腿使不上劲儿,跑动不起来。

见史一兵的脸吧嗒沉下了,俱乐部经理像想起了什么,一拍脑袋说:徐军的问题肯定是出在经络上,外国人不懂经络,治这玩意儿还得找咱们中医。我这关节炎叫那个新来的青大夫扎了两次,感觉轻松了不少,不妨让徐军也去试试。

楚风忙附和:我们老大说得对,没准儿能出现奇迹呢。

史一兵的脸色有所缓和,他看着严婷婷,迟疑了一下说:严副总,这个事你去安排一下。但是去之前,要把注意事项和他们交代清楚。

5 白往黑来

天有不测风云。青子翔最怕的结果发生了:创融置业的方案再次被否。

史一兵图穷匕见,柳絮很是数落了丈夫一番,说那次吃饭,她就觉得事情蹊跷,画风太违和。青子翔问你干吗早不说?柳絮嘲讽地一笑,你当时玩命往上贴,我说了你能听吗?换成以往,柳絮会痛责他一顿,这次节制了许多，估计和"电话事件"有关。前一段时间她接到不少求偶电话，净问一些无厘头问题，比如，有没有生育意愿，身体条件是否允许，云云。一个中年油腻男更是纠缠不休，舔着脸许愿说，只要她肯与之交好，即有能力满足她的任何需求。气得柳絮直接爆了粗口：姑奶奶想弄两颗飞毛腿导弹玩玩儿，你有这道行吗？随后换了号码。耳根子是清净了，却留下一条小辫儿永远攥在了青子翔手里。

青子翔打来电话，告知修改后方案又没通过，柳絮也大吃一惊，怨恨青子飞太僵硬、太古板，太不近人情，为了保住自己的位置，太冷血。

本来，青子翔对方案信心满满，认为通过应该没有悬念，除非大哥怕沾包。事实恰好相反，他沮丧地告诉妻子，这一次青子飞不但没有从中作梗，还因为力挺这个方案被无情吊打。

那天早晨，他和陈伟找到青子飞，让他过目修改后的方案。青子飞的脸色始终是平和的，平和中甚至流露着兴奋，看得出他对方案很认可，而且认可的指数不低。但是鉴于他比较谨慎的性格，没有轻易将喜悦的心情外露，只是不动声色地说，老二，看得出你们是花了心血的，支持民间资本进入养老行业，是国家的既定方针，这个方案基础扎实、亮点不少，我愿意把它提交投资部论证。

青子翔一听，以为这事板上钉钉了。

谁也没想到，上会后竟被一枪毙命。

青子飞都蒙圈了。投资部的职责是什么？就是选择好的项目进行投资，确保稳定的投资收益。在投资部老大的位置上，他从来没有公器私用，考虑的首先是项目的可靠性和回报的确定性。第一次上会，他觉得"霞光宫殿"的概念大于内容，一旦遭遇政策性风险，安平的投资行为可能失败。一边是公事，一边是私情，青子飞纠结再三，表态时还是理性占了上风，明确提出异议致使项目被否。

这回青子翔交出的方案，从先期的土建到后期的物业管理，都有详细论证和切实可行的方案。他也了解了社会上各种形式的养老项目，包括兄弟公司开发的养老楼盘，综合起来看，"霞光宫殿"的设想完善，特色凸显，并且氤氲着东方文化的气韵，以为这个项目的论证应该不会引发争议，没想到刚把情况做了说明，副经理立即发问：青总，你两次把这个项目上会，怎么这么热心？

青子飞听出来者不善：你什么意思，老朱。

没有什么意思，我只是想弄清楚一个基本事实。副手仿佛成竹在胸，他端起茶杯喝了一口，呸呸吐出两片茶叶，话里有话地说：这个创融置业的总经理也姓青吧，他和你是什么关系？

他是我胞弟，叫青子翔。青子飞坦然回答：我们今天讨论的议题是"霞光宫殿"具不具备投资价值，而不是我和他的关系。

副手冷冷一笑：青总够坦诚，真是举贤不避亲啊。说着啪啪鼓了几下掌，见没人呼应，就收了手。不过，兄弟俩联手，怎么能保证项目运行中没有利益输送？

青子飞抖了抖手上的方案：项目资金的使用有严格的审批程序，审计监察部门会全程跟进，这在方案中写得清清楚楚，老朱你没有看吗？

副手摇摇头，轻蔑地说：我不看，反腐以来挖出多少窝案，这些窝案牵扯的项目，哪个没有一套看上去严格的规章制度、监管措施？有什么用呢，国有资产还不是大量流入了私人腰包。

青子飞把文案啪扔在桌子上，他知道这是副手故意和他较劲。

也难怪，自己长期忽略了他的存在，有了机会肯定要刷一把存在感。侥幸上位当然好，即便不能扶正，也能给你添把堵，让你以后不能再漠视他。青子飞压住心中的火气，耐着性子辩白：老朱，话没有你这样讲的嘛，照此说法，岂不是什么事都不能干了？

副手嘿嘿一笑，摇晃着脑袋说：事当然要干。但是在干事之前我们就应该把各种可能导致利益输送的渠道堵死，难道不对吗？

你的意见我赞成，方案上还有什么漏洞，你尽可以提出。

漏洞不在方案上，而在人事关系上。说白了吧，你弟弟的项目你主持投资，听上去总是怪怪的，我反对。

没有商量余地了？青子飞问。

商量什么？副手反问：商量一下就能改变你们兄弟的血缘关系？笑话，各位，你们说呢，反正我这一票是坚决反对。

方案会前就已经下发了，其他人尽管觉得修改后确实不错，投资的安全性和回报率也有保障。但刚才听到副手的话，觉得也不无道理。一、二把手发生分歧，最好的办法是旁观。可以投资的项目多得是，犯不上为了支持某一个项目搅进一场职场争斗，于是或不置可否，或模棱两可。

青子飞不便再坚持，"霞光宫殿"项目就此搁浅。

青子翔得知消息后，跳河的心思都有了。他知道大哥已尽了力，怨不得他。眼瞅着再有两天就到了还款的最后期限，真是乱了方寸，明知凶多吉少也只能打官司了。

陈伟认为以史一兵的缜密，不会留下明显破绽，不到万不得已不要闹上法庭，一旦判了就转圜无望。不如去找青桥想想办法，他和青桥几次接触，深感他有追求、有谋略；而且他对修改后的方案也十分认可。

陈伟的话提醒了青子翔，两个人急火火去国医馆找青桥。

了解过情况，青桥沉吟良久：二叔先别急，事情还没有山穷水尽。

青子翔一仰脖喝掉杯中水，抹抹嘴问：青桥，有什么办法，你快说。

这个方案被否不是它的可操作性，而是牵扯到的人际关系。把人际关系调整好，就可能柳暗花明，因为它既符合国家政策，又可以确保资金安全和回报，二叔，你要是安平寿险的老总，会不会干？

青子翔急不可耐地说：当然会。

既然这样，陈伟，你马上把方案给何局长、罗小力各发一份，并叮嘱她们尽快反馈意见，实事求是就好。

青子翔不解：发给她们有什么用？她们也拿不出钱来。

青桥自信满满地说：如果何局长、罗小力也都很认可这个方案，那么我建议，罗小力以采访养老楼盘的名义直接约见公司老总。何局长和陈伟可以从不同角度，论证这个方案的投资亮点和实际可行性，并开诚布公地讲明项目搁浅的原因，建议安平寿险责成投资部副总为这个项目的负责人。

陈伟兴奋地连连击掌：这个办法好，我怎么就没有想到呢。青桥，你不光看病有一套，运筹帷幄也不在孔明之下呀。诸葛亮是羽扇轻摇就退了曹操的八路大军，你是略施小计，就可以解创融置业于倒悬。

请你闭嘴。青桥不屑地说：这不是略施小计，而是以诚相待。你们说的一切，都应该接受阳光的检验。包括何莲莲与罗小力，如果她们认为方案不行，我们谁也没有权力用个人情感胁迫。

青子翔脸上的阴霾本来浓得化不开，这时也被一缕阳光穿透，他搓着手说：这个办法可行，只是，是不是委屈了你爸。

青桥摇摇头：如果项目由我爸负责，确实有瓜田李下之嫌。这样一来，既可以确保投资收益，又解脱了我爸的嫌疑，推进了健康养老事业发展，我爸高兴还来不及呢，怎么会觉得委屈？除非他是腐败分子，想从你这里拿回扣。

青子翔锤了青桥一拳：你这个臭小子。

陈伟的手机响了，他拿起来一看：是何莲莲、罗小力发来的语音。

青子翔催促他：赶快听她们怎么说？

两个人的语音大同小异：方案看了，令人振奋，她们愿意全力配合。

三人相约后，罗小力立即联系安平老总，确定了采访时间。

陈伟信心满满、摩拳擦掌。没想到，青桥却兜头泼了一瓢凉水：我劝你们也不要把事情想象得那么一帆风顺，安平老总很可能……

青子翔和陈伟听了青桥的话，不由倒吸一口凉气。

6 崩 溃

青桥一个人坐在诊室里发愣。

青子翔和陈伟走后，来了一位特殊的病人，康太俱乐部的前锋徐军。

如来馆长陪他来的第一天青桥就觉得奇怪，分明是徐军，他的创伤和那天比赛中对方倒地铲球造成的骨伤完全契合，怎么变成了药厂副总霍亮呢？扎了一周针灸，他的脚伤后遗症大为见好，刚才一高兴说秃噜了嘴：大夫，你真是神医，我已经可以在球场上奔跑了。

球场？青桥看着在床上醒针的徐军：我早就认出了，你不是什么药厂副总，你是康太俱乐部的徐军。我也是球迷，准确地说应该是你的粉丝，你负伤的那场球赛我就在现场。你的腿现在完全好了，从明天开始你可以重返赛场，如果有机会，我还会为你去加油。但是我想知道，你为什么要隐瞒真实身份？

这一周来，徐军亲身感受到了青桥精湛的医术，也感受到了他对病人的真诚。还要继续欺骗这个给了他第二次运动生命的大夫吗？良知不允许。

于是一咬牙，说出了严婷婷向他交代的两点"注意事项"：不许暴露真实身份，对外只说是秘方药治好了自己的脚伤后遗症。

青桥惊呆了，原来国医馆也被史一兵幕后操纵。

徐军走后，青桥忽然想起了于雪菲对罗凡的怀疑，自己来国医馆正是罗凡介绍的，这难道也是巧合？他不淡定了，罗凡和史一兵似乎存在某种神秘的交集，他们费尽心思把自己弄到国医馆要干什么？青桥觉得有一张无形的网正向自己撒来，他想去找罗凡问个究竟，就在起身的瞬间，脑海中响起一个声音——沉住气。桥儿，这就是你的"长白山之炼"。

青桥重新坐下。就在这时，他接到了牧婧的电话。

在青桥印象中，牧婧从来没有这样张皇失措过。

生活中她是一位冷美人，工作中是一位女强人；冷艳与强悍，构成了她性格的不同侧面。可现在她如同弱不禁风的少女，在冷冽的寒风中一劲儿发抖：你，你能来一趟吗？我撑不住了。

青桥慌了，如果不是遇到天大的坎儿，牧婧不会打来这样的求助电话。

他紧张地对着手机问：出什么事了？牧婧。

牧婧终于号啕大哭，那哭声如狂风刮过，令青桥不寒而栗。好一会儿，才哽咽着说：青桥，我在儿童医院，你来吧。

在医院门口，青桥见到了坐在花坛旁的牧婧。她扑上来，紧紧搂住青桥，泪水像断了线的珠子。两人相识以来，手都没有牵过，这是第一次肢体接触，竟是在众目睽睽的医院门口。

上次，青桥拒绝罗小力要送他回家的好意，和牧婧一起去看小宝，一方面是暗示罗小力自己已心有所属，另一方面确实牵挂孩子。第一次送被拐骗的小宝回家时，他就感到孩子脉象细软，身体有些孱弱。那次和牧婧回家，他认真给小宝做了检查，心中便有一种不祥的预感，只是没敢和牧婧明说。牧婧因为忙，未能及时带小宝去医院就诊，青桥急了，让她放下手上的工作，马上带孩子到医院做全面检查。小宝常患感冒，精神疲惫，而且淋巴结肿大，他怀疑孩子得了白血病。从牧婧的反应看，自己的预感肯定被证实了。

他轻轻抚摸着牧婧的后背：别哭，有我呢。

小宝患了急性白血病。

这种病主要分为两类，急性淋巴细胞性白血病和急性髓系白血病。随着现代医学的发展，儿童急淋白血病不需要骨髓移植，采用规范化的化疗就可以产生不错的效果。可是小宝在急淋的患儿中属于少数高危者，经过专家会诊，必须接受骨髓移植才可能挽救生命。骨髓库中没有与小宝匹配的骨髓，牧婧和周边的朋友也都做了骨髓匹配检查，均不符合要求，小宝命悬一线。

牧婧实在撑不住了，才打电话向青桥倾诉。

青桥很生气：小宝都确诊一周了，你为什么不早点告诉我？

牧婧忧伤地说：你刚被取消行医资格，心情不好，我不想打扰你。再说，你不是也讲过，治疗白血病西医把握性更大吗？

也没有十分的把握。青桥深吸一口气说：白血病的发病原因太复杂了，我观察过小宝，竟然有虚劳的脉象，十分罕见。我怀疑有瘀毒在他体内，骨髓移植还是最有效的方法，我可以通过一些辅助性方法做些调理。

我就是要和你商量，下一步应该怎么办？牧婧止住眼泪。小宝是她的铠甲，也是她的软肋。

青桥望着牧婧，忧心如焚地说：尽快找到合适的骨髓配型，从根本上解决问题；我尽可能想办法延缓病情发展，增强小宝的抵抗力。

牧婧点点头，紧锁在一起的眉峰舒展了一些。也是怪，青桥一出现，牧婧就像浸泡在水中的干木耳，重新变得饱满而润泽。

还有，做骨髓移植少不了一大笔手术费。青桥掏出一张卡，塞到牧婧手里，这里有10万元，是我去年的奖金，你先拿去用，不够我们再想办法。

牧婧没有说话，把卡装进兜里，带着青桥来到了小宝的病房。

姥姥在照看外孙。见到青桥，小宝特别高兴，挣扎着扑上来：青叔叔，你怎么才来呀？上回幼儿园开家长会，小朋友都说你好帅。周老师还问我，这是你爸爸呀，怎么那么像靳东？

青桥心酸地笑了，孩子还小，不知道命运的残酷。他的眼睛是天真的，看到的都是人世间的美好，他的心灵是纯洁的，还不曾经历痛苦的磨难。可是，他的病情依然会一天比一天厉害，病魔不会因为他的弱小而放过他。到最后，像风中的一片落叶，他都不知道身归何处。

作为一名医者，他未来的监护人，能眼睁睁听凭这一切发生吗？

小宝的病情发展很快，没过几天，已经虚脱，他的眼睛不再明亮，像一盏随时都会熄灭的烛火，一灯如豆，在命运的凄风中摇曳。

青桥用尽平生所学，十几副汤药喝下去，小宝仍不见好转。他用雷火灸关元、足三里，灸出一片片黑青色，妈妈和姥姥看了心疼不已，泪水涟涟。青桥知道这些都是瘀毒。他在有瘀斑的地方轻轻用梅花针叩刺，不敢破皮，怕流血不止。

不是他精心调治，小宝生命的烛光或许已然熄灭。

现在，关键是尽快找到适合的配型。

这天，青桥为小宝针灸完，叫出在病房陪护的牧婧。

已是初春时节，早晨的太阳像白洋淀特产的鸭蛋黄，泛着一层红油似的光泽，照在人身上，温暖而舒适。犄角旮旯的积雪也融化了，湿润了脚下的黑土地。有草的地方开始泛绿；没草的地方，也现出一些小坑儿，像是春姑娘娇嗔的酒窝。

有燕子在空中飞过，有小鸟在树枝上鸣叫。

一棵泛青的柳树下，青桥和牧婧开始了艰难的对话。

青桥问：小宝的亲生父亲是谁？

牧婧答：为什么要问这个问题，我不想回答。

青桥追问：你必须回答。如果这个人还活在世上，也许他可以救小宝的命。小宝没有兄弟姐妹，亲生父母配型成功的可能性会大大高于没有血缘关系的人，这你明白。你不匹配，不见得他不匹配。

牧婧拒绝：我不愿意提起这个人。

现在不是感情用事的时候。牧婧，为了小宝，你必须告诉我。

牧婧望着青桥，眉心又锁在一起。看得出来她是在拼命拉紧情感的闸门，因为她不知道，一旦松手，等待她的会是什么？

青桥愤怒了，几乎在吼：医院已经下了病危通知书，我问你，什么爱恨情仇，能比挽救小宝的生命更重要？

牧婧痛彻心扉，嘴里挤出了三个字：史一兵！

第十一章

1 加　量

一条已咬钩的鱼，居然挣脱了，这让史一兵懊悔不已。

他没有想到，在3个月合同期的最后一天，康太集团的账上进了8000多万，打款人是安平寿险，声称代为支付创融置业的借款及利息。

本来，应该有电光火石一场冲撞。

他不怕，每一个环节他都做了精心设计。没想到，青子翔蔫不出溜摆平了这件事，没吵没闹，就像一个炮仗，捻点燃了却没响。到了儿一看账单，还是自己吃了亏。百分之五的年息让人家用了3个月。补充合同也被对方推翻了，陈伟告知严婷婷，免租金20年提供营业场所的前提，是康太的产品必须有良好的商业信誉，这在合同中是有备注的。

陈伟叫板，说估计康太不敢拍着胸脯承诺这一点吧。

前两天，吴迪还找到他，鼻子不是鼻子脸不是脸的，要和他割席绝交。说没想到他史一兵毫无廉耻之心，竟利用陈伟对自己的信任，企图玩一个蛇吞象的把戏，为了钱歹毒至此，害得陈伟几乎和他拔拳相向。

绝交不绝交史一兵不在乎。关键是，吴迪临走时甩下的话让他不爽：你还有点廉耻之心吗？他妈就是一个甘蔗男，嚼到最后，剩下的是满嘴的渣，我呸！然后把那条镶嵌了14克拉钻石的罗兰R822皮带甩在地上，说留下给他上吊用。

廉耻之心？可笑。从承包国营医院皮肤科那天起，史一兵就把它打包发给了爪哇国，它什么模样儿，几斤几两早已被遗忘得如风卷残云。了解到剧情反转的缘由，史一兵就更为恼怒，表面上是罗小力、何莲莲和陈伟说服了安平寿险老总，其实是青桥提供的思路。安平老总曾犹豫不决，担心因为一个项目的实施造成下属不和。谈话眼看陷入死局，陈伟按照青桥的预设，一番话真的使事情峰回路转：欧阳总，您是有战略思维的企业家，不会在乎一个项目的得失。但是如果"霞光宫殿"养老楼盘成功落地，可能产生的"多米诺"效应以及它即将打开的商业空间，难道不值得资金雄厚的安平寿险为之心动吗？一语点醒梦中人，欧阳总马上叫来财务总监安排打款。是啊，"霞光宫殿"是一朵生机勃勃的蒲公英，它会把成长的种子撒向安平寿险涉及的每一座城市。

尤其令史一兵不能容忍的是，罗凡还告诉他，高冷的牧婧在追求青桥。牧婧追求青桥？太不可思议了。

这让史一兵大受刺激。牧婧是他前妻，如果把女人分级，牧婧无疑是极品。离婚之后身边的女人如过江之鲫，尝尝鲜儿，换换口味儿可以，但是让他敬畏、爱慕，而且难以忘怀的唯独牧婧。听罗凡说，牧婧由部队转业安置到燕北街道办事处，他觉得是一个重续前缘的好机会，曾壮着胆子打去电话，意料中被兜头一顿臭骂，还警告说，再来骚扰别怪她不客气。

这话史一兵信。

严婷婷之前的女秘书是史一兵半公开的情人，有一次史一兵带着她和两个跟班到石家庄出差。可巧，在那里服役的牧婧送战友进站，看见女秘书和史一兵轻佻的举动，就走过去说：请注意你们的言行，这是公共场所。史一兵和女秘书一下愣了，两个随从却不识相，想在老板面前显摆，上前逞能：你吃饱了撑的，跟你有什么关系？牧婧不卑不亢，说：奉劝你们说话干净点，如果你妈没教会你们怎么说话，我可以替她教育教育你们。

这话噎人，两个跟班从未被人这样奚落过，况且又是一个女兵，觉得在老板面前丢了面子，骂骂咧咧想动手。没想到，牧婧向后一撤身，腾空跃起，双腿同时发力，两个随从瞬间摔倒在地。

牧婧神安气定，鄙视地看了一眼愣在那里的史一兵，弹弹衣服，走了。

什么叫飒爽英姿，在牧婧身上，他是彻底领会了这四个字的含义。

牧婧提出离婚时，他万般不舍，看到牧婧去意已决也无可奈何。他从来没有忘记过牧婧，他万万没有想到，自己心爱的女人会和青桥走到一起。

回想起这一年多，自己所有的痛苦几乎都和青桥有关。青桥简直就是上天派来和他作对的冤家，他实在不能忍受青桥的存在了。

严婷婷敲门进来：史总，烤鸭快熟了，郑嬷问她什么时候撤离？

史一兵正怒火中烧。罗凡说过，药粉小剂量服用要一个月以后逐渐显效，完全失智还需要一两个月。他觉得太慢了，看到青桥生龙活虎地活着，他的心口像压了一块磨盘。况且按当初的约定，小霞拿到中药组方就要赴美国进修，青桥的药只服用了半个多月，能不能达到最初预期就打折扣了，这是他完全不能接受的。

史一兵改了主意，说每天加量两倍，十天内让青桥将药全部服完。

严婷婷显出为难的神色：中途改变约定，郑嬷恐怕不干。

史一兵轻蔑地一笑：她有得选吗？她的软肋就在我们手里攥着。

一个小时以后，在街心公园的长椅上，严婷婷传达史一兵指令。

小霞惊得站起，狐疑地问：你们让我给青桥吃的到底是什么药？不说是为了刺激脑神经活跃，尽快搞定中药组方吗？既然中药组方马上就完成了，为什么还要给他加量？我不干。

严婷婷冷冷一笑：你觉得现在说不干不晚吗？告诉你，杏儿的治疗费用已经100多万了，全是公司垫付的，如果现在停止治疗就只能等死。说着，她在手机上调出一段视频给小霞看，视频是杏儿在父亲的搀扶下散步的情景。

严婷婷又调出几条微信，上面是杏儿的各种治疗费用单据。

小霞看过把手机还给严婷婷，神情迷茫而痛苦。

严婷婷把手机放回包里：你相信严姐吗？

小霞点点头，又摇摇头，她不知道该怎么回答。

严婷婷也没想让她回答，径自说：如果你相信我，就按史总的要求做，10天后到美国去读书。一边是出人头地，一边是牢狱之灾，这个选择不难做出。再说为了你妹妹，你也得执行史总的指令。说到这儿，她强化了一下语气，想清楚，杏儿可是在史总手里呢。

小霞的心被猛地撞击了一下，放空了眼神。

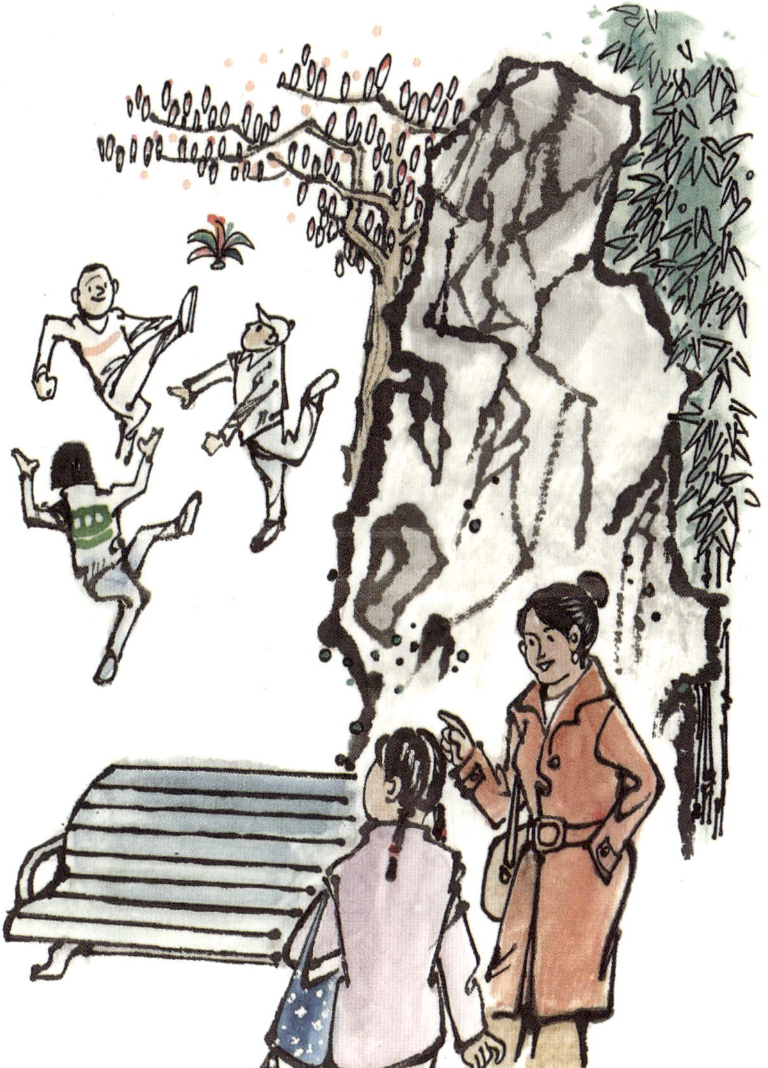

2 逼 婚

牧婧的前夫是史一兵。

听到这个名字,青桥的脑海里一片空白,像是正运转的机器突然被切断电源。他被这个消息惊到了,半张的嘴久久不能合拢,眼神也像惊飞的鸟儿一样,在空中无目的地盘旋。直到牧婧的双眸涌出泪花,用凄楚甚至有些负疚的目光盯着他看了很久,青桥的魂魄才重新归位。他摇摇头,把短路的思维好不容易接上。

牧婧噙着泪,讲起了那段不堪回首的往事——

牧婧幼年丧父,是母亲一手把她拉扯大,还让她在读高中的同时上了市少年体校练习健美操。这样母亲就要负担两份学费,她是小学老师,除了上班,业余时间要卖报纸、做零工,拼命挣钱供女儿上学,母女俩相依为命,感情非常深厚。高中毕业后,女儿以优异的学习成绩和超常的身体素质被征兵的女子特战队选中,经过魔鬼式训练,成了一名特种兵,参加过多次海外维和和打击海盗的重大行动。因为工作和训练太忙,一直到了26岁还没有谈恋爱。

母亲着急了,趁她回家探亲,介绍了一个事业有成的年轻人。

这个人就是史一兵,他刚过而立之年,已经承包了多家医院,名片上印有一串闪光的头衔,貌似创业达人,基本属于人见人爱、花见花开那种类型。初识牧婧,史一兵立即被这位上尉军官的独特气质吸引了。牧婧只是觉得他人不难看,还算积极上进,却不来电,一回部队就把这事忘在脑后了。史一兵却锲而不舍,一有时间就往牧婧家里跑,千方百计讨好老太太。可巧牧母心脏病突发,是他发现及时,迅速把老人送到医院。那时牧婧正在索马里执行任务,分身无术。史一兵忙前跑后、悉心照顾,才把老太太从阎王殿拽了回来。

牧母希望女儿能接纳史一兵。

牧婧非常感激史一兵对母亲的百般照顾,加上到了结婚年龄,虽然没有怦然心动,也没恶感,就在六年前走进了婚姻。

生活在一起后,牧婧才发现两人三观严重错位,加上史一兵绯闻不断,那次在石家庄火车站偶遇后就坚决离了婚。

牧婧神色歉疚:青桥,你应该感觉到了,我曾经抗拒和你接近,就是因为我心里有这样一个结。其实,见到你第一眼我就喜欢上你了。我觉得你就是那个我在苦苦寻找的人。现在已经真相大白,如果你接受不了,我也不会怪你。

青桥一把攥住牧婧的手,一字一顿地说:牧婧,我已经缺席了你的过去,答应我,你一定不要缺席我的未来,好吗?

牧婧激动地抱住青桥,顿时热泪盈眶。

你陪小宝,我去找史一兵。青桥拍拍牧婧的后背。

我们想别的办法吧,那是一个心理阴暗的人。

不,亲生父子配型成功的概率要比一般人大很多。

牧婧还是纠结:史一兵不知道有小宝,我没告诉过他。我不想让小宝知道有这样的父亲。

青桥轻轻推开牧婧:顾不了那么多了,现在一切都要为小宝的生命让路。我想,他只要还有一点人性,就不会对亲儿子见死不救。

见到青桥,史一兵着实吓了一跳。

严婷婷刚刚向他汇报完与郑嫣见面的情景,告诉他郑嫣开始不肯,摊牌后才就范,答应从今天晚上开始就给青桥加量。严婷婷出去不到5分钟,青桥就破门而入,难道是走漏了消息,他赶来兴师问罪?

史一兵吃了青桥的心都有,但他知道什么叫雁过不留痕,便堆出一脸假笑,用调侃的语气说:青大夫,稀客、稀客,有何事见教?

青桥克制着情绪,用平缓的语气说:我今天来,是为了你的私事。

我的私事?青大夫一向以揭露本公司的产品为天职,一身正气,两袖清风,怎么会为了我的事屈尊到访呢?

青桥不想和他废话,直奔主题:你和牧婧有过一段婚姻,你们还有一个共同的孩子,叫小宝,今年5岁了。他患了白血病,必须要做骨髓移植,到目前为止没有找到合适的配型,我希望你能去做个检测。

信息量太集中,史一兵被青桥的一番话说蒙了,他颓然坐在靠椅上,眨巴着眼睛似乎是在清理繁乱的头绪：你说什么？我有一个儿子，叫小宝？今年5岁，得了白血病，需要我去检测骨髓配型？

青桥点点头，刚要说话，被史一兵一挥手制止了：你先闭嘴。我请问，你是谁，你不是燕北大学附属医院中医科大夫吗？你今天来的身份是什么，牧婧的现任男友，还是孩子未来的继父？

青桥上前一步：现在重要的是挽救小宝的生命，留给他的时间不多了。

史一兵起身怒视青桥：要挽救孩子，最好是再为小宝生一个弟弟或者妹妹。你转告牧婧，我愿意和她复婚，也愿意承担起一个父亲的职责。

青桥没有想到史一兵竟敢以亲生儿子的生命要挟逼婚。

他一时语塞，半晌才说：牧婧愿意不愿意和你复婚，我们应该尊重她的意愿。我想提醒你的是，小宝的生命已经不可能再等那么长时间了。

史一兵冷冷一笑，瞬息即逝，仿佛只是牵了一下嘴角的肉。像弹簧，一伸就恢复了原状：那我不管。青先生，请你换位思考一下，我能为一个断然抛弃了我的女人，捐献出我的骨髓去救她的儿子，而她的儿子被救活之后，却要向另一个陌生的男人叫爸爸吗？如果是你，你心里的滋味好受吗？你愿意做出这种精神上、情感上的双重牺牲吗？如果你说不可以，就请你回去动员牧婧和我复婚。我不会让小宝等那么久，只要牧婧答应，我马上去医院做骨髓检测。

青桥握紧了拳头，他真想迎面给史一兵一拳，但是他想起了小宝那张可爱的笑脸，那一双充满纯真的眼睛，他忍住了。他实在不能理解，一个道貌岸然的伪君子，可以自私到如此冷酷，可以冷酷到如此绝情。

青桥转身要走，史一兵嘿一声又叫住他：难得你来，有个问题我还一直想问你。拜你所赐，康太在与韦斯林的谈判中一败涂地。我就不明白了，你出身于中医世家，为什么要站在韦斯林一边，跟中国的民族企业作对？

青桥本来压着火，听史一兵这一问，扑哧一声气笑了：你说什么，中国的民族企业，一株毒蘑菇也想代表整个春天？你真敢说。我告诉你，弘扬中医文化，是文化自信的题中应有之义；你为了赚钱，假中医药之名，用伪劣保健品和韦斯林合作，摧毁的不是韦斯林的商业信誉，而是它对中医药的信任。我不是站在韦斯林一边，而是站在大众健康一边，站在弘扬中医药文化一边，你懂吗？

史一兵无耻淫笑：嘿，你搅了我的局，还他娘有一套屁话等着我？

青桥怒斥：你的心已经被钱熏黑了，和你说这些就是对牛弹琴。

3 暗恨不由心头生

绿茵场上，徐军正在和队友训练，他像一只东方神鹿，左突右闯，带球越过拦截的队员，一路绝尘而去。

徐军的攻击技术在队里是拔尖的，速度更使他的优势发挥到了极致。前天的对抗赛，他与楚风配合，绕过对方前移的后卫，带球攻门，眨眼之间，球便应声入网，对方的门将和后卫站在他身后一脸蒙逼。

场边观战的队友纷纷惊叹，说德国治疗运动损伤的技术就是牛，徐军哪里还有一点受伤的痕迹？只有徐军心里清楚，是谁让他的运动生涯没有停摆。但是，集团禁止他说出康复真相，在国医馆的就医过程成了一次不可告人的偷渡。这让他很郁闷。

楚风一声哨响，训练结束，徐军到场边拎起包往肩上一甩。

楚风走过来：兄弟，洗完澡跟我走，你嫂子亲自做了手擀面，用一斤多五花肉炸的酱，上次没吃成，这次管够。

徐军脸上掠过一抹笑意：谢啦哥，正想这口儿呢。

俩人洗完澡，开车直奔楚风家。路上徐军讲了自己的经历，楚风不以为然地说：这算什么呀，我告诉你，用不了几天，你的事就会作为热点登上集团网站的热搜。不过，不是针灸治好了你的腿伤后遗症，而是秘方又使你重返赛场。

会吗？徐军惊诧地问：那不是瞪眼说瞎话吗？

会吗？楚风在吗字上加重了语气，不屑地说：你这块金字招牌，他们肯定不会错过。

轿车到了小区门口，楚风登完记，挡车杆抬起，楚风给了一脚油门，汽车启动，突然徐军一声惊叫：停车。他推开车门走到值班室，对正在看电脑数据的杏父说：舅舅，是……您吗？

原来，楚风和老冷头住在同一个小区。

杏父抬起头，惊喜地叫了一声：军子，怎么是你呀？

徐军的妈妈是杏父的妹妹，小时候一放寒暑假，徐军就被妈妈送到宣化舅舅家，上山摘酸枣，下水沟捞泥鳅，算是和小霞姐妹俩一起长大的。后来徐军进了张家口业余体校踢足球，没毕业就被省队看中，当了专业球员。前几年足球体制改革，他转会到了康太踢前锋。因为学习和训练任务重，徐军除了舅妈病故时去宣化奔了一次丧，这几年没怎么走动。

杏父从小就喜欢这个虎头虎脑的外甥，觉得他憨厚、本分、孝敬父母。几年不见，外甥已长成了大小伙子。

舅，嫣儿和杏儿好吗？

杏父眼圈儿顿时红了，他叹一口气，泪一下流出来。

徐军一看舅舅情绪不对，忙回头对摇下车窗向这边张望的楚风说：队长，我遇见亲舅了，你告诉嫂子，炸酱给我留着，我改天再去吃吧。

楚风开门下车：叫舅一块去呗，又不是外人。

徐军迎上来低声说：不了，哥，我舅好像有事，我得单独和他聊聊。

楚风看了一眼杏父，点点头：成，有什么过不去的坎儿，跟哥说。

徐军等杏父交完班，两个人来到一家小酒馆。

徐军点好酒菜，边喝边聊起来。徐军这才知道，舅舅一家一年以来发生了这么大变故，聪明伶俐、漂亮乖巧的小表妹，竟得了渐冻症。

他埋怨舅舅，出了这么大的事儿，您咋也不说？

杏父长叹一声：先撑着，真找你们的时候就是实在撑不住了。他喝了一口二锅头，从齿缝间吐出一丝冷气，好在苍天有眼，有一家自然医学治疗中心，面向全国收治了十名疑难杂症病人，免费。你妹妹算是走运，也在这十个名额之中。

徐军听了，酒杯差点掉地上，这个中心治疗的病人中竟有杏儿。他已经知晓了其中的黑幕，就问：免费，不收钱吗？

开始说不收，可是住进去以后，说秘方很贵，一个礼拜就要好几万。这一阵子没收，说先由公司垫付。

徐军觉得蹊跷，又问：这个事嫣儿知道吗？

知道啊，先前交的二十几万就是嫣儿出的。

嫣儿在北京吗？

在。杏父点点头：她不让我们轻易给她打电话，唉，你们兄妹也几年没见了，我打个电话让她来见个面吧。她就在离这儿不远的小区当保姆，骑车也就十分钟。

徐军惊愕：嫣儿不是卫校毕业的吗，怎么去当了保姆？

杏父无奈地摇摇头：也难为她了，嫣儿说这家雇主大方，给的工资高，杏儿住院不是要用钱吗。说着拨通了手机，简单说了几句，挂断，递给徐军，嫣儿让你发个定位，说她马上过来。

郑嫣进门，略事寒暄，徐军就把自己了解到的情况全告诉了郑嫣。

郑嫣一听，暗恨不由心头生。原来，杏儿掉进了一个精心布置的陷阱，成了史一兵要挟自己的王牌。当务之急，是要赶紧把杏儿转移出来，可是名义上欠着他们100多万的秘方费，不交上这笔钱根本不可能让出院；再说史一兵制约杏儿的目的，是为了拿到中药组方，中药组方不到手，他也绝不会让杏儿走。

听郑嫣说出实情，徐军才知道郑嫣当保姆是去卧底，不由惊出一身冷汗。他没有想到，商战小说中的离奇情节，居然真的在生活中发生了。

郑嫣没有说出史一兵布置下药的指令。怕父亲和表哥知道她做了这种伤天害理的事，和她翻车。她现在只想快点把杏儿救出来，她没有时间为自己辩白。

徐军的谜团也解开了，为什么自己到国医馆治病要鬼鬼祟祟，不能透露身份，原来严婷婷是担心青桥知道国医馆也有康太的股份；他们把青桥安置在国医馆，就是想利用馆里的设备，让他尽快研究出中药组方。如果不是春天的赛季临近，史一兵想让康太足球队咸鱼翻身，大概率不会让自己走进国医馆。

徐军告诉郑嫣，他的脚伤后遗症就是那个叫青桥的大夫治好的。杏儿的病在自然医学治疗中心肯定会被耽搁，不如试一试青桥的针灸和中药，一个多礼拜的接触，他对青桥的人品和医术很有信心。

杏父一脸苦笑：最早咱找的就是燕北大学附属医院，青大夫还说要搞一个中西医结合的治疗方案。唉，怪我轻信，病急乱投医。真是，早知今日，何必当初？

徐军忧心如焚：舅，以我对康太的了解，杏儿不能再待在那儿了。史一兵心狠手辣，一旦急了，什么事都可能干出来。

杏父慌了，他攥住徐军的手：军子，你要帮帮舅舅，你小妹已经够不幸了，不能再让她遭受任何打击。

徐军拍拍杏父手背：放心，舅，我们是血亲，我不会看着杏儿出事。

郑嫣也说：哥，这两天一定要把杏儿转移出来，先送到我爸的出租房。

徐军点点头：吃完饭，我马上跟舅去一趟中心，先熟悉一下环境，踩踩点儿，看看怎么把杏儿顺利接出来。

他们不知道，此时的史一兵已经有了戒备，派人日夜监视着杏儿。

4 心的引领

罗小力站在市卫健委的办公大楼前。

春天，正踩着含苞的花蕾赶赴北京。大雁变换队形，忽而一字，忽而人字，仿佛是太阳拉出的滚动字幕。天空湛蓝湛蓝的，像是深邃无垠的海；几片云彩在空中飘浮，如同海面上一片片移动的风帆。有几只鸽子奋力追逐着雁阵，终是徒劳，不知是无奈还是不舍，一串鸽哨忽然传来，在向威武的族群告别。

罗小力的心境却不像天气这样祥和，她知道跨出的这一步意味着什么。

童年的记忆留下的不多了，可是骑在父亲脖子上的情景，却刀削斧凿一般刻在了罗小力的记忆中。作为医生，父亲非常强势，她忘不了父亲和同事拍桌子的样子：搞什么搞？我是主治医生，病人的治疗方案必须以我为主，出了问题我负责。作为父亲，罗凡却是慈祥的。他从来没有强制女儿做什么和不做什么。医生、画家、宇航员、驯兽师、芭蕾舞演员……罗小力幼时的理想就像四季开不败的花儿，山桃谢了，丁香开了；丁香谢了，紫薇又开了；罗凡总是悉心呵护。高考填报志愿时，本来醉心于星空的她突然改变志愿要报考中文系，罗凡也只是一边擦拭着支在阳台上的天文望远镜，一边幽幽地说：女儿，想好了，这可是人生中最关键的一次选择。

在罗小力心里，罗凡是慈父，更是可以坦露心事的朋友。

父女有过地理上的远离，却从来没有过心的错位。可是近两三年，罗小力发现爸爸有了变化,除了眼角多出的皱纹和头上新增的白发外,他和自己交谈时开始有了遮掩。比如,父亲保险箱的密码一直是她身份证的后6位,有一天罗小力突发奇想,要看看保险箱里都放了些什么,输入密码却打不开。晚上吃饭时她调侃老爸:罗院长,是不是有什么秘密瞒着本姑娘? 若是以往,罗凡会"诚恐诚惶"回敬:岂敢。然后打开保险箱:请小女检查。这次只是掩饰地一笑。

用史一兵支付的顾问费,罗凡在西雅图市郊化名购置了一套豪华别墅,带游泳池和花园,准备退休后移居美国养老。保险箱里放着相关的资料和康太分红的一些凭证。乖乖,这些他哪儿敢叫女儿知道。

昨天下午,罗小力去采访了老米勒。

老米勒已经出院好几天了,因为孙子的坚持,医院按照一般的食物中毒进行了常规性治疗,老米勒住了不到三天医院就回到公寓。罗凡暗自后悔,他是怕青桥看出破绽,向史一兵提供的药比较保守,本打算收治后拖延治疗时间,达到阻碍韦斯林和于雪菲YBL计划进行合作的目的,没想到又被青桥搅了。

早知道这样,还不如当初下手狠点。

老米勒不知道内幕,只觉得自己是水土不服,偶染小恙,他嘱咐青桥和孙子向柳若兰封锁消息。身体复原后,常常用手机和柳若兰视频聊天,共同经历的一切,又像沙漏一样被细细过了一遍。有追忆、有感叹,更有对逝去岁月的不舍与眷恋。在柳若兰的建议下,两位银发老人还共同游历了一次天坛。这是中国明清两代封建皇帝祭天的地方,老米勒一走进祈年殿,就觉得神圣的庄重感扑面而来。中国有灿烂的文明史,天坛无疑是一块精美的切片。老米勒说,孙子陪他参观了故宫、颐和园,今天瞻仰天坛,他每每有一种跪下来的冲动。因为中国的古建筑太雄伟了,中国的传统文化太深厚了,令人肃然。两人来到南侧的回音壁,小米勒扶着爷爷站在这一端,小霞扶着柳若兰站在另一端,两位老人把耳朵贴在回音壁上,柳若兰喊了一声:列兵,米勒。那声音顺着墙壁缓缓地传递过去,仿佛穿越了一条长长的时空隧道。老米勒觉得这分明是当年那个小女兵的声音,他老泪纵横,颤颤巍巍回了一句:小柳翻译,列兵米勒向你报到。柳若兰耳朵贴在回音壁上，接收到这句话时也是热泪盈眶。

同行的罗小力也被眼前的一幕震撼了。

就是在那一刻，她决定完成这篇文章。

采访老米勒时，这个外国老头儿不失时机地称赞青桥，尽管偏离主题，但是罗小力很受用。青桥已经变成她的偶像，任何人肯定他，都能引发罗小力的情感共振。老米勒的眼神和深不可测的微笑，还暗示有更为劲爆的猛料，只是引而不发。罗小力也没有深究，作为资深记者，她不能让采访偏离主题太远。

采访结束了，罗小力更坚定了一个信念：青桥是无辜的。

这之前，罗小力还访问了燕北社区服用过一号胶囊的10多位患者，他们一致对青桥停职表示不解，他们的亲身经历足以证明一号胶囊的疗效是积极的、正面的。病人们写了联名信，希望罗小力帮他们转呈有关领导，他们不希望这么好的医生被委屈。

罗小力打算这两天抽空跑一趟市卫健委，为青桥正名。

昨天采访回家后，她把这个想法告诉了父亲。没想到罗凡没听完就急了：搞什么搞，你还是我女儿吗？老爸所做的一切都是为了你，你不知感恩就罢了，怎么能忍心在背后捅你爸爸的刀子！

罗小力辩解：只是客观地还原真相，不存在捅刀子的问题。再说，青桥断送的是职业生涯，您充其量是羽毛受到一些贬损。孰轻孰重，您心里没数吗？

罗凡怒目而视，从小到大，他还从来没有用这样的目光看过女儿：罗记者，请收起你那虚伪的说教。这个世界里，真理从来都是有话语权的人定义的，在我看来，你理解和爱护爸爸，就是一个女儿应该坚守的正义。

不等罗小力再说话，罗凡一转身走进卧室，啪一声带上门。

关门的那一声巨响，像一记重锤敲击在罗小力心头，她不由浑身一颤，心瞬间收紧。从记事起，父亲从来没有跟她瞪过一次眼，大声说过一句话，没想到因为青桥，两个人连续发生冲突。

早晨起来，父亲没有像往常一样，做好早餐在餐桌旁等她。他走了，走得悄无声息，一言不发。这是一种无形的压力，让罗小力觉得心口发闷。

开车出来，罗小力犹豫了一下，是去报社还是去市卫健委？

前面是十字路口，她在心里下了一个赌注：车到路口，是绿灯，她就直行去报社；红灯亮，她就右拐去市卫健委。

车到路口的一瞬间，红灯亮起，天意。

罗小力掏出手机，发出一条微信：

爸爸，我想了一宿，还是觉得应该遵从心的指引。我这样做，只是在坚守做人的良知，对您没有丝毫不敬。因为记得我刚懂事，您就教导我要做一个诚实的孩子。

对不起，爸爸，女儿永远爱您。

5 绝处逢生

牧婧听青桥讲了史一兵的态度，狠狠地吐出两个字：畜生。

她把目光投向窗外。在玻璃窗的反光中，她的眼睛噙着两汪泪水。

青桥欲言又止，他不知道说些什么，咒骂史一兵无情？无疑火上浇油，说不定会让牧婧的情绪崩溃；劝牧婧接受史一兵的条件，那简直就是对情感的蹂躏。没有谁在这样两难的选择中会从容不迫，救儿子就要贱卖自己的情感，捍卫自己的感情就会使儿子失去生的机会。苍天无眼，你为什么要把这样残酷的选项，摆在一个美好的女人面前？

牧婧的心里同样波涛汹涌，她真想起身就走，找到史一兵打得他满地找牙。但是，那样能解决问题吗？可是不这样又能怎么办呢？让她和史一兵复婚，还不如把她打死。离婚时，她发现自己有了妊娠反应，所以没把这个消息告诉史一兵，就是一辈子不想和他再发生任何牵扯。

小宝的姥姥从病房走出来，对女儿说：小宝找妈妈。

牧婧答应一声走进病房。

老太太留下了，她迟疑了一下，拉青桥在椅子上坐下：青大夫，一兵来了电话，情况我都知道了，有几句话，阿姨不知道当说不当说？

青桥有了某种预感，他嘴角咧开，强作笑颜：您说吧，我听着呢。

青大夫，老太太遮遮掩掩地开了口：牧婧离过婚，独身拉扯这么一个孩子，现在又得了这种病，你还不离不弃，说实话，阿姨心里头很感动。

如果不出这个事，阿姨举双手赞成你们走到一起。老太太抹了一把眼泪，可眼下孩子不能等呀，万一孩子有个三长两短，我们母女俩还怎么活？青大夫，算是阿姨求你，为了小宝，只有复婚一条路啊。

青桥欲言又止，他长叹一口气，不知道说什么。

老太太继续说：我知道这样一来，我们母女就辜负了你，对不住你。说着她俯下身，我给你磕头了。

青桥急忙双手拉住老太太：您可别这样，您这样我承受不起。

他把老太太扶到椅子上，抬头一看，发现于雪菲和罗小力拎着大包小包出现在走廊尽头，像是见到了救星，青桥逃离似地迎上前问：哎，你们怎么过来了？

罗小力从卫健委大楼出来后，接到了于雪菲的电话。

于雪菲这两天心情不错，她和燕北街道合资的YBL公司已经在工商局注册，坐落在燕北社区的第一家健康生活馆也装修完毕，运行在即。

女王范儿的于雪菲干起事业来风风火火，连装修店铺也亲临现场，一张桌子、一把椅子的摆放都恨不得尽善尽美。现在，她已经不是"光杆司令"了，手下有了五六个小伙伴，小米勒也常被她吆来喝去。因为前些日子老米勒的住院事件，小米勒要暂停与YBL公司的合作，被青桥点拨后又被老米勒一顿训斥，说他一叶障目没有长远的战略眼光，于是忙不迭地追着于雪菲求和。于雪菲也不客气，说投降可以，但有条件，以后就作为本公司的编外员工吧，有事随叫随到，干活马虎不行，工资大大的没有。小米勒不觉得吃亏，反而像得了喜帖子一样，乐得嘴都咧成了瓢。

YBL公司的开业仪式和韦斯林公司的合作签约仪式拟在同一天举行。

为筹备这两个仪式，于雪菲已经没日没夜地干了好几天。她一早去租了几个大花篮，选定了几名礼仪小姐，从礼仪公司出来打电话给罗小力，约她去星巴克喝咖啡，想收割一些闺密的赞美。

罗小力也很想和于雪菲坐一坐。

她现在的心情真是难以言喻，按说应该高兴，市卫健委的领导听她讲明了情况，看了患者联名签字的请愿信后，不无惊讶地表示，噢，原来是这样啊，和罗院长汇报的情况出入很大嘛，我们会调查核实的。罗小力望着负责人，说我保证情况属实。你保证？罗小力郑重地解释，罗院长是我父亲，青桥在做胶囊前已经向院里汇报，用的就是医院的设备，我父亲和我说起过。你为什么要这样做？负责人颇感震惊。中医药是中国的国粹，这些年的生存状况很不乐观，一个重要原因是后继乏人，优秀人才严重断档。所以，我不能眼睁睁地看着一个优秀的青年中医被断送。负责人站起身，目光中充满赞许，说请相信我们会秉公处理。

从负责人的神态和语气看，青桥的不白之冤一定会洗清。可是，青桥复职之日，也许就是父亲的问责之时，这也正是罗小力高兴不起来的原因。

说话呀！于雪菲在手机里喊：行不行呀，罗大记者。

罗小力回过神儿，她明白闺密的心思，就说：小姑奶奶，鹰的飞翔不需要鼓掌，卖萌的鹦鹉才希望听到喝彩呢。有一件事比我表扬你更重要，小宝的配型还没找到，我打牧婧的电话，她和青桥已经在医院守了几天了。

于雪菲骂自己：我真该死，这几天一忙把这茬儿忘了。得，夸我的词儿你就甭零售了，先攒着，到时候一块批发给我哈，咱俩现在就去医院。

于是，两个人聚齐，买了玩具和一些营养品赶来。

一进走廊，于雪菲看见小宝的姥姥正要给青桥下跪，觉得事情不妙。

她走过来瞟了青桥一眼，一语双关地说：出了这么大事，让你一个人扛啊？我们过来帮不上别的，起码可以安慰安慰你受伤的心灵嘛。

青桥真有点扛不住了。一般人只关注你飞得高不高；只有挚爱亲朋才会在意你走得累不累。刚才听了小宝姥姥的话，他心乱如麻；老人俯身一跪，更是在他的伤口上撒了一把盐。真如俗话所说，善良人的自私，是鱼片中未曾剔除的刺，会在不经意中给人更深的伤害。于雪菲的话让他百感交集，眼窝一热竟流出两行泪。

于雪菲见青桥有些失态，觉得事情蹊跷，望一眼站在青桥身后的小宝姥姥，她单刀直入问：阿姨，青桥怎么了，您没挤对他吧？

老太太忙掩饰：没有，没有，孩子情况不太好，青大夫是着急。

于雪菲还要再问，牧婧拿着手机从病房里走出来，脸色很不好看。

小宝姥姥见状，忙走回病房，上回于雪菲来医院检测配型，她见过一次，知道这个丫头快人快语，不好惹。

牧婧来到走廊拐弯处，接听手机，她见青桥和于雪菲、罗小力跟了过来，就按下扩音键，里面传出史一兵的声音：牧婧，我的想法已经让青桥转告你了，这5年我没有一时一刻忘掉过你。小宝病了，这是老天爷给咱们的机会。

牧婧强压住心中的怒火：是不是不复婚，你就不会给小宝捐献骨髓？

史一兵辩解：话不是这样说的，你爱儿子，我也爱儿子，既然小宝是爱情的结晶，为什么咱俩不可以重新走到一起？

爱，什么叫爱？牧婧厌恶地说：从你的嘴里说出这个字，真是可笑。

史一兵非常无耻地笑了：老婆，你别这样说，怎么没有爱？没有爱，咱们怎么会有小宝？

牧婧被气到了，她狠狠地骂了一句：人渣，你太无耻了。

史一兵依然嬉皮笑脸：夫妻之间，用无耻两个字太过了吧。

一旁的青桥和两个女孩儿也听得怒火中烧，青桥想夺过手机痛骂一顿史一兵，但是小宝命悬一线，目前只有这个人可能为孩子带来生的希望，他克制了。罗小力气得眉峰紧锁，两颊涨红；只有于雪菲说了一句：这种渣男，就是欠揍。

手机里传出史一兵的声音：谁呀，嘴这么欠，说谁欠揍？

于雪菲上前一步对着手机吼：你还有点人味儿吗？那是你的亲儿子，你不想办法救他，还在这儿放屁恶心人。

史一兵哈哈一阵大笑：这小妞爽快，我喜欢。

牧婧愤愤地问：一句话，小宝你救还是不救？

史一兵也一字一顿地回答：不答应复婚，一切免谈。

于雪菲抢过手机怒斥：去死吧你！一扬手，狠狠把手机摔在地上。

罗小力忙弯腰捡起破碎的手机，对喘着粗气的于雪菲说：小姑奶奶，这是牧婧姐的手机呀。

于雪菲缓过神儿，歉疚地冲牧婧一笑，把自己的新款苹果手机拿出来，取出手机卡递给牧婧：对不起啊，牧婧姐，我太生气了。啧，你怎么认识这么一个渣男。

牧婧没接手机：雪菲，你不摔我也得摔，哪能让你赔。

于雪菲刚要说什么，只见小米勒兴高采烈地跑进来。他两只手在空中挥舞，嘴里高声叫着：上帝呀，上帝，上帝保佑——！

在走廊里，这浑厚的声音撞击着墙面，像是飞过一群蜜蜂，嗡嗡作响。

众人惊愕地看着小米勒，不知道他搭错了哪根神经。只有青桥心头一颤，像是沙漠中濒临绝境的跋涉者，突然听到了清泉的水流声。那是天籁之音，足以让干枯的生命重新绽放，衰萎的意志再次起舞。

护士从病房里走出来，厉声制止：这是医院，喊什么你，有病呀？

小米勒用手捂住嘴，冲护士深鞠一躬：Sorry，我的心要跳出来了。

6 糊涂仙醉糊涂人

楚风开车驶出小区大门，停在路边，让等候在那里的杏父上了车。

杏父坐在后排，一拍楚风肩膀，双手作揖道：真是太谢谢你了。

楚风一笑：您这话见外了，我和徐军是兄弟，他的事就是我的事。

坐在副驾驶位子上的徐军也说：舅，楚风就是我哥，您不用过意不去。

三个人有点紧张，他们要去完成一项重要使命：把杏儿从自然医学治疗中心解救出来。步骤是：杏父先下车到病房，徐军负责把看管的人引开，杏父趁机用轮椅把杏儿推到停车场，楚风在那里接应。

杏父进病房半小时后，徐军从走廊另一端走来，两个黑衣人见了他有些惊讶，其中一个招呼：这不是咱们俱乐部的徐哥吗？

徐军很低调地点点头，走过去，掏出烟递给两人。他们都是球迷，也是徐军的粉丝，有点受宠若惊，忙起身让座：徐哥，聊聊。

徐军谦让了一下，坐在两人中间，问：两位兄弟忙呢？

没事儿，闲待着。黑衣甲见徐军没有球星架子，很高兴，掏出火为徐军点烟：前几天的对抗赛我们看了，还担心徐哥受伤后体能受影响呢，没想到……

黑衣乙抢过话头：那叫一个快，东方神鹿，名不虚传。

徐军笑着摇摇头：过奖了，兄弟，我也是在咱们集团治好的后遗症。

黑衣甲竖起大拇指：是呀，您的事都上集团网站头条啦，连着几天置顶，跟帖、点赞乌泱乌泱的。都说咱集团有神药、神医，看徐哥体能的恢复状况，牛皮还真不是吹的。

一个护士走过来，制止道：病区不可以吸烟，请掐了。

黑衣人有些不屑，徐军忙听话地掐灭烟，笑着说：人家说的对，咱得服从中心的规定嘛。要不这样，下边有一个粤菜馆，那里的盐焗鸡、黄道鸭、梅菜扣肉都很地道，我请二位兄弟喝两盅？

那怎么好意思？

走吧，我也一个人在北京，愿意结交两位兄弟做朋友。

黑衣人互相对视了一眼，甲对乙说：要不你去，我在这儿守着？

乙对甲说：那馆子就在中心院子里，来去一根烟的工夫，能出什么事。

徐军佯装不知：怎么，二位兄弟有使命在身？

黑衣甲想和徐军切磋球艺，很怕失去这个机会，忙遮掩说：啥使命啊，我们是集团客服部的，不过是干点跑腿打杂的活。

黑衣乙也附和道：我们兄弟都是打酱油的，碎催。您徐哥才是集团的中坚，下个赛季，康太要想咸鱼翻身全指望您呢。

两人说着，跟徐军来到粤菜馆。

徐军点了一桌好菜，叫服务员开了3瓶52度的小糊涂仙，两人忙给徐军斟酒、布菜，3个人推杯换盏喝上了。

黑衣甲愤愤地说：天健的后卫太不是玩意儿，拼抢不过，就使阴招，太不局气。说着，干了一杯酒。

黑衣乙附和：可不是吗？如果他们不是那么下作，输急眼了，徐哥那个球肯定进了。

手机响，徐军一看，是舅舅发来的微信：现在可以行动吗？

徐军回了4个字：马上行动。随手把手机放在酒桌上：嘻，那篇儿已经翻过去了。比赛靠的是技术和战术，不是使阴招、下绊子。

黑衣甲已经喝得兴起，很亲热地搂着徐军：这，这才是大将风度。

为了稳住两人，徐军一杯接一杯和他们碰。3个人聊足球、聊联赛、聊康太，很有点酒逢知己千杯少的味道，不一会儿两人已进入半醺状态。

徐军晃晃3个已喝空的糊涂仙酒瓶，问：再来一瓶？

黑衣甲兴犹未尽，舌头有点发硬：再，再来一瓶。

黑衣乙比黑衣甲清醒：改天吧，改天我们请徐哥。说着，一把拽起黑衣甲，兄弟，10点交班，都9点多了。

黑衣甲站起身，脚跟儿有些不稳：噢，对，对对，那改天咱们请徐哥。说着冲徐军作了一个揖：你，敞亮、仗义，是条好汉。

然后搂住黑衣乙的脖子，两人深一脚、浅一脚出了门。

徐军没喝多少，看他们走远，忙掏出手机拨通了楚风的电话，得知一切顺利，杏儿已送到了舅舅的出租房，才放下心。他发微信将情况告诉了郑嫣，说明天他就去求青桥为杏儿治疗。

郑嫣嘱咐徐军，有些事先不要说，她会找机会解释。

徐军敲响诊室的房门时，青桥刚刚在电脑上完成操作。

昨天小米勒带来令人鼓舞的好消息，他在加拿大的骨髓库找到了与小宝高度匹配的骨髓，后面就是医院与加拿大安排对接了。小宝有救了，史一兵的无赖要求终未得逞。这让大家异常兴奋，牧婧激动地趴在青桥肩上痛哭失声。

青桥安排好小宝的治疗和手术后，一大早赶到国医馆上班。

中药组方的研制已经取得重要突破。在相克的药物联合应用中，青桥掌握了剂量配比，既规避了毒副作用，又能保证有效成分占比。

开始，他把一些变量作了对照。比如说，他用液化气代替杨柳木，用自来水代替药液蒸馏水，结果发现替代后药效差，毒副作用也大。为什么？青桥一直得不到答案。偶然翻看《六十甲子纳音歌》，不经意间发现杨柳木对应的壬午年、癸未年有一个规律，就是水火相克，土水相制。水克火，会消耗水的能量，土克水，将限制水的流动。用杨柳木生火，就是在用火与土两个元素克制水。水是什么，是肾精、骨髓、脑髓、激素；对抗阿片类反应针对的是神经系统，是身体的水属性。液化气是单纯的火，需要加土。用陶土烧制的容器煎制会不会管用？他试了一下，效果竟然和杨柳木相近，不禁钦佩古人的智慧。

让青桥欣慰的是，他掌握了药物对不同体质的剂量调整关系，发现了其中关键的两味药：大黄与桂枝的配伍。这之前没有人尝试过，因为一个是解表，一个是泄下，方向相反，用在一起会发生拮抗反应。加上焦神曲与砂仁，令二者斡旋于脾胃，就错开了桂枝与大黄这两个兵锋相向的药物，使其各自发挥功能，而不再相互拮抗。阿片反应后情绪消沉的，就增加升发的力量；情绪亢进的，就加大泄下的力量。通过灵活掌握配伍关系，以对抗各类阿片成瘾反应。

有一条颇费心思：用百人粪熏蒸。这种做法在现代工艺操作过程中太过繁杂，极易污染药物和环境。青桥思考良久，不得其法。遍寻经典突然领悟到，很可能是患者皮肤瘙痒这一症状引发古人想出此法。大粪腐臭之气，正对应了皮肤溃脓的属性，能够缓解皮肤瘙痒症状。青桥用提纯的乳酸杆菌、酵母菌混合原始蒸馏液，作为炮制药物的溶剂，也达到了预期。

曙光初现。

现在，青桥马上要做一件重要的事，立刻彻底删除电脑中所有与中药组方有关的数据。因为那个神秘的网址在半个小时前又发来一封邮件：电脑有毒。他不敢再掉以轻心，上次发来"小心踩雷"的邮件后，确实就出现了"猥亵门"事件。在这儿的半个多月时间里，他利用国医馆的仪器设备，对中药组方做了进一步的核实与完善。得知这个国医馆幕后也有史一兵的身影，特别是他一向信赖的罗凡也和史一兵有某种瓜葛，他觉得那张黑网正在悄无声息地收紧。

徐军冒冒失失进来，青桥一愣，问：怎么，腿还有问题吗？

徐军感激地说：腿一点事都没了，真是太感谢你啦。

青桥点点头：那很好，希望在赛场上看到你出色的表现。

徐军犹豫了一下，向前两步说：青大夫，我今天来是有件事要求你。我妹妹得了渐冻症，前一段时间一直在自然医学治疗中心就医，花了上百万医药费也不见好转，求你救救她。

青桥神色有些惊讶：你妹妹叫什么名字？

杏儿。

杏儿？青桥看一眼徐军：杏儿是你妹妹？

是啊，我舅的闺女。徐军焦虑地搓着双手：她曾经到燕北大学附属医院就过诊，是被骗子忽悠去那个中心的。她才16岁，花蕾一样的年纪。

青桥摇摇头：徐军，渐冻症的治疗，目前世界医学界都束手无策。我们曾经想在中西医结合上做些尝试，后来你妹妹不辞而别了。你知道我为什么在这儿就诊吗？就是因为我给患者吃了没有批号的胶囊，被取消了行医资格。我现在连处方权都没有，渐冻症又是绝症，怎么敢接？

徐军双手撑在电脑桌上：青大夫，我知道你是医者仁心，我也知道渐冻症不好治。但是你如果不答应，那我妹妹可就一点指望都没有啦。青大夫求求你，试一试吧。

青桥还是摇头：你知道国医馆的背景，这个地方我也待不了几天了，真是爱莫能助。你们还是回到燕北大学附属医院住院，当时已经有一个比较成型的中西医治疗方案，是我和罗院长一起研究制定的。能不能治好没把握，但至少可以延缓病情的发展。

能延缓病情发展就是最理想的结果了。现在医学发展得这么快，她多活一天就多一份解冻的希望。不过……我们现在不能去住院。

青桥问：为什么？

徐军像是终于下了决心：不瞒你说，我们是偷跑出来的，如果回到燕北大学附属医院，怕他们找到。

为什么要偷跑出来？

徐军叹一口气：这事太复杂了，等我找机会详细跟你说。杏儿的情况确实不太好，能不能麻烦你去看看她，先用针灸调理一下。

这时门一开，馆长走进来，身后的工作人员抱着一台电脑。馆长用小梳子一边梳着头，一边笑眯眯地说：青大夫，给你换台新电脑。

抱着电脑的小伙子补充了一句：最新款拯救者高配版。

青桥一惊，不出所料，危险已经在步步逼近。

7 伯爵牌腕表

史一兵挂断手机后，本以为牧婧会来求他，母子连心，眼瞅着自己身上掉下来的肉命悬一线，牧婧还能不低头吗？

等了一天不见动静，派人到医院一打听，才知道剧情彻底反转。

这个小米勒，本来一个天赐良机，被他这么一搅和，不但破镜难以重圆，而且，牧婧将更加厌恶自己；小宝长大了也会在内心唾弃他这个亲爹。

史一兵正坐在老板桌前郁闷，门一开，闯进于雪菲。

史一兵不认识这个时尚女孩儿，惊问：你是谁？

于雪菲大大咧咧坐在转椅上，鄙夷地说：你就是那个渣男呀？我是谁，电话里说你欠揍的就是本姑奶奶。

史一兵明白了，觍着脸说：闻声不如见面，你比我想象的还要漂亮。

于雪菲厌恶地瞪了一眼史一兵，厉声斥责：你还真是欠，欠一巴掌把你打到墙上，死的时候当遗像。

史一兵厚颜无耻地幽了一默：够狠，你不心疼吗？

心疼？于雪菲站起身，抄起史一兵的茶杯，手一扬，一杯热茶全泼在了他脸上，烫的史一兵胡噜着脸，嗷嗷乱叫。于雪菲一蹾茶杯：你这个无耻渣男，我就是要替小宝、替牧婧姐教训教训你。看你人模狗样儿的，做出的事连畜生都不如。你没听人说吗，善恶终有报，天道好轮回，不信抬头看，苍天饶过谁！

说完转身要走。

前台小姐领保安进来，一指于雪菲：就是她，非往里闯，根本拦不住。

保安见到史一兵狼狈不堪的样子，上来欲揪于雪菲。史一兵冲保安摆了摆手：你们出去，我处理吧。

昨天夜里趁牧婧不在，史一兵偷偷去看了小宝。坐在病床前，看着蜷缩在那里的儿子，脸色苍白、挂着吊瓶，像一只没发育好的小猴子，他泪水不由噗噗往下掉，真想叫醒小宝，听他亲口叫一声爸，但看到孩子在熟睡，他不敢，怕牧婧知道他打扰孩子休息，和他急。坐了半小时，在护士的一再催促下，才一步三回头离开了病房。走到门口双膝一弯，给守护在一旁的小宝姥姥磕了一个头，顿时让老人哭得稀里哗啦，嘴里唠叨着：造孽呀，你早知今日何必当初。

回来后，他一直觉得心里不落停，堵，难受。

这杯热茶一下把他泼明白了，应该给儿子一些补偿，血浓于水，那是自己的亲生儿子。不然，还有什么脸面再与儿子见面？

史一兵哎一声，叫住要出门的于雪菲：这小妞，你误会了，我只是想复婚，怎么能对儿子见死不救？既然已经找到了合适的骨髓，为了表达我对他们母子的心意，我愿意出资5000万设立一个基金，主要用于小宝未来的治疗和学习费用，牧婧可以任基金经理。

于雪菲愣了一下，看着史一兵，一时有些不知所措。

史一兵继续说：麻烦你把我的意思转告牧婧，如果她同意，可以马上办理相关手续，没有其他任何附加条件。

于雪菲刚出去，严婷婷神色紧张地走进来：史总，不好，杏儿不见了。

杏儿不见了？史一兵一惊，他坐直身子问：什么，杏儿不见了？

史一兵是一个谨慎的人，他很清楚青桥研制的中药组方对于康太的重要性，能否成功获取，郑嫣无疑是至关重要的一环。严婷婷汇报说，前后两次下药郑嫣都不情愿，这让他心中有了警觉。主治医生也反映，因为秘方药价格昂贵，杏儿父女也流露过放弃治疗的想法，更让他加重了担心。前几天，他让严婷婷安排了4个人分两班昼夜监控杏儿，就是怕她不辞而别，没有了要挟郑嫣的砝码。

严婷婷小心翼翼地讲述了事情经过：两个黑衣人回去后，因醉酒在椅子上打盹，还是换班的人把他们叫醒，一起推开病房门查看，见杏儿已睡觉，住院部的门都锁了，并无异常。第二天早晨值班护士测量体温，才发现人不见了，床上是用被子、枕头和衣服做的伪装。

史一兵瞪眼吼：严副总，你是怎么做事的，你知道这件事的后果吗？

严婷婷神情也很沮丧，她低声应道：他们肯定是为了逃单，医药费已经拖欠100多万了。

史一兵说：只是为逃单，事情还简单了，我看其中肯定有阴谋。

手机响了，他摁下接听键：喂，我是。什么？他的神色急剧变化，由愤怒变成惊愕，由惊愕又变为紧张，放下手机，颓然坐在椅子上。

严婷婷不解地问：史总，又出什么事了？

史一兵从桌上的圆筒里抽出一支雪茄，严婷婷忙上前一步为他点燃。

她发现史一兵的嘴唇有些痉挛，以至于叼在嘴上的雪茄差点掉下来，只得用手指夹住，狠狠吸了几口，又慢慢将烟雾吐出，望着乳白色的烟雾消失殆尽，史一兵在烟灰缸上蹭蹭烟灰，有些失魂落魄地问严婷婷：你刚才说什么，是徐军请他们喝的酒？

对，看守的人说是徐军请他们在"独一味"喝的小糊涂仙。顿了顿，严婷婷又说：徐军和杏儿不可能有任何交集，我刚才问了徐军，他说根本不知道杏儿是谁。他去自然医学治疗中心，是想打听一下肝癌能治不能治，他的一个远房亲戚已经是肝癌晚期了，家里人快崩溃了。

会那么巧吗？史一兵盯着严婷婷问：你也信？

我也怕其中有诈，专门核实了，属实。他是有一个姑表哥被医院诊断为肝癌晚期，昨天他也确实到自然医学治疗中心去咨询了。我还问了楚风，他说这两天徐军表现一切正常，去咨询还是他给的建议呢。

史一兵点点头，他的紧张略有缓解：但愿杏儿父女是为了逃单。这样，你马上找到郑嫣，告诉她，杏儿的药费本来就没打算和他们要，承诺她的一切还会一一兑现，让她这两天必须把青桥的中药组方交给你。否则，对她们姐妹绝不客气。在北京城找一个十六岁的渐冻症女孩儿，对康太集团不过是易如反掌的事，警告她，千万别跟我们动心眼儿。

严婷婷似乎很有信心：应该不会。前天郑嫣还给我发来暗语，说烤鸭已经快熟了，过几天就可以去取。

史一兵六神开始归位，他把抽了几口的古巴雪茄在烟灰缸里摁灭，神情重新变得冷漠：好，你去办吧。

严婷婷点头称是，出门时和急匆匆赶来的罗凡撞了个满怀。

罗凡有些忐忑，老米勒的事办砸了，"药膳中毒"没有达到预期，老米勒不但签约 YBL 计划的热情没有减弱，对青桥的好感反而与日俱增。这些是女儿罗小力告诉他的。罗小力知道罗凡生了她的气，每天一回家就努力讨好他，不是叫了外卖，就是做好饭菜，还有事没事找话说，逗他开心。毕竟父女连心，罗凡心中的坚冰早就融化了。况且他对青桥下了黑手，过不了多久青桥就会成为废人。每念于此心中便不免生出几分自责与愧疚，更觉得面对女儿时亏心，也就顺坡下驴与女儿和解了。今天早晨，他告诉罗小力，市卫健委昨天找他谈了话，他如实说明了情况。估计青桥的行医资格很快会恢复，而他的处分是跑不了的，最轻是行政警告。他向女儿主动说起这些，内心深处也有忏悔的成分。

刚才又出了"国医馆"事件，如来馆长在给史一兵打电话前先通知了他。罗凡想，按说不应该啊，青桥没有什么城府，他删除电脑里与中药组方有关的所有资料，只能说明他不再信任自己。他怎么起的疑心，谁泄的密？罗凡百思不解。

前有老米勒，后有国医馆，两件事儿都是罗凡设计安排的，现在全部前功尽弃，史一兵不满也是正常的。

见到罗凡，史一兵勉强挤出几抹微笑，一指沙发：坐，罗院长。

两人是8年前在一次全国性卫生工作会议上认识的。

一天晚饭后，罗凡在下榻的饭店商场闲逛，看上了一款超薄伯爵腕表。伯爵是奢华与精准腕表的代名词，从1874年诞生以来，它捕捉时间的神韵，追求卓尔不凡的品位，一直雄踞高级制表艺术的峰巅。他看中的这款表，用黑玛瑙制作表盘，卓尔不群、高雅惊艳。

罗凡爱不释手，但价格也实在不菲，19.9万元。

他试探性地问漂亮的售货员小姐，能否打折？售货员礼貌地回绝了。

那时候罗凡还是神内主任，除了偶尔收受病人的一些红包和药厂推销员的提成外，尚无别的进项。维持小康生活绰绰有余，但是让他花20万买一块手表，还是心疼得肝颤。晚上回到房间，罗凡准备洗澡就寝，忽然有人摁门铃，是一位30多岁的青年人，穿一身米黄色西装，系一条浅米色领带，气质不俗。递过名片，竟是几家专科医院的院长。罗凡知道，来人肯定是莆田系民营医院的老板，见对方笑容可掬，一副非常谦恭的样子，就让客人进了房间。

此人就是史一兵。他先是很真诚地把罗凡颂扬了一番，说今天下午他在大会上的主题发言很精彩，对医药行业的现状及未来的发展既有精辟的前瞻，又有深刻的剖析。听了茅塞顿开，佩服得五体投地，所以不揣冒昧，特来拜访求教。

罗凡是知名的神内专家，且眼界开阔，涉猎广泛，对中国医药行业的现状、问题和发展有自己独特的认知。他看出来，史一兵并非虚言客套，就沏了一壶茶，两人一边品茗一边聊天，一直聊到子时还兴犹未尽。

史一兵站起身，谦卑地告辞：实在不好意思，叨扰了你这么长时间。保健品行业的确是一个非常广大的市场，里面存在无限商机，我会认真考虑你的转型建议。只是有个不情之请，一旦转型，还要聘请你作我们新公司的高级健康顾问。

罗凡也站起身，他有点喜欢史一兵了，这个民营医院的老板不像一般的暴发户，赚了钱以后就醉生梦死、灯红酒绿，他有追求也很聪明，像阿拉斯加的棕熊，知道什么季节能吃到鲑鱼，就爽快地说：如果需要，我会尽绵薄之力。

史一兵双手握拳连连作揖，一副求贤若渴的神态：罗主任是全国知名的神内专家，能够这样礼贤下士，我真是受宠若惊了。

说着，从兜里拿出一个小方盒，打开，里边是那块伯爵腕表。

罗凡一愣，有些愕然：史老板，你这是什么意思？

史一兵友善地一笑：刚才偶然看见罗主任很喜欢这款表，我就买下来了，一点心意，请笑纳。

呀，搞什么搞？他没想到史一兵居然有这么高的情商，完全不同于游医出身的医院老板，不像他们那样粗俗、功利和浅薄。

很快，史一兵注册成立了康太集团，罗凡也践行诺言，成了公司的高级健康顾问。原来，他想发财的欲望是泡过水的豆子，只要温度适宜，想不发芽都难。康太从最初的单一保健品经营，发展成保健品、国医馆、药厂等多行业的复合式经营，短短七八年时间，从一个亿的注册资本到拥有了近百亿资产，罗凡功不可没。所以，即便罗凡办事出现点纰漏，史一兵也从来没有大声训斥过，表达不满的最极端方式，就是像上次与小米勒谈判时的拂袖而去。

罗凡心中有点歉疚，张口刚要做几句检讨，史一兵一摆手：过去的事翻篇儿了。有两个事我觉得蹊跷，你帮我分析一下是不是出了什么问题。

史一兵这么大度，罗凡心里有点小感动。

第一，杏儿出走仅仅为了逃单吗？第二，青桥删除了国医馆电脑里所有与中药组方相关的资料，会不会察觉了什么，这之间有没有联系？

罗凡沉吟着摇摇头：很难讲。现在只有一个办法，验证。小霞不是说青桥的中药组方已经基本完成了吗？马上让她把相关资料拷贝下来。

史一兵看看腕上的手表：我已经安排严副总去办了，应该有消息了。

史一兵话音未落，严婷婷门也不敲直接闯进来，神色慌张地说：正好你们都在，这回可是真出大事了！

第十二章

1 磨难调成静音

青桥一上午都在社区整理居民的健康档案。

真是刀口舔血，国医馆的仪器和检测设备齐全，在那里他完成了许多在家不能完成的试验和数据检测，他还曾暗暗感谢罗凡。自打徐军揭露了真相，就不淡定了，幸亏及时删除了电脑中与中药组方有关的资料，再晚一步就到了史一兵手里。尽管数据不全，但是以它为起点进行研究就容易多了。那个匿名警示真是来得及时。

这两天，牧婧的情绪稳定了，小宝的手术准备正在有序对接。不出意外，一周后就可以实施，这让牧婧喜极而泣，健康，才是幸福生活的守护神。正巧青桥这两天有空，他们就一起商量如何以YBL健康生活馆为抓手，针对特殊人群做到定期诊治，定期回访，并提供健康生活指导方案。

本来琴瑟和鸣，在家庭医生签约的问题上两人有了分歧。

按区卫健委要求，这个工作必须在五一前完成。青桥却说不急，社区的健康规划中签约和服务是连在一起的，如果没有实质性的医疗服务跟上，早签了反而有负面影响。目前的医疗资源根本下沉不到每一户家庭，既然这样，不如缓一闸，不能为了报表数字好看，搞花架子。

牧婧是军人出身，完成上级布置的任务从来不打折扣。况且，年终考核时还要和业绩挂钩，便有些为难：这样不好吧，怎么向卫健委解释？

你是不是怕挨板子？

先签约、后服务，分两步走也不是不可以。

分两步？那为什么不可以倒过来，先服务再签约？

这有什么实质性区别吗？

当然。青桥认真地说：一个是扎实务实，一个是虚晃一枪。任何好的概念，落到实处才是老百姓福祉；悬在半空就是无聊的炒作。家庭医生是不错，但签约容易跟进难，它应该成为生活中的常态，而不是节日偶尔端上来的甜点。

牧婧被说服了，苦笑着点头：行，按你的意见办。不过，卫健委的王科长肯定要耷拉脸子了，说我们街道不配合他们工作。

不理他。他要是硬找你麻烦，你就往我身上推，反正我是虱子多了不怕咬。青桥说着伸了个懒腰，开玩笑：牧主任，没你这么使唤人的啊，本来就是义工，一分钱没有，一口水也不给喝啊？

牧婧笑着拍拍脑门：看我，真不拿你当外人了。你一个被停职的大夫到我们这来帮忙，毕竟是客呀。说着起身倒了一杯水端给青桥，怠慢啦。

青桥接过水杯，喝了一口：明天YBL生活馆就开业了，你是主角儿，该忙就去忙。

牧婧看了一眼墙上的表：你以为你能躲清闲？明天开业典礼零七八碎的事太多啦，雪菲马上就会过来给你派活儿。

青桥故作痛苦状地唉了一声：那个小姑奶奶，使唤人比你还狠。

呦呵，说我什么呢？一开门，于雪菲晃着肩膀走进来：我一进院门，右眼皮就跳，肯定是你们俩说我坏话了。

牧婧一笑：谁敢说你坏话，我们俩都毕恭毕敬等着你派活儿呢。

于雪菲扑哧一笑，又立马一本正经起来：这还差不多。说着，点开手机记事本，听清楚了，明天到会的嘉宾由青大教授再逐个落实一遍，签到簿、胸花、主宾台的人员安排、礼仪小姐的站位、花篮的摆放，等等，这些杂七杂八的事交由青大教授逐项检查落实，有不到位的环节及时补救并向本尊汇报，不得有误。

青桥一听，嘴咧得跟瓢一样：于总，你有没有搞错？我只负责健康讲座、非药物治疗中心的员工培训和药膳配制；这些杂事不归我管，你别乱点鸳鸯谱好不好？

于雪菲收起手机，咯咯一笑：看把你吓的，开个玩笑嘛。幽默指数太低哈，这要是谈恋爱会减分滴。

青桥佯装恼怒，刚要反击，手机响了，里面传出徐军的声音：青大夫，您……您考虑得怎么样了，您不会见死不救吧？青桥为难地说，徐军，你这话可就言重了，我的情况你清楚，这事我还真不好上手。徐军在电话中快急哭了，我妹妹已经从那个中心出来好几天了，天天以泪洗面，她才16岁，您哪怕去看上她一眼，给她一点希望也好啊，求求您了。

青桥不知怎么回答，攥着手机发愣。

手机里传出杏父的声音：青大夫，求求您了，孩子现在走路都困难了，我这当爹的看着心里实在难受。

徐军和杏父的话，于雪菲和牧婧都听见了，她们奇怪地交换了一下眼色，看到青桥艰难地放下手机，脸上流露出一抹难以言说的纠结与痛苦。

怎么回事？于雪菲问。

我听着像是杏父，发生了什么？牧婧也很着急。

杏父为人正直，两次在关键时刻施以援手，牧婧对这个壮年男人印象很好。知道他工作敬业，而且是为了给女儿看病才漂泊在北京，一直想找机会帮帮他。听他在电话里这么哀求青桥，早动了恻隐之心。

青桥大致讲了一下情况，说：我现在没有行医资格，渐冻症又是不治之症，一旦有个什么差池，我罪过可就大了。

于雪菲哈哈大笑：呦呵，什么时候青大教授也学会明哲保身了？

青桥瞪了一眼于雪菲：臭丫头片子，你别看热闹不嫌事大。告诉你，我要是再摊上事，八成会永远失去行医资格，你可就别指望我去给你讲课，带徒弟了。

于雪菲马上挂出白旗：咳，我不是和你开玩笑嘛。

牧婧也觉得事情有些棘手，她了解渐冻症，青桥医术精湛，也只能在一定程度上缓解病情发展，出现奇迹的可能性微乎其微。在没有行医资格的情况下接手一个几乎没有治愈希望的病人，他纠结犹豫再正常不过，如果因此会永远告别医生的职业，牧婧也没了劝他的勇气，沉吟片刻才开口说：杏父帮我们找过小宝，在法庭上也挺身而出为你做证，我觉得他是正直的人，不可能像冷小山那样贪婪无耻。是不是接手你自己定，你做出什么决定，我们都理解。

于雪菲拍手叫好：牧婧姐果然是领导，说话有水平，站位高，看得远，逻辑清晰，论证严谨，我赞成。

牧婧当仁不让：雪菲妹妹，你可别捧我。当着青桥的面今天有一句话要说清楚，YBL 公司是股份制公司，燕北街道占股份百分之五十一，所以我会尊重你作为总经理的日常经营管理权，但是牵扯到重大决策，必须上报董事会讨论，不能由着性子来。

于雪菲吐了一下舌头，立正敬礼：是，牧主任。发展健康产业，促进大众健康——我会牢记公司宗旨。

牧婧扑哧一声乐了，对青桥说：真喜欢这丫头风风火火的劲头，我们合作以来，就从来没有听她叫过一声苦。

青桥也笑了，赞道：原本以为她是瓷娃娃，没想到是个女强人。她刚开始说要创业，我还给她泼过不少冷水。我们的雪菲，真的是成长了。

成长了吗？于雪菲神秘地说：你们没听说过这样一句话么，成长，就是把经历的所有磨难都调成静音。

牧婧一把攥住她的胳膊：行啦，抒情暂停。还有点时间，于总，我们去现场看看吧。中午我请客，咱们去对面的潮汕小馆喝海鲜粥。

于雪菲噘起嘴嘟囔：牧婧姐，你也太小气了吧，我埋头苦干了半年多，一碗粥就算犒劳了？

牧婧拉起她往外走：哪能呢，烧鹅、卤味、特色炒菜管你够。

一出办事处，三个人愣了，杏父和徐军站在那里，冲他们深鞠了一躬。

于雪菲撇了一下嘴，忽然想起青桥曾发过的牢骚，心中就有些不屑：呦呵，真虔诚啊。不过，16 岁的女孩儿交给一个"猥亵"女病人的医生，你们能放心吗？

杏父只知道康太为他们代结了住院费，不知道他们交住院费时向青桥泼了脏水，他抬起头，茫然地望着于雪菲：雪菲姑娘，你这话是什么意思？青大夫是个多么好的医生呀，谁丧尽天良，能说出这种没人味儿的话？

于雪菲刚要答话，青桥用目光制止了她。从杏父的神态中，他能感受到一种真诚的力量，看到杏父充满渴望的目光，心突然一颤，于是不再犹豫，扭头对牧婧和于雪菲说：你们去吧，我要去看看杏儿，就不奉陪了。

2 善良也有锋芒

翌日清晨。青桥来到 YBL 健康生活馆门口时，这里已经洋溢着一片喜庆气氛了。

这是一座二层小楼，位于燕北社区中心地段，是老主任在任时出租给康太的唯一销售点，到期后被牧婧果断终止了合同，承包的两个人为泄私愤绑架了小宝。现在这两个家伙还在牢里吃窝头，前两天分公司经理曾请示史一兵，是不是花点钱把他们捞出来，被一顿臭骂，说5年判少了，毙了这两个王八蛋才好。分公司经理一头雾水，他哪里知道这两个不知死的倒霉蛋，竟绑了老板的亲生儿子。

于雪菲在大堂检查各种细节，没忘了向牧婧表功：有件事本来不打算说了，做好事不留名嘛。可是认真想了想，还得说，因为关系到你和小宝的未来。

牧婧正在测试音响，她喂了两声，侧过头问：什么事这么重要？

我替你把那个人渣教训了一顿。

牧婧有些疑惑：哪个人渣？

还有哪个，史一兵啊。我把一杯热茶全泼在这个人渣脸上了，你没看见他当时的狼狈样，一脸苦大仇深，成45度角仰望天花板，德行大了。

牧婧苦笑：以后别再自行其是了，那个人渣不值得动肝火。

这你就说错了吧，于雪菲俨然得胜回营的将军，她双手抱在胸前：史一兵居然被我这一杯热茶浇得良心发现，他提出要设立一个专项基金，用于小宝后续的治疗和学习费用，请你出任基金经理。

牧婧听了哈哈大笑：史一兵的算盘打得蛮精，不少商人都设立过类似基金，因为可以免交各种税费，这是他们确保个人资产不外流的一种方式。你告诉他，收回他的好意，我有能力把小宝抚养成材，就不劳他费心了。

正说着，于雪菲看到了门口的青桥，就和牧婧一起迎出来。

于雪菲上下打量青桥：呦呵，帅呆了，是不是今天要抢我风头啊？

牧婧看了看青桥的扮相，也说：这是雪菲从加拿大带回来的那身衣服吧？百闻不如一见，确实够酷的。

青桥纳闷儿：哎，你怎么知道的？

我怎么知道的？告诉你，为了筹备健康生活馆，我和雪菲的接触比你频繁多了，你的事没有我不知道的。

青桥冲于雪菲喊：你还出卖我什么情报了？

于雪菲得意地一笑，刚想回嘴，一瞬间，笑容凝固了，变成一脸尴尬。顺着她胆怯的目光，我们看到了走进来的青子翔夫妇。

青子翔夫妇的惊诧程度丝毫不逊色于于雪菲，他们睁大双眼，像注视着天外来客一样注视着于雪菲，嘴半张着，已经合不拢了。半晌，柳絮才一脸惊悚地问：我没看错吧，您是于雪菲小姐？

于雪菲嘿嘿一笑：妈，你干吗呀，太夸张了吧？

我夸张？柳絮上前两步，举手做出欲打状：你什么时候回北京的？你不是在韦斯林总部工作吗？为什么瞒着我们。

于雪菲装作害怕地躲到青桥身后：青桥救我。

青子翔冲青桥疑惑地问：这到底是怎么回事？

于是，青桥把于雪菲半年前回国创业，并发誓创业不成不见父母的情况解释了一遍，然后不好意思地说：二叔、二婶，你们不要怪我，是雪菲千叮咛万嘱咐不让我走漏消息，一定要在今天这个场合给你们一个惊喜的。

青子翔似乎不相信：你的意思是说，YBL公司是她创办的？

青桥点点头：雪菲的创意，和燕北街道合作，雪菲是总经理。

青子翔转嗔为喜：乖乖，我女儿这么有出息？真是颠覆了我的认知。

于雪菲一仰头：我就是要让您和我妈看看，女儿是不是只会啃老。

柳絮也如释重负地吐了一口气：我说呢，一打电话不是占线就是关机，好容易打通了，也不视频给我看，原来你是怕我看穿了你的西洋景？

于雪菲上前抱住柳絮：妈，也不能这么说，创业容易吗？一天到晚有多少事要做，哪有工夫听你整天穷唠叨。

穷唠叨，这词儿我听着怎么这么刺耳？她忽然像想起了什么，问：你给我坦白，前一段我总是接到一些莫名其妙的求偶电话，搞得我烦不胜烦，不会是你从中搞了鬼吧？

于雪菲掩饰：怎么会，我一个乖乖女，哪能和老妈开这种玩笑？

柳絮哼了一声：说，是不是你，为这个事，你爸没少跟我闹别扭。

于雪菲憋住笑，正色道：如果已经影响到父母大人的夫妻关系，那我要郑重声明，我在"珍爱网"登记了一个征婚信息，留的是老妈的手机号。

柳絮哭笑不得：胡闹，伸手要打于雪菲。

于雪菲一闪身躲了：妈，也不能全怪我，那一段是我最忙的时候，你一天8个电话"骚扰"，谁受得了？索性给您找点事，转移一下注意力。

那次吃饭你说设了一个局，原来是搞了一出恶作剧？青桥恍然大悟。

青子翔嗔怪青桥：她这么没正形，还不都是你小时候给惯得。我们不给她买冰棍你给买，我们不让她去游泳你偷偷带她去；夏天的晚上，你带她去逮蛐蛐，回来脏得像只泥猴，哪还像个女孩子。

青桥想起幼年的情景，有一股温暖涌上心头：这些事儿您还记得？

柳絮搭腔：怎么不记得，那时候，你一天到晚就长在我们家。

牧婧和于雪菲招呼大家进去参观，青桥没动。他见穿黑色T恤，白牛仔裤的罗小力正款款走来，就迎了上去。

今天两人有约。

罗小力上下打量了一下青桥：时尚呀。

青桥不好意思地一笑：哪里，在你面前，我不过是个陪衬人。

两人嬉笑依然。只是，钟表即便回到起点，也已经不是昨天了。罗小力目光惆怅，语气中也有些许失落：看来，恋爱真的会改变一个人，连青副教授都这么自谦了？然后从包里掏出一个U盘，这里有电脑吧，文章我写好了，一会你过一下目，在细节上绝对不能失实。

昨天，青桥跟着徐军去看杏儿，了解到杏儿除了每天吃一粒秘方药外，并没有其他的特殊治疗。他就把杏儿临走那天藏起的秘方药带回家，在灯光下认真审视，药片呈黑褐色，椭圆形，他无意中用手一掰，药片的外层脱落了，里面竟然是治疗渐冻症的常规药力如太。真是太卑鄙了，原来自然医学治疗中心用所谓秘方药治疗患者，是一个彻头彻尾的商业骗局。

青桥马上拨通了罗小力的手机，告诉了她杏儿的事。

罗小力听后又生气又紧张又兴奋，这无疑是一颗惊天炸雷，一旦公诸媒体，肯定会在社会上引发强震，康太集团这个保健品帝国必遭重创。

罗小力问青桥准备如何操作？

青桥说：伪劣虚假保健品泛滥已经成为社会公害，严重影响"健康中国 2030 规划"实施，为了保护大众健康，我负责在网络上公布，你负责在纸媒上发表，同时向药监部门举报，立即揭露他们的欺诈行为。

罗小力同意，说：我马上起草文稿，明天在签约仪式上请你把关。

青桥的博文已经写好了，他接过罗小力的 U 盘，说：你的新闻稿可以就事论事；我在网上发的文章要和康太算一笔总账，他们用伪劣保健品坑骗消费者的闹剧该落幕了。包括那个什么高电位治疗仪，我调查了，它的保健垫放射性严重超标，对人体弊大利小，是欧美早就淘汰的过时产品，太害人了。

罗小力不无担忧：不过，康太集团经营多年了，各方面关系错综盘结，凭我们手上掌握的材料，想让他们受到法律制裁也不容易。

青桥望着罗小力，点点头：我知道会很艰难。所以，真的要感谢你，每次当我准备战斗的时候，身边都有你。你让我觉得，善良也有锋芒。

罗小力第一次腼腆地笑了：有你这样的评价，我就不负此生啦。走吧，别让人家等咱们。

不知什么时候，老米勒和小米勒已经到了，两个人笑眯眯地坐在主席台一侧，他们的右手边坐着区政府的两位领导和牧婧、何莲莲。

开幕仪式由于雪菲主持，她首先介绍了与会领导和主要来宾，阐述了 YBL 健康生活馆的建立初衷与运作模式。然后区领导讲话，对健康生活馆与健康中国的相互关系作了生动论述，并对今后的发展给予了美好祝福。

牧婧和老米勒分别代表甲乙方在合作协议书上签字，互换文本后，礼仪小姐送上斟了红葡萄酒的高脚杯，主席台上的人纷纷举杯互祝合作成功。

于雪菲今天很漂亮，一身粉红色香奈儿职业裙装，头发高高盘起，别了一个粉色钻石发卡，脸上略施粉黛，显得灵秀而高雅。

她走到主席台上宣布：下面，请民政局何莲莲局长讲话。

何莲莲的讲话很简洁，她除了肯定健康生活馆这一健康养老模式的社会意义外，还主动承诺要在员工培训，特别是专业技术人员的培训上，给

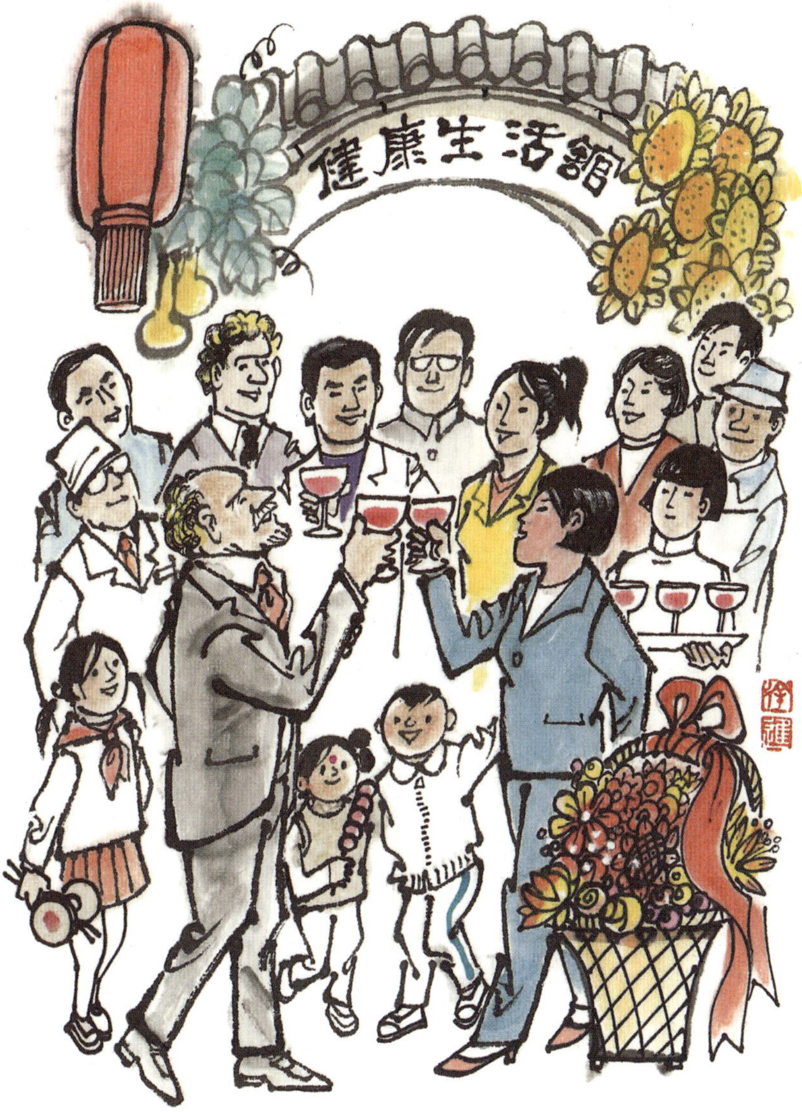
健康生活館

予更多的政策支持与帮助。由于是实打实的干货，几次被热烈的掌声打断。

最后发言的是老米勒，他微笑着走到讲台前，用稍显生硬的中文开始演讲：各位朋友、各位先生、各位女士，本来这个讲话应该由我的孙子小米勒完成，因为我老啦，明天将不再属于我，而属于像小米勒、于雪菲一样的年轻人，属于你们在座的所有年轻人。但是我的孙子非要把这个任务交给我，说他有更重要的机会需要把握……老米勒无可奈何地摊开双手，耸耸肩抱怨，上帝才知道，这个小歪果仁又要耍什么花样。

台下一阵哄笑，大家被这个外国老头的幽默感染了。

陈伟忍不住，问身边的罗小力：我才知道，于雪菲居然是青总的女儿。

那次在"正院大宅门"，陈伟见到出国归来的于雪菲和青桥关系亲密，一怒之下拂袖而去。于雪菲追出后也只是向他解释说青桥是自己的表哥。这之前，从来没有说过她爸爸是青子翔。她姓于，即便随母姓，也靠不上边，就从没往这层关系上想。刚才听到于雪菲叫青子翔爸，真是吃惊不小。

罗小力悠然一笑：是呀，她随母姓。柳絮是笔名，真名叫于倩雯。

陈伟长出一口气：唉，我还一直蒙在鼓里呢。

罗小力小声安抚他：雪菲没有向你挑明她和青总的关系，也没和青总说明你和她的关系，因为她知道，你是一个要凭自己的能力立身处世的男子汉，不愿意有任何非正常因素影响到对你的使用和评价。

陈伟感激地点点头。

老米勒的讲话已经接近尾声：中医体现了东方智慧，而养生、康复则是这一东方智慧的延伸。我非常高兴看到今天的一幕，因为这不仅是东西两种文化一次完美的交融：同时也是中医造福人类一个新的起点。我希望今天的合作仅仅是开始，更希望这一合作带给中加两国人民更多的福音。

老米勒讲完话，在众人的掌声中缓步回到自己的座位。

于雪菲拿过话筒，刚要宣布会议上半场结束，小米勒上前主动拿过话筒说：我爷爷的祝词是上一个仪式的结束，我的发言是下一个仪式的开始。

音乐响起。

打扮成天使的孩子列队走出，乐曲声中，手捧鲜花的小米勒单膝跪地。

于雪菲愕然不已，人们也惊诧莫名。

小米勒深情地说：于雪菲小姐，那次你向环卫工人伸出援手的举动深深打动了我。你真诚、坦率、善良，这些美好的品质体现在你身上，使你成了一颗烁烁闪光的钻石，每一个侧面都迸射着迷人的光芒。我期待把它镶嵌在生命的天幕上，让它光照我的来路和归途。你能答应我吗？

于雪菲眨眨眼看看跪在面前的小米勒，脸红了：你这是什么意思？

小米勒郑重其事地回答：请你嫁给我。

大家先是笑了，然后便有节奏地向于雪菲呼喊：嫁给他，嫁给他！

罗小力悄悄走出大堂，来到路旁的柏树下。

小米勒向于雪菲求爱的举动，一下惊到了她。没想到当初的一句调侃：这是骚扰？我怎么听着像是以身相许呀——真的要变成现实。看来，感情的事真如云聚云散，缘分才是可遇不可求的风。她愿意为闺密送上由衷的祝福，心放下了，可也有点空落落的，像一间没有摆放家具的新房。

陈伟跟出来，站在罗小力身后。

罗小力问：你出来干吗？

陈伟答非所问：爱情多像旅行攻略，你预订的和你实际入住的也许并不是一个房间。但是谁能说，你后入住的房间不更适合自己呢？

罗小力惊呆了：啊，你是"好大一棵树"？

陈伟点点头：青桥刚告诉我，你就是"红梅仙子"，我太高兴了。

罗小力意味深长地感叹了一句：你的心怎么这么大？

陈伟望着罗小力，鼓起勇气说：问得好，能允许我用一生来回答吗？

罗小力看了一眼陈伟，五味杂陈：林徽因的书，你是不是看多了？

3 威尔斯预言

老米勒要回国了。

来北京一个多月，他的情感像坐过山车，在谷底与峰顶之间起伏。他不是为了寻求刺激，而是试图感受刻骨铭心的人类大爱。沧海可以变成陆地，高山可以化作平川，灾难、瘟疫、干旱、污染、气候变暖、江河倒灌，没有什么不可以发生，只要有了爱就会穿透时间的雾霾，还人类一个万里无云的晴天。

昨天小米勒向于雪菲单膝跪地、手捧鲜花求爱，老米勒感动地流出了眼泪。60多年以前，由于人性的善良，他和柳若兰在硝烟弥漫的战场上结下深厚的友谊；60多年以后，他的孙子和柳若兰的孙女居然因为情爱而牵手，这是历史的轮回，也是爱的升华。

看到爷爷泪流满面，小米勒问：爷爷，你是喜极而泣吗？

老米勒回答：当然，这是北京之行你送给我的意外惊喜。

小米勒笑了，知趣地说：我很高兴。不过，他看了一眼不远处的青桥，您意料内的惊喜，我没有办法给您，希望您能够如愿。

老米勒含蓄地一笑，白色的胡子和眉毛在阳光下泛着迷人的光，像极了肯德基门口那位哈兰·山德士上校。他想"收编"青桥，这个计划之内的惊喜，当然只有青桥能够给予。

产生这个想法早于孙子对青桥的认同。

一年前，他到好朋友、美国堪萨斯大学医学院威尔斯教授家里做客，教授给他看了一盘录像，内容是举办宴会欢送一位中国学者回国，这位学者就是青桥。

读博期间，青桥偶然从英文版的《科学》杂志看到一条消息，药理研究处于世界前沿的美国堪萨斯大学医学院，由威尔斯教授主持的一项重大药理学课题研究，要在全球范围内招聘一名有医学基础、发表过一定数量学术论文、英语娴熟的科学家。青桥心头一动，如果能参与这个世界一流的团队，无疑会极大拓展视野，提升基础医学水平。于是抱着试一试的心态，连夜整理了个人简介和相关资料发往堪萨斯大学。他并没抱多大希望，他知道这一职位的竞争会异常激烈。没想到经过一年多的电子邮件往来，威尔斯教授完成了对青桥的全面考察，经学术委员会严格论证后，居然从近千名竞争者中选择了他——一个刚刚毕业的中医博士。中国中医药大学虽有不舍，但还是作为公派自费为他出国深造开启了一路绿灯。他们深信，真正的雄鹰不会离开它热恋的蓝天。

一开始，青桥还是感受到了同行的排挤，也许是一个眼神，也许是一缕不易察觉的冷笑。但是通过一件事，青桥博得了威尔斯教授的青睐。

为了探索新的治疗药物，威尔斯教授设计了一项实验。完成这个实验，要求对动物定时定量给药——从动物颈静脉插管直接到心脏，把导管装上金属支架固定在颅骨，然后再把导管连接到由电脑控制的微型注射器上。这项手术的难度难以想象，而成功实施这一手术又是这项研究所必须的基础性工作。面对主动请缨的青桥，威尔斯教授有些踌躇。他欣赏这个中国人的勇气，又不能不担心他的能力。想想看，要把缝衣针粗的塑料导管插到只有针尖大小的静脉中去，即便对于刀法娴熟的外科医生也难以逾越啊。没想到，研究正式开始前，青桥已经完全掌握了这项技术。望着青桥布满血丝的眼睛，虔诚的基督教徒威尔斯教授用手在胸前画了一个十字：啊，上帝。然后长长吁出一口气说：青，仅凭这一招，你就可以到哈佛大学医学院去应聘了。

青桥很快从一名默默无闻的事务性员工，变成研究团队的骨干。不仅是因为他精湛的技艺和永不言败的拼搏精神，还因为他良好的职业道德。

那是一个很关键的实验，因为仪器出了问题，几天来得到的数据全部被威尔斯教授"枪毙"。理由是：数据可能准确也可能不准确，但科学研究不允许"可能"。仪器为什么出问题，科学家们始终找不到原因。中午青桥没有去吃饭，他经过反复比对，发现是由于自己的疏忽把某一个操作步骤搞反了。他可以不说，也可以悄悄把程序校正过来，没有人会发现。但是，说了，作为一个教训会给其他人以警示，对工作的全局无疑会有好处。

说不说呢？

教授，问题找到了。青桥对走进实验室的威尔斯说。

真的？威尔斯教授高兴得像小孩子一样手舞足蹈：我们一上午都没有发现，你用一个中午就发现了，青，你真聪明。

对不起，教授。我必须向您说明，问题的出现是由于我的疏忽。青桥讲述了失误的过程，然后面对大家说：因为我的过错影响了实验的进度，耽误了大家的时间，我很抱歉。

说完，深鞠一躬；没想到，立马被掌声簇拥。

两年的公派自费期满了，威尔斯一心要留下青桥。他找到校学术委员会和政府移民局，想启动绿色人才通道，把青桥作为特殊人才引进。威尔斯教授动情地说：青，你留下来吧，科学没有国界。青桥也流泪了，他给了教授一个深情的拥抱，附在他的耳畔轻声说：可是，教授，我有祖国。

青桥归国的行期终于到了。临行的前一天,"藏在森林下的城堡"——堪萨斯城到处郁郁葱葱,在当地一家最豪华的酒店包房里,为青桥举行的送别晚宴正在进行。平时不喜应酬的威尔斯教授不仅预订了最好的酒店,还带来了太太和正在读中学的儿子。实验室的同人们也都身着庄重的礼服来了,为一位归国的研究学者举行这样奢侈的送别晚宴,对于威尔斯教授和他的实验室还是第一次。

从不轻易动感情的威尔斯教授,张开双臂把青桥拥入怀中。

校学术委员会的撒拉博士代表校方把一块用大理石制成的奖励证书,当场授予了青桥,那上面精心镌刻着几行英文:

　　作为访问研究学者,青桥博士在两年的研究时间,做出了非常卓远的贡献,谨向青桥博士致以崇高的敬意。

视频记录的就是告别宴会的情景。威尔斯教授在向老米勒讲述这一切的时候,很动情:青,是我见到的一位非常优秀的东方学者。没有能留住他,我很遗憾。你想创建东方医学部,无论从哪个角度看他都是最佳人选。

老米勒此次来京,相会柳若兰,促成与YBL的合作只是目的之一;他最重要的目的,是说服青桥为韦斯林公司工作。

门推开了,小米勒和吴迪走进来,老米勒抬起头看了一眼墙上的挂表:噢,离我们预定的午餐时间还有两个小时,现在就走吗?

老米勒明天飞回渥太华,为表示答谢,中午在大董烤鸭店订了一个包间。他想借这个机会,了却他最大的心愿。

总裁先生,小米勒把一张纸放在老米勒面前:密斯特吴要辞职。

老米勒噢了一声,神情并不觉得特别突然。他拿起吴迪的辞职报告,看后又推给小米勒:我想听听你的意见。

小米勒真诚地说:密斯特吴作为副代表,应该说是尽职尽责的,他积极推进韦斯林公司与康太集团的合作,是为了提升公司的销售业绩,当然,也有他和史一兵的私交。不过,汉伯与史一兵的私下交易他并没有参与。今天上班后,他看到了青桥新的博文《彻底揭开一个保健品帝国的画皮》,

感到异常震惊。他表示，与康太集团的合作是他牵线联系的，他愿意为此引咎辞职。我倒是觉得，如果密斯特吴愿意，依然可以留在这个职位上，因为他并没有利用职务谋取个人得利。

老米勒耸了一下肩，问吴迪：你的想法呢？你能主动引咎辞职，说明你是一个有担当的人，我很欣慰。在你的去留问题上，我尊重米勒的意见。换一句话说，他需要你的帮助。

吴迪没有想到是这样的结果，因为"霞光宫殿"的事，他已经和史一兵割席断交。今天看到青桥在网上的文章，又联想到风闻的一些事，不由庆幸韦斯林和康太没有合作成功，否则不但会伤害到韦斯林的商业信誉，还会损害国家形象。他让个人情感蒙住了眼睛，他没有脸在这个职位待下去了。听了老米勒和小米勒的话，他很激动，说谢谢，谢谢总裁先生给了我一次新的机会，我会倍加珍惜。

老米勒笑着摊开双手：那好。请你收回这个报告，去安排车，好吗？

大董烤鸭店一间装潢考究的包间。

老米勒居中，他的两边分别坐着青桥、小米勒、丁雪菲、牧婧、吴迪和罗小力。酒菜已经上齐，老米勒斟满一杯啤酒，举杯说：我老啦，但是我愿意和年轻人在一起，它会让我觉得依然年轻。60多年前，我和你们的柳若兰奶奶相识的时候，比你们在座的每一位都要小。生活还要继续，明天还会到来，地球将由你们来继续推动。从这个意义上说，你们意味着希望、意味着明天，作为一个老年人，我敬你们一杯。

大家纷纷起身举杯，干了杯中酒。

罗小力从包中拿出一张《大众健康报》，头版是她完成的长篇特写：《两位老人的世纪传奇》：米勒爷爷，文章刚刚见报，根据您和奶奶的意见，只是记述了你们跨越半个多世纪的传奇经历，没有任何商业色彩。它让我们反思过去的历史，珍惜今天的和平生活，共同构建人类命运共同体。

老米勒接过报纸，看看标题下他和柳若兰的照片，高兴地说：人类命运共同体，非常好。守护健康，增进健康，也应该是人类命运共同体的基本前提。待大家坐下后，他拍拍孙子的肩膀：今天，我举行告别午宴有两层意思，一是感谢你们对这个小歪果仁的关心和帮助。有一句话说得好，人生就是一场舞会，教会你最初舞步的人，未必能陪你走到散场。而你们，会相伴很久。

略一停顿，又说，我还要完成一项重要使命。随后讲述了那个故事：你们知道，这位在美国堪萨斯大学做研究学者的青年博士叫什么名字吗？

罗小力平静地回答：如果我没有猜错，他是青桥。

对。你知道吗罗小姐，那天早上我打电话给你，就是想和你分享青桥的这次经历，没想到引发了颐和园后湖的一场拳击，可惜，没有观众。

众人欲问缘由，小米勒微笑着搪塞了过去。

于雪菲冲青桥举起两个大拇指：我这可是纯手工金赞啊。你太低调了，这些过五关的事，怎么都没听你说过呢？

青桥意外地说：没想到您和威尔斯教授是朋友，这世界真是太小了。

老米勒赞许地望着青桥：你说得很对，世界真的是太小了。所以，孩子，韦斯林公司正在筹建东方医学部，经我向董事局提名，想聘请你为东方医学部的总裁。当初你拒绝了威尔斯教授，我想你是不愿意离开故土，而东方医学部的总部就设在北京，你会考虑我的建议吗？

青桥一时有些愕然：东方医学部？

老米勒点点头：你们中国有一位伟人说过，中医药是一座伟大的宝库，非常值得开发；他好像还讲过，中医药是中国对世界的一大贡献。我很赞成这个说法，我希望东方医学部的建立，能为促进世界人民的健康有所贡献，有所建树。

青桥略一沉吟：真心感谢韦斯林公司对我的信任，我愿意在力所能及的范围内，义务为弘扬中医文化，推动中医药走向世界做些事情。至于总裁的位置，我是不会坐的。中医要发展就要薪火相传，中医需要我，我也离不开中医，希望您理解和尊重我的选择。

老米勒有点着急：可是，你还不知道你所享有的待遇。

青桥莞尔一笑，答非所问：我看过小力的文章，其中引用了您的一句话，说得真好，一只洁白的鸽子，它传递的应该是和平与友谊，怎么能贴上标签去出售呢？

老米勒听明白了，不无遗憾：孩子，你能不能考虑后再回答我？据我所知，你已经被停止了行医资格。当然，我不是乘人之危。

米勒爷爷，现在流行一句话，正义可能迟到，但不会缺席。

于雪菲拖长语调，唉了一声：他呀，就是一根筋，认准的事八头牛也拉不回来。

老米勒很是失望，他双肩一耸，摇摇头说：看来，我真的要伸长脖子让威尔斯教授宰一刀了。

众人望着老米勒遗憾的神态，不知道他是什么意思。

老米勒长长吐出一口气，像是要把心中的失落赶走，望着青桥的目光中，有惋惜也有赞许：威尔斯在向我推荐青桥的时候，就预言青桥很可能会拒绝我。我不信，我和他打了赌，如果青桥同意我的邀请，他请我吃饭；反之我就要请他。

4 逃　离

小霞觉得自己已经成了一只高原上的藏羚羊，猎人的枪口正在向她瞄准，下一秒也许就会扣动扳机。

昨天严婷婷找到小霞，在陈述了一番厉害后，让她马上把中药组方的相关资料拷贝。小霞勉强答应了，回家一开电脑，傻了，青桥换了密码。原来，国医馆电脑事件发生后，青桥想到小霞也是罗凡推荐的，而且对中药组方表现出了异乎寻常的兴趣，当天回家就修改了密码。

进这个家小半年了，小霞已经渐渐融入，没有人拿她当外人，连她自己也时常角色错位，把柳若兰当成了奶奶，青桥当作哥哥。青桥信任她，对她毫无设防，研究过程中，有时灵光一闪，还常常和她分享，几乎把她当成了半个助手，怎么就突然把电脑密码更换了呢？这很可怕，更可怕的是她近半年的努力，像一枚掠过水面的石子，激起了几个涟漪就沉入水底，无声无息了。

史一兵做了这么精心的布局，到头来一无所获，能放过她吗？

果然，她打电话告知严婷婷青桥密码换了，已经无法打开电脑时，严婷婷立时乱了方寸，说这可真是出了大事！

小霞心忽地一沉。

她必须马上逃离。

促使她下定决心的，还有刚才严婷婷打来电话问她杏儿在哪儿，并向她透露了一个信息：青桥在网上发了一篇文章，说公司救助你妹妹是一个骗局，这个消息是谁泄露给青桥的？你不用和我解释，我只告诉你，这很可能对康太集团的商业信誉形成重大打击，史总非常生气。

小霞决定立马就走，刻不容缓。

她收拾好衣物，拉着行李箱走出自己的房间，她要去和爸爸、妹妹会合，然后逃离北京。她有些不舍，奶奶一会儿发现她不辞而别会怎么想？青桥吃了半个多月的不明药粉，如果产生了严重后果，她的良心何以安放？小霞不敢想了，她冲着柳若兰的房门深鞠一躬，突然有人摁响门铃。

小霞一愣，忙把行李箱塞进储藏室，捋了一下鬓角的头发，问：谁？

站在门外的是于雪菲和罗小力。

大董烤鸭店的午宴结束，于雪菲赶来看奶奶。昨天开业典礼后，一切料理停当，天已太晚。她本打算今天上午来，小米勒说爷爷要举行告别午宴，所以拖到午后。罗小力要送样报给柳若兰，两人就搭伴儿一起来了。

于雪菲看到站在眼前的小霞，脑子一下短路。

小霞看到眼前的于雪菲，也呆呆地像是见到了天外来客。

罗小力看到两人表情惊悚，非常疑惑：你们认识？

于雪菲发出一阵冷笑：康太集团北京东区销售部主管——郑嫣小姐，我怎么不认识呢。郑主管，你什么时候换马甲了？

罗小力像是没听懂，她摸摸于雪菲的额头：什么郑嫣，你没发烧吧？

小力姐，我没有发烧，你应该问问她，是不是脑子进水了？放着好好的白领不干，为什么隐姓埋名到我家来当保姆？

罗小力真的蒙了，她看看小霞，小霞的脸上青一阵、红一阵，像一只被流弹击落的鸟，掉在地上扑腾着翅膀。她的心瞬间被一只大手攥住，窒息地透不过气。小霞是爸爸亲自为青桥家找的保姆，她隐瞒身份，一定隐藏着巨大的阴谋。

你，你不是叫……刘，刘红梅吗？半天，小霞才支支吾吾说出一句话。

于雪菲笑了：对，当时向你求职时我是说叫刘红梅，因为我的前男友陈伟和你很熟，怕你囿于情面，这个解释合理吧？本人真名于雪菲，是柳若兰的正牌孙女。请问你郑妈，你为什么化名到我家当保姆？

这时，柳若兰从房间里出来，问：谁在门口吵吵呢？

于雪菲几步上前，抱住柳若兰：奶奶，是我，我回国了，来看您了！

柳若兰见是于雪菲，激动得热泪盈眶：丫丫，是你呀，你一走三年，你爷爷走时也没能看你最后一眼。

于雪菲也流泪了：奶奶，爷爷走得突然，爸爸怕影响我学业就没告诉我。我还给爷爷买了他爱喝的蓝山咖啡，我会去煮给他老人家喝。说着从挎包里掏出一个礼品盒打开，是一块紫纱巾，奶奶，我给您买的纱巾，您戴上看漂亮吗？

趁于雪菲和柳若兰说话，郑妈悄悄提出行李箱准备溜走，刚要出门，被罗小力一把揪住了：小霞，你这是干吗？

你放开我！

于雪菲赶忙过来拦住郑妈：郑主管，连行李都要拿走？你要辞职也得先打个招呼吧。

郑妈硬着头皮说：我妹妹得病没钱看了，我们要回老家，我不干了。

柳若兰走过来见郑妈要走，一脸诧异：小霞，干得好好的，怎么说走就走啊？是谁欺负你了？你说出来，奶奶给你做主。

对，谁欺负你了，为什么要走？于雪菲敲边鼓：你不把事情说清楚，就别想走出这个门。

郑妈急着要走，她挣脱着众人的拦挡：我要走，这个月的工资我不要了，你们没有权力限制我的人身自由。

柳若兰很伤心：你们别拦她。小霞，你一定要走，奶奶也拦不住你，你等一等，我给你结清这个月工资。说着走回房间拿出一沓钱，这是6000元，你拿上吧，以后有什么难处，回来找奶奶，青家的大门永远向你敞开。

郑妈这个月才干了不到十天，柳若兰却付了她整月的工资，这让郑妈百感交集，她接过钱，泪水顺着眼眶涌出来，一下跪倒在地，给柳若兰磕了一个头：奶奶，我忘不了您的大恩大德。

说完，站起身拉着行李箱开门就走。

罗小力叫了一声：小霞妹妹，你真的没什么话要说吗？

郑妈有气无力地看了一眼罗小力，哀怨地问：你想让我说什么？

于雪菲质问：你为什么化名到青家？背后有什么黑幕？

柳若兰呵斥于雪菲：丫丫，不许和小霞这么说话，她是个好姑娘。

于雪菲吐出一口气，恨恨地说：好姑娘？奶奶，她叫郑嫣，不叫小霞。她到咱们家，肯定是有重要目的，您和我哥都被她蒙骗了。

柳若兰摇摇头，我不信。又走上前为郑嫣理了理衣领，说：小霞，她们说的话是真的吗？你舍命救过奶奶，在奶奶心里，你永远是我的好孙女。

郑嫣心中万分羞愧。

那次历险，是史一兵在论证会后打出的第一张牌，目的是取得青桥的信任，让郑嫣可以有机会接触到正在研制的中药组方。这一招很奏效，街心公园历险后，青桥完全解除了对郑嫣的戒备，当罗凡按史一兵制订的计划向他索要居民健康资料时，放心地把电脑密码告诉了郑嫣，并一直没再改动。那个外卖小哥是康太找的一个武打替身，为制造这一惊悚事件，那个武打替身几次到实地踩点演练。这一切，郑嫣如何说得出口。

郑嫣仍要走，于雪菲上去揪住她：不许走，你必须把事情讲清楚。

郑嫣拼命挣脱，她知道危险正在跑来的路上，她必须马上离开。再晚了，等待她的就是灭顶之灾。

于雪菲没有郑嫣力气大，纠缠了几下，被一把甩开，几乎跌坐在地上。

郑嫣夺门欲出。罗小力抢上一步，挡在郑嫣面前。

郑嫣焦急而又愤怒地注视着罗小力：小力姐，你也要挡我的路吗？说着，奋力推开罗小力。就在她不顾一切要冲出房门的时候，罗小力大叫了一声：小霞，你不是一直想知道是谁资助了你们姐妹读书吗？

郑嫣下意识站住脚，望着罗小力。

罗小力说：你后来提供给我的那条线索很重要，青桥每月1号在台历上写的那句话：——别忘了，汇款。根据这个线索，我找了希望工程办公室，直接问他们有没有一个叫青桥的捐助者，他们以前总是说捐助者不希望透露个人信息。这回是我指名道姓，又一再强调，只是出于报道需要进行采访，肯定会尊重捐助人的意愿，工作人员才告知我，青桥确实是希望工程捐助人。

郑嫣疑惑地问：难道，真的是青桥哥捐助了我们姐妹？

罗小力摇摇头：捐助你们姐妹的不是青桥，可是他也一直悄悄捐助贵州的三名失学儿童。和捐助你们的那位好心人一样，都是你们成长道路上的贵人。你忍心什么也不说，就这样离开给了你们人间大爱的恩人吗？

郑嫣想走，双腿一下沉重的像是灌满了铅。

罗小力说的对。自己居然给青桥这样的好人吃了半个月不知名的药粉，这和毒害自己的恩人有什么区别？她真恨自己，真想狠狠打自己一顿。可是，一切都晚了，一切都已经无法挽回。她身不由己地钻进了一个洞穴，她不知道前边有没有出口，也不知道等在出口的会是什么。

门开了，青桥走进来。小宝明天要做骨髓移植手术，他刚才陪牧婧去办理了有关手续。见到众人有些惊愕：哎，你们怎么都在这儿？

于雪菲向他简单讲述了事情的经过。

郑嫣蹲在地上捂着脸哭了。

于雪菲换了一种语气，也蹲下身，拍拍她肩头：郑嫣，你曾经是一个多么好的女孩儿。你和陈伟认识，不就是因为他爸爸在车站突发心脏病，是你不顾一切，口对口给老人做人工呼吸，才把人从死神的手里夺回来吗？你化名来我家，肯定有苦衷。说出来吧，我们大家都会帮你。一旦铸成大错，后悔可就来不及了。

郑嫣停止了哭泣，她不能眼瞅着青桥鱼游沸鼎再默不作声。心一横，讲述了事情的经过和原委，并承认老米勒吃的药膳也是根据史一兵的指令，她从中做的手脚：青桥哥，我对不起你，我有罪，我肠子都快悔青了。

柳若兰气得直哆嗦：你，你……你给桥儿吃的是什么？

于雪菲怕奶奶生气伤了身体，连哄带劝把她搀回房间。

罗小力极为震惊，她厉声斥责：小霞，你居然给青桥吃了半个多月药粉？你真下得去手。

于雪菲关上奶奶房门，上前几步，狠狠抽了郑嫣一个嘴巴：郑嫣，我告诉你，青桥一旦有个三长两短，我要你的命！

郑嫣捂着脸又抽搭着哭了：严、严婷婷说是营养剂，对、对身体没害，无非是让青桥哥快点完成中药组方。她后来让、让加倍，我起了疑心就没再给青桥哥吃。

青桥心里非常紧张，问：药粉还有吗？

有。郑嫣打开行李箱，从里面拿出一个小瓶，里面还有半瓶白色粉末。

青桥接过来，打开盖闻了闻，放进兜里：小霞，你已经涉嫌犯罪了，我们带你去公安局自首吧。杏儿的事儿我正在帮她联系医院，你不用分心。

于雪菲生气地瞪了一眼青桥：你是中央空调啊，是人你就送温暖？

5 赶快去自首

一出青桥家，罗小力推说有重要采访，就和青桥、于雪菲分手了。

她叮嘱于雪菲，那瓶粉末的化验结果出来第一时间通知她，这事肯定和罗凡有关，她的命运已经和这瓶药粉紧紧地联系到一起了。

青桥第一次被人诬陷，于雪菲在饭桌上觉得蹊跷，怎么就那么巧，在护士被罗凡叫走的10分钟内，就发生了"猥亵门"事件。当时，罗小力还暗自生气，觉得于雪菲纯属满嘴跑火车，现在看来，并非于雪菲多疑。郑嫣化名来青家卧底，无疑是一个阴谋，而"猥亵门"事件也可能是整个阴谋的重要一环。两件事都牵扯到罗凡，看来，他是这个阴谋中的重要角色。

春天的暖风吹来，罗小力竟打了一个寒战。

推开房门，家里空无一人，罗小力放下包坐在沙发上，脑子里一片空白。她想重新启动，可是大脑像一台没加油的机器，根本转不起来。

她就这样坐着，直到暮色将她渐渐淹没。

你回来啦？罗凡推门进屋打开灯，见罗小力呆坐在沙发上，有些惊愕。

噢。罗小力点点头，她想送给父亲一个微笑，一咧嘴涌出的却是泪。

罗凡脸色一沉：小力，谁给你委屈受了，和爸爸说。

罗小力，呆呆地望着罗凡，一下觉得很陌生：爸，没人给我委屈受，您难道没有什么话要和女儿说吗？

罗凡脱下外衣，放下皮包，坐在罗小力对面。他觉出了女儿的异样，也明显感到这异样或许和自己有关，可是，他该如何向女儿开口呢？

下午，他接到了史一兵的电话，问他看没看到青桥在网上发的文章？

他急忙打开电脑，调出青桥的文章看了一遍，心头一凛，最担心的事终于发生了。杏儿出走不是为了逃单，而是洞察了自然医学治疗中心的黑幕。青桥删除了国医馆电脑上所有与中药组方相关的资料和数据，也不是一时兴起，而是对自己起了疑心。更可怕的是，两件本来应该平行发生的事在青桥身上交汇了。

罗凡拨回史一兵的电话，流露了心中的担忧。

他提醒史一兵，应该马上做好后续补救工作，经不起检验的冒牌秘方药一律停止使用，统一相关工作人员口径。在花钱雇人删帖的同时，赶紧在监管部门上门之前做好公关应对。

史一兵嗯了一声，说这些事正在做，我现在担心的是郑嫣，如果她一旦向青桥坦白，那后面的事情就真麻烦了。

罗凡真有些慌了，问：那我们应该怎么办？

现在关键是郑嫣，只要她不出问题，事情就不致不可挽回。

是不是得对郑嫣上点手段？罗凡提议。

史一兵说：我已经让严婷婷去小区门口盯着了。她每隔一小时和郑嫣通个电话，一有反常情况会立即告诉我，你也想想自己怎么应对。

罗凡刚挂上电话，就被区卫健委的领导叫走了。

回来后，他的情绪消沉到了极点，一时特别渴望家的温暖，下班后和远在美国的太太视频了一会儿，就急匆匆赶到家。一开门，扎着小辫的女儿便跑过来亲他，给他拿拖鞋的温馨是不会再重现了，但即便来自女儿的一抹微笑，也是他期盼的。没想到，坐在沙发上的女儿脸上写满了悲切。

见父亲一言不发，罗小力问：您认识史一兵吗？

罗凡一愣：史一兵，你问这个干吗？

罗小力又问：给青桥吃的药粉是您提供的吗？

罗凡真是惊到了：你说什么，什么药粉？

罗小力下意识摇摇头，泪水顺着脸颊滚落下来。尽管罗凡否认，但是她已经从父亲的微表情中得出了答案。她心如寒冰，一股冷气瞬间弥漫全身，上下牙齿不停地在打架：您别瞒女儿了，小霞已经到公安局去自首了。

仿佛一记重锤击来，罗凡顿时眼前发黑，火花乱溅。史一兵不是说，严婷婷一直在监控她吗，怎么放任她去公安局自首？最恐惧的结果出现了，尽管他有心理准备，当最坏的预判成为现实时，他还是承受不住。闭眼休息了一会儿，罗凡才缓过神来，望着罗小力缓缓叹了一口气。

爸，您给青桥吃的是毒药吧？

罗凡欲言又止，无力地垂下头。

有药可解吗？罗小力睁大眼，双眸中映出了屋顶的莲花吊灯。

罗凡叹了口气，沉重地摆摆手。

罗小力一下泪流满面：爸，您陷进去多深，能告诉女儿吗？

罗凡重新抬起头，眼窝里也噙满泪水：爸爸对不起你，让你伤心了。

罗小力坐到罗凡身边，抓过他的手：爸，现在还能回头吗？

晚了。罗凡摇摇头，现在他才明白，欲望就像手中的沙子，攥得越紧，失去的越多。在女儿的追问下，罗凡把和史一兵相识，答应出任康太高级健康顾问，参与康太高层决策，一直到试图收编青桥，被青桥拒绝后又让郑嫣卧底，想窃取中药组方以及下药的事说了一遍。

罗小力又气又恨又急：爸，青桥是你的同事、朋友，您也一直很欣赏他的人品和才华，您怎么能忍心对他下毒，让他生不如死？

罗凡摇摇头，心像是被锉刀割开，流出一地幽怨：我不是没有给他机会，我也一直拦着史一兵对他下手，可是……他是怎么回报我们父女的？羞辱我就不说了，他……他宁肯找一个离过婚带着孩子的女人，也不肯接受你的爱情。

够了！罗小力站起身，举起沙发桌上的果盘狠狠摔在地上。果盘发出砰一声闷响，碎片横飞，苹果、橘子和香蕉乱滚，满地狼藉。

罗凡惊呆了，从小到大，他还从未见女儿这样冲动。

罗小力怒不可遏：爸，你说的……是人话吗？且不说这些理由不成立，即便成立，能构成你对他下毒的理由吗？说着，她扑通跪在罗凡面前，爸，投毒害人，您已经涉嫌犯罪了，爸，我求求您，听女儿一句劝，悬崖勒马，赶快到公安局去自首吧。

自首？罗凡哈哈一笑，像没听懂一样反问：女儿，你让爸爸去自首？爸爸今年54岁了，所做的一切还不是为了你。现在出事了，你让爸爸去蹲监狱，去过那种没有尊严的日子？搞什么搞！

罗小力起身又攥住罗凡的手：爸，我听了，您做的许多错事都是史一兵指使、胁迫的。我会为您找一个最好的律师，顶多坐十年八年牢。您出来了，不过60多岁，就可以颐养天年了，我会让您的晚年幸福安康。

望着女儿凄切的眼神，罗凡的心隐隐作痛，他感受到了女儿的爱，那是照进他生命的一道亮光。没有了这点光亮，他的念想、他的人生、他的未来，就整个被关了禁闭。他叹了一口气：小力，人生的路啊，有两条。用心去走的是梦想，用脚去走的是现实。两条路能交会，那最好；如果两条路注定是平行线，你有的选吗？爸爸也想成为一名好医生，可是按好医生的标准，累死累活干一年，收入也不见得比医院门口卖烤白薯的那个老头高多少。

罗小力松开手，失望地摇摇头：难道，这就是您自甘堕落的理由？

罗凡颓然站起身：今天太晚了，我累了，有什么话明天再说吧。

罗小力看着失魂落魄的父亲，猛然发现，他的鬓角上几乎有了近一半的白发，眼角的皱纹也细碎而稠密，笑起来的时候，像是一道道深浅不一的沟壑，记录下岁月的流逝与无情。爸爸老了，自己却没有留意。望着他的背影，罗小力一时觉得有些陌生。印象中，那个挺拔、健硕的身躯已经消失在时间深处了；现在映入眼帘的，分明是一个略有些弯曲的老人背影，没有了以往的生命与活力，没有了过去的追索与坚定。

爸，明天早晨我陪您去自首。罗小力声音颤抖。

罗凡没有回头，只是招招手，走回房间关好门。

坐在床头，罗凡想了许久，眼前不断浮现出高墙、铁窗、镣铐和月夜中哨兵闪着寒光的枪刺。他打了一个寒战，摇摇头，想努力把这些恐怖的画面遣送出脑海，可是，无济于事。

犹豫了片刻，罗凡拿出手机，拨通了史一兵的号码。

6 报仇何须三尺剑

史一兵心里没底了，自闯荡商海以来，他还从来没有过这种感觉。

说起来，史一兵的发迹史简直是一篇离奇的神话。上个世纪末，史一兵接到了大学录取通知书，看到身边没文化的同乡，一个个趁医疗改革之机，承包公立医院，瞬间变身土豪，他也毅然撕掉了那张许多人梦寐以求的纸片，下海开始捞金。凭借着头脑的灵光和前辈的指点，史一兵的运作相当成功。他先在家乡莆田注册了一家公司，以公司的名义和公立医院签订合同，承包了被医院当作包袱急于甩掉的不赚钱科室，比如皮肤科。然后在电视台、报纸上大做广告，称从国外进口了先进设备，从北京请来某某专家，看病时让医生夸大病情，吓唬患者，力推费用昂贵的各种康复治疗。借着公立医院的遮羞布，对患者敲骨吸髓。

下海不久，史一兵就赚到了第一桶黑金。

2002年，卫生部开始发放民营医院牌照，史一兵如虎添翼，开始创办自己的专科医院，30多岁，就有了诸多闪光的头衔和呈几何基数增长的巨额财富。就是在那之后，他遇见了牧婧，在他锲而不舍的努力下，把这个冷傲的女王追到了手。认识罗凡后，史一兵转战商机巨大的保健品市场，更是一路顺风顺水，不到10年已经有了近百亿资产。这是史一兵最牛掰的岁月，多少故事在江湖中发酵，发财成了他的座右铭，代表胜利的V，是他为所有想象打上的唯一标识。

遭遇青桥，是他一生中最悲催的事；青桥成了他造富神话的终结者。

已经晚上11点多了，窗外一片灯海；屋内却月光冷寂。

严婷婷还没有走。公司的高管大都为利而聚，只有严婷婷，勤勉敬业，忠心耿耿，她头脑清楚、办事得体，各种场合都Hold得住。当然，史一兵也对得起她。前任秘书被牧婧撞见，史一兵忍痛予以解聘，从公关部选严婷婷顶替了她的位置。短短5年，就破格把她提为副总。

严婷婷已经成了史一兵的拐杖，他习惯了她的存在。

史一兵按了一下桌上的呼叫铃。

严婷婷应声而入，问黑暗中呆坐的史一兵：您有什么吩咐？

史一兵摆手示意她坐下：情况有什么变化吗？

严婷婷没有坐，依旧躬身而立：青桥的帖子已经请网站删了，转发的不少，全删不现实，恐怕会有个别遗漏。正面宣传康太的文章，已经组织水军跟帖点赞，你接受罗小力采访的访问记，各大网站都在首页置顶了。

史一兵满意地点点头：很好，不要怕花钱，该用钱砸的时候不能手软。

我们正是按这条原则办的，要不，那些网站哪能听我们招呼？

史一兵又问：政府的职能部门呢？工作也要做在前头。

是，下午我们已经主动上门去说明情况。李科长说，上级还没有通知他们启动调查程序。

这是提示我们赶快做好善后。史一兵绷着脸，神色阴沉，如同宣纸上的一滴墨迹，正向四周洇染，令人压抑。

严婷婷补充：我也这样理解，不过李科长还说了这么一句话，一颗火星没关系，要是连成了一条火链子就麻烦了。

史一兵咬牙诅咒：这个青桥，他也欢实不了几天了。郑嫣那边没什么情况吗？你告诉她，想尽一切办法搞到青桥的中药组方，一旦到手马上可以撤出。

我已经把您的意思转告郑嫣了，她说会尽全力。

有电话打进来，史一兵摁下接听键：什么，你说什么？

放下手机，他瘫坐在椅子上：老罗的电话。真是怕什么来什么，郑嫣反水了，她有我们的杀人证据。又疑惑地望着严婷婷，哎，你不是一直派人盯着吗，她去公安局自首你居然不知道？

严婷婷一脸无辜：是吗，我马上去了解情况。

史一兵独自静坐。

风吹打着窗棂，如同夜在低吟；月色破窗而入，在窥测着主人的隐秘。良久，史一兵突然用拳头擂了一下桌面，开灯打开电脑，调出民航航班表查询，然后拨通手机：罗院长，现在是12点20分，明早5点半有一班飞纽约的航班，我已经给你订了机票，你到美国躲一段时间吧，2点整有司机准时到楼下去接你。

罗凡有些犹豫：真要走吗？

史一兵说：再不走就来不及了，郑嫣手上有你的犯罪证据，别的都不算，光这条也至少判你20年呀。铁窗里待20年，你还能活着出来吗？

罗凡下了决心：好，我马上收拾一下东西，两点准时在路边等车。

史一兵又说：你把准确位置发给我，我把航班号发给你，正好和你太太在纽约相聚。一路保重，出去后我们随时保持联络。

挂断手机，史一兵拨通了另一个电话：有一单活儿，对，马上。我把地址发给你，两点整他在路边等，车祸，干利索点。

史一兵听到门外有响动，紧张地抬头一看，见是严婷婷，放了心：这个罗院长知道的事情太多了，他要是进去，康太可就彻底完了。

没想到严婷婷冷冷一笑：史总，即便罗院长不说，你难道就觉得康太不会有灭顶之灾吗？

史一兵一愣，他看着严婷婷，觉得这个女人不同以往，目光虽然明澈，却有一股寒气在弥漫升腾，忙安抚道：严副总，你不要那么悲观，郑嫣手上的证据扳不倒康太，罗凡再出了车祸，我们就更不用自乱阵脚了。

严婷婷直视史一兵，目光中有轻蔑，也有挑逗：如果加上我的一份揭发材料呢？这5年来，你的每一件违法犯罪事实都清清楚楚记录在案，时间、地点、证明人无一遗漏。最后一件是，你刚才在12点30分用你的秘密手机，打电话通知黑社会以车祸方式做掉罗凡，你觉得这些材料能把你送上绞刑架吗？

史一兵像不认识一样注视着严婷婷。

一向毕恭毕敬、忠心耿耿的严副总怎么翻脸不认人？他想起严婷婷给罗小力送灰太狼的事，本以为这是女人间争风吃醋，吴迪也提示过严婷婷对他有意，莫非她真的是因为没有上位，嫉妒生恨？

严婷婷像是看透了他的心思：当初我所以给罗小力送去灰太狼，就是暗示她你人面兽心。你再有钱，也是一个极品人渣。

史一兵彻底被严婷婷打蒙了，他像困兽一样咆哮：我史一兵对你不薄，你为什么要这样算计我。说着，抄起桌上的笔筒向严婷婷砸过来。

严婷婷躲过飞来的笔筒：史总，你应该知道，我是女子柔道黑带，打你这样已经糠了的男人，三五个不在话下。我之所以不跟你动武，是怕你脏了我的手。我要把你亲手送进监狱，看着你在铁窗中终了此生。

史一兵哈哈一阵大笑，狠狠地说：很多事你也参与了，你别想择干净。

严婷婷淡然一笑：为了报仇，为了收集你的犯罪证据，我委曲求全、忍辱负重了五年，该我承担的我自然会承担，就不劳史总费心了，还是想一想你自己的结局吧。这5年，眼看你起朱楼，眼看你宴宾客，眼看你楼塌了，真是报应啊！

史一兵不甘心地问：你到底是谁，来到康太为谁报仇？

严婷婷从钱夹里拿出一张照片，啪一声拍在史一兵面前：你应该不会忘记她吧？

史一兵拿起照片一看，是个眉清目秀的青年女子，他皱皱眉：不认识。

严婷婷抬手给了史一兵一个嘴巴：不认识？你做的孽太多了。我告诉你，她叫严妍，是我的亲姐姐，10年前她看了电视广告，到你开办的玛丽女子专科医院去做隆胸手术，成本一块六的英捷尔法勒，你注射一针要3万，我姐姐前后花了20多万，不但没有效果，反而乳房变形，发炎溃烂。我的家人一次次找到作为法人的你，要求进行康复治疗，赔偿病人精神损失。你不但没有一点悲悯之心，还百般推诿，恶语相加。

史一兵想起来了，那次是为节约成本，手术和用药都不规范。当时严妍的家人跪着求他，他也没有松口，一旦承认了失误，医院以后还怎么开？只能昧着良心说女孩儿生理机能有问题，和医院无关。后来听说严妍精神崩溃，跳楼自杀，家属告到法院，他用钱把这件事摆平了。

严婷婷怒视史一兵：我亲眼看见了我姐姐精神失常后的样子，每天蓬头垢面，非哭即笑；我亲眼见证了我姐姐从六楼跳下去的情景，她在我妈怀里说的最后一句话是，妈，我疼。从那个时候起，我就下定决心，报仇何须三尺剑，不管多难，一定要把你这个人面兽心的坏蛋、人渣，送进监狱，送上刑场。

史一兵癫狂大笑：挡我路的人，没有一个会有好下场，远的不说，青桥还能活几天？罗凡还能活几分钟？包括你！

7 罗凡之死

子夜，刚要就寝的青桥接到公安局电话，告知了他所服药粉的成分。

青桥听了，顿时像散了架一样，那是巨大压力释放后的一种解脱感。青桥就想这样躺在床上好好放松放松。他像一只在山谷中盘旋了太久的鹰，经历了太多的风雪雷电，他真的想在一块背风的岩石上好好休整一下。突然，手机又响了，他摁下接听键，没人说话；放下手机，铃声再次响起，重新拿起手机，里面传出嘟嘟的忙音，随后又收到来自那个神秘网址的一则邮件：速救罗凡。

此时的罗凡，正在案头写信：

女儿，你看到这封信的时候，爸爸已经在飞往美国的班机上了。请原谅爸爸的懦弱，他实在不敢去面对遥遥无期的铁窗生活。一位哲人说得很对，人的一生就像铅笔一样，开始很尖，经历得多了也就变得圆滑了，如果承受不了还会断掉。唯一让父亲感到宽慰的是你：冰清玉洁、如出水芙蓉，不为世俗所累，不被利欲所诱。也许，这就是上天对我的唯一眷顾吧。

对不起，爸爸令你蒙羞。

罗凡看了两遍刚写好的信，泪水顺着眼角涌出，有几滴落在信纸上，洇湿了字。他来到客厅把信放在茶几上，又剥好一盘红石榴粒压上。石榴是罗小力最爱吃的水果，小时候，罗凡买来石榴剥好了放在盘子里，然后隔着门缝观察女儿的举动。那时候，5岁的小力坐在桌边，馋得不行了，会拿起一粒放到嘴边，舔一舔又放回盘子里。如果罗凡推开门问：乖女儿，为什么不吃呀？小力就会一仰头，稚气地说：我要等爸爸一起吃。

往昔的一切已经被岁月稀释，唯在记忆的银屏上刻骨铭心，令人无法淡忘，无法割舍。罗凡甚至有些犹豫了，也许真的如女儿所说，到公安局去自首，坐几年牢就出来了？想到自己已近花甲，一生中还有几个几年可以消耗？特别是他给青桥下的药，虽不致死，但可以使人精神迷幻，变成残疾，法网恢恢，他怎么敢奢求特别的垂怜呢？

已经1点50分了。

罗凡起身走到罗小力的房间门口，想听一听女儿的鼾声。那鼾声太熟悉了，曾经像一条清澈的溪水，在他的心中汩汩流淌，有如天籁。

没有鼾声，只有墙上挂钟的嘀嗒声和偶尔街上传来的汽车马达声。

罗凡有些遗憾。他怕女儿没有睡熟，万一听到动静，他就走不成了，便蹑手蹑脚走出房间，轻轻带上门。

正值子夜，小区里一片寂静，窗户都黑着，收藏起一天的喧嚣与劳累。

月影西斜，在薄雾般的云絮中潜行，遥远的天幕上，有不多的几颗星星眨着眼，为夜值更。风很柔和，哼着轻曼的小夜曲，路边的柳条和树叶在风中晃动，那是被小夜曲陶醉，跳起了舒缓的华尔兹。

罗凡拉着行李箱来到路边，掏出手机一看，离两点还差5分钟。

他回过头，找到了那扇熟悉的窗户。想到在里面度过的日月，想象着女儿看到自己那封信时的心情，不由百感交集。

一道灯光扫过来，像刺破黑色的一柄利刃。

罗凡被灯光照得睁不开眼，他知道接他的司机到了，忙用手遮住眼，拉着行李箱走下马路沿儿。没想到，疾驰而来的轿车没有减速，而是加大油门向他冲来。听到声音不对，罗凡定睛再看，已经躲避不及了。他本能地向边上一闪，被车头一下撞飞，随着一声闷响，重重摔在地上。

黑色轿车停下，重新调整方向，想从罗凡的身上碾压过去。

一辆帕萨特一路鸣笛赶来，见势不妙，黑色轿车才加速狂奔而去。

帕萨特轿车嘎一声在罗凡身边停下，车门一开，青桥跳下来，他抱起罗凡的头，见他满脸是血，便急切地喊：罗院长，罗院长！

啊的一声惨叫，像被一支钢针刺痛，白漆漆的灯光激灵打了个寒战。

是罗小力。她根本没有睡着，躺在床上，她有一种特别失落的感觉。一窗月色、满室清风，它可以拥抱的，只有孤独的身影。朦胧中，她觉得客厅里似乎有响动，一种不祥的预感突然在她的脑海中弥漫，于是一骨碌爬起来。在客厅，她发现了压在石榴盘下的信。

预感被证实了，罗小力急忙来到楼下。

她想截住罗凡，看到的却是倒在血泊中的父亲。

青桥对灵魂出窍的罗小力大叫：快，快打120！然后对臂弯里已气若游丝的罗凡说：罗院长，你坚持住，救护车马上就到。

罗凡睁开眼，看到了青桥和罗小力，嘴角一咧，似笑非笑：青桥。

青桥用右臂轻轻托着罗凡的头，让他尽量能舒适一点：罗院长，你不要说话了，坚持住，已经叫了救护车。

罗小力扑上来攥住罗凡的手，满脸泪水：爸，爸，这是怎么回事？

罗凡望着女儿，泪水涌出眼眶：史一兵干的，爸爸后悔得太晚了。

青桥抬头看一眼街的尽头，期盼救护车能够早点到来。他对罗小力说：不要和罗院长说话了，让他多保存点体力。

罗凡捯着气儿，艰难地说：不，再不说，就没机会了。青桥，你……你应该恨我，郑嬷给你吃的药……是我提供的。

青桥强忍住泪，情绪复杂地说：罗院长，您别说了，那药公安局已经化验了，是蛋白粉。

蛋白粉？罗凡大吃一惊。

罗小力喜极而泣：真的吗？

青桥点点头：我也是刚知道，本来打算明天一早儿告诉你。

罗凡笑了，双眸一亮，像濒临熄灭的灯盏被注进了油：苍天有眼，苍天有眼啊。应该是严婷婷调的包，这叫我的负罪感多少减轻了一点。

青桥安慰他：罗院长，你的伤会好的，你不会有事。

罗凡吐出两个字：谢谢。又说：如果明天上班，我应该宣布两个决定，一是……是卫健委已经正式下文，恢复了你的行医资格；二是给……给予燕北大学附属医院院长罗、罗凡行政记大过处分。看着青桥目光中流露出的疑惑和惊讶，罗凡继续说，你知道是谁……到卫健委说明的真相吗？对，是小力。为了还你清白，她宁肯让老爸背上这样一个处分。

罗小力哭着说：爸，您会怪我吗？

罗凡攥紧罗小力的手，努力笑道：傻女儿，老爸怎么会怪你？他又转向青桥，本来，我是幻想……能、能够在一个隆重的婚礼上，把女儿的手交到你手里，这、这已经是奢望了。不过，我今天还是要向你提出一个，不、不情之请，以后替我多关心小力，多爱护小力，她是一个好姑娘。

青桥早已泣不成声：罗院长，您放心吧，小力是我一生当中最好的朋友，我为能有这样的朋友……自豪、骄傲。

一阵剧烈的咳嗽，罗凡喷出几口血，他喘息急促，神色痛苦。

嘀，嘀——夜的尽头传来救护车的鸣笛声，两束白光穿透夜幕，像两条蠕动的游龙，朝着小区奔来。

罗凡艰难地抬起头，脸上滑过一缕锥心刺骨的笑容：唉，有一句话说得真对，人……不、不可能把、把钱带进坟墓；可、可是钱却可以、把、把人带进去呀！说着，颤巍巍从西服兜里掏出一张卡，举到青桥面前，这、这卡里的钱是干净的，密码是小力的生日。那、那个陕西老汉快来面诊了，我、当时说过，他的路费，我、我出……

尾声：揭　底

青连山过世的第一个忌日。

柳若兰让家人推掉手边各种琐事，去祭奠青连山。她说：有重大事项要当着老伴儿的面儿宣布。

吃过早饭，青桥和牧婧视频。

小宝的手术很成功，牧婧紧绷的神经放松了，还没有来得及高兴，罗凡出了事。看着冰清玉洁的罗小力情绪几近崩溃，牧婧也很难受。

青桥最揪心的就是罗小力。那天，罗凡吐出最后一口气时，听到罗小力撕心裂肺的哭声，青桥的心就像被撕裂了一样。那哭声像一柄长矛，刺破了黑夜，也刺破了隐藏在夜色后面的种种罪恶与阴谋。

视频中的牧婧叹了一口气，说：罗凡的死固然对小力打击很大，罗凡参与的阴谋更是对她造成了难以解脱的伤害。小力太正直了，她怎么能够容忍，光鲜的生活表象背后隐藏了那么多污垢？

青桥也叹了一口气，伤感地点点头：是啊，小力的内心太高贵，太纯洁了。这样高贵、纯洁的女孩儿更容易受到伤害，你们要多陪陪她。

牧婧深有同感：是。犹豫了一下又说，青桥，有一件事我必须要告诉你，小力……小力在睡梦中会喊出你的名字。

罗凡出事后，小力一直住在牧婧家。青桥想起了罗凡临死前在他臂弯里说的那些话，思绪一下被当时的情景覆盖，悲伤再次将他淹没。

牧婧见青桥眼眶里噙满泪水，又动情地说：能感觉得出，小力是在用全部生命爱你，爱得可以说是撕心裂肺。我在想……

门忽地被一把推开，于雪菲风风火火冲进来，喊：快开电视。

打开电视，早间新闻正在播报：康太保健品集团因为兜售伪劣保健品坑害消费者，已被工商局和公安局联合执法队查封；董事局主席史一兵因涉嫌行贿、制假贩假和投毒杀人正被公安局通缉。下面，请看记者从现场发回的报道。

康太集团总部被查封；

几名高管被带走接受调查；

康太伪劣保健品在各地下架。

于雪菲遗憾地一拍大腿：怎么叫史一兵跑啦？

青桥哼一声：跑？孙猴子跑了，五指山还在。

史一兵在逃，令人扫兴，只要法律在，正义终将伸张。骗人的康太集团毕竟已被查处，今天去看望爷爷，这是可以告慰老人的一条好消息。

于雪菲又像想起了什么，对青桥神秘地说：忘了告诉你一件大事了。

青桥揶揄她：到你嘴里，什么都是大事。

真是一件大事，事关 YBL 公司的人才布局，你听不听？

刚才牧婧的话，让青桥思绪有点乱。牧婧像极了贝壳，表面坚硬，内在却很柔软；心里藏着一颗美丽的珍珠，只是不肯轻易示人。她主动告诉自己罗小力的状况，一定是情感的心弦被深深触动了，她在想什么呢？

青桥想转移注意力，就说：听，听。要不我去沐浴更衣，焚香而坐？

那倒不必。于雪菲坐在沙发上，双手抱在胸前：严婷婷和郑嬷估计不久能出来。没有严婷婷揭露康太违法犯罪的材料，史一兵不会一败涂地，特别是她把致幻药换成蛋白粉并几次暗中发出警示，都属立功表现，而且还是主动自首。

青桥听了颇感欣慰：那好啊，但愿她没事。

于雪菲坐直身子，语气神秘地补充：而且，吴迪对严婷婷的事很上心，为她请了最好的律师，意味深长啊。

青桥指着于雪菲数落：什么意味深长，要尽可能去成人之美。

于雪菲瞪一眼青桥：我当然知道了，不用你说。还有，郑嬷也是受人要挟，不知道背后的阴谋，没有造成严重后果，而且及时终止了犯罪，算有明显的立功表现，至多就是缓刑。我打算她们出来后，收编到 YBL 公司。她们是人精，用好了都是人才。

青桥颔首：赞成。一个企业能走多远，关键是要看它的核心价值观。YBL公司成立之初，就把提倡健康生活，促进大众健康作为核心理念，而不是利润，这很好。其实，一个真正诚信经营，又能会聚爱惜人才的公司是不愁没有利润的。

于雪菲收拢起脸上的笑容，神色少有的郑重：这点你放心，如果只是为了赚钱，我就留在加拿大了。大众健康是一个国家强大的基础，无论以后公司发展到多大，我们也不会忘了初心。再说，怎么做，你不是已经给我们打好样儿了吗？

小姑奶奶。小米勒的声音，他在门外找地儿停车，进来晚了一点。

青桥见到他有点意外：怎么，这个小歪果仁也跟着去？

于雪菲瞪一眼小米勒：我说了，我们家去扫墓，你跟着裹什么乱，他一根筋，觍着脸，非要去。

小米勒连连摆手：No，No，我是未过门儿的孙女婿，我当然要去。

你脸也忒大了吧，什么时候我答应过嫁给你？再有，我纠正你一个重要的表达错误，不是未过门儿，是倒插门儿。

倒插门儿？小米勒一脸茫然地摇摇头：中国话，太深奥了。

柳若兰从房间里走出来，三个年轻人马上迎上去，一口一个奶奶，搀着她坐在沙发上。老太太看了一下墙上的挂表：你们的爸爸该到了。

柳若兰话音未落，青子飞和青子翔夫妇已经进门了。他们遵照柳若兰的吩咐，一早儿起来就到银行保险箱取出了父亲留下的遗物，遗物放在一个铁盒里，铁盒用一块黄绸包着。

柳若兰接过铁盒，抱在怀里，或许是感受到了青连山的温度，眼里一时涌出几滴泪花。她站起身说：人都齐了吧？我们走。

福田公墓，青连山墓前。

墓碑上的青连山面带微笑，凝眸远望。这里地处京郊西山，北依燕山龙脉，西邻佛教圣地八大处，地势高畅，环风抱水。上次青桥来看爷爷恰逢冬日，印象中只有松柏常青。现在是春天，公墓周边的迎春花、桃花、樱花都开了，一簇簇，像一片片彩霞，为公墓的肃穆增添了几分灵动。

青连山的墓碑前是一炉清香，几盘供品。

大家已按长幼之序，分别向逝者敬香。尔后，站成一排，鞠躬悼念。

仪式完毕，柳若兰上前两步对青连山说：老青，今天是你走后的第一个忌日，我带着孩子们来看望你了。你说过，当桥儿成为一名称职的医生时，就把传家之宝交给他，它是历代青家人对祖国最真切的祝愿。你希望桥儿能继承你的遗愿，用毕生经历服务于大众的健康事业，桥儿没有辜负你，他抵御住了各种打击和诱惑，中药组方的研制也从未懈怠，正在推进，你可以含笑于九泉了。

柳若兰转过身，接过青子飞递过的铁盒，一边轻轻掀去黄绸，一边对众人说：清朝末年，神州大地爆发过一场肺鼠疫，始发于哈尔滨傅家甸。之后如江河决堤，殃及河北、山东，其势汹汹，每每是一人染病，全家毙命。那时你们的曾祖已经挂牌行医，他不顾凶险，亲自到疫区用中草药制成汤剂，救治了不少穷苦百姓，被灾民称颂。上海的《神州日报》很关注这场疫情，创办人于右任先生得知你们曾祖的壮举后非常感动，送了一幅他珍藏的林则徐书法以表敬意。你们的曾祖把这件书法传给了你们的爷爷，你们的爷爷今天把它传给了青桥。青家老辈儿为它身体力行，也希望桥儿和青家后代子孙，为实现它殚精竭虑，不悔此生。

青家人互相对视，目光中有惊讶也有企盼。

站在于雪菲旁边的小米勒惊奇地睁大眼，露出十分渴望的神色，对于雪菲低声说了一句：这是一个历史性的时刻，我很高兴，我有幸见证了它。

纸封已揭去，柳若兰打开铁盒，从里面拿出一个画轴。

青子飞接过来，和青子翔一人一边，小心翼翼展开。在上午的阳光映照下，在温暖的春风中，露出了林则徐笔锋雄劲的四字楷书：**山河无恙**

初稿完成于三亚棕榈滩，2020 年 5 月 2 日
再稿完成于北京儒林苑，2020 年 8 月 9 日
三稿完成于北京儒林苑，2020 年 9 月 31 日

后　记

长篇小说《山河无恙》2019年10月动笔，次年5月完成初稿。

这期间，正值险恶的新冠疫情在全国蔓延。蛰居三亚斗室，一边牵挂处在疫情威胁下的同胞，一边完成一部以大健康为主旨的长篇小说，肝肠寸断、苦乐自知。

首先，要感谢作家出版社的兴安先生。初稿完成后曾发给了他，一个多月后，兴安先生就发来微信，对小说的主旨和内容给予了充分肯定，并表示立即上报选题，由作家出版社出版。二十世纪九十年代，三十来岁的兴安先生就是《北京文学》副主编，早以文艺评论蜚声文坛，近年出任作家出版社创意合作部主任，人脉广泛，著述甚丰，在"朋友圈"中可以看到，他是一个文学活动非常频繁的人。在这么短的时间内，他就通读了拙作，并表示了明确的出版意向，这让我在感动的同时也更加自信。

还要感谢东方出版社的辛春来主任，他也是收到小说初稿后，在很短的时间内就上报选题，并通过了程序严格的选题论证。

最终，我选择了新星出版社。该社严谨的工作作风和新锐的出版风格，令我感佩。我做了几十年图书和期刊编辑，也先后出版了30多部个人专著，还从来没有遇到过选题论证这样认真、严谨和程序规范的出版单位。当然，最重要的原因是因为上一部长篇小说《江河水》的终审彭明哲先生、复审简以宁女士现已到新星出版社任职，我们在上一部书的合作中，积累了珍贵的信任、理解、尊重与包容。

这是一部以大健康为题材的长篇小说，涉及中医药的理论和知识，对于我这个中医小白来说，动笔之初多有惶恐，担心下笔有误造成情节上的硬伤，有损中医药声誉。感谢上苍，让我在这个时候与北京中医药大学博士研究生卢煜相识。这是一个青春勃发的年轻人，阳光、热情、博学、严谨，他欣然同意出任本书的医学顾问，并在我整整一年的创作过程中，随时解答我有关医学的疑问。我的初稿完成后，又对小说中所涉及的中医内容进行了严格的把关和审视，并且在文字上有不少修订，使本书在专业的论述上几乎无可挑剔。为什么这样说呢？出于担心，也有对年轻人缺乏信任的成分，我曾将经卢煜把关后的小说修订稿发给了一位中医大咖——南方医科大学教授、主任中医师杨运高先生。杨教授挑灯夜读了小说，他说他被小说的情节和人物深深地震撼与吸引，而在有关专业的叙述上只挑出了一两处瑕疵。杨教授是一位在业内有着很高声誉的中医专家，做事严谨、造诣深厚，小说中青桥赴美国堪萨斯大学做访问学者的桥段，就直接取材于他的人生经历。有他再次把关，我对作品中涉及专业叙述的相关文字才真正放下心来。如何更加凸显青桥的职业生涯，加强人物的戏剧冲突，两位中医专家也从专业角度提出了一些值得借鉴的想法，因为篇幅有限，笔者只好割爱。如果有机会改编成电视剧，小说中主要人物的命运轨迹，也许会更加蓬勃地展开。

还要感谢我的战友何凯，工友佘时英、林芳，文友刘树声、杜光辉、剑均、赵剑平、曹威、胡玮，他们在初稿完成后对小说都给予了热情的肯定，也真诚指出了缺点与不足，他们中肯的意见已经基本体现在最后的定稿中。还要特别感谢我的朋友周新京，本拟邀他再度合作，他是孝子，因为当时正照顾病榻上的老母而无力旁顾，未能参与，但是他提供的一些想法还是很有参考价值的。

《中国作家》杂志社程绍武主编阳光率真，没有他的首肯，这部小说的瘦身版就不可能见之于该刊2020第12期。在文学期刊版面如金的当下，这一份信任怎是一个谢字了得？美女编辑赵依为此而付出的心智，更是令我感念于心。

王朝柱先生是我相识几十年的良师挚友，也是我尊敬的兄长。我和新京合作的长篇小说《江河水》，从小说提纲到改编电视剧的整个过程，他都给予了殷切的关切与鼓励；这部《山河无恙》又得到了他的青睐，人生路上有这样一位兄长时时扶持、鞭策，真称得上是有福了。

马相武教授是著名的文学评论家,他的序文见微知著、功力深厚,只是笔者才力不逮,深感受之有愧,权且当作努力的方向,心向往之。

徐进先生是著名的漫画家,他的插图为本书增色不少。

最后,要感谢的是这本书的责任编辑李文彧女士。这是一位有水准又十分敬业的"80后"美女编辑,没有她细致而高效的工作,这部小说就不可能以这样的面貌呈现给读者。

> 昨夜洞房停花烛,
> 待晓堂前拜舅姑。
> 妆罢低声问夫婿,
> 画眉深浅入时无?

整整一年来,几乎所有可以利用的时间,我都是在电脑前度过的,无论寒暑,不觉昏之将至。我的情感和书中的人物一起沉浮,休戚与共。可以说,每个人物的身上都浸透了我的心血,寄托着我的情思。我陪着他们一起哭、一起笑、一起亮剑、一起思考。作为一组站在历史与现实、中国与世界时空交会点的人物群像,它们能否为亲爱的读者所认同,期待着您的批评。我的QQ号是342787088,我在那里恭候您,希望和您一起,去继续晦暗与高贵的人性穿越之旅。

谢谢您读完了这篇文字。

杜卫东
2020年10月26日

图书在版编目（CIP）数据

山河无恙／杜卫东著．－－北京：新星出版社，2021.4（2021.10 重印）
ISBN 978-7-5133-4249-0

Ⅰ．①山… Ⅱ．①杜… Ⅲ．①长篇小说－中国－当代 Ⅳ．① I247.5
中国版本图书馆 CIP 数据核字（2020）第 228421 号

山河无恙

杜卫东　著

责任编辑：李文彧
装帧设计：杜　可
书名题字：鲁　光
内文插画：徐　进
责任印制：李珊珊
责任校对：刘　义

出版发行：新星出版社
出 版 人：马汝军
社　　址：北京市西城区车公庄大街丙3号楼　　100044
网　　址：www.newstarpress.com
电　　话：010-88310888
传　　真：010-65270449
法律顾问：北京市岳成律师事务所

读者服务：010-88310811　　service@newstarpress.com
邮购地址：北京市西城区车公庄大街丙3号楼　　100044

印　　刷：北京天恒嘉业印刷有限公司
开　　本：700mm×1000mm　　1/16
印　　张：24
字　　数：365千字
版　　次：2021年4月第一版　2021年10月第二次印刷
书　　号：ISBN 978-7-5133-4249-0
定　　价：68.00元

版权专有，侵权必究；如有质量问题，请与印刷厂联系调换。